AF196827

Im Knaur Taschenbuch Verlag sind bereits folgende Bücher der Autorin erschienen:

Die Wanderhure	Die Goldhändlerin
Die Kastellanin	Die Kastratin
Das Vermächtnis der Wanderhure	Die Tatarin
Die Tochter der Wanderhure	Die Löwin
Töchter der Sünde	Die Pilgerin
Die List der Wanderhure	Die Feuerbraut
	Die Rose von Asturien
Die Rache der Wanderhure	Die Ketzerbraut
	Feuertochter
Dezembersturm	Die Fürstin
Aprilgewitter	Die Rebellinnen
Juliregen	Flammen des Himmels
Das goldene Ufer	Die steinerne Schlange
Der weiße Stern	
Das wilde Land	
Der rote Himmel	Das Mädchen aus Apulien
	Die Widerspenstige
Die Wanderapothekerin	
Die Liebe der Wanderapothekerin	Tage des Sturms

Über die Autorin:
Hinter dem Namen Iny Lorentz verbirgt sich ein Münchner Autorenpaar, dessen erster historischer Roman »Die Kastratin« die Leser auf Anhieb überzeugte. Mit »Die Wanderhure« schafften sie den Durchbruch. Seither folgt Bestseller auf Bestseller. Die Romane von Iny Lorentz wurden in zahlreiche Länder verkauft. Die Verfilmungen ihrer »Wanderhuren«-Romane, der »Pilgerin«, des »Goldenen Ufers« und zuletzt der »Ketzerbraut« begeisterten Millionen Fernsehzuschauer. Für die Verdienste im Bereich des historischen Romans wurde Iny Lorentz 2017 der »Wandernde Heilkräuterpreis« der Stadt Königsee verliehen, und sie wurden in die Sign of Fame (und Hands of Fame) des Fernwehparks Oberkotzau aufgenommen. Die Bühnenfassung der »Wanderhure« in Bad Hersfeld im Sommer 2014 war ebenso ein Riesenerfolg wie die vielen Aufführungen der »Wanderhure« durch Theaterlust.
Besuchen Sie auch die Homepage der Autoren: www.inys-und-elmars-romane.de

INY LORENTZ

Die Entführung der Wander-apothekerin

ROMAN

Besuchen Sie uns im Internet:
www.knaur.de

Originalausgabe Dezember 2018
Knaur Taschenbuch
© 2018 Knaur Verlag
Ein Imprint der Verlagsgruppe
Droemer Knaur GmbH & Co. KG, München
Alle Rechte vorbehalten. Das Werk darf – auch teilweise –
nur mit Genehmigung des Verlags wiedergegeben werden.
Redaktion: Regine Weisbrod
Covergestaltung: ZERO Werbeagentur, München
Coverabbildung: © FinePic / shutterstock
Satz: Adobe InDesign im Verlag
Druck und Bindung: CPI books GmbH, Leck
ISBN 978-3-426-52284-4

Erster Teil

...

Wer Wind sät

1.

Klara sah ihre Freundin Martha erfreut, aber auch mit leichtem Zweifel an. »Stimmt es wirklich?«, fragte sie. »Bist du tatsächlich guter Hoffnung?«

»Die Hebamme behauptet es. Mein Mond ist schon drei Mal ausgeblieben, und so alt, in die Wechseljahre zu kommen, bin ich nun doch noch nicht«, antwortete Martha burschikos.

»Natürlich nicht. Du bist jung genug, um noch ein Dutzend Kinder zu bekommen.« Klara zog sie an sich und umarmte sie. »Ich freue mich so für dich.«

»Ich bin auch froh, denn es zeigt, dass ich kein dürrer Weidenbaum bin, wie die Verwandten meines ersten Mannes immer behauptet haben.«

Nun klang Martha bissig, denn die beiden Vettern und die Base ihres ermordeten Ehemanns hatten alles getan, um ihr möglichst wenig für das Land, das mit ihrem Geld gekauft worden war, zahlen zu müssen. Es hatte eines länger als zwei Jahre dauernden Gerichtsprozesses bedurft, um die unberechtigten Forderungen der Kircher-Verwandtschaft abzuwehren.

»Ohne dich, deinen Mann Tobias und meinen Rumold wäre es diesem Gesindel gelungen, mich um alles zu bringen und aus dem Land verweisen zu lassen«, setzte Martha leise hinzu.

Klara gab ihrer Freundin einen leichten Nasenstüber. »Du sollst nicht an schlechte Dinge denken, sondern an das Leben, das in dir wächst.«

»Das tu ich ja auch. Und ich freue mich so sehr!«, erwiderte

Martha in einem Tonfall, der nicht so recht zu diesen Worten passte. Sie fasste Klaras Hand. »Was, meinst du, wird Tobias dazu sagen, wenn er, der doch vor kurzem die dreißig überschritten hat, noch einmal ein Brüderchen oder ein Schwesterchen bekommt?«

Klara lachte hellauf. »Wenn das deine einzige Sorge ist, kann ich dich beruhigen. Freuen wird er sich, denn er hat sich immer ein Geschwisterchen gewünscht, doch Gott hat dies seinem Vater und seiner Mutter verwehrt.«

Ihre Worte waren nicht geeignet, die Schwangere zu beruhigen. Magdalena Just war bereits vor geraumer Zeit verstorben, und Rumold Just hatte sie erst Jahre später zur zweiten Frau genommen. Doch Magdalenas Verwandte hetzten gegen sie, und sie fühlte sich in diesem wohlhabenden Haushalt immer noch beklommen. Sie hatte sogar zu kämpfen, um nicht unter die Fuchtel ihres Hausmädchens zu geraten.

»Ich weiß nicht so recht ...«, begann sie, wurde aber von Klara unterbrochen.

»Lass dir dein Herz doch nicht schwer werden! Dich hat nur eine Laune befallen, wie schwangere Frauen sie gelegentlich überkommt. Ich war während meiner drei Schwangerschaften auch immer wieder den Tränen nahe und musste mir hinterher sagen, dass es nur eine Grille war, die ich besser hätte verscheuchen sollen.«

»Ich bin so froh, dich zu haben!«, rief Martha seufzend und ließ Klaras Hand los, um ihre Hände gegen die eigene Brust zu pressen. »Es ist mein erstes Kind, und ich weiß nicht, was ich damit machen soll.«

Es klang so drollig, dass Klara erneut auflachte. »Erst einmal lässt du es in deinem Bauch, bis es beschließt, herauszukommen.«

Nun musste auch Martha lachen, schüttelte dann aber den Kopf. »Dir kann wohl nichts die Laune verderben?«

»Oh doch, da gibt es schon so einiges«, antwortete Klara mit einem Blick auf das Rathaus, das durch eine Lücke der gegenüberliegenden Häuserreihen zu sehen war.

»Was meinst du?«, wollte Martha wissen.

»Als unsere Buckelapotheker heute Morgen ihre Pässe abholen wollten, hieß es, die Stempelsteuer dafür sei erhöht worden, und da sie sich weigerten, den Aufpreis zu zahlen, wurden sie wieder nach Hause geschickt. Jetzt bin ich auf dem Weg zu Frahm, um ihm die Leviten zu lesen!« Trotz ihrer kämpferischen Bemerkung klang Klara nicht gerade zuversichtlich. »Es ist eine Schande, wie Fürst Friedrich Anton immer wieder die Steuern und Abgaben erhöhen lässt. Selbst wir spüren es in unserem Beutel, obwohl wir hart arbeiten und wirklich gut verdienen«, setzte sie erregt hinzu.

Martha nickte bedrückt. »Rumold schimpft auch darüber, wenn auch nur im stillen Kämmerlein. Er sagte, die Beamten in Rudolstadt hätten ihre Zuträger, die ihre Nachbarn denun... denun...«

»Denunzieren«, half Klara ihr aus.

»Ja, ich glaube, so heißt es«, erklärte Martha. »Rumold sagt, er würde diesen Leuten gerne einmal in der Nacht begegnen, aber mit einem Knüppel in der Hand.«

»Das sollte er nicht zu laut sagen«, warnte Klara ihre Freundin.

Tatsächlich presste der Fürst seine Untertanen für seine stattliche Hofhaltung aus, und doch gab es immer noch Menschen, die dies nicht nur hinnahmen, sondern ihre Nachbarn, die darüber schimpften, sogar an die Behörden verrieten. Wer einmal ins Visier der Hofschranzen und ihrer Kreaturen geraten war, wurde seines Lebens nicht mehr froh. Doch auch das durfte man nicht offen sagen, denn die Herrschaften waren rasch dabei, jemanden einzusperren und nur gegen die Bezahlung einer saftigen Geldstrafe wieder freizulassen.

»Ich muss jetzt weiter zu Frahm, komme jedoch später noch mal bei euch vorbei, dann können wir in Ruhe darüber reden.«

Klara umarmte Martha noch einmal und setzte ihren Weg fort. Dieser führte nicht direkt zum Rathaus, sondern zu einem Gebäude dahinter. Als sie darauf zuging, sah sie mehrere Buckelapotheker vor der Tür stehen, die für andere Laboranten auf die Reise gingen. Die Männer waren aufgebracht und schimpften. Einer drohte in Richtung des Gebäudes mit der Faust.

»Sollen wir uns alles gefallen lassen?«, fragte er zornig. »Schon im letzten Jahr mussten wir für unsere Pässe mehr bezahlen als im Jahr zuvor, und jetzt will der Fürst noch mehr haben. Wo sollen wir es denn hernehmen? Uns etwa aus den Rippen schneiden? Der Verdienst wird nicht größer, und unsere Familien wollen auch leben!«

»Jetzt beruhige dich, Zacharias!«, mahnte ihn ein Zweiter. »Wir können doch nichts machen. Wenn wir die Stempelsteuer nicht bezahlen, bekommen wir keine Pässe und können nicht auf unsere Strecken gehen. Dann haben wir gar nichts mehr!«

Ein weiterer Buckelapotheker schüttelte den Kopf. »Das mag schon sein, dennoch finde ich, Zacharias hat recht. Warum sollen ausgerechnet wir bluten, nur damit die Herrschaften in Rudolstadt es sich noch besser gehen lassen können?«

»Leut, das ist Aufruhr!«, rief jener Buckelapotheker, der zur Ruhe aufgerufen hatte. »Seine Gnaden, Friedrich Anton, ist nun einmal unser Fürst, und wir sind seine Untertanen. Das heißt, er befiehlt, und wir tun, was er sagt.«

»Das ist feige!«, schnauzte Zacharias ihn an. »Der Fürst kann nicht alles machen, was er will. Wir haben auch Rechte, die es zu verteidigen gilt.«

»Wenn du im Karzer sitzt, kannst du diese Rechte ja einfordern«, höhnte der andere.

»Du, wenn du meinst, dann …« Zacharias kam auf den Mann zu und packte ihn bei den Schultern.

Eine Rauferei war das Letzte, in das Klara hineingeraten wollte. Sie drückte sich daher an den streitenden Männern vorbei und betrat das Gebäude, in dem die Pässe für die Buckelapotheker ausgegeben wurden.

Brüser, der Amtsdiener, sah sie hereinkommen, blieb aber sitzen, ohne sie nach ihrem Begehr zu fragen. Dabei wusste sie nur zu gut, dass er alles, was er in der Stadt aufschnappte, an seinen Vorgesetzten Frahm weitertrug.

Elender Speichellecker, dachte sie, während sie auf die Tür der Amtsstube zutrat.

»Du kannst nicht einfach in Herrn Assessor Frahms Zimmer hineinplatzen, sondern musst dich anmelden lassen«, rief der Amtsdiener empört.

»Und warum sitzt du dann noch auf deinem Stuhl? Schließlich ist das deine Aufgabe!«

Brüser hob mahnend den rechten Zeigefinger. »Das heißt Euren Stuhl und Eure Aufgabe! Immerhin bin ich ein Beamter Seiner Gnaden, des Fürsten, und du hast mich ehrerbietig anzusprechen.«

Klara warf ihm einen empörten Blick zu. Im Grunde war der Amtsdiener nicht mehr als ein Knecht, der rennen musste, wenn sein Vorgesetzter es so wollte. Brüser hatte im Winter Holz in den Öfen nachzulegen, wurde geschickt, um vom Wirt Bier zu holen, damit die Beamten ihren Durst löschen konnten, und verdiente dabei weniger als die meisten Buckelapotheker. Nur Bauernknechte wurden noch kärglicher entlohnt, es sei denn, sie waren für die Pferde verantwortlich.

»Hast du nicht gehört, was ich gesagt habe?«, fragte Brüser scharf, als Klara erneut auf die Tür zutrat, hinter der die Amtsstube Waldemar Frahms lag.

»Doch, Euer Gnaden, und nun meldet mich endlich an! Sonst platze ich direkt in die Kammer des hohen Herrn.«

Es lag genug Spott in Klaras Stimme, dass Brüser ihn auch wahrnahm. Auch deswegen wollte er die Laborantenfrau noch länger warten lassen. Doch dann fiel sein Blick durch das Fenster auf die wütenden Buckelapotheker, die noch immer draußen standen. Es würde Klara Just nur einen Ruf kosten, und die Kerle kämen herein. Der Erste, an dem sie ihren Ärger auslassen würden, war er, während Frahm und die anderen Beamten in ihren Stuben mit den festen Türen bleiben und diese versperren konnten.

»Einmal wirst du an den Falschen geraten!«, drohte er Klara, erhob sich schwerfällig und klopfte an die Tür des für die Pässe der Buckelapotheker zuständigen Assessors Frahm.

»Herein!«, klang es schneidig zurück.

Brüser öffnete die Tür einen Spalt weit und steckte den Kopf hinein. »Klara Just, Weib des Tobias Just, wünscht Euch zu sprechen, Herr Assessor.«

Klara spürte förmlich den Schleim, der dem Amtsdiener nun von den Lippen troff. Mit einer verächtlichen Geste schob sie ihn beiseite und trat ein.

Der Mann hinter dem großen Schreibtisch war noch jung und hatte ihres Wissens diesen Posten nur aufgrund der Protektion seines Vetters Wilhelm Frahm erhalten, der als Geheimrat in Rudolstadt saß und dort bei den ganz hohen Herren recht angesehen war.

»Guten Tag«, grüßte sie knapp.

Waldemar Frahm sah ärgerlich auf. »Ich bin es gewohnt, ehrerbietig angesprochen zu werden!«

»Das wollen hier anscheinend alle bis zum letzten Knecht.« Klaras Ärger überwog mittlerweile ihre Vorsicht.

Brüser wollte darauf antworten, doch da machte Frahm eine Handbewegung, als wolle er eine Fliege verscheuchen.

»Er kann gehen«, sagte er und sprach den Amtsdiener dabei wie jeden x-beliebigen Untertanen des Fürsten an. Anschließend wandte er sich Klara zu. »Du bringst gewiss das Geld, das eure Buckelapotheker nicht zahlen wollten.«

Klara musterte Frahm mit einem eisigen Blick. »Ich komme, um offiziell Beschwerde gegen die Erhöhung der Steuer einzulegen. Die Pässe für unsere Wanderapotheker wurden bereits im letzten Jahr um ein Viertel teurer und sollen nun noch mehr kosten. So geht es einfach nicht!«

»Wer sagt das? Du oder dein Mann?«, fragte Frahm spöttisch.

»Das sagt jeder hier in Königsee und darüber hinaus. Wir sind arbeitsame Menschen und zahlen unsere Abgaben, ohne zu klagen, solange sie gerecht sind. Doch das sind sie schon seit Jahren nicht. Der Fürst verlangt immer mehr Geld, um seine Hofhaltung zu vergrößern, doch wo soll es herkommen? Es gibt in ganz Schwarzburg-Rudolstadt keinen Dukatenesel, der nur den Schwanz heben muss, damit hinten die Goldmünzen herausfallen.«

Klara hatte ihren Ehemann Tobias nur mit Mühe davon abhalten können, persönlich herzukommen, da dieser mit Gewissheit einige Bemerkungen gemacht hätte, die ihm den Zorn des Beamten und womöglich sogar eine Geldstrafe eingebracht hätten. Nun aber spürte sie die gleiche Empörung über die immer drückender werdende Steuerlast, so dass sie kaum noch in der Lage war, ihrer Zunge Zügel anzulegen.

»Seine Hoheit verlangt nur das, was ihm zusteht«, antwortete Frahm von oben herab. »Er ist der Fürst und hat zu bestimmen. Selbst wenn er von euch das letzte Hemd verlangen würde, müsstet ihr es hergeben.«

»Viel fehlt nicht mehr daran!«

Am liebsten wäre Klara noch deutlicher geworden, wollte aber eine Klage vor Gericht und eine Geldstrafe vermeiden. Daher versuchte sie es mit Vernunft.

»Herr Frahm …«

»Sehr geehrter Herr Assessor Frahm heißt das«, fiel der Beamte ihr ins Wort.

»Also gut. Sehr geehrter Herr Assessor Frahm, Ihr müsst doch selbst sehen, dass es auf diese Weise nicht weitergehen kann. Wegen der erhöhten Steuern werden die Waren auf den Märkten immer teurer, und viele können sich kaum mehr das Nötigste leisten. Wenn das so weitergeht, werden die Menschen bald hungern und das Geld immer weniger wert sein. Dies wird auch der Fürst dann schmerzlich erkennen müssen. Will er die Steuern so weit erhöhen, bis uns gar nichts mehr bleibt und wir nicht einmal mehr die Ingredienzien für unsere Arzneimittel erstehen können? Die Einfuhrsteuern für jene ergänzenden Mittel, die unsere Arzneien wirkungsvoller machen, wurden im letzten Jahr auch schon um das Doppelte erhöht.«

Klara verstummte einen Augenblick und stemmte sich mit beiden Armen auf die Tischkante. »Wie will der Fürst in ein paar Jahren die Steuern einziehen, wenn kein Mensch mehr das Geld hat, um sie aufbringen zu können? Will er den Untertanen dann Haus und Hof nehmen und sie als Bettler aus dem Land treiben?«

»Weib, was du da sagst, ist Aufruhr!«, fuhr Frahm sie an. »Seine Gnaden, der Fürst, achtet stets auf das Wohl seiner Untertanen!«

»Nur merken wir sehr wenig davon«, antwortete Klara erbittert.

Dabei wusste sie, dass Tobias und ihr nichts anderes übrigbleiben würde, als die geforderte Stempelsteuer zu zahlen. Ohne die erforderlichen Pässe konnten sie ihre Buckelapotheker nicht losschicken. Aber nur, wenn diese auf ihren gewohnten Strecken unterwegs waren und die Arzneien an den Mann brachten, kam Geld ins Haus. Doch es war kaum hinnehmbar, dass von Jahr zu Jahr immer weniger vom Gewinn blieb.

»Diesmal werden wir die Steuer noch begleichen. Doch wenn sie für nächstes Jahr wieder erhöht wird, müsst Ihr damit rechnen, dass der eine oder andere Laborant sein Gewerbe aufgeben muss.«

Es war eine schwächliche Drohung, und Frahm nahm sie nicht ernst. Zufrieden lächelnd schlug er sein Rechnungsbuch auf und nannte die Summe, die sie zu bezahlen hatte. Tobias Just war nicht der erste Laborant aus Königsee, den er zur Räson gebracht hatte. Auch der Rest würde klein beigeben und sich der Autorität des Landesherrn beugen müssen, den er hier in dieser Stadt vertrat.

2.

Klara schäumte noch immer vor Wut, als sie nach Hause kam. Kaum in die Küche getreten, schleuderte sie ihr Schultertuch auf einen Stuhl und schenkte sich einen Becher Milch ein. Die Köchin Kuni war gerade dabei, Mehlklöße zu formen, hielt aber nun inne.

»Der hohe Herr hat sich also nicht erweichen lassen, weniger Steuern zu verlangen?«, fragte sie.

»Was heißt hier hoher Herr? Waldemar Frahm ist auch nur ein kleiner Popanz der fürstlichen Verwaltung! Es ist eine Schande, dass er sich hier aufspielen darf, als wäre er der Fürst höchstpersönlich«, erwiderte Klara schnaubend.

Sie stellte ihren Becher etwas zu laut auf die Tischplatte und sah sich um. »Wo ist Tobias, und wo sind Martin und Lena?«

»Herr Tobias ist in den *Löwen* zur Versammlung der Laboranten gegangen. Man hat ihm vorhin erst Bescheid gegeben, daher konnte er es dir nicht sagen. Die Kinder sind draußen im Garten. Ich habe Martin gesagt, er soll auf die kleine Hilde achtgeben. Nicht, dass ihr die Sonne ins Gesicht scheint und ihre Augen Schaden nehmen.«

Kuni wandte sich wieder ihren Klößen zu. Auch wenn es Ärger wegen der Steuern gab, so wollten Klara und ihre Familie dennoch zu Mittag essen.

»Ich schaue nach den Kleinen.« Seufzend verließ Klara die Küche und trat in den Garten.

Dieser war ihr Stolz. Sie pflegte ihn sorgfältig und zog dort etliche Kräuter, die nicht nur für Kuni und die Küche, sondern auch für die Heilmittel wichtig waren, die ihr Mann herstellte. Ihre Kinder entdeckte sie unter dem Pflaumenbaum, der mit weißen Blüten prangte.

Trotz seiner acht Jahre nahm Martin seine Aufgabe als Hüter der kleinen Schwester ernst. Er hatte Hildchen in ihrem Korb in den Schatten gestellt und verscheuchte die Fliegen, die sich auf ihr Gesicht setzen wollten. Die fünfjährige Lena saß daneben und kaute auf einer Brotrinde. Als sie die Mutter sah, sprang sie auf und eilte ihr entgegen.

»Du bist wieder da, Mama!«

»Das bin ich«, antwortete Klara, deren Missmut angesichts ihrer Kinder verflog. Sie hob Lena auf den Arm und streichelte dann Martins Schopf. »Ihr seid heute sehr brav. So mag ich es!«

»Gibt es dafür eine Belohnung?«, fragte Martin in der Hoffnung, die Mutter könnte Kuni einen Kuchen backen oder wenigstens einen Topf Pflaumenkompott von der letzten Ernte öffnen lassen.

»Brav sollte man sein, ohne auf Belohnung zu hoffen«, mahnte Klara ihren Sohn, beschloss jedoch, Kuni zu bitten, am Abend ein paar Pfannkuchen zu backen, die mit Honig oder Mus bestrichen ausgezeichnet schmeckten.

Martin zog einen Flunsch, sah dann aber das Zwinkern in den Augen der Mutter und wusste, dass er und Lena doch darauf hoffen durften, belohnt zu werden.

»Tante Martha war heute noch nicht da«, berichtete er ein wenig enttäuscht, da diese ihm meist etwas mitbrachte, im Sommer oft einen Apfel oder eine Birne und im Winter ein Schmalzgebäck oder eine Brezel.

»Sie wird schon noch kommen«, tröstete Klara ihn und fand gleichzeitig, dass sie mit ihrem Gang zum Gerichtsgebäude bereits zu viel Zeit verloren hatte. Dabei gab es sehr viel im Haus und im Garten zu tun. Zudem musste sie nach den zum Trocknen auf dem Dachboden aufgehängten Kräutern sehen und jene, die bereits verwendet werden sollten, in den Keller bringen und helfen, sie weiterzuverarbeiten.

3.

Um nicht von den fürstlichen Behörden behindert zu werden, hatten die Königseer Laboranten ihre Zusammenkunft heimlich vorbereitet und trafen sich scheinbar zufällig im *Gasthaus zum Löwen*. Es waren Männer, deren Wort in der Stadt etwas galt. Umso mehr erbitterte es sie, dass sie mittlerweile sogar vor den untersten Chargen der fürstlichen Verwaltung ihren Bückling machen mussten.

Klaras Ehemann Tobias bestellte sich einen Krug Bier und hörte zu, als der Laborant Hofmann das Wort ergriff.

»So kann es nicht weitergehen!«, erklärte dieser. »Wir haben all die Jahre treu zu unserem Herrscherhaus gestanden und auf das Wohl des jeweiligen Landesherrn getrunken. Solange das Haus Schwarzburg-Rudolstadt noch reichsgräflich war, ging auch alles gut. Doch seit unser Herr sich Fürst heißen darf, sind die Ausgaben für seine Hofhaltung in den Himmel geschossen. Alle möglichen Leute wurden nach Rudolstadt gerufen, um seinen Hofstaat zu vergrößern. Auch sind ihm die Schlösser seiner

Vorfahren nicht mehr gut genug, und er will neue bauen lassen – und das alles auf unsere Kosten!«

»Gut gesprochen!«, stimmte einer der anderen Laboranten Hofmann zu.

»So ist es!«, rief ein weiterer.

Auch Tobias nickte und überlegte, ob er ebenfalls das Wort ergreifen sollte. Bevor er sich dazu durchgerungen hatte, begann bereits ein anderer zu reden.

»Ich sage euch, wir müssen etwas tun! Entweder schicken wir eine Petition an Seine Gnaden oder vielleicht, besser noch, eine Abordnung. Unsere Abgesandten sollen ihm eindringlich erklären, dass es so nicht weitergehen kann. Er ist der Fürst von Schwarzburg-Rudolstadt und nicht der König der Franzosen oder der Kaiser in Wien. Die haben das Geld, groß Hof zu halten und Schlösser zu bauen, aber unser Friedrich Anton hat es nicht.«

»Das ist wahr!« Einer der Versammelten klopfte zum Zeichen, dass er damit einverstanden wäre, auf den Tisch, und viele taten es ihm nach.

»Wir sind uns also einig, dass wir etwas unternehmen müssen!«, rief der Sprecher. »Was wollt ihr? Eine Bittschrift, die einer von uns dem Fürsten überreichen soll, oder gehen wir zu mehreren nach Rudolstadt?«

»Ich bin für die Petition. Wenn eine ganze Gruppe geht, sähe es nach Aufruhr aus«, wandte Tobias' Nachbar Lensing ein.

Tobias war unsicher. Die neuen Steuern schnitten ihnen ins Fleisch, und so fragte er sich, ob eine Bittschrift das nötige Gewicht haben würde. Wenn allerdings zu viele von ihnen vor den Fürsten traten, konnte dieser es als Brüskierung ansehen und sich ihren Forderungen von vorneherein verschließen.

»Ich bin dafür, dass wir beim Fürsten eine schriftliche Eingabe machen, uns aber gleichzeitig der Klage anschließen, die Herr Bulisius im Namen der Bürger von Rudolstadt beim Reichskammergericht in Wetzlar gegen den Fürsten erhoben hat«, sagte er schließlich.

»Wird das Seine Gnaden nicht mehr erzürnen, als wenn eine Gruppe von uns in aller Bescheidenheit vor ihn hintritt und ihn bittet, die hohen Steuern zu senken?«, fragte einer.

»Außerdem kostet das Prozessieren in Wetzlar Geld«, merkte Lensing an.

»Ich kann nur Vorschläge machen! Eine Beteiligung an dem Prozess würde dem Fürsten zeigen, wie ernst es uns mit unseren Forderungen ist, ohne dass wir dabei gegen das Gesetz verstoßen. Der Weg zum Wetzlarer Gericht steht uns uneingeschränkt offen, denn wir sind weder Leibeigene noch als Landstörzer verurteilt.«

Tobias' Appell brachte einige der Laboranten zum Nachdenken. Wenn sie hier im Land etwas unternahmen, konnte es leicht als Tumult aufgefasst und mit Gewalt unterdrückt werden. Eine Klage vor Gericht hingegen musste Fürst Friedrich Anton hinnehmen.

»Auf jeden Fall dürfen wir uns nicht Bange machen lassen. Wir greifen nicht die Autorität unseres Fürsten an, sondern stemmen uns nur gegen die Willkür seiner Beamten«, erklärte Hofmann.

Wie andere Laboranten hatte auch er mit dem Hut in der Hand vor Waldemar Frahm stehen und dessen Beschimpfungen hinnehmen müssen.

»Wir lassen uns nicht Bange machen. Und nun will ich einen zweiten Krug Bier!« Dieser Aufruf läutete das Ende der Versammlung ein. Einige Laboranten verließen den *Löwen* und kehrten nach Hause zurück, andere rückten zusammen und unterhielten sich weiter.

Tobias entschied sich dafür, nach Hause zu gehen. Immerhin war Klara bei Frahm gewesen, und er wollte wissen, wie der Beamte sie empfangen hatte.

4.

Auf dem Heimweg kam Tobias an dem Häuschen vorbei, das sein Vater gekauft hatte, um dort mit seiner zweiten Frau Martha einen neuen Hausstand zu gründen. Bei der Versammlung hatte er Rumold vermisst, obwohl sie beide gemeinsam die Geschäfte führten. Kurzentschlossen trat er ein und sah sich Martha gegenüber. Sie war ein ansehnliches Ding mit blonden Haaren und einem hübschen, rundlichen Gesicht, gerade mal dreißig Jahre alt und damit fast fünfundzwanzig Jahre jünger als sein Vater.

»Guten Tag, Martha! Wo ist Vater?«, fragte er.

»Rumold sitzt in der Küche und schneidet Zwiebeln. Mir sind die Tränen derart aus den Augen getreten, dass ich nicht weitermachen konnte«, sagte Martha und senkte den Kopf.

Tobias war etwas älter als sie, und nun würde sie ihm einen kleinen Bruder oder eine kleine Schwester verschaffen. Obwohl Klara versucht hatte, sie zu beruhigen, fühlte sie sich verunsichert.

»Darf ich in die Küche, oder stört dies meinen Vater in seiner männlichen Eitelkeit?«, fragte Tobias belustigt.

»Komm herein, du Lümmel, und erzähle mir, was es bei der Versammlung gegeben hat!«, schallte es brummig aus der Küche heraus.

Tobias fand seinen Vater am Tisch sitzend vor, wo er mit grimmiger Miene einer Zwiebel zu Leibe rückte.

»Kannst du mir sagen, weshalb Gott, unser Herr, dieses Gemüse so geschaffen hat, dass derjenige, der es essen will, schlimmer heulen muss als bei der Beisetzung eines lieben Verwandten?«, rief er stöhnend und gab Martha einen Wink. »Schenkst du Tobias bitte einen Becher Hagebuttenwein ein, und mir auch!«

Während Martha eilte, um das Gewünschte zu holen, sah ihr Mann Tobias fragend an. »Und wer von den Laboranten hat am meisten das Maul aufgerissen?«

»Es ging alles sehr gesittet zu. Hofmann und ein paar andere waren dafür, energischer gegenüber dem Fürsten aufzutreten, während einige wie Lensing dagegen waren. Aber sag, weshalb bist du nicht zur Versammlung gekommen? Dein Rat wäre allen willkommen gewesen«, fragte Tobias.

Sein Vater lachte leise. »Allen gewiss nicht! Die Duckmäuser unter den Laboranten hätten sich an meinen Worten gestört. Sagte doch Lensing letztens, dass es uns Laboranten im Gegensatz zu anderen noch gutginge, weil Seine Gnaden auf uns und unseren Verdienst angewiesen sei. Ohne uns Laboranten und unsere Buckelapotheker müsste Seine Hoheit, Friedrich Anton, ebenfalls den Gürtel enger schnallen.«

Tobias dachte an den wohlbeleibten Fürsten auf dem Thron in Rudolstadt und verzog das Gesicht. »Schaden würde es dem hohen Herrn nicht. Allein, was er an einem Tag verschlingt, kostet mehr, als eine ganze Familie im Jahr an Nahrung verbraucht.«

»Der Fürst weiß halt zu leben! Bald wird die Gicht es ihm danken«, antwortete sein Vater grimmig lächelnd. »Aber sag, was wollen sie tun?«

Tobias zuckte mit den Achseln. »Ganz einig sind sie sich noch nicht, aber es sieht aus, als wollten sie dem Fürsten eine Bittschrift überreichen. Ich habe vorgeschlagen, sich an der Klage des Herrn Bulisius in Wetzlar zu beteiligen, doch einige zieren sich noch.«

»Ich glaube auch nicht, dass dies etwas bringen würde. Die Herren Richter stammen doch alle aus besseren Kreisen und werden niemals gegen einen so hohen Herrn wie den Fürsten von Schwarzburg-Rudolstadt entscheiden«, erwiderte sein Vater mit einer verächtlichen Geste.

»Mir geht es nicht ums Gewinnen, sondern darum, ein Symbol zu setzen. Der Fürst soll sehen, dass wir uns nicht alles gefallen lassen«, erwiderte Tobias energisch.

»Wenn ihm die Leute zu aufmüpfig werden, holt er die Preußen zu Hilfe, und die wissen, wie man Untertanen zur Räson bringt! Aber lass uns von Angenehmerem reden. Und du siehst zu, ob du die faule Grete findest, damit sie die Zwiebeln fertig schneidet. Ich kann nicht mit meinem Sohn reden und gleichzeitig heulen.«

Die beiden letzten Sätze galten seiner Frau, die eben mit dem Hagebuttenwein hereinkam.

»Wo steckt eure Magd eigentlich?«, fragte Tobias.

»Martha hat sie zum Markt geschickt, weil sie etwas vergessen hatte. Jetzt trödelt dieses Ding, dass es Gott erbarmen möge. Ich wollte, wir könnten mit euch tauschen und eure Liese für ein paar Wochen hierherholen, während die Grete bei euch arbeiten muss. Klara würde ihr schon beibringen, was es heißt, bei der Arbeit säumig zu sein.« Rumold klang so bissig, dass Martha die Tränen nicht mehr zurückhalten konnte.

»Ich hätte wohl besser noch einmal selbst gehen sollen. Mir waren aber die Beine zu schwer, und da habe ich Grete geschickt. Ich …«

»Das war doch kein Vorwurf an dich!«, unterbrach ihr Mann sie. »Du bist ein sanftes, gutmütiges Ding, und das nützt diese Kröte aus. Mir aber gefällst du so, wie du bist!«

»Wirklich?« Martha klang so, als könne sie immer noch nicht begreifen, dass ein so gesetzter und angesehener Mann wie Tobias' Vater sich in sie hatte verlieben können.

»Wenn ich es doch sage«, antwortete dieser. »Aber ich sehe, Grete kommt zurück. Wisst ihr was? Sie soll die Küchenarbeit ganz übernehmen. Wir beide schließen uns Tobias an und gehen nach Hause … äh, in sein Haus!«

»Es ist auch dein Haus! Ihr könntet jederzeit zurückkommen«, sagte Tobias.

»Ach was!«, sagte sein Vater abwinkend. »Jung und Alt, das geht auf Dauer nicht gut. Hier habe ich mein eigenes, kleines Nest, das ich mit Martha teilen kann, und bin mein eigener Herr.«

»Das wärst du drüben auch.«

»Lass es gut sein, Tobias. So, wie es ist, ist es am besten. Wir kommen gut miteinander aus, und damit sollten wir zufrieden sein. Ah, da bist du, Grete! Du kannst die Zwiebeln fertig schneiden und das Essen kochen. Martha und ich müssen mit Tobias gehen.«

Bei Martha wäre die Magd mit Ausflüchten gekommen, doch bei Rumold Just wagte sie dies nicht. Stattdessen griff sie mit verkniffener Miene nach dem Messer und zog eine Zwiebel zu sich heran.

Tobias und sein Vater leerten die Becher mit dem Hagebuttenwein und wandten sich zur Tür. Da Martha zögerte, drehte sich ihr Mann zu ihr um. »Komm jetzt!« Rumold wollte nicht, dass seine Frau zurückblieb, da Grete ihr sonst gewiss wieder die unangenehmere Arbeit aufgehalst hätte. In der Hinsicht hätte er Martha ein größeres Selbstvertrauen gewünscht. Der Mensch konnte jedoch nicht alles haben, und so musste er ihr eben helfen, sich gegen die Magd durchzusetzen.

5.

Klara hatte gerade den Korb mit der kleinen Hilde in die Küche gestellt und war dabei, ihr Hemd zu öffnen, um den Säugling zu stillen. Da hörte sie, wie die Haustür ging, und drehte sich mit dem Rücken zur Tür.

»Es sind Herr Just, Tobias und Martha. Ich schicke sie in die Stube, bis du fertig bist«, bot Kuni ihr an.

»Bei meinem Schwiegervater und Tobias kannst du das tun, aber Martha soll hereinkommen«, antwortete Klara und streichelte mit den Fingern sanft über Hildes Köpfchen.

Kuni nickte und trat in die Küchentür. »Ihr könnt euch in die Stube setzen! Ich bringe euch gleich einen Becher Schlehenwein«, sagte sie zu den beiden Männern.

»Zwei Becher wären mir lieber«, antwortete Rumold grinsend. »Einen müssten Tobias und ich uns teilen, und da bleibt für jeden nicht viel.«

Die Köchin schüttelte in komischer Verzweiflung den Kopf. »Als wenn ich nicht jedem von euch einen Becher geben würde!«

»Du darfst Vaters Worte nicht auf die Goldwaage legen. Seine junge Frau lässt ihn immer jünger und übermütiger werden«, warf Tobias lachend ein.

»Gut, dass du nicht ›kindischer‹ gesagt hast! Ich hätte dir sonst den Hosenboden strammgezogen.« Rumold musste ebenfalls lachen und trat ein. Tobias folgte ihm, während Martha unsicher stehen blieb.

»Du darfst in die Küche«, erklärte Kuni ihr und ging weiter, um den Schlehenwein zu holen.

Martha gesellte sich zu Klara und sah zu, wie diese die Kleine nährte. Ihre Miene wurde weich, und sie streckte mit zuckenden Lippen die Rechte nach dem Säugling aus. »Wenn ich daran denke, dass ich in weniger als sieben Monaten ebenfalls so etwas Liebes in den Armen halten darf …«, sagte sie leise.

»Hast du es meinem Schwiegervater schon gesagt?«, wollte Klara wissen.

Martha schüttelte den Kopf. »Nein! Oh Gott, das habe ich mich noch nicht getraut. Was wird er dazu sagen?«

»Er wird stolz darauf sein, weil er sich mit seinen Jahren noch einmal als Mann hat beweisen können. Das Gefühl wird ihm auch helfen, das Geschrei des Kleinen zu ertragen.«

»Warum sollte ein Kind so schreien? Hildchen tut es doch auch nicht«, wandte Martha ein.

»Warte nur ab, bis ihr die Zähne wachsen. Dann wirst du anders reden«, sagte Klara lachend und sah dann, dass die Kleine satt war und nur noch schmatzend auf der Brustwarze herumkaute.

»Das lässt du jetzt lieber sein!«, sagte Klara und entzog ihr die Brust. Sofort zeigte der Säugling eine ärgerliche Miene und stieß einen Protestruf aus.

»Hier hast du!« Kuni brachte einen in Honigwasser getauchten Leinenschnuller und steckte ihn Hilde in den Mund. Die Kleine wollte ihn schon wieder ausspucken. Da jedoch die Mutter keine Anstalten machte, sie wieder an die Brust zu legen, behielt sie ihn im Mund und ließ sich wieder in ihre Wiege legen.

Klara schloss ihr Hemd und das Mieder und gesellte sich mit Martha zu ihrem Mann und ihrem Schwiegervater. Tobias kam sofort auf sie zu und fasste sie bei den Schultern.

»Was hat dieser Kerl gesagt?«, fragte er gespannt.

»Frahm hat erklärt, wenn der Fürst es verlangt, müssten wir ihm auch das letzte Hemd überlassen!« Klara fauchte, da sie diese Bemerkung für eine Unverschämtheit hielt.

»Da soll doch der Blitz dreinschlagen!«, fuhr Tobias auf. »Dem hätte ich für ein paar Pfennige die Leviten gelesen.«

»Und wärest einige Taler als Strafe für die Beleidigung eines Beamten Seiner Hoheit losgeworden«, erklärte sein Vater grimmig.

»Sehr verbindlich war meine Antwort auch nicht«, gab Klara zu. »Ich sagte Frahm, dass der Fürst es bald merken würde, wenn seine Untertanen die immer höheren Steuern nicht mehr zahlen können. Ich war kaum freundlicher, als du es gewesen wärst!«

»Trotzdem war es besser, dass du hingegangen bist. Ein Weib wagen sie nicht so leicht einzusperren wie einen Mann, zumal du dich um ein nur wenige Wochen altes Kind zu kümmern hast.« Rumold lächelte Klara zu, denn er war stolz auf seine energische Schwiegertochter.

Für Klara war es ein guter Anstoß, um das Thema zu wechseln. »Willst du es deinem Mann nicht jetzt sagen?«, fragte sie Martha.

Ihre Freundin senkte den Kopf. »Ich ... ich weiß nicht, wie ...«

Es klang so kleinlaut, dass Rumold erstaunt den Kopf hob. »Hast du etwa Geheimnisse vor mir?«

»Eines, das nicht mehr lange verborgen bleiben wird«, erklärte Klara lächelnd. »Martha ist nämlich guter Hoffnung. Du wirst in einigen Monaten noch einmal Vater werden!«

»Was sagst du da?« Einen Augenblick lang sah Rumold so aus, als hätte ihn der Blitz gestreift, während Martha in Tränen ausbrach.

»Eigentlich solltest du bei dieser Nachricht mehr Freude zeigen«, wies Klara ihren Schwiegervater zurecht.

Rumold schluckte und schloss Martha in die Arme. »Stimmt das?«, fragte er sie um einiges sanfter.

Martha nickte mit ängstlicher Miene. »Die Hebamme sagt, ich wäre im dritten Monat. Ich ...«

»... freue mich für dich!«, unterbrach Tobias sie. »Ich habe mir immer einen Bruder oder eine Schwester gewünscht. Jetzt bekomme ich sie doch noch.«

»Dann wird das Kleine Onkel oder Tante – und das mit einem Neffen und zwei Nichten, die älter sind.« Der Gedanke amüsierte Tobias. Da er aber sah, dass Martha die Worte falsch aufzufassen schien, nahm auch er sie in die Arme.

»Das ist die beste Nachricht seit langem! Die sollen uns auch der Fürst und seine Speichellecker nicht verderben.«

»Der Fürst hat dann einen Untertanen mehr, dem er irgendwann Steuern abknöpfen kann«, meinte Rumold bärbeißig und fragte sich, ob er mit weit über fünfzig Jahren nicht zu alt war, um noch einmal Vater zu werden. Dann aber spottete er über sich selbst. Er hatte sich mit Martha nun einmal eine junge Frau ins Haus geholt. Zwar war sie in ihrer ersten Ehe kinderlos geblieben, dennoch hätte er damit rechnen müssen, dass sie noch schwanger werden könnte.

»Ich freue mich auch!«, setzte er mit einem eifrigen Nicken hinzu.

»Damit hat Martha den Verwandten ihres ersten Ehemanns ihren Wert als Frau bewiesen! Diese können jetzt nicht mehr so tun, als würde ihnen das Ganze ohnehin zufallen, weil sie keine Kinder bekommen kann.« Tobias klang zufrieden, denn der Prozess gegen die Kircher-Sippe war erbittert gewesen. Wäre er verlorengegangen, hätte es sie viel Geld gekostet. Doch auch so war ein Teil des erstrittenen Geldes an die Rechtsanwälte und die fürstliche Kasse gegangen.

»Der Streit mit den Kirchers ist Vergangenheit«, erklärte Klara, um Marthas Gedanken von jener Zeit abzulenken, in der sie als Hermann Kirchers Schwiegertochter dessen Nachstellungen ausgeliefert gewesen war.

»Das ist er, fürwahr!«, stimmte ihr Tobias zu. »Daher freut es mich auch so sehr für Vater. Ihr wisst, wie die Verwandten meiner Mutter gehetzt haben, als er Martha geheiratet hat. Sie taten fast so, als würde er damit das schlimmste Verbrechen begehen. Ich musste Tante Helene zuletzt aus dem Haus weisen, weil sie nicht aufhören konnte, sich das Maul darüber zu zerreißen.«

»Ja, das war schlimm!« Rumold schüttelte sich kurz und zog Martha in die Arme. »Wenn es nach Helene und den anderen gegangen wäre, müsste ich jetzt als Greis hinter dem Ofen sitzen und mit meinen Enkeln spielen. Letzteres tue ich zwar gerne, doch als Greis fühle ich mich nicht.«

»Du bist mir also nicht böse?«, fragte Martha zaghaft.

»Was heißt hier böse? Ich bin so glücklich, wie ein Mann es nur sein kann, dessen junge, hübsche Frau dabei ist, Mutter zu werden.« Rumold bedachte Martha mit einem so liebevollen Blick, dass sie sich selig an ihn schmiegte.

»Wir sollten heute Abend ein wenig feiern. Kommt zu uns, und wir stoßen mit einer guten Flasche Wein an. Eine weitere sollten wir aber für die Taufe aufheben«, schlug Rumold vor, und niemand hatte an diesem Vorschlag etwas auszusetzen.

6.

Als Martha und Rumold nach Hause zurückkehrten, trafen sie ihre Magd mit einer Nachbarin schwatzend vor der Haustür an.

»Hast du alles erledigt, was dir geheißen wurde?«, fragte Rumold und erntete ein heftiges Nicken.

»Aber ja!«

Ohne weiter auf Grete zu achten, traten Martha und Rumold ein und öffneten die Küchentür. Rumold schnupperte kurz. »Das riecht doch angebrannt!«

Sofort stürzte Martha zu den Töpfen, um das Essen zu retten. Ihr wurde jedoch von dem Geruch übel, und sie eilte in den Garten, um sich dort zu übergeben.

»Grete, was soll das?«, rief Rumold zornig. »Sieh, was du angerichtet hast! Das Mittagessen ist angebrannt, und das allein durch deine Schuld.«

Die Frau schlurfte herein, spähte an ihm vorbei zu den stinkenden Töpfen und wehrte den Vorwurf mit beiden Händen ab. »Das muss eben erst passiert sein. Dafür kann ich nichts!«

»Meine Frau hat dir befohlen, zu kochen. Also hättest du hierbleiben und auf die Töpfe achtgeben müssen. Stattdessen hast du draußen mit der Nachbarin geschwatzt, und wir müssen nun alles den Schweinen vorschütten.« Rumold klang scharf, doch da zog Grete die Töpfe vom Feuer weg und blickte kurz hinein.

»Das kann man schon noch essen«, sagte sie und nahm sich vor, selbst etwas Brot und eine Wurst aus dem Vorratskeller zu verspeisen.

Da packte Rumold sie am Genick und drückte ihren Kopf auf den größten Topf nieder. »Das kann man noch essen, sagst du? Das wirst du uns zeigen. Nimm einen Löffel und fang an!«

Grete starrte auf den halbverkohlten Inhalt des Topfes und versuchte vergebens, sich seinem Griff zu entwinden.

»Iss!«, befahl er.

Nun griff Grete doch nach einem Löffel, fuhr damit in den Topf und holte eine kleine Menge heraus. Kaum hatte das Zeug ihre Lippen berührt, spuckte sie es wieder aus.

»Ich kann nicht!«, jammerte sie.

»Aber meine Frau und ich sollen das Zeug essen, du ungutes Ding! Ich sollte dich zur Tür hinausjagen und mir eine neue Magd suchen.« Noch während Rumold sprach, dachte er, dass dies wohl das Beste wäre.

Da sank Grete vor ihm auf die Knie und hob flehend die Hände. »Nein, bitte, tut das nicht! Wo soll ich denn hingehen? Ich habe niemanden, der mich aufnimmt.«

Da sie als faul und unzuverlässig bekannt war, würde sie in Königsee und darüber hinaus keine neue Stellung finden und vielleicht sogar als Bettlerin durch die Lande ziehen müssen. Dieser Gedanke erschreckte Grete so, dass sie zu heulen begann.

»Jagt mich nicht fort! Es wird nie wieder vorkommen! Ich werde alles tun, damit Frau Martha und Ihr mit mir zufrieden seid.«

Rumold zögerte. Eigentlich hatte die Magd eine Strafe verdient, doch Martha war guter Hoffnung, und er konnte ihr nicht die ganze Arbeit im Haushalt aufhalsen, bis er eine neue Magd gefunden hatte.

»Also gut! Ich will noch einmal Gnade vor Recht ergehen lassen«, sagte er grimmig. »Mein Weib ist schwanger und kann nicht mehr so viel arbeiten. Also bessere dich, sonst muss ich meinen Entschluss bereuen.«

Die Herrin würde ein Kind bekommen? Für Grete war dies eine entsetzliche Nachricht. Bisher hatte sie Martha den Hauptteil der Hausarbeit aufhalsen können. Nun würde das nicht mehr möglich sein. Und es würde noch schlimmer kommen, denn sobald das Kind da war, würde sie auch noch mithelfen müssen, es zu versorgen. Trotzdem erschien es ihr besser, in diesem Haus zu bleiben, als über die Landstraßen zu ziehen.

»Ich verspreche Euch, dass Ihr mit mir zufrieden sein werdet«, beteuerte sie und küsste Rumold sogar die Hand.

Danach ging sie daran, den verkohlten Inhalt der Töpfe in den Eimer zu kratzen, in dem die Abfälle für das Schwein gesammelt wurden.

»Wir werden heute zu Mittag Brot und ein wenig Speck essen und erst zu Abend kochen. Da sollte es etwas mehr sein, denn ich habe meinen Sohn und meine Schwiegertochter eingeladen«, sagte Rumold und ging hinaus, um nach Martha zu sehen.

Grete blieb in der Küche zurück und fand, dass das Leben ungerecht zu ihr war. Wie hatte das Mittagessen in den wenigen Minuten, in denen sie draußen mit der Nachbarin gesprochen hatte, anbrennen können? Dazu trug die Ehefrau ihres Dienstherrn ein Kind. Wenn Martha es geboren hatte, würde sie nicht mehr als Fremde gelten, die Rumold Just aus Gnade und Barmherzigkeit geehelicht hatte, sondern als anerkannte Untertanin Seiner Hoheit, Fürst Friedrich Anton.

Dann hatte eine Magd ihr zu gehorchen, wenn sie nicht mit dem Stock bestraft werden wollte. Da Grete Martha hatte fühlen lassen, wie wenig sie hier galt, bekam sie Angst, diese könnte es ihr in Zukunft heimzahlen. Daher brauchte sie jemanden, der ihr helfen konnte. Einen Augenblick fühlte sie sich hilflos, bis ihr ein Mann in den Sinn kam, vor dem selbst Rumold Just brav den Hut ziehen musste.

7.

Es dämmerte bereits, als Klara und Tobias das Haus ihres Vaters und Schwiegervaters betraten. Klara trug Hilde auf dem Arm, da sie sie noch einmal stillen wollte, bevor sie nach Hause zurückkehrten. Zwar schlief die Kleine friedlich, dennoch bereitete ihr Anblick Grete Unbehagen. Schon bald würde es auch hier einen Säugling geben, und sie würde dessen Geschrei ertragen und die übelriechenden Windeln waschen müssen.

»Da seid ihr ja!«, grüßte Rumold Sohn und Schwiegertochter und wies auf die Tür der guten Stube, die ihm für diesen Anlass als geeignet erschien.

»Wie geht es dir?«, fragte Klara Martha besorgt, da diese ihr arg blass erschien.

»Ihr ist Mittag sehr übel geworden, weil Grete das Essen hat anbrennen lassen«, berichtete ihr Schwiegervater.

Martha senkte den Kopf. »Der Geruch war so schlimm!«

»Eine Frau in guter Hoffnung ist empfindlich«, tröstete Klara sie. »Was meinst du, wie oft mir während meiner Schwangerschaften übel geworden ist! Da brauchte es nicht einmal einen schlechten Geruch. Aber du hast hoffentlich am Abend etwas gegessen?«

»Wir wollen jetzt essen. Ihr habt hoffentlich noch ein wenig Hunger mitgebracht?« Rumolds Frage galt dem Sohn und der Schwiegertochter. Beide nickten, um ihn nicht zu enttäuschen.

»Dann ist es gut«, fand Rumold und forderte die beiden Frauen auf, in die Stube zu treten. »Ich muss noch kurz etwas mit Tobias besprechen«, setzte er hinzu.

Klara fasste Martha unter und ließ sich von ihr in die Stube führen.

Unterdessen zog Rumold seinen Sohn ans andere Ende des Flures. »Martha soll nicht hören, was ich dir zu sagen habe. Es würde ihr das Herz schwer machen«, sagte er leise.

Sein Sohn sah ihn überrascht an. »Gibt es schlechte Neuigkeiten?«

»Nein, nein!«, versuchte sein Vater, ihn zu beruhigen. »Es ist nur so: Ich bin nicht mehr der Jüngste, und wenn Martha unser Kind geboren hat, wird es etliche Jahre dauern, bis es erwachsen ist. Ob Gott mir noch so viele Jahre schenken wird, weiß ich nicht. Darum habe ich eine Bitte an dich: Sollte ich vorher sterben, nimm dich meiner Frau und des Kleinen an!«

»Das ist doch selbstverständlich«, antwortete Tobias und fasste nach den Händen seines Vaters. »Mehr aber wünsche ich mir, dass du noch lange lebst und den Bräutigam für deine Tochter oder die Braut für deinen Sohn selbst aussuchen kannst.«

»Schön wäre es!«, antwortete Rumold, obwohl er wusste, dass er in diesem Fall bereits auf die achtzig zugehen würde. Er klopfte seinem Sohn auf die Schulter. »Komm, gesellen wir uns zu unseren Frauen! Sie denken sonst noch, wir hätten über etwas Weltbewegendes gesprochen.«

Tobias lachte leise und folgte ihm in die gute Stube. Klara und Martha saßen bereits auf der Bank und hatten sich jeweils ein Kissen untergeschoben.

»Da sieht man, dass der Hintern einer Frau doch empfindlicher ist als der eines Mannes. Wir brauchen so etwas nicht!«

Mit diesen Worten ließ Tobias sich nieder, während sein Vater die Schüssel entgegennahm, die Grete ihnen reichte, und anschließend die Teller füllte.

»Mag es euch bekommen, denn wenn es das tut, bekommt es auch mir«, sagte er und sprach das Tischgebet.

Während des Essens herrschte Schweigen. Doch kaum waren die Teller wieder vom Tisch, holte Rumold Just eine Weinflasche und schlug ihr mit einer Feile den Hals ab. Nachdem er sich überzeugt hatte, dass keine Glassplitter zurückgeblieben waren, goss er vier Becher voll.

»Lasst uns auf den heutigen Tag anstoßen und die Frahms dieser Welt eine Weile vergessen«, sagte er und reichte den Gästen die Becher.

»Solange sie guter Hoffnung ist, sollte Martha Wein und anderen geistigen Getränken nur in sehr geringen Maßen zusprechen«, mahnte Klara und setzte hinzu, dass dies auch für die Zeit gelte, in der das Kind gestillt wurde.

»Doktor Halbers berichtete einmal, er habe eine Mutter erlebt, die sich mehr von Branntwein als von Brot ernährt hat. Das Kind, das ihre Milch trank, sei dadurch ebenfalls ständig betrunken gewesen«, setzte sie hinzu.

»Wirklich?« So ganz konnte Martha es nicht glauben.

Sie sagte sich aber, dass Klara, was Geburt und das Aufwachsen von Kindern betraf, mehr Erfahrung besaß als sie, und beschloss, sich ihre Ratschläge zu Herzen zu nehmen.

Die vier stießen miteinander an und unterhielten sich. Rumold war guter Stimmung und erzählte aus seiner Jugendzeit. »Damals war Schwarzburg-Rudolstadt noch eine freie Reichsgrafschaft und Albert Anton, der Großvater des jetzigen Fürsten, unser Landesherr. Zu jener Zeit war die Hofhaltung in Rudolstadt um vieles bescheidener, und als Kaiser Josef ihn in den Reichsfürstenstand erhob, gab Albert Anton wenig darauf, sondern lebte so weiter wie bisher. Obwohl der große Krieg erst vierzig Jahre her war, hatten wir es damals besser als jetzt.«

Da ihm klarwurde, dass er durch den Vergleich jener Zeit mit der jetzigen bitter zu werden drohte, wechselte er das Thema. Während er eine lustige Begebenheit erzählte, musterte er seine Frau und seine Schwiegertochter. Die beiden waren gerade einmal zwei Jahre auseinander und beide recht hübsch. Während Martha mit ihren weichen Gesichtszügen und den verträumten Augen ein wenig hilflos wirkte, sah man Klara an, dass sie energisch werden konnte. Ihr Haar war etwas dunkler als noch vor einem guten Jahrzehnt, als sie allen Mahnungen zum Trotz die Strecke ihres ermordeten Vaters als Buckelapothekerin hatte bewältigen wollen. Obwohl sie drei Kinder geboren hatte, war sie immer noch schlank. Ihre hellen Augen blitzten unter fein geschwungenen Brauen, die Nase war nicht zu breit und nicht zu lang und ihr Mund gerade richtig.

Rumold fand, dass sein Sohn es mit dieser Frau gut getroffen hatte. Doch mit seiner Martha war er ebenfalls zufrieden. Er lächelte seinem hübschen Eheweib zu und berichtete in humorvollem Ton, wie Klara einst von ihm gefordert hatte, die Nachfolge ihres Vaters als Buckelapotheker anzutreten.

»Damals habe ich mir gedacht, dass sie mit zunehmendem Alter ein arger Weibsteufel werden würde. Aber jetzt bin ich froh, dass ich mich geirrt habe«, sagte er gerade noch rasch genug, um einer bissigen Bemerkung von Klara zuvorzukommen.

»Sie ist das beste Weib, das ich habe finden können«, erklärte sein Sohn. »Wenn ich daran denke, wie geschickt sie den Mörder ihres Vaters entlarvt hat! Später, als wir bereits verheiratet waren, hätte mich die Jungfer Engstler, ohne mit der Wimper zu zucken, in Rübenheim hinrichten lassen, wäre es Klara nicht gelungen, mich aus dem Kerker zu befreien. Daher sollten wir nicht über die heutige Zeit jammern. Wir hatten auch früher unsere Sorgen.«

»Das ist wohl wahr«, stimmte Klara ihm zu und lehnte sich an ihn.

»Habt ihr in letzter Zeit einmal etwas von Herrn von Tengenreuth gehört?«, fragte Martha.

Klara schüttelte den Kopf. »Er schreibt uns einmal im Jahr und schickt ein Geschenk für Lena, da er und seine Frau …«

»Seine frühere Todfeindin!«, warf Martha schaudernd ein.

»… die Patenschaft für sie übernommen haben«, beendete Klara den Satz, ohne auf die Bemerkung ihrer Freundin einzugehen.

»Viel ist von der Feindschaft nicht geblieben. Immerhin hat die Dame ihrem Gemahl pflichtschuldig zwei Söhne geboren«, berichtete Tobias.

»Heuer hat Herr von Tengenreuth unserer Lena ein Stück echter Seide schicken lassen. Wir wagen es aber nicht, sie zu verwenden, da uns sonst die Beamten der Fürsten auf den Hals kommen und Steuern dafür verlangen würden.«

Obwohl Klara im munteren Plauderton sprach, war nicht zu überhören, wie sehr es sie kränkte, ihre Tochter nicht so ausstaffieren zu können, wie es ihr möglich wäre.

»Ich finde es auch ungerecht, dass ein Kind, das von einem Edelmann Seide zum Geschenk erhält, diese nicht als Kleid tragen darf«, sagte Martha seufzend.

»So ist nun einmal die Zeit. Sprechen wir von angenehmeren Dingen!« Rumold lenkte das Gespräch wieder auf die Vergangenheit, als Klara die Gnade des damaligen Fürsten Ludwig Friedrich erworben hatte und als Buckelapothekerin hatte ausziehen dürfen.

Damals hatte Klara Martha kennengelernt, und die beiden erzählten nun, wie sie den fränkischen Reichsgrafen Benno von Güssberg überlistet hatten.

»Er wollte uns als Hexen verbrennen lassen und hat uns deswegen in Bamberg als solche angeklagt. Es ist ihm aber nicht gut bekommen!«, rief Martha lachend.

»Wir hatten allerdings großes Glück«, gab Klara zu. »Ich habe später erst erfahren, dass Fürstbischof Lothar Franz von Schönborn in seinem Herrschaftsbereich Hexen streng verfolgen ließ. Wäre Benno von Güssberg klüger vorgegangen, hätte es uns schlecht ergehen können.«

»Er ist es aber nicht!«, trumpfte Martha auf, die Güssberg und dessen Handlanger in denkbar schlechter Erinnerung hatte.

»Freuen wir uns, dass uns solche Abenteuer in Zukunft erspart bleiben«, meinte Tobias und fragte seinen Vater, ob er ein weiteres Glas Wein haben könne.

Für einen Augenblick erstarb das Gespräch, und im nächsten Augenblick spitzte Klara die Ohren. Irgendetwas stimmte nicht! Sie winkte den anderen mit der Hand, still zu sein, und lauschte angestrengt.

Ein leises Geräusch war von draußen zu vernehmen, so als würde etwas an der Wand entlangstreifen. Klara stand vorsichtig auf und schlich zum Fenster.

Die Vorhänge waren bereits zugezogen. Sie ergriff einen mit der Linken und legte die Rechte auf die Verriegelung des Fensters. Mit einem Ruck zog sie den Vorhang zurück und riss das Fenster auf. In der Dunkelheit konnte sie zwar niemanden sehen, hörte aber einen leisen Fluch und kurz darauf rennende Schritte.

»So ein Lump! Wenn der mir in die Finger gerät, kann er was erleben«, wetterte Rumold.

»Dafür müsstest du wissen, wer es war. Ich habe ihn nicht erkannt, sondern kann nur sagen, dass es sich um einen Mann gehandelt hat.«

»Was mag der gewollt haben?«, fragte Martha. »Ein Dieb war es nicht, denn der konnte trotz der zugezogenen Vorhänge sehen, dass in der Kammer Licht gebrannt hat.«

»Der Kerl wollte wahrscheinlich lauschen!«, sagte Tobias erregt.

»Sind wir hier im Fürstentum schon so weit gekommen, dass Denunzianten ihre Ohren an die Fensterscheiben legen?«

Während Rumold vor Zorn rot anlief, verzog Klara spöttisch das Gesicht. »Wenn der Mann erfahren wollte, was wir über den Fürsten sagen, so hatte er wenig Erfolg. Wir haben diesen nur selten und gewiss nicht despektierlich erwähnt.«

»Der Kerl kann uns alles Mögliche nachsagen«, prophezeite Tobias düster. »Wenn er uns verleumdet, wird es uns nicht leichtfallen, uns von seinen Anschuldigungen reinzuwaschen.«

»Der Teufel soll ihn holen!« Rumold ballte kurz die Fäuste, schloss dann das Fenster wieder und zog den Vorhang zu. Danach wandte er sich den anderen zu. »Auf jeden Fall müssen wir in Zukunft darauf achtgeben, was wir sagen, damit uns kein Strick daraus gedreht werden kann. Ausgerechnet an einem Tag wie heute, an dem man sich doch eigentlich freuen sollte, musste das passieren.«

»Die Freude sollten wir uns nicht nehmen lassen«, erwiderte Klara. »Trotzdem stellt sich die Frage, weshalb dieser Kerl uns ausgerechnet heute belauschen wollte? Bin ich Waldemar Frahm etwas zu sehr auf die Zehen getreten?«

»Er kann auch meinetwegen gekommen sein. Immerhin habe ich heute an der Versammlung im *Löwen* teilgenommen. Ich werde morgen die anderen fragen, ob ihnen ebenfalls etwas aufgefallen ist. Doch nun lasst uns von etwas anderem reden als von Spitzeln und Denunzianten.« Tobias nahm wieder Platz und trank einen Schluck Wein.

Da Klara spürte, wie sehr sich ihr Mann trotz seiner Worte ärgerte, setzte sie sich neben ihn und fasste nach seiner freien Hand. »Wer er auch immer gewesen sein mag – wir lassen uns von niemandem ins Bockshorn jagen!«

»Das ganz gewiss nicht!«, antwortete Tobias und fand, dass er es mit Klara nicht besser hätte treffen können.

Auch sein Vater machte sich Gedanken und starrte den Vorhang böse an. »Über eines sollten sich der Fürst und seine Kamarilla im Klaren sein: Wer Wind sät, kann leicht Sturm ernten!«

»Das«, sagte Tobias mit einem gezwungenen Lächeln, »hätte der Spitzel nicht hören dürfen.«

»Es ist aber die Wahrheit! Wir sind Menschen und keine Tiere, die man mit der Peitsche drangsalieren kann. Und nun auf Marthas Wohl und auf das Kind, das sie mir schenken wird.«

»Darauf trinken wir!«, antwortete Klara und betete, dass der Sturm, den ihr Schwiegervater prophezeit hatte, ausbleiben möge.

Zweiter Teil

...

Die Sorgen der Gräfin

1.

Ötliche Meilen vom Fürstentum Schwarzburg-Rudolstadt entfernt erstreckte sich ein von dichtem Wald umgebenes Tal, das etwa eine Meile lang war und bis zu einer halben Meile breit. In diesem Tal gab es keine Stadt, sondern nur einen Marktort und mehrere Dörfer. Etwa in der Mitte stand ein für diese Gegend viel zu aufwendig gestaltetes Schloss. Dieses war der Sitz einer Seitenlinie des Hauses Schwarzburg-Rudolstadt.

Der Stammvater Friedrich war ein illegitimer Sohn des Schwarzburger Reichsgrafen Ludwig Günter und mehr als zwanzig Jahre älter gewesen als dessen ehelich geborener Sohn und Nachfolger Albert Anton. In den letzten Jahren des Dreißigjährigen Krieges hatte Friedrich so viel Ruhm erworben, dass er von Kaiser Ferdinand III. dieses Tal zur Belohnung als reichsfreies Eigentum erhielt. Während die benachbarten Herrschaften durch die Kriegswirren verarmt und herabgekommen waren, hatte Friedrich im Krieg genug Beute gemacht, um ein stattliches Schloss errichten zu lassen. Eine nach Wien geschickte Summe von nicht unbeträchtlicher Höhe sorgte zudem dafür, dass der Kaiser ihm gestattete, den Namen Schwarzburg-Friedrichsthal zu tragen, und ihn in den Reichsgrafenstand erhob.

Seine Braut hatte Friedrich von Schwarzburg-Friedrichsthal danach ausgesucht, welche eheliche Verbindung ihm am meisten nützen könnte, und durch Verträge mit den umliegenden Fürstentümern dafür gesorgt, dass sein kleines Ländchen vor den Begehrlichkeiten anderer gesichert war.

Seitdem waren viele Jahre vergangen. Schwarzburg-Friedrichsthal bestand immer noch als reichsfreie Herrschaft, und mit dem neunjährigen Friedrich saß der Vierte seines Namens auf dem Thron. Allerdings führte ein Regentschaftsrat, der aus seiner Mutter, seiner Großmutter und zwei adeligen Herren bestand, die Herrschaft für den jungen Reichsgrafen.

An diesem Tag schritt Henrietta Augusta, die Großmutter Friedrichs IV., durch den Spiegelsaal des Schlosses, ohne ihr vielfach gespiegeltes Konterfei auch nur zu bemerken. Ihre Miene war ernst, und sie zerknüllte unbewusst das seidene Taschentuch in ihrer Hand. Als sie aus einem Nebenraum Stimmen hörte, blieb sie stehen.

»… ist der Knabe noch einmal mit dem Leben davongekommen«, sagte jemand, der nicht gerade erfreut wirkte.

»Schwächlich, wie er ist, wird er über kurz als lang ohnehin in die Ewigkeit eingehen«, antwortete eine Frau, die Henrietta Augusta als eine der Hofdamen ihrer Schwiegertochter erkannte.

So eine Schlange!, dachte sie erzürnt. Nach außen hin tat Geraldina von Trenzen so, als gäbe sie alles, damit Friedrich IV. gesund wurde, doch hinter verschlossenen Türen redete sie, als erwarte sie sein schnelles Ableben.

»Es wäre zu wünschen, wenn dieser Fall bald eintreten würde«, sagte der Mann.

Die Stimme kannte Henrietta Augusta nicht. Sie erwog schon, das Zimmer zu betreten und Frau von Trenzen und ihren Gesprächspartner zur Rede zu stellen. Dann aber sagte sie sich, dass es klüger war, weiter zu lauschen.

»Der alte Drache wacht mit Argusaugen über den Jungen, doch seine Mutter hat auf meine Anregung hin den von Euch empfohlenen Arzt Stratmann nach Friedrichsthal kommen lassen. Dieser hat festgestellt und auch sehr deutlich gesagt, dass der kleine Reichsgraf nicht mehr lange zu leben hat«, erklärte Geraldina von Trenzen eifrig.

Der Mann lachte zufrieden. »Zum Glück ist der Bengel noch viel zu jung, um mit einer rasch herbeigeschafften Braut einen Erben zeugen zu können. Bevor es dazu kommt, wird er seinen Platz in der Gruft finden. Wichtiger ist, was danach mit der Reichsgrafschaft geschieht. Kennt Ihr die Erbverträge, die mit anderen Herrscherhäusern geschlossen worden sind?«

»Bedauerlicherweise nicht«, erwiderte Geraldina von Trenzen. »Ich bezweifle sogar, dass die Mutter des Knaben sie alle kennt. Etliche dieser Urkunden hält nämlich der Drache Henrietta Augusta unter Verschluss. Als mein Gemahl, der immerhin ein Mitglied des Regentschaftsrates ist, sie darauf angesprochen hat, erhielt er zur Antwort, solange Seine Erlaucht am Leben sei, wäre es nicht notwendig, sich Gedanken über einen möglichen anderen Erben zu machen.«

Der Mann zischte verärgert, lachte dann aber höhnisch auf, bevor er antwortete. »Wahrscheinlich weiß ich mehr als Herr von Trenzen. Es heißt nämlich, der Schwiegervater des verstorbenen Reichsgrafen habe darauf bestanden, dass Friedrichsthal bei einem möglichen Aussterben der Linie an seine Tochter beziehungsweise deren spätere Nachkommen fallen soll. Dies ist auch der Grund, weshalb von verschiedener Seite um Anna Sybilla geworben wird.«

»Ich bin mir sicher, dass die alte Reichsgräfin alles daransetzen wird, dies zu verhindern«, gab Geraldina von Trenzen zu bedenken.

Ihr Gesprächspartner stieß einen verächtlichen Laut aus. »Die Frau ist alt genug, um bald das Zeitliche zu segnen. Ich glaube nicht, dass sie den Tod ihres Enkels lange überleben wird.«

Du hegst ja fromme Wünsche, fuhr es Henrietta Augusta durch den Kopf. Zwar hatte sie das sechzigste Lebensjahr bereits überschritten, hoffte aber, noch so lange zu leben, bis das Haus Schwarzburg-Friedrichsthal auf mehr als nur auf den zwei zugegebenermaßen schwachen Beinen ihres Enkels stand.

Nun wollte sie doch wissen, wer der Fremde war, der mit Geraldina von Trenzen sprach. Doch gerade, als sie auf das Nebenzimmer zuging, hörte sie dort eine Tür schlagen und begriff, dass sie zu lange gewartet hatte. Sie trat dennoch ein, musste aber feststellen, dass sich niemand mehr in diesem Zimmer aufhielt. Zwei weitere Türen führten von dort in andere Gemächer und eine in den Park. Sie öffnete sowohl die eine wie auch die andere Tür, doch die Räume waren leer und im Park niemand außer einem Gärtner zu sehen.

In einem Wutanfall schleuderte sie ihr Taschentuch auf den Boden. Da ihr das Bücken schwerfiel, wartete sie einen Augenblick und rief dann nach einem Diener.

»Hebe Er das Taschentuch auf! Es ist mir entfallen«, befahl Henrietta Augusta dem herbeigeeilten Diener und wies auf das Tuch.

Der Diener war eine Handbreit kleiner als sie, aber kräftig gebaut. Mit unbewegter Miene verbeugte er sich, bückte sich und griff nach dem Tuch. Dabei musterte er es und sah danach die alte Reichsgräfin an.

»Verzeiht, Euer Erlaucht, aber das Taschentuch ist völlig zerknittert und gehört in die Wäsche. Wenn Ihr erlaubt, werde ich Euch ein anderes bringen.«

»Ich erlaube es Ihm!«, antwortete Henrietta Augusta, die sich immer noch ärgerte, weil es ihr nicht gelungen war, herauszufinden, mit wem Geraldina von Trenzen gesprochen hatte.

Rasch verließ der Diener den Raum und kehrte kurz darauf mit einem Samtkissen zurück, auf dem ein frisches Seidentaschentuch lag.

»Mit Verlaub, Euer Erlaucht, hier ist ein frischer Nasenputzer«, sagte er und reichte ihr das Kissen mit einer Verbeugung.

Die Großmutter des jungen Reichsgrafen nahm es an sich, da fiel ihr noch etwas ein.

»Halt, Manfred! Kann Er mir berichten, wer letztens das Schloss betreten hat?«

Der Diener hatte sich gerade zurückziehen wollen, aber nun blieb er stehen und dachte angestrengt nach. »Dafür müssten Euer Erlaucht den Pförtner fragen. Dieser sieht, wer vor dem Schloss vorfährt. Ich habe nur Fräulein von Ziegenweida gesehen. Sie kam von einem Spaziergang ins Dorf zurück.«

Da Henrietta Augusta bezweifelte, dass der Fremde das offizielle Schlossportal benutzt hatte, schüttelte sie den Kopf. »Hat Er jemanden bei den rückwärtigen Pforten gesehen?«

»Nur eines der Küchenmädchen, das für die Köchin frisches Gemüse holen musste. Euer Erlaucht sollten besser die Gabi fragen. Der wurde aufgetragen, das frisch gewaschene Leinen zu falten. Vielleicht hat sie durch das Fenster der Leinenstube etwas bemerkt.«

Manfred senkte bei diesen Worten ein wenig den Kopf, denn die junge Magd war ein hübsches Mädchen, das ihm immer besser gefiel. Da für Bedienstete eine Heirat ohne die Erlaubnis der Herrschaft nicht möglich war, zeigte er ihr seine Zuneigung jedoch nicht, sondern behandelte sie stattdessen schroff und abweisend, damit sie seine Gefühle nicht bemerkte.

Henrietta Augusta überlegte, Manfred loszuschicken, um die Magd rufen zu lassen, entschloss sich dann aber anders.

»Er kann gehen!«, beschied sie ihm und machte sich selbst auf den Weg in die Kammer, in der das Leinen und die Bettwäsche für die Schlossbewohner aufbewahrt wurden.

Auf dem Weg ins Obergeschoss traf die Reichsgräfin auf mehrere Bedienstete, die sich ehrerbietig vor ihr verneigten – oder knicksten, wenn es sich um Frauen handelte. Zwei Hofdamen ihrer Schwiegertochter kamen ihr ebenfalls entgegen und sanken vor ihr fast bis auf die Knie.

Was für ein Knäuel falscher Schlangen!, dachte sie. Wäre es nach ihr gegangen, hätte sie Anna Sybillas gesamte Entourage längst aus Schwarzburg-Friedrichsthal hinausgefegt. Sie musste jedoch auf die Witwe ihres Sohnes Rücksicht nehmen und ärgerte sich noch immer, dass dieser sich hatte überreden lassen, seiner Frau den Vorsitz im Regentschaftsrat zu gewähren.

Da die Bediensteten es gewohnt waren, von der alten Dame nur selten bemerkt und noch seltener angesprochen zu werden, fand niemand etwas dabei, dass Henrietta Augusta an ihnen vorbeiging, ohne sie auch nur eines zweiten Blickes zu würdigen. Kurz darauf erreichte die Reichsgräfin die Leinenstube und trat ein.

Gabi war gerade dabei, mithilfe der jüngsten Magd im Schloss ein großes Leintuch zu bändigen. Das Mädchen war kaum älter als zehn und tat sich schwer.

»Warum muss das auch so riesig sein?«, stöhnte die Kleine, als ihr ein Zipfel des Tuches zu entgleiten drohte.

»Es gehört zum Bett Ihrer Durchlaucht, Reichsgräfin Anna Sybilla, und da muss es so groß sein«, erklärte ihr Gabi, die ebenso wie das Mädchen in einem schlichten, schwarzen Kleid mit einer weißen Schürze steckte und ihr dunkelblondes Haar mit einem Häubchen gebändigt hatte.

»Die alte Reichsgräfin hat kein so großes Bett und ist damit zufrieden«, seufzte die Kleine, die Henrietta Augusta noch nicht bemerkt hatte. Da entdeckte sie hinter sich einen Schatten und zuckte erschrocken zusammen.

»Vorsicht!«, rief Gabi. »Lass das Tuch nicht fallen! Es muss sonst erneut gewaschen werden.«

Da der Kleinen dennoch ein Zipfel aus den Händen rutschte, griff die Reichsgräfin zu und fing diesen auf. »Das nächste Mal gibst du besser acht!«, schalt sie das Mädchen und funkelte dann Gabi an. »Warum hilft euch keine der älteren Mägde?«

»Es stand keine zur Verfügung«, antwortete Gabi und faltete rasch das widerspenstige Leintuch, damit nicht doch noch ein Malheur passieren konnte.

»Und warum nicht?«, fragte Henrietta Augusta weiter.

»Ihre Durchlaucht Anna Sybilla und ihre Damen benötigen sie zur Bedienung, Euer Erlaucht.«

»Doch wohl nicht alle! Die Kleine hier kann vielleicht Taschentücher falten, doch für solche Leintücher sind ihre Arme noch zu kurz. Ich werde mit der Mamsell ein ernstes Wort reden müssen.«

Henrietta Augusta ärgerte sich, weil ihre Schwiegertochter den größten Teil der Dienerschaft für sich in Beschlag nahm, so dass für wichtige Arbeiten zu wenig Personal zur Verfügung stand. Dann aber erinnerte sie sich an den Grund ihres Kommens und winkte beide Dienerinnen zu sich.

»Habt ihr während eurer Arbeit auch durch das Fenster geschaut?«, wollte sie wissen.

Die Kleine senkte ängstlich den Kopf, denn sie hatte es getan. Gabi hingegen hob abwehrend die Hände. »Selbstverständlich nicht, Euer Erlaucht. Wir haben gearbeitet, nicht wahr, Gusti?«

»Ja, das haben wir!«, sagte die Kleine.

»Auch wenn ihr gearbeitet habt, habt ihr gewiss zufällig einmal durch die Fenster gesehen. Ist euch jemand aufgefallen, der ins Schloss gekommen ist oder es verlassen hat?«, fragte Henrietta Augusta drängend.

»Nein, Euer Erlaucht, eigentlich nicht«, antwortete Gabi.

Henrietta Augusta begriff, dass sie deutlicher werden musste. »Habt ihr Frau von Trenzen gesehen und bemerkt, ob jemand bei ihr war?«

Die beiden Dienerinnen wussten um die Spannungen, die zwischen der Hofhaltung der alten Reichsgräfin und der ihrer Schwiegertochter bestanden. Die meisten Bediensteten hielten zu Anna Sybilla und nur ein kleinerer Teil zu der alten Dame. Bisher hatte Gabi sich noch keine Gedanken gemacht, für welche der beiden Hoheiten sie sich entscheiden sollte. Henrietta Augustas Frage zwang sie jedoch, Stellung zu beziehen. Entweder berichtete sie, was sie gesehen hatte, oder sie verschwieg es. Der Gedanke, wie oft Frau von Trenzen sie hochmütig behandelt hatte, erleichterte ihr die Entscheidung.

»Ich habe die Dame gerade vorhin gesehen. Sie begleitete einen Herrn zu jener Pforte.«

»Hat Sie diesen Mann erkannt?«, fragte Henrietta Augusta und war enttäuscht, als Gabi den Kopf schüttelte.

»Nein, das habe ich nicht! Der Mann war meines Wissens noch nie im Schloss gewesen, seit ich hier bin.«

»Wie hat er ausgesehen?«, fragte Henrietta Augusta weiter.

»Er war schlank, einen Kopf größer als die Dame und trug einen braunen Rock und einen Hut ohne Spitzen und Federn. Mehr konnte ich nicht erkennen, da wir ja die Leintücher zusammenschlagen mussten und keine Zeit hatten, länger durchs Fenster zu schauen.«

Die Reichsgräfin spürte, dass Gabi die Wahrheit sprach. Der Mann war fremd und schlicht gekleidet, und doch hatte die erste Hofdame ihrer Schwiegertochter ihn empfangen.

»Es ist gut! Ihr könnt weiterarbeiten«, sagte sie und verließ die Kammer. Draußen überlegte sie, was sie tun sollte, und wandte ihre Schritte zu den Gemächern, die ihr Enkel bewohnte.

3.

ie Tür wurde von zwei Wachen flankiert, die kunstvoll gestaltete Hellebarden in den Händen hielten. Die Männer steckten in grünen Monturen und trugen schwarze Hüte mit grün-goldenen Kokarden. Für Henrietta Augusta waren Hellebarden keine Waffen gegen jene Schurken, die ihrem Enkel Übles wollten. Musketen oder zumindest Pistolen wären eher angebracht gewesen. Ihr gefielen auch die Kokarden in den Farben der Wettiner nicht, denn ihr Schwiegervater und auch ihr Ehemann hatten sich immer wieder gegen die Ansprüche der wettinischen Fürstentümer in Thüringen und auch gegen die des Kurfürsten von Sachsen zur Wehr setzen müssen. Erst seit ihr Sohn mit Anna Sybilla eine Braut aus einem der sächsischen Fürstentümer ins Schloss geführt hatte, war es besser geworden. Doch was hatte diese Ehe dem Haus Schwarzburg-Friedrichsthal gebracht?, fragte sie sich. Einen schwächlichen Enkel und einen Fürsten, der darauf hoffte, das kleine Ländchen nach Friedrichs Tod seinem Reich zuschlagen zu können.

»Ist etwas vorgefallen?«, fragte Henrietta Augusta.

Die Männer schüttelten den Kopf. »Nein, Euer Erlaucht! Außer der Pflegerin des Reichsgrafen hat niemand diese Gemächer betreten«, vermeldete einer der beiden.

»Gebt weiter acht!«, wies die Reichsgräfin sie an und trat auf die Tür zu.

Sofort eilte ein Lakai herbei und öffnete ihr. Henrietta Augusta beachtete ihn nicht, sondern schritt an ihm vorbei in das Vorzimmer. Wie erwartet, war dieses leer. Drei Türen gingen von hier ab. Die Reichsgräfin nahm sich die Zeit, jede zu öffnen und in die Zimmer zu schauen. Erst im dritten Vorzimmer entdeckte sie die Pflegerin ihres Enkels. Diese saß in einem bequemen Sessel und las in einem Buch.

Selbst bei einer Hofdame, die ihrer Herrin Gesellschaft leisten sollte, wäre ein solches Verhalten in höchstem Maße ungehörig gewesen. Bei einer angestellten Kinderpflegerin, die ihren Schützling sich selbst überließ, um in einem anderen Raum ein Buch zu lesen, kam dies einem Vertrauensbruch gleich.

Die Frau war so in den Text vertieft, dass sie Henrietta Augustas Erscheinen nicht bemerkte. Erst als diese sich räusperte, wurde sie ihrer gewahr und schoss hoch. »Euer Erlaucht!«

»Weshalb ist Sie nicht bei meinem Enkel, Ludovicius?«, fragte die Reichsgräfin streng.

»Seine Erlaucht fühlte sich sehr schwach und hat sich zu Bett begeben. Um ihn nicht zu stören, bin ich in dieses Zimmer gegangen«, antwortete die Frau.

»Sie hätte trotzdem in seinem Schlafzimmer bleiben müssen!«

Henrietta Augusta klang verärgert, denn für ihr Gefühl nahm die Pflegerin ihre Aufgaben nicht ernst genug. Doch bisher hatte sie ihre Schwiegertochter nicht davon überzeugen können, Rudolfa Ludovicius fortzuschicken. Solange Heinrich von Trenzen zu Anna Sybilla hielt, war deren Stimme als Vorsitzende des Regentschaftsrates entscheidend.

»Das nächste Mal tut Sie ihre Pflicht sorgfältiger!«, wies die Reichsgräfin die Pflegerin zurecht und ging an ihr vorbei ins Schlafzimmer ihres Enkels.

Das wuchtige Himmelbett war viel zu groß für einen Jungen seines Alters, doch auch in dieser Angelegenheit hatte seine Mutter darauf bestanden, dass es so bleiben sollte, wie das Zimmer zu Lebzeiten ihres Gemahls eingerichtet gewesen war.

Die Vorhänge waren nur nachlässig zugezogen worden, und eines der Fenster stand sogar offen, wie Henrietta Augusta voller Empörung feststellte. Sie stand kurz davor, die Pflegerin hereinzurufen und ihr mit deutlichen Worten zu erklären, was sie von einem solchen Pflichtversäumnis hielt. Da sie den Jungen nicht wecken wollte, unterließ sie es jedoch und trat selbst zum Fenster und schloss es. Als sie auch noch die Vorhänge zurechtziehen wollte, hörte sie vom Bett aus einen Ruf.

»Großmama, seid Ihr es?«

Die Reichsgräfin drehte sich um und sah ihren Enkel halb aufgerichtet im Bett. »Euer Erlaucht sollten doch schlafen!«, sagte sie mit leichtem Tadel.

Der Knabe schüttelte den Kopf. »Ich bin nicht müde – oder sagen wir besser, nur ein bisschen. Statt hier im Bett zu liegen, würde ich lieber im Garten sitzen.«

»Nein, das ist zu gefährlich für Euch! Euer Erlaucht könnten sich erkälten.«

Angesichts der schwächlichen Gesundheit ihres Enkels war dies eine Gefahr, die Henrietta Augusta nicht in Kauf nehmen wollte. Bereits ein offenes Fenster konnte einen Zug verursachen, der Friedrich erkranken ließ.

»Ihr sagt immer, ich sei der Reichsgraf! Dabei bin ich ein Gefangener in meinem eigenen Schloss«, maulte der Junge. »Mama will, dass ich dies und jenes nicht mache, und Ihr verbietet mir alles andere.«

»Ich kann Euer Erlaucht nichts verbieten«, erklärte die alte Frau.

Der Junge sah sie trotzig an. »Wenn ich wirklich der Reichsgraf bin, denn befehle ich Euch, Großmama, wieder so mit mir zu sprechen, wie Ihr es vor dem Tod meines Vaters getan habt. Da habt Ihr mich du genannt und auch mal in den Arm genommen!«

Es war ein unüberhörbarer Schrei nach Liebe, der in Henrietta Augusta seinen Widerhall fand. Sie eilte zum Bett und schloss ihren Enkel in die Arme.

»Du bist alles, was mir geblieben ist«, sagte sie leise. »Dennoch muss ich darauf bestehen, dich in der Öffentlichkeit ehrerbietig anzusprechen. Deine Mutter wäre sonst empört.«

Der Junge seufzte, denn er spürte den Zwist zwischen den beiden Frauen am eigenen Leib. Da seine Mutter aus einem fürstlichen Haus stammte, forderte sie, dass ein entsprechender Aufwand in der Hofhaltung betrieben wurde, und bestand auf einem ausgeklügelten Zeremoniell, das ihn langweilte und seine Großmutter verärgerte.

»Warum muss ich Reichsgraf sein? Andere Knaben sind das doch auch nicht«, sagte er traurig.

»Du bist der Sohn meines Sohnes, der vor dir Reichsgraf von Schwarzburg-Friedrichsthal war. Da du keine älteren Brüder hast, ist dieses Amt auf dich übergegangen«, antwortete seine Großmutter.

»Ich weiß! Aber ich habe auch keine jüngeren Brüder, ja, nicht einmal eine Schwester.« Der Junge setzte sich im Bett auf und schlang die Arme um die Knie. »Immer bin ich allein!«, klagte er. »Ich habe keine Freunde, mit denen ich spielen kann, da alle behaupten, die Knaben hier im Land wären nicht würdig, auch nur mit einem Reichsgrafen zu sprechen. Mama kommt einmal am Tag zu mir und erzählt mir dummes Zeug. Letztens sprach sie davon, wieder heiraten zu wollen.«

»Meinen Segen hätte sie!«, rief Henrietta Augusta spontan aus. Dann besann sie sich und hob den rechten Zeigefinger. »Das hast du nicht gehört! Verstanden?«

»Sehr wohl, Großmama!« Friedrichs schmales, blasses Gesicht verzog sich für einen Augenblick zu einem Grinsen, nahm aber gleich darauf den gewohnten, traurigen Ausdruck an. »Wenn Mama wieder heiratet, wird sie Friedrichsthal verlassen.«

Das wäre für uns alle das Beste, dachte Henrietta Augusta, die mit ihrer Schwiegertochter noch nie gut zurechtgekommen war. Vor allem würde eine neue Ehe Anna Sybillas ihr den Weg an die Spitze des Regentschaftsrates ebnen, da Friedrichs Mutter mit der Heirat ausscheiden würde. Sie wollte den Jungen jedoch nicht mit solchen Überlegungen belasten, sondern setzte sich in den Sessel, in dem eigentlich dessen Pflegerin seinen Schlaf hätte überwachen sollen, und begann ein Gespräch mit ihm. Ein Geräusch an der Tür ließ sie aufhorchen. Wie es aussah, lauschte Rudolfa Ludovicius draußen. Da sie es der Pflegerin zutraute, alles, was hier gesprochen wurde, an ihre Schwiegertochter weiterzutragen, beschränkte sie sich auf harmlose Themen und sprach ihren Enkel wieder ehrerbietig an.

Friedrich sah sie verwirrt an. »Was soll das, Großmama, wir haben doch gesagt ...«, begann er, da legte ihm Henrietta Augusta die rechte Hand auf den Mund.

»Pssst!«, sagte sie leise und legte ihre andere Hand so ans Ohr, als lausche sie.

Der Junge begriff, was sie meinte, und verzog das Gesicht, schwieg aber, als seine Großmutter die Hand wieder wegnahm.

»Wie steht es mit dem Lernen?«, fragte diese, um das Gespräch fortzusetzen.

»Mama hat den letzten Lehrer entlassen. Er war aber auch zu dumm.«

»Dumm? Als Lehrer?«, fragte seine Großmutter verwundert.

»Nun ja, er sagte, dass eigentlich alle Menschen gleich sein müssten, weil wir alle von Adam und Eva abstammen und daher keiner Vorrang vor dem anderen haben dürfte. Was für ein Unsinn! Findet Ihr das nicht auch, Großmama?«

»Und ob! Wenn alle Menschen gleich wären, würde jeder ein Herr sein wollen und keiner mehr die Arbeit tun! Es wäre der Untergang der Zivilisation.«

Die Reichsgräfin schüttelte den Kopf bei diesem Gedanken. Da ließ sich ihre Schwiegertochter einen Lehrer nach dem anderen aufschwatzen, um ihn nach kurzer Zeit wieder fortzuschicken. Andererseits hatte Friedrich gerade unter der Ägide des letzten Lehrers größere Fortschritte gemacht als bei den früheren Tutoren. Daher war es vielleicht falsch gewesen, ihn zu entlassen.

Ich müsste die Macht im Regentschaftsrat innehaben, dachte Henrietta Augusta nicht zum ersten Mal. Doch dafür hätte Herr von Trenzen das Zeitliche segnen und Kornelius von Zander, der zweite Herr im Regentschaftsrat, gemeinsam mit ihr einen Kandidaten aussuchen müssen, der ihre Ansichten teilte. Ich kann nur hoffen, dass Anna Sybilla tatsächlich eine zweite Ehe eingeht und die Trenzen samt deren Mann mitnimmt, dachte sie. Sie schwieg eine Zeitlang und fragte dann Friedrich, ob er bereits zu Mittag gespeist habe.

»Nein, Großmama«, antwortete der.

»Dann wird es Zeit!«, sagte die Reichsgräfin und beschloss, ihrer Schwiegertochter Rudolfa Ludovicius' Pflichtversäumnisse so aufzuzeigen, dass dieser nichts anderes übrigblieb, als dieses Weib aus dem Schloss zu weisen.

4.

$\mathcal{A}$ ufgrund der körperlichen Schwäche des jungen Reichsgrafen verzichtete man darauf, ihm das Mahl im Speisesaal anzurichten, sondern tischte ihm in einem eigenen Speisezimmer auf. Die beiden Lakaien, die ihm vorlegten, zählten zu Anna Sybillas engerem Gefolge. Auch darüber ärgerte Henrietta Augusta sich. Durch diese unsinnige Konstellation war die Hofhaltung über Gebühr aufgebläht, so dass die Einnahmen des kleinen Ländchens kaum mehr die Ausgaben abdeckten. Dazu kam, dass Anna Sybilla mit Hilfe ihres Speichelleckers Trenzen ein Privileg nach dem anderen an Fremde verkaufte. Diese schlugen Holz, ließen Harz sammeln und betrieben sogar das kleine Silberbergwerk am Ende des Tales. Leidtragende waren die Untertanen, die für diese Leute arbeiten mussten und nur geringen Lohn erhielten. Gleichzeitig erhöhten die Fremden die Preise für die Waren, die sie ins Land brachten. Unter den Einwohnern des Tales herrschte daher bereits Unruhe, und nicht wenige flüsterten hinter vorgehaltener Hand, sie wollten bei nächster Gelegenheit nach Amerika auswandern. Dort gäbe es zwar Wilde, doch könnten diese niemals so schlimm sein wie die Steuereintreiber des Reichsgrafen und dessen fremdländische Blutsauger.

»Ich mag die Suppe nicht!«

Die Stimme ihres Enkels riss Henrietta Augusta aus ihren Gedanken, und sie sah Friedrich besorgt an. Dieser hatte von der dicken Suppe gekostet und verzog nun den Mund.

»Verzeiht, Euer Erlaucht, doch dies ist die Suppe, die Euer Herr Vater stets gerne gegessen hat«, mahnte Rudolfa Ludovicius den Jungen.

»Sie ist mir zu scharf gewürzt«, sagte Friedrich und schob den Teller zurück.

»Ihr müsst essen!«, drängte seine Pflegerin.

Der Junge schüttelte den Kopf. »Ich sagte, die Suppe ist mir zu scharf! Von der bekomme ich Magenschmerzen!«

»Als regierender Reichsgraf im Heiligen Römischen Reich Deutscher Nation solltet Ihr stets im Pluralis Majestatis sprechen«, erklärte Frau Ludovicius, ohne die Lakaien anzuweisen, den Suppenteller abzutragen.

»Regierender Reichsgraf!« Friedrich stieß ein bedrücktes Lachen aus. »Ich kann nicht einmal in meinem Speisesaal herrschen. Wäre ich größer, würde ich den Koch rufen lassen und ihm den Teller an den Kopf werfen!«

Um den Streit nicht ausarten zu lassen, griff Henrietta Augusta ein. »Euer Erlaucht müssen etwas zu Euch nehmen. Ihr seid nach Eurer letzten Erkrankung geschwächt, und Doktor Stratmann sagt, diese Schwäche würde nur weichen, wenn Ihr ausgiebig speist.«

»Eher verhungere ich, als diese Suppe zu essen!« Friedrich klang quengelnd, und als niemand reagierte, warf er den Löffel zu Boden.

Einer der Lakaien hob ihn auf, wischte ihn mit einem Tuch sauber und legte ihn wieder auf den Tisch. Das Gesicht des Jungen zuckte kurz, dann packte er den Teller. Bevor er auch diesen zu Boden werfen konnte und die Teppiche durch die Suppe Schaden nahmen, nahm Henrietta Augusta ihm den Teller ab und reichte ihn einem der Lakaien.

»Tragt den nächsten Gang auf!«, befahl sie.

Die Diener gehorchten und brachten die mittlerweile kalt gewordene Suppe weg. Dafür stellten sie zwei gebratene Wachteln auf den Tisch, die mit Kräutern, darunter auch mit Minze gefüllt waren. Einer der beiden Lakaien tranchierte die kleinen Vögel und legte die Teile dem Jungen vor. Dieser kaute lustlos an dem Fleisch und ließ schließlich den größten Teil liegen.

»Auch das ist zu scharf gewürzt. Ich habe Durst!«

Sofort füllte einer der Lakaien einen Becher mit schwerem, rotem Wein, den der Junge mit kaum verhohlener Abscheu hinunterwürgte. Den Wachtelresten schenkte er keine Beachtung mehr.

So ging es mehr als eine Stunde lang. Dem Jungen wurde so viel an Speisen aufgetischt, dass selbst ein kräftiger, erwachsener Mann weniger als die Hälfte hätte verzehren können. Meist nahm Friedrich nur eine Gabelspitze der einzelnen Speisen. Seine Pflegerin versuchte gemeinsam mit Henrietta Augusta, ihn dazu zu bringen, mehr zu essen, doch in der Hinsicht war der Knabe störrischer als ein Esel. Selbst der Nachtisch, der aus kunstvoll zubereitetem Baiser bestand, reizte ihn nicht. Als ihm zuletzt noch einmal Wein gereicht wurde, fühlte er sich müde und sah seine Pflegerin missmutig an.

»Wir werden uns wieder zu Bett begeben. Sie wird Uns diesmal jedoch nicht entkleiden!«

»Es ist meine Pflicht, Euer Erlaucht, und wurde mir von Ihrer Durchlaucht, Eurer gnädigen Frau Mutter, aufgetragen. Diese würde mir zürnen, sollte ich nicht gehorchen«, antwortete Frau Ludovicius und folgte ihm ins Schlafzimmer.

Auch Henrietta betrat es und sah zu, wie die Pflegerin ihren Enkel aus seinen Kleidern schälte und nicht eher aufhörte, bis er nackt vor ihnen stand. Er war so mager, dass es der Reichsgräfin schier das Herz abdrückte.

»Ihr solltet Euch wirklich Mühe geben und mehr zu Euch nehmen«, mahnte sie ihren Enkel. »Ihr müsst kräftiger werden! Ist Euch nicht bewusst, dass das Schicksal all der Menschen in unserem Land in Euren Händen liegt?«

5.

Rudolfa Ludovicius bedachte die alte Dame mit einem höhnischen Blick. Was die sich nur einbildet, dachte sie. Ihre Herrin Anna Sybilla hegte ganz andere Pläne. Der Knabe war schwächlich und würde über kurz oder lang sterben. Daher galt es, sich auf diesen Tag vorzubereiten. Es wäre natürlich von Vorteil, wenn auch die alte Reichsgräfin bis dorthin das Zeitliche segnete. Rudolfa Ludovicius hatte sich jedoch rasch wieder im Griff und setzte jenen nichtssagenden Ausdruck auf, den sie sich in den Jahren als Pflegerin kranker Herren und Damen angewöhnt hatte. Friedrich war das erste Kind, um das sie sich kümmern musste, und es reizte sie, ihm sein störrisches Wesen mit ein paar kräftigen Ohrfeigen auszutreiben. Bei einem Knaben von so hohem Stand war dies jedoch unmöglich, und so tröstete sie sich damit, nach seinem Verscheiden in höherer Stellung in den Hofstaat seiner Mutter übernommen zu werden.

Sie streifte dem Jungen das seidene Nachthemd über und deckte das Bett auf. »Ich wünsche Eurer Erlaucht eine gute Ruhe und angenehme Träume«, sagte sie überfreundlich und knickste dann vor dem Jungen wie auch vor der alten Reichsgräfin. »Wenn Euer und Ihre Erlaucht erlauben, würde ich mich nun zu Ihrer Erlaucht, der Reichsgrafenmutter, begeben, um ihr Bericht über den heutigen Tag Seiner Erlaucht zu erstatten.«

»Ich gewähre es!«, rief der Junge rasch.

Rudolfa Ludovicius knickste noch einmal und verließ das Schlafzimmer. Draußen eilte sie mit raschen Schritten zu den Gemächern ihrer Herrin. Die dafür bereitstehenden Diener öffneten ihr die Türen, und so stand sie schon bald vor Anna Sybilla, die sich eben von ihrer Zofe die Haare neu flechten ließ.

»Sie hat sich heute Zeit gelassen«, sagte Friedrichs Mutter tadelnd.

Rudolfa Ludovicius versank in einem tiefen Knicks. »Verzeiht, Euer Durchlaucht! Seiner Erlaucht beliebte es, sehr lange zu speisen. Daher konnte ich seine Gemächer nicht früher verlassen.«

»Und? Hat er heute mehr verzehrt als sonst?«, fragte Geraldina von Trenzen spöttisch.

Die Hofdame war eine mittelgroße, zierlich gewachsene Frau, die ihr natürliches Aussehen unter einer dicken Schicht Puder und Rouge verbarg. Auf dem Kopf trug sie eine weiße Lockenperücke, und sie war mit einem weit fallenden, blumenbestickten Kleid aus grüner Seide bekleidet.

Die Mutter des Reichsgrafen hatte sich in rosa- und beigefarbene Seide gehüllt und verriet damit, dass sie die Trauerzeit um ihren verstorbenen Gemahl für beendet ansah. Da sie in ein fürstliches Haus hineingeboren worden war, hatte sie sich ihrer Meinung nach zu dem Reichsgrafen Friedrich III. von Schwarzburg-Friedrichsthal herabgelassen und bestand darauf, nach wie vor als Ihre Durchlaucht angesprochen zu werden.

Sie fragte nun ebenfalls nach dem Appetit ihres Sohnes und seufzte theatralisch, als Rudolfa Ludovicius ihr Auskunft gab. »Warum hat Gott mich damit gestraft, dieses schwächliche, lebensuntüchtige Kind zur Welt gebracht zu haben?«

Sofort reichte Geraldina von Trenzen ihr ein unbenutztes Taschentuch, mit dem ihre Herrin sich die Augen abtupfte, obwohl keine einzige Träne geflossen war.

»Ihr müsst stark sein und diese Prüfung Gottes ertragen, Euer Durchlaucht«, erklärte Frau von Trenzen im tröstenden Tonfall, um dann lächelnd weiterzusprechen: »Richtet Eure Gedanken lieber in die Zukunft. Immerhin hat Prinz Christian von Sachsen-Hildburghausen vorgefühlt, ob Euer Durchlaucht bereit wären, die Ehe mit ihm einzugehen.«

Diese Worte hoben Anna Sybillas Laune sogleich. Immerhin war sie noch keine dreißig Jahre alt und gedachte nicht, ihr weiteres Leben als Reichsgrafenwitwe und -mutter zu fristen. »Es wäre ein ehrenvoller Antrag, obwohl ich durchaus höher greifen und die Ehe mit einem regierenden Fürsten eingehen könnte«, erklärte sie zufrieden.

Geraldina von Trenzen verzog bei diesen Worten das Gesicht, denn Fürst Johann Ernst von Sachsen-Saalfeld hatte anklingen lassen, dass er trotz seines nicht unbeträchtlichen Alters eine Heirat mit Anna Sybilla ins Auge fassen könnte. Eine solche Ehe wollten jedoch sowohl ihr Ehemann wie auch sie verhindern. Ihr Favorit war Prinz Christian von Sachsen-Hildburghausen. Zwar würde dieser nie den Thron in seiner Heimat einnehmen können, aber sein Intendant Tomassini hatte heimlich mit ihr Kontakt aufgenommen und ihr und ihrem Ehemann eine hohe Belohnung geboten, wenn Anna Sybilla Prinz Christian mit ihrer Hand beglückte.

»Ich weiß nicht, ob es klug wäre, eine Ehe mit Fürst Johann Ernst einzugehen«, sagte sie daher. »Er ist mehr als doppelt so alt wie Euer Durchlaucht und wird wohl nicht mehr lange unter den Lebenden weilen. Danach übernimmt sein Sohn die Herrschaft, und Ihr müsstet Euch mit dem Witwensitz begnügen. Bei Prinz Christian hingegen könnt Ihr auf noch viele gemeinsame Jahre hoffen.«

»Trotzdem wäre die Ehe mit Fürst Johann Ernst als Oberhaupt eines regierenden Hauptes für Ihre Durchlaucht ehrenvoller als die mit dem nachgeborenen Sohn eines nachgeborenen Sohnes«, warf Juliana von Ziegenweida ein.

Ein Höfling von Fürst Johann Ernst hatte ihr eine Belohnung versprochen, wenn sie im Sinne seines Herrn tätig würde. Zudem kam dies ihren persönlichen Interessen entgegen, denn eine glanzvolle Stellung ihrer Herrin würde die eigenen Aussichten auf eine passende Heirat erhöhen. Daher führte Fräulein Juliana hinter den Kulissen einen erbitterten Kampf mit ihrer Widersacherin Geraldina von Trenzen um den Einfluss auf Anna Sybilla.

Da Frau von Trenzen den Wankelmut ihrer Herrin kannte, wechselte sie das Thema. »Euer Durchlaucht sollten den Einfluss Eurer Schwiegermutter weiter eingrenzen. Vor allem der Pöbel in den Dörfern hält mehr zu ihr als zu Euch. Selbst hier im Schloss findet sie sowohl unter dem Gesinde wie auch im Hofstaat immer noch Unterstützer.«

»Was können die schon ausrichten?«, wandte Juliana von Ziegenweida spöttisch ein.

»Das frage ich mich auch!«, sagte Anna Sybilla und wies ihre Zofe an, eine Flechte ihres Haares anders zu legen.

»Aua, das zieht!«, schimpfte sie und schlug nach der Frau.

»Euer Durchlaucht sollten meinem Beispiel folgen und Perücken wählen. Ihr wärt damit stets wunderbar frisiert«, schlug Geraldina von Trenzen vor.

»Euer Durchlaucht haben so herrliche Haare! Es wäre ein Jammer, wenn diese abgeschnitten würden«, konterte Juliana von Ziegenweida sofort.

»Wenn dieses ungeschickte Ding nur nicht so an meinen Haaren zerren würde! Ich werde mir eine Zofe aus Frankreich holen lassen. Die wissen, wie eine Dame von Stand zu frisieren ist. Dieser Trampel kann meinetwegen in der Küche die Böden fegen.«

Anna Sybillas verächtliche Worte trafen die junge Zofe sichtlich. Gerade weil Ilse ihre Herrin kannte, bemühte sie sich, so vorsichtig wie möglich zu sein. Trotzdem wurde sie immer wieder gescholten und erhielt von ihr Schläge mit der Hand oder dem Elfenbeinfächer.

Mit zusammengebissenen Zähnen flocht sie weiter, bis ihre Herrin schließlich zufrieden war, und zog sich dann mehrfach knicksend zurück.

Draußen traf sie auf Gabi, die eben mit der Arbeit in der Leinenkammer fertig geworden und nun bemüht war, der Mamsell und dem Haushofmeister aus dem Weg zu gehen, um nicht gleich wieder eine ebenso anstrengende Arbeit aufgehalst zu bekommen.

Gabi sah den Ärger und die Verzweiflung in Ilses Gesicht und fasste nach deren Hand. »Was ist geschehen?«

»Ihre Durchlaucht war wieder einmal unzufrieden, wie ich sie frisiert habe. Ich wollte, sie würde sich, so wie Frau von Trenzen es ihr vorgeschlagen hat, eine Glatze schneiden lassen und Perücken tragen. Jetzt will sie auch noch eine Zofe aus Frankreich holen!«

»Sonst noch was?«, rief Gabi empört. »Wir treten uns hier schon auf die Füße, und über die Hälfte der Bediensteten schleimt sich bei der jungen Reichsgräfin ein, um ein faules Leben führen zu können, während wir anderen uns die Schwarte krumm arbeiten müssen.«

»Es ist wirklich ungerecht«, stimmte Ilse ihr zu.

Gabi schüttelte den Kopf. »Wenn eine Französin hierherkommt, wäre das bereits ihre dritte Zofe. Dabei war ihr die erste bis zum Tod des Reichsgrafen gut genug gewesen. Aber danach war der hohen Dame nichts mehr recht, und deine Vorgängerin scheuert seitdem die Töpfe in der Küche.«

»Ich soll die Böden schrubben, hat sie mir angedroht«, sagte Ilse unter Tränen.

»So weit kommt es noch!« Trotz ihrer Worte wusste Gabi, dass sie kaum die Möglichkeit hatte, Ilse zu helfen. Außerdem kam die Wirtschafterin des Schlosses eiligen Schrittes auf sie zu.

»Bist du mit der Leinenkammer fertig?«, fragte sie streng.

Gabi blieb nichts anderes übrig, als zu nicken. »Ja, das bin ich.«

»Was stehst du dann hier faul herum? Mach, dass du in die Silberkammer kommst! Dort kannst du zusammen mit Manfred das Silber putzen. Aber nicht, dass ihr an etwas anderes denkt!«

Zunächst begriff Gabi nicht, was die Frau damit ausdrücken wollte, und musste sich dann das Lachen verkneifen. Manfred war wahrlich der letzte Mann, für den sie die Röcke heben würde. Dafür behandelte er sie viel zu schlecht. Es war schon schlimm genug, dass sie mit ihm zusammenarbeiten musste.

Sie deutete einen knappen Knicks an und eilte davon.

»Und was ist mit dir? Musst du deiner Herrin nicht aufwarten?«, fragte die Mamsell die Zofe.

Ilse schüttelte den Kopf. »Ich habe Ihre Durchlaucht frisiert und wurde weggeschickt. Jetzt warte ich darauf, wieder gerufen zu werden.«

»Ihre Durchlaucht hat wohl etwas Wichtiges zu besprechen, was du nicht mithören sollst«, schloss die Wirtschafterin aus diesen Worten und ging weiter.

Ilse sah ihr nach und ballte die Fäuste. Wenn ihre Herrin ihre Drohung wahr machte, würde sie schon bald unter der Aufsicht dieser Frau stehen, und das versprach nichts Gutes für die Zukunft.

6.

Die Silberkammer war ein von dunklen Schränken beherrschter Raum, in dem Bestecke, Geschirr, Pokale und Tabletts aus Silber aufbewahrt wurden. Ein kleines Eckchen des Raumes war dafür vorgesehen, das Silber zu putzen. Es reichte gerade aus für zwei Personen, doch Manfred hatte sich so hingestellt, dass für Gabi kaum Platz blieb.

»Du kannst dir die Gabeln und Löffel vornehmen. Dort sind Lappen und Schwämme zum Putzen«, sagte Manfred, ohne im Polieren einer Servierschale innezuhalten.

»Und du kannst ein Stück beiseiterücken, damit ich auch arbeiten kann«, gab Gabi verärgert zurück.

Manfred tat es und machte verbissen weiter. Unterdessen holte Gabi sich die ersten Gabeln und begann, sie zu putzen. Einige waren länger nicht mehr in Gebrauch gewesen und leicht angelaufen. Es kostete Mühe, sie wieder so zum Glänzen zu bringen, dass die Wirtschafterin zufrieden sein würde.

Nach einer Weile schnaubte Gabi ärgerlich. »Wenn ich das so ansehe, sind wir nächstes Jahr noch dabei, das Zeug zu putzen!«

»Es hätte den Vorteil, dass wir bis dahin keine andere Arbeit machen müssten.« Manfred stellte die Silberschale zurück und wählte stattdessen mehrere Becher und Pokale aus.

»Du hast das Gemüt eines Ochsen! Es ist eine elende Schinderei, das Zeug zu polieren, bis es glänzt. Kannst du mir sagen, weshalb unser Reichsgraf so viel davon hat, obwohl das meiste davon nie gebraucht wird?« Ohne es eigentlich zu wollen, begann Gabi mit diesen Worten ein Gespräch.

Manfred hielt kurz inne und sah sie an. »Wenn hier für Festlichkeiten aufgetischt würde, wäre das meiste von dem Silberzeug notwendig. Doch seit dem Tod des Reichsgrafen vor drei Jahren gibt es keine großen Feiern mehr.«

»Unser jetziger Reichsgraf ist noch ein Kind und sehr krank. Einige sagen, er würde bald sterben.« Obwohl Gabi den jungen Diener nicht mochte, gefiel es ihr wider Erwarten, mit ihm zu reden.

»Ich will nicht hoffen, dass es so kommt, auch wenn einige darauf zu warten scheinen«, antwortete Manfred und freute sich, dass seine heimliche Angebetete sich auf die Unterhaltung eingelassen hatte.

»Du meinst, es gibt Leute, die den Tod des jungen Reichsgrafen wünschen?«, fragte Gabi erschrocken.

Sie war noch nicht lange genug im Schloss, um die Hintergründe zu kennen, und freute sich, mit Manfred jemanden fragen zu können, der bereits als Knabe der alten Reichsgräfin das Kissen nachgetragen hatte.

»Ich will nicht sagen, dass die eigene Mutter dazugehört. Aber übermäßig betrübt wäre Ihre Durchlaucht wohl nicht über seinen Tod«, berichtete Manfred. »Herr von Trenzen würde es auch nicht bedauern, er hofft nämlich, dass Ihre Durchlaucht in eine Ehe mit Prinz Christian von Sachsen-Hildburghausen einwilligen wird. In dem Fall könnte er Regent des Paares hier in Friedrichsthal werden, denn Seine Durchlaucht wird sich gewiss nicht in diese

Einöde zurückziehen. Auch die Mutter des jungen Reichsgrafen sehnt sich danach, in einer bedeutenderen Residenz zu leben.«

Gabi sah Manfred bewundernd an. »Du weißt aber sehr viel!«

»Wenn man wie ich fast fünfzehn Jahre hier im Schloss gelebt hat, bekommt man einiges mit«, antwortete er geschmeichelt. »So weiß ich auch, dass der verwitwete Fürst von Sachsen-Saalfeld überlegt, sich um Ihre Durchlaucht zu bewerben, aber nur, wenn gesichert ist, dass Reichsgraf Friedrich sich in absehbarer Zeit mit seinen Ahnen versammeln wird.«

Nun hielt Gabi in ihrer Arbeit inne. »Ich finde es schlimm, dass jemand auf den Tod eines unschuldigen Jungen lauern soll.«

Manfred zuckte mit den Schultern. »Die Leute sind nun einmal so! Immerhin geht es um den Besitz von Schwarzburg-Friedrichsthal. Unser Ländchen ist zwar nicht groß, aber es käme Christian von Sachsen-Hildburghausen als Apanage gerade recht, während Johann Ernst von Sachsen-Saalfeld es seinem eigenen Land einverleiben könnte, da dieses an uns angrenzt.«

»Aber deswegen gleich einem Kind den Tod zu wünschen!« Gabi kam nicht darüber hinweg, während Manfred erneut mit den Schultern zuckte.

»Es geht um die Herrschaft Schwarzburg-Friedrichsthal. Sowohl Prinz Christian wie auch der Fürst von Sachsen-Saalfeld hoffen, durch eine Heirat mit Ihrer Durchlaucht Anna Sybilla in den Besitz der Reichsgrafschaft zu gelangen. Es gibt allerdings noch Fürst Friedrich Anton von Schwarzburg-Rudolstadt. Dieser wird gewiss Ansprüche wegen der Verwandtschaft zu den Friedrichen von Schwarzburg-Friedrichsthal erheben. Wie dieses Kuddelmuddel einmal enden wird, vermag ich nicht zu sagen. Es heißt zwar, es gäbe Erbverträge, aber die hat Ihre Erlaucht, Reichsgräfin Henrietta Augusta, in ihrer Obhut.« Manfred wollte noch mehr erzählen, vernahm aber draußen Schritte und verstummte.

Auch Gabi rückte nun schweigend dem Silberzeug zu Leibe. Ihre Gedanken wirbelten jedoch, und sie fragte sich, wer von denen, die nach Schwarzburg-Friedrichsthal griffen, am Ende Erfolg haben würde.

»Lieber wäre es mir, wenn Seine Erlaucht gesund würde und nach seiner Volljährigkeit die Herrschaft übernehmen könnte«, murmelte sie und sah Manfred zustimmend nicken.

7.

Henrietta Augustas Sorgen waren nach ihrem letzten Gespräch mit ihrer Schwiegertochter nicht geringer geworden. Zu deutlich hatte sie gespürt, dass diese sich mit dem möglichen Tod ihres Sohnes abgefunden hatte und das kleine Ländchen als Mitgift ansah, welches ihr zu einer glanzvolleren zweiten Ehe verhelfen sollte, als die erste es in ihren Augen gewesen war. Dies erbitterte die Reichsgräfin, denn sie hatte ihren Sohn davor gewarnt, die Fürstentochter aus Sachsen-Altenburg heimzuführen. Friedrich hatte sich jedoch, geblendet von der Aussicht, eine Frau aus dem Geschlecht der Wettiner heiraten zu können, über ihre Einwände hinweggesetzt. Nun war er tot, und sein Sohn – ihr Enkel! – wurde von den Kreaturen der fürstlich geborenen Dame betreut und überwacht.

Da sie nicht mehr wusste, wie sie sich gegen Anna Sybilla durchsetzen konnte, wies sie einen Diener an, die Kutsche vorfahren zu lassen. Zwar hätte sie den Weg, den sie vor sich hatte, auch in weniger als einer halben Stunde zu Fuß zurücklegen können, doch sie wollte nicht wie eine Bäuerin die Straße entlangwandern.

Kaum wurde die Kutsche angekündigt, verließ sie das Schloss über die breite Eingangstreppe und stieg in den Wagen. Sie brauchte sich nicht umzudrehen, um zu wissen, dass mindestens ein halbes Dutzend Augenpaare von den Fenstern der Gemächer ihrer Schwiegertochter aus ihr nachschauten. Da kein Gepäck auf die Kutsche geladen worden war und sie daher wohl kaum das Land verlassen würde, wussten Anna Sybilla und deren Hofschranzen bereits, wo ihr Ziel lag. Aber darauf musste sie es ankommen lassen.

»Zum Haus des Herrn von Zander!«, wies sie den Kutscher an und nahm Platz.

Kornelius von Zander war wie sie, Anna Sybilla und Heinrich von Trenzen Mitglied des Regentschaftsrates von Schwarzburg-Friedrichsthal und hatte aus Opposition gegen ihre Schwiegertochter und deren Vertraute das Schloss verlassen, um im Marktort der Reichsgrafschaft zu leben. Zwar war es weniger feudal als im Schloss, doch anders als dort roch er, wie er es nannte, den Gestank der Intrigen nicht, die Heinrich von Trenzen und dessen Ehefrau Geraldina spannen.

Auf einen gewissen Luxus hatte von Zander trotzdem nicht verzichtet. Er wohnte nicht in einer Bauernkate, sondern in einem Vorwerk des Schlosses, das einem Mann wie ihm genügend Platz bot, seinen Vorlieben nachzugehen. Die Reichsgräfin fand ihn im Garten, wo er gerade Obstbäume beschnitt.

»Setz die Leiter so, dass du an die besten Stellen kommst, und gib acht, nicht zu viele Zweige zu entfernen. Du erhältst für jeden, bei dem es unnötig ist, einen Streich mit der Rute!«, rief von Zander gerade einen seiner Diener zu.

Der grinste nur, denn die Rute, die Zander in der Hand hielt, war kurz und der alte Herr dafür bekannt, Strafen mehr symbolisch zu erteilen. Außerdem kam gerade die alte Reichsgräfin, und dies hieß, dass der Herr sich mit dieser ins Haus zurückziehen würde.

Kornelius von Zander begrüßte Henrietta Augusta mit einer Verbeugung, die aufgrund seines Alters etwas knapp ausfiel, und wies auf das Gebäude. »Wenn Eurer Erlaucht der kleine Salon genehm ist, könnten wir dort miteinander reden.«

»Er ist mir genehm«, antwortete die Reichsgräfin und ging ihm voraus.

Unterwegs winkte Zander seine Wirtschafterin heran und erteilte ihr die Weisung, Wein und Gebäck in den kleinen Salon zu bringen. Danach öffnete er Henrietta Augusta eigenhändig die Tür und wartete, bis sie Platz genommen hatte, bevor auch er sich setzte.

Die Reichsgräfin begann das Gespräch mit einem Tadel. »Ihr macht Euch ein bequemes Leben und lasst mich im Stich!«

Der alte Herr hob lächelnd die Arme. »Hätte ich Eurer Erlaucht helfen können, wäre ich mit Freuden im Schloss geblieben. So bleibt mir als einziger Triumph, dass Herr von Trenzen einen Boten zu mir schicken muss, wenn der Regentschaftsrat zusammentreten soll. Den Bestimmungen nach, die Euer Sohn hinterlassen hat, muss dieser immer vollzählig sein, um Beschlüsse fassen zu können.«

»Trotzdem wäre es mir lieber, Euch im Schloss zu wissen, um jederzeit Euren Rat einholen zu können«, antwortete die Reichsgräfin und nahm das Glas Wein entgegen, das eine Dienerin ihr reichte.

Zander wartete, bis diese das Zimmer verlassen hatte, und beugte sich mit besorgter Miene nach vorne. »Wir sprechen besser hier als im Schloss. Dort haben mir die Wände zu viele Ohren, und Herr von Trenzen würde sofort erfahren, was ich plane. Von hier aus habe ich weitaus mehr Möglichkeiten.«

»Und was bringen diese uns?«, fragte Henrietta Augusta bitter.

Die Augen des alten Herrn blitzten, und seine Stimme sank zu einem Flüstern herab, so dass ein heimlicher Lauscher sich schon unter seinem oder dem Sessel der Reichsgräfin hätte verstecken müssen, um mithören zu können. »Ich habe dem Arzt nachspüren lassen, den Eure Schwiegertochter vor drei Monaten ins Schloss geholt hat. Ihr solltet Euch vorsehen! Dieser Mann hat bereits mehrere Herren und Damen behandelt, die daraufhin gestorben sind, so dass es für einige zu einem unerwarteten Erbfall kam.«

»Ihr vermutet Gift?«, fragte Henrietta Augusta erbleichend.

»Ob Gift oder eine falsche Behandlung, bleibt sich gleich. Bei Eurem Enkel ist wohl Letzteres zu befürchten«, sagte Zander nachdenklich.

Die Reichsgräfin seufzte bedrückt. »Ich kann den Arzt nicht ohne Anna Sybillas Einwilligung aus dem Schloss weisen!«

»Ihr könntet einen zweiten Arzt hinzurufen. Dies ist Euch ausdrücklich gestattet.«

Henrietta Augusta freundete sich mit dem Gedanken an, den neuen Leibarzt des reichsgräflichen Knaben zu überwachen. »Ihr müsst mir jedoch dabei raten«, bat sie den alten Herrn.

»Dies ist nicht leicht, da die Koryphäen des medizinischen Standes eine Bezahlung erwarten, die Eure Apanage übersteigt. Ich muss daher einen Arzt finden, der sowohl bezahlbar wie auch vertrauenswürdig ist. Es nützt nichts, wenn wir einen kommen lassen, der sich dann mit dem Kerl, der in den Diensten Eurer Schwiegertochter steht, zusammentut, um Eurem Enkel zu schaden.«

»Tut, was Ihr könnt, Herr von Zander!« Henrietta Augusta haderte wieder einmal mit der Entscheidung ihres Sohnes, sich um ein Mädchen aus einem fürstlichen Haus beworben zu haben. Die erhoffte Rangerhebung war ausgeblieben, und nun sah es so aus, als würde das Geschlecht der Friedriche auf Friedrichsthal mit dem Vierten dieses Namens enden.

Zander überlegte, welchen seiner Freunde, die er teilweise bereits seit seiner Studienzeit kannte, er um Unterstützung bitten konnte. Nicht alle erschienen ihm vertrauenswürdig.

»Ich werde Schwarzburg-Friedrichsthal für einige Tage verlassen müssen«, sagte er nach einer Weile.

»Und wohin wollt Ihr Euch wenden?«

»Nach Jena zu meinem Freund Janowitz. Er ist mit vielen bekannt und weiß vielleicht einen Arzt, dem wir vertrauen können!« Zander wollte alles tun, um der Großmutter des kleinen Reichsgrafen und diesem selbst zu helfen.

»Tut dies bitte!«, erklärte Henrietta Augusta und kam nun auf den Grund zu sprechen, der sie zu diesem Besuch veranlasst hatte. »Frau von Trenzen hat sich heute Vormittag im Schloss mit einem mir unbekannten Mann getroffen, und ich konnte einen Teil des Gesprächs belauschen. Man gibt meinem Enkel eher ein paar Wochen als ein paar Monate zu leben.«

»Dieser Herr ist wohl aus Hildburghausen gekommen. Es ist ja bekannt, dass Herr und Frau von Trenzen eine Ehe Eurer Schwiegertochter mit Prinz Christian von Sachsen-Hildburghausen favorisieren.« Zander wirkte nachdenklich.

»Das Gespräch hat mich beunruhigt! Und jetzt bin ich noch mehr in Sorge, nachdem Ihr sagt, der neue Leibarzt könnte schon Leuten zu einem Erbfall verholfen haben.«

Zander hob beschwichtigend die Hand. »Ich will den Mann nicht beschuldigen, den Tod dieser Menschen vorsätzlich herbeigeführt zu haben. Er hat ihn jedoch gewiss nicht verhindert.«

»Mein Enkel ist schwächlich, leidet immer wieder unter Erkältungen und vermag kaum etwas zu essen. Ich mache mir große Sorgen um ihn.«

Zander spürte die Verzweiflung der Reichsgräfin und wünschte sich, an seinem Lebensabend mit geringeren Problemen konfrontiert zu sein. Da es jedoch nicht zu ändern war, musste er seinen ganzen Verstand einsetzen, um seiner Herrin die Stütze sein zu können, die sie benötigte.

»Sobald ich einen Arzt gefunden habe, wird es mit der Gesundheit des jungen Herrn wieder aufwärtsgehen«, versuchte er, Henrietta Augusta zu trösten.

»Ich will es hoffen«, antwortete diese und erhob sich. »Ich erwarte mit Ungeduld Eure Rückkehr und vertraue darauf, dass Ihr den richtigen Arzt findet.«

»Ich werde mir alle Mühe geben«, erklärte Zander und begleitete sie zur Tür.

»Soll ich im Schloss bekanntgeben, dass Ihr verreist seid?«, wollte sie noch wissen.

Zander schüttelte den Kopf. »Lasst Trenzen ruhig in dem Glauben, ich würde mich damit begnügen, meine Diener beim Beschneiden der Bäume zu überwachen.«

Nun musste Henrietta Augusta doch lachen. »Er wird sich ärgern, wenn er den Regentschaftsrat zusammenrufen will und dies nicht möglich ist, weil Ihr fehlt. Zu lange dürft Ihr daher nicht ausbleiben, sonst bringt er meine Schwiegertochter dazu, einen Vertreter für Euch zu bestimmen, und das wird gewiss eine seiner Kreaturen sein.«

»Ich werde rechtzeitig zurückkommen«, versprach Zander und setzte für sich das Wort »hoffentlich« hinzu.

8.

Zanders Abwesenheit blieb im Schloss tatsächlich für einige Tage verborgen. Heinrich von Trenzen tat in der Zeit alles, um die junge Reichsgräfin für eine Ehe mit Prinz Christian von Sachsen-Hildburghausen zu gewinnen. Dafür war der Regentschaftsrat, in dem Anna Sybillas Schwiegermutter und Kornelius von Zander jederzeit Widerworte geben konnten, eher hinderlich.

Der kleine Friedrich, wie der Reichsgraf von den meisten insgeheim genannt wurde, verließ seine Gemächer kaum noch, sondern lag die meiste Zeit im Bett und klagte über Leib- und

Kopfschmerzen und war so unleidlich, dass Rudolfa Ludovicius sich wünschte, sie könnte eine Rute nehmen und diesen Bengel einmal richtig durchbleuen.

Als wieder einmal ein Suppenlöffel durch den Raum flog, war sie kurz davor, es wirklich zu tun.

»Euer Erlaucht sind ein Scheusal!«, schrie sie den Jungen an.

»Ich kann diese Suppe nicht essen!«, brüllte Friedrich. »Das Zeug verbrennt mir den Gaumen und liegt mir wie ein Stein im Magen. Ich quäle mich jedes Mal fürchterlich, wenn ich auf den Leibstuhl muss! Außerdem: Sie hat mich nicht Scheusal zu nennen. Ich bin der Reichsgraf!«

»Um das zu werden, müsstet Ihr erst einmal alt genug dafür werden. Doch bezweifle ich, dass es dazu kommt. Ihr seid kränklich und schwach und wäret ohne die Kunst Eures Leibarztes längst tot!« Rudolfa Ludovicius war so wütend, dass sie die gebotene Ehrerbietung vor dem hohen Stand ihres Pfleglings ganz vergaß.

Der Junge wurde blass und riss am Klingelzug. Kurz darauf trat Manfred ein.

»Euer Erlaucht wünschen?«, fragte er und verbeugte sich mit unbewegter Miene vor dem Kind.

Friedrich war nicht weniger erregt als seine Pflegerin und wies mit der Hand auf diese. »Sperre Er dieses Weib in den Kerker und kette es an, ebenso die beiden Lakaien, die mir eigentlich vorlegen sollten, den Speisesaal aber bereits ohne meine Erlaubnis verlassen haben!«

»Ihr habt einen losgeschickt, um dem Koch Euer Missfallen zu übermitteln, und den Zweiten, um anderen Wein zu holen, weil dieser Euch nicht schmeckt!« Die Pflegerin nahm die Laune des Knaben nicht ernst und drehte sich zu Manfred um. »Hebe den Löffel auf und reinige ihn, damit Seine Erlaucht weiterspeisen kann!«

»Ich will diese Suppe nicht essen!«, wiederholte der Junge lautstark und zeigte auf seine Pflegerin. »Sie will ich im Kerker sehen. Los, verhafte dieses Weib!«

Mit dieser Forderung brachte er Manfred in eine Zwickmühle. Rudolfa Ludovicius stand in der Rangfolge der Hofhaltung ein ganzes Stück über ihm und konnte sich zudem der Unterstützung der jungen Reichsgräfin sicher sein. Andererseits war Friedrich der Reichsgraf, und selbst seine Mutter musste vor ihm knicksen, wenn er, was selten genug der Fall war, seine Gemächer verließ.

»Gehorche!«, rief der Junge, da Manfred ihm zu lange zögerte.

Dieser kniff die Lippen zusammen und trat auf die Pflegerin zu.

»Wage Er es nicht, diesen unsinnigen Befehl zu befolgen!«, herrschte diese ihn an.

Manfred brach der Schweiß aus. Wie auch immer er sich entschied, er würde der Leidtragende sein. Schließlich zuckte er mit den Schultern. Der Reichsgraf war der Reichsgraf, und wenn er befahl, hatte er zu gehorchen.

»Folgt mir!«, forderte er Rudolfa Ludovicius auf.

Als diese begriff, dass ihm damit ernst war, wich sie zornbebend vor ihm zurück. »Das wirst du bereuen, du Knecht, und der Bengel da auch!«

In ihrem Zorn hatte sie nicht bemerkt, dass die Tür geöffnet worden war und Henrietta Augusta eintrat. Diese vernahm die despektierlichen Worte der Pflegerin und fuhr auf.

»Sie wagt es, Seine Erlaucht zu schmähen?«

Auch wenn der Einfluss der alten Reichsgräfin gesunken war, durfte eine Bedienstete wie Rudolfa Ludovicius sich nicht mit ihr anlegen. Daher eilte sie zur Tür, riss diese auf und prallte mit Anna Sybilla zusammen, die eben zu ihrem täglichen Besuch bei ihrem Sohn kommen wollte.

»Ist Sie toll geworden?«, schrie Anna Sybilla sie an, weil die sorgfältig gelegten Falten ihres Kleides Schaden genommen hatten.

»Ich werde dieses Scheusal nicht weiter betreuen!«, schrie die Pflegerin erbittert. »Er tut mir alles zum Trotz, dabei versuche ich weiß Gott, ihm sein schweres Los zu erleichtern. Doch er ist undankbar, renitent und der Mühe nicht wert, die man sich mit ihm macht!«

»Sie hat sich über meinen Sohn geärgert? Ich werde mit ihm sprechen, damit er sich besser benimmt«, antwortete Anna Sybilla und rauschte an der Pflegerin vorbei.

Als sie das Zimmer betrat und dort ihre Schwiegermutter vorfand, huschte ein verdrießlicher Ausdruck über ihr Gesicht.

Die Alte hing mit einer wahren Affenliebe an dem schwächlichen Kind und würde die Bemerkungen, die Rudolfa Ludovicius über ihren Enkel gemacht hatte, nicht so einfach hinnehmen. Wenn sie jetzt darauf bestand, dass die Pflegerin den Knaben weiter betreuen sollte, würde man dieser und damit auch ihr die Schuld geben, wenn sich Friedrichs Zustand nicht besserte oder sogar schlechter wurde.

»Gehe Sie in Ihre Kammer! Ich werde mich später mit Ihr befassen«, beschied sie die Pflegerin und musterte ihren Sohn anschließend mit einem kühlen Blick. »Euer Erlaucht sollten in sich gehen und die Domestiken, die Euch betreuen, besser behandeln. Sonst gibt es im Schloss bald niemanden mehr, der dazu bereit ist!«

»Ich finde gewiss eine Pflegerin für meinen Enkel!«, rief Henrietta Augusta empört.

»Als Mutter Seiner Erlaucht ist dies ja wohl meine Pflicht«, antwortete Anna Sybilla und fand, dass sie dieses Problem dringend mit ihren Getreuen besprechen musste. Da die Lakaien, die ihrem Sohn die Mahlzeit auftischen sollten, durch Abwesenheit glänzten, wies sie mit dem Finger auf Manfred.

»Sorge Er dafür, dass Seine Erlaucht etwas zu sich nimmt!«

Erschrocken fragte Manfred sich, wieso ausgerechnet er in diese Situation geraten sein konnte. Der Knabe galt als schwierig und leicht erregbar, stand aber als Herr dieses Ländchens über allen und musste mit Samthandschuhen angefasst werden. Mit einem Blick auf seine kräftigen Hände fand Manfred, dass ihm Samthandschuhe gewiss nicht passen würden. Da er aber diesen Befehl erhalten hatte, musste er ihn befolgen. Trotzdem wagte er einen Einwand.

»Verzeiht, durchlauchtigste Dame, doch Seine Erlaucht erteilte mir den Auftrag, seine Pflegerin in den Kerker zu schaffen und dort anzuketten!«

»Das ist doch Kinderei!«, tat Anna Sybilla seine Worte ab und beugte sich kurz nieder, um die Stirn ihres Sohnes zu küssen. »Euer Erlaucht sollten nun fertig speisen und danach ruhen.«

Kaum hatte sie es gesagt, verließ sie das Zimmer und eilte, so rasch es ihre Würde zuließ, in ihre Gemächer zurück.

Unterdessen musterte Henrietta Augusta Manfred mit einer gewissen Skepsis. Er schien ihr etwas zu derb, um Speisenvorleger ihres Enkels werden zu können. Einen anderen gab es im Augenblick jedoch nicht, und so nickte sie ihm zu.

»Walte Er seines Amtes!«

Manfred hob den Löffel auf, durch den der ganze Streit ausgelöst worden war, und wischte ihn mit einer Serviette ab. Als er ihn dem Jungen reichen wollte, wehrte dieser mit beiden Händen ab.

»Die Suppe ist mir zu scharf gewürzt! Ich esse sie nicht!«

»Euer Erlaucht sollten etwas zu sich nehmen«, flehte ihn seine Großmutter an.

Der Junge starrte auf die dicke Suppe, auf der große Fettaugen schwammen, und spürte, wie sein Magen bereits bei diesem Anblick revoltierte. Um seine Großmutter nicht zu betrüben, aß er dann doch etwas davon, erbrach aber bereits den ersten Löffel wieder.

Manfred reichte ihm gerade noch rechtzeitig eine Serviette, damit er weder seine Kleidung noch das Tischtuch beschmutzte, und sah dann die alte Reichsgräfin hilflos an. »Vielleicht sollte Seine Erlaucht leichtere Speisen als diese erhalten«, sagte er und wies auf das halbe Dutzend mit Silberdeckeln versehene Servierplatten, denen der Duft scharf gewürzter Speisen entströmte.

»Der Arzt hält kräftigende Nahrung für unbedingt nötig«, antwortete Henrietta Augusta, erinnerte sich dann aber an Kornelius von Zanders Warnung, der Arzt könnte den Knaben durch falsche Behandlung unter die Erde bringen.

»Sehe Er zu, ob Er in der Küche etwas anderes bekommt. Irgendjemand soll Ihn bei der Betreuung Seiner Erlaucht unterstützen«, sagte sie daher und verließ ebenfalls das Zimmer.

Manfred sah ihr nach und wusste bereits, wen er als seine Helferin fordern sollte.

9.

Anna Sybilla betrat den großen Salon ihrer Gemächer und sah ihre Vertraute Geraldina von Trenzen in einer Nische sitzen. Deren Mann stand neben ihr und redete leise auf sie ein, wobei er sorgsam darauf achtete, dass keine der anderen Hofdamen nahe genug war, um ihn belauschen zu können. Auf einen leisen Ruf seiner Gemahlin drehte er sich um, sah die junge Reichsfürstin auf sich zukommen und verbeugte sich vor ihr.

»Ich muss mit Euch sprechen, Trenzen«, erklärte Anna Sybilla mit kaum verhohlenem Ärger in der Stimme.

»Sehr wohl, Euer Durchlaucht!« Heinrich von Trenzen verbeugte sich erneut und kam auf seine Herrin zu. »Ich stehe zu Euren Diensten!«

»Die Ludovicius, dieses dumme Stück, hat sich hinreißen lassen, meinen Sohn wüst zu beschimpfen«, berichtete Anna Sybilla ärgerlich. »Daraufhin hat er einem der Domestiken befohlen, sie in den Kerker zu werfen.«

Trenzens Sympathien galten der Pflegerin, denn was er von dem jungen Friedrich hörte, ließ diesen nicht gerade als einen höflichen und angenehmen Knaben erscheinen.

»Ich glaubte, die Ludovicius würde bessere Nerven haben. Sie hätte die Launen Seiner Erlaucht einfach ignorieren müssen«, sagte er.

»Jedenfalls kann sie meinen Sohn nicht weiter betreuen. Würde ihm etwas zustoßen, würde man ihr Vorwürfe machen, sich schlecht um ihn gekümmert zu haben, und ebenso mir, weil ich sie nicht aus der Umgebung meines Sohnes entfernt habe.«

Anna Sybillas Wut stieg mit jedem Wort mehr, und sie wusste nicht, wem dieses Gefühl mehr galt, der zornig gewordenen Pflegerin oder ihrem renitenten Sohn. Sie atmete mehrmals tief durch und wies mit ihrem Fächer auf Trenzen. »Besorgt eine neue Betreuerin für meinen Sohn, sonst tut es der alte Drachen!«

Da sie sich normalerweise bemühte, auch im engen Kreis mit einer gewissen Höflichkeit von ihrer Schwiegermutter zu sprechen, musste sie Trenzens Meinung nach äußerst erzürnt sein. In dessen Gehirn formte sich jedoch bereits ein Plan.

»Ich finde, Euer Durchlaucht sollten die Suche nach einer neuen Pflegerin Ihrer Erlaucht überlassen. Es würde diese beruhigen und einigen Streit und Hader beenden.«

»Ich soll meiner Schwiegermutter den Vortritt lassen? Es ist immerhin mein Sohn, und ich wünsche nur das Beste für ihn.« Anna Sybilla klang gekränkt, doch Heinrich von Trenzen hob lächelnd die Hand.

»Auch Ihre Erlaucht wünscht das Beste für ihren Enkel, Euer Durchlaucht. Bedenkt die Vorzüge solchen Handelns! Ihre Erlaucht könnte Euch nicht mehr für die Fehler der Pflegerin verantwortlich machen, sondern muss diese auf sich selbst nehmen. Außerdem wird der Leibarzt des jungen Herrn alles genau überwachen.«

Nun beruhigte Anna Sybilla sich und nickte schließlich sogar. »Ihr habt recht, Trenzen! Ich werde meiner Schwiegermutter die Wahl überlassen. Doch sagt, wo ist Juliana von Ziegenweida? Sie sollte mir auf dem Spinett vorspielen.«

»Fräulein von Ziegenweida befindet sich bereits im Musiksalon«, antwortete Geraldina von Trenzen, die neugierig neben sie getreten war.

»Ich brauche jetzt Musik, um meine angegriffenen Nerven zu beruhigen.« Mit diesen Worten verließ Anna Sybilla das Paar und ging in den Musiksalon hinüber.

»Habe ich richtig gehört? Ihr habt Ihrer Durchlaucht geraten, die Suche nach einer neuen Pflegerin für diesen Bengel dem alten Drachen zu überlassen? Was ist, wenn es dieser gelingt, den Jungen am Leben zu erhalten?«, fragte Geraldina von Trenzen ihren Gemahl.

Dieser musterte sie mit einem überlegenen Blick. »Meine Liebe, Ihr ereifert Euch umsonst. Laut Doktor Stratmanns Bulletin hat Friedrich nur noch vier bis fünf Monate zu leben. Dies kann auch eine neue Pflegerin nicht ändern. Für uns wäre es sogar ein Vorteil, weil dann der alte Drachen, wie Ihr die Schwiegermutter Ihrer Durchlaucht zu nennen pflegt, weder der jungen Reichsgräfin noch uns den Vorwurf machen kann, wir hätten nicht alles getan, was in unserer Macht stand, ihren Enkel zu retten!«

»Von dieser Warte aus habe ich es noch nicht betrachtet«, sagte seine Frau überrascht. »Ihr habt recht! So ist es wirklich am besten. Der Knabe stirbt ganz gewiss, und bis dorthin sollte es uns gelingen, Ihre Durchlaucht von den Vorzügen einer Ehe mit Prinz Christian zu überzeugen.«

»Es ist bedauerlich, dass uns Johann Ernst von Sachsen-Saalfeld in die Quere gekommen ist. Die Gemahlin eines regierenden Fürsten zu werden, hat nun einmal einen besonderen Reiz. Ihr solltet mit Ihrer Durchlaucht hinter vorgehaltener Hand über das hohe Alter und die schlechte Gesundheit des hohen Herrn sprechen«, riet Trenzen seiner Frau.

»Doch kommt nun!«, fuhr er fort, als sie boshaft lächelnd nickte. »Fräulein von Ziegenweida traktiert bereits das Spinett! Wir sollten uns in den Musiksalon begeben und ihrem Spiel lauschen. Ihre Durchlaucht wäre ungehalten, wenn wir diesen Genuss nicht mit ihr teilen.«

10.

Das Zugeständnis ihrer Schwiegertochter, sie könne die nächste Pflegerin des jungen Reichsgrafen bestimmen, traf Henrietta Augusta unvorbereitet. Bislang hatte Anna Sybilla sich gegen jeden ihrer Vorschläge gesträubt und ihren eigenen Willen durchgesetzt. Daher wusste die alte Reichsgräfin zunächst nicht, was sie darauf antworten sollte.

»Ich danke Euch und werde meine Entscheidung zu gegebener Zeit treffen«, sagte sie schließlich und zog sich in die Gemächer ihres Enkels zurück. Sie fand dort außer Friedrich auch noch Gabi und Manfred vor, die von der Mamsell beauftragt worden waren, in Zukunft dem Knaben das Essen vorzulegen.

Eben musste es einen Zwischenfall gegeben haben, denn Gabi war gerade dabei, den Teppich zu säubern, auf dem der Inhalt des Suppentellers gelandet war. Manfred stand neben dem Servierwagen und legte ein gebratenes Täubchen darauf.

»Wenn Euer Erlaucht sich vielleicht damit zufriedengeben könnte«, meinte er zu dem Knaben.

»Mach das ab!«, sagte Friedrich und wies auf die dicke Gewürzkruste, mit der die Taube eingehüllt war.

Die anderen Lakaien hatten sich in diesen Fällen auf die Anweisung des Arztes berufen, der scharf gewürzte Speisen als unabdingbar bezeichnet hatte. Manfred hingegen betrachtete das Täubchen von allen Seiten und rieb es dann mit einer Serviette ab.

»Zieh ihm die Haut ab!«, befahl der Junge.

Manfred tat es und löste danach das magere Fleisch von den Knochen. Als er sie Friedrich vorsetzte, probierte dieser vorsichtig und aß dann weiter.

»Er ist kein so großer Trottel wie die anderen Diener«, sagte er zu Manfred, als der Teller leer war.

»Ich bin Euer Erlaucht für diese Einschätzung zutiefst verbunden«, antwortete Manfred mit einer Verbeugung.

»Er hat gesagt, dass du trotzdem ein Trottel bist«, stichelte Gabi, die sich darüber ärgerte, weil sie den Teppich sauber machen musste, während Manfred sich darauf beschränkte, den kleinen Reichsgrafen zu bedienen.

»Sie hat Uns mit Euer Erlaucht anzusprechen«, fiel Friedrich ihr ins Wort.

Gabi sah sich mit einem erstaunten Blick zu ihm um. »Ich habe Euer Erlaucht doch gar nicht angeredet, sondern diesen Trottel da gemeint!«

»Sie hat von Uns gesprochen. Dies hat in ehrerbietigem Ton zu geschehen«, erklärte der Junge von oben herab.

»Wenn Euer Erlaucht es so wollen, werde ich von Eurer Erlaucht stets als Euer Erlaucht sprechen, damit Euer Erlaucht mit mir zufrieden sind und Euer Erlaucht mich nicht mehr schelten müssen«, antwortete die junge Dienerin.

»Ich glaube, das ist genug Erlaucht«, warf Manfred trocken ein. »Darf ich Eure erlauchtigste Aufmerksamkeit auf diese

Hähnchenbrust lenken? Wenn man dieser die Haut abzieht, dürfte sie für Euren erlauchtigsten Gaumen genießbar sein.«

»Gib her!«, befahl der Junge und kaute mit weniger Widerwillen auf dem Hähnchenfleisch herum, als er es sonst getan hatte.

Henrietta Augusta wusste nicht, ob sie die Art, wie die Dienerin und der Lakai ihren Enkel behandelten, gutheißen sollte oder nicht. Allerdings aß Friedrich tatsächlich mehr. Als er jetzt einen weiteren Becher Wein verlangte, wagte Gabi einen Einwand.

»Ist das nicht ein wenig viel?«

»Was ist zu viel?«, fragte die Reichsgräfin.

Friedrich, Gabi und Manfred hatten die alte Dame bislang nicht bemerkt und zuckten erschrocken zusammen.

»Ich weiß nicht, was Euer Erlaucht meinen«, sagte Gabi mit gesenktem Kopf, erinnerte sich dann daran, dass sie vor Henrietta Augusta knicksen musste, und holte dies nach.

»Es galt dem Becher! Seine Erlaucht muss jedoch trinken«, erklärte die Reichsgräfin streng.

»Aber doch nicht so viel Wein!«, rief Gabi aus. »Man sollte ihn wenigstens mit Wasser verdünnen. Noch besser wäre ein Kräuteraufguss, wie ihn die Köchin für uns Bedienstete aufsetzt.«

»Sie will Seiner Erlaucht das Gesöff von Knechten vorsetzen?«, rief Henrietta Augusta empört, während Gabi immer kleiner wurde.

»Ich habe ja nur gemeint, dass der Wein sehr stark ist und Seine Erlaucht davon rasch betrunken wird«, verteidigte sie sich.

»Hole diesen Kräuteraufguss!«, befahl der Junge. Ihm widerstrebte der Wein schon lange, und er trank ihn nur, wenn der Durst ihn dazu zwang.

Gabi sah die Reichsgräfin fragend an, denn diese hatte bis jetzt stets darauf bestanden, dass die Anweisungen des Arztes wortwörtlich befolgt wurden.

Durch das Gespräch mit Kornelius von Zander misstrauisch geworden, nickte Henrietta Augusta. »Tue Sie es! Man soll in Zukunft mehr auf die Wünsche Seiner Erlaucht eingehen.«

Damit, so sagte die alte Reichsgräfin sich, hatte sie im Kampf um die Macht einen überraschenden Zug gegen ihre Schwiegertochter gewonnen. Nun ging es noch darum, eine Pflegerin für ihren Enkel zu finden, die ihr und nicht Anna Sybilla verpflichtet war. Henrietta Augusta bedauerte es, dass ihr Vertrauter von Zander die Reichsgrafschaft verlassen hatte, denn sie hätte sich gerne mit ihm beraten. Da sie jedoch nicht wusste, wann er zurückkehren würde, konnte sie mit ihrer Entscheidung nicht warten.

Doch wen sollte sie als Pflegerin bestellen?, fragte sie sich. Eine Möglichkeit war, befreundete Damen anzuschreiben und um Hilfe zu bitten. Doch womöglich musste sie sogar Friedrichsthal verlassen und in eine der größeren Städte fahren, um sich die Kandidatinnen anzusehen. Welche Anforderungen sollte sie an diese richten?

Mit diesem Problem schlug Henrietta Augusta sich noch den Rest des Tages herum. Die neue Pflegerin sollte jünger sein als Rudolfa Ludovicius, damit sie mehr Verständnis für den Knaben aufbrachte. Ein fester Wille war ebenfalls vonnöten, um sich gegen Friedrichs Launen durchsetzen zu können, nur durfte das nicht harsch, sondern mit großem Takt geschehen. Auch durfte die neue Pflegerin nicht aus einem Land kommen, in dem Anna Sybillas Verwandte herrschten. Selbst wenn sie niemandem böse Absichten unterstellen wollte, so würden es einige der Herrscher wohl kaum bedauern, wenn ihr Enkel das Zeitliche segnete und sie Schwarzburg-Friedrichsthal entweder in ihr

Herrschaftsgebiet eingliedern oder über Anna Sybilla einen ihrer nachgeborenen Prinzen damit alimentieren konnten.

»Auch wenn der erste Friedrich von illegitimer Abkunft war, so zählte Friedrichsthal immer als Schwarzburger Linie«, sagte sie leise.

Doch weder Schwarzburg-Sondershausen noch die enger verwandten Schwarzburg-Rudolstädter waren in der Lage, das Erbe mit dem Nachdruck fordern zu können, der vonnöten wäre. Man würde sie mit ein paar Talern abspeisen und das noch großzügig nennen.

»Mein Enkel darf nicht sterben!« Es war ein Stoßgebet, das Henrietta Augustas ganze Hoffnung enthielt. Damit Friedrich gesund wurde, brauchte sie eine Pflegerin, die ihre ganze Kraft und ihr ganzes Können diesem Ziel weihte.

»Sie muss mit Arzneien vertraut sein und wissen, was Friedrich guttut und was ihm schaden könnte«, setzte Henrietta Augusta ihr Selbstgespräch fort.

Eine solche Frau zu finden, schien ihr nahezu unmöglich. Sie überlegte. Die Tochter eines Arztes konnte dies leisten, besser noch die eines Apothekers, die von ihrem Vater einiges über Arzneien gelernt hatte.

»Soll ich Eurer Erlaucht die Schulter einreiben?« Die Stimme der Kammerfrau unterbrach Henrietta Augustas Gedanken.

Sie nickte seufzend und ließ zu, dass die Frau ihr das Kleid auszog und die Schultern entblößte. Als die Kammerfrau damit begann, die Schultern ihrer Herrin sanft mit einem Elixier zu massieren, blieb deren Blick auf der Flasche haften.

»Justs heilendes Balsam aus Königsee« stand auf dem Etikett. Just? Diesen Namen hatte sie bereits in einem anderen Zusammenhang vernommen.

»Kann Sie mir sagen, woher diese Flasche stammt, Differt?«, fragte sie ihre Kammerfrau.

Diese unterbrach ihre Tätigkeit und nickte. »Selbstverständlich, Euer Erlaucht! Sie stammt wie die meisten der Heilmittel, die Euer Erlaucht zu verwenden pflegen, von dem Laboranten Tobias Just aus Königsee und wird von dessen Buckelapothekern jedes Frühjahr zu uns gebracht. Schon Tobias Justs Vater Rumold Just belieferte Euer Erlaucht, und auch Euer Erlaucht Gemahl bevorzugte die heilenden Mittel aus Königsee.«

»Königsee! Das liegt doch im Fürstentum Schwarzburg-Rudolstadt«, rief die Reichsgräfin aus.

»Euer Erlaucht haben damit recht!«

»Ich habe schon mal in anderem Zusammenhang von den Justs aus Königsee gehört. Kann Sie sich besinnen, was dies gewesen sein könnte?« Henrietta Augusta war so aufgeregt, dass sie Differts Hände packte und sie festhielt.

»Wenn Euer Erlaucht die Güte hätten, sich an die Geschichte der Wanderapothekerin zu erinnern. Ein beherztes Mädchen aus Schwarzburg-Rudolstadt ist vor etlichen Jahren als Buckelapothekerin ausgezogen und hat dabei etliche Abenteuer erlebt. Euer Erlaucht Base Antonia Margaretha hat uns bei einer ihrer Besuche viel über diese erstaunliche Frau erzählt.«

»War da nicht noch eine zweite Sache, bei der diese Wanderapothekerin sich bewährt hat? Sie soll doch ihren Ehemann aus einem Kerker befreit und ein fürchterliches Verbrechen ans Tageslicht gebracht haben!«

Henrietta Augustas Gedanken rasten. Eine Frau, die als Wanderapothekerin durch die Lande gezogen war, musste über die Wirkung der Heilmittel, die sie an den Mann bringen wollte, Bescheid wissen und konnte daher auch sagen, ob jene Arzneien, die der Arzt angewandt sehen wollte, ihrem Enkel zuträglich waren. Das, was sie von ihrer Base noch gehört hatte, wies auf den Mut und die Klugheit der jungen Frau hin. Beides war bei Friedrichs Pflege unabdingbar.

In der Hoffnung, das Leben ihres Enkels erhalten und das Schicksal ihres kleinen Ländchens vielleicht doch noch wenden zu können, wandte Henrietta Augusta sich an ihre Kammerfrau. »Lass Sie jetzt meine Schulter in Ruhe, und kleide Sie mich wieder an. Danach wünsche ich Feder, Papier und Tinte, denn ich will meinem Vetter Friedrich Anton von Schwarzburg-Rudolstadt eine dringliche Botschaft schreiben. Ein Kurier soll warten, bis der Brief fertig ist, und dann umgehend aufbrechen.«

»Er wird es trotzdem nicht an einem Tag bis Rudolstadt schaffen«, meinte Differt kopfschüttelnd, beeilte sich aber, die Befehle ihrer Herrin auszuführen.

Dritter Teil

...

Der Familie entrissen

1.

Klara verzog das Gesicht, als Waldemar Frahm ihr auf der Straße entgegenkam. Seit sie vor einigen Wochen mit ihm aneinandergeraten war, machte er sie in der ganzen Stadt schlecht. Dazu kam, dass er sie jedes Mal beschimpfte, wenn sie sich zufällig trafen. Auch jetzt trat er ihr mit höhnischer Miene in den Weg.

»Sie wird es noch bereuen, so despektierlich gewesen zu sein! Ich vertrete die Macht Seiner Durchlaucht, des Fürsten, und wer mich beleidigt, kränkt Seine Durchlaucht!«, rief er laut genug, damit alle, die sich in der Nähe befanden, es hören konnten.

Höchst verärgert stellte Klara fest, dass einige, die sie für Freunde hielt, sich stillschweigend verdrückten. Kein Einziger wagte es, ein Wort zu ihrer Verteidigung vorzubringen. Da der Amtmann von Königsee ihm freie Hand ließ, war Frahm in der Lage, jedem Bürger Steine in den Weg zu rollen.

Er hatte so hohe Gebühren für die Pässe der Buckelapotheker verlangt, dass ein paar Laboranten bereits erwogen hatten, heuer Strecken auszulassen, die in den vergangenen Jahren wenig Gewinn gebracht hatten. Nur die Tatsache, dass sie einst viel Geld ausgegeben hatten, um ihre Buckelapotheker auf diese Strecken schicken zu dürfen, hatte sie davon abgebracht. Sie hätten sonst das jeweilige Handelsprivileg verloren, und das mochte dann doch keiner riskieren.

Klaras Gedanken überschlugen sich, während Frahm sie beschimpfte. Längst bezweifelte sie, dass all das Geld, das er eingetrieben hatte, in die Truhe des Fürsten gewandert war. Wahrscheinlich hatte er einen gewissen Teil davon stillschweigend in die eigenen Taschen gesteckt. Den Verdacht hegte nicht nur sie, aber ihn offen auszusprechen, wagte niemand. Die Beamten des Fürsten fühlten sich über alle Untertanen erhaben und waren mit Geldstrafen rasch bei der Hand. Vermutlich ärgerte Waldemar Frahm sich immer noch, weil sie damals zu ihm gekommen war und nicht Tobias. Als Weib ohne eigenes Vermögen hätte er ihr höchstens ein paar Groschen abverlangen können. Bei Tobias hingegen wären es etliche Taler geworden.

Während Klara verbissen schwieg, höhnte Frahm weiter. »Sie wird sich noch wundern, wenn Sie im Kerker Seiner durchlauchtigsten Hoheit steckt und diesen kniefällig um Gnade anflehen muss!«

Klara kniff die Lippen noch fester zusammen, um ihm nicht Bemerkungen an den Kopf zu werfen, die sie doch einiges an Geld gekostet hätten. Dabei hatte der Kerl schon genug Schaden angerichtet. Obwohl sie bereits über zehn Jahre in Königsee lebte, nannten missliebige Leute sie nun wieder die Frau aus Katzhütte. Die Ehefrauen der fürstlichen Amtsträger in Königsee mieden sie mittlerweile, obwohl sie früher oft bei ihr zu Gast gewesen waren.

Du elender Lumpenhund!, dachte sie, als Frahm ihr sogar in Richtung ihres Hauses folgte, um sie weiter zu beschimpfen. Warum müssen Leute so gemein sein, nur weil sie glauben, es sich leisten zu können? Dabei machte sich Frahm damit nur noch mehr Feinde. Auch wenn die meisten es bei einer geballten Faust in der Tasche beließen, gab es doch Heißsporne, die darauf lauerten, ihm einmal in der Nacht zu begegnen, um ihm ein paar mit dem Knüppel überziehen zu können. Klara hatte wenig für solche Selbstjustiz übrig, doch Waldemar Frahm hätte sie einige Beulen vergönnt.

»Spricht Sie nicht mehr mit mir?«, blaffte der Beamte sie jetzt an.

Klara blieb nun doch stehen und musterte ihn angewidert. »Weshalb sollte ich? Ich will doch nichts von Ihm!«

»Sprich mich so an, wie es meinem Rang gebührt! Ich bin ordentlich bestallter Beamter Seiner durchlauchtigsten Hoheit, Fürst Friedrich Anton. Wenn ich hier stehe, ist es so, als würde Seine Durchlaucht höchstpersönlich hier stehen!«

Das fand Klara doch arg anmaßend. Weder war Frahm von Adel, noch wies er irgendeine Befähigung auf, die ihn für ein höheres Amt als das des fürstlichen Schuhputzers geeignet erscheinen ließ. Da sie ihrem Zorn jedoch nicht durch scharfe Worte Luft machen konnte, beließ sie es bei gezielten Sticheleien.

»Soll ich das so verstehen, dass ich Euch ab sofort als durchlauchtigster Fürst oder fürstliche Durchlaucht anzusprechen habe?«

»Du ... Ich ...« Frahm brach ab, denn ihm war klargeworden, dass er es zu weit getrieben hatte. Wenn dies dem Amtmann zu Ohren kam, würde dieser ihn wegen seiner Äußerung rügen. Auch wenn er hier als Beamter den Landesherrn vertrat, so stand doch der Fürst hoch über ihm.

»Nenne Sie mich so, wie es sich gehört, also sehr geehrter Herr Assessor«, erklärte er grimmig und machte kehrt.

Einige Nachbarn, die ebenfalls bereits unter Frahms Bosheiten gelitten hatten, grinsten spöttisch hinter ihm her. »Die Klara hat schon ein flinkes Mundwerk, muss ich sagen«, erklärte einer.

»Das hat sie!«, stimmte jemand zu, während ein Dritter mit dem Kopf wackelte.

»Sie wird achtgeben müssen, dass es ihr nicht einmal zum Schaden gereicht. Herr Frahm untersteht direkt dem Amtmann, und der wacht im Namen des Fürsten über Königsee und das Umland.«

»Du bist ein arger Bedenkenträger, Lensing! Wenn du so weitermachst, wirst du vor Frahm und dergleichen den Rücken bald so krümmen, dass du Maulwurfshaufen aufwirfst.«

Der Sprecher versetzte dem Mann einen Stoß und ging weiter. Als er zu Klara aufschloss, nickte er ihr anerkennend zu.

»Lasst Euch von solchen Leuten nicht unterkriegen, Justin! Irgendwann gibt es eine Grenze, an der auch Beamte scheitern werden.«

»Solange sein Vetter Wilhelm die Hand über den Mann hält, wird Waldemar Frahm sich gewiss nicht ändern.«

Der Nachbar lachte. »Doch, das wird er tun, aber zum Schlechten. Doch irgendwann einmal wird er damit scheitern!«

Klara war klar, dass dies mehr Wunsch des Mannes war als berechtigte Hoffnung. Daher zuckte sie nur mit den Schultern und legte die letzten Schritte bis zu ihrem Haus zurück.

2.

Dort hantierte Kuni in der Küche, ihre Nichte Liese fütterte das Schwein, während Martin und Lena unter Lieses Aufsicht den Kaninchen Grashalme hinstreckten, an denen diese knabbern konnten. Tobias fertigte im Keller zusammen mit seinem Vater Rumold Arzneien. Klaras erster Blick galt wie immer ihren Kindern. Hilde lag in ihrer Wiege, die kleinen Fäustchen geballt, und machte deutlich, dass sie Hunger hatte. Da Lena und Martin in Lieses Obhut gut aufgehoben waren, konnte Klara ihr Hemd öffnen und Hilde aus der Wiege nehmen.

»Ich habe gesehen, dass Frahm hinter dir hergekommen ist. Hat er wieder dumm dahergeschwätzt?«, wollte Kuni wissen.

»Er ging so weit zu behaupten, wenn er wo stände, wäre es dasselbe, als wenn der Fürst dort stehen würde. Als ich ihn fragte, ob man ihn deswegen mit fürstliche Durchlaucht ansprechen müsse, ist er gegangen.«

»Er ist ein unguter Kerl, dem sein Amt zu Kopf gestiegen ist«, erklärte Kuni.

Klara nickte. »Und das nicht zu knapp! Doch wie willst du mit Fürstenknechten umgehen, bei denen bereits der Amtsdiener wie ein hoher Herr angesprochen werden will?«

»Was? Verlangt der Brüser das?«, rief Kuni und musste lachen. »Der ist doch zu dumm, um zwei und zwei zusammenzuzählen!«

»Aber er trägt den Rock des Fürsten, und das zählt heutzutage mehr als Verstand und Können.«

Klara hatte sich noch nicht beruhigt, und dies übertrug sich auf Hilde, die beim Saugen innehielt und protestierende Laute ausstieß. »Komm, sei brav!«, bat Klara sie und streichelte mit der freien Hand das Köpfchen der Kleinen. So gefiel es Hilde, und sie stillte zufrieden ihren Hunger.

»Draußen geht eben die Frau Pastor vorbei. Sie wechselt extra auf die andere Straßenseite, damit es nicht so aussieht, als könnte sie von uns gekommen sein«, meldete Kuni spöttisch.

Klara zuckte mit den Schultern. »Wenn sie es so will! Ich werde mich daran erinnern, wenn ihr Sohn in der Kirche den Klingelbeutel herumträgt. Soll er sich die Spenden doch von Frahm holen, den seine Mutter so bevorzugt.«

»Ich würde es noch anders nennen, doch klingt dies zu unanständig, denn es hat mit Kriechen und dem Hintern zu tun.«

Kuni war nicht weniger empört über die Scheinheiligkeit einiger Bewohner, die vor wenigen Monaten noch gute Nachbarschaft zu ihnen gehalten hatten, nun aber deutlich zeigten, dass ihnen Frahms Meinung wichtiger war als die Freundschaft zu Klara und Tobias.

»Es ist ein Kreuz auf der Welt!«, setzte sie seufzend hinzu und klatschte mit Schwung den Kloßteig auf den Tisch.

»Frahm sollte sich vorsehen! Derzeit sind die Buckelapotheker unterwegs. Doch wenn sie im Herbst wieder zu Hause sind, braucht er sich im *Löwen* nicht mehr blicken zu lassen. Die Männer kennen etliche Spottlieder, und der eine oder andere hat nichts gegen eine Rauferei, auch wenn er danach für ein paar Wochen in den Kerker muss!«

Klara lachte bei den Worten, doch es klang nicht fröhlich. Ihr wäre ein friedliches Zusammenleben in der Stadt um vieles lieber gewesen als Zank und Hader. Doch genau darauf schien Frahm es anzulegen.

Kuni stieß einen überraschten Ruf aus. »Da kommt ein Wagen heran! Ich glaube gar, der will vor unserer Haustür stehen bleiben.«

Verwundert trat Klara ans Fenster und blickte hinaus. Draußen hielt tatsächlich ein einfacher, ungefederter Wagen, dessen Kasten gerade groß genug war, dass zwei Leute sich hineinsetzen konnten. Er blieb so dicht vor dem Küchenfenster stehen, dass es innen düster wurde.

»Offenbar wollen die zu uns«, sagte Klara, als zwei Reiter von ihren Pferden stiegen und auf ihre Haustür zutraten. Sie entzog Hilde die Brustwarze und schloss ihr Kleid, während Kuni ein ums andere Mal den Kopf schüttelte.

Schon klopfte es hart und fordernd an die Tür.

»Ich gehe!«, rief Kuni und verließ die Küche.

Klara folgte ihr bis zur Tür und spähte in den Flur. Sehen konnte sie nichts, da Kunis breite Gestalt ihr die Sicht verstellte. Dafür hörte sie die scharfe Frage eines der Männer.

»Wohnt hier die Untertanin Klara Just, geboren zu Katzhütte?«

»Das bin ich«, erklärte Klara und trat mit dem Kind auf dem Arm in den Flur, denn Kuni hatte es vor Schreck die Sprache verschlagen.

»Mitkommen!«, bellte der Mann, den seine Uniform als fürstlichen Landreiter auswies.

»Aber warum?« Jetzt bekam es Klara doch mit der Angst zu tun, und sie fragte sich, ob Waldemar Frahm sich hinter seinen Vetter Wilhelm gesteckt hatte, um sie den Mühlen der fürstlichen Justiz auszuliefern. Dann aber sagte sie sich, dass dies eigentlich unmöglich war, denn ihre Auseinandersetzung mit Frahm war noch nicht so lange her, als dass ein Bericht nach Rudolstadt kommen und dort die Behörden zum Eingreifen gebracht hätte haben können. Warum wollte man sie also in die Residenzstadt bringen?

»Weiß nicht! Ist ein Befehl!«, antwortete der Mann unfreundlich.

»Aber es muss doch einen Grund geben!«, rief Klara und stieß Kuni an. »Schnell, hole Tobias herauf.«

Die Magd eilte los, während Klara verzweifelt überlegte, in welchen Alptraum sie geraten war.

»Einen Grund gibt es gewiss. Ich kenne ihn aber nicht«, sagte der Uniformierte und wies auf den Wagen. »Los, einsteigen!«

»Ihr könnt mich doch nicht einfach so wegholen!«, protestierte Klara und betete, dass Tobias rasch erschien.

Da eilte dieser bereits, zwei Stufen auf einmal nehmend, die Treppe herauf. »Was ist hier los?«, fragte er verärgert.

Nun fühlte sich der zweite Beamte bemüßigt zu antworten. »Wir haben die Untertanin Just abzuholen. Weigert sie sich, müssen wir Gewalt anwenden.«

»Wagt es, meine Frau anzurühren, und ich schlage euch die Schädel ein!«, schrie Tobias außer sich vor Zorn.

Einer der Uniformierten zog seinen Säbel, der andere hielt auf einmal eine Pistole in der Hand. Aus Angst, er könnte auf ihren Mann schießen, hob Klara die Hand.

»Es bleibt uns im Augenblick wohl nichts anderes übrig, als der Gewalt zu gehorchen.«

Tobias schluckte, begriff aber selbst, dass Widerstand sinnlos war, und senkte den Kopf. »Weshalb tun die das?«

»Das habe ich auch schon gefragt, aber keine Antwort erhalten! Ich weiß nicht einmal, wohin es gehen soll«, antwortete Klara bedrückt.

»Wir bringen dich nach Rudolstadt.«

Diese Auskunft war beunruhigend, denn es bedeutete, dass nicht hier in Königsee über sie gerichtet werden sollte, sondern in der Residenzstadt. Unter den Augen des Fürsten würde kein Richter es wagen, ein mildes Urteil zu fällen. Klara fragte sich, was die Gerechtigkeit in diesem Land wert war, wenn sie für ein paar harsche Worte, die sie vor kurzem zu einem nachrangigen Beamten gesagt hatte, gleich nach Rudolstadt geschafft wurde. Wahrscheinlich hatte Frahm ihre Bemerkungen gehörig aufgebauscht und ihre Festnahme dringend angeraten, da die Landreiter so rasch gekommen waren, dachte sie verbittert und sah die Beamten an.

»Wie lange muss ich in Rudolstadt bleiben?«

»Wissen wir nicht! Mach jetzt! Wir haben nicht alle Zeit der Welt!« Der Sprecher wurde nicht freundlicher, obwohl er Klaras und Tobias' Verzweiflung sah.

Unterdessen hatte Kuni sich gefasst und rasch ein paar Sachen zusammengepackt, die Klara ihrer Meinung nach in der Gefangenschaft brauchte, und reichte das Bündel einem der Männer. »Hier, das muss mit.«

»Kann sie selber nehmen«, knurrte der Kerl.

Da schüttelte Klara den Kopf. »Ich muss meine Tochter tragen.«

»Kann hierbleiben!«

»Nein, das kann sie nicht! Sie ist noch zu klein und braucht meine Milch. Oder will der Fürst etwa, dass sie stirbt?«

Klaras leidenschaftlicher Appell zeigte Wirkung. Die beiden Uniformierten sahen einander an, und schließlich steckte einer den Kopf nach draußen. »Die Person will ihre Tochter mitnehmen. Die muss noch gestillt werden!«

Seine Worte galten jemandem, der es offenbar nicht einmal für nötig gehalten hatte, abzusteigen.

»Dann soll sie das Kind in Dreiteufelsnamen mitnehmen! Und nun beeilt euch! Oder glaubt ihr, ich will hier anwachsen?«

Trotz ihres Ärgers freute Klara sich, dass die beiden Kerle von ihrem Anführer angeschnauzt wurden. Wie es aussah, trat hier jeder, der im Rang höher stand, auf diejenigen unter ihm. Sie drehte sich zu Tobias um. »Verzweifle nicht! Es wird gewiss alles gut werden.«

»Wenn nicht, werden einige in Königsee und Rudolstadt es bereuen«, antwortete ihr Mann flüsternd.

Klara begriff, wie ernst es ihm damit war, und fasste mit der freien Hand nach seiner Rechten.

»Tu nichts Unbedachtes«, bat sie ihn, küsste ihn und blickte noch einmal in den Flur hinein, weil sie Martin und Lena kommen hörte.

Kuni wollte die beiden aufhalten, doch sie entschlüpften ihr und fassten nach ihrer Mutter.

»Mama, was wollen diese bösen Männer von dir?«, fragte Lena und bedachte die Uniformierten mit einem wütenden Blick, während Martin so aussah, als wolle er sich jeden Augenblick auf diese stürzen, um seine Mutter zu retten.

Klara begriff, dass sie sich das, was in ihr wühlte, nicht anmerken lassen durfte, wenn sie die beiden beruhigen wollte.

»Ich komme bald wieder!«, sagte sie, umarmte ihre beiden älteren Kinder und schob sie dann Tobias in die Arme. Danach atmete sie noch einmal kräftig durch und wandte sich zur Tür.

Draußen legte sie Hildchen in den Wagen und ließ sich von Kuni das Bündel reichen, das diese für sie gepackt hatte. Von den uniformierten Stoffeln dachte keiner daran, ihr beim Einsteigen zu helfen.

Nun erst konnte sie einen Blick auf den Anführer ihrer Eskorte werfen. Er war wie ein Edelmann mit einem langschößigen Rock und Kniehosen bekleidet und trug selbst im Sattel Schnallenschuhe. Sein Auftrag schien ihm wenig Freude zu bereiten, denn er drängte die Männer, wieder in die Sättel zu steigen, und ritt als Erster los.

Unterdessen hatte sich die gesamte Nachbarschaft eingefunden. Selbst Waldemar Frahm war herbeigeeilt und bedachte Klara mit höhnischen Blicken. »Jetzt bekommst du, was dir zusteht!«, rief er ihr nach.

»Das ist die Strafe für die unbedachten Worte, die Klara Just zu Herrn Assessor Frahm gesagt hat«, erklärte die Pastorin mit erhobenem Zeigefinger, während Martha, die eben heranhetzte, aufbrauste.

»Was ist das für eine Gerechtigkeit, wenn eine Frau, die gerade ein Kind geboren hat, der Familie entrissen wird?«

»Sei still! Sonst schleppen sie dich auch noch nach Rudolstadt!«, versuchte einer der Nachbarn, sie zu beruhigen.

Rumold trat unterdessen zu seinem Sohn und fasste ihn an der Schulter. »Was ist geschehen? Weshalb wurde Klara fortgeschafft?«

»Ich weiß es nicht«, antwortete Tobias niedergeschlagen.

»Ich nehme an, dass die Ratte Frahm Klara in Rudolstadt verleumdet hat!«, schimpfte Martha zornerfüllt.

»Das traue ich dem Kerl zu! Aber er wird es bereuen, das schwöre ich euch.«

Obwohl Waldemar Frahm Tobias' Worte nicht hören konnte, veranlasste ihn dessen Gesichtsausdruck, sich zu verdrücken. Die Angst, Tobias könnte, von Zorn übermannt, gewalttätig werden, packte ihn, und er überlegte, ob er nicht nach Rudolstadt schreiben und vorschlagen sollte, auch ihn zu verhaften.

3.

Obwohl der Wagen recht klein war, bot er genug Platz für Klara und ihre Tochter. Die Bank im Wagenkasten war sogar gepolstert. Sie konnte sich anlehnen, ohne dass sie das Ruckeln des Wagens zu sehr spürte. Eigentlich war das Fahrzeug viel zu bequem für den Transport einer Gefangenen. Aber dies fiel ihr nicht auf, denn ihre Gedanken galten ihrer Familie, der sie auf so rauhe Weise entrissen worden war. Tränen traten ihr in die Augen, und sie verfluchte in Gedanken den Fürsten, der diese Willkür duldete.

Würde man sie foltern, wenn sie Waldemar Frahms Anschuldigungen eine Lüge nannte, oder ihr drohen, ihr Hilde wegzunehmen? Klara drückte die Kleine an sich, vernahm im nächsten Augenblick ihr Weinen und wiegte sie in den Armen. Nach einer Weile begriff sie, dass Hildchen Hunger hatte. Während sie das Kind an die Brust legte, war Klara froh, dass sie allein im Wagen saß. Die beiden Uniformierten und der Edelmann ritten hinter dem Wagen her, und der Kutscher und dessen Gehilfe saßen vorne auf dem Bock.

»Einige beherzte Männer hätten ausgereicht, diese Kerle zu vertreiben«, murmelte sie, wusste aber selbst, dass dies keine Lösung gewesen wäre. Fürst Friedrich Anton hätte danach Soldaten geschickt, um seinen Untertanen ihre Renitenz auszutreiben, und dabei hätte es Verletzte und sogar Tote geben können.

Diese Überlegung spendete Klara jedoch keinen Trost. Sie starrte durch das Fenster im Schlag nach draußen. Der Edelmann schien in Eile, denn er forderte den Kutscher immer wieder auf, rascher zu fahren. Wahrscheinlich gibt es am Abend in Rudolstadt ein Fest, das er nicht verpassen will, dachte Klara mit einer gewissen Verachtung und sah zu, wie ein Ort nach dem anderen hinter ihnen zurückblieb.

Sie passierten Blankenburg und Schwarza und fuhren schließlich in Rudolstadt ein. Ziel war das über der Stadt liegende Schloss, dessen wuchtiger Bau an eine Zwingburg gemahnte. Bei dem Anblick dachte Klara an die Gerüchte, Fürst Friedrich Anton wolle sich eine neue Residenz errichten lassen. Um das Geld dafür zu erhalten, würde der Fürst die Steuern wieder einmal erhöhen. Wenn es so weiterging, verarmte das Land, bis seine Bewohner dem hohen Herrn vor die Füße spuckten und es verließen, um an einem anderen Ort ihr Glück zu versuchen. Amerika kam ihr in den Sinn, jenes Land weit jenseits aller Meere. Ihr Mann bezog einige wichtige Bestandteile seiner Arzneien von dort. Vielleicht, so sagte Klara sich, gab es dort drüben noch andere Heilpflanzen, aus denen ein Laborant Medizin fertigen konnte.

Das Geräusch der über das Kopfsteinpflaster ratternden Räder riss Klara aus ihrem Grübeln. Um nach Amerika zu ziehen, hätte sie frei sein müssen. Außerdem war Hilde noch viel zu klein, um solch eine lange und beschwerliche Reise durchstehen zu können. Sie küsste das Kind, das die letzte Stunde geschlafen hatte und jetzt missmutig das Schnütchen verzog, weil es wieder Hunger hatte. Zeit, Hilde zu stillen, blieb ihr jedoch nicht. Der Wagen hielt an, die Tür wurde aufgerissen, und einer der beiden Uniformierten blaffte Klara an.

»Rauskommen!«

Klara achtete darauf, Hilde sicher im Arm zu halten, packte ihr Bündel und stieg vorsichtig aus. Sie fand sich in einem ummauerten Innenhof wieder, an dessen rechter Seite sich ein stattliches Gebäude befand, auf den beiden anderen ein Pferdestall und eine Remise für Kutschen und Schlitten. Die vierte Seite wurde von einer Mauer gebildet, die noch von der alten Burg geblieben war.

Während Klara sich umblickte, hatte der Edelmann das Gebäude betreten und winkte einen Lakaien zu sich. »Melde Er dem Oberhofmeister Seiner durchlauchtigsten Hoheit, dass ich meinen Auftrag erfüllt und die Untertanin Klara Just in Rudolstadt abgeliefert habe.«

»Sehr wohl, mein Herr.« Der Diener verbeugte sich und stolzierte von dannen.

Ohne der Frau, die er von Königsee hierhergebracht hatte, noch einen Blick zu gönnen, machte sich auch der Edelmann auf den Weg. Er hatte Klara der Anweisung seines Vorgesetzten gemäß geholt, und alles Weitere interessierte ihn nicht.

4.

Es dauerte geraume Zeit, bis sich jemand um Klara kümmerte. Die Pferde waren längst ausgeschirrt, der Wagen in die Remise geschoben. Auch die beiden Soldaten hatten den Hof verlassen, und da das Tor offen stand, hätte Klara jederzeit hinausmarschieren können. Einen Herzschlag lang oder zwei geriet sie in Versuchung, es zu tun. Da man sie aber gewiss suchen würde, hielt sie es für besser, zu bleiben und sich ihrem Schicksal zu stellen.

Hilde meldete deutlich, dass sie sowohl Hunger wie auch eine volle Windel hatte, doch im Moment konnte ihre Mutter nicht mehr für sie tun, als sie in den Armen zu wiegen und beruhigend auf sie einzusprechen.

Als sie kurz davor war, zu rufen, ob nicht endlich jemand kommen würde, traten ein Mann und eine Frau aus der Pforte des Hauses. Die Frau trug die schlichte Tracht einer Bediensteten, der Mann einen bis zu den Knien reichenden dunkelroten Rock, hellblaue Kniehosen und ein kunstvoll gefälteltes Halstuch. Auf einen Hut hatte er verzichtet, nicht jedoch auf die braune Perücke aus Rosshaar, die wie ein wuchtiger Helm auf dem Kopf saß. Er zeigte mit einem Spazierstock auf Klara. »Sie ist Klara Just aus Königsee, geboren zu Katzhütte?«, fragte er.

»Die bin ich.« Klara wies auf ihre Tochter. »Das ist Hilde! Ihre Windeln müssen gewechselt werden. Außerdem hat sie Hunger. Man wird mir hier wohl die Gelegenheit geben, mich um sie zu kümmern?«

Der Mann betrachtete sie und das Kind und wandte sich dann seiner Begleiterin zu. »Sorge Sie dafür!«

Nach diesen Worten drehte er sich um und verschwand wieder im Gebäude.

»Komm mit!«, sagte die Frau, die Klara aufgrund ihrer Tracht wohl für eine der Untergebenen des Haushofmeisters hielt, und ging ihr voraus.

Klara folgte ihr verwirrt. Sie hatte erwartet, in einen Kerker gesperrt zu werden, doch wie eine Kerkermeisterin sah die Frau trotz einer gewissen Strenge nicht aus. Nach einem Marsch durch endlose, verwinkelte Flure erreichten sie schließlich eine Tür.

»Hier in dieser Kammer wirst du bleiben. Ich weise gleich eine Magd an, dir alles Nötige zu bringen!«

»Das würde mich freuen«, antwortete Klara verwundert und trat ein.

Der Raum war zwar nicht groß, aber luftig und hatte zwei unvergitterte Fenster. Als sie hinausschaute, lag der Boden auch nicht so tief, als dass sie nicht hätte hinausklettern können. Hilde würde sie sich mit einem Tuch vor die Brust binden können.

Für diesen Gedanken verspottete Klara sich selbst. Sie hatte doch begriffen, dass ihr eine Flucht nichts brachte. Damit würde sie nur ihrem Mann und ihren Kindern schaden. Sie schniefte kurz und sah sich im Zimmer um. Es gab ein Bett, einen Stuhl, einen kleinen Tisch und eine Anrichte, die sich zum Saubermachen und Wickeln der Kleinen eignete. Ein Blick in ihr Bündel verriet Klara, dass Kuni ihr ein paar frische Windeln und eine Büchse mit dem Puder eingepackt hatte, das sie zur Pflege des Kindes verwendete, und machte sich ans Werk.

Sie war gerade fertig, als die Tür aufging und eine junge Magd eintrat. Diese schleppte einen Korb mit sich, in dem sich ebenfalls Windeln befanden und auch Puder, das einen so starken Parfümduft verströmte, dass Klara ihn für Hilde niemals verwendet hätte. Darüber hinaus stellte die Dienerin einen Krug auf den Tisch, dazu einen mit einem Tuch abgedeckten Teller, von dem es verführerisch roch, sowie einen Becher und Besteck.

»Ihr werdet Hunger haben«, sagte die Frau höflich und zog das Tuch beiseite. Darunter kamen ein großes Stück Schweinebraten und Klöße zum Vorschein.

Klara spürte tatsächlich eine unangenehme Leere im Magen, wollte aber zuerst ihre Tochter stillen und legte diese an die Brust. Hilde schnappte nach der Brustwarze und begann begeistert zu saugen. Der Schweinebraten lockte jedoch, und so sah Klara die Dienerin an.

»Kannst du mir ein paar Stückchen davon abschneiden? Ach ja, fülle mir auch den Becher.« Zu ihrer Verwunderung gehorchte die Frau anstandslos.

Das Getränk entpuppte sich als Wein, den Klara sich trotz einiger Bedenken schmecken ließ. Einen zweiten Becher wollte sie nicht und bat daher die Frau: »Kannst du mir Wasser zum Trinken besorgen?«

Die Magd starrte sie an, als könne sie nicht begreifen, dass jemand auf Wein verzichtete und stattdessen Brunnenwasser bevorzugte. »Wenn Ihr meint«, sagte sie und verließ die Kammer.

Unterdessen war auch Hilde satt. Klara legte sie aufs Bett, schloss Hemd und Kleid wieder und begann zu essen. Ihre Verwunderung wuchs. Besser hätte auch Kuni den Braten und die Klöße nicht bereiten können, und die Trauben für den Wein waren gewiss nicht von einem schlechten Hang gelesen worden.

»Was soll das Ganze bedeuten?«, fragte sie sich.

Man hatte sie mit Gewalt von ihrer Familie weggeholt, und nun steckte sie anstatt in einem Kerker in einem ganz angenehmen Zimmer. Das Essen war gut und reichhaltig genug, um als Henkersmahlzeit dienen zu können.

»Man wird mich doch gewiss nicht gleich hinrichten!« Ein wenig Angst hatte sie doch und wartete gespannt auf die Rückkehr der Dienerin.

Diese erschien mit einem Tonkrug voll Wasser und stellte ihn auf den Tisch. »Die Köchin meint, so bleibt es am besten frisch. Ich soll Euch auch fragen, ob Ihr noch etwas wünscht?«

Ja, meine Freiheit, dachte Klara. »Ein wenig Brot wäre nicht übel«, sagte sie stattdessen.

»Ich werde es holen.«

Klara blieb als Opfer widersprüchlichster Überlegungen zurück. Da Hilde erst zwei Monate alt war, überlegte sie, ob man sie hierhergeholt hatte, damit sie als Amme diente. Wenn dies so war, wusste sie nicht, ob ihre Milch für zwei Kinder ausreichen würde. Eines aber schwor sie sich: Sie würde Hilde nicht zugunsten eines anderen Säuglings hintanstellen.

5.

Die Nacht brach an, ohne dass ein anderer Mensch als die Dienerin erschien, die zuletzt noch fragte, ob Klara noch etwas brauche oder sie sich zurückziehen könne.

»Ich glaube, ich habe alles, was ich benötige«, antwortete Klara nach einem prüfenden Blick.

»Dann wünsche ich Euch eine gute Nacht.« Mit der Andeutung eines Knickses verließ die Magd das Zimmer.

Klara sah ihr kopfschüttelnd nach. Ihr Erstaunen stieg noch mehr, als sie zur Tür ging und die Klinke drückte. Die Tür ging ohne weiteres auf, und sie hätte einfach hinausspazieren können.

»Was hat das zu bedeuten?«, fragte sie laut, aber die Wände konnten keine Antwort geben.

Ohne auch nur das Geringste zu begreifen, schloss Klara die Tür wieder, wickelte Hilde neu und machte sich für die Nacht zurecht. Es war ungewohnt, nicht im eigenen Bett zu schlafen. Zum Glück war dieses hier groß genug, um sowohl ihr als auch Hilde Platz zu bieten.

Sie blies die Kerze aus und dämmerte schließlich weg. Nach einiger Zeit wurde sie durch Hilde geweckt, die deutlich zu erkennen gab, dass sie sowohl die Zuneigung wie auch die Milch der Mutter haben wollte.

Klara tastete nach der Wiege, so wie sie es zu Hause immer getan hatte. Dann erst begriff sie, dass sie sich nicht mehr in Königsee befand, sondern auf Schloss Heidecksburg über Rudolstadt. Hier gab es keine Wiege, und sie musste ihre Tochter im Bett suchen. Endlich ertastete sie Hilde und wünschte sich, sie hätte die Kerze nicht gelöscht. So musste sie sich im Dunkeln zurechtfinden. Ärgerlich war, dass sie ihre Tochter erst am Morgen würde neu wickeln können.

Während sie die Kleine stillte, fragte sie sich erneut, weshalb man sie hierhergebracht hatte. Doch sie fand keine Antwort, und so legte sie das Kind schließlich zurück ins Bett und versuchte, wieder einzuschlafen. Obwohl ihre Gedanken rasten, gelang ihr dies rasch, und sie wachte erst wieder auf, als die Tür geöffnet wurde und die Magd hereinkam, die sie bereits am Vortag bedient hatte.

Klara sorgte erst einmal dafür, dass Hilde trockene Windeln erhielt. Danach wusch sie sich mit dem warmen Wasser, das die Dienerin herbeigeschafft hatte, und zog ihr Kleid an.

Noch immer kam niemand, um ihr Auskunft über die Gründe ihrer Verhaftung zu geben, und darüber, was weiter mit ihr geschehen sollte. Stattdessen brachte die Dienerin einen Korb, aus dem sie eine kleine Kanne, eine Tasse, einen Teller und allerlei Essen auf den Tisch stellte. Die Tasse füllte sie mit einem dickflüssigen, braunen Getränk, das angenehm duftete und noch besser schmeckte. Da Klara es nicht kannte, wandte sie sich an die Magd. »Was ist das?«

»Schokolade. Das ist eines der Lieblingsgetränke der Damen bei Hofe, und es heißt, Seine Durchlaucht, der Fürst, würde es ebenfalls gerne trinken.«

Wieso erhielt sie ihren Morgentrunk von der Tafel des Fürsten?, fragte Klara sich verwirrt und sah sich das Frühstück an. Es gab schmackhaftes weißes Brot, frische Butter, Honig, feine Wurst, verschiedene Käsesorten und dazu genug Gebäck, um eine Handvoll Kinder zufriedenstellen zu können.

Obwohl sie Hilde stillte und mehr Kraft benötigte, konnte sie nur einen Teil der dargebotenen Fülle essen und sah später mit einem bitteren Gefühl zu, wie die Magd die Reste abräumte. Nicht wenige Bewohner des Fürstentums waren froh, wenn sie nicht hungern mussten, und ihr wurde so verschwenderisch aufgetischt, wie sie noch nie gespeist hatte.

Erneut vergingen Stunden, die Klaras Geduld auf eine harte Probe stellten. Sie schwankte, ob sie nicht doch den Raum verlassen und jemanden suchen sollte, der ihr sagen konnte, weshalb sie hier war. Da sie Hilde nicht mitnehmen, aber auch nicht allein zurücklassen wollte, blieb sie jedoch im Zimmer und kämpfte gegen ihre Unruhe, aber auch gegen eine gewisse Langeweile an.

Zu Mittag wurde erneut so viel aufgetragen, dass sich die Tischplatte bog. Daheim wäre die gesamte Familie mitsamt Kuni und Liese davon satt geworden, und sie hätte sogar noch ein paar Leckerbissen für Martha aufbewahren können. Hier war alles für sie allein, obwohl jedem klar sein musste, dass sie diese Mengen niemals verzehren konnte. Geschah das absichtlich?, fragte sie sich. Wurde in der Küche mehr als nötig gekocht, damit sich die Bediensteten hinterher daran laben konnten?

Dies erschien ihr als die einzig sinnvolle Lösung. Sie aß sich satt, stillte Hilde, die anschließend brav schlief, und überlegte, was sie tun sollte. Die Magd noch einmal zu fragen, erbrachte gar nichts, da diese nur erklären konnte, sie wäre zu ihrer Bedienung eingeteilt worden. Sie hatte nicht die geringste Ahnung, warum Klara hier war.

Als ihre Ungeduld zu groß wurde, nahm sie Hilde vorsichtig auf den Arm, ging zur Tür und trat in den Flur. Sie kam drei Schritte weit, dann wurde ein Diener auf sie aufmerksam und kam auf sie zu.

»Es heißt, Ihr sollt in der Kammer warten, die Euch zugewiesen ist«, erklärte er.

»Ich will endlich wissen, was los ist!«, sagte Klara nicht gerade im freundlichsten Ton.

»Man wird es Euch gewiss bald erklären.« Der Diener wies auf die Tür des Raumes, und Klara kehrte wutschnaubend in das Zimmer zurück. Dort angekommen, fiel ihr auf, dass der Diener sie äußerst höflich angesprochen hatte, und fragte sich, ob man nur ein Spiel mit ihr trieb, um sich über sie amüsieren zu können.

6.

Der Diener musste jemandem Bescheid gegeben haben, denn Klara war noch nicht lange zurück, da wurde die Tür geöffnet, und der Herr, der sie auf Schloss Heidecksburg empfangen hatte, trat ein. Ein Diener folgte ihm und brachte einen Stuhl, damit er sich setzen konnte.

Da Klara nicht stehen mochte, wenn ihr Gegenüber saß, nahm sie auf dem zweiten Stuhl Platz und funkelte den Mann zornig an. »Weshalb hat man mich hierhergebracht?«

»Es geschah auf Wunsch Ihrer Erlaucht, der Reichsgräfin Henrietta Augusta von Schwarzburg-Friedrichsthal«, antwortete der Höfling freundlich. »Diese wünscht, dass Sie die neue Pflegerin ihres Enkels wird.«

Klara glaubte, nicht recht zu hören. »Was sagt Ihr? Man hat mich aus meinem Heim geholt, weil irgendeine Verwandte des Fürsten das so will? Ich würde deren Enkel nicht pflegen, und wenn die Dame selbst gekommen und den Tisch in unserer Küche mit Gold bedeckt hätte. Ich habe meine Familie und meinen Haushalt! Niemand kann von mir verlangen, dass ich das alles für eine Fremde verlasse.«

In ihrer Wut wurde sie mit jedem Satz lauter, doch der Hofherr wartete mit einem überlegenen Lächeln, bis sie schwieg.

»Sie wird es wohl tun müssen! Es ist der Befehl Seiner durchlauchtigsten Hoheit, des Fürsten. Weigert Sie sich, wird Sie wegen Ungehorsams und Rebellion angeklagt und im günstigsten Fall des Landes verwiesen. Sie muss jedoch damit rechnen, in der Festung Schwarzburg eingekerkert zu werden.«

Klara schien es, als wäre die Welt verrückt geworden. Das kann doch nicht wahr sein!, dachte sie. Nur weil eine ihr unbekannte Dame es so wünschte, sollte sie ihren Mann, ihre Kinder und alles, was ihr etwas bedeutete, zurücklassen? Weigerte sie sich, wurde ihr mit Vertreibung aus der Heimat und sogar mit Kerker gedroht. Ihr Herz blutete ob dieser Willkür, doch sie wusste, dass sie keine andere Wahl hatte, als vorerst zu gehorchen.

»Was ist mit meinem Mann? Er muss erfahren, wo ich bin und was ich tue«, sagte sie drängend.

»Das wird geschehen«, antwortete der Höfling in einem Tonfall, der Klara befürchten ließ, dass er dies bei all den Aufgaben, die er zu meistern hatte, höchstwahrscheinlich vergessen würde.

»Ich will einen Brief an meinen Mann schreiben«, sagte sie energisch.

»Ist Sie überhaupt des Schreibens mächtig?«

»Das bin ich!«, erwiderte Klara, warf den Kopf in den Nacken und sah ihn fordernd an. »Was ist jetzt? Erhalte ich Papier, Tinte und Feder?«

Diesen Tonfall war der Höfling von einer Untertanin nicht gewohnt. Er öffnete schon den Mund, um Klara zurechtzuweisen, erinnerte sich aber daran, dass diese von der Reichsgräfin Henrietta Augusta persönlich angefordert worden war, und winkte die Magd zu sich heran. »Sorge dafür, dass dieses Weib alles erhält, was es fordert!«

»Auch meine Freiheit?«, fragte Klara bissig.

Der Höfling hielt es für besser, nicht darauf zu antworten, sondern wartete, bis die Magd das Zimmer verlassen hatte. Dann stach sein rechter Zeigefinger wie eine Lanze auf Klara zu. »Sie hat Ihrer Erlaucht, Reichsgräfin Henrietta Augusta, mit aller Kraft zu dienen und deren Befehle auszuführen. Wage Sie es nicht, ungehorsam oder nachlässig zu sein und damit das Ansehen unseres durchlauchtigsten Herrn, des Fürsten Friedrich Anton, zu schmälern. Es würde ihr nicht gut bekommen!«

So wie der Mann sprach, würde es auch ihrer Familie nicht gut bekommen, fuhr es Klara durch den Kopf. Wie kam diese

Reichsgräfin überhaupt dazu, sie anzufordern wie einen Gegenstand? Immerhin war sie ein Mensch mit eigenen Gefühlen und vor allem mit einer Familie, die sie brauchte. Klara wusste, dass sie ihrer Wut nicht freien Lauf lassen durfte, wenn sie nicht sich und den Ihren schaden wollte. Trotzdem war mehr über sie hereingebrochen, als sie glaubte, ertragen zu können.

Der Höfling erklärte ihr, dass es sich bei Schwarzburg-Friedrichsthal um eine Seitenlinie des Hauses Schwarzburg-Rudolstadt handele und Seiner Durchlaucht, Fürst Friedrich Anton, sehr an deren Wohlergehen gelegen sei.

Bis zu diesem Augenblick hatte Klara nicht einmal gewusst, dass es Schwarzburg-Friedrichsthal überhaupt gab. Und doch würde dieses Land ihr Schicksal in der nächsten Zeit maßgeblich beeinflussen.

Endlich war der Höfling mit seinem Vortrag fertig und stand auf. »Sie wird morgen früh aufbrechen, um nach Friedrichsthal zu gelangen«, sagte er zu Klara.

»Muss ich zu Fuß gehen, oder kann ich die Postkutsche nehmen?«, fragte diese bissig.

»Sie wird selbstverständlich dorthin gebracht!« Mit diesen Worten verließ der Mann die Kammer. Die Höflichkeit, sich von Klara zu verabschieden, hielt er nicht für nötig.

Aufgewühlt und verärgert stellte Klara sich ans Fenster und starrte hinaus. Irgendwo jenseits der Hügel lag Königsee. Wie sehr wünschte sie sich, wieder dort zu sein, Tobias zu umarmen und ihre Kinder herzen zu können. Wann werde ich sie wiedersehen?, fragte sie sich, während ihr Tränen in die Augen traten.

Unterdessen kehrte die Dienerin zurück. Sie hatte neben Papier, Tinte und Feder auch ein Kännchen, eine kleine Tasse sowie einen Teller mit Konfekt bei sich.

»Dies ist Tee.«

Klara hatte den Ausdruck schon einmal gehört. Es sollte ein Kräuteraufguss einer speziellen Pflanzensorte sein. Als sie daran schnupperte, roch das Getränk nicht einmal besonders stark. Da dieser Tee noch recht heiß war, nahm sie Feder und Papier zur Hand und begann zu schreiben. Nun war sie froh, dass der frühere Pastor von Katzhütte darauf gedrungen hatte, dass alle Kinder lesen lernen sollten, um sich in die Heilige Schrift vertiefen zu können. Den Besten seiner Schüler und Schülerinnen hatte er sogar beigebracht, Buchstaben zu malen. Klara hatte zu diesen gehört und erinnerte sich jetzt daran, dass unter jenen, die schreiben lernten, fast doppelt so viele Mädchen gewesen waren wie Knaben.

»Und da behaupten die Männer immer, Frauen wären dümmer als sie«, sagte sie laut.

Sie schob die Erinnerungen beiseite und schrieb an Tobias, dass es Ihrer Erlaucht, der Reichsgräfin von Schwarzburg-Friedrichsthal, gefallen habe, Seine Durchlaucht, Fürst Friedrich Anton, zu bitten, sie als Pflegerin für ihren Enkel zu ihr zu schicken.

Da sie annahm, dass man ihren Brief las, bevor er nach Königsee gebracht wurde, vermied sie Klagen und Tadel. Zuletzt setzte sie noch hinzu, dass sich ihre Lieben keine Sorgen um sie zu machen brauchten und sie hoffe, sie bald wieder in die Arme schließen zu können. Mit ihrer Unterschrift beendete sie den Brief und faltete ihn zusammen. Danach widmete sie sich den kleinen Kuchen, die die Magd ihr gebracht hatte, und trank den Tee. Im ersten Moment schmeckte er wie aufgebrühtes Heu, und sie hatte Mühe, ihn über die Lippen zu bringen. Der nächste Schluck ließ sich jedoch trinken, und zuletzt schmeckte er ihr sogar.

Klara fühlte sich bald besser und wurde ruhiger. Es brachte nichts, wenn sie sich vor Verzweiflung zerfraß. Sie musste mit wachen Sinnen an diese Aufgabe herangehen und alles tun, um sie zur Zufriedenheit der Reichsgräfin zu erledigen. Auf diese Weise würde ihr vielleicht gestattet werden, in absehbarer Zeit zu ihrer Familie zurückzukehren.

7.

Am nächsten Morgen erschien die Magd bereits vor Beginn der Dämmerung mit dem Waschwasser und brachte das Frühstück.

»Ich soll Euch sagen, dass Ihr Euch beeilen sollt, weil der Wagen bald vorfahren wird«, sagte sie, während sie das Tablett mit Weißbrot, Butter, Käse, Wurst und etlichen anderen Köstlichkeiten auf den Tisch stellte.

Wieder war es viel mehr, als Klara essen konnte. »Du wirst das, was übrig bleibt, einpacken, damit ich unterwegs etwas zu essen habe«, erklärte sie, während sie nach der Tasse mit der Trinkschokolade griff.

»Das mache ich gerne.« Die Magd lächelte und trat etwas zurück.

In dem Augenblick entschied Klara sich anders. »Man wird mich unterwegs sicher nicht verhungern lassen. Komm, setz dich zu mir und halte mit! Ich habe sonst ein schlechtes Gewissen, wenn ich so viel zurückgehen lasse.«

»Aber das geht doch nicht!«, wandte die Magd ein. »Als Gouvernante seid Ihr eine höhere Bedienstete, und ich bin nur eine einfache Magd.«

Das Wort Gouvernante war Klara unbekannt, doch sie nahm an, dass er in etwa das bedeutete, was sie in Friedrichsthal tun sollte. Sie wies auf den Tisch. »Iss mit! Sonst habe ich das Gefühl, es wäre meine Henkersmahlzeit.«

»Sagt so etwas nicht!«, bat die Magd sie erschrocken. »Ihr steht hoch in der Gunst unseres durchlauchtigsten Landesherrn, da er Euch zu seiner Verwandten schickt.«

So hoch, dass man mich wie eine Verbrecherin aus meinem Haus gezerrt und hierhergeschleppt hat, dachte Klara verärgert.

Das gute Frühstück besserte ihre Laune etwas, und als die Dienerin ihr mit ehrlichem Herzen Glück wünschte, konnte sie sogar wieder lächeln. Danach versorgte sie Hilde, sah nach, ob sie genug Windeln bei sich hatte, da sie unterwegs wohl kaum dazu kommen würde, diese zu waschen, und setzte sich, das Kind auf dem Arm, auf das Bett und wartete.

Sie war zu früher Stunde geweckt worden, doch nun kam und kam niemand, um sie zu holen. Erst als die Sonne bereits eine Handbreit über den Horizont aufgestiegen war, wurde die Tür aufgerissen.

Ein Mann steckte den Kopf herein und winkte. »Mitkommen! Es geht los!«

»Ich muss erst sehen, ob ich meiner Tochter die Windeln wechseln muss«, antwortete Klara kühl und überprüfte diese. Die Windel war jedoch noch trocken. Daher hob sie Hilde auf den Arm, nahm ihre Habseligkeiten und folgte dem Mann nach draußen.

Ein Wagen, der etwas größer war als das Gefährt, mit dem man sie nach Rudolstadt gebracht hatte, stand bereit. Ihn umgaben zwei Vorreiter und zwei weitere Reiter, die der Kutsche folgen sollten.

Einer Dame hätte man gewiss in den Wagen geholfen, doch sie musste allein einsteigen. Da ihr Bündel sie behinderte, warf sie es auf das Sitzpolster, hielt mit einem Arm Hilde fest und zog sich mit der anderen Hand hoch. Auch diesmal war sie die einzige Reisende. Klara war einesteils erleichtert, da sie auf diese Weise genug Platz und Ruhe hatte, um Hilde versorgen und unbeobachtet stillen zu können. Andererseits hätte sie sich jemanden gewünscht, der ihr berichten konnte, was es mit der Reichsgrafschaft Schwarzburg-Friedrichsthal auf sich hatte.

Wenigstens war dieser Wagen noch etwas bequemer als der, mit dem man sie nach Rudolstadt gebracht hatte. Als der Kutscher das Gespann antraben ließ, lehnte Klara sich in das Sitzpolster zurück, bettete Hilde auf ihren Schoß und blickte zu dem Fenster im Schlag hinaus. Schon bald blieben Schloss Heidecksburg und Rudolstadt hinter ihr zurück, und sie stellte fest, dass sie nach Norden fuhren. Irgendwann kamen sie an einen Schlagbaum. Der Wagen wurde langsamer, doch er durfte weiterfahren, nachdem einer der Vorreiter ein paar Worte mit dem Offizier der Wache gewechselt hatte.

Klara hatte schon etliche Reisen unternommen, doch meist hatten ihr Mann, Martha oder Liese sie begleitet. Nun war sie allein. Nicht ganz, sagte sie sich, denn sie hatte Hilde bei sich. Bei dem Gedanken küsste sie das Kind und nahm sich vor, alles zu tun, dass ihre Tochter diese Angelegenheit ohne jeden Schaden überstand.

Im Lauf des Tages begriff Klara jedoch, dass nicht ihre Tochter gefährdet war, sondern sie selbst. Die Kutsche fuhr und fuhr und hielt kein einziges Mal an, während ihre Blase sich immer stärker meldete und sie zuletzt glaubte, es nicht mehr aushalten zu können. Sie klopfte verzweifelt gegen die Vorderwand des Wagens, um den Kutscher auf sich aufmerksam zu machen, doch der Mann kümmerte sich nicht darum.

Erst nach geraumer Zeit fuhren sie in den Hof einer Herberge und hielten an. Klara stieg so rasch aus dem Wagen, dass sie stolperte und fast auf die Nase fiel. Die Kleine ließ sie in der Kutsche zurück.

»Wo ist der Abtritt?«, fragte sie einen der Wirtsknechte und eilte in die Richtung, in die er sie wies. Als sie endlich die Röcke schürzen konnte, war es eine Erlösung. Auf dem Rückweg zur Kutsche wünschte sie sich, dass Fürst Friedrich Anton einmal in eine ähnliche Leibesnot kommen sollte wie sie. Der hohe Herr würde jedoch dem Kutscher befehlen, anzuhalten, um sich erleichtern zu können.

Die Welt ist ungerecht, dachte sie. Einige wenige können sich alles erlauben, während die überwiegende Anzahl der Menschen alles ertragen muss.

»Du kannst etwas essen«, sagte einer ihrer Vorreiter zu ihr.

»Erst muss ich nach meiner Tochter sehen!« Klara stieg wieder in den Wagen, wechselte Hildes Windeln und stillte das Kind.

»Wir fahren gleich weiter!«, sagte der Vorreiter tadelnd.

»Dann lass mir etwas zu essen und zu trinken holen! Ich speise lieber im Wagen als in einer Wirtsstube unter fremden Leuten.«

In der Kutsche konnte sie Hilde auf das Sitzpolster betten, während sie das Kind in der Gaststube nur neben sich auf die Bank würde legen können. Da konnte leicht jemand dagegen stoßen und ihre Kleine zu Boden fallen.

»Also gut! Aber lass es dir nicht einfallen, die Polster zu beschmieren.«

Der verächtliche Ton brachte Klara fast dazu, es doch zu tun. Aber der Gedanke an die Dienerin, die sich danach abmühen musste, die Polster wieder zu säubern, brachte sie davon ab.

Eine Magd reichte ihr etwas zu essen in die Kutsche. Es war ländliche Kost, und Klara stellte rasch fest, dass ihr das mit Schweineschmalz bestrichene Schwarzbrot und die geräucherte Leberwurst mehr zusagten als all die Leckerbissen, die ihr in der Residenz aufgetischt worden waren. Zum Trinken gab es ein leichtes Bier, das sehr malzig schmeckte und sich gut trinken ließ.

Die Fahrt wurde fortgesetzt, doch die Polster blieben trotz des oft heftigen Ruckelns und Schaukelns sauber. Die Kutsche hatte mittlerweile die großen Überlandstraßen verlassen und fuhr einen besseren Feldweg entlang, der tief in die Wildnis zu führen schien. Die Landschaft war hügelig und bewaldet, und sie trafen stundenlang auf kein Dorf.

Gegen Abend erreichten sie dann doch eine kleine Ansammlung von Häusern, zwischen denen eine kaum größere Herberge stand. Trotz der bequemen Polster fühlte Klara sich wie zerschlagen und war froh, endlich auf festem Boden stehen zu können. Diesmal musste sie nicht sofort zum Abtritt, sondern nahm ihre Tochter mit und folgte ihrem Vorreiter in die Gaststube.

»Wir werden hier übernachten«, erklärte er Klara.

»Wie weit ist es noch bis zu unserem Ziel?«

»Wir werden morgen dort zu Mittag essen. Jetzt aber will ich einen Krug Bier und ein schönes Stück Braten!«

Damit ließ der Mann Klara stehen und trat zum Wirt. Dieser hörte ihm zu und nickte eifrig.

»Selbstverständlich, der Herr. Rosa, rasch sechs Krüge Bier, und sage meinem Weib, sie soll sechs schöne Stücke vom Braten abschneiden«, rief er der Magd zu.

Sechs Krüge und sechs Portionen Braten reichten für die vier Reiter, den Kutscher und seinen Knecht, fand Klara und hob die Hand. »Und wo bleibe ich?«

Der Wirt musterte sie verwundert. Sie reiste in einer eigenen Kutsche, ohne eine Dame von Stand zu sein, und wurde zudem von ihrer Eskorte kaum beachtet. Noch bevor er nachfragen konnte, meldete sich wieder der Vorreiter zu Wort, der zum Reisemarschall bestimmt worden war.

»Die Frau soll alles erhalten, was sie wünscht.«

Daran hatte der Wirt zu schlucken. »Was wünscht ... äh, Ihr?«

Im letzten Augenblick entschloss er sich doch, sie höflich anzusprechen, auch wenn ihre Begleiter dies nicht taten.

»Eine Kammer für die Nacht, und zwar für meine Tochter und mich allein«, begann Klara und überlegte, was sie essen sollte. Der Braten, der eben aufgetragen wurde, erschien ihr als Abendessen zu schwer.

»Ein Napf Suppe und etwas Brot wären recht, dazu ein Krug Milch, wenn Er welche hat«, sagte sie. Da sie Hildchen nicht auf die Bank legen wollte, band sie sich den Säugling mittels ihres Schultertuchs vor die Brust und nahm an einem Ecktisch Platz.

Die Suppe war sowohl mit Gemüse wie auch mit reichlich Fleisch zubereitet worden. Auch über das Brot konnte Klara nicht klagen. Milch erhielt sie jedoch keine, sondern erneut Bier. Ihr war dieses Gebräu zu bitter. Das malzige, das sie zu Mittag bekommen hatte, hatte ihr besser geschmeckt.

Lange blieb Klara nicht in der Gaststube, sondern nahm Hilde an sich und bat die Wirtsmagd, ihr ihre Kammer zu zeigen. Wenig später war auch Hilde versorgt, und sie konnte sich ins Bett legen. Als sie die Augen schloss, schien alles um sie herum zu wackeln, als würde sie noch in der fahrenden Kutsche sitzen. Es dauerte, bis sie einschlafen konnte, und sie wurde erst gegen Morgen von Hilde geweckt, die deutlich zum Ausdruck brachte, dass sie umgehend betreut werden wollte.

8.

Die Kutsche fuhr schon seit über einer Stunde durch eine Gegend, in der sich Klaras Meinung nach Fuchs und Hase gute Nacht sagten. Um sie herum erstreckte sich ein uralter Wald, und gelegentlich folgte der Weg dem Ufer eines Baches, um sich dann wieder zwischen hohen Bäumen zu winden.

Endlich wurde es vor ihnen heller. Klara glaubte zuerst, sie würden auf eine Lichtung fahren, doch wenig später sah sie eine Rodungsinsel vor sich, die mehrere Dörfer und eine ganze Reihe von Feldern und Weiden umfasste. Ein kleiner Fluss durchströmte das Tal, und am jenseitigen Ufer erhob sich auf einem kleinen Hügel ein Schloss, wie Klara es in dieser Einöde niemals erwartet hätte. Es war in einem einheitlichen Stil als dreiflügeliger Bau mit einem Unter- und einem Obergeschoss errichtet worden, und das mit Kupfer überzogene Dach leuchtete in der Sonne wie frisch poliert.

Klara sah schon die Brücke über den Fluss vor sich, als die Kutsche abbog und vor einem fast rechteckigen Gebäude mit einem niedrigen Pyramidendach anhielt. Ein Diener kam heraus und blieb vor der Kutsche stehen. Verwundert öffnete Klara den Schlag und steckte den Kopf hinaus.

»Sind wir bereits angelangt?«, fragte sie.

»Aussteigen!«, befahl der Anführer ihrer Eskorte.

Mit dem Wunsch, ihm einmal einen benützten Nachttopf auf den Kopf setzen zu können, hob Klara ihre Tochter auf, packte ihr Bündel und kletterte mühsam ins Freie. Der Diener dachte ebenfalls nicht daran, ihr zu helfen, und das nahm sie nicht gerade für die Leute hier ein.

»Mitkommen!«

Der Kerl nimmt sich anscheinend die Männer zum Vorbild, die sie gebracht hatten, dachte Klara verärgert, folgte ihm aber ins Haus. Dort klopfte der Diener an eine Tür und öffnete diese nach Aufforderung.

»Die Frau ist da!«, meldete er.

»Sie soll hereinkommen!«, antwortete eine Stimme, die Klaras Meinung nach einem älteren Herrn gehören musste. Auf jeden Fall klang sie um einiges freundlicher als die des Dieners.

Mit Hilde auf einem Arm und ihrem Bündel in der anderen Hand trat Klara ein und sah sich um. Sie befand sich in einem großen Bibliothekszimmer mit dunklen Möbeln und unzähligen Büchern. In der Mitte stand ein mit Intarsien versehener Tisch, daneben zwei bequem wirkende Sessel. Auf dem einen saß tatsächlich ein älterer Herr, der sie interessiert durch sein Lorgnon beäugte, auf dem anderen eine Dame, die Klara auf etwa sechzig Jahre schätzte. Der Herr war mit einem rosenholzfarbenen Rock und elfenbeinweißen Hosen bekleidet, die Frau trug ein aufwendiges, hellblau und weiß gestreiftes Kleid mit Schleppe. Auf dem Kopf saß ein kleiner Dreispitz, während auf dem des Mannes eine ausladende, braune Perücke saß.

»Sie ist Klara Just, die Wanderapothekerin?«, fragte die Frau scharf.

»Das stimmt«, antwortete Klara knapp.

»Sie weiß, weshalb Sie hierhergerufen wurde?«, kam die nächste Frage.

»Es wurde mir gesagt, ich solle die Pflegerin eines kranken Kindes werden.«

»So ist es«, bestätigte der Mann. »Doch um dich nicht noch mehr zu verwirren, mein Kind, erlaube ich mir, dir Ihre Erlaucht Henrietta Augusta, Reichsgräfin von Schwarzburg-Friedrichsthal, vorzustellen. Mein Name ist Kornelius von Zander, Mitglied des Regentschaftsrates dieses Landes.«

Da Klara nicht glaubte, dass von ihr eine Antwort erwartet wurde, blieb sie stumm. Unterdessen betrachtete Henrietta Augusta das Kind in ihrem Arm.

»Weshalb hat Sie es mitgebracht?«, fragte sie ablehnend.

»Weil es meine Tochter ist und meine Milch braucht!«, antwortete Klara kaum freundlicher, als die Frage gestellt worden war.

»Sie hätte es einer Amme geben sollen!«, schalt die Reichsgräfin.

Klara verzog das Gesicht zu einem spöttischen Lächeln. »Ammen mag es für die Kinder feiner Damen geben. Die Frauen aus
dem Volk nähren die Ihren selbst.«

»Es wird Ihr im Weg umgehen!«, fuhr die Reichsgräfin fort.

Nun stellte Klara sämtliche Stacheln auf. »Meine Tochter?
Niemals!«

Bevor der Wortwechsel noch heftiger werden konnte, hob der
alte Herr die Hand. »Verzeiht, Euer Erlaucht, doch die Liebe einer Mutter zu ihrem Kind ist bereits im Tierreich weit verbrei-
tet. Selbst eine Henne wird zur Heldin, will man ihr ein Küchlein wegnehmen. Versucht Ihr es bei einem menschlichen Weib,
müsst Ihr mit bitterer Feindschaft rechnen.«

Die kaum verhohlene Warnung an die Reichsgräfin, Klara
nicht zu sehr in die Enge zu treiben, verfehlte ihre Wirkung
nicht. »Sie wird meinen Enkel betreuen! Er ist der eigentliche
Reichsgraf, auch wenn er unter Vormundschaft steht. Sie hat
nur mir zu berichten und nur von mir und Herrn von Zander
Befehle entgegenzunehmen. Hat Sie verstanden?«

Obwohl die Aussage unmissverständlich war, schüttelte Klara
den Kopf. »So ganz begreife ich es nicht. Und bevor ich meinen
Dienst antrete, will ich betonen, dass ich nicht freiwillig hier
bin, sondern dazu gezwungen wurde.«

Zander hob überrascht den Kopf. »Wie dieses?«

»Man hat mich meiner Familie entrissen und mit der Drohung hierhergeschleppt, mich aus dem Land zu jagen oder in
den Kerker zu werfen, sollte ich mich weigern.« Klara sah keinen Grund, diese Tatsache zu verschweigen.

Der alte Herr wirkte betroffen, während die Reichsgräfin ihre
Worte mit einer Handbewegung beiseiteschob.

»Es ist mein Wille, dass Sie sich um meinen Enkel kümmert.

Sie soll ihn dazu bringen, kräftig zu essen, auf dass er stark und gesund wird. Außerdem wird Sie die Arzneien überprüfen, die er zu sich nehmen muss, und ihm in allen Dingen gehorchen!«

»Wie soll ich Seine Erlaucht dazu bringen, etwas zu tun, was er nicht will, wenn ich ihm gehorchen muss?«, fragte Klara bissig.

Für einen Augenblick wirkte die alte Dame verwirrt, hatte sich aber rasch wieder gefasst. »Mein Enkel ist der Reichsgraf. Man hat ihm zu gehorchen.«

»Für diesen Fall bitte ich Eure Erlaucht, mich aus Euren Diensten zu entlassen und Euch eine andere Pflegerin zu suchen, die Euren Ansprüchen eher genügt.« Klara hoffte, die Dame würde es tun, auch wenn sie den Rückweg nach Königsee zu Fuß und ohne Geld antreten musste.

Mit diesen Worten brachte sie Henrietta Augusta in eine Zwickmühle. Die alte Reichsgräfin wollte unbedingt, dass Klara sich ihres Enkels annahm, doch dabei sollte die Frau auf das hohe Amt des Knaben Rücksicht nehmen. Dazu aber schien die ehemalige Wanderapothekerin nicht bereit zu sein. Sie ist zu selbstbewusst, durchfuhr es die Reichsgräfin, und wird Friedrich gegenüber nicht devot genug sein. Andererseits versprach genau dieses Selbstbewusstsein, dass Klara Just sich den Forderungen von Anna Sybilla und des Herrn von Trenzen nicht so ohne weiteres beugen würde.

Die Sorge um ihren Enkel gab den Ausschlag. »Sie wird sich um Friedrich kümmern! Dabei werden Ihr ein Lakai und eine Dienerin zur Seite stehen. Wenn Sie noch eine Magd für das Kind braucht, soll Sie es sagen!«

Klara war zu erregt, um bereit zu sein, Hilde einer Fremden zu überlassen, und schüttelte daher den Kopf. »Für meine Tochter sorge ich selbst.«

»Dann ist alles in Ordnung.« Kornelius von Zander lag viel daran, das Zutrauen der jungen Frau zu erringen. Mit Befehlen, wie Henrietta Augusta es versucht hatte, kam man seiner Einschätzung nach bei Klara Just nicht weiter.

»Sie wird Ihren Dienst heute Nachmittag antreten«, erklärte Henrietta Augusta.

»Mit Verlaub, Euer Erlaucht«, wandte Klara ein, »ich erlaube mir, zu Gehör zu bringen, dass ich nur dieses eine Kleid besitze, das ich am Leibe habe. Es ist von der Reise staubig geworden und absolut nicht geeignet, darin die Pflege Eures Enkels zu beginnen.«

»Ich werde mich darum kümmern«, rief von Zander rasch, da er ahnte, dass seine Herrin die Geduld verlor.

»Tut das!«, sagte die Reichsgräfin und erhob sich. »Ich kehre jetzt zum Schloss zurück. Sorgt dafür, dass die neue Pflegemagd passend eingekleidet und danach zu meinem Enkel geführt wird.«

Angesichts des Hochmuts, der aus den Worten der Dame sprach, lag Klara auf der Zunge zu sagen, dass man in den wenigen Stunden wohl kaum neue Kleider für sie anfertigen könne. Doch da rauschte die Reichsgräfin bereits davon.

Zander hatte sich bei Henrietta Augustas Abschied kurz erhoben. Nun setzte er sich wieder und sah Klara lächelnd an. »Man hat dich treffend beschrieben, mein Kind! Du bist beherzt und willens, dich gegen alle Widerstände durchzusetzen. Diese Charakterzüge wirst du auf Schloss Friedrichsthal dringend benötigen. Es mag stattlich aussehen, doch im Inneren ist es ein Schlangennest.«

»Ihr macht mich neugierig!«, antwortete Klara. »Mit welchen Schlangen habe ich mich auseinanderzusetzen?«

»Da gibt es etliche! Die einen sind bissig, weitere giftig, und andere behindern einen nur. Du wirst herausfinden müssen, wer zu welcher Kategorie gehört.« Zander griff zur Klingel und rief einen Diener herbei. »Im Speisezimmer soll für zwei Personen gedeckt werden«, befahl er, als dieser erschien.

Erneut war über Klaras Kopf hinweg entschieden worden, doch diesmal war sie zufrieden, denn sie hatte Hunger. Doch bevor sie selbst aß, wollte sie Hilde versorgen.

»Ich wäre Euch um einen abgeschiedenen Raum dankbar, in dem ich meine Tochter neu wickeln und nähren kann«, sagte sie.

Zander nickte und wandte sich erneut dem Diener zu. »Du hast gehört, was Frau Just wünscht. Führe sie in eine entsprechende Kammer und lass in einer halben Stunde auftragen.«

»Sehr wohl, gnädiger Herr!« Der Diener verbeugte sich und schritt Klara mit gezirkelten Schritten voran. Vor einer Tür am Ende des Flures blieb er stehen.

»Die Kammer mag genügen!«

»Das will ich erst sehen«, antwortete Klara verärgert über den arroganten Ton des Mannes und öffnete die Tür.

Sie hatte dem Diener unrecht getan, denn die Kammer war zwar nicht groß, aber es gab einen Tisch, auf dem sie Hilde wickeln konnte, sowie einen bequemen Stuhl, so dass sie beim Stillen nicht stehen musste.

»Es ist gut«, sagte sie, trat ein und schloss die Tür hinter sich.

9.

Das Mittagessen war für einen Herrn dieses Standes schlicht, verglichen mit dem, was Klara auf Schloss Heidecksburg bekommen hatte. Daher sah sie verwundert auf den mit nur wenigen Tabletts beladenen Servierwagen. Als Zander ihren Blick bemerkte, lächelte er nachsichtig.

»Einer meiner Gründe, einen eigenen Hausstand zu gründen, lag auch an der Küche im Schloss. Man bevorzugt dort raffinierte Speisen, die mir auf Dauer nicht bekommen. Hier bereitet mein Koch die Speisen nach meinem eigenen Gusto zu, und dies gefällt vielleicht nicht immer meinem Gaumen, gewiss aber meinem Magen. Doch wenn du wünschst, soll dir andere Kost aufgetischt werden.«

Klara hob abwehrend die Hand. »Um Gottes willen, nein! Mir gefällt es, dass Ihr Euch bescheidet. Auf Schloss Heidecksburg hat man mir so viel aufgetragen, dass mehr als die Hälfte übrig geblieben ist. Ich halte das für Verschwendung.«

»Ich will mich nicht zum Richter aufschwingen, doch ich verstehe deine Sichtweise. Die armen Leute haben oft kaum genug zu essen, während einige wenige schwelgen.«

»Es kann nicht gottgefällig sein, wenn der eine hungert und der andere köstliche Pasteten den Schweinen vorwerfen lässt, weil er zu satt war, um auch sie noch zu essen«, unterbrach Klara den alten Herrn.

Sie widmete sich ihrer Suppe, die aus Haferschleim bestand, welcher mit ein wenig kleingeschnittenem Gemüse versetzt war. Es schmeckte ihr nicht zuletzt auch deshalb, weil man es dezent gewürzt hatte und ihr Gaumen nicht bei jedem Löffel brannte.

Auch die restlichen Gerichte entsprachen ihr weitaus mehr als jene auf Schloss Heidecksburg. Sie erhielt einen Hähnchenschenkel, ein Stückchen Fisch, dazu ein mit Körnern versetztes Brot, das sie nicht kannte. Als sie davon abbiss und etwas zweifelnd darauf kaute, deutete Zander mit seiner Gabel darauf.

»Dieses Brot wird nach den Anweisungen eines Arztes für mich gebacken. Dieser sagte mir, weißes Brot würde mir schaden, während dieses hier, verzeih, wenn ich das bei Tisch sage, meiner Verdauung guttäte.«

»Es schmeckt etwas eigenartig, doch ich könnte mich daran gewöhnen«, erklärte Klara und spülte den Bissen mit ein wenig dünnem Bier nach, das anstatt Wein serviert worden war. Sie atmete noch einmal tief durch und funkelte Zander danach auffordernd an.

»Es wäre gewiss eine Erleichterung für mich, wenn Ihr mich über die verschiedenen Schlangenarten aufklären könntet, die es auf Schloss Friedrichsthal geben soll.«

Zander lachte leise. »Ich dachte mir, dass diese Frage kommen würde. Ich werde sie dir auch beantworten, denn es wäre fatal, wenn du unvorbereitet dort erscheinen müsstest.«

Er überlegte einen Augenblick und begann dann seinen Bericht. »Am wichtigsten ist Ihre Durchlaucht, die Mutter des Reichsgrafen. Sie ist etwa in deinem Alter und nicht glücklich über ihren Witwenstand. Derzeit schwankt sie, welchen der Herren, die Interesse an ihr zeigen, sie bevorzugen soll. Es handelt sich dabei um Prinz Christian von Sachsen-Hildburghausen und den Fürsten Johann Ernst von Sachsen-Saalfeld. Beide Herren rechnen wohl damit, dass unser junger Reichsgraf Friedrich IV. in absehbarer Zeit verscheiden wird und sie über seine Mutter die Reichsgrafschaft in ihren Besitz bringen können.«

»Besteht diese Aussicht?«, fragte Klara.

Der alte Herr nickte bedrückt. »Bedauerlicherweise ja! Friedrich ist seit langer Zeit krank und sehr schwach. Der Leibarzt seiner Mutter gibt ihm nur noch wenige Monate zu leben. Deswegen hat man dich geholt. Du sollst dich um den Knaben kümmern und alles tun, damit die Krankheit ihn nicht dahinrafft – oder etwas anderes!«

Klara hob erstaunt den Kopf. »Etwas anderes?«

»Es mag sein, dass jemand der Meinung ist, dass Seine Erlaucht bereits zu lange gelebt hat. Ich denke dabei nicht an die beiden Herren aus dem Geschlecht der Wettiner. Es kann jedoch Leute in deren Hofhaltung geben – oder welche hier im Schloss –, die glauben, ihnen einen Gefallen erweisen zu können.«

Mittlerweile sprach Zander so leise, dass nur Klara, nicht aber die Diener, die sich an die Wand zurückgezogen hatten, es hören konnten. Nachdem der Tisch wieder abgetragen worden war, schickte er die Lakaien ganz weg.

Klara erfuhr von dem Einfluss, den Heinrich von Trenzen und dessen Ehefrau Geraldina auf die Mutter des jungen Reichsgrafen ausübten, aber auch von deren erbitterter Rivalin Juliana von Ziegenweida.

»Nach außen hin heucheln sie Freundschaft, tun aber insgeheim alles, um ihren jeweiligen Einfluss auf Ihre Durchlaucht zu vergrößern«, setzte von Zander hinzu. »Schlangen können nämlich nicht nur giftig, sondern auch sehr hinterlistig sein! Du wirst daher auf den Knaben und auf dich gut achtgeben müssen.«

Klara fand, dass das Schicksal sie an einen angenehmeren Ort hätte bringen können als in dieses abgelegene Schloss, in dem die einzelnen Parteien sich erbittert bekämpften. Hier stand nicht nur das Ehepaar von Trenzen gegen Juliana von Ziegenweida, sondern auch die Großmutter des reichsgräflichen Knaben gegen dessen Mutter. Nur wenn Friedrich IV. alle Fährnisse überlebte und die Volljährigkeit erreichte, konnte Henrietta Augusta hoffen, sich gegen ihre Schwiegertochter zu behaupten.

»Wie alt ist der Junge?«, fragte sie den alten Edelmann.

»Friedrich ist neun Jahre alt. Laut dem Hausgesetz der Reichsgrafschaft wird er mit einundzwanzig Jahren volljährig«, berichtete von Zander.

Das waren noch zwölf Jahre, die es zu überwinden galt, durchfuhr es Klara. Der Gedanke, womöglich so lange von Tobias und ihren Kindern getrennt zu sein, erbitterte sie so sehr, dass sie fast auf einen baldigen Tod des jungen Reichsgrafen hoffte. Gleichzeitig aber wusste sie, dass sie alles tun musste, um diesen zu verhindern. Der Gedanke, ein Kind könnte ihretwegen sterben, war zu schrecklich, als dass sie sich mit dieser Schuld belasten wollte.

Für Klara hieß dies, ihre Entlassung aus Henrietta Augustas Diensten auf andere Weise erreichen zu müssen. Wie hatte von Zander sie genannt? Beherzt und willensstark? Hier auf Schloss Friedrichsthal würde sie zeigen müssen, wie durchsetzungsfähig sie war, sagte sie sich und beschloss, gleich hier damit anzufangen.

»Bevor ich meine Aufgabe als Pflegerin des Reichsgrafen beginne, will ich mich waschen und meine Kleidung wechseln. So kann ich nicht vor Seine Erlaucht treten.« Klara glaubte, Zander damit in Verlegenheit bringen zu können, doch der alte Herr nickte zustimmend.

»Man wird dir warmes Wasser in die Kammer bringen, die du bereits kennst. Was Kleidung betrifft, so habe ich Nachricht an die Wirtschafterin des Schlosses gesandt. Sie soll etliche Kleider, die nicht mehr getragen werden, aus den Schränken nehmen und hierherbringen lassen. Vor dieser Frau bleibe auf der Hut! Niemand weiß, zu wem sie wirklich hält.«

»Ich werde vor allen auf der Hut sein«, antwortete Klara und meinte dabei nicht zuletzt Henrietta Augusta, auf deren Anweisung sie aus ihrer Familie weggeholt worden war.

»Dann ist es gut!« Zander zeigte wieder jenes nachsichtige Lächeln, mit dem er seine Erklärungen begleitet hatte. Dennoch wusste Klara nicht, ob sie wenigstens ihm vertrauen durfte oder nicht.

Was Klara an ihrer Situation auch immer stören mochte – an Kornelius von Zanders Gastfreundschaft war nichts auszusetzen. Die freundliche Art, mit der der alte Herr sie behandelte, hatte nun auch auf seine Bediensteten abgefärbt, denn diese beeilten sich, ihre Wünsche zu erfüllen. Sie erhielt genug warmes Wasser, um sich von oben bis unten waschen zu können. Auch Kleidung war mittlerweile eingetroffen, doch als Klara diese musterte, fand sie statt der erwarteten schlichten Tracht einer Bediensteten seidene Hemden vor, wie feine Damen sie trugen, sowie Kleider, bei denen selbst die Frau des Amtmannes von Königsee vor Neid erblasst wäre. Sie zog das am wenigsten auffällige Gewand an und fand danach, dass sie noch genug warmes Wasser hatte, um auch Hilde baden zu können. Die Reichsgräfin und ihr Enkel konnten warten.

Hilde gefiel es, ins Wasser getaucht zu werden, und sie gluckste fröhlich. »Wir beide kommen bald wieder nach Hause, das verspreche ich dir«, sagte Klara leise.

In dem Augenblick klopfte es an die Tür.

»Wie weit seid Ihr?«, fragte ein Lakai um einiges höflicher als bei ihrem Empfang.

»Ich brauche noch Zeit«, antwortete Klara, die beschlossen hatte, sich nicht hetzen zu lassen.

»Wann wird es so weit sein?«, wollte ein Zweiter wissen.

»Es wird nicht mehr lange dauern«, beschied Klara ihn und wusch Hilde mit ein wenig Seife.

Nach einer Weile war sie fertig und beschloss, sich ihrem Schicksal zu stellen. Sie packte alles zusammen, was sie benötigte, hielt ihre Tochter mit einem Arm fest und verließ mit dem Bündel in der anderen Hand die Kammer.

»Jetzt wäre ich so weit!«, sagte sie zu dem ersten Diener, auf den sie traf.

Dieser eilte sofort los, um es seinem Herrn zu melden. Kornelius von Zander kam kurz darauf aus einem Zimmer, betrachtete Klara und nickte zufrieden. »Du siehst so kampfbereit aus wie eine von Penthesileas Amazonen!«

»Die kenne ich nicht«, antwortete Klara kurz angebunden. »Meinetwegen kann ich jetzt zum Schloss gehen.«

»Es wird in die Wege geleitet werden«, sagte Zander und befahl seinem Diener, den Wagen vorfahren zu lassen.

»Es wird Zeit, mich wieder im Schloss zu zeigen. Man vergisst dort sonst ganz, dass es mich gibt«, setzte er mit einem gewissen Spott hinzu und deutete auf das Bündel, das Klara in der Linken hielt.

»Mein Diener soll es zum Wagen bringen und ein Domestik im Schloss zu der Kammer, die Ihre Erlaucht, die Reichsgräfin, dir zuweisen lässt.«

Klara hatte inzwischen begriffen, dass mit Ihre Erlaucht die Großmutter des Reichsgrafen gemeint war, und mit Ihre Durchlaucht dessen Mutter. Aus Zanders Worten schloss sie zudem, dass sie nicht wie eine einfache Bedienstete ins Schloss einziehen sollte, sondern wie ein höheres Mitglied der Hofhaltung. Sie hoffte nur, dass sie sich dadurch nicht Feindschaften zuzog.

Solche Sorgen schien Herr von Zander nicht zu kennen. Er befahl einem Diener, Klaras Bündel zu tragen, und ließ ihr an der Eingangstür sogar den Vortritt. Das bereitgestellte Fahrzeug war ein leicht gebauter Wagen ohne Verdeck und bestens für kurze Fahrten und kleine Landpartien geeignet. Ein livrierter Kutscher saß auf dem Bock und zog kurz den Hut vor seinem Herrn. Dieser sah Klara an. »Sollte ich nicht besser das Kind halten, während du einsteigst?«

Klara entschloss sich von einer Sekunde zur anderen und nickte. »Von Herzen gern.«

Sie reichte ihm Hilde, wartete, bis er die Kleine fest genug hielt, und stieg ein.

Dem Kutscher und dem Diener fielen beinahe die Augen aus dem Kopf, als sie ihren Herrn mit dem Kind auf dem Arm sahen. Zander schien es zu gefallen, denn er lächelte freundlich und kitzelte Hilde am Kinn. Die Kleine lächelte und wurde dann von Klara wieder entgegengenommen, damit der alte Herr einsteigen konnte.

Die Fahrt zum Schloss dauerte nur wenige Minuten, bot aber einen wundervollen Blick auf das Gebäude. Klara staunte über die säuberlich gekieste Anfahrt und die von zwei mächtigen Steinlöwen flankierte Freitreppe, die zum Haupteingang führte. Die Fenster des Schlosses waren groß und die Fensterläden hellblau und weiß gestrichen, da Blau und Silber die Wappenfarben derer von Schwarzburg-Friedrichsthal darstellten.

Der Kutscher hielt vor dem Haupteingang an. Als Zander auf festem Boden stand, wollte er wieder anfahren, doch da rief sein Herr: »Halt! Es muss noch jemand den Wagen verlassen.«

Klara betrachtete die Freitreppe, auf der eben zwei Domestiken erschienen, und wiegte unschlüssig den Kopf. »Das ist der Zutritt für Herrschaften, Herr von Zander. Ist es da nicht besser, wenn ich den Personaleingang nehme?«

»Keineswegs.« Zander fasste sie bei der Schulter und schob sie auf die Freitreppe zu.

Einer der beiden Diener verlegte ihnen den Weg. »Verzeiht, gnädiger Herr, doch für Weiber wie dieses ist dieses Portal nicht gedacht.«

Zander hob den Kopf und tippte den Mann mit seinem Gehstock an. »Das hier ist die neue Betreuerin Seiner Erlaucht, des Reichsgrafen. Es geht nicht an, dass sie, wenn sie Seine Erlaucht auf einem Spaziergang begleitet, einen anderen Eingang benutzen muss als Seine Erlaucht!«

»Der wird wohl kaum noch einen Spaziergang machen«, platzte der Mann heraus.

Im nächsten Augenblick fiel er, von Zanders Gehstock getroffen, rückwärts auf die Treppe und setzte sich hart auf den Hosenboden. Bevor er wieder auf die Beine kommen konnte, stand der alte Herr über ihm und drückte ihn mit dem Gehstock nieder.

»Sage Er so etwas nie wieder! Sonst kann Er sich eine Stellung jenseits der Grenzen suchen.«

»Das wird Ihre Durchlaucht nicht zulassen«, antwortete der Lakai widerspenstig.

Zander zog den Stock zurück und trat auf das Portal zu. »Das wird man sehen«, sagte er und winkte Klara, ihm zu folgen.

»Komm mit! Und sollte einer der Domestiken sich noch einmal Frechheiten erlauben …«

»Leihe ich mir von Euch den Gehstock und stoße ihn nieder!«, antwortete Klara und musste an sich halten, um nicht zu lachen. Eines hatte sie längst begriffen: Kornelius von Zander mochte nicht mehr der Jüngste sein, doch unterschätzen durfte man ihn nicht. Dies wusste wohl auch der zweite Lakai und riss die Tür auf, damit sie eintreten konnten.

Angesichts der großen, mit anmutigen Statuen geschmückten Vorhalle fühlte Klara eine gewisse Beklommenheit. Allein die Halle war größer als das Haus, das Tobias und sie in Königsee bewohnten, und das zählte wahrlich nicht zu den kleinsten in der Stadt.

Zwei Treppen führten in das obere Geschoss. Zander stieg eine davon hoch und bog in einen langen Flur ein. »Wir gelangen gleich in die Gemächer Seiner Erlaucht, Reichsgraf Friedrichs IV.! Ihre Durchlaucht wirst du später kennenlernen. Sie wird dich gewiss examinieren wollen. Antworte klug und geschickt!«

Klara fragte sich, was die Mutter ihres Schützlings für eine Frau sein mochte. Nichts von dem, was sie von Zander erfahren hatte, deutete darauf hin, dass Anna Sybilla ihren Sohn innig liebte. Für sie war so etwas unvorstellbar, denn Kinder waren ein Geschenk Gottes, und sie hätte nicht eines ihrer drei für alles Gold der Welt hergegeben.

Sie folgte Zander zu einem schmuckvollen Portal, vor dem zwei Wachtposten standen. Ein Lakai eilte herbei und öffnete ihnen ohne Aufforderung die Tür. Als Klara eintrat, hörte sie aus einem Nebenzimmer eine zornige Stimme und das Geräusch von Schlägen.

Diesmal war Klara schneller an der Tür als der Lakai und riss sie auf. Vor ihr lag ein Speisezimmer mit einem prunkvollen Tisch und einem wuchtigen Sessel, in dem ein schmächtiger Junge beinahe versank. Neben dem Tisch stand ein Servierwagen mit mehreren Tabletts mit Wärmehauben. Außerdem sah Klara einen Teller mit etwas Hähnchenfleisch und Brot sowie drei Personen. Die Frau und ein Mann waren unzweifelhaft Domestiken, der andere Mann sichtlich höheren Standes. Dieser beschimpfte die beiden anderen aufs Übelste und schlug mit einem Stock auf sie ein.

»Euch Gesindel werde ich es zeigen! Als Leibarzt Seiner Erlaucht entscheide nur ich allein, was dieser als Speise erhält. Euch aber werde ich austreiben, meine Anweisungen zu missachten! Ich werde Ihre Durchlaucht bitten, euch die scheußlichste Arbeit aufzutragen, die es in diesem Schloss gibt. Noch besser wäre es, sie würde euch zum Teufel jagen, damit ihr als Bettler über die Landstraßen ziehen und dort irgendwann krepieren müsst.«

»Seine Erlaucht mag aber das Hähnchenfleisch auf diese Weise«, rief die Dienerin, ein vielleicht achtzehnjähriges, hübsches Ding, und erhielt dafür einen weiteren Stockhieb.

Klara sah, wie es in dem jungen Diener arbeitete. Noch ein, zwei Hiebe, dachte sie, und er würde auf den Arzt losgehen, obwohl er dafür mit Gewissheit schwer bestraft werden würde.

»Halt! Was ist hier los?«, fragte sie scharf und sah zufrieden, dass der Arzt erschrocken zusammenzuckte. Er drehte sich um, musterte sie und schien wegen ihrer Kleidung aus ihr nicht schlau zu werden.

Nun trat auch Kornelius von Zander ein und stützte sich auf seinen Stock. »Hat Er die Frage nicht gehört?«, fragte er den Arzt.

»Wer ist das?«, fragte dieser mit verkniffener Miene.

»Die neue Betreuerin Seiner Erlaucht und dem Willen Ihrer Erlaucht nach die einzige Person, die über sein Wohl und Wehe entscheiden darf«, erklärte ihm Zander kühl.

»Das lasse ich nicht zu! Ich bin …«

»… bald der gewesene Leibarzt Seiner Erlaucht, wenn Er sich nicht dem Willen Ihrer Erlaucht beugt!«

Nun wurde Zanders Stimme schneidend. Er traute diesem Mann nicht und hatte deshalb bereits eine Reise zu einigen Bekannten unternommen. Zwar war ihm der Erfolg versagt geblieben, doch er hoffte noch immer, einer seiner Freunde werde einen vertrauenswürdigen Arzt finden und zu ihm schicken. Bis dorthin wollte er mit Klaras Hilfe dafür sorgen, dass Doktor Stratmann keinen Schaden mehr anrichten konnte.

Der Arzt begriff, dass er hier nichts mehr bewirken konnte, und zog sich mit der Drohung zurück, sich bei Ihrer Durchlaucht zu beschweren. Gabi und Manfred, denen immer noch die Bedienung des kleinen Reichsgrafen oblag, blickten Klara und von Zander dankbar an.

»Gabi hat Seiner Erlaucht ein wenig Hähnchenfleisch und Brot aus der Küche geholt. Da ist dieser Ungut ihr gefolgt und hat hier zu toben begonnen«, berichtete Manfred, der sich noch immer ärgerte, dass der Arzt seine höhere Stellung im Schloss ausgenutzt hatte, um ihn und vor allem Gabi zu schlagen.

Zander spürte, dass der junge Diener auf Vergeltung aus war, und hob beschwichtigend die Hand. »Der Mann wird dafür zur Rechenschaft gezogen werden! So, wie er sich benommen hat, kann er nicht länger der Leibarzt Seiner Erlaucht sein. Euer Erlaucht, darf ich Euch Eure neue Betreuerin vorstellen? Dies ist Frau Klara Just. Sie ist von nun an für Euer Wohlergehen verantwortlich.«

»Bevor ich damit beginne, würde ich gerne meine Kammer sehen und meine Tochter versorgen. Du«, Klaras Blick suchte Gabi, »kannst mir dabei helfen, während der Diener für Seine Erlaucht sorgt, bis ich wiederkomme.«

Diesmal traf Klaras Blick Manfred, der sofort nickte.

Klara wandte sich nun dem Knaben zu und knickste. »Ich werde zu Eurer Erlaucht kommen, sobald ich meine Kammer gesehen habe und meine Tochter gut versorgt weiß.«

Friedrich betrachtete Klara und deren Tochter mit schiefer Miene. »Wegen mir kann Sie gehen! Ich brauche Sie nicht.«

»Ich glaube doch«, antwortete Klara und hob einen der Warmhaltedeckel. Ein mächtiges Stück Wildschweinbraten lag darunter, und bei dem Geruch, den es verströmte, war weder mit Pfeffer noch mit anderen Gewürzen gespart worden. So, wie es hier aussah, würde sie einiges tun müssen, damit der schmächtige Junge wieder auf die Beine kam, dachte sie. Und längst ahnte sie, dass sie sich noch gegen ganz andere Gegner würde durchsetzen müssen als diesen Arzt, und nicht jedes Mal würde Kornelius von Zander dabei sein, um ihr beistehen zu können.

Vierter Teil

...

Friedrichsthal

1.

Klaras Kammer lag direkt neben den Gemächern des jungen Reichsgrafen. Früher mochte der Raum anderen Zwecken gedient haben, doch nun standen ein Bett, ein Schrank, ein kleiner Tisch und zwei Stühle darin. Dazu gab es eine Kommode, die eine Waschgarnitur mit einem Becken, einen Krug für warmes Wasser, mehrere Fächer für Tiegelchen und Fläschchen und einen Handspiegel enthielt. Dieser konnte zweiseitig verwendet werden, wobei eine Seite das, was sich darin abbildete, um ein Mehrfaches vergrößerte. So einen Spiegel hatte Klara noch nie gesehen, daher betrachtete sie sich ausgiebig darin. Allerdings gefiel ihr nicht alles, was sie sah. Dem Spiegel nach wies sie bereits leichte Falten um die Augen auf, und auch am Mund zeigten sich zwei Kerben. Sie entdeckte sogar eine leichte Unebenheit der Haut, die sie bis jetzt nicht bemerkt hatte. Mit dem Vorsatz, diesen Spiegel so wenig wie möglich zu benutzen, klappte sie die Waschkommode wieder zu und zog am Klingelstrang.

Es dauerte, bis ein Diener erschien. Er schien nicht so recht zu wissen, was er von ihr zu halten hatte. Als Nachfolgerin von Rudolfa Ludovicius gehörte sie jedoch zu den höheren Bediensteten, und so deutete er eine Verbeugung an.

»Ihr beliebt zu wünschen?«

Klara antwortete mit entschlossen klingender Stimme. »Ich benötige eine Wiege für meine Tochter und zudem einen großen Korb, in dem sie getragen werden kann.«

»Ich werde zusehen, was ich machen kann«, sagte der Diener und zog sich zurück. Sein nächster Gang führte ihn zur Mamsell des Schlosses.

»Die neue Pflegerin Seiner Erlaucht will eine Wiege für ihr Kind haben und einen Korb, mit dem sie es tragen kann«, sagte er.

Die Frau musterte ihn von oben herab. »Und warum besorgt Er diese Dinge nicht? Es gibt genug passende Körbe im Schloss, und auf dem Dachspeicher wird sich gewiss eine Wiege finden!«

»Sehr wohl.« Der Diener ärgerte sich, seine Vorgesetzte überhaupt angesprochen zu haben. Dabei hatte er genau gehört, wie Frau von Trenzen dieser erklärt hatte, sie solle es der von der alten Reichsgräfin eingestellten Pflegerin nicht zu leicht machen.

Missmutig machte er sich auf die Suche. Um Frau von Trenzen zufriedenzustellen, wollte er zuerst einen alten, muffig riechenden Korb nehmen, zog die Hand aber wieder zurück. Auch wenn der Einfluss der alten Reichsgräfin in den letzten Jahren abgenommen hatte, so genügte immer noch ein Wort von ihr, und er fand sich statt mit einer schmucken Livree bekleidet mit einem Knechtskittel im Stall wieder und musste so unangenehme Dinge tun, wie Mist aufs Feld zu bringen.

Auf diese Weise erhielt Hilde einen recht neuen Korb, der angenehm nach Kräutern duftete. Danach wollte der Diener sich wieder zurückziehen, um nach einer Wiege zu suchen. Da hielt Klaras Ruf ihn zurück.

»Halt! Trage meine Tochter in die Gemächer Seiner Erlaucht. Die Wiege kannst du anschließend holen!«

Sie hatte rasch begriffen, dass sie sich hier gegen jedermann durchsetzen musste, wenn sie ihre Aufgabe so erfüllen wollte, wie es ihr vorschwebte. Dies schloss nicht nur Bedienstete wie diesen Lakaien ein. Um einiges schwerer mochte es sein, die Herrschaften um den jungen Reichsgrafen und diesen selbst zur Räson zu bringen.

Mit diesem Gedanken folgte sie dem Diener und betrat kurz darauf Friedrichs Räume. Sie fand das Speisezimmer leer vor und den Tisch abgeräumt. In einem Nebenraum war Gabi dabei, die Nachthemden des Jungen zu ordnen. Als sie Klara bemerkte, kam sie heraus und deutete einen Knicks an.

»Ich will Euch bestimmt nicht ängstigen, aber Ihr solltet Euch vorsehen! Seine Erlaucht hat schon etliche Pflegerinnen in die Verzweiflung getrieben, und er ist auch heute nicht besser Laune.«

»Hab Dank für die Warnung! Kannst du Hilde übernehmen, damit der Lakai sich um eine Wiege für das Kind kümmern kann?«

»Das mache ich gern.« Gabi griff nach dem Korb, den ihr der Diener erleichtert überließ, und sah dann Klara an. »Wohin soll ich die Kleine bringen?«

»In das Zimmer, in dem Seine Erlaucht sich aufhält.« Klara lächelte und fand es angenehm, von der jungen Dienerin in den entsprechenden Raum geführt zu werden, ohne nach diesem fragen oder ihn gar suchen zu müssen.

Wenig später betrat sie das Ruhezimmer des jungen Reichsgrafen. Dieser lag in einen dunkelroten Morgenmantel gehüllt auf einer Chaiselongue, hatte den Kopf auf ein Polster gestützt und sah ihr feindselig entgegen.

»Sie wagt es, dieses Kind in meine Gemächer zu bringen? Schaffe Sie es weg!«

Klara schüttelte den Kopf. »Ich sehe nicht ein, weshalb ich es tun sollte.«

»Weil ich es befehle! Ich bin der Reichsgraf! Mein Wort ist Gesetz!«, fauchte der Junge sie an.

»Euer Erlaucht sollten sich daran erinnern, dass Ihr der Kranke seid und ich die Pflegerin. In einem solchen Fall hat die Pflegerin immer das letzte Wort.«

Friedrich stemmte sich mit den Armen hoch und funkelte sie zornig an. »Aber nicht hier! Hier befehle ich!«

»Euer Erlaucht sollten bedenken, dass derjenige, der befehlen will, zuerst lernen sollte, Befehle zu befolgen. Daher werden Euer Erlaucht sich in das fügen, was ich bestimmen werde.«

Klara war nicht bereit, auch nur um ein Haarbreit nachzugeben. Mit etwas Glück lehnte der reichsgräfliche Knabe sie als Pflegerin ab, und sie konnte schon bald nach Hause zurückkehren.

Manfreds Erscheinen unterbrach den Disput. Er brachte ein Tablett mit einem Silberkrug und einem silbernen Becher und stellte ihn auf den Tisch. »Hier ist der Wein für Eure Erlaucht«, erklärte er und füllte den Becher.

»Wein? Für einen Knaben?« Klara nahm ihm den Becher aus der Hand und nippte daran. Es war starker, roter Wein, wie sie ihn bisher nur auf Schloss Heidecksburg erhalten hatte. Fünf Becher davon machten einen erwachsenen Mann betrunken, bei einem Knaben wie Friedrich würden bereits zwei genügen.

»Seine Erlaucht benötigt ein anderes Getränk«, sagte sie. »Hole gutes, sauberes Wasser! Mit einem kleinen Schuss Wein ergibt es ein angenehmes und erfrischendes Getränk.«

Manfred nickte erleichtert. »Das wird wohl das Beste sein. Bisher hatten wir den strengsten Befehl, Seiner Erlaucht nur Speisen und Getränke vorzusetzen, die sein Leibarzt für ihn bestimmt.«

»Die mag ich aber nicht!«, rief der Junge. »Sie sind zu scharf, und mir wird übel davon, ebenso vom Wein.«

Klara sah ihn mit gespieltem Erstaunen an. »Und weshalb habt Ihr nicht befohlen, nach Eurem Gefallen aufzutragen? Ihr sagtet doch, Ihr seid der Reichsgraf und damit der Einzige, der hier zu befehlen hat.«

Sie hörte, wie die Dienerin hinter ihrem Rücken leicht gluckste, während Manfred nur mit Mühe eine unbewegte Miene beibehielt.

»Gabi und ich haben versucht, andere Speisen und Getränke zu Seiner Erlaucht zu schmuggeln, doch als der Arzt dies bemerkte, hat er uns beschimpft und geschlagen«, erklärte der Diener.

Klara begriff, wie sehr es den jungen Mann wurmte, weil er nicht Gleiches mit Gleichem hatte vergelten können. Der Leibarzt stand hoch über dem Gesinde und eigentlich auch über ihr. Dennoch war Klara nicht bereit, törichte Anweisungen dieses Mannes zu befolgen.

»Hole jetzt Wasser! Sollte dieser Arzt dich fragen, weshalb du es tust, so sage ihm, ich hätte es befohlen.«

»Der Mann macht auch vor Frauen nicht halt«, warnte Manfred sie. »Gabi hat er etliche derbe Hiebe versetzt.«

»Er soll es versuchen!«, antwortete Klara kämpferisch.

Gleichzeitig keimte in ihr eine gewisse Hoffnung, der Leibarzt könnte fordern, dass ihr die Pflege seines jungen Patienten entzogen wurde. Sie schob diesen Gedanken schnell von sich weg und wandte sich dem kleinen Reichsgrafen zu. Obwohl er ein Jahr älter war als ihr Martin, wirkte er kleiner und schmächtiger. Seine Haut war genauso matt wie seine Augen, und er war zu schwach, um ihr mehr als ein wenig Trotz entgegensetzen zu können.

»Euer Erlaucht sollten jetzt den Morgenmantel ausziehen und sich auf den Rücken legen. Ich will prüfen, wie krank Ihr seid.«

»Das kannst du doch gar nicht! Du bist ein Weib und kein gelehrter Doktor«, stichelte der Junge.

»Nichtsdestoweniger werden Euer Erlaucht jetzt meine Anweisung befolgen!« Klaras Stimme klang streng, doch sie lächelte.

Friedrich schwankte, stand aber schwerfällig auf und ließ den Morgenmantel zu Boden fallen. Sofort hob Gabi ihn auf, klopfte ihn kurz ab und hängte ihn auf den dafür bestimmten Ständer.

Unterdessen musterte Klara den Jungen besorgt. Er schien noch schwächlicher zu sein, als sie befürchtet hatte. Allein an ungeeigneter Kost und zu viel Wein konnte das nicht liegen.

Die Arme waren dünn wie Stecken, ebenso die Beine, doch als sie eine Hand auf die Brust legte, um den Herzschlag zu fühlen, war dieser zwar matt, aber stetig. Auch hatte der Junge kein Fieber, und das war schon einmal beruhigend.

»Wie lange bedient ihr Seine Erlaucht bereits?«, fragte Klara Gabi und Manfred.

»Seit die beiden letzten Lakaien, die es taten, sich geweigert haben, ihn weiterhin zu bedienen«, antwortete die Dienerin.

»Es sind gut fünf Wochen«, ergänzte Manfred.

»Dann könnt ihr mir gewiss berichten, an welchen Beschwerden Seine Erlaucht in dieser Zeit gelitten hat.«

Manfred nickte. »Seiner Erlaucht wird oft übel, und er fühlt sich sehr schwach.«

»Hatte er zwischendurch Fieber?«, fragte Klara weiter.

»Zwei-, dreimal, aber jedes Mal nur kurz«, erklärte Gabi eifrig.

Da nun auch Manfred von Friedrichs Befinden berichtete, erfuhr Klara viel über den kranken Jungen. Einiges erschien ihr dabei höchst seltsam. Insgeheim nannte sie den Leibarzt einen Narren, da er ein Kind mit Mahlzeiten traktierte, die selbst den Magen eines kräftigen, erwachsenen Mannes überfordern würden. Von ihren eigenen Kindern wusste sie, dass diese ihre Speisen weniger gewürzt haben wollten als das, was Tobias und sie aßen. Bei Friedrich konnte dies nicht anders sein.

»Ihre Erlaucht hat mich ermächtigt, über das Wohlergehen ihres Enkels nach eigenem Wissen und Gefühl zu bestimmen. Von diesem Tag an wird Seine Erlaucht nur noch die Mahlzeiten erhalten, die ich bestimme, sollte der Leibarzt auch noch so zetern! Er mag ein guter Doktor für erwachsene Männer sein, doch von Kindern verstehe ich gewiss mehr als er.«

Klara klang entschlossen, und sie wies Manfred an, endlich das verlangte Wasser zu holen. Danach winkte sie Gabi zu sich.

»Du siehst in der Küche nach, ob es dort Schwarzbrot gibt.

Sage dem Koch zudem, er soll eine Schüssel mit Haferschleim zubereiten und hierher schicken. Für das Nachtmahl Seiner Erlaucht will ich einen ungewürzten Hähnchenschenkel und Grießbrei mit eingemachten Kirschen haben.«

»Ich glaube nicht, dass sich der Koch herablässt, diese Speisen zu bereiten«, wandte Gabi ein. »Er wird dem Arzt Bescheid geben, und dieser wird hierherkommen und uns alle schelten und schlagen.«

»Ich sagte schon vorhin, dass er es versuchen kann. Ob ihm meine Antwort gefällt, ist eine andere Sache.« Klara lächelte erneut, doch diesmal konnte es niemand freundlich nennen.

Gabi fasste Mut und ging los. Klara drehte sich wieder zu Friedrich um und half ihm in den Morgenmantel. »Ihr werdet bald etwas zu essen erhalten, das Euch auch bekommt.«

Friedrich sah sie hochmütig an. »Für einen Herrn meines Standes sind nur gut gewürzte Braten und Pasteten bekömmlich.«

»Tatsächlich? Dann muss ich aber auch darauf dringen, dass Euer Erlaucht bei den Mahlzeiten kräftig zulangen und auch entsprechend viel Wein dazu trinken!«

Bei dem Gedanken, wie oft ihm beim Essen der schweren Speisen übel geworden war, senkte Friedrich den Kopf. Er wünschte sich tatsächlich etwas, das ihm besser bekam. Doch war es mit seiner Würde als Reichsgraf vereinbar, wenn er sich dafür dem Willen einer schlichten Untertanin beugte?, fragte er sich und deutete auf den Korb mit Hilde. »Sie muss weg! Ich will sie nicht in meinen Gemächern sehen.«

»Dann muss ich Eure Erlaucht bitten, in meine Kammer zu kommen, denn ich werde mich wegen der Laune eines Knaben nicht von meiner Tochter trennen.«

An diesen harschen Worten hatte Friedrich zu kauen. Immerhin war er der Reichsgraf und sollte den Worten seiner Mutter nach der Einzige sein, der hier etwas zu befehlen hatte. Stattdessen musste er sich dem Willen des Arztes und einiger anderer beugen, die bei seiner Mutter hoch angesehen waren. Das fand er fast noch empörender als Klaras Widerspruch, da diese ihn von den allzu üppigen Mahlzeiten, mit denen man ihn quälte, erlösen wollte.

2.

Manfred kam rasch zurück und sah interessiert zu, wie Klara das Wasser erst mit einem Ersatzbecher probierte. Danach füllte sie Friedrichs Pokal etwa zur Hälfte und gab einen kleinen Schuss Wein dazu.

»Wenn Euer Erlaucht die Güte hätten, einen Schluck zu trinken, um zu sehen, ob es Euch bekommt«, sprach sie den Knaben an.

»Wasser! Bäh!«

»Euer Erlaucht werden sich daran gewöhnen müssen. Daher ist Ziererei überflüssig!« Mit diesen Worten reichte Klara dem Jungen den Becher.

Einen Augenblick sah es so aus, als wolle er ihr diesen an den Kopf werfen. Dann aber siegte der Durst, und Friedrich begann zu trinken. Seine Augen weiteten sich vor Erstaunen, denn so schlecht schmeckte das mit Wein versetzte Wasser gar nicht. Der Pokal war daher schnell leer. Doch so einfach wollte der Junge nicht aufgeben.

»Jetzt habe ich Bauchschmerzen«, maulte er.

»Hätte ich die Heilmittel zur Verfügung, die mein Ehemann erzeugt, könnte ich Eurer Erlaucht Linderung verschaffen. So muss ich sehen, welche Kräuter es in der Küche gibt, um Euch einen Aufguss bereiten zu können.«

»Kamillenaufgüsse und dergleichen trinken nur Kranke«, gab der Junge zurück.

Auf Klaras Lippen trat ein nachsichtiges Lächeln. »Darf ich Eure Erlaucht daran erinnern, dass Ihr als krank und schwach geltet?«

»Und so krank, dass der Leibarzt meint, Seine Erlaucht würde diesen Sommer nicht überstehen«, sagte Manfred gerade laut genug, damit auch Friedrich es mitbekam.

Der Junge presste die Lippen zusammen. Seine einzige Begegnung mit dem Tod war drei Jahre her, und er konnte sich im Grunde nur an die feierliche Beisetzung seines Vaters erinnern. Zu dem Toten selbst hatte man ihn nicht gelassen. Nun erfasste ihn die Angst, er könnte in absehbarer Zeit in einem Sarkophag neben denen der ersten drei Friedriche dieser Reichsgrafschaft zur letzten Ruhe gebettet werden, und er fasste nach Klaras Hand.

»Meine Bauchschmerzen sind fast schon verschwunden.«

»Das freut mich, dennoch werde ich Eurer Erlaucht empfehlen, jene Aufgüsse zu trinken, die ich für Euch zubereiten lasse.« Klara wollte noch etwas hinzufügen, doch da kam Gabi mit einer Terrine und einem Teller herein.

»Ich habe den Haferschleim selbst machen müssen, weil der Koch und seine engsten Untergebenen sich dagegen verwahrt haben, diese Arbeit zu übernehmen«, sagte sie und stellte die Terrine auf den Tisch.

»Ich werde mit diesen Leuten wohl ein ernstes Wort reden müssen«, antwortete Klara verärgert und nahm einen Löffel, um den Haferschleim zu probieren. Er war etwas arg wenig gewürzt, aber ansonsten genauso, wie sie ihn brauchte. Sie füllte einen Teller und forderte Friedrich auf, davon zu essen.

Zu ihrer Überraschung ließ der Junge sich ohne Widerstand von Manfred an den Tisch helfen und begann, die Schleimsuppe zu löffeln. An die scharf gewürzten Speisen gewöhnt, die man ihm immer aufgetischt hatte, schmeckte sie zwar fad, reizte aber seinen Magen nicht. Auch der Teller wurde leer, und nun reichte Klara ihm ein Stück Schwarzbrot.

Friedrich nahm es in die Hand, drehte es von einer Seite auf die andere und sah Klara fragend an. »Wo bleiben die Butter, die Wurst, der Käse und der Mostrich, die aufs Brot gehören?«

»Euer Erlaucht werden vorerst auf derlei Dinge verzichten müssen. Bevor Ihr sie wieder zu Euch nehmen dürft, muss Euer Magen sich beruhigen und Ihr selbst kräftiger geworden sein.«

In dem Augenblick wurde die Tür aufgerissen, und Henrietta Augusta stürmte herein. Sie hörte Klaras letzte Worte und fuhr sie zornglühend an. »Wie soll Seine Erlaucht zu Kräften kommen, wenn Sie ihm Wasser als Getränk und Haferschleim als Speise zumuten will? Seine Erlaucht benötigt kräftigende Mahlzeiten! Sorge Sie dafür, dass er sie bekommt!«

»Zuerst muss ich dafür sorgen, dass der Magen Seiner Erlaucht in der Lage ist, Speisen bei sich zu behalten«, antwortete Klara nicht weniger heftig.

Henrietta Augusta hob die Hand, als wolle sie sie schlagen, hielt sich dann aber im Zaum. »Soll das heißen, dass Seine Erlaucht Speisen nicht bei sich behalten kann?«, fragte sie besorgt und sah den Jungen an.

»Ich kann es recht oft nicht. Mir wird von den meisten Speisen übel und …« Friedrich brach ab, weil ihn die Scham übermannte. Ein Reichsgraf durfte sich nicht erbrechen, wenn er einen Wildschweinbraten oder eine Hirschkeule aß.

Manfred trat vor. »Das haben Gabi und ich dem Leibarzt bereits zu erklären versucht, doch er hat nicht darauf geachtet. Dabei ist es oft sehr schlimm. Gabi muss mindestens einmal am Tag einen Sessel oder den Teppich säubern und die Kleidung Seiner Erlaucht zum Waschen bringen.«

»Wieso habe ich nichts davon erfahren?« Henrietta Augustas Zorn stieg, galt aber nicht mehr Klara, sondern dem Arzt, den ihre Schwiegertochter ins Schloss geholt hatte und der, wie es aussah, sich als völlig unfähig erwiesen hatte.

»Sie weiß, was Seiner Erlaucht zuträglich ist?«, fragte sie Klara.

Diese nickte.

»Woher?«, fragte Henrietta Augusta weiter.

»Weil ich Mutter bin und mich im Gegensatz zu den hohen Damen selbst um meine Kinder kümmere und diese pflege, wenn sie krank sind! Zudem stellt mein Mann Arzneien her, die der Pflege und der Behandlung kranker Kinder dienen.«

Klara klang selbstbewusst. Auch wenn sie nur eine schlichte Bürgerin in Königsee war, hatte sie sich ein umfassendes Wissen über Kinderpflege und die besten Heilmittel zugelegt. Sie musterte kurz den Knaben, der sich wieder auf die Chaiselongue zurückgezogen hatte, und wandte sich dann erneut seiner Großmutter zu. »Um Seiner Erlaucht zur Gesundheit zu verhelfen, braucht es jedoch mehr als ein wenig Haferschleim. Daher schlage ich Eurer Erlaucht vor, Elixiere und Salben sowie andere Arzneien, die mein Ehemann anfertigt, besorgen zu lassen.«

Klara machte diesen Vorschlag nicht ohne Hintergedanken, hoffte sie doch, dass Tobias auf diese Weise erfuhr, wo sie sich befand. Zwar hatte einer der Hofschranzen in Rudolstadt versprochen, ihrem Mann den Brief zu übermitteln, den sie geschrieben hatte. Doch der Edelmann hatte einen so desinteressierten Eindruck auf sie gemacht, dass sie ihm nicht traute.

»Einige dieser Elixiere befinden sich in meinem Besitz«, antwortete die Reichsgräfin. »Nehme Sie das, was Sie braucht. Alles andere wird ein Kurier aus Ihrer Heimatstadt holen.«

»Wenn Euer Erlaucht erlauben, werde ich mir die Mittel ansehen und einen Brief schreiben, in dem ich jene Heilmittel nenne, die mir fehlen«, schlug Klara vor.

»Es sei Ihr gestattet! Bevor Sie jedoch dazu kommt, wird Sie mit dem Leibarzt Ihrer Durchlaucht und dieser selbst zurechtkommen müssen«, antwortete Henrietta Augusta, da eben ihre Schwiegertochter und der Arzt eintraten. Die Miene des Mannes wirkte feindselig, während Anna Sybilla Klara hochmütig musterte, dem Arzt aber das erste Wort überließ.

3.

Reichsgräfin Anna Sybilla hatte sich in grünen Samt und ebensolche Seide gekleidet, die ihr gut standen. Zwar war sie eine ansehnliche Frau, aber durch zu viel gutes Essen und mangelnde Bewegung auf dem besten Weg, an Leibesfülle zuzunehmen. Obwohl kein Fest oder ein besonderer Anlass bevorstand, trug sie reichen Schmuck. Ihr kompliziert aufgestecktes, blondes Haar zierte ein mit Brillanten besetztes Diadem, und in der rechten Hand hielt sie einen Elfenbeinfächer.

Auf den ersten Blick wirkte sie träge, doch Klara wusste zu gut, dass solche Menschen, wenn sie einmal in Zorn gerieten, kein Maß mehr kannten. Im Augenblick aber war es nicht die Mutter des Knaben, mit der sie sich auseinandersetzen musste, sondern deren Leibarzt.

Stratmann, ein mittelgroßer, hagerer Mann mit scharfen Gesichtszügen und einer schmalen, stark gebogenen Nase, blieb vor ihr stehen und betrachtete sie von oben bis unten. Mit der rechten Hand zupfte er an seinem knielangen, schwarzen Rock und richtete mit der anderen die braune Perücke, die ihm während des Gehens verrutscht war. Erst als diese richtig saß, begann er zu sprechen. »Wer ist Sie?«

»Ich bin die neue Pflegerin Seiner Erlaucht, des Reichsgrafen«, antwortete Klara kühl.

»Ich bin der Leibarzt Seiner Erlaucht! Wie kann Sie es wagen, meine Anordnungen in Frage zu stellen?« Stratmann steigerte bei jedem Wort seine Lautstärke.

»Wenn Anordnungen unsinnig sind, müssen sie zurückgenommen werden«, gab sie ruhig zurück.

Die Wangen des Arztes zuckten. »Meine Anordnungen sollen unsinnig sein? Ich habe an drei Universitäten Medizin studiert und jedes Mal mit Auszeichnung abgeschlossen. Auch war ich Leibarzt bei höchsten Persönlichkeiten, und das zu aller Zufriedenheit! Und nun kommt Sie daher und wagt es, sich über mein durch Studium und Erfahrung gewonnenes Wissen hinwegzusetzen? Ich muss darauf bestehen, dass dieses impertinente Weib umgehend aus dem Schloss entfernt wird!«

Der letzte Satz galt Anna Sybilla, die jedoch nur die Lippen zusammenkniff. Sie hatte ihrer Schwiegermutter freie Hand bei der Suche nach einer Pflegerin gelassen. Wenn sie nun eingriff, und es trat keine Besserung bei ihrem Sohn ein, würde man sie dafür verantwortlich machen. Da erschien es ihr besser, wenn die Schuld an weiterer Krankheit oder gar Friedrichs Tod Henrietta Augusta zugeschrieben wurde.

Als der Arzt begriff, dass er von seiner Herrin keine Unterstützung zu erwarten hatte, hob er seinen Stock und tippte Klara damit an. »Hat Sie nicht gehört? Sie soll das Schloss verlassen!«

»Hat Er das zu bestimmen?«, fragte Klara und redete ihn dabei wie einen Diener an.

Der Mann platzte fast vor Wut. »Was erlaubt Sie sich?«, schrie er und holte mit dem Stock aus.

Mit einem raschen Schritt war Klara bei ihm und entriss ihm das Ding. Noch während er sie verdattert anstarrte, fasste sie den Stock an beiden Enden, hob das Knie ein wenig und zerbrach ihn mit einem kräftigen Ruck. Danach warf sie dem Arzt die Reste vor die Füße.

»Er mag sich andere Weiber suchen, die so dumm sind, sich von ihm schlagen zu lassen! Auch sollte er die Kunst der Medizin jenen überlassen, die sich darauf verstehen.«

Der Mann schnappte nach Luft und ballte die Fäuste. »Sie wagt es, meine Kenntnis der Heilkunst anzuzweifeln?«

»Zumindest besitzt Ihr, was die Pflege und Versorgung von Kindern betrifft, nicht das geringste Wissen. Dass es zur Behandlung von Erwachsenen ausreicht, erscheint mir ebenfalls unwahrscheinlich, denn wann hätte man gehört, dass einem Magenkranken ein scharf gewürzter Wildschweinbraten oder eine Rinderlende als Mahlzeit aufgetischt wird? Selbst der hochgeborenste Herr und die edelste Dame werden in einem solchen Fall eine Haferschleimsuppe dem Braten vorziehen.«

Das Argument wirkte sowohl bei der alten wie auch bei der jungen Reichsgräfin. Beide hatten schon das eine oder andere Mal unter Magenbeschwerden gelitten und sich beim Essen zurückgehalten. Andere Damen und Herren des Hofstaats hingegen, die Anna Sybilla und dem Arzt in den Raum gefolgt waren, starrten Klara feindselig an.

Sie hatte jedoch keine Zeit, auf die Leute zu achten, sondern spannte sich innerlich an, um dem nächsten Angriff des Arztes zu begegnen.

»Was weiß Sie von der Heilkunst?«, fragte Stratmann jetzt mühsam beherrscht, um überlegen zu wirken.

»Genug, um sagen zu können, dass Ihr dummes Zeug schwätzt!« Klara wollte ihm keine Möglichkeit lassen, sie als unwissendes Weib darzustellen. Daher blieb ihr nichts anderes übrig, als ihn ein ums andere Mal zu attackieren.

»Ich habe studiert!«, trumpfte er auf.

»Und ich habe eigene Kinder und weiß, welche Krankheiten sie befallen können und wie diese zu behandeln sind.« Nun hatte Klara ihre Ruhe wiedergewonnen und lächelte.

Der Arzt stand mit hochrotem Kopf vor ihr, als müsse er jeden Augenblick platzen. Die Erkenntnis, dass er im Wortgefecht gegen eine Frau aus dem gewöhnlichen Volk den Kürzeren zog, empörte ihn über alle Maßen, und er wandte sich mit einer heftigen Bewegung zu Anna Sybilla um.

»Sagt diesem Weib, dass es gehen soll!«

Gewohnt, dass er sie sonst mit Euer Durchlaucht ansprach, ärgerte Anna Sybilla sich über diese im Befehlston ausgesprochenen Worte und bedachte ihn mit einem zornigen Blick. »Da es Ihm in all den Monaten nicht gelungen ist, meinen Sohn seiner Genesung zuzuführen, habe ich Ihrer Erlaucht gestattet, die Pflege Seiner Erlaucht in die eigenen Hände zu nehmen. Wenn Ihre Erlaucht dieses Weib für geeignet hält, Friedrich zu pflegen, werde ich nicht dagegen sprechen.« Damit war für den Arzt die Niederlage vollkommen. Er starrte Anna Sybilla an und begriff, dass seine Position als deren Leibarzt ebenfalls gefährdet war. Wenn die Dame zu der Überzeugung kam, er könnte sie im Falle einer Krankheit nicht so behandeln, wie es sein sollte, musste er mit seinem Abschied rechnen. Daher blieb ihm trotz seiner Wut nichts anderes übrig, als vorläufig einzulenken.

»Sie mag Ihre Methoden bei Seiner Erlaucht erproben. Sei Sie aber gewiss, dass ich Ihre Bemühungen mit Argusaugen beobachten und Ihrer Durchlaucht umgehend mitteilen werde, sollte sich die Gesundheit Seiner Erlaucht verschlechtern.«

Schwätzer, dachte Klara. Der Mann war vielleicht einmal ein guter Arzt gewesen, hatte aber das meiste, was er einmal gelernt hatte, wieder vergessen. Der Arzt in Königsee, den Tobias und sie sowie ihr Schwiegervater und Martha bemühten, war von ganz anderem Format. Der Mann hatte viele Patienten und musste sich mit unterschiedlichsten Krankheiten und Gebrechen befassen. Anna Sybillas Leibarzt hingegen hatte einen bequemeren Weg gewählt und schien sich kaum mehr Gedanken über seine Patienten zu machen. Sonst hätte er Friedrich niemals diese Gewaltkur mit fettem, stark gebratenem und scharf gewürztem Essen zugemutet.

Da er von niemandem Antwort erhielt, verbeugte sich Stratmann vor Anna Sybilla und verließ gekränkt den Raum.

Die Reichsgräfin blickte kurz zu ihrem Sohn hinüber und sah dann Klara an. »Sorge Sie gut für Seine Erlaucht!«

Danach verließen sie und ihr Gefolge, zu dem auch Heinrich von Trenzen und dessen Ehefrau Geraldina gehörten, den Raum. Das Ehepaar blieb draußen in einer Ecke stehen.

»Das gefällt mir gar nicht«, murmelte von Trenzen. »Wenn die Frau Erfolg hat und Friedrich gesund wird, wird Prinz Christian Anna Sybilla niemals heiraten. Conte Tomassini sagte doch, dass er durch diese Ehe in den Besitz von Schwarzburg-Friedrichsthal gelangen will.«

»Johann Ernst von Sachsen-Saalfeld wird dann wohl auch nicht um Ihre Durchlaucht werben, denn er will über sie an die Reichsgrafschaft gelangen, um mit ihr seinen eigenen Besitz zu vergrößern. Sicherheitshalber habe ich Anna Sybilla schon mehrfach auf das hohe Alter dieses Methusalems hingewiesen, doch Juliana von Ziegenweida tut alles, um ihr diese Ehe schmackhaft zu machen.« Geraldina von Trenzen zischte bei den letzten Worten giftig, denn sie sah sowohl in Klara wie auch in der jüngeren Hofdame eine Gefahr für ihre Pläne.

»Wir werden abwarten müssen, aber sofort handeln, wenn es nötig sein sollte«, erklärte ihr Ehemann und bot ihr den Arm. »Doch nun sollten wir Ihrer Durchlaucht folgen. Nicht, dass sie uns vermisst.«

4.

Klara hatte einen ersten Erfolg errungen. Doch ihr war klar, dass noch ein weiter Weg vor ihr lag, bis sie wieder nach Hause würde zurückkehren können. Der Gedanke an Tobias, an Martin und Lena trieb ihr die Tränen in die Augen. Sie wischte diese resolut ab und wandte sich Manfred zu.

»Du wirst jetzt den zerbrochenen Gehstock des Arztes wegbringen und danach die Vorhänge zurückziehen und die Fenster öffnen, damit frische Luft hereinkommt. Seine Erlaucht muss frei atmen können. Des Weiteren wurde mir eine Kindsmagd versprochen, die sich um meine Tochter kümmern kann. Ich glaubte bisher zwar nicht, eine zu benötigen, aber jetzt scheint es mir doch besser zu sein.«

Die Bemerkung mit der Kindsmagd galt Henrietta Augusta, doch diese schwieg.

Dafür hob Gabi die Hand. »Wenn ich jemanden vorschlagen darf, so wäre es die Ilse. Sie war früher Zofe Ihrer Durchlaucht, erregte jedoch deren Missfallen und muss nun in der Küche arbeiten. Sie wird die Sorge für das Kind gewiss gerne übernehmen.«

Klara warf Henrietta Augusta einen kurzen Blick zu, doch diese zeigte immer noch keine Regung. Also musste sie selbst die Entscheidung treffen. »Dann soll es so sein. Hole Ilse her!«, sagte sie zu Gabi.

»Ihr werdet es nicht bereuen, das verspreche ich Euch!« Mit den Worten eilte Gabi davon.

Auf Henrietta Augustas Stirn zeigten sich unterdessen zwei schmale Falten. Die neue Pflegerin ihres Enkels schien recht energisch zu sein, missachtete den Knaben aber schon die ganze Zeit. Erst jetzt sah sie sich wieder zu ihm um.

»Ich sehe, Ihr habt die Suppe gut vertragen.«

»Sie hat mich mit Euer Erlaucht anzusprechen«, antwortete der Junge hochmütig.

»Gewiss, Euer Erlaucht! Wollen Euer Erlaucht nun ein Stück Brot essen?« Klara nahm das Schwarzbrot in die Hand, das Friedrich vorhin verschmäht hatte, und wollte es ihm reichen. Da schlug Henrietta Augusta es ihr aus der Hand.

»Wie kann Sie es wagen, Seiner Erlaucht das für Dienstboten und Bauern bestimmte Brot anzubieten? Sie soll gefälligst weißes Brot bringen lassen.«

Klara sah, wie das Brot über den Boden kollerte, und fuhr zornig herum. »Entweder lasst Ihr mich Euren Enkel so pflegen, wie ich es für richtig erachte, oder Ihr schickt mich nach Hause!«

»Sie wird impertinent!«, rief die Reichsgräfin zornig.

»Wenn es so ist, ist es wohl das Beste, wenn ich morgen früh meine Tochter nehme und in meine Heimat zurückkehre.«

Zwar empfand Klara trotz Friedrichs Ausfällen ein gewisses Mitleid mit ihm, war aber nicht bereit, gegen ihre Erfahrung und ihr Wissen zu handeln.

»Warum will Sie Seiner Erlaucht solches Brot geben?«, fragte Henrietta Augusta halb einlenkend.

»Weil es dem Magen besser tut als das weiße Brot. Das kann Seine Erlaucht wieder essen, wenn er gesund ist.«

Klara hielt es ebenfalls für besser, den Streit nicht auf die Spitze zu treiben. Daher bückte sie sich, hob das Stück Brot auf und legte es auf den Tisch.

»Jetzt kann man es nur noch den Schweinen vorwerfen. Dabei wären an vielen Orten etliche Menschen froh, wenn sie so ein Stück Brot bekämen.« Ein wenig Kritik an der Handlungsweise der Reichsgräfin, so sagte sie sich, konnte nicht schaden.

»Sie tut es nicht aus Trotz, weil Sie wegen Seiner Erlaucht

von Ihrer Familie weggeholt worden ist?«, fragte Henrietta Augusta misstrauisch.

Um Klaras Lippen erschien ein trauriges Lächeln. »Wie sollte ich das wagen, wo doch ein einziger Brief Eurer Erlaucht an Fürst Friedrich Anton genügt, um meine Familie ins Elend zu stürzen?«

Es war eine Anklage, und die Reichsgräfin verstand sie auch als solche. Sie musterte Klara und fand, dass die Berichte, die sie über diese Frau gehört hatte, nicht übertrieben waren. Mut konnte sie ihr wahrlich nicht absprechen. Auch sonst erschien ihr die junge Frau entschlossen genug, um sich gegen den Leibarzt ihrer Schwiegertochter und deren Kamarilla durchzusetzen.

»Ich vertraue Ihr«, sagte sie nach einer Weile. »Kümmere Sie sich so um Seine Erlaucht, wie Sie es für richtig hält.«

»Ich danke Eurer Erlaucht! Doch hoffe ich, dass Gabi bald mit der anderen Magd zurückkommt, denn ich würde mir gerne die Arzneien und Tinkturen anschauen, die Ihr besitzt, um herauszufinden, was für Seine Erlaucht geeignet ist und was noch besorgt werden muss.«

»Gabi wird gleich kommen«, erklärte Manfred, der an der Wand stehend auf Anweisungen wartete.

»Ich will es hoffen!«

Henrietta Augusta dachte sich, dass sie schon zu viel Zeit mit der neuen Pflegerin verbracht hatte. Es drängte sie, ins Dorf zu fahren und mit Kornelius von Zander darüber zu beraten, ob es von Vorteil war, diese Frau geholt zu haben, oder ob sie es besser hätte lassen sollen. Trotzdem blieb sie und sah zu, wie Klara ihren Enkel dazu brachte, noch ein wenig zu essen.

Es dauerte eine Weile, bis Gabi wieder erschien. Bei ihr war eine junge, schmächtig wirkende Frau in einem alten und nicht allzu sauberen Kleid und einem einfachen Kopftuch. Diese schien nicht so recht zu wissen, was mit ihr geschah.

»Ich bitte um Verzeihung, aber der Koch wollte Ilse nicht gehen lassen. Auch die Wirtschafterin war dagegen, da es dem Befehl Ihrer Durchlaucht widerspräche, Ilse die schlechteste Arbeit aufzutragen. Ich musste zuletzt behaupten, dass Ihre Erlaucht sehr erzürnt sein würde, wenn Ilse nicht als Kindsmagd für die neue Betreuerin Seiner Erlaucht arbeiten könnte«, berichtete Gabi.

»Sie soll sich schämen, so in den Gemächern Seiner Erlaucht zu erscheinen«, schalt Henrietta Augusta Ilse und hob demonstrativ ihr parfümiertes Taschentuch an die Nase.

»Es tut mir leid, aber Gabi hat mich vom Zusammenfegen des Abfalls weggeholt!« Ilse war kurz davor, in Tränen auszubrechen. In den letzten Wochen hatte sie nicht nur harte und schmutzige Arbeiten erledigen, sondern auch noch Spott und die Gemeinheiten jener Mägde und Diener ertragen müssen, die auf diese Weise der Mutter des reichsgräflichen Knaben ihre Ergebenheit hatten beweisen wollen. Wenn sie nun als Kindsmagd für Hilde abgelehnt wurde, weil sie sich nicht hatte waschen und umkleiden können, blieb ihr nur der Weg zurück in die Küche und damit zu weiteren Quälereien durch die anderen Bediensteten.

Klara spürte die Angst der jungen Frau und winkte sie zu sich heran. »Gabi nannte dich zuverlässig! Ich will hoffen, dass du es bist. Du wirst bis zu meiner Rückkehr auf Hilde achten. Gabis und Manfreds Aufgabe ist es, Seine Erlaucht zu bedienen. Sollte er den Wunsch äußern, etwas essen zu wollen, sollen sie ihm eine schwach gewürzte Hühnersuppe zubereiten lassen. Außerdem sollen sie ein anderes Stück Schwarzbrot bringen. Noch will ich Seiner Erlaucht keine Butter zugestehen, doch wenn er das Brot verträgt, kann man es morgen damit bestreichen.«

Zu Hause war Butter ein rares Gut gewesen. Klara erinnerte sich an die Freude, mit der Martin und Lena in ihre Butterbrote gebissen hatten, und wünschte sich, dass auch der junge Reichsgraf so empfinden würde. Wahrscheinlich wird das nie geschehen, dachte sie, da er alles erhielt, was er sich wünschte, und das, was für andere wie ein Traum erschien, als selbstverständlich erachtete.

»Kann Sie sich jetzt die Arzneien anschauen?« Henrietta Augusta klang scharf, da sie nicht noch mehr Zeit vergeuden wollte.

»Ich bin bereit, Euer Erlaucht«, erklärte Klara und trat auf die Tür zu.

»Wann kommt Sie wieder?«, fragte Friedrich.

»Sobald ich die Arzneien überprüft habe.«

»Dauert das lange?«

Klara schüttelte lächelnd den Kopf. »Natürlich nicht! Würde ich sonst meine Tochter hierlassen?«

»Dann ist es gut.«

Obwohl der Junge nicht wusste, ob er sich über den Mangel an Ehrerbietung, den Klara ihm zukommen ließ, ärgern sollte, hatte es ihm gefallen, wie sie den Arzt in seine Schranken verwiesen hatte. Auch ging es ihm nach dem Genuss der Haferschleimsuppe besser als all die Wochen zuvor, und er ließ sich von Gabi noch einmal Wasser in den Becher gießen und einen Spritzer Wein dazugeben. Das Getränk konnte er zu sich nehmen, ohne dass sein Magen förmlich verbrannte. Mit einem Mal schöpfte er Hoffnung, Klara könnte unter den Medikamenten seiner Großmutter einige finden, die ihm helfen würden, und wartete gespannt auf ihre Rückkehr, obwohl sie die Kammer gerade erst verlassen hatte.

Klara folgte der Reichsgräfin in deren Gemächer und fand sich in einer Flucht von Räumen wieder, die ein Mensch unmöglich alle allein nutzen konnte. Henrietta Augustas Kammerfrau, eine ältere, magere Frau mit tiefen Falten, musterte Klara misstrauisch.

»Dies, Differt, ist die neue Pflegerin meines Enkels!«, erklärte die Reichsgräfin und deutete Klara damit an, dass sie diese Frau nicht nur als Dienerin, sondern auch als Vertraute ansah.

»Nennt mich Klara! Ich hoffe, Ihr unterstützt mich bei meiner verantwortungsvollen Aufgabe«, sprach Klara die Frau an.

Auf deren Gesicht erschien ein zufriedener Ausdruck, der Klara verriet, dass sie den richtigen Ton getroffen hatte. Das war wichtig, denn sie benötigte an diesem Ort jede Unterstützung, die sie erhalten konnte.

»Ihre Erlaucht wollte mir die Arzneien zeigen, damit ich herausfinden kann, welche die Gesundung Seiner Erlaucht unterstützen können«, fuhr sie fort.

Sofort öffnete die Frau die Tür zu einer kleinen Kammer und deutete eine einladende Geste an, machte dann aber einen Knicks in Richtung ihrer Herrin. »Wenn Euer Erlaucht erlauben, kümmere ich mich darum!«

Die Gesundheit ihres Enkels war für Henrietta Augusta jedoch ein zu hohes Gut, um sie anderen überlassen zu wollen. Sie betrat die Kammer, winkte Klara, ihr zu folgen, und forderte ihre Kammerfrau auf, die Schränke zu öffnen.

Der Heilmittelvorrat der Dame war gut bestückt. Da Henrietta Augusta dem Leibarzt ihrer Schwiegertochter nicht mehr traute, hatte sie sich angewöhnt, die einzelnen Elixiere und Salben den Anweisungen nach zu gebrauchen, die sie von den Erzeugern erhalten hatte. Klara fand daher auch etliche Heilmittel aus der Herstellung ihres Mannes. Nachdem sie ein halbes Dutzend der Flaschen und Tiegel ausgewählt hatte, bat sie die Kammerfrau, dafür zu sorgen, dass alles in Friedrichs Gemächer gebracht wurde.

»Sie soll es selbst tun«, befahl die Reichsgräfin und bewies Klara damit, dass sie nicht jedem im Schloss traute.

Für Klara hieß dies, ebenfalls auf der Hut sein zu müssen. Einige Augenblicke lang kam ihr die Aufgabe, die sie unfreiwillig hatte übernehmen müssen, wie ein Mühlstein um den Hals vor, der sie zu Boden zog. Dann aber wappnete sie sich mit Trotz.

»Ich benötige noch ein paar weitere Elixiere meines Mannes. Wenn Euer Erlaucht erlauben, werde ich einen Brief an ihn schreiben«, erklärte sie, obwohl das, was sie hier gefunden hatte, fürs Erste reichen würde. Sie wollte jedoch Botschaft an Tobias senden und hoffte daher, dass die Reichsgräfin auf ihren Vorschlag eingehen würde.

Diese besann sich keinen Augenblick. »Sie soll es tun! Ihr Mann soll die Arzneien jedoch nur einem absolut zuverlässigen Menschen anvertrauen oder, besser noch, sie selbst hierherbringen.«

»Ich danke Euer Erlaucht!« So viel Entgegenkommen hatte Klara nicht erwartet. Auf die Weise konnte sie Tobias wiedersehen und mit ihm sprechen. Nun aber galt es, für den kleinen Reichsgrafen zu sorgen.

»Wenn Euer Erlaucht erlauben, werde ich mich wieder in die Gemächer Seiner Erlaucht begeben und die ersten Heilmittel anwenden.«

Henrietta Augusta nickte zustimmend. Auch wenn die neue Pflegerin ihres Enkels immer wieder Stacheln zeigte, so erschien sie ihr zuverlässig und vor allem bereit zu sein, ihr Wissen zugunsten des Knaben anzuwenden.

Klara nahm ein paar der ausgewählten Fläschchen und Tiegelchen an sich, knickste und verließ die Zimmerflucht der alten

Reichsgräfin. Draußen blickte sie sich unsicher um, da sie nicht genau wusste, in welche Richtung sie gehen musste, um zu Friedrich zu gelangen. Doch da trat Henrietta Augustas Kammerfrau mit einem Korb in der Hand heraus und winkte, ihr zu folgen.

»Du wirst dich schon bald zurechtfinden, denn es gibt im Grunde nur einen einzigen, langen Korridor, der von dem Ende des einen Flügels über den Haupttrakt bis zum Ende des anderen Flügels führt. Man muss nur wissen, wer wo untergebracht ist«, erklärte die Frau.

»Der Flur und auch die Türen sehen alle gleich aus. Da kann man leicht in die falsche Kammer geraten«, antwortete Klara, die sich nicht vorstellen konnte, dass sie den Eingang zu den Gemächern der alten Reichsgräfin auf Anhieb wiederfinden würde.

»Daran gewöhnt man sich«, meinte Differt leichthin.

Klara schüttelte zweifelnd den Kopf. Das Schloss war einfach zu groß und der Flur schier endlos. Da zudem alle Türen in Blau und Silber gehalten und in gleichmäßigem Abstand angebracht waren, erschien es ihr verwirrender als ein Labyrinth.

»Man muss jedes Mal zählen, wenn man die richtige Tür finden will«, sagte sie kopfschüttelnd zu ihrer Begleiterin.

»Die Gemächer Seiner Erlaucht sind leicht zu erkennen, da Wachen vor ihnen stehen.«

Klara sah die beiden Gardisten, aber auch weitere Türen neben dem Eingang, die aussahen, als gehörten sie zu Friedrichs Räumen. Doch von drinnen hatte sie keine weiteren Zugänge gesehen.

»Wohin führen die anderen Türen hier? Dahinter kann doch nichts sein«, fragte sie verwundert.

Statt einer Antwort öffnete ihre Begleiterin eine der Türen und zeigte in die kleine Kammer, die dahinter lag. Diese war nicht mehr als einen guten Schritt tief und so eingerichtet, dass sie als großer Schrank dienen konnte.

»Davon gibt es noch mehr«, erklärte ihr Differt und trat auf die Tür zu, die in die Gemächer des kleinen Reichsgrafen führten.

Klara trat in den Raum, in dem sich Friedrich aufhielt. Dieser saß auf einer Chaiselongue und sah zu, wie Gabi die kleine Hilde wiegte. Manfred räumte gerade die Krümel weg, die der Junge auf seinem Bett verstreut hatte.

»Ich hoffe, Ihr verzeiht, doch ich habe Ilse losgeschickt, damit sie sich waschen und ein sauberes Kleid besorgen kann«, erklärte Gabi und kitzelte Hilde am Kinn.

»Du hast richtig gehandelt!«, lobte Klara sie und bat die Kammerfrau, den Korb mit den Arzneien in einen Schrank zu räumen. Sie selbst nahm jene Heilmittel, die sie sich ausgesucht hatte, und trat auf das Bett zu.

»Ich werde Eurer Erlaucht zuerst einen Trunk bereiten und Euch, wenn Ihr diesen zu Euch genommen habt, Brust und Rücken mit einer Salbe einreiben, die sowohl Eurer Lunge wie auch Eurem allgemeinen Wohlbefinden guttun wird«, erklärte sie und machte sich an die Arbeit.

Friedrich sah ihr zu, wie sie mehrere Flaschen öffnete und etwas vom Inhalt in einen Becher füllte. »Das schmeckt gewiss ekelhaft«, meinte er in der Erinnerung an einige Mittel, die er auf Geheiß des Arztes hatte einnehmen müssen.

»Das hoffe ich nicht«, antwortete Klara, probierte kurz ihr Gebräu und reichte es dem Jungen.

»Dieser Trunk wird aus mehreren Arzneipflanzen bereitet, die in unseren und anderen Landen wachsen, wie Bitterwurzel, Baldrian, Magenkraut, Feuerröschen und einige andere. Das Mittel kräftigt Magen, Lunge und das Herz, was für Euer Erlaucht äußerst wichtig ist.«

Klara hoffte, dass der Junge sich von ihren Worten überzeugen ließ und den Inhalt des Bechers nicht auf den Teppich ausleerte.

Gewohnt, seine Abneigung und seinen Widerstand deutlich zum Ausdruck zu bringen, überlegte Friedrich tatsächlich, den Becher auf den Boden zu werfen. Dann aber dachte er daran, dass er wegen seiner Krankheit und Schwäche von etlichen aus dem Hofstaat seiner Mutter gemieden wurde. Diesen würde er gerne zeigen, dass er durchaus wieder gesund werden konnte. Er setzte den Becher an die Lippen und probierte einen Schluck. Es schmeckte etwas bitter, aber nicht so entsetzlich, wie er befürchtet hatte. Der Geruch war sogar angenehm, und er spürte rasch, dass er leichter durchatmen konnte. Er nahm einen zweiten Schluck, schließlich einen dritten, und bald war der Becher leer.

Friedrich stieß kurz auf und bemerkte, dass es ihm danach besserging. »Kann Sie sagen, was das für ein Zeug ist?«

»Wie ich schon sagte, ein Mittel aus den Kräutern meiner Heimat, deren Essenzen von meinem Ehemann destilliert und zu heilenden Arzneien gemischt wurden. Euer Erlaucht haben doch gewiss schon von den Buckelapothekern aus den Schwarzburger Fürstentümern gehört.«

»Buckelapotheker? Was ist das?«, wollte der Junge wissen.

»Ich werde es Eurer Erlaucht erklären, während ich Euer Erlaucht Brust und Rücken mit Salbe bestreiche. Wenn Euer Erlaucht mit Verlaub Euren Morgenrock und Euer Hemd ausziehen würden!«

»Ich soll ganz nackig sein?« Der Junge verzog das Gesicht, denn Rudolfa Ludovicius hatte ihn gelegentlich gewaschen und ihn dabei immer wieder in den Schritt gegriffen und die dortigen Teile besonders eifrig behandelt. Dabei hatte sie so getan, als würde sie ihm damit eine besondere Freude bereiten, doch im Grunde hatte sie ihm nur weh getan.

»Wenn Euer Erlaucht nicht wünschen, nackt zu sein, werde ich ein Tuch über die entsprechenden Stellen legen«, bot Klara an und bat Manfred, ihr eines zu besorgen.

Daraufhin zog Friedrich sich aus, brauchte aber ihre Hilfe dazu. Kopfschüttelnd betrachtete Klara den mageren, ausgezehrt wirkenden Körper des Jungen. Anstatt ihm bekömmliche Kost vorzusetzen, hatte man ihn gezwungen, Speisen zu essen, die er nicht vertrug. Reichtum und edle Geburt ersetzen nicht den Verstand, dachte sie. Dabei wollte Reichsgräfin Henrietta Augusta gewiss das Beste für ihren Enkel. Auch die Mutter des Jungen hatte nicht so gewirkt, als wäre ihr das Wohlergehen ihres Sohnes gleichgültig. Beide hatten jedoch dem Arzt freie Hand gelassen, ohne zu begreifen, dass dieser von Kindern und deren Beschwerden nicht die geringste Ahnung hatte.

Friedrich zierte sich etwas, sich auf den Rücken zu legen, und war erleichtert, als Klara ihm das Tuch über die Hüften legte. »Jetzt kannst du die Salbe auftragen und mir von den Buckelapothekern erzählen«, forderte er.

»Das tue ich gerne«, erklärte Klara und nahm das erste Tiegelchen zur Hand.

Während sie dem Jungen die Brust und danach den Rücken mit der aus Arnika, Fichtennadeln und anderen Kräuteressenzen bestehenden Salbe bestrich, berichtete sie ihm von den Laboranten aus Königsee, Oberweißbach und Breitenbach und den Buckelapothekern, die deren Erzeugnisse in die Welt hinaustrugen.

6.

Bereits der erste Tag auf Schloss Friedrichsthal hatte Klara bewiesen, dass sie ohne Unterstützung wenig ausrichten konnte. Sie brauchte Vertraute, die ihr bei der Versorgung des

Knaben halfen. Gewohnt, von vorne und hinten bedient zu werden, mäkelte Friedrich rasch an allem herum. Am Abend verzehrte er die ihm vorgesetzte Hühnersuppe und ein Stück Schwarzbrot, schob dann den leeren Teller weg und funkelte Klara rebellisch an. »Es hat überhaupt nicht geschmeckt. Man soll den Koch dafür vierteilen!«

Bei diesen Worten zuckte Gabi zusammen. Da sich der Koch noch immer weigerte, die von Klara geforderten Speisen zuzubereiten, hatte sie auch diesmal wieder am Herd gestanden.

»Vielleicht sollte ich das nächste Mal stärker würzen«, meinte sie kleinlaut.

Klara schüttelte den Kopf. »Das wirst du nicht tun! Der Magen Seiner Erlaucht ist durch die scharf gewürzten Speisen, die man ihm vorgesetzt hat, zu geschwächt, um etwas anderes als das zu vertragen, was du gekocht hast.«

»Sie hat diese ekelhafte Suppe gekocht? Man sollte sie …«

»Gewiss nicht vierteilen, sondern ihr danken, dass sie es überhaupt getan hat!«

Diesmal klang Klara streng. Wie es aussah, musste der Knabe erst einmal erzogen werden, um zu lernen, dass Höflichkeit nicht nur für die niederen Stände eine Zierde war.

»Wenn ich sage, dass sie geviertelt werden muss, hat dies zu geschehen. Ich bin der Reichsgraf!«, trumpfte der Junge auf.

»Wenn Ihr das tut, werden Euer Erlaucht bald ein Reichsgraf ohne Untertanen und damit sehr hungrig sein. Ein gevierteilter Koch kann keine Speisen mehr zubereiten, und alle anderen werden das Land verlassen, aus Angst, ebenfalls geviertelt zu werden!«

Klara klang ruhig, aber mit einem Nachdruck in der Stimme, dem sich Friedrich nicht entziehen konnte.

»Doch wie soll ich die, die mir missfallen, sonst bestrafen?«, maulte der Junge.

»Missfällt Gabi Euer Erlaucht so sehr, dass Ihr sie bestrafen wollt?«, antwortete Klara mit einer Gegenfrage.

Friedrich warf der Dienerin einen kurzen Blick zu, erinnerte sich daran, dass sie Schläge in Kauf genommen hatte, um ihm Mahlzeiten zu bringen, die er halbwegs vertragen konnte, und schüttelte den Kopf.

»Sie soll unbestraft bleiben!«

»Habt Dank, Euer Erlaucht!« Gabi atmete erleichtert auf.

Auch Manfred nickte. Er arbeitete bereits seit einigen Wochen eng mit Gabi zusammen, hatte sich aber immer noch nicht anmerken lassen, wie gut ihm die hübsche Magd gefiel. Stattdessen behandelte er sie von oben herab und überließ ihr die unangenehmeren Arbeiten.

Klara hatte dies bereits in den wenigen Stunden wahrgenommen, die sie hier verbracht hatte, und ärgerte sich darüber. »Du kannst den Tisch abtragen«, befahl sie ihm.

Bislang hatte Gabi dies übernommen und wunderte sich.

»Dich brauche ich, um Seine Erlaucht in ein Tuch zu wickeln. Sein Bett würde sonst von den Salben verklebt«, fuhr Klara fort.

Gabi nickte. »Ja, ich hole gleich ein Tuch. Wie groß soll es sein?«

Mit ausgebreiteten Armen deutete Klara die Größe an und musterte danach Manfred kühl. »Hast du nicht gehört? Du sollst die Teller und das Besteck in die Küche bringen, damit sie dort gespült werden und für morgen bereitstehen.«

Ohne zu zögern, lud Manfred die Sachen auf den Servierwagen, öffnete die Tür und brachte das Geschirr hinaus.

»Er ist ein arger Stiesel, findet Ihr das nicht auch?«, fragte Gabi Klara leise.

»Es sprüht nicht jeder Mensch vor Freude«, antwortete diese. »Wir sollten daher zufrieden sein, dass Manfred zuverlässig seine Arbeit tut.«

»Zuverlässig ist er«, erklärte Gabi eifrig. »Es ist nur so, dass er mir kein einziges freundliches Wort gönnt, sondern mich so abweisend behandelt, als würde er mich nicht mögen. Dabei bedienen wir Seine Erlaucht bereits seit Wochen, und ich gebe mir wirklich alle Mühe.«

»Das tust du!«, stimmte Klara ihr zu.

Ein Blick zu Friedrich zeigte ihr, dass der Knabe eingeschlafen war. »Wir haben nun etwas Ruhe, und so kann ich Hilde stillen«, sagte sie lächelnd und öffnete ihr Kleid.

Nachdem sie das Kind an die Brust gelegt hatte, setzte sie das Gespräch mit Gabi fort. »Es wird nicht leicht werden, mich hier durchzusetzen! Dafür weiß ich zu wenig über das Schloss und seine Bewohner. Vielleicht kannst du mir raten?«

»Das tue ich gerne, doch Manfred weiß sehr viel mehr als ich. Er hat hier schon als Knabe gedient, während ich erst vor wenigen Jahren eingestellt worden bin«, antwortete Gabi und fragte dann, was Klara am meisten interessierte.

Klara hatte etliche Fragen, wollte aber vor allem wissen, wer hier im Schloss am meisten Einfluss besaß.

»Das kann Manfred gewiss besser beantworten als ich«, wiederholte Gabi. »Aber soviel ich weiß, ist es Herr von Trenzen. Er zählt zum Regentschaftsrat, und es heißt, Ihre Durchlaucht vertraue ihm voll und ganz. Daher vermag er auch alles durchzusetzen, was ihm passt. Ihre Erlaucht und Herr von Zander, der ebenfalls mit zum Regentschaftsrat gehört, können nichts gegen ihn ausrichten, da Ihre Durchlaucht die entscheidende Stimme besitzt.«

»Herr von Trenzen verfügt also hier über die Macht«, sagte Klara nachdenklich.

»So ist es!«, bestätigte Gabi. »Er und seine Frau gehören zum engsten Hofstaat Ihrer Durchlaucht Anna Sybilla. Zu diesem gehört auch Fräulein Juliana von Ziegenweida. Sie ist eine langjährige Vertraute Ihrer Durchlaucht, und es heißt, dass sie Trenzen verabscheut, weil dieser ihren Einfluss auf die hohe Frau geschmälert hat.«

»Also sind in diesem Schloss sämtlichen Intrigen Tür und Tor geöffnet!«

Für Klara war dies eine schlechte Nachricht, denn sie bedeutete, dass sie noch mehr auf der Hut sein musste, als sie nach Herrn von Zanders Worten angenommen hatte. Reichsgräfin Henrietta Augusta hatte sich bereits anmerken lassen, dass sie nicht jedem hier im Schloss traute. Die alte Dame forderte deswegen auch, dass Tobias die gewünschten Heilmittel persönlich hierherbringen sollte.

Ich muss viel mehr über das erfahren, was hier im Schloss vorgeht, sagte Klara sich und beschloss, Gabis Rat zu folgen und Manfred zu fragen. Mittlerweile war Hilde gesättigt in ihren Armen eingeschlafen. Sie hielt nach Ilse Ausschau, damit diese sich der Kleinen annehmen konnte, doch die hatte sich schon längere Zeit nicht sehen lassen. Daher reichte sie Gabi das Kind, die es in den Korb bettete, und sah sich zu Friedrich um. Dieser schlief noch immer, doch seine Miene wirkte lange nicht mehr so verkniffen.

»Ich benötige Papier, Tinte und Feder«, sagte sie zu Gabi, als diese Hilde in den Korb gelegt und zugedeckt hatte.

Die junge Frau brachte ihr das Gewünschte, und so schrieb Klara einen Brief an Tobias, in dem sie ihm erklärte, dass sie auf Befehl Seiner Durchlaucht, Fürst Friedrich Anton, nach Schwarzburg-Friedrichsthal geschickt worden sei, um den knabenhaften Reichsgrafen dieses Ländchens zu pflegen. Sie bemühte sich, gelassen zu klingen und nicht zu klagen, und forderte ihn auf, ihr die Elixiere und Salben zu bringen, die sie namentlich aufführte. Nachdem sie den Brief unterschrieben hatte, überlegte sie, wem sie ihn anvertrauen konnte, damit er Königsee auch erreichte.

»Bringe dieses Schreiben der Kammerfrau Ihrer Erlaucht und bitte sie, dafür zu sorgen, dass er zu seinem Empfänger gelangt«, sagte sie Gabi und gab ihr den Brief. Differt, so hoffte sie, würde sie vertrauen können.

7.

Klara lernte rasch, dass das Leben auf Schloss Friedrichsthal nach einem stets gleichen Schema verlief. Was den kleinen Reichsgrafen betraf, wurde dieser am Vormittag geweckt, wenn die Sonne schon über den Baumwipfeln stand. Es war ihre und Gabis Aufgabe, ihn für den Tag vorzubereiten, während Manfred das Frühstück holte und es ihm vorlegte, sobald der Junge dafür bereit war. Gabi machte unterdessen das reichsgräfliche Bett. Meist half Ilse ihr dabei, weil Klara die Zeit nützte, sich um ihre Tochter zu kümmern und diese zu stillen.

Nach dem Frühstück sollte Friedrich sich wieder hinlegen und ruhen. Klara erinnerte sich an ihren Sohn, der nur ein Jahr jünger als der Reichsgraf war, aber kaum im Haus gehalten werden konnte. Eigentlich hätte Friedrich Unterricht erhalten müssen, doch auf ihre diesbezügliche Frage hin schüttelte Manfred den Kopf.

»Nachdem der letzte Lehrer entlassen wurde, hat man den Unterricht ganz aufgegeben, weil Seine Erlaucht als zu schwach dafür erachtet wurde.«

»Er kann nicht den ganzen Tag im Bett oder auf der Chaiselongue liegen. Da muss er doch vor Langeweile eingehen«, rief Klara aus und beschloss, dieses Problem in ihrem nächsten Gespräch mit Henrietta Augusta anzusprechen.

Diese besuchte ihren Enkel zweimal am Tag, einmal gegen zwei Uhr nachmittags und dann noch einmal etwa zehn Uhr abends. Dabei sprach sie nur wenige Worte und betrachtete den

Jungen so besorgt, als befürchte sie dessen Ableben innerhalb der nächsten Stunden.

Etwa zu der Zeit, in der Friedrich mit dem Mittagessen fertig sein sollte, erschien seine Mutter, zumeist mit Frau von Trenzen und Juliana von Ziegenweida im Schlepptau. Auch Anna Sybilla betrachtete ihren Sohn mehrere Minuten, sagte ebenfalls wenig und rauschte wieder davon. Sonst sah Friedrich außer ihr, Gabi und Manfred keinen Menschen. Das muss anders werden, sagte Klara sich und wartete auf den nächsten Besuch der alten Reichsgräfin.

Diese erschien so pünktlich, dass sie die Uhr danach hätte stellen können, umarmte kurz ihren Enkel und setzte sich in einen Sessel.

»Ich muss mit Eurer Erlaucht sprechen«, begann Klara. »Es ist nicht gut, dass Seine Erlaucht den ganzen Tag über hier in diesen Zimmern bleiben muss, ohne beschäftigt zu werden. Ich schlage daher vor, dass sein Unterricht wiederaufgenommen wird!«

»Seine Erlaucht ist zu schwach dazu«, erwiderte Henrietta Augusta abwehrend, dachte dann aber, dass ihr Enkel nach der guten Woche, die er bereits unter Klaras Obhut stand, frischer und munterer wirkte. Trotzdem war sie dagegen, einen Lehrer ins Haus zu holen. Ihre Schwiegertochter würde darauf bestehen, diesen auszuwählen, und damit ihren Einfluss im Schloss noch weiter ausbauen.

»Wir müssen einen anderen Weg finden. Kann Sie lesen?«, fragte sie Klara.

»Wie Euer Erlaucht gewiss bemerkt haben, konnte ich die Etiketten auf den Flaschen und Tiegeln der Arzneien aus meiner Heimat entziffern«, antwortete Klara gereizt.

»Ich meine vorlesen! Das wird Sie tun.«

Klara hatte sowohl Martin wie auch Lena kleine Geschichten vorgelesen, doch war es etwas anderes, diesen verzogenen Bengel zufriedenzustellen. Märchen würde er gewiss als kindisch abtun und über alles andere lästern.

»Ich schätze, dass Seine Erlaucht eine Vorleserin oder einen Vorleser wünscht, der die Sprache der Franzosen beherrscht«, antwortete sie, um sich aus der Schlinge zu ziehen.

»Seine Erlaucht wurde bislang noch nicht in der französischen Sprache unterrichtet. Sie kann ihm daher ruhig auf Deutsch vorlesen«, erklärte Henrietta Augusta und fand, dass sie sich lange genug bei ihrem Enkel aufgehalten hatte. Sie küsste diesen zum Abschied und ließ Klara, Gabi und Manfred danach einfach stehen.

»Kann mir einer sagen, weshalb die hohen Herrschaften Höflichkeit nur untereinander für nötig erachten?«, sagte Klara kopfschüttelnd.

»Weil sie es sich leisten können«, antwortete Manfred. »Unsereinen würden sie dafür ein paar mit dem Stock überziehen, aber so ist es nun einmal. Die sind da oben, und wir sind die Kleinen, die sich ducken müssen, wenn jene sich auch nur räuspern.«

Bis jetzt hatte Klara Manfred für einen Mann gehalten, der mit seinem Los zufrieden war. Nun aber spürte sie, dass etwas in ihm wühlte. Wenn sie verhindern wollte, dass der sonst so ruhige und gelassen wirkende Manfred irgendwann den Kopf verlor und eine Dummheit beging, musste sie auf ihn achten und nach Möglichkeit herausfinden, was ihn bedrückte.

»Auf jeden Fall muss etwas geschehen«, sagte sie, um ihre Gedanken in andere Bahnen zu lenken.

»Ihr werdet Seiner Erlaucht nun doch etwas vorlesen müssen«, schlug Manfred vor.

»Kannst du lesen?«, fragte Klara ihn.

Da zeigte Friedrich auf sie. »Sie wird es tun!«

»Da hört Ihr es!«, meinte Manfred mit einem leichten Grinsen.

Klara blieb nichts anderes übrig, als an den Schrank zu gehen, in dem die wenigen Bücher verstaut waren. Mehrere davon waren früher wohl für dessen Unterricht verwendet worden. Dazu gab es eine prachtvoll ausgestattete Bibel, die Klara mangels anderer, gut vorzulesender Bücher nach einem gewissen Zögern ergriff. Sie forderte Manfred auf, ihr einen Stuhl zurechtzurücken, und sah ihn dann lächelnd an.

»Da Sprechen den Mund austrocknet, könntest du mir ein Kännchen aufgegossenen Fenchel bringen.«

»Einen Fenchelaufguss, sehr wohl!« Manfred deutete eine Verbeugung an und verließ den Raum.

Klara sah ihm nach und fragte sich, ob sie je schlau aus ihm würde. Manchmal hatte sie den Eindruck, er zweifele ihre Autorität an, doch wenn es darauf ankam, erledigte er das, was sie von ihm forderte, zu ihrer vollsten Zufriedenheit.

Sie setzte sich, schlug die Bibel auf und begann, aus dem Buch Ruth vorzulesen.

Friedrich kehrte ihr zunächst den Rücken zu, um ihr zu zeigen, dass es ihn nicht interessierte. Irgendwann aber lauschte er doch und wirkte regelrecht enttäuscht, als sie endete.

»Du hast eine angenehme Stimme. Ich werde dich zu meiner Vorleserin machen.«

»Was nicht noch alles?«, wandte Gabi ein. »Frau Klara ist bereits die Pflegerin Eurer Erlaucht. Wenn sie jetzt auch noch Eure Vorleserin werden soll, müssen Euer Erlaucht ihr doppelten Lohn geben.«

Die Bemerkung brachte Klara darauf, dass sie bislang nichts davon gehört hatte, wie ihr Einsatz belohnt werden sollte. Ihr stand auf jeden Fall eine Entschädigung dafür zu, dass man sie, ohne sie zu fragen, ihrer Familie entrissen und hierher verschleppt hatte.

»Ich werde jetzt Eurer Erlaucht Brust und Rücken mit dem wohltuenden Balsam einreiben. Danach können Euer Erlaucht ruhen!« Wenn dies geschehen war, wollte Klara sich Hilde widmen, die von Ilse zwar gut versorgt wurde, aber nicht nur ihre Milch, sondern auch ihre Nähe brauchte.

Mittlerweile hatte Friedrich sich daran gewöhnt, sich auszuziehen und auf ein ausgebreitetes Leintuch zu legen, welches verhindern sollte, dass der Überzug des Bettes mit den Salben in Berührung kam. Er war noch immer schamhaft genug, ein anderes Tuch über seine Hüften zu ziehen, genoss aber die sanfte Massage, die nicht nur seine Muskeln entkrampfte, sondern ihn durch den erfrischenden Duft der Salbe auch leichter durchatmen ließ.

Als Klara aufhörte, war der Junge müde genug, um rasch einzuschlafen. Klara trank ein wenig von dem Fenchelaufguss, den Manfred ihr gebracht hatte, und trat dann in das Kämmerchen, das sie ausgewählt hatte, um hier in Ruhe einige Minuten mit ihrer Tochter zu verbringen.

Gabi und Ilse kamen mit ihr, die eine mit der Kanne, die andere mit der Tasse in der Hand. »Ihr werdet gewiss etwas trinken wollen«, sagte Gabi, während sie die Tasse vollschenkte.

»Ich danke dir!« Noch während sie es sagte, überlegte Klara, dass sie sich nicht zu sehr von Gabi bedienen lassen durfte. Es würde ihr zu Hause sonst schwerfallen, sich wieder in ihr gewohntes Leben einzufinden.

»Ich finde, Seiner Erlaucht geht es bereits um einiges besser als noch vor ein paar Wochen«, erklärte Ilse, die mit Friedrich zwar weniger zu tun hatte als Klara und Gabi, aber die Entwicklung des Jungen ebenfalls wahrgenommen hatte.

»Dabei hielt der Arzt ihn für todkrank! Einer der Diener hat sogar gehört, wie er zu Herrn von Trenzen sagte, der kleine Reichsgraf werde das nächste Weihnachtsfest nicht mehr erleben. Bis dorthin ist es zwar noch ein ganzes Stück hin, aber wenn es so weitergeht, würde ich sagen, dass Seine Erlaucht bis dorthin eher vollkommen gesund als tot ist!«

Gabi war bei diesen Worten anzumerken, dass sie dem Arzt, der sie so rüde geschlagen hatte, diese Niederlage von Herzen gönnte.

Auch Klara hoffte es. Ihr hatte Anna Sybillas Leibarzt von Anfang an nicht gefallen, und sie wünschte sich, er würde das Schloss verlassen. So aber wieselte Stratmann weiter um Anna Sybilla herum und prophezeite, dass die neue Pflegerin deren Sohn noch ganz zugrunde richten werde.

»Der Teufel soll ihn holen!«, entfuhr es Klara.

Gabi und Ilse nickten verstehend, während Hilde zeigte, dass sie satt war, dafür aber neu gewickelt werden wollte. Als Klara damit begann, kam Ilse auf sie zu, um ihr die Arbeit abzunehmen.

»Lass es mich tun, sonst verlerne ich es noch«, sagte Klara lächelnd.

Ilse hielt inne, reichte ihr aber ein Tuch, um den Hintern der Kleinen abzuputzen, ebenso ein wenig Schweineschmalz zum Einmassieren und zuletzt die saubere Windel. Wenig später lag Hilde in ihrem Korb und schlief mit zufriedener Miene ein.

Klaras Gedanken wanderten wieder zu Friedrich, der in seiner luxuriösen Umgebung wie ein Gefangener lebte, und sie überlegte, was sie tun konnte. »Es wäre an der Zeit, dass der Knabe mal an die frische Luft kommt«, sprach sie laut aus.

»Den Worten des Arztes zufolge wäre dies sein Tod«, wandte Gabi mit einer Miene ein, die zeigte, dass sie die Worte des Mediziners nicht ernst nahm.

»Dieser Herr spricht mir etwas zu oft davon, dass Seine Erlaucht sterben soll, fast so, als wolle er dieses Ereignis herbeireden«, erwiderte Klara bissig und stand auf. »Kommt mit! Wir haben einiges vorzubereiten. Dafür brauchen wir Manfred. Gibt es von diesem Schlosstrakt aus einen Ausgang in den Park?« Da sie bei diesen Worten die Kammer verließ, hörte Manfred ihren letzten Satz und nickte.

»Er befindet sich im Privatsalon Seiner Erlaucht, ist aber seit langem nicht mehr benutzt worden. Wenn Ihr ihn sehen wollt, führe ich Euch hin.«

»Ich bitte darum«, antwortete Klara und folgte ihm in einen großen Raum, der gut ein Drittel des gesamten reichsgräflichen Traktes einnahm. Die Möbel trugen alle Schutzüberzüge, der Tisch war abgedeckt und sämtliche Vorhänge zugezogen.

Entschlossen trat Klara auf die Fenster zu und zog die Vorhänge zurück. Eine Lichtflut ergoss sich in den Raum und ließ die blau-silbernen Tapeten erglühen. Durch die Fenster bot sich ein herrlicher Blick auf den kunstvoll angelegten Park mit seinen zu Tierfiguren zurechtgestutzten Büschen und zu perfekten Pyramiden und Würfeln zugeschnittenen Bäumen.

»Ich finde es empörend, dass man Seine Erlaucht in einen Raum gesperrt hat, dessen Fenster kaum genug Licht und Luft hereinlassen, obwohl sich für ihn hier der schönste Ausblick bieten würde«, rief Klara und sah ihre beiden Mägde und Manfred auffordernd an. »Wir haben etliches zu tun, um diesen Raum wieder wohnlich zu gestalten. Wir brauchen auch Fackeln für den Abend, damit Seine Erlaucht etwas anderes schauen kann als die Tapeten in seinem Schlafgemach.«

Manfred und Gabi nickten, während Ilse einen Einwand wagte.

»Ihre Durchlaucht wird es nicht wollen!«

»Ist Ihre Durchlaucht die Pflegerin ihres Sohnes, oder bin ich es?« Klara war bereit, notfalls einen Streit mit der hochwohlgeborenen Dame auszufechten, da sie davon überzeugt war, besser zu wissen, was einem Jungen in Friedrichs Alter guttat.

Mit einer auffordernden Geste wies sie auf die Schonbezüge. »Die müssen als Erstes herunter. Danach sollen Gabi und Ilse Staub wischen und Manfred dafür sorgen, dass ein bequemer Sessel hereingebracht wird. Es ist ein Unding, dass der Knabe andauernd liegen soll. Wie soll sein Rückgrat sich kräftigen, damit er aufrecht durchs Leben gehen kann?«

»Einigen wäre es gewiss ganz recht, wenn er das nicht täte«, murmelte Manfred und befreite den ersten Stuhl von seinem Überzug.

8.

Das Abendessen nahm Friedrich noch in der gewohnten Umgebung ein. Danach forderte er Klara auf, ihm erneut etwas vorzulesen.

»Das tue ich gerne! Aber nicht hier«, antwortete sie und gab Manfred einen Wink. Dieser hob den Knaben auf und trug ihn in den Salon. Nachdem er ihn dort in den Sessel gesetzt hatte, trat er beiseite, um auf weitere Anweisungen zu warten.

Klara folgte ihm mit der Bibel in der Hand und nahm auf einem der Stühle Platz.

»Warum sind wir hier?«, fragte der Junge.

»Weil ich der Ansicht bin, dass es Eurer Erlaucht guttut, hier zu sein«, antwortete Klara freundlich und begann zu lesen.

Friedrich sah sich verwirrt um, denn diesen Salon hatte er noch nie benutzen dürfen. Ihm gefiel die prachtvolle Einrichtung mit den Bildern, die zumeist Jagdszenen zeigten. Ein wenig wunderte er sich, auf einem davon eine leicht geschürzte Frau mit einem Bogen zu sehen, und beschloss, Klara zu fragen, was es mit dieser auf sich hatte. Zunächst aber lauschte er der Erzählung von dem jungen David, der seines Vaters Schafe gehütet und dann die Herausforderung des Riesen Goliath angenommen hatte, den er mit Stein und Schleuder fällte.

Erst als Klara die Bibel zuklappte, erinnerte Friedrich sich wieder an seine Frage und wies auf die Bilder. »Kann Sie mir sagen, was dieses Weib dort zu suchen hat? Es sieht fast aus, als wäre sie die eigentliche Jägerin. Dabei würde keine Dame von Stand so unzüchtig gekleidet auf die Jagd gehen!«

Klara musterte die Bilder, konnte aber nichts darüber sagen.

Da griff Manfred ein. »Diese Bilder stellen Allegorien der Jagd dar, und die Frau darauf ist Diana, die Göttin der Jagd, und damit die oberste Herrin aller Waidmänner.«

»Aber der Schutzpatron der Jäger ist doch der heilige Hubertus«, wandte Gabi ein.

Manfred hatte sein Wissen aus den Gesprächen des inzwischen verstorbenen Reichsgrafen mit dessen Hofstaat gewonnen, als er zunächst als Page und später als Lakai schweigend an der Wand gestanden und auf Befehle gewartet hatte. Nicht immer hatte er alles begriffen, doch in diesem Fall konnte er den anderen erklären, wer Diana war.

»Das ist doch heidnisch!«, rief Ilse aus. »Wie kann man eine Heidengöttin auf ein Bild malen? Das ist doch genauso schlimm wie das Kalb aus Gold, das die Israeliten einst angebetet haben.«

»So würde ich das nicht sagen, schließlich wird diese Diana nicht angebetet. Man hat sie nur gemalt, damit auf dem Bild nicht nur Männer zu sehen sind und hier ein toter Hirsch oder dort eine tote Wildsau«, antwortete Manfred ein wenig von oben herab.

Ilse schüttelte den Kopf. »Also, ich hätte das nicht getan!«

»Du hast auch diesen Palast nicht erbauen und die Bilder malen lassen«, spottete Manfred.

»Euer Geschwätz langweilt mich!« Friedrich fühlte sich von seinen Betreuern vernachlässigt und brachte sich wieder in Erinnerung.

»Wünschen Euer Erlaucht eine Erfrischung?«, fragte Klara.

»Sie soll mir vorlesen! Weiß Sie etwas über diese Diana?«

»Nein, Euer Erlaucht!«, antwortete Klara.

»Dann besorge Sie etwas darüber«, fuhr der Junge fort und rekelte sich im Sessel. Nach den Wochen, die er zumeist liegend verbracht hatte, war ihm das Sitzen außerhalb seiner Mahlzeiten zunächst als zu anstrengend erschienen. Jetzt aber spürte er, wie gut es ihm gefiel.

»Ich werde tagsüber die meiste Zeit hier verbringen«, erklärte er und ließ dann zu, dass Klara wieder eine Stelle aus der Bibel vorlas. Danach war Friedrich rechtschaffen müde und forderte Manfred auf, ihn in sein Schlafgemach zu tragen.

»Vielleicht empfinden Euer Erlaucht es als angenehmer, diesen Weg auf Euren eigenen Beinen zurückzulegen. Ich bin gerne bereit, Euch zu stützen«, bot der Diener an.

Der Junge schüttelte energisch den Kopf. »Er soll mich tragen!«

»Heute soll es noch so sein, doch ab morgen sollten Euer Erlaucht selbst gehen. Wie wollt Ihr gesund werden, wenn Ihr nicht gegen Eure Schwäche ankämpft?«, sagte Klara, die längst ahnte, dass Bequemlichkeit und nicht fehlende Kraft Friedrich dazu gebracht hatte, darauf zu bestehen, getragen zu werden.

Der Junge warf ihr einen zweifelnden Blick zu, stand dann auf und fasste nach Manfreds Schulter. »Führe Er mich!«

»Wie Euer Erlaucht es befehlen!« Manfred neigte kurz den Kopf, legte eine Hand unter die Achsel des Jungen und half ihm, den kurzen Weg in das Schlafzimmer zurückzulegen.

»Wie Sie sieht, geht es ganz gut«, sagte Friedrich danach zu Klara, streifte den Morgenmantel ab und ließ diesen einfach zu Boden fallen. Als er sich daraufhin ins Bett legen wollte, hob Klara mahnend die Hand.

»Haben Euer Erlaucht nicht etwas vergessen?«

»Was?«, fragte der Knabe hochmütig.

»Ihr habt Euch nicht gewaschen und auch die Zähne nicht geputzt!«

»Waschen ist etwas für Bauern, an deren Beinen der Mist klebt. Der feine Herr benützt Parfüm«, gab Friedrich zum Besten.

»Ihr werdet sehen, es tut Euch trotzdem gut! Auch glaubte ich, Euer Erlaucht davon überzeugt zu haben, die Zähne jeden Tag mehrmals mit einem feinen Bürstchen und Zahnpulver zu reinigen. Ihr kennt doch einige Mitglieder des Hofstaats Eurer Mutter, denen man den Besuch beim Zahnreißer deutlich ansieht. So wollt Ihr gewiss nicht schon in jungen Jahren aussehen.«

Klara hatte ihre beiden ältesten Kinder dazu erzogen, auf ihre Zähne zu achten, und wollte auch Friedrich beibringen, es zu tun. Es fiel ihr nicht immer leicht, denn Friedrich vergaß gerne das, was ihm nicht behagte.

»Wegen diesem einen Mal wird es wohl nicht nötig sein«, behauptete der Junge auch jetzt.

»Euer Erlaucht sind doch der Reichsgraf von Schwarzburg-Friedrichsthal?«, sagte Klara.

Friedrich nickte.

»Wollen Euer Erlaucht Euer Land später auf eine Weise regieren, indem Ihr Unangenehmes beiseiteschiebt und sagt, das wird wohl nicht nötig sein?«

Der Appell traf den Stolz des Jungen. Er stieg wieder aus dem Bett und schlurfte zu dem Waschtisch, an dem Gabi gerade warmes Wasser in die Schüssel goss.

»Ihr Weiber müsst hinaus! Wir wünschen nicht, dass Ihr Uns nackt seht«, befahl er.

Während Gabi den Raum sofort verließ, blieb Klara stehen. »Ich will die Gefühle Eurer Erlaucht nicht verletzen, würde aber doch gerne bleiben und zusehen, wie Ihr Euch die Zähne putzt!«

»Dann beginne ich eben damit«, antwortete der Junge mürrisch und griff zur Bürste und der Dose mit dem Zahnpulver. An der Gründlichkeit, mit der er anschließend zu Werke ging, fand Klara nichts auszusetzen.

Fünfter Teil

...

Rivalinnen

1.

Klara knickste, als Anna Sybilla die Terrasse betrat, und schüttelte innerlich den Kopf über deren Kleid. Es bestand aus rosa Seide und schleifte über den Boden. Den Oberkörper bedeckte ein grünes Mieder mit Diamantschmuckknöpfen, dessen enge Schnürung ihre Brüste wie Hügel nach vorne ragen ließ. Obwohl Klara Hilde stillte, konnte ihr Busen nicht mit der Fülle Ihrer Durchlaucht mithalten. Über dieser Gewandung trug Anna Sybilla ein rosenholzfarbenes Cape, das in einer Schleppe auslief, während ihre Haare ein Gesteck aus Blumen und Federn zierte. Es war eine Robe, die bei einem Ball bei Hofe angebracht sein mochte, nicht aber für einen schlichten Nachmittagsbesuch bei ihrem Sohn.

Friedrich saß auf einem bequemen Sessel unter einem Baldachin, der ihn vor der Sonne schützte, und sah zu, wie Manfred mit stoischer Ruhe einen Apfel schälte, diesen in kleine Stücke schnitt und ihm anschließend vorsetzte.

»Ich freue mich, dass Euer Erlaucht an Gesundheit gewonnen hat«, sprach Anna Sybilla ihren Sohn an, machte dann aber ein zweifelndes Gesicht. »Seine Erlaucht wird doch keinen Schaden davontragen, wenn er sich so lange im Freien aufhält?«

Diesmal galt die Frage Klara, die erneut insgeheim den Kopf über diese Frau schüttelte. Zu Hause bei ihren Kindern hatte sie sich diese Frage nie gestellt, sondern nur darauf geachtet, dass Martin und Lena dem Wetter angemessen gekleidet waren. Hier war es bereits ein Kampf, zu verhindern, dass Friedrich selbst an einem so schönen, warmen Frühlingstag wie diesem so angezogen wurde, als müsse er einem Wintersturm trotzen. Dabei waren frische Luft und Sonne für die Genesung des Knaben ebenso wichtig wie leichte Kost und der Einsatz entsprechender Salben und Heilmittel.

Bei dem Gedanken zog ein Schatten über Klaras Gesicht. Sie hatte noch immer nichts von Tobias gehört. Dabei sollte er doch mittlerweile ihren Brief erhalten haben und kommen können. Sie beherrschte sich jedoch und blickte Friedrichs Mutter lächelnd ins Gesicht.

»Das tut es gewiss nicht! Seine Erlaucht befinden sich wohl und wird schon bald kleine Spaziergänge unternehmen können.«

»Seine Erlaucht ist ein sehr schwaches Kind, und ich will nicht, dass er zu sehr angestrengt wird.«

Klara empfand Anna Sybillas Antwort als lächerlich. Friedrich saß gemütlich im Sessel und strengte sich nicht im Geringsten an. Es waren auch nur wenige Schritte bis in seinen Salon und weiter in sein Speisezimmer und sein Schlafgemach zu bewältigen. Sie hätte sich gewünscht, der Junge würde von sich aus mehr herumgehen. Da man ihn jedoch von Kind an als schwächlich angesehen und entsprechend behandelt hatte, war er bequem geworden und hatte nie die Munterkeit entwickelt, die für einen Knaben seines Alters selbstverständlich sein sollte.

Als Klara sowohl die Großmutter wie auch die Mutter des Knaben darauf hingewiesen hatte, war ihr klargeworden, dass Kritik an der Erziehung des Knaben nicht gerne vernommen wurde. Sie ärgerte sich immer wieder, weil sie weder von Henrietta Augusta noch von Anna Sybilla Unterstützung erhielt. Es kostete sie jedes Mal viel Mühe, sowohl die eine wie auch die andere Dame davon zu überzeugen, sie gewähren zu lassen.

Anna Sybilla klopfte mit dem Fuß auf den Boden, da Klara sich für ihr Gefühl zu viel Zeit mit der Antwort ließ.

»Seine Erlaucht wird von Tag zu Tag kräftiger«, sagte Klara und schob alle störenden Gedanken beiseite.

»Mein Sohn würde rascher an Kraft gewinnen, wenn er die entsprechende Kost erhalten würde«, erklärte Anna Sybilla und setzte mahnend hinzu: »Er brauchte Braten und dergleichen sowie Wein!«

»Diese Speisen, die der Leibarzt Eurer Durchlaucht für nötig erachtet hat, sind Seiner Erlaucht bedauerlicherweise nicht bekommen.«

Klara fiel es schwer, anhand der immer gleichen Klagen, die Anna Sybilla in herrschsüchtigem Tonfall vortrug, ihre Geduld zu behalten. Am liebsten hätte sie der Dame einmal kräftig die Leviten gelesen. Die junge Reichsgräfin hatte zwar ihren Sohn in die Welt gesetzt, die Sorge für ihn aber von der Stunde der Geburt an anderen überlassen.

»Man sollte ihm diese Speisen wenigstens bei einem Teil der Mahlzeiten reichen«, schlug Anna Sybilla vor.

»Das halte ich für nicht gut«, antwortete Klara mit einem Lächeln, das beizubehalten Kraft kostete. »Man hat Euch gewiss nicht davon unterrichtet, dass Seine Erlaucht die ihm aufgetischten Mahlzeiten immer wieder von sich gegeben hat!«

Anna Sybillas betroffene Miene verriet Klara, dass sie richtig vermutet hatte. Keiner der mit der Bedienung des Knaben beauftragten Lakaien hatte den Umstand je weitergegeben. Ebenso wenig hatte die frühere Pflegerin dies getan und auch nicht der Arzt, der eigentlich hätte wissen müssen, dass der Junge auf diese Weise vor die Hunde gehen würde.

Das verbale Gefecht endete zu Klaras Erleichterung auch diesmal mit ihrem Sieg. Sie hätte sich jedoch gewünscht, dass Anna Sybilla nicht bei jedem Besuch erneut diese für ihren

Sohn so verderblichen Überlegungen vorbringen würde. Da sie stets begründete, warum sie dieses und jenes tat, hätte es eigentlich gut sein müssen. Doch einige Mitglieder ihres Hofstaats redeten immer wieder auf die Dame ein, und diese gehörte offensichtlich zu jenen Menschen, die stets das für ihre eigene Meinung hielten, was ihr letzter Gesprächspartner ihnen erklärt hatte.

Anna Sybilla trat neben den Sessel, beugte sich zu ihrem Sohn hinab und küsste ihn. Dann wandte sie sich mit missmutiger Miene Klara zu. »Ist Seine Erlaucht nicht doch zu dünn angezogen?«

Klara hätte die Frau am liebsten erwürgt. »Sollte Seine Erlaucht die Ansicht äußern, ihm sei kalt, steht Manfred mit einer Decke bereit«, antwortete sie, ohne zu lächeln.

Endlich fand Anna Sybilla, dass sie ihrem Sohn genug Aufmerksamkeit geschenkt hatte, und kehrte der Terrasse den Rücken.

Klara sah ihr kurz nach, blickte dann aber zum anderen Flügel des Schlosses hinüber. Halb von einem Vorhang verdeckt, standen ein Mann und eine Frau, die von dort aus zugeschaut hatten, wie Anna Sybilla ihren Sohn aufsuchte.

»Herr und Frau von Trenzen scheinen nicht glücklich darüber zu sein, dass es mit Seiner Erlaucht wieder aufwärtsgeht«, sagte Manfred spöttisch.

»Und warum nicht?«, fragte Klara.

Manfred sah sich kurz um. Als er niemanden entdeckte, beugte er sich zu Klara hinüber.

»Ihr habt doch schon gehört, Trenzen wünscht, dass Ihre Durchlaucht Prinz Christian von Sachsen-Hildburghausen heiraten soll. Ob diese Ehe zustande kommt, wenn Seine Erlaucht gesund wird, ist fraglich. Fürstin Sophia Albertine, die als Vormund für ihren Sohn Ernst Friedrich dort regiert, will Prinz

Christian nämlich mit den Erträgen aus Schwarzburg-Friedrichsthal alimentieren, um ihn aus ihrer Zivilliste streichen zu können.«

»Das heißt, sie wünscht den Tod des Jungen?«, fragte Klara entsetzt.

»Wünschen gewiss nicht! Doch wenn Trenzen ihr und Prinz Christian mitgeteilt hat, der Knabe wäre so krank, dass er in absehbarer Zeit das Zeitliche segne, ist dies für Sophia Albertine gewiss ein Grund, ihren Verwandten bei dessen Bewerbung um Ihre Durchlaucht zu unterstützen.«

Klara nickte zu Manfreds Worten und fragte sich, ob sie sich bisher zu sehr um den Knaben gekümmert und zu wenig auf die Intrigen im Schloss geachtet hatte.

2.

Heinrich von Trenzen stieß einen leisen Fluch aus, als er sah, wie Anna Sybilla ihren Sohn küsste und danach die Terrasse vor dessen Salon verließ. »Wie es aussieht, freut sie sich auch noch, dass es dem Bengel bessergeht«, sagte er zu seiner Frau.

Diese nickte mit einem verkniffenen Lächeln. »Bedauerlicherweise ist es so! Allerdings ziehen wir derzeit noch unseren Vorteil daraus.«

»Inwiefern?«, fragte Trenzen verständnislos.

Seine Frau, eine zierliche Schönheit in Anna Sybillas Alter, lächelte boshaft. »Juliane von Ziegenweida rät Ihrer Durchlaucht dringend zu einer Ehe mit Fürst Johann Ernst. Von diesem ist jedoch bekannt, dass er Schwarzburg-Friedrichsthal seinem eigenen Fürstentum Sachsen-Saalfeld angliedern will. Das kann er nur dann tun, wenn der Knabe stirbt. Daher ist es besser, wenn es so aussieht, als befände Friedrich sich auf dem Weg der Besserung. Fürst Johann Ernst wird dadurch von seiner Werbung absehen, und Juliana von Ziegenweidas Pläne werden scheitern.«

»Die unseren aber auch!«, wandte Trenzen ein. »Wenn Anna Sybilla heiratet, solange ihr Sohn noch lebt, muss sie den Bedingungen des Testaments zufolge, das ihr verstorbener Ehemann hinterlassen hat, aus dem Regentschaftsrat ausscheiden. Die drei übrigen Mitglieder müssen in dem Fall einen Ersatz für sie wählen. Aber gegen den alten Drachen Henrietta Augusta und Zander stehe ich auf verlorenem Posten.«

»Wer sagt, dass der Junge ewig lebt? Es geht nur darum, Johann Ernst von Sachsen-Saalfeld zum Verzicht auf eine Bewerbung um Anna Sybilla zu bewegen«, flüsterte Geraldina von Trenzen, da die genannte Dame eben den Raum betrat.

Mit einer gezierten Bewegung wandte sie sich dieser zu und knickste. »Das Befinden Seiner Erlaucht ist hoffentlich erfreulich?«

»Es scheint Friedrich besserzugehen. Ich hätte nie gedacht, dass ich einmal mit einer Entscheidung meiner Schwiegermutter einverstanden sein würde, doch scheint mir die Pflegerin, die sie holen ließ, durchaus geeignet zu sein«, erklärte Anna Sybilla. »Wisst Ihr, liebste Trenzen, auch für mich ist es eine große Erleichterung, dass mein Sohn an Gesundheit zunimmt«, fuhr sie fort. »Sollte ich eine neue Ehe in Erwägung ziehen, würde der entsprechende Herr sich gewiss fragen, ob die Kinder, die ich ihm gebäre, ebenfalls von schwächlicher Konstitution sein würden.«

»Aber man wird gewiss nicht Eurer Durchlaucht die Schuld dafür geben. Soviel ich gehört habe, gab es in der Ahnenreihe derer von Schwarzburg-Friedrichsthal mehrmals schlechtes Blut.«

Geraldina von Trenzen lächelte zwar, dachte aber das Gleiche wie Klara vorhin. Anna Sybilla war eine Frau, deren Ansichten mit jedem Gesprächspartner wechselten. Es wurde daher immer wieder ein Kampf, den Einfluss anderer zu verdrängen und ihr zu erklären, was zu geschehen hatte.

»Ich will es hoffen!«, sagte Anna Sybilla mit einem erleichterten Aufatmen. »Sollte mein Sohn gesund werden, ist diese Malaise nicht mehr relevant.«

»Da stimme ich mit Eurer Durchlaucht überein«, erklärte Geraldina von Trenzen seelenvoll, um dann in schärferem Tonfall weiterzusprechen. »Nur sehen das nicht alle so!«

»Wie meint Ihr das, liebste Trenzen?«, wollte Anna Sybilla wissen.

Geraldina von Trenzen blickte sich kurz um, entdeckte ihre Rivalin Juliana von Ziegenweida und bemühte sich, gerade so laut zu sprechen, dass diese es mithören musste. »Ich bedaure, sagen zu müssen, dass nicht alle im Schloss über die Besserung im Befinden Seiner Erlaucht glücklich sind. Diesen schwebte eine Heirat Eurer Durchlaucht mit einem regierenden Fürsten wie Johann Ernst von Sachsen-Saalfeld vor, der erwartet hatte, Schwarzburg-Friedrichsthal nach dem Ableben Seiner Erlaucht als Mitgift Eurer Durchlaucht seinem Land zuschlagen zu können.«

Frau von Trenzen sah, wie sich Juliana von Ziegenweidas Gesicht unter der Schminke vor Zorn rot färbte. Das Schlimmste für dieses Fräulein war jedoch, dass sie es nicht leugnen konnte. Juliana von Ziegenweida hatte zu oft erklärt, dass Johann Ernst von Sachsen-Saalfeld Ihrer Durchlaucht Anna Sybilla nach dem Ableben Friedrichs, mit dem zu rechnen sei, wohl am besten Schutz bieten könne. Daher befand sie sich in einer schlechten Position und würde diese so schnell auch nicht verbessern können.

»Es ist sehr undelikat, den Tod meines Sohnes zu wünschen«, rief Anna Sybilla voller Abscheu und bedachte Juliana von Ziegenweida mit einem zornigen Blick.

»Das ist es fürwahr!«, stimmte Geraldina von Trenzen ihr zu. Aber da Anna Sybilla ihre Meinung beinahe rascher wechselte als ihr Gewand, durfte sie nicht sicher sein, den Kampf bereits gewonnen zu haben.

Da nun ihr Mann erschien, um mit Anna Sybilla zu reden, zog Geraldina von Trenzen sich zurück und trat auf die Terrasse. Friedrich lag noch immer unter dem Baldachin und schien zu schlafen. Neben seinem Stuhl stand Manfred und wartete darauf, dass der Knabe erwachte. Die Pflegerin war wieder ins Schloss zurückgekehrt. Wahrscheinlich säugt sie ihr Kind, dachte Frau von Trenzen und schüttelte sich bei dem Gedanken, dies selbst tun zu müssen. Immerhin war sie eine Dame von Stand und keine Kuh.

Der Gedanke half ihr jedoch nicht bei der Bewältigung ihrer Probleme. Sie kehrte daher nicht in Anna Sybillas Gemächer zurück, sondern tat so, als wolle sie im Park lustwandeln. Nach einer Weile entdeckte sie den Leibarzt ihrer Herrin auf einer Parkbank, die vom Schloss aus nicht eingesehen werden konnte, und schlenderte auf ihn zu.

»Einen guten Tag, Herr Medicus! Es wird Euren Ruf als Mediziner gewiss heben, wenn es heißt, dass der Knabe, der Eurer Diagnose nach bereits tot sein sollte, fröhlich und munter auf der Terrasse seines Schlosses sitzt und es sich wohlergehen lässt.«

Stratmann blickte auf und musterte sie verärgert. »Noch ist Friedrich nicht gesund! Ich halte es für eine kurzfristige Besserung, die schon bald einem weiteren Krankheitsschub und kurz darauf dem Tod weichen wird.«

»Ihre Durchlaucht scheint es anders zu sehen. Wenn ihr Sohn sich erholt, wird sie sich eventuell fragen, wie treffend Eure

Diagnosen zum Beispiel zu ihrem eigenen Befinden sein mögen«, stichelte Geraldina von Trenzen weiter.

Der Arzt stieß einen Fluch auf Latein aus, stand auf und ließ Frau von Trenzen einfach stehen. Diese blickte lächelnd hinter ihm her. So wie sie ihn einschätzte, würde er keine Niederlage hinnehmen wollen. Für den jungen Reichsgrafen bedeutete dies nichts Gutes. Sie aber konnte die momentane Verbesserung seines Gesundheitszustands ausnützen, um den Einfluss ihrer Rivalin Juliana von Ziegenweida auf Anna Sybilla grundlegend zu zerstören.

3.

K lara sah zufrieden zu, wie Friedrich den Weg von der Terrasse in sein Speisezimmer auf eigenen Beinen zurücklegte. Dennoch blieb sie auf der Hut. Der Junge war launisch und glich darin seiner Mutter. Seine größte Freude fand er darin, etwas zu fordern, von dem er wusste, dass sie es ihm auf jeden Fall verweigern würde. Auch diesmal hatte er sich kaum in seinen Sessel gesetzt, als er Aufträge zu erteilen begann.

»Ich wünsche heute, ungarischen Wein zu trinken!«

Vor zwei Tagen hatte er ihn ebenfalls verlangt und Klara es ihm nur mit Mühe ausreden können. Diesmal hatte sie keine Lust dazu.

»Manfred, Seine Erlaucht wünscht ungarischen Wein. Bringe ihm einen kleinen Krug davon«, befahl sie dem Diener.

»Keinen kleinen Krug! Ich will einen großen haben«, rief Friedrich fordernd.

»Ich will Eure Erlaucht darauf aufmerksam machen, dass Eurer Erlaucht Magen Wein nur in geringen Mengen verträgt«, erwiderte Klara.

Friedrich winkte jedoch nur ab. »Meinem Magen fehlt nichts.«

»Dann können Euer Erlaucht heute Abend auch einen Wildschweinbraten mit Klößen zu sich nehmen, so wie der Koch Ihrer Durchlaucht ihn zubereitet.« Da der Junge die scharf gewürzten Speisen nicht mochte, hoffte Klara, er würde jetzt Vernunft annehmen.

Stattdessen nickte er. »Tragt Wildschweinbraten auf, ein Ragout vom Kalb und …« Er nannte ein halbes Dutzend Speisen und sah Klara herausfordernd an. »Hat Sie etwas zu sagen?«

»Im Augenblick nicht! Euer Erlaucht Befehl wird befolgt werden«, antwortete Klara und hoffte, Friedrich würde bei dieser Völlerei so übel werden, dass er solche Forderungen auf etliche Zeit vergaß.

Manfred begriff ihren Plan, während Gabi besorgt auf sie zukam. »Wenn Seine Erlaucht das alles durcheinander isst, wird er es nicht bei sich behalten können!«

»Genau darauf setze ich. Vielleicht wird er dann vernünftiger«, raunte Klara ihr zu.

Nach ihrer Einschätzung war der Junge kräftig genug, um dieses Mahl ohne bleibenden Schaden zu überstehen. Danach, sagte sie sich, würde ihm die Lust vergangen sein.

Gabi brauchte einen Augenblick, um Klaras Entscheidung zu verstehen, nickte dann und sah Manfred auffordernd an. »Wenn du willst, helfe ich dir beim Auftragen.«

»Von mir aus«, brummte der junge Mann.

Gabi zog enttäuscht eine Schnute, aber Klara horchte auf. Wie es aussah, hatte Manfred sich in die hübsche Magd verliebt. Eine Erfüllung dieser Liebe wäre nur heimlich möglich und stets mit der Angst verbunden, entdeckt und bestraft zu werden. Es ärgerte sie, dass die beiden so von ihrer Herrschaft abhängig waren, dass ihnen nicht einmal die freie Wahl blieb, ob sie heiraten wollten oder nicht.

Während Gabi und Manfred die Kammer verließen, machte Friedrich sich daran, Klara aus Spaß hierhin und dorthin zu hetzen. Zuletzt behauptete er sogar, ihn schmerze der Bauch.

»Wenn das so ist, werde ich Gabi und Manfred zurückrufen müssen, denn Ihr könnt dann diese Speisen, die Ihr gefordert habt, nicht essen, sondern müsst Euch mit einem Hühnersüppchen begnügen«, erklärte Klara, ohne eine Regung zu zeigen.

»Ich will Wildschweinbraten essen!«, fuhr der Junge auf.

»Auf die Verantwortung Eurer Erlaucht«, gab Klara kühl zurück und trat zur Tür. »Ich muss mich jetzt um meine Tochter kümmern. Wenn Gabi und Manfred zurückkommen, können sie auch ohne mich damit beginnen, Eurer Erlaucht vorzulegen.«

»Sie hat hierzubleiben!«, schrie Friedrich ihr nach, doch Klara verließ den Raum, ohne sich noch einmal nach ihm umzusehen.

Nachdem das Dienerpaar mit dem Servierwagen erschienen war, brachte der Zorn über so viel Unbotmäßigkeit den Jungen dazu, ein besonders großes Stück Wildschweinbraten zu essen. Er überwand dabei sogar seinen Ekel gegen die scharfen Gewürze, die der Leibkoch seiner Mutter verwendete. Da er dadurch Durst bekam, trank er mehrere Gläser Wein.

Friedrich hatte für seine Verhältnisse bereits viel gegessen, als er mit einem Mal stechende Bauchschmerzen verspürte. Augenblicke später rebellierte sein Magen, und er gab alles, was er gegessen hatte, wieder von sich. Es geschah so schnell, dass Manfred ihm nicht einmal mehr eine Schüssel vorhalten konnte. Hemd, Hose und Morgenrock wurden beschmutzt, ebenso der Sessel, auf dem er saß. Selbst der Teppich bekam etwas ab.

Gabi erstarrte vor Schreck und Ärger und schimpfte leise vor sich hin. »Jetzt muss ich das alles wieder sauber machen! Dabei bleiben gewiss Flecken auf dem Sessel und Teppich übrig, für die ich von der Wirtschafterin gescholten werde.«

»Ich helfe dir«, erklärte Manfred und nahm ein Tuch in die Hand, um zu beginnen.

»Mir ist so übel!«, jammerte der Knabe und erbrach erneut. Diesmal kam aber nur stinkende Luft heraus und danach etwas gelbe Galle.

»Wir sollten Frau Klara holen«, meinte Gabi besorgt.

Manfred nickte. »Tu das!«

Die Magd verschwand und kehrte kurz darauf mit Klara zurück. Diese bedachte den Knaben mit kühlem Blick.

»Wie ich sehe, ist Eurer Erlaucht das Mahl nicht gut bekommen! Euer Erlaucht sollten meinen Ratschlägen mehr Beachtung schenken.«

»Mir ist so übel«, jammerte Friedrich, der von dem über allem stehenden Reichsgrafen wieder zu einem kranken Kind geworden war, das sich nur noch die Linderung seiner Schmerzen und die Zuneigung seiner Pflegerin wünschte.

Ihm Ersteres zu verschaffen, war Klara bereit, ließ sich dabei absichtlich anmerken, wie sehr sie sich durch seine Haltung gekränkt fühlte. Sie benetzte ein Tuch mit einem Melissenelixier und legte es ihm auf die Stirn, ließ ihn an einem anderen Mittel riechen und verabreichte ihm, als die Würgekrämpfe aufhörten, das Magenmittel, das sie und Tobias eigenhändig zusammengestellt hatten. Es wirkte auch bald. Der Junge entspannte sich, und als er kurz darauf erschöpft einschlief, sah Klara ihre Mitstreiter an. »Ich hoffe, dies wird ihm eine Lehre sein!«

»Das wünsche ich mir auch«, antwortete Gabi seufzend, während Manfred zweifelnd den Kopf wiegte.

»Seine Mutter, ihr Hofstaat und alle Bediensteten, die sich die Gunst der Reichsgräfin sichern wollen, haben Friedrich seit dem Tod seines Vaters weisgemacht, dass er als dessen Erbe so leben müsse, wie es seinem Stand entspräche. Dazu gehören in ihren Augen Wein und jene schweren Speisen, die sich das einfache

Volk nicht leisten kann. Der Koch ist immer noch zornig, weil er nicht mehr für ihn kochen darf, und behindert uns, wo er nur kann. Dazu behaupten Herr von Trenzen, dessen Frau und Fräulein von Ziegenweida immer wieder, Haferschleimsuppe und kaum gewürzter Gemüseeintopf wären das Essen minderer Leute und der Würde Seiner Erlaucht nicht angemessen.«

Klara schüttelte verständnislos den Kopf. »Friedrichs Mutter müsste doch einsehen, dass es ihrem Sohn immer besser geht. Stattdessen redet sie jenen nach dem Mund, die dem Knaben nicht wohlgesinnt sind.«

»Das tut nicht nur sie! Aber so sind die Menschen nun einmal. Sie laufen immer hinter denen her, die in ihren Augen die meiste Macht besitzen, und hier am Hof sind das Heinrich von Trenzen und seine Gemahlin. Fräulein von Ziegenweida hingegen hat ihren Einfluss auf Ihre Durchlaucht in letzter Zeit etwas verloren«, erklärte Manfred und berichtete, was er sonst noch alles erfahren hatte.

Gabi reinigte unterdessen den Teppich und ärgerte sich über die Unvernunft des Jungen, aber auch über Klara, die Friedrich nicht daran gehindert hatte, unvernünftig zu sein. Während sie arbeitete, sah sie immer wieder zu Manfred hin, der sein Versprechen, ihr zu helfen, anscheinend vergessen hatte. Bevor sie ihn jedoch schelten konnte, holte er sauberes Wasser, frische Tücher und ein wenig von der Lauge, mit der im Schloss die Polster und Teppiche behandelt wurden, und machte sich ans Werk.

Unterdessen sah Klara noch einmal nach dem Jungen. Er schlief jetzt ruhig, und sein Gesicht hatte die ungesunde Blässe wieder verloren. Froh darüber, dass die Heilmittel aus ihrer Heimat auch diesmal geholfen hatten, öffnete sie das Fenster, damit der Geruch nach Erbrochenem abziehen konnte, und legte erneut ein mit dem Melissenelixier getränktes Tuch auf Friedrichs Stirn.

4.

$\mathcal{A}$ m nächsten Morgen ging es Friedrich deutlich besser. Er aß klaglos die leichte Morgensuppe, die Gabi ihm zubereitet hatte, und wirkte ein wenig kleinlaut. Da Klara ihn für verständig genug hielt, versuchte sie, ihm ihre Haltung zu erklären.

»Euer Erlaucht haben gestern gesehen, was geschieht, wenn Ihr unvernünftig seid.«

»Aber ich bin doch der Reichsgraf und muss mich meinem Rang gemäß benehmen«, antwortete der Junge unglücklich.

»Es ist Eurer Erlaucht wichtigste Aufgabe, gesund zu werden!«, mahnte Klara ihn. »Dies ist der sehnlichste Wunsch Eurer Untertanen, und Ihr solltet alles daransetzen, ihn zu erfüllen«

»Ihre Durchlaucht meint aber ...«, sagte Friedrich.

Klara fiel ihm ins Wort. »Eure Frau Mutter meint es gewiss gut mit Euch. Doch frage ich Euch, ob sie über das Wissen und die Fähigkeiten eines Arztes verfügt?«

Der Junge schüttelte den Kopf.

»Und doch richtet Ihr Euch lieber nach ihren Ratschlägen als nach den meinen. Dabei bemerkt Ihr doch selbst, dass es Euch bessergeht, wenn Ihr mir vertraut«, sagte Klara und sah Friedrich dabei zwingend an. »Euer Erlaucht werden in Eurem Leben noch oft Ratschläge erhalten. Viele mögen gut sein, andere sind es nicht. Wollt Ihr diesen trotzdem folgen?«

»Nein! Aber ich ...« Friedrich senkte den Kopf und verstummte.

»Ihr seid der Reichsgraf! Daher ist es an Euch, zu entscheiden, welchen Ratschlägen Ihr folgen wollt. Erlaubt mir eine Frage: Würdet Ihr einen Pastor damit beauftragen, ein Heer zu führen?«

»Natürlich nicht!«, rief der Junge empört.

»Oder einen Obristen, den Gottesdienst abzuhalten?«, fragte Klara weiter.

»Ihr seid lustig!«, antwortete er kopfschüttelnd. »Ein Obrist gehört an die Spitze seines Regiments und ein Pastor auf seine Kanzel!«

»Weshalb befolgen Euer Erlaucht dann die Ratschläge von Leuten, die weder das Wissen eines Arztes noch meine Erfahrung als Pflegerin von Kindern haben?«

»Ich bin kein Kind mehr, sondern der Reichsgraf.«

»Hat unser Herrgott im Himmel Eurer Durchlaucht nach dem Tod Eures Vaters die Jahre geschenkt, die es Eurer Durchlaucht ermöglichen, in eigener Person die Geschicke der Reichsgrafschaft zu lenken?«

Diesmal klang Klara schärfer. Da es Friedrich besserging, kamen auch wieder mehr Menschen zu ihm, um ihm ihre Aufwartung zu machen. Damit war er auch deren Einflüsterungen ausgeliefert, und sie musste immer wieder gegen die vielen dummen Ratschläge ankämpfen, die man ihm erteilte.

Friedrich schüttelte traurig den Kopf. »Nein, ich bin nicht älter als vorher. Auch regiere ich nicht in eigener Person. Das übernimmt der Regentschaftsrat für mich.«

»Euer Erlaucht waren vor dem Ableben Eures Vaters ein Kind, und Ihr seid es, mit Verlaub gesagt, auch jetzt noch. Der Leibarzt Ihrer Durchlaucht versteht, wie er bewiesen hat, nichts davon, Kinder und deren Krankheiten zu behandeln. Die Ratschläge, die Eure Frau Mutter und auch einige Mitglieder ihres Hofstaats Euch erteilen, fußen aber auf den Bemerkungen dieses Arztes. Weshalb befolgen Euer Erlaucht diese, obwohl sie sich bereits in der Vergangenheit als verhängnisvoll erwiesen haben?«

Von Friedrich kam keine Antwort. Dafür klang Henrietta Augustas Stimme auf. Die Reichsgräfin war von Klara unbemerkt eingetreten und hatte deren Rede mit angehört.

»Das war eine beeindruckende Predigt! Sollte die Kirche sich entschließen, einmal Frauen zum Pastorenamt zuzulassen, wäre Sie gewiss eine der ersten Anwärterinnen für dieses Amt.«

»Euer Erlaucht!« Klara knickste und trat ein paar Schritte zurück, damit die alte Reichsgräfin zu ihrem Enkel treten konnte. Diese musterte erst Friedrich, dann Klara und verzog leicht den Mund.

»Ich erhielt Nachricht, dass Seine Erlaucht unwohl sei, und wollte nachsehen, ob Sie einen Fehler begangen hat. Nun aber habe ich die Wahrheit erfahren. Wäre es mir möglich, würde ich gewissen Personen den Zutritt zu meinem Enkel untersagen. So muss ich darauf hoffen, dass Sie das Richtige unternimmt und Seine Erlaucht sich Ihre Worte zu Herzen nimmt. Nicht jeder im Schloss ist Seiner Erlaucht wohlgesinnt. Daher sollte er Ratschlägen, die von anderen Personen kommen als von Ihr oder mir, kein Ohr mehr leihen!«

Klara nahm diese Worte als Forderung wahr, den Einfluss der Mutter auf ihren Sohn mit allen Mitteln einzuschränken. Dies war jedoch eine Aufgabe, der sie sich kaum gewachsen sah. Sie hatte weder die Macht, Anna Sybilla aus diesen Gemächern fernzuhalten, noch konnte sie ihr befehlen, gewisse Themen nicht mehr anzusprechen. Ihre einzige Möglichkeit war, an den Verstand des Knaben zu appellieren, damit er die verderblichen Ratschläge verwarf.

Dies sagte sie auch zu Henrietta Augusta, doch diese antwortete mit einer ärgerlichen Handbewegung. »Sie hat zu bestimmen, was auf den Tisch kommt!«

»Wenn Euer Erlaucht dafür sorgt, dass Seine Erlaucht dies auch akzeptiert, mag dies angehen. Doch was ist mit den Leckereien, die Ihre Durchlaucht ihrem Sohn mitbringt? Soll ich diese Seiner Erlaucht mit Gewalt abnehmen?«

Klara klang etwas bissig, denn sie hätte sich von Henrietta Augusta mehr Unterstützung gewünscht. Stattdessen stellte die

Reichsgräfin nur Forderungen, die zu erfüllen fast unmöglich waren.

»Seine Erlaucht ist verständig genug, um zu wissen, was gut für ihn ist und was nicht«, antwortete die Reichsgräfin nur und beugte sich über ihren Enkel, um ihn zu küssen.

5.

Die alte Reichsgräfin hatte den Raum erst vor wenigen Minuten verlassen, da wurde die Tür erneut geöffnet, und Ihre Durchlaucht Anna Sybilla trat an der Spitze eines größeren Gefolges herein. Neben Herrn und Frau von Trenzen und dem Fräulein von Ziegenweida gehörte der Leibarzt der jungen Reichsgräfin zu der Gruppe. Dieser musterte Klara herausfordernd, überließ es aber seiner Herrin, diese anzusprechen.

»Zu meinem Bedauern musste ich hören, dass Seine Erlaucht einen schweren gesundheitlichen Rückschlag erlitten hat«, rief Anna Sybilla anklagend.

Klara begriff eines: Da sowohl die alte wie auch die junge Reichsgräfin vom Unwohlsein des Jungen erfahren hatten, mussten beide Zuträger besitzen. Doch wer waren diese? Gabi und Manfred traute sie nicht zu, das, was hier geschah, weiterzutragen. Andere Domestiken hatten den Raum jedoch nicht betreten, bis auf Ilse, die jedoch ganz in ihrer Aufgabe aufging, sich um Hilde zu kümmern. Für diese hatte sich Gabi verbürgt. Klara konnte nur vermuten, dass jemand an der Tür gelauscht oder Manfred gesehen hatte, als dieser das Putzzeug holte.

»Seine Erlaucht fühlte sich gestern Abend nicht wohl, befindet sich mittlerweile jedoch wieder auf dem Weg der Besserung«, erklärte Klara und hoffte, dass der Knabe sie nicht der Lüge zeihen würde.

Da stand Friedrich auf und deutete eine Verbeugung vor seiner Mutter an. »Ich grüße Eure Durchlaucht und danke für Eure Visite!« Den Arzt, der sich nun vordrängte, beachtete er nicht.

»Ich muss darauf bestehen, Eure Erlaucht zu untersuchen«, sagte Stratmann im Befehlston.

Friedrich blickte ihn hochmütig an. »Soviel Wir wissen, ist Er der Leibarzt Ihrer Durchlaucht. Wir haben Ihn nicht dazu berufen, auch Unser Leibarzt zu sein!«

Es war ein Schlag für den Arzt, der gehofft hatte, verlorenes Terrain wieder zurückzugewinnen. Wäre der Junge leidend im Bett gelegen, hätte die Autorität der Mutter ausgereicht, die sich scheinbar als unfähig erweisende Pflegerin beiseitezuschieben. Friedrich wirkte jedoch überraschend munter und nahm nun auch noch ein Stück Schwarzbrot zur Hand, um darauf herumzukauen.

»Wie Ihre Durchlaucht sehen, befinde ich mich bei gutem Appetit«, sagte er, nachdem er den Bissen hinuntergeschluckt hatte.

»Pah, schlechtes Zeug!«, knurrte der Arzt.

»Von den Speisen, die Er für Uns bestimmt hat, sind Wir krank geworden!«

Friedrich genoss es, sich ganz als hoheitsvoller Reichsgraf zu geben. Zudem hatte der Anfall vom Abend zuvor ihn daran erinnert, was er dem Arzt in der Vergangenheit an Übelkeit und Magenschmerzen zu verdanken gehabt hatte.

»Ich bin in großer Sorge um Eure Erlaucht und habe Doktor Stratmann gebeten, sich erneut Eurer anzunehmen«, erklärte Anna Sybilla.

»Wie Euer Durchlaucht sehen, ist dies vollkommen unnötig.«

Der Junge klang so ablehnend, dass Klara seine Mutter fast leidtat. Zwischen beiden schien keine enge Verbindung zu bestehen. Da sie selbst ihre Kinder heiß und innig liebte und jeden Abend darum betete, sie bald wiederzusehen, verstand sie nicht, wie Anna Sybilla eine solche Entfremdung von ihrem Sohn hatte hinnehmen können. Friedrich war noch ein Kind und hätte gerade jetzt ihre Liebe und ihr Verständnis dringend gebraucht. Den Damen der höheren Stände beliebte es jedoch, Kinder in die Welt zu setzen und deren Pflege und Erziehung vom Tag ihrer Geburt an Ammen und Domestiken zu überlassen.

Unterdessen wusste Anna Sybilla nicht, was sie ihrem Sohn antworten sollte. Die Angst, ihm könnte es schlechtergehen, hatte sie dazu gebracht, außerhalb ihrer gewohnten Besuchszeit hierherzukommen. Nun sah es so aus, als hätte Heinrich von Trenzen ihr Friedrichs Zustand völlig übertrieben geschildert. Sie bedachte ihren Höfling mit einem tadelnden Blick.

Geraldina von Trenzen bemerkte den Unmut ihrer Herrin und trat an ihre Seite. »Es erleichtert mich sehr, Seine Erlaucht so munter vor mir zu sehen. Mein Gemahl war doch sehr besorgt, als er erfuhr, Seine Erlaucht sei erneut schwer erkrankt. Immerhin sind Seine Erlaucht unser erlauchtigster Landesfürst.«

»Reichsgraf!«, korrigierte Friedrich sie lächelnd. »Wäre ich Fürst wie meine Schwarzburger Vettern zu Rudolstadt und Sondershausen, müsstet Ihr Euer Durchlaucht zu mir sagen.«

Klara dankte insgeheim der Großmutter des Knaben, die diesem vorhin noch einmal eingeschärft hatte, sich gegen den Einfluss des um seine Mutter versammelten Hofstaats zu wehren. Zwar wollte sie niemanden bezichtigen, dem Knaben vorsätzlich übelzuwollen. Ausschließen aber konnte sie es nicht und behielt daher Anna Sybillas Begleitung mehr im Auge als diese selbst.

Die junge Reichsgräfin begriff, dass sie ihren Sohn nicht umstimmen konnte, und umarmte ihn. »Es freut mich, dass Euer

Erlaucht sich entgegen allen Gerüchten guter Gesundheit erfreuen. Möge Gott, der Herr, dafür sorgen, dass dies auch in
Zukunft so bleibt«, sagte sie noch, dann verließ sie den Raum an
der Spitze ihres Gefolges.

Friedrich wartete, bis die Türe hinter ihrem Hofstaat geschlossen worden war, und sah Klara an. »Wir hoffen, dass Ihre
Durchlaucht heute nicht noch einmal erscheint.«

Das, fand Klara, war das Schlimmste, was ein Junge dieses Alters über seine Mutter sagen konnte. Sie hätte gerne eine Ent-
schuldigung für Anna Sybilla gefunden, doch ihr fiel keine ein.
Außerdem hätte jedes Wort, das sie zu deren Gunsten sprach, ihren eigenen Stand bei dem Knaben schwächen können. Das aber
konnte sie sich nicht leisten, solange sie hier auf Friedrichsthal
praktisch gefangen gehalten wurde. Man hatte ihr auf Schloss
Heidecksburg deutlich zu verstehen gegeben, welche Auswir-
kungen eine Klage über sie für ihre Familie haben würde. Zu Beginn ihres Aufenthalts in Friedrichsthal hatte sie noch gehofft,
als für den Dienst an diesem Hof unbrauchbar nach Hause geschickt zu werden. Mittlerweile wusste sie, dass ihr dies nicht das
Geringste geholfen hätte. Sie hätte sich Fürst Friedrich Antons
Zorn zugezogen und wäre mit Gewissheit bestraft worden.

Mühsam schüttelte sie diesen Gedanken ab und wandte sich
Friedrich zu. »Euer Erlaucht sollten in Erwägung ziehen, auf der
Terrasse Platz zu nehmen. Es ist warm, aber nicht heiß, und
nichts ist heilsamer als frische Luft und Sonne.«

»Deswegen sind die Bauern und ihre Weiber auch so gesund«,
spottete der Junge und wies auf ein Paar, das ein Stück entfernt
im Park stand und nicht zu wissen schien, ob es näher kommen
oder wieder gehen sollte. Sowohl der Mann wie auch die Frau
waren von derber, abgearbeiteter Gestalt und hatten scharf ge-
zeichnete Gesichter mit tiefen Furchen. Trotzdem vermutete
Klara, dass sie jünger waren, als sie aussahen.

»Man sollte die Schlosswache rufen und sie verjagen lassen«, rief Friedrich, der sichtlich Abscheu vor Angehörigen des untersten Standes zeigte.

»Es sind Eurer Erlaucht Untertanen und keine Landstreicher«, erwiderte Klara, die die Tracht der beiden gemustert hatte.

»Untertanen? Heißt das, ich muss sie empfangen?«, fragte der Junge entsetzt.

Gewohnt, den Hofstaat im Schloss in aufwendigen Gewändern und die Dienerschaft in adretten Livreen und Kleidern um sich zu haben, rümpfte er ob der schlichten Kleidung des Paares die Nase. Er trat aber trotzdem auf die Terrasse hinaus, setzte sich in den Sessel, den Manfred ihm zurechtrückte, und winkte den Bauersleuten, näher zu kommen.

Die beiden traten scheu auf ihn zu, der Mann mit dem Hut in der Hand. Nun war deutlich, wie abgerissen die Kleidung des Paares war. Wäre Klara ihnen unterwegs begegnet, hätte sie sie tatsächlich für Landstreicher gehalten.

»Erlauchtigster Herr«, begann der Mann zögernd, »wir bitten um Gnade! Wir konnten die erhöhten Steuern nicht mehr bezahlen, und jetzt will uns der Amtmann den Hof wegnehmen. Wenn er das tut, sind wir heimatlos und müssen als Bettler das Land verlassen.«

Ein solches Problem war Friedrich bisher noch nie zu Ohren gekommen, und so sah er verwirrt zu Klara auf. »Was sagt Sie dazu?«

Klara empfand Mitleid mit dem Bauernpaar. Die Frau sank nun vor dem Knaben auf die Knie und streckte ihm flehentlich die Hände entgegen. Doch natürlich wusste sie auch, dass Friedrich nichts entscheiden konnte. Das Land wurde vom Regentschaftsrat geführt, und dieser würde einen Eingriff in seine Rechte nicht hinnehmen. Das abgerissene Paar sah den Knaben jedoch wie bettelnde Hunde ihren Herrn an und hoffte auf seine Hilfe.

»Ich würde Euer Erlaucht vorschlagen, mehr über diese Angelegenheit in Erfahrung zu bringen und mit den Mitgliedern des Regentschaftsrates zu sprechen, um deren Meinung zu hören.« Klara kamen die eigenen Worte schal und leer vor. Doch was konnte sie anderes tun?

Friedrich hob kurz die Hand und nickte. »Das werde ich tun.«

»Es geht um die Steuern, erlauchtigster Herr! Sie sind einfach zu drückend geworden. Uns bleibt nicht mehr genug zum Leben«, sagte der Bauer. Da er den Mut aufgebracht hatte, sich dem Reichsgrafen zu nähern, wollte er alles aussprechen, was ihm auf der Seele lag.

Erneut blickte Friedrich zu Klara auf. »Soll ich auch hier den Regentschaftsrat fragen?«, wollte er wissen.

»Es wäre eine weise Entscheidung Eurer Erlaucht.« Klara konnte nur hoffen, sich durch ihre Ratschläge keine neuen Feinde zu schaffen. Sobald die beiden Reichsgräfinnen und deren Vertraute begriffen, dass deren Einfluss auf den Knaben zugunsten des ihren sank, würde man sie rasch aus dem Schloss entfernen. Einen Augenblick lang freute sie sich an dem Gedanken, dass sie dann endlich nach Hause zurückkehren könnte. Doch wenn es deswegen eine Beschwerde in Rudolstadt gab, würden Tobias und sie in Königsee keine ruhige Minute mehr haben.

»Ich werde mich um eure Belange kümmern!«, erklärte Friedrich eben großspurig dem Bauernpaar und bedeutete ihm mit einem Wink, dass es gehen könne.

»Habe ich nicht gut entschieden?«, fragte er Klara, nachdem die beiden ihn verlassen hatten.

»Das haben Euer Erlaucht«, bestätigte ihm Klara.

Sie riet ihm, zuerst mit seiner Großmutter über die Angelegenheit zu reden, bevor er sich mit seiner Mutter beriet. Das, was sie bisher über den Regentschaftsrat gehört hatte, ließ vermuten, dass Heinrich von Trenzen für die hohen Steuern verantwortlich war. Dieser war bei Anna Sybilla jedoch zu gut angesehen, um ihn so ohne weiteres beschuldigen zu können. Klara wusste nicht einmal, ob es Henrietta Augusta und ihrem Vertrauten Kornelius von Zander gelingen würde, auf diese Sache Einfluss zu nehmen. Mit diesem Gedanken kehrte sie ins Schloss zurück und betrat die Kammer, in der Ilse mit der kleinen Hilde auf sie wartete.

6.

Die Mutter, die Großmutter und der gesamte Hofstaat im Schloss hatten Friedrich stets in seiner Würde als Reichsgraf bestärkt, und er nahm dies sehr ernst. Daher sprach er Anna Sybilla bei ihrem nächsten Besuch auf die Bauersleute und deren Klage über die hohen Abgaben an. Nach Klaras Rat hätte er zuerst mit seiner Großmutter darüber reden wollen. Aber weil seine Mutter vor dieser erschien, war ihm dieses Thema wichtig genug, nicht warten zu wollen.

Klara erkannte am Gesichtsausdruck der Dame, dass sie nicht die geringste Ahnung davon hatte, welche Abgaben von den Untertanen gefordert wurden.

»Ich weiß nicht, was Euer Erlaucht meinen«, brachte Anna Sybilla mühsam hervor.

»Es geht um die Steuern! Sie sollen in letzter Zeit mehrmals erhöht worden sein«, erklärte ihr der Junge.

»Davon weiß ich nichts. Euer Erlaucht sollten jedoch nichts auf solches Gerede geben.« Anna Sybilla fand, dass sie sich lange genug bei ihrem Sohn aufgehalten hatte, und küsste diesen zum Abschied.

»Ich wünsche Euer Erlaucht einen schönen Tag«, sagte sie noch und ging.

Heinrich von Trenzen hatte seine Herrin wie meistens begleitet. Auf dem Weg zu deren Gemächern schüttelte er den Kopf. »Ich werde ein ernstes Wort mit dem Kommandanten der Schlosswache sprechen. Dieses Gesindel hätte niemals bis zu Eurem Sohn gelangen dürfen!«

»Nicht, dass es zu einer Rebellion kommt«, wandte Anna Sybilla besorgt ein.

»Euer Durchlaucht müssen sich keine Sorgen machen.«

»Was hat es mit den Steuern auf sich? Habt Ihr diese wirklich erhöht?«, wollte Anna Sybilla wissen.

»Es war unumgänglich, um die Hofhaltung aufrechtzuerhalten. Euer Durchlaucht hätten sonst bei Eurer Garderobe auf Samt, Seide und dergleichen verzichten und Euch mit Barchent und Leinen begnügen müssen. Auch wäre die Tafel bäuerlicher geworden, und statt ausgezeichneter französischer und ungarischer Weine hätten nur noch welche aus dem Umland kredenzt werden können.«

Bei diesen Aussichten schauderte es Anna Sybilla, und sie nickte. »Dies werdet Ihr Seiner Erlaucht erklären müssen. Ich fühle mich dazu nicht in der Lage.«

»Das werde ich selbstverständlich tun, Euer Durchlaucht«, erklärte Trenzen und blieb ein Stück zurück. Seine Frau verlangsamte ebenfalls ihren Schritt und fasste ihn am Ärmel.

»Das Kind wird allmählich lästig!«, fauchte sie.

»Wir werden die Wachen um das Schloss verstärken müssen. Das kostet jedoch Geld, und ich wage nicht, die Steuern noch weiter zu erhöhen. Sonst könnte der alte Drachen dies ausnützen, um den Pöbel gegen uns aufzuwiegeln.«

Heinrich von Trenzen ballte erregt die Faust. Da Anna Sybilla keinerlei Interesse an der Regierung und Verwaltung des klei-

nen Landes zeigte, aber seine Entscheidungen stets befürworte-
te, hatte er sich angewöhnt, den Regentschaftsrat zu übergehen
und nach eigenem Gutdünken zu handeln. Nun ahnte er, dass
der Bogen überspannt war und kurz davor, zu brechen.

»Der Bengel wird das Zusammentreffen mit dem Bauerngesindel gewiss auch dem alten Drachen berichten. Das kann uns
noch sehr schaden, es sei denn …« Trenzen brach ab, doch seine
Frau verstand ihn auch so.

»Friedrich sollte sich sehr bald zu seinen Ahnen begeben. Sobald das geschehen ist, können wir den alten Drachen irgendwo
einsperren und in Anna Sybillas Namen über Schwarzburg-
Friedrichsthal herrschen. Wir könnten dann sogar die Steuern
wieder ein wenig senken, um den Pöbel zufriedenzustellen.«

In Geraldina von Trenzens Stimme schwang ein gewisser
Vorwurf an ihren Mann, bei den Steuererhöhungen zu gierig
gewesen zu sein. Allerdings musste dieser Anna Sybillas Ansprüche zufriedenstellen, und die waren bei der aus einem fürstlichen Haus stammenden Dame nicht gerade gering.

»Ich dachte, der Arzt wäre Manns genug …«, begann Trenzen, verschluckte aber den Rest dessen, was er hatte sagen wollen, da Juliana von Ziegenweida neugierig zu ihnen herüberblickte.

Seine Frau lächelte dieser zu, ging dann aber weiter, bis sie
auf Doktor Stratmann traf. »Ihr habt gewiss einen Augenblick
Zeit, Euch die Klagen einer kränklichen Frau anzuhören«,
sprach sie ihn an.

Der Arzt kniff die Augen zusammen. Auch wenn Geraldina
von Trenzen zierlich wirkte, so besaß sie doch eine unverwüstliche Gesundheit und hatte, von einer gelegentlichen Erkältung
abgesehen, nie seine Hilfe benötigt.

»Welches Leiden quält Euch?«, fragte er, obwohl er ahnte,
worauf sie aus war.

»Ihr kennt es!«, sagte Frau von Trenzen zwar leise, aber mit Nachdruck.

Der Arzt nickte. »Ich denke, ja! Es handelt sich jedoch um eine schwere Krankheit, die zu heilen viel Geld erfordern wird.«

Geraldina von Trenzen begriff die Absicht des Arztes, eine möglichst große Summe herauszuschlagen. Aus dem Grund war sie nun froh, dass die Steuererhöhungen ihres Mannes etliche Taler mehr in die reichsgräfliche Kasse gespült hatten. Daher würde sie genug Geld darin finden, um Stratmanns Forderung erfüllen zu können.

»An Geld soll es nicht scheitern«, sagte sie. »Wichtig ist nur, dass der Anlass dieser Krankheit beseitigt wird.«

»Es wird tausend Taler kosten, die Medizin zu besorgen, und noch einmal denselben Betrag, wenn das Werk getan ist.«

Zweitausend Taler waren eine stattliche Summe, doch der Ertrag würde umso größer sein, dachte Geraldina von Trenzen und nickte dem Arzt gönnerhaft zu. »Ihr werdet das Geld erhalten!«

»Dann wird es geschehen!« Der Arzt wischte jegliche Skrupel beiseite und verabschiedete sich mit einer Verbeugung von der Frau.

Nur wenige Minuten später gesellte sich Juliana von Ziegenweida zu ihm. »Ihr müsst mir in einer delikaten Angelegenheit raten«, sagte sie und lotste ihn zur Seite, dass niemand sie belauschen konnte.

»Ich stehe zu Eurer Verfügung, gnädiges Fräulein«, antwortete der Arzt beflissen.

»Ich glaube, Ihr kennt das Leiden, das mich bedrückt«, fuhr Juliana von Ziegenweida fort.

Stratmann nickte. »Zumindest nehme ich es an.«

»Dieses Leiden muss beseitigt werden!« Das Fräulein wurde etwas deutlicher als Geraldina von Trenzen, sprach aber trotzdem nicht aus, was sie im Sinn hatte.

»Nun, ich weiß nicht, ob ich das vermag«, antwortete der Arzt, um seinen Preis hochzutreiben.

»Ich weiß, dass Ihr in Erfurt einem Verwandten von mir zu einem großen Erbe verholfen habt.« In Julianas Stimme schwang eine Warnung mit, es mit den Forderungen nicht zu übertreiben.

»Das Mittel, das ich dafür brauche, kostet eintausend Taler und weitere eintausend Taler die Behandlung«, erklärte Stratmann.

Zweitausend Taler waren keine Summe, die Fräulein von Ziegenweida dem Arzt so ohne weiteres auf die Hand zahlen konnte. Dennoch war sie bereit, auf diesen Handel einzugehen. Wenn Friedrich neben seinem Vater in der Gruft lag, würde Anna Sybilla eine Ehe mit einem regierenden Fürsten wie Johann Ernst von Sachsen-Saalfeld der Verbindung mit einem nachrangigen Mitglied eines Fürstenhauses auf jeden Fall vorziehen.

»Ihr werdet das Geld erhalten, aber nicht sogleich. Ich muss es erst besorgen.«

Stratmann kratzte sich am Kinn und schüttelte den Kopf. »Ihr habt gewiss Freunde, die einen von Euch unterzeichneten Schuldschein bedienen werden!« Die Sache war eilig, und er wollte nicht hinterher um seine Belohnung geprellt werden.

Nach kurzem Überlegen stimmte Juliana von Ziegenweida zu. »Ihr erhaltet Eure Schuldscheine, einen allerdings unter dem Vorbehalt, dass ich ein zweites Mal unterschreiben muss, bevor Euch die Summe ausbezahlt wird.«

Der Arzt schüttelte den Kopf. »Es mag sein, dass dafür keine Zeit mehr bleibt.«

»Und doch werdet Ihr Euch gedulden müssen.« Juliana war nicht bereit, ihm einen Schuldschein über die gesamte Summe zu geben. Dafür war ihr die Gefahr zu groß, dass er sich aus dem Staub machte, ohne seine Aufgabe erfüllt zu haben.

Da er auch von Trenzen den zweiten Teil der Belohnung erst nach erfolgter Tat erhalten würde, gab Stratmann nach. »Es wird so geschehen, wie gnädiges Fräulein es wünschen!«

Mit den Worten verbeugte er sich und ging zu den beiden Räumen, die ihm im Schloss als Wohnung angewiesen worden waren. Den einen verwendete er als Schlafkammer, den zweiten als Aufenthaltsraum und Laboratorium. In diesem Zimmer stand ein schwerer Schrank, dessen Fächer verschlossen werden konnten. Er öffnete eines davon und holte zwei dunkle Flaschen heraus. Die daraufgeklebten Etiketten zeichneten sich durch je einen großen, roten Totenkopf aus, die davor warnten, diese Mittel unbedenklich zu verwenden. Stratmann wusste jedoch genau, was er wollte, und füllte ein wenig von beiden Flaschen in ein kleines Gefäß, das sich in seiner Rocktasche verbergen ließ.

7.

Friedrich sprach auch mit seiner Großmutter über seine Begegnung mit dem Bauernpaar. Weiß vor Zorn, wies Henrietta Augusta ihre Kammerfrau an, dafür zu sorgen, dass Kornelius von Zander umgehend im Schloss erschien.

»Sollten die Steuern ohne gültigen Beschluss des Regentschaftsrates erhöht worden sein, ist dies ein Verstoß gegen das Gesetz, der nicht hingenommen werden kann«, erklärte sie und wandte sich zum Gehen. In der Tür blieb sie noch einmal stehen und drehte sich zu Klara um.

»Mir wurde vorhin gemeldet, Ihr Mann wäre erschienen. Sie findet ihn in der hintersten Kammer des Untergeschosses dieses Flügels«, sagte sie und schwebte davon.

»Tobias ist da!« Klara spürte, dass ihr Herz schneller schlug, und wollte zu ihrem Mann eilen. Nach ein paar Schritten sagte sie sich jedoch, dass er das Recht hatte, auch seine Tochter zu sehen, und trat in ihre Kammer.

Die kleine Hilde lag in ihrem Bettchen, während Ilse davorsaß und die Kleine ganz verzückt anschaute. Als Klara das Kind aufhob, sah die Dienerin fragend zu ihr auf. »Wollt Ihr sie nähren?«

Klara schüttelte den Kopf. »Nein! Mein Mann ist gekommen, und ich will mit Hilde zu ihm gehen und ihn begrüßen!«

»Aber Ihr gebt ihm das Kind doch nicht etwa mit?« Ilse klang so erschrocken, dass Klara sich wunderte.

»Natürlich nicht«, antwortete sie. »Hildchen braucht noch etliche Monate meine Milch. Aber ihr Vater wird sie gewiss sehen wollen.«

Kurz darauf ging sie über die Hintertreppe nach unten. Sie hatte diesen Teil des Schlosses noch nie betreten und musste den ihr genannten Raum erst suchen.

Um Tobias nicht zu erschrecken, klopfte sie und öffnete dann. Der Raum schien als Abstellkammer benutzt zu werden. Auf einem noch halbwegs brauchbaren Stuhl saß Tobias. Als er sie sah, sprang er auf und eilte ihr entgegen.

»Klara, endlich!« Er umarmte sie vorsichtig, um dem Kind nicht zu schaden, und küsste sie.

Klara liefen vor Freude die Tränen über die Wangen. »Tobias! Wie schön ist es, dich zu sehen!«

»Ich freue mich nicht minder! Was ist eigentlich genau geschehen? Niemand hat mir gesagt, wo du hingebracht worden bist. Waldemar Frahm spottete schon, wir würden dich nie wiedersehen. Ich war zuletzt so erbost über ihn, dass ich ihm am liebsten die Zähne eingeschlagen hätte.«

»Waldemar Frahm ist ein übler Mensch. Ohne seinen einflussreichen Vetter in Rudolstadt wäre er längst seines Postens enthoben worden – oder auch nicht, da von diesen Beamtenkrähen keine der anderen ein Auge aushackt!«

Klara war nicht weniger verärgert als Tobias, beruhigte sich aber und reichte ihm die Tochter.

»Ich glaube, sie ist seit letztens gewachsen«, rief Tobias verwundert.

»Es wäre schlimm, wenn es nicht so wäre«, erwiderte Klara lachend. »In dem Alter wachsen Kinder beinahe von Tag zu Tag.«

Tobias wiegte Hilde sanft und kitzelte sie mit dem Zeigefinger am Kinn. Sofort griff die Kleine zu und hielt den Finger fest.

»Sie ist ganz schön kräftig«, rief Tobias verwundert, gab dann Klara das Kind zurück und zog unter dem aufgetürmten Gerümpel einen zweiten Stuhl hervor.

»Es ist gewiss besser, wenn wir uns setzen und du Hildchen auf dem Schoß halten kannst«, sagte er, nachdem er die Tragfähigkeit des filigranen Möbelstücks ausprobiert hatte.

Klara nahm Platz, streichelte die Kleine und fragte, wie es zu Hause ginge.

»Wir waren alle fürchterlich besorgt um dich. Vater und ich sind bis nach Rudolstadt gegangen, doch der Fürst wollte uns keine Audienz gewähren. Von Frahms Vetter Wilhelm haben wir schließlich erfahren, dass du auf Befehl Seiner Durchlaucht einem erkrankten Verwandten beistehen sollst. Doch wohin man dich gebracht hat, weiß ich erst seit deinem Brief. Mir ist ganz wirr zumute! Du hast nach allen möglichen Heilmitteln verlangt, so, als wäre der Kranke von Kopf bis Fuß von Übeln betroffen.«

»Ganz so schlimm ist es nicht«, beruhigte Klara ihn. »Es geht um einen Knaben, der nur wenig älter ist als unser Martin. Wie geht es unserem Sohn und unserer Lena?«

»Die beiden vermissen dich ebenso wie ich«, sagte Tobias. »Ich soll dich außerdem von Vater und Martha grüßen. Letztere wäre am liebsten mitgekommen, um dich aus der Gefangenschaft zu befreien. Vater und ich konnten es ihr Gott sei Dank ausreden, denn langsam macht ihr die Schwangerschaft zu schaffen.«

»Ich wäre gerne bei ihr, aber es geht einfach nicht«, antwortete Klara traurig. »Würde ich das Schloss verlassen und Reichsgraf Friedrich im Stich lassen, wären uns der Zorn unseres Fürsten und seine Strafe gewiss. Sonst hätte ich längst Hildchen genommen und die Flucht ergriffen.«

Klara berichtete, wie es ihr seit ihrer Gefangennahme in Königsee ergangen war, und schloss mit den Worten, dass sie Schloss Friedrichsthal für eine Schlangengrube halte. »Die alte Reichsgräfin steht gegen die junge Reichsgräfin, und deren Gefolge kämpft darum, wer mehr Einfluss gewinnen und die Mutter des Reichsgrafen zu einer von der jeweiligen Gruppe in die Wege geleiteten Heirat bewegen kann.«

»Das hört sich nicht gut an.«

Klara nickte bedrückt. »Da mir nichts anderes übrigbleibt, muss ich zusehen, wie ich am besten zurechtkomme. Einigen ist der kleine Reichsgraf nämlich ein Dorn im Auge, und sie sähen ihn lieber sterben als gesund werden.«

»Was er, da du ihn pflegst, auch wird«, antwortete Tobias voller Überzeugung.

»Wenn er vernünftig ist und meine Ratschläge annimmt, wäre es vielleicht möglich!« Klaras Optimismus war nicht so groß wie der ihres Mannes, da sie nicht wusste, wie weit die unterschiedlichen Gruppen im Schloss zu gehen bereit waren. Dann aber sah sie Tobias mit leuchtenden Augen an.

»Doch jetzt bist du hier, und das zählt mehr als alles andere auf der Welt.«

»Ich bin froh, weil ich nun weiß, wo du bist und dass es dir gutgeht. Allerdings wäre ich noch weitaus glücklicher, wenn ich dich mit nach Hause nehmen könnte!« Tobias atmete tief durch und stand dann, von einer inneren Unruhe getrieben, auf. »Es ist eine Schande, dass ein Landesherr so über seine Untertanen bestimmen kann! Wir sind doch genauso Menschen wie die Herrschaften. Weshalb tun sie uns Dinge an, die sie selbst niemals hinnehmen würden?«

»Warum reißt der Wolf das Schaf? Weil er die Macht dazu hat. Bei diesen hohen Herrschaften ist es dasselbe. Entweder überlassen sie ihr Volk solchen Kreaturen wie Waldemar Frahm, oder sie berauschen sich selbst an der Macht, die ihnen ihre Stellung gibt, indem sie die Menschen, die auf ihren Schutz und ihre Gnade angewiesen sind, drücken und pressen. Die Männer holen sie, wenn ihnen danach ist, zu den Soldaten, damit diese sich für sie erschießen und erstechen lassen.«

Klara klang bitter, denn nun, da Tobias bei ihr war, empfand sie ihre Sehnsucht nach ihm, ihren Kindern und ihrer Heimat stärker denn je. Wie gerne wäre sie jetzt in Königsee gewesen, um Martha beistehen zu können. Die Ärmste stand gewiss große Angst aus. Es war ihr erstes Kind, und sie musste es höchstwahrscheinlich ohne ihren Rat und ihre Hilfe austragen und wohl auch gebären. Dazu war ihre Situation hier im Schloss zwiespältig. Sie befand sich mitten im Machtkampf zwischen den beiden Reichsgräfinnen und sah sich zudem Gefahren gegenüber, die sie nicht einmal benennen konnte.

Mit einer resignierenden Geste winkte sie schließlich ab. »Wir können es nicht ändern! Also sollten wir das Beste daraus machen. Gib mir jetzt bitte die Heilmittel, die du mitgebracht hast. Hat man dir überhaupt schon ein Quartier zugewiesen? Es ist zu spät, als dass du Friedrichsthal heute noch verlassen könntest. Du müsstest sonst im Wald übernachten. Hier sagen sich zwar Fuchs und Hase gute Nacht, doch es streifen auch Wölfe und Bären durchs Land. Außerdem soll es jenseits der Grenzen im Wald Räuber geben, und ich will nicht, dass dir etwas zustößt.«

»Ich habe mich, deinem Rat folgend, bei der Reichsgräfin Henrietta Augusta melden lassen. Statt dieser kam ihre Kammerfrau zum Portal an der Rückseite des Schlosses und brachte mich hierher. Sie meinte, du würdest dich weiter um mich kümmern.«

»Das werde ich auch, mein Lieber! Komm mit in meine Kammer! Das Bett ist breit genug für uns beide. Zu essen kann Gabi uns besorgen. Wenn der kleine Reichsgraf zu Bett gegangen ist, haben wir die ganze Nacht für uns allein.«

»Und was ist mit Hildchen?«, fragte Tobias schmunzelnd.

»Die wird hoffentlich die meiste Zeit schlafen.« Klara küsste ihre Tochter und forderte Tobias auf, ihr zu folgen. Wieder wählte sie die nur von den Domestiken genützte Hintertreppe, und so erreichten sie ungestört Klaras Kammer.

»Die Gemächer des Knaben liegen direkt nebenan«, erklärte sie ihrem Mann, während sie Hilde aufs Bett legte. Sie rief Gabi zu sich und wies sie an, einen Krug Bier und etwas zu essen zu holen.

»Man hat dir hier gewiss noch nichts angeboten«, sagte sie zu Tobias.

»Nicht einmal einen Schluck Wasser«, meinte dieser und blickte durch das Fenster in den Park. »So möchte ich auch einmal leben!« Doch dann lachte er auf und schüttelte den Kopf. »Ich bin ganz zufrieden damit, wie wir leben. Wenn nur die Willkür der hohen Herrschaften nicht wäre!«

Sie unterhielten sich, bis Gabi mit einem Serviertablett zurückkehrte, auf dem Brot, Butter, Wurst und Käse lagen. Ihr folgte Ilse, die Tobias misstrauisch beäugte und aufatmete, als sie Hilde auf dem Bett entdeckte. Rasch nahm sie die Kleine an sich und sah Klara an.

»Sollte ich Hildchen für die Nacht nicht besser mit in meine Kammer nehmen?«

Mit einem Schmunzeln tippte Klara Ilse leicht gegen die noch recht kleinen Brüste. »Ich glaube nicht, dass Hilde damit zufrieden wäre. Sie will in der Nacht gefüttert werden, und das kann derzeit nur ich.«

»Das verstehe ich«, sagte Ilse mit sichtlicher Enttäuschung und zog mit hängendem Kopf ab.

Tobias blickte ihr kopfschüttelnd nach. »Was für eine seltsame Frau! Man könnte fast glauben, sie wäre auf dich eifersüchtig, weil du Hildchens Mutter bist und nicht sie.«

»Ilse kümmert sich, seit ich hier bin, um Hilde, weil ich meistens mit der Pflege des jungen Reichsgrafen beschäftigt bin. Sie wechselt die Windeln und wiegt die Kleine in den Schlaf, während ich oft nur dazu komme, mein Kind zu stillen. Das sollte ich jetzt auch wieder tun, sonst werden wir die Nacht kaum schlafen können.«

Klara öffnete lächelnd ihr Kleid und entblößte ihre Brüste. Staunend sah ihr Mann zu, wie Hilde nach der Brustwarze schnappte und zufrieden zu saugen begann. Es war ein so inniges Bild, dass ihm vor Rührung die Augen feucht wurden. Gleichzeitig spürte er, dass er Klara schon zu lange vermisst hatte, und sah sie fragend an.

»Was meinst du? Ob wir heute Nacht mehr tun können als nur schlafen?«

Klara lachte leise. »Ich hoffe doch. Ich habe mich nach dir gesehnt!«

»Und ich mich auch nach dir! Hoffen wir nur, dass Hildchen uns nicht stört.«

»Wenn ihr Bäuchlein voll ist und sie trockene Windeln hat, schläft sie meistens mehrere Stunden. Warum sollte sie das diesmal nicht tun?« Da Hilde satt war, legte sie sie aufs Bett und begann, die Windeln zu wechseln.

Als Tobias sich ein wenig zurückzog, wies sie auf das Fenster.

»Du kannst es öffnen! Außerdem riecht das, was Hilde von sich gibt, nicht so übel.«

»Sagt die liebende Mutter«, meinte Tobias grinsend.

»Während der gestrenge Vater am liebsten die Flucht ergreifen würde«, antwortete Klara mit leichtem Spott.

Kurz darauf bettete sie Hilde in die Wiege. Die Kleine schlief rasch ein, und Tobias konnte das Fenster wieder schließen. Nachdem Klara den Vorhang zugezogen hatte, kam sie auf Tobias zu und umarmte ihn.

»Ich bin glücklich, wenigstens ein paar Stunden mit dir vereint zu sein«, sagte sie leise.

»Wenn ich könnte, wie ich wollte, würde ich dich und Hilde mitnehmen. Ich habe mit Vater bereits überlegt, ob wir unserer Heimat, in der wir nur noch unterdrückt und ausgepresst werden, den Rücken kehren und nach Amerika auswandern sollen.«

»Amerika? Wie kommst du darauf?« Obwohl sie selbst bereits an die englischen Kolonien dort gedacht hatte, erschreckte der Gedanke Klara doch.

»Nun, es heißt, in den englischen Kolonien wären auch deutsche Ansiedler willkommen. Es ist zwar ein wildes Land, und man muss sich gegen die Eingeborenen behaupten, doch erscheint mir das erstrebenswerter, als vor einer Kreatur wie Waldemar Frahm den Rücken beugen zu müssen, nur weil er ein Knecht des Fürsten ist.« Tobias hatte sich in Rage geredet, winkte jetzt aber wieder ab. »Lass uns ein andermal darüber reden. Jetzt ist es mir wichtiger, dich in den Armen zu halten und deine Haut auf der meinen zu spüren.«

»Oh ja!« Klara streifte Kleid und Hemd ab und stieg nackt ins Bett. Auch Tobias zog sich aus und folgte ihr mit nur mühsam beherrschtem Verlangen. Er umarmte sie und fasste dann nach ihren Brüsten. Obwohl sie Hilde nährte, waren diese noch fest, aber schwerer als sonst, und der süße Geruch von Milch stieg ihm in die Nase.

Es war seine Frau, und sie hatte sein Kind geboren! Nein, nicht nur! Hildchen ist bereits das dritte, dachte Tobias stolz. Kein Mensch, mochte er Fürst sein oder gar Kaiser, hatte das Recht, sie voneinander zu trennen. Da ihn erneut bittere Gedanken überkommen wollten, schob er sich zwischen Klaras Beine, spürte ihre Wärme und die Bereitschaft, ihn zu empfangen, und drang vorsichtig in sie ein.

»Endlich haben wir uns wieder«, flüsterte sie und hielt ihn mit den Beinen einen Augenblick fest an sich gepresst.

Dann gab sie sich wie Tobias ganz ihren Gefühlen hin und vergaß ihr Exil hier auf Schloss Friedrichsthal ebenso wie den Fürsten von Schwarzburg-Rudolstadt, der sie einfach aus ihrem Haus hatte holen und hierherbringen lassen. Sie wollte wenigstens in diesen Augenblicken mit ihrem Mann glücklich sein.

8.

In der Nacht musste Klara nur ein Mal aufstehen, um Hilde zu stillen. Am nächsten Morgen brachte Gabi das Frühstück für sie und Tobias.

Sie wies auf die Wand, die Klaras Zimmer von den Gemächern des kleinen Reichsgrafen trennte. »Seine Erlaucht ist ungehalten, weil Ihr noch nicht zu ihm gekommen seid.«

»Er muss lernen, auch anderen etwas zu gönnen«, antwortete Klara verärgert, zumal sie bisher nie so früh bei Friedrich erschienen war.

»Ich würde mir das Bürschchen gerne einmal ansehen«, sagte Tobias. »Immerhin soll er unsere Arzneien bekommen.«

»Die solltet Ihr gut verwahren«, riet Gabi Klara. »Manfred hat versprochen, einen Schrank oder wenigstens eine Kommode zu besorgen, die versperrt werden kann.«

»Ist es so schlimm, dass Verrat zu befürchten ist?«, fragte Tobias erstaunt.

»Ich will es nicht ausschließen«, erwiderte Klara und überlegte dabei, wo dieser Schrank hingestellt werden sollte.

Ihr Zimmer kam nicht in Frage, da es sich nicht versperren ließ. Der Schrank mochte zwar ein Schloss besitzen, doch dafür konnte es noch andere Schlüssel geben oder einen Dietrich, der diesen ersetzte.

»Was ist mit den nur von außen betretbaren Schränken vor den Gemächern des Knaben? Sind die sicher?«, fragte sie Gabi.

Gabi überlegte kurz und nickte. »Das müsste gehen. Sie haben komplizierte Schlösser, und es soll nur jeweils zwei Schlüssel geben. Einen davon hat Differt, die Kammerfrau der alten Reichsgräfin in Verwahrung, den anderen die Mamsell, und die wird den passenden herausgeben müssen. Das ist ein sehr guter Gedanke, denn in der Schrankkammer direkt neben dem Eingang gibt es Fächer, die ebenfalls abgeschlossen werden können, und die Schlösser sind so fest, dass es Krach machen würde, sie aufzubrechen.«

»Dann nehmen wir diesen Raum.« Klara nickte ihrer Helferin dankbar zu und sah dann Ilse vor sich, die es nicht erwarten konnte, wieder Hildes Pflege zu übernehmen.

»Hildchen geht es hoffentlich gut?«, fragte die junge Magd.

»Aber natürlich. Sie ist satt, ihre Windeln wurden eben erst gewechselt, und nun kann sie schlafen«, antwortete Klara und verließ die Kammer, um Friedrich aufzusuchen.

Tobias folgte ihr zögernd und blieb an der Tür zum Speisezimmer stehen.

»Er ist Ihr Ehemann?«, wollte der junge Reichsgraf wissen.

»So ist es, Euer Erlaucht!« Tobias sah staunend auf das Kind, das trotz der Pflege, die Klara ihm zukommen ließ, immer noch recht mager und für sein Alter zu klein erschien.

»Sie hat hierzubleiben!«, fuhr Friedrich fort.

»Euer Erlaucht müssen wissen, dass er damit meine Ehefrau von mir und unseren Kindern trennt!« So einfach war Tobias nicht bereit, die willkürliche Entführung von Klara aus ihrer Heimat hinzunehmen.

»Wir brauchen sie«, antwortete der Junge von oben herab und musterte das Frühstück, das Manfred ihm auftrug. »Er bringt erneut Haferschleim! Ich mag ihn nicht!«

»Es ist Hafersuppe mit Hähnchenfleisch und Gemüse. Sie wird Euer Erlaucht bekommen.«

Auch Klara ärgerte sich, weil der Junge dieses Spiel wieder von neuem begann. Dabei wurde ihm nicht nur die Suppe vorgesetzt. Er erhielt auch einen Aufguss aus Kräutern, die seinen Magen beruhigen und stärken sollte, dick mit Butter bestrichenes Schwarzbrot sowie kleine Stücke sanft geräucherten Schinkens. Die meisten Menschen aßen am Morgen weitaus einfacher. Im Vergleich zu den üppigen Speisen, die man ihm früher aufgetragen hatte, war die Fülle jedoch geringer. Dies kränkte die reichsgräfliche Würde des Knaben und brachte ihn immer wieder dazu, sie, Gabi und Manfred zu beschimpfen.

Friedrich begann zu essen. Obwohl es ihm schmeckte, zog er die Nase kraus. »Dieses Mahl ist einem Bauern angemessen, aber keinem hohen Herrn.«

»Jeder Bauer wäre glücklich, bekäme er nur die Hälfte davon aufgetischt.« Das Wiedersehen mit Tobias hatte Klara ihre Lage wieder in Erinnerung gebracht, und sie antwortete daher schärfer als sonst.

Der Junge sah sie missmutig an, aß aber weiter. Den Kräuteraufguss schob er jedoch mit einer Geste der Abscheu von sich.

»Hält Sie Uns für ein Rindvieh? Dieses Gebräu aus Heu trinke ich nicht!«

In Augenblicken wie diesen wünschte Klara sich, sie könnte ihren Dienst hier im Schloss einfach aufkündigen. Da dies aber weder Friedrichs Großmutter noch Fürst Friedrich Anton von Schwarzburg-Rudolstadt zulassen würde, erklärte sie dem Jungen, dass dieser Trunk für seine Heilung unbedingt nötig wäre. Mit etwas Mühe brachte sie ihn schließlich so weit, die Tasse wenigstens zur Hälfte auszutrinken.

Tobias bewunderte die Geduld seiner Frau. In seinen Augen verdiente der reichsgräfliche Knabe eine gehörige Tracht Prügel. Der Junge musste lernen, dass Höflichkeit auch für ihn eine Tugend darstellte.

Das ganze Fürstengesindel soll der Teufel holen, dachte er und glaubte im ersten Augenblick erschreckt, er hätte es laut gesagt. Aber da sowohl Friedrich wie auch Klara sich nicht zu ihm umdrehten, hatte er sich anscheinend beherrscht. Er bedauerte seine Frau, die ihre ganze Kraft diesem undankbaren Lümmel opfern musste, während die eigenen Kinder ihre Mutter entbehrten, und er war kurz davor, Friedrich deutlich zu sagen, was er von alldem hielt.

Da platzte Gabi aufgeregt herein. »Ihre Durchlaucht ist auf dem Weg hierher!«

»So früh bereits?« Klara wunderte sich.

»Nachdem es Seiner Erlaucht vorgestern nicht so gutging, will sie wohl auch heute gleich am Morgen nach ihm sehen«, mutmaßte Manfred.

Tobias blickte kurz zum Fenster hinaus und schüttelte den Kopf. Um die Zeit hatte das normale Volk bereits mehrere Stunden hart gearbeitet, und da sagte der Diener, es sei noch früher Morgen.

Unterdessen überlegte Klara, was sie mit Tobias machen sollte. Um zu verhindern, dass Anna Sybilla und ihre Begleitung an seiner Anwesenheit Anstoß nahmen und ihn aus dem Schloss wiesen, wollte sie ihn schon in ihre Kammer zurückschicken. Allerdings konnte er auf dem Weg dorthin von Friedrichs Mutter bemerkt werden. Daher zeigte sie auf die Tür des Ankleidezimmers.

»Versteck dich darin, damit die anderen dich nicht sehen!«, forderte sie ihn auf.

Tobias gehorchte ohne Widerrede und zog die Tür bis auf einen Spalt hinter sich zu. Es war gerade noch rechtzeitig, denn im nächsten Augenblick wurde die Tür des Speisezimmers geöffnet, und Anna Sybilla trat mit einem halben Dutzend Begleitern ein.

Zu diesen zählten Herr und Frau von Trenzen, Juliana von Ziegenweida sowie der Arzt Stratmann, der sich im Gegensatz zu früheren Besuchen, bei denen er Klara oft angeblafft hatte, im Hintergrund hielt.

Anna Sybilla musterte ihren Sohn und war sichtlich erleichtert, ihn bei besserer Gesundheit als am Vortag anzutreffen, während Heinrich und Geraldina von Trenzen, aber auch Fräulein von Ziegenweida die Enttäuschung anzusehen war. Am meisten ärgerte sich jedoch der Arzt. Seit Klara im Schloss war, hatte er deutlich an Einfluss verloren. Selbst Friedrichs Mutter vertraute ihm nicht mehr ganz, sondern hatte bei einem leichten Anfall von Übelkeit zu einem Mittel gegriffen, das ihre Schwiegermutter ihr empfohlen hatte.

Stratmann ahnte, dass sich seine Zeit im Schloss dem Ende zuneigte und er etwas tun musste, um nicht arm und als gescheiterter Arzt von hier zu scheiden. Seine Hand glitt wie von selbst in seine Rocktasche und tastete nach dem kleinen Fläschchen, das seine Probleme lösen würde.

Auf einem kleinen Tisch in der Ecke entdeckte er einen Silberkrug, der mit Wasser gefüllt war, dem man etwas roten Wein hinzugesetzt hatte. Der Arzt schlenderte zu dem Tisch und verdeckte den Krug mit seinem Körper. Als alle anderen auf Friedrich und dessen Mutter schauten, holte er rasch das Fläschchen heraus, zog den Stöpsel und schüttete das Gift in den Krug. Auf die Tür zur Ankleidekammer des Jungen, die sich seitlich hinter ihm befand, achtete er nicht.

Tobias war neugierig genug, um den Spalt weiter zu öffnen und hinauszuspähen. Zunächst sah er nur auf die junge Reichsgräfin, eine hübsche Frau, die sich seiner Meinung nach jedoch nicht mit seiner Klara messen konnte. Plötzlich aber bemerkte er, wie ein mit einem dunklen Rock bekleideter Mann zu dem Tischchen in der Ecke neben der Tür trat. Dort zog der Mann eine kleine Flasche aus der Tasche und goss den Inhalt in den Silberkrug.

»Du! Was soll das?«, rief er empört und stürmte aus seinem Versteck.

Er erschreckte Stratmann so sehr, dass dieser das Fläschchen fallen ließ und ihn mit weit aufgerissenen Augen anstarrte.

»Wer ist dieses Subjekt? Was hat es hier zu suchen?«, rief Trenzen, der sogleich begriff, dass der Arzt das Getränk des Jungen gerade mit Gift versetzt hatte und nun verzweifelt versuchte, die Aufdeckung des Anschlags zu verhindern.

»Der Kerl da«, Tobias wies anklagend auf Stratmann, »hat eben etwas in diesen Krug geschüttet, und zwar aus dem Fläschchen, das dort liegt!«

»Was hat der Mann? Ich habe überhaupt nichts getan. Ich glaube eher, der Kerl hat dieses Ding selbst dorthin geworfen«, rief Stratmann empört.

»Das ist eine Lüge!«, schäumte Tobias auf. »Das Fläschchen war in deiner Tasche. Du hast es herausgezogen und den Inhalt in den Krug gegossen!«

»Wer ist dieser Mann?«, fragte Anna Sybilla.

»Mein Ehemann«, erklärte Klara. »Er ist gekommen, um mir die Heilmittel aus unserer Heimat zu bringen, die ich dringend benötige.«

»Das Gelumpe dieser Wiesen- und Kräuterapotheker aus dem Schwarzburgischen? Dabei weiß jeder studierte Mediziner, wie wirkungslos das Zeug ist!«, rief der Arzt, um seine Herrin gegen Tobias einzunehmen.

»Ich finde das Verhalten dieses Subjekts empörend!«, rief nun Juliana von Ziegenweida, um den Arzt zu unterstützen. »Wie kann Er es wagen, den Leibarzt Ihrer Durchlaucht zu beschuldigen?«

»Weil ich nicht glaube, dass das, was er in den Krug geschüttet hat, der Gesundheit des Knaben zuträglich ist.« Tobias hatte seine Ruhe wiedergewonnen, während der Arzt immer fahriger wirkte und ihn wüst beschimpfte.

»Die Angelegenheit erscheint mir ernst genug, um Ihre Erlaucht hinzuzuholen«, erklärte Klara und sah erleichtert, dass Manfred daraufhin den Raum verließ.

Heinrich von Trenzen wollte dem Arzt helfen und beschuldigte Tobias nun ebenfalls, die Flasche selbst in den Raum geworfen zu haben.

»Anders kann ich es mir nicht vorstellen. Ich kenne Doktor Stratmann als ehrenhaften Mann, während dieser Kerl zum Pöbel zählt!«

»Er ist gewiss geschickt worden, um Seine Erlaucht zu vergiften. Das zeigt sich ja schon daran, dass er sich vor uns versteckt hat. Man sollte ihn einsperren!«, sprang ihm seine Ehefrau bei.

»Hätte ich Übles im Sinn, wäre ich gewiss nicht aus der Kammer gekommen, um Seine Erlaucht zu warnen«, rief Tobias, zutiefst empört über diese Unterstellung.

Friedrichs Mutter zögerte. Bislang hatte Klaras Pflege ihrem Sohn gutgetan. Weshalb also sollte deren Mann dem Jungen übelwollen?, fragte sie sich. Die Ankunft der Großmutter beendete ihre Überlegungen.

Henrietta Augusta unterbrach den Wortschwall, mit dem Heinrich von Trenzen sie empfing, mit einem Schlag ihres Spazierstocks auf den Tisch.

»Sei Er still! Ich will von Ihr hören, was hier geschehen ist!«, sagte sie und zeigte auf Klara.

Diese schluckte, um ihre trockene Kehle zu befeuchten, und deutete auf das noch immer am Boden liegende Fläschchen.

»Mein Ehemann hat gesehen, wie der Leibarzt Ihrer Erlaucht den Inhalt dieses Gefäßes in den Krug mit dem Trinkwasser Seiner Erlaucht gegossen hat.«

»Das stimmt nicht! Er war es, nicht ich!«, schrie der Arzt voller Angst und Wut.

»Der Mann lügt, wenn er nur den Mund aufmacht! Wie hätte ich es tun sollen, da das Fläschchen bereits am Boden lag, als ich den Raum betreten habe?«, antwortete Tobias, der über diese Unterstellung zutiefst empört war.

»Er hat das Fläschchen hierhergeworfen, um den braven Doktor Stratmann zu denunzieren«, rief Trenzen, der die tausend Taler, die er dem Arzt als Anzahlung hatte geben müssen, nicht in den Wind schreiben wollte.

»Hebe Er das Fläschchen auf!«, befahl Henrietta Augusta Manfred. Dieser gehorchte und reichte es ihr.

Die alte Reichsgräfin warf einen Blick darauf und funkelte den Arzt zornig an. »Es handelt sich um eine Flasche, wie Er sie immer verwendet. Die Gefäße des Buckelapothekers sind derbere Ware!«

»Ich ... ich ...«, stotterte der Arzt und wandte sich im nächsten Augenblick zur Flucht. Er kam genau bis zur Tür, dann hatte Manfred ihn gepackt und hielt ihn fest. Verzweifelt schlug Stratmann nach ihm, doch da eilte Tobias dem Diener zu Hilfe.

Gemeinsam gelang es ihnen, Stratmann niederzuringen und zu fesseln.

»Man sollte das Wasser im Krug ausschütten und diesen sorgfältig schrubben«, schlug Gabi vor.

Henrietta Augusta hob abwehrend die Hand. »Noch nicht! Man bringe ein Kaninchen herbei und flöße ihm von dem Wasser ein.«

So geschah es. Die Miene der alten Reichsgräfin wurde hart, als das Tier innerhalb weniger Minuten verendete. Anna Sybilla starrte auf das am Boden liegende Kaninchen und griff zum Hals, als würde etwas sie ersticken.

»Das ist ungeheuerlich!«, flüsterte sie. »Er wollte tatsächlich Seine Erlaucht ermorden. Welch eine Schlechtigkeit!«

»Man sollte seine Kammer durchsuchen und auch ihn selbst. Vielleicht finden wir auf diese Weise heraus, wer seine Auftraggeber sind.«

Juliana von Ziegenweida wurde bei Henrietta Augustas Worten bleich. Sie hatte Stratmann am Vortag den ersten Schuldschein übergeben und musste damit rechnen, dass dieser gefunden wurde. Dann aber war sie als Anstifterin des Mordanschlags entlarvt und würde verhaftet werden. Flucht schien die einzige Rettung, doch bereits auf dem Weg zur Tür entschied sie sich anders. Wenn sie schnell genug in die Räume des Arztes gelangte, konnte sie ihren Schuldschein an sich bringen und vernichten. Mit etwas Glück stellte der misslungene Giftmord vielleicht sogar den Hebel dar, mit dem sie Heinrich und Geraldina von Trenzen endlich zu Fall bringen konnte.

Mit diesem Gedanken schlüpfte sie zur Tür hinaus und eilte den Flur entlang, bis sie die Zimmer des Arztes erreichte. Sie atmete erleichtert auf, als sie die Tür unverschlossen fand. Rasch trat sie ein und öffnete das Schrankfach, in das Stratmann ihren Schuldschein gelegt hatte.

Es war leer!

Von Panik erfüllt, drehte sie sich um. Jeden Augenblick konnten die alte Reichsgräfin oder deren Bedienstete erscheinen, um die Zimmer des Arztes zu durchsuchen.

»Die Schlafkammer!« Noch während sie es sagte, stürzte Juliana von Ziegenweida in den zweiten Raum. Angesichts des Kleiderschranks mit seinen vielen Fächern wollte sie schon aufgeben, griff dann auf gut Glück unter einen etwas schief liegenden Hemdenstapel und hielt tatsächlich ein Stück Papier in der Hand.

Es war ihr Schuldschein! Ihr fielen ganze Felsblöcke vom Herzen. Da hörte sie draußen Stimmen, kehrte rasch in das Wohnzimmer des Arztes zurück und verbarg sich hinter der Tür. Im nächsten Augenblick wurde diese geöffnet, und Henrietta Augusta trat als Erste ein.

»Durchsucht die Kammern!«, befahl sie zwei Dienern.

Diese taten es, während nun auch Anna Sybilla, Herr und Frau von Trenzen und weitere Mitglieder des Hofstaats hereinströmten. Kurzentschlossen verließ Juliana von Ziegenweida ihr Versteck und gesellte sich zu den anderen, so als wäre sie zusammen mit ihnen hereingekommen.

Es dauerte nicht lange, da stieß einer der suchenden Diener einen leisen Ruf aus.

»Habt ihr etwas entdeckt?«, fragte Henrietta Augusta angespannt.

»Einen Beutel mit Goldmünzen! Es müssen Hunderte von Talern sein«, antwortete der Mann.

Es sind genau tausend, dachte Heinrich von Trenzen verbittert. Dieses Geld war für ihn verloren. Wichtig war jetzt vor allem, dass er nicht in den Verdacht geriet, den Giftanschlag veranlasst zu haben. In Gedanken verfluchte er Tobias, der Stratmann entlarvt hatte, aber auch diesen selbst, weil er sich auf eine so dumme Weise hatte ertappen lassen.

Sechster Teil

...

Verrat im Schloss

1.

Der misslungene Mordanschlag auf den jungen Reichsgrafen hinterließ Spuren im Schloss. Während Henrietta Augusta verlangte, jeden, der in diese Verschwörung verwickelt war, ausfindig zu machen und der Folter und dem Strang zu überantworten, legte ihre Schwiegertochter sich krank ins Bett und ließ nur noch ihre engsten Vertrauten zu sich. Zu diesen zählten Heinrich von Trenzen und dessen Ehefrau. Juliana von Ziegenweida hingegen wurde immer noch ausgeschlossen, da sie zu sehr auf eine Ehe Anna Sybillas mit dem Fürsten von Sachsen-Saalfeld gedrängt hatte. Es war allgemein bekannt, dass dieser eine Heirat nur nach dem Ableben des kleinen Friedrich ins Auge gefasst hätte. Daher vermuteten nicht wenige im Schloss, dass jemand diesem Ereignis hatte nachhelfen wollen.

Am wenigsten wurden Klara und Tobias von dieser Angelegenheit tangiert. Die Kammerfrau der alten Reichsgräfin überreichte Tobias das Geld für die gebrachten Arzneien und teilte ihm mit, dass er wieder gehen könne.

Klara ärgerte sich über die kühle Verabschiedung, denn ihr Mann hätte eine bessere Behandlung verdient gehabt. Außerdem wäre es ihr lieb gewesen, etwas mehr Zeit mit ihm verbringen zu können. Mit Tränen in den Augen begleitete sie Tobias zum Schloss hinaus und ging weiter und weiter mit ihm, bis ein Grenzpfahl anzeigte, dass sie das Ende der Reichsgrafschaft Schwarzburg-Friedrichsthal erreicht hatten.

Mit einem traurigen Lächeln blieb Tobias dort stehen. »Wenn

du jetzt nicht umkehrst, bist du noch bei mir, wenn ich Königsee erreiche.«

»Ich würde so gerne mitkommen.« Klara schloss ihn in die Arme und klammerte sich fest an ihn. »Es ist so ungerecht! Nur weil der alte Drachen meint, ich allein könne seinen Enkel versorgen, reißt man uns auseinander.«

»Der alte Drachen?«

»So nennt das Gefolge der jungen Reichsgräfin heimlich deren Schwiegermutter.«

»Das sind ja schöne Verhältnisse in diesem Schloss!«, erwiderte Tobias kopfschüttelnd. »Aber was will man von den hohen Herrschaften anderes erwarten? Es hatte ja auch niemand nötig, mir zu danken, weil ich diesen verbrecherischen Arzt daran gehindert habe, den Knaben zu vergiften.«

»Ich fürchte, dass einige dir sogar übelnehmen, dass du es getan hast. Weißt du, Tobias, ich habe Angst, dass es wieder passiert und niemand da ist, der es verhindern kann. Dann wird der alte Drachen mir die Schuld daran geben.«

»Sie soll es wagen!«, stieß Tobias erregt hervor, winkte dann aber ab. »Wie ich schon sagte, sind die englischen Kolonien in Amerika ein Land, in dem man frei leben kann. Sollten wir es hier nicht mehr aushalten, werden wir auf ein Schiff gehen und über den Ozean fahren.«

»Ich würde die Heimat nur sehr ungern verlassen«, wandte Klara ein.

»Ich mag auch nicht gehen. Doch wenn es nicht anders möglich ist, muss es sein!« Tobias küsste sie und löste sich dann aus ihren Armen. »Sollte die alte Reichsgräfin dich noch länger hierbehalten, komme ich in zwei Monaten wieder.«

»Ich werde der Dame erklären, ich würde wieder Arzneien von dir benötigen. Grüße alle und sage Martha, dass ich ihr alles Gute für ihre weitere Schwangerschaft wünsche. Ich wäre so gerne daheim, um ihr beistehen zu können. Und küsse Lena und Martin von mir. Ich vermisse sie so sehr!«

Bisher hatte Klara die Tränen zurückhalten können, doch nun war es mit ihrer Beherrschung vorbei. Tobias umarmte sie noch einmal, wischte mit den Fingern über ihre nassen Wangen und schritt mit hängendem Kopf von dannen.

»Auf Wiedersehen!«, rief Klara ihm nach und machte kehrt.

Der Weg zum Schloss war länger, als sie erwartet hatte. Da ihre Augen durch den Tränenflor verschleiert waren, trat sie fehl, wurde aber von jemandem festgehalten, bevor sie fallen konnte. Klara wischte sich mit dem Ärmel die Augen trocken und erkannte Kornelius von Zander, der, vom Vorwerk kommend, auf das Schloss zugegangen war.

Der alte Herr lächelte freundlich. »Ich habe gesehen, dass du deinen Mann begleitet und verabschiedet hast, und dachte mir, es wäre besser, wenn du den Weg zum Schloss nicht allein zurücklegen musst.«

»Warum kann man mich nicht bei meinem Mann und meinen Kindern lassen?«, brach es aus Klara heraus.

»Du bist die Einzige, der Ihre Erlaucht Henrietta Augusta zutraut, ihren Enkel am Leben zu erhalten«, antwortete Zander ernst.

»Aber sie kann mich doch nicht hierbehalten wollen, bis Seine Erlaucht erwachsen ist!«

»Das sollte wirklich nicht sein, und wenn doch, so muss sie deine Familie hierherholen und deinem Mann die Möglichkeit bieten, an diesem Ort einen passenden Beruf auszuüben.«

Für ein paar Wochen, vielleicht auch mehrere Monate konnte Klara bleiben, das sah Zander ein. Sollte es jedoch länger werden, beschloss er, Henrietta Augusta entsprechend zu beraten. Da er Klara aber keine Versprechungen machen wollte, lenkte er das Gespräch auf ein anderes Thema.

»Der Mordanschlag auf den Knaben geschah gewiss nicht

nur, weil der Arzt eifersüchtig oder beleidigt war. Sicher, Trenzen behauptet, der Grund sei der Ärger des Arztes darüber, dass es dir gelungen ist, Friedrichs Gesundheit zu verbessern. Aber ich bin sicher, es steckt mehr dahinter! Ich hoffe, du hilfst mir, das ganze Verbrechen aufzudecken.«

»... und gerate dabei selbst in Gefahr, umgebracht zu werden«, gab Klara bissig zurück.

»Wollen wir hoffen, dass es nicht so weit kommt. Aber es dient auch deiner Sicherheit, wenn du die Augen offen hältst. Ihre Erlaucht will sogar einen Vorkoster für Seine Erlaucht bestimmen. Einen Freiwilligen dafür wird sie jedoch schwerlich finden.«

»Wenn sie glaubt, ich würde die Speisen probieren, irrt sie sich.«

Zander senkte kurz den Kopf, denn Henrietta Augusta hatte dies bereits gefordert. Nur der Hinweis, dass Klara als Tote den Knaben nicht mehr pflegen könne, hatte die hohe Dame von der Idee abgebracht. Das war aber nichts, was er Klara mitteilen wollte, daher wechselte er erneut das Thema.

»Herr von Trenzen hat heute zum ersten Mal seit mehreren Wochen wieder den Regentschaftsrat zusammengerufen. Ich frage mich, was er vortragen will. Ihre Erlaucht wird die Rede mit Gewissheit auf die erhöhten Steuern bringen, für die er verantwortlich ist.«

Klaras Interesse für die internen Probleme der Reichsgrafschaft war gering, doch sie hörte den Ausführungen des alten Herrn aufmerksam zu. Auf diese Weise erschien ihr der Weg bis zum Schlossportal doch recht kurz. Sie hatte sich angewöhnt, den Personaleingang zu benützen, Zander aber führte sie durch den Haupteingang und ignorierte die tadelnden Blicke des Türstehers ebenso wie die des Haushofmeisters der jungen Reichsgräfin, der unter Verbeugungen auf ihn zutrat.

»Ihre Durchlaucht bittet Euch, in ihr Schlafgemach zu kommen. Sie fühlt sich zu schwach, um es verlassen zu können. Deshalb wird der Regentschaftsrat sich dort versammeln.«

»Das dachte ich mir schon«, antwortete Zander und verabschiedete sich von Klara. »Bis bald, mein Kind! Wenn die Zeit ausreicht, werde ich heute auch Seiner Erlaucht meine Aufwartung machen.«

»Er würde sich gewiss darüber freuen«, antwortete Klara, die jede Begebenheit begrüßte, die Friedrich die Langeweile vertrieb.

2.

Kornelius von Zander wurde von Anna Sybillas Haushofmeister zu deren Gemächern geführt und betrat kurz darauf das Schlafzimmer der Dame. Anna Sybilla lag bleich in ihrem Bett, den Rücken an mehrere Kissen gelehnt, und hielt in den Fingern ein seidenes Taschentuch. Nachthemd, Schlafrock und Taschentuch waren von gleicher rosiger Farbe, der Bettüberzug und die Vorhänge nur leicht dunkler. Es war daher eine Woge in Rosa, die von Zander entgegenschlug. Auch die Tapeten schimmerten in diesem Ton, und so verschwammen die Konturen im Raum. Wenn es Anna Sybilla so gefiel, so wollte er der Letzte sein, der an ihrem Geschmack Kritik übte, dachte er und nahm, nachdem er sich vor beiden Reichsgräfinnen verbeugt hatte, auf einem Stuhl Platz, den ein Diener für ihn bereitstellte. Trenzen gönnte er nur ein kurzes Nicken.

Obwohl beide Damen höherrangig und Zander der Ältere war, ergriff Trenzen das Wort. »Ich habe diese Versammlung einberufen, um über den gestrigen Giftanschlag an Seiner Erlaucht, Reichsgraf Friedrich IV., zu beraten.«

»Der Anstoß kam gewiss aus Sachsen-Saalfeld. Man weiß, dass Fürst Johann Ernst hofft, durch eine Ehe mit Ihrer Durchlaucht in den Besitz von Schwarzburg-Friedrichsthal zu gelangen«, warf Henrietta Augusta zornig ein.

Trenzen hob beschwichtigend die rechte Hand. »Ich bitte Eure Erlaucht zu bedenken, dass Doktor Stratmann äußerst zornig war, weil er durch das Erscheinen einer gewissen Person von seinen Aufgaben bei Eurem Enkel entbunden worden ist. Er kann daher den Versuch, Seine Erlaucht zu vergiften, auch aus eigenem Antrieb unternommen haben. Ich rate dringend ab, Fürst Johann Ernst von Sachsen-Saalfeld mit Beschuldigungen zu überziehen.«

»Die Taler, die bei dem schurkischen Arzt gefunden worden sind, sind wohl vom Himmel gefallen!«, rief Henrietta Augusta aufbrausend.

»Ich bitte Eure Erlaucht zu bedenken, dass wir uns den Zorn von Fürst Johann Ernst zuziehen würden, sollte er an diesem Anschlag unschuldig sein«, mahnte Trenzen die Reichsgräfin.

Nun meldete sich von Zander zu Wort. »Obwohl ich selten mit Herrn von Trenzen einer Meinung bin, muss ich ihm in diesem Fall zustimmen. Ohne einen Beweis vorlegen zu können, wäre eine solche Anklage ein Affront, der der Reichsgrafschaft großen Schaden zufügen würde.«

»Der Arzt wird unter der Folter gestehen, wer ihn beauftragt hat«, antwortete Henrietta Augusta unversöhnlich.

»Wenn Euer Durchlaucht erlauben, werde ich den Gefangenen befragen und ihm dem Wunsch Ihrer Erlaucht gemäß mit der Folter drohen«, bot Trenzen an.

»Mit der Folter wird nicht nur gedroht. Sie wird auch angewandt!« Henrietta Augusta war nicht bereit, in dieser Sache nachzugeben.

Auch von Zander nickte. »Sollte Stratmann den Fürsten beschuldigen, so bin ich dafür, diese Angelegenheit auf diplomatischem Weg zu lösen, um die Zusicherung zu erlangen, dass Fürst

Johann Ernst sich nicht weiter in die inneren Belange der Reichsgrafschaft einmischt. Dafür sollte der Regentschaftsrat für den Fall des hoffentlich vermeidbaren Ablebens Friedrichs eine Erbschaftsregelung beschließen, die eine Vereinigung Schwarzburg-Friedrichsthals mit Sachsen-Saalfeld ausschließt.«

»Damit bin ich einverstanden«, rief Trenzen, da dies seine eigenen Pläne begünstigte.

»Da wir Schwarzburger sind, sollte die Reichsgrafschaft bei einem Ende der Dynastie schwarzburgisch bleiben.« Henrietta Augustas Worte stellten eine Kampfansage an Trenzen, aber auch an ihre Schwiegertochter dar. Während diese schwieg, zog Trenzen eine bedenkliche Miene.

»Ich würde dem zustimmen, wenn Schwarzburg-Friedrichsthal eine gemeinsame Grenze mit Schwarzburg-Rudolstadt oder Schwarzburg-Sondershausen besäße. So aber wäre es eine von fremdem Gebiet umschlossene Enklave.«

»Sowohl Rudolstadt wie auch Sondershausen besitzen etliche solcher Enklaven. Auf eine mehr sollte es daher nicht ankommen«, unterbrach von Zander ihn.

Trenzen blickte Anna Sybilla auffordernd an. Zu anderen Zeiten hatte sie ihn sofort unterstützt, doch an diesem Tag blieb sie stumm. Obwohl Johann Ernst ein alter Herr war, ärgerte sie sich, weil eine Heirat mit ihm erstrebenswert gewesen wäre. Selbst eine Ehe mit Christian von Sachsen-Hildburghausen war nicht möglich, denn ihm hätte sie ebenfalls die Reichsgrafschaft als Mitgift mitbringen müssen. Dafür aber den Tod ihres Sohnes in Kauf zu nehmen, wollte sie ganz bestimmt nicht. Hin- und hergerissen zwischen ihren Wünschen und ihrer Pflicht, beschloss sie, erst einmal abzuwarten, in welche Richtung sich das Schicksal neigen würde. Daher erklärte sie nun, müde zu sein.

»Wenn Euer Durchlaucht erlauben, werden wir uns zurückziehen«, bot von Zander sofort an.

Trenzen begriff, dass er im Moment allein gegen die alte Reichsgräfin und deren Vasallen stand, und hielt es für klug, die Sitzung des Regentschaftsrates zu beenden, bevor die gegnerische Seite Beschlüsse durchsetzen konnte, die seine Pläne gefährdeten. Außerdem hatte er derzeit mit ganz anderen Problemen zu kämpfen. Wenn der gefangene Arzt tatsächlich mit der Folter bedroht oder ihr gar unterworfen wurde, musste Trenzen damit rechnen, dass dieser ihn als denjenigen bezeichnete, der den Giftanschlag auf den Knaben in Auftrag gegeben hatte. Auf Anna Sybillas Hilfe konnte er in einem solchen Fall nicht hoffen.

Er stand daher auf und verbeugte sich vor seiner Herrin. »Herr von Zander hat vollkommen recht! Wir sollten Eure Durchlaucht nicht länger behelligen. Wenn Ihr erlaubt, werde ich das Verhör dieses ruchlosen Schurken durchführen«, sagte er.

Auf diese Weise versuchte er, die Zügel in der Hand zu behalten. Nur kräftig genug auftragen, um Anna Sybilla und auch dem alten Drachen Henrietta Augusta Honig um den Bart zu schmieren, sagte er sich und atmete auf, als die junge Reichsgräfin nickte.

»Tut dies, mein lieber Trenzen, und lasst Euch dabei nicht zur Milde verleiten. Dieses Ungeheuer wollte meinen Sohn töten. Dafür hat er alle Strafen der Welt verdient!«

Es war dies eines der wenigen Male, an denen Henrietta Augusta mit ihrer Schwiegertochter einer Meinung war.

3.

Noch jemand im Schloss befürchtete, dass der Arzt ihn verraten könnte. Juliana von Ziegenweida war es zwar gelungen, den Schuldschein, den sie Stratmann gegeben hatte, wieder an sich zu bringen, und hatte ihn sofort verbrannt. Auch der zweite, den sie ihm nach dem Tod des kleinen Reichsgrafen hatte übergeben wollen, war ins Feuer gewandert. Doch wenn er sie beim Verhör beschuldigte, ihn zu der Tat angestiftet zu haben, hatte sie keine Gnade zu erwarten.

Sie dachte daher erneut an Flucht und war kurz davor, einen Diener in die Stallungen zu schicken, damit ein Pferd für sie gesattelt wurde. Sie war jedoch keine gute Reiterin, und der Gedanke, etliche Meilen über schlechte Straßen und durch dichte Wälder zurücklegen zu müssen, schreckte sie ebenso wie die Befürchtung, unterwegs auf Räuber zu treffen. Eine andere Möglichkeit sah sie jedoch nicht, denn ohne die Erlaubnis einer der beiden Reichsgräfinnen konnte sie weder einen Reisewagen noch eine entsprechende Eskorte anfordern. Dies hätte sofort Verdacht erregt.

Daher fühlte Juliana von Ziegenweida sich wie eine Maus in der Falle, die nur noch auf den Schuh wartete, der sie zertreten würde. Kurz überlegte sie, dem Arzt zur Flucht zu verhelfen. Doch der würde von hier nur auf Schusters Rappen wegkommen und wahrscheinlich noch vor der Grenze von Verfolgern eingeholt werden, die auf die Jagdhunde des verstorbenen Reichsgrafen zurückgreifen konnten.

»Nein, damit ist nichts gewonnen«, sagte sie sich. Ihr musste etwas anderes einfallen.

Einen halben Tag lang überlegte sie verzweifelt, wie sie sich retten konnte, und ging dabei immer wieder an der Treppe vorbei, die zu den Kellern hinführte. Dabei stellte sie fest, dass der Gefangene sein Essen aus der Schlossküche erhielt. Juliana sah, wie eine Küchenmagd ein Tablett mit einem schlichten Holzkrug und einer hölzernen Schüssel in den Keller trug. Vom Treppenansatz aus konnte sie erkennen, dass die Magd das Tablett auf einen Tisch stellte und in das hintere Gewölbe rief, das Essen für den Arzt stände bereit.

»Ich werde es schon noch holen! Der Kerl soll erst einmal ein wenig Kohldampf schieben«, antwortete ein Mann missmutig.

Der Wächter schien sich nicht gerade zu freuen, unten im Keller Posten stehen zu müssen, dachte Juliana von Ziegenweida. Dann aber zuckte sie zusammen. Wenn sie weiterhin nichts tat, würde der Arzt sie verraten, und sie traute beiden Reichsgräfinnen zu, sie danach zum Tode verurteilen und köpfen zu lassen.

Von dieser Vorstellung getrieben, eilte sie wieder zu den Räumen des Arztes. Wie sie gehofft hatte, waren diese unversperrt, und das waren mittlerweile auch die Schränke. Juliana öffnete den ersten, fand aber zunächst nichts, das ihr helfen konnte. In einem der Fächer standen nur ein paar große Flaschen mit lateinischen Aufschriften, denen sie mit einer gewissen Mühe entnehmen konnte, dass es sich bei dem Inhalt einer Flasche um ein Abführmittel handelte und bei der zweiten um einen Stärkungstrank.

»Mir zerrinnt die Zeit zwischen den Fingern!«, stöhnte sie verzweifelt und suchte weiter.

Im nächsten Augenblick hielt sie eine kleinere Flasche in der Hand, auf deren Etikett ein roter Totenkopf warnend hervorstach. Im gleichen Fach stand eine weitere, mit einem Totenkopf gekennzeichnete Flasche.

Juliana nahm beide an sich und verbarg sie in einer Innentasche ihres Rocks. Dann kehrte sie rasch zu der Treppe in den Keller zurück. Ein Blick nach links und einer nach rechts verrieten ihr, dass niemand in der Nähe war, und so stieg sie hurtig in die Tiefe.

Das Tablett mit dem Krug und der Schüssel stand noch dort, wo die Magd es abgestellt hatte. In dem Wissen, dass der Wächter jeden Augenblick kommen konnte, zog Juliana den Stöpsel der ersten Flasche ab und gab einen gehörigen Schuss des Giftes in das Bier, das Stratmann als Getränk zugebilligt worden war. Von der zweiten Flasche goss sie einen Teil des Inhalts in die Suppe, aus der ihr einige Fettaugen entgegenstarrten.

Danach wollte sie wieder zur Treppe, hörte aber, dass oben jemand vorbeiging. Zudem waren die Schritte des Wächters zu hören, der nun doch das Essen für den Arzt holen wollte.

Juliana sah sich angsterfüllt um, entdeckte einen dunklen Winkel unter der Treppe und huschte hinein. Von dort aus sah sie zu, wie der Wächter missmutig auf das Tablett sah.

Das Herz blieb ihr fast stehen, als der Mann den Krug nahm und ihn fast bis zur Hälfte leerte. Wenn er nun tot umfiel, war ihr ganzer Einsatz umsonst gewesen.

Der Wächter knurrte etwas, das wie »gar nicht so übel« klang, stellte den Krug wieder auf das Tablett und trug es in den hinteren Teil des Kellers.

»Kriegst gleich was zu fressen!«, rief er noch, dann war er Julianas Blicken entzogen.

Nun erst wagte sie wieder zu atmen. Da oben alles still war, stieg sie vorsichtig die Treppe hoch und eilte, als sie immer noch niemanden bemerkte, zu ihren Räumen. Dort ließ sie sich auf einen Stuhl fallen und schenkte sich mit zitternder Hand ein Glas Wein ein. Allmählich beruhigte sie sich und hoffte von ganzem Herzen, dass der Arzt diese Mahlzeit nicht überleben würde.

4.

Heinrich von Trenzen plagten die gleichen Sorgen wie Juliana von Ziegenweida. Auch für ihn wurde es gefährlich, wenn Stratmann ihn als Anstifter für den Mordversuch an Friedrich bezichtigte. Nach längerer Überlegung kam er zu dem Schluss, dass der Arzt ihm am besten als Toter diente. Allerdings fiel es ihm schwerer als Juliana, eine Möglichkeit zu finden, wie er sich Stratmanns entledigen konnte. Den Wächter wegzuschicken und den Arzt danach zu ermorden, war ebenso unmöglich, wie Stratmann vor den Augen dieses Mannes zu töten.

»Halt!«, stieß Trenzen aus. »Vielleicht geht es doch!«

Immerhin war Stratmann ein eitler und von sich überzeugter Mann. Da mochte es leicht sein, ihn so lange zu reizen, bis er die Beherrschung verlor und auf ihn losging. Wenn er ihn dann in Notwehr erschoss, konnte selbst der alte Drachen Henrietta Augusta ihn deswegen nicht tadeln.

Mit dem Gedanken begab er sich in seine Gemächer, suchte eine Pistole heraus, die klein genug war, um sie in einer Rocktasche zu verstecken, und lud sie mit aller Gründlichkeit.

Seine Frau war ihm gefolgt und starrte ihn verwirrt an. »Was soll das?«, fragte sie ätzend. »Seid Ihr etwa mit Eurem Latein am Ende und wollt Euch selbst eine Kugel in den Kopf schießen?«

»Ihr haltet mich wohl für einen ausgemachten Feigling, meine Liebe«, antwortete Trenzen spöttisch. »Ich bin nur dabei, Eure Dummheit auszumerzen, damit sie nicht auf uns fällt.«

»Welche Dummheit?«

»Den Auftrag an den Arzt, der mich eintausend Taler gekostet hat!«

Geraldina von Trenzen lachte kurz auf. »Die tausend Taler sind in die Truhe des Reichsgrafen gewandert, aus der Ihr sie jederzeit wieder herausnehmen könnt.«

»Wenn der Arzt uns als seine Auftraggeber hinstellt, werde ich dazu kaum mehr kommen. Der alte Drachen würde mich nur zu gerne am Galgen sehen – und Euch neben mir, meine Liebe!«

Diesmal lag kein Spott mehr in Trenzens Worten, und auch seiner Frau war fürs Erste das Lachen vergangen.

»Stratmann wird doch schweigen, hoffe ich!«, meinte sie.

»Wenn Ihre Erlaucht Henrietta Augusta ihn wie angekündigt foltern lässt, würde er selbst seinen Vater und seine Mutter dem Henker ausliefern. Nur, wenn er für immer verstummt, sind wir sicher.«

»Aber wie wollt Ihr ihn umbringen? Er wird doch scharf bewacht?«

Trenzen blickte überheblich auf sie herab. »Überlasst das nur mir, meine Liebe! Nachdem Eure Methode gescheitert ist, werde nun ich das Heft in die Hand nehmen.«

»Könnt Ihr das überhaupt?«, erwiderte sie bissig. »Bisher musste ich Euch doch stets sagen, was Ihr zu tun habt!«

»Das ist jetzt vorbei.« Trenzen verstaute die geladene Pistole in seiner Rocktasche. »Ich gehe jetzt, um dieses schurkische Subjekt zu verhören«, sagte er laut, als er sich zur Tür wandte.

Seine Frau trat ihm verärgerter Miene in den Weg. »Wollt Ihr Euch auch gleich als Folterknecht andienen?«

»Ich sollte Euch heute Abend aufs Bett fesseln und Euch den Hintern versohlen, bis Ihr mich um Gnade anwinselt, und Euch dann, wenn Euer Allerwertester so richtig schmerzt, so rauh bearbeiten, wie es die Männer des Pöbels im Allgemeinen mit ihren Weibern machen«, antwortete Trenzen, der wusste, dass seine Gemahlin an solchen Spielen durchaus Gefallen fand.

»Wenn Ihr nicht zu sehr zuschlagt, mag es so sein«, meinte diese auch sofort.

Trenzen strich ihr kurz über die Wange. »Ich will den Arzt so lange reizen, bis ihn die Wut übermannt und er mich bedroht. Gelingt es heute nicht, so gewiss morgen oder übermorgen. Da es in Schwarzburg-Friedrichsthal keinen Scharfrichter gibt, muss der alte Drachen einen von außerhalb kommen lassen. Bis dorthin ist Stratmann tot, und wir sind in Sicherheit.«

»Ein guter Plan! Man merkt, dass ich Eure Lehrerin bin«, lobte seine Frau und gab ihm den Weg frei.

5.

Als Trenzen den Gewölbekeller betrat, in dem der Arzt eingesperrt war, fand er den Wächter vor der Türe schlafend am Boden vor.

»Steh auf, du Kerl!«, rief er und versetzte dem Mann einen derben Fußtritt.

Der öffnete die Augen und starrte verwirrt um sich. »Was ist los? Mir ist so übel!«

»Du hast wohl gestern zu viel gezecht, du Hund!«, fuhr Trenzen ihn an. »Öffne die Tür! Ich will den Schurken verhören.«

Mit unsicheren Bewegungen kämpfte der Wächter sich auf die Beine und schob den Riegel zurück. Dabei presste er sich die linke Hand mit schmerzverzerrter Miene gegen den Leib.

Trenzen achtete nicht darauf, sondern betrat das Verlies. Es war vier auf vier Schritte groß, hatte anstelle eines Fensters nur ein Luftloch an der Decke und als einziges Möbelstück eine hölzerne Pritsche. Der Arzt schlief, stöhnte aber, als würde er unter üblen Träumen leiden. Um ihn zu wecken, versetzte Trenzen ihm einen Fußtritt. Stratmann schreckte hoch, stieß einen Schrei aus und fiel fast von der Pritsche.

»Du elender Schurke, gestehe!«, brüllte Trenzen.

Der Arzt sah sich verwirrt um, erkannte ihn und taumelte auf ihn zu. »Ihr seid es? Gott sei Dank! Ihr müsst mir helfen. Mir, oh …« Er stolperte, wollte sich an Trenzen festhalten, doch da zog dieser seine Pistole und schoss.

Stratmann stürzte nach hinten und blieb reglos liegen.

»Das Schwein wollte mich umbringen!«, behauptete Trenzen und drehte sich zum Gefangenenwärter um. Dieser starrte auf den Toten, krümmte sich dann stöhnend und sank neben dem Arzt nieder.

»He, was soll das?«, rief Trenzen und versetzte ihm einen Tritt.

Der Mann rührte sich nicht mehr. Dennoch dauerte es eine Weile, bis Trenzen klarwurde, dass auch der Wächter nicht mehr unter den Lebenden weilte. Er kniff verwirrt die Augen zusammen und versuchte zu begreifen, was geschehen war. Ein Blick auf den Arzt zeigte ihm, dass sein Schuss diesen zwar verwundet, aber nicht auf der Stelle getötet haben konnte. Trotzdem war der Mann tot!

Allmählich dämmerte es ihm. Jemand war schneller gewesen und hatte den Gefangenen und seltsamerweise auch den Wärter vergiftet. Er hätte nur ein wenig warten müssen, dann wäre er aller Sorgen ledig gewesen. So aber hatte er zwei Leichen am Hals und keine Begründung, weshalb beide Männer gestorben waren.

»Der alte Drachen wird mich beschuldigen, den Arzt erschossen zu haben, um meinen Anteil an der Tat zu vertuschen. Bei Gott, wie kann ich mich retten?«, rief er verzweifelt aus.

Da fiel sein Blick auf den Degen des Wärters. Ehe er den Gedanken richtig ausformen konnte, zog er die Waffe aus der Scheide, nahm Maß und stieß sie dem Mann in die Brust.

Der nächste Schritt war härter. Trenzen biss die Zähne zusammen, als er dem Arzt den Griff des Degens in die rechte Hand drückte und sich dann mit dem Arm gegen die Spitze stemmte. Der Schmerz raubte ihm fast den Verstand. Dennoch gab er nicht auf. Eine kleine Schramme war zu wenig. Es musste eine blutende Wunde sein, die den Schuss auf den Arzt rechtfertigte.

Als es geschafft war, taumelte er nach draußen und war froh, dass der Knall seines Schusses nicht aus dem Keller gedrungen war. Er stieg halb die Treppe hoch und begann dann erst zu rufen.

»Zu Hilfe! Helft mir doch!«

Eine Magd schaute herab und schrie gellend auf, als sie seinen blutigen Ärmel entdeckte. Andere Domestiken eilten herbei, und Anna Sybillas Haushofmeister beugte sich besorgt über ihn.

»Mein Gott, Herr von Trenzen! Was ist geschehen?«, fragte er.

»Ich wollte den Gefangenen verhören … Er lag auf seiner Pritsche … Als der Wächter auf ihn zutrat, um ihn aufzuscheuchen, entriss ihm der Schurke den Degen und stach ihn nieder … Danach griff er mich an und verwundete mich. In letzter Not vermochte ich meine Pistole zu ziehen und abzudrücken … Ich konnte mich noch bis hierher schleppen … Wahrscheinlich habe ich ihn getroffen, denn er ist mir nicht gefolgt.«

Trenzen legte immer wieder Pausen ein und gab sich noch elender, als er sich tatsächlich fühlte. Die Verletzung schmerzte allerdings höllisch, und das Blut rann immer noch.

»Die Wunde muss versorgt werden! Sonst verblute ich noch. Holt rasch den Arzt«, rief er erschrocken.

»Den habt Ihr Euren eigenen Worten zufolge eben niedergeschossen«, antwortete der Haushofmeister und drehte sich zu seinen Untergebenen um. »Wer vermag hier Wunden zu versorgen?«

Trenzen erschrak bei dem Gedanken, es könnte im Schloss niemanden mehr geben, der seine Verletzung zu behandeln wusste. Ich will nicht sterben!, fuhr es ihm durch den Kopf. Nicht jetzt, da die Gefahr durch ein Geständnis des Arztes beseitigt war.

»Die einzige Person, von der ich annehme, dass sie dazu in der Lage wäre, ist die Pflegerin Seiner Erlaucht. Sie soll ja so etwas wie eine Kräuterfrau und Heilerin sein«, meinte ein Diener nachdenklich.

»Holt sie rasch, bevor ich sterbe!«, flehte Trenzen.

»Wir bringen Euch besser zu ihr. An der Schramme, die Ihr Euch zugezogen habt, werdet Ihr bis dahin gewiss nicht umkommen«, erklärte der Haushofmeister und verlor durch diese herzlosen Worte all das Wohlwollen, das Trenzen bisher für ihn gehegt hatte.

6.

Nach dem Mordanschlag war Friedrichs reichsgräflicher Hochmut wie weggeblasen, und zurück blieb ein erschrecktes, ängstliches Kind, das Zuneigung und Fürsorge brauchte. Klara hatte daher kaum Zeit zu trauern, weil Tobias ohne sie heimgekehrt war, sondern musste sich um den Jungen kümmern.

Es kostete sie viel Mühe, Friedrich zum Essen zu bewegen. Aus Angst, seine Speisen könnten vergiftet sein, lehnte er alles ab, was sie nicht selbst aus der Küche holte. Er forderte auch noch, sie müsse ihm die Speisen selbst zubereiten. Die Zeit hatte sie jedoch nicht.

»Gabi wird weiterhin für Euch kochen«, erklärte sie ihm. »Sie ist treu und zuverlässig und wird darauf achten, dass nur das in die Speisen kommt, was hineingehört.«

»Aber …«, wandte der Junge ein, begriff dann jedoch selbst, dass Klara nicht bei ihm sein und ihn betreuen und gleichzeitig in der Küche stehen und kochen konnte. Daher nickte er schließlich. »Also gut, aber Sie muss die Speisen vorkosten, die die Dienerin bringt.«

»Das geht nicht, Euer Erlaucht! Eurer Erlaucht Großmutter hat bestimmt, dass Frau Klaras Leben zu wertvoll ist, um sie der Gefahr auszusetzen, vergiftet zu werden«, wandte Manfred ein.

»Dann soll sie es tun!«, rief Friedrich und wies auf Gabi.

Diese schluckte zwar, nahm sich aber vor, beim Kochen genau aufzupassen, welche Zutaten sie nahm, damit nichts passieren konnte. Bevor sie jedoch zum Sprechen kam, klang Manfreds Stimme auf.

»Ich werde für Euer Erlaucht vorkosten!«

»Aber das kann ich doch auch machen«, rief Gabi.

»Ich halte mehr aus als du. Wenn ich ein wenig Gift auf der Zunge spüre, haut es mich gewiss nicht um«, erklärte Manfred in jenem anmaßenden Tonfall, der Gabi so sehr reizte.

»Wenn du Gift erwischst, glaube nur nicht, ich würde dich pflegen!«

»Da er dann tot ist, wird dies nicht mehr nötig sein«, gab Friedrich zum Besten und ließ Klara wünschen, ihm doch einmal den Hosenboden strammziehen zu können. Da dies bei dem reichsgräflichen Knaben nicht möglich war, überlegte sie, wie sie ihn beschäftigen konnte, um wenigstens ein wenig Zeit für Hilde zu finden.

»Soweit ich sehe, ist Seine Erlaucht kräftig genug, um wieder Unterricht zu erhalten. Es müsste im Schloss doch jemand zu finden sein, der dafür geeignet ist«, sagte sie zu Gabi und Manfred.

Der Diener zog die Stirn in Falten. »Ich würde nicht jedem trauen. Es könnte jemand die Situation ausnutzen, nahe genug bei Seiner Erlaucht zu sein, um diesem schaden zu können.«

»Das ist leider möglich!« Klara fauchte leise, denn allmählich wurde ihr Friedrich zu anhänglich.

Da wurde es draußen laut. Augenblicke später trugen zwei Lakaien den verletzten Trenzen herein. Friedrich stieß einen Entsetzensschrei aus, als er dessen blutbeschmierten Ärmel sah, während Klara sich fragte, was noch alles passieren würde.

»Der Gefangene hat seinen Wärter erstochen und Herrn von Trenzen verwundet«, berichtete der Haushofmeister, der den beiden Dienern gefolgt war.

»Ist der Arzt entkommen?«, fragte Friedrich ängstlich.

»Zum Glück nicht! Herr von Trenzen vermochte den Mann niederzuschießen, bevor dieser ihn töten konnte. Jetzt muss Herrn von Trenzens Wunde versorgt werden!« Der Haushofmeister sah Klara dabei auffordernd an.

»Bringt ihn in jene Kammer dort. Ich will nicht, dass Seine Erlaucht es mit ansehen muss«, sagte sie und forderte Gabi auf, saubere Leinwandstreifen zu besorgen.

Während dies geschah, öffnete sie den Arzneischrank im Flur

und suchte die Mittel zusammen, die sie zur Wundbehandlung brauchte.

Als sie zurückkehrte, hatten die Diener Trenzen auf eine Chaiselongue gebettet und sich danach zusammen mit dem Haushofmeister verzogen. Stattdessen stand Manfred bei dem Verwundeten und schnitt ihm den Rock und das Hemd vom Leib.

»Selbst Gabi wird diese Liegestatt nicht mehr sauber bekommen«, sagte er über die Schulter hinweg zu Klara.

»Dann muss man sie eben neu überziehen«, antwortete sie und bat ihn, heißes Wasser zu holen.

Manfred nickte und verschwand. Unterdessen brachte Gabi die Leinwandstreifen und legte sie auf eine Anrichte. »Ist Herr von Trenzen schlimm verletzt?«, fragte sie neugierig.

»Ich weiß es noch nicht.«

Klara musterte die Wunde und hielt sie für einen glatten Stich in den Oberarmmuskel. Wie tief sie war, konnte sie nicht sagen. Jedenfalls ging sie nicht ganz durch den Arm hindurch. Trenzen jammerte jedoch, als wäre dieser ihm ganz abgetrennt worden.

Klara prüfte den Puls des Verletzten und fand diesen zwar etwas schneller als gewöhnlich, aber zu kräftig für das Bild des Elends, das der Mann bot. Wie es aussieht, mimt er den Schwerverletzten, um Zuspruch und Anerkennung zu erhalten, dachte sie mit einer gewissen Verachtung.

Nachdem sie die Wunde freigelegt hatte, bettete sie den Arm auf ein sauberes Tuch. »Ich muss jetzt scharfe Wundessenz auf die Wunde gießen, um zu verhindern, dass sie sich entzündet«, erklärte sie und öffnete mit einem leichten Anflug von Bosheit die Flasche. Als sie ein wenig von der Tinktur, die vor allem aus den Essenzen des stinkenden Storchschnabels, des Hasenlaubs und der Schafgarbe bestand, auf die verletzte Stelle träufelte, bäumte Trenzen sich keuchend auf und schlug mit dem unverletzten Arm nach ihr.

»Ist Sie verrückt geworden? Der Arm brennt wie Feuer!«

»Das muss er auch, um all das Böse, das sich dort gesammelt hat, zu verbrennen«, antwortete Klara ungerührt und goss noch einmal kräftig nach. Als er erneut nach ihr schlug, wich sie aus und trat zwei Schritte zurück.

»Wenn Euch meine Behandlung nicht passt, so soll Eure Gemahlin die gute Samariterin spielen und Euch verbinden«, tadelte sie ihn scharf.

Geraldina vermochte ausgezeichnet zu tanzen und Spinett zu spielen, doch Kenntnisse in der Wundpflege gehörten nicht zu ihren Tugenden. Daher biss Trenzen die Zähne zusammen und ließ zu, dass Klara ihm die verletzte Stelle mit der scharfen Tinktur säuberte und anschließend seinen Arm und Teile des Oberkörpers, die vom Blut besudelt waren, mit warmem Wasser wusch. Schließlich legte sie ihm einen straffen Verband an und erklärte Trenzen, sie werde am nächsten Tag nach ihm schauen.

»Jetzt solltet Ihr Euch zu Bett begeben und ruhen«, setzte sie hinzu und winkte Manfred zu sich.

»Suche bitte Frau von Trenzen auf und bitte sie, für den Transport ihres Gemahls in seine Gemächer zu sorgen. Ich fürchte, er fühlt sich zu schwach, um diesen Weg auf eigenen Beinen zurückzulegen.«

Manfred spürte den leisen Spott in ihrer Stimme und grinste. »Ich bin schon unterwegs! Übrigens wünscht Seine Erlaucht, dass Ihr zu ihm kommt. Herrn von Trenzens schwere Verletzung hat ihn sehr erschreckt.«

7.

Im Gegensatz zu Manfreds Worten fand Klara Friedrich recht munter vor. Er lächelte sogar, als er sie ansprach. »Der böse Arzt ist tot! Damit kann mir nichts mehr passieren.«

Es war die fromme Hoffnung eines Kindes, und es tat Klara leid, sie zerstören zu müssen. »Ich fürchte, Euer Erlaucht, die Gefahr ist noch nicht völlig gebannt. Auch wenn einige behaupten, Stratmann habe den Anschlag aus Hass auf mich ausführen wollen, müssen wir damit rechnen, dass er es nicht aus eigenem Antrieb, sondern in fremdem Auftrag getan hat.«

Friedrich blickte Klara entsetzt an. »Sie meint, es will mich immer noch jemand tot sehen?«

»Wir dürfen diesen Umstand nicht außer Acht lassen. Aus diesem Grund werden Euer Erlaucht nur Speisen zu sich nehmen, die Gabi zubereitet hat, und nichts, was andere Euch bringen«, mahnte Klara.

Friedrich begriff, dass sie damit seine Mutter meinte, die ihm gelegentlich ein Stück Konfekt oder Kuchen von ihrer eigenen Tafel überbringen ließ.

Da Klara dem Knaben eine Abwechslung gönnen wollte, hatte sie bis jetzt nichts gegen diese Geschenke gesagt. Doch nun war ihr die Gefahr zu groß, dass jemand einen weiteren Giftanschlag auf ihn unternahm. Sie glaubte nicht daran, dass der Arzt aus eigenem Antrieb gehandelt hatte, denn die tausend Taler, die man bei ihm gefunden hatte, erzählten eine andere Geschichte.

»Kann Gabi auch Kuchen backen?«, fragte der Junge, der die Leckereien, die ihm jetzt, da es ihm besserging, auch schmeckten, nicht missen wollte.

»Wenn nicht, wird sie es lernen«, antwortete Klara und wünschte sich, ihre eigene Köchin könnte hier sein. Kuni brachte sowohl Gemüseeintopf als auch Braten und Klöße auf den Tisch und buk wunderbaren Kuchen. Einen Augenblick lang überlegte sie, ob sie sie holen lassen sollte. Tobias würde in Königsee gewiss eine andere Köchin finden, und sie hätte eine Vertraute hier im Schloss. Dann aber entschied sie sich gegen diese Lösung. Kuni wusste, was ihr Mann, Martin und Lena gerne aßen, und konnte es ihnen so zubereiten, dass es ihnen auch schmeckte. Eine andere Köchin musste das erst lernen, und sie wollte nicht, dass ihre beiden älteren Kinder und ihr Mann ihretwegen leiden mussten.

Bei dem Gedanken fiel ihr ein, dass Hilde gewiss wieder Hunger hatte, und knickste. »Ich bitte Eure Erlaucht, mich zu entschuldigen, doch ich muss mich um meine Tochter kümmern.«

»Sie kommt aber gleich wieder?«, fragte Friedrich bang.

»Das werde ich«, versprach Klara und ging in ihre Kammer. Als sie die Tür erreichte, hörte sie drinnen ein leises Singen. Sie trat ein und kniff überrascht die Lider zusammen.

Ilse saß auf einem Stuhl, den Oberkörper entblößt, und ließ Hilde an ihren Brustwarzen nuckeln.

»Was soll das?«, fragte Klara verwundert.

Die andere zuckte erschrocken zusammen. »Hilde war quengelig. Da habe ich mir gedacht, vielleicht wird sie dann ruhig, wenn ich …«

»Schon gut! Reiche mir mein Kind, damit ich es stillen kann«, unterbrach Klara die junge Frau und streckte die Arme aus.

Ilse atmete tief durch und entzog Hilde die Brustwarze. Diese beschwerte sich sofort, beruhigte sich aber, als Klara sie an sich nahm und ihr die Brust reichte. Da sie nun warme, nahrhafte Milch im Mund spürte, gluckste sie zufrieden und ließ es sich schmecken.

»Wenn ich Milch hätte, müsstet Ihr Euch nicht immer wieder um Hildchen kümmern, sondern könntet bei Seiner Erlaucht bleiben«, sagte Ilse seufzend.

»Das solltest du dir nicht wünschen«, sagte Klara mit leichtem Kopfschütteln. »Der Milchfluss setzt nur bei Frauen ein, die ein Kind gebären. Als ledige Magd würdest du als Sünderin gelten und wahrscheinlich sogar bestraft werden.«

»Das ist schon richtig«, antwortete Ilse und starrte Hilde sehnsüchtig an.

Unterdessen trank die Kleine und zeigte deutlich, dass sie sich bei ihrer Mutter wohl fühlte. Obwohl Friedrich sie rasch wieder um sich sehen wollte, gönnte Klara sich die Zeit, sich mit ihrer Tochter zu beschäftigen. Nachdem diese satt war, wechselte sie die Windeln und übersah dabei Ilses eifersüchtigen Blick. Die Dienerin sah es mittlerweile als ihr Anrecht, die Kleine zu versorgen, und wollte es niemanden sonst tun lassen.

Nach einer Weile reichte Klara ihr Hilde und trat zur Tür. »Ich muss wieder zu Seiner Erlaucht, komme aber rechtzeitig zurück, damit meine Tochter nicht hungern muss. Sollte irgendetwas sein, dann ruf mich!« Mit den Worten verließ Klara das Zimmer und kehrte in den Raum zurück, in dem Friedrich sich aufhielt.

»Endlich kommt Sie wieder!«, rief der Junge.

»Es dauert nun einmal seine Zeit, einen Säugling zu versorgen«, antwortete Klara lächelnd.

»Das soll Ilse tun! Dafür ist die Magd bestimmt worden. Sie hat sich um mich zu kümmern!«

»Was ich auch tue! Allerdings kann niemand von mir verlangen, mein Kind hungern zu lassen.« Klara lächelte noch immer, doch ihr Tonfall erlaubte keinen Zweifel an ihrer Entschlossenheit.

Da Friedrich seine Pflegerin um sich sehen wollte, wies er auf den großzügig gestalteten Raum. »Warum holt Sie das Kind nicht hier herein? Hier ist doch Platz genug für seine Wiege.«

Klara lag auf der Zunge zu sagen, dass Friedrich sich bei ihrer Ankunft vehement dagegen ausgesprochen hatte, Hilde in seiner Nähe zu haben. Andererseits war es von Vorteil, wenn die Kleine im Raum war, denn so hatte sie diese immer im Blick.

»Ich werde Hilde holen. Ihr werdet aber Ihrer Erlaucht und Ihrer Durchlaucht erklären müssen, dass Ihr es so gewünscht habt«, sagte sie.

»Das tue ich gerne!«

Zum ersten Mal, seit Klara ihn kannte, huschte der Anschein

eines Lächelns über Friedrichs Gesicht. Sie knickste, betrat ihre Kammer und nahm Hilde aus der Wiege.

»Seine Erlaucht wünscht, dass meine Kleine in seinen Salon gebracht wird. Manfred soll dir helfen, die Wiege dorthin zu schaffen«, erklärte sie Ilse.

»Das ist doch gar nicht nötig. Ich kann mit Hildchen hierbleiben«, wandte diese ein.

»Es ist der Wunsch Seiner Erlaucht, und es wäre nicht gut, sich ihm zu widersetzen.«

Klara wurde etwas schärfer. Für ihr Gefühl sah Ilse die Kleine zu sehr als ihren eigenen Besitz an und gönnte es ihr nicht einmal mehr, das Kind zu stillen.

»Es ist wirklich besser, Hilde kommt unter Leute«, sagte sie leise und ging mit dem Kind voraus.

Ilse eilte hinter ihr her und streckte eine Hand aus, um die Kleine zu berühren.

»Gib acht! Sonst stolpern wir noch und fallen. Du willst doch nicht, dass Hilde sich etwas tut?«

Eine Ohrfeige hätte Ilse wahrscheinlich weniger getroffen als Klaras Worte. Sie ließ Hilde sofort los und blieb ein paar Schritte zurück. Doch kaum hatten sie den Salon erreicht, wollte sie die Kleine an sich nehmen.

»Du sollst mit Manfred zusammen die Wiege holen!« Nun wurde Klara ernsthaft böse und fragte sich, ob es richtig gewesen war, Hilde Ilses Aufsicht zu überlassen.

Die junge Frau zuckte erneut zusammen. »Verzeiht, ich ...« Sie rannte los und kam kurz darauf keuchend mit der nicht gerade leichten Wiege zurück.

»Jetzt können wir Hildchen wieder hineinlegen«, sagte sie mit leuchtenden Augen.

»Ich will sie sehen!« Friedrich kam zu ihnen her und betrachtete staunend das kleine Bündel Mensch, das sich, nachdem es wieder in der Wiege lag, ein wenig reckte, die Augen öffnete und zu ihm aufsah.

»Sie ist so winzig!«, entfuhr es ihm. Dann sah er Klara fragend an. »War ich auch einmal so klein?«

»Ich denke doch«, meinte Klara. »Immerhin musste Eure Mutter Euch gebären! Dies wäre schlecht gegangen, wenn Ihr schon so groß gewesen wäret wie jetzt.«

Friedrich musste lachen. »Da hat Sie recht! Darf ich die Kleine streicheln?«

»Ja, aber vorsichtig!«, mahnte Klara.

Der Junge streckte die Hand aus und berührte sanft Hildes Wange. Diese griff zu und umfasste seinen Zeigefinger. Verwundert blickte er zu Klara auf. »Sie ist ganz schön kräftig!«

»Das ist sie«, stimmte Klara ihm zu und löste vorsichtig Hildes Griff, damit er seine Hand zurückziehen konnte.

Friedrich setzte sich auf seinen Sessel, forderte Manfred auf, die Wiege zu ihm zu schieben, und begann, diese langsam zu schaukeln. Innerhalb kurzer Zeit schloss Hilde die Augen und schlief ein.

Eine Zeitlang betrachtete Friedrich sie, dann wurde es ihm langweilig, und er kehrte zu seiner Chaiselongue zurück. »Kann Sie mir etwas vorlesen, oder stört das die Kleine?«

»Wenn ich nicht zu laut lese, wird es gehen«, antwortete Klara und nahm das Buch zur Hand, das er ihr reichte. Als sie es aufschlug, sah sie ihn bedauernd an.

»Es tut mir leid, doch ich kann kein Latein!«

»Ich dachte, Sie könnte es – wegen der Aufschriften auf den Arzneiflaschen«, erwiderte der Junge enttäuscht.

»Die kann ich lesen und auch übersetzen, doch für einen Text wie diesen reicht mein Wissen nicht aus. Es wäre besser, Euer Erlaucht würden das Buch selbst lesen.« Klara reichte ihm das Buch zurück, doch da schüttelte Friedrich den Kopf.

»Ich kann auch nicht viel Latein. Früher hatte ich zwar ein

paar Lektionen, doch seit ich krank geworden bin, wurde ich nicht mehr darin unterrichtet.«

»Das ist etwas, das dringend geändert werden muss«, sagte Klara mit Nachdruck und knickste dann, da Henrietta Augusta eben den Raum betreten hatte. Kornelius von Zander und ihre Kammerfrau begleiteten sie.

»Was muss geändert werden?«, fragte die alte Reichsgräfin und dachte dabei an eine Sache, die die Krankheit und Schwäche ihres Enkels betraf.

»Seine Erlaucht sollte wieder unterrichtet werden. Er ist nun kräftig genug dazu«, erklärte Klara.

Henrietta Augusta musterte ihren Enkel und fand, dass Klara nicht zu viel versprochen hatte. Friedrich sah weitaus besser aus als bei deren Ankunft. Auch lag er nicht mehr apathisch auf seiner Liegestatt, sondern schwang eben seine Beine über den Rand und kam auf sie zu. Sie deutete einen Knicks an und nickte zufrieden.

Dennoch schüttelte sie den Kopf. »Ich werde in einer Zeit, in der das Leben Seiner Erlaucht bedroht ist, keinen Erzieher rufen lassen. Es hieße, das Glück zu versuchen!«

»Sind Euer Erlaucht hier nicht zu besorgt?«, wandte von Zander ein. »Ich habe Freunde, die für ihre Schützlinge die Hand ins Feuer legen würden.«

»Ich will es nicht!« Henrietta Augusta klang so harsch, dass Friedrich erschrocken zurückwich.

Klara ärgerte sich über die Unvernunft der alten Frau, die ihren Enkel am liebsten wie einen Gefangenen halten würde, nur um ihre Dynastie zu retten. Noch während sie überlegte, was sie darauf sagen wollte, griff Kornelius von Zander erneut ein.

»Wenn Euer Erlaucht erlauben, werde ich den Unterricht für Seine Erlaucht in meine Hände nehmen. Wohl habe ich die Universität bereits vor etlichen Jahrzehnten verlassen, glaube aber, durch die Lektüre geeigneter Werke dazu in der Lage zu sein.«

»Ihr müsstet dann wieder im Schloss wohnen«, antwortete die Reichsgräfin.

Zander nickte lächelnd. »Ich habe mir diesen Schritt bereits überlegt. Jetzt, da Seine Erlaucht in guten Händen ist und große Fortschritte bezüglich seiner Gesundheit macht, scheint es mir das Beste zu sein.«

»Das freut mich!« Henrietta Augusta war erleichtert, ihren Mitstreiter wieder im Schloss zu wissen. Da ihre Schwiegertochter sich ins Krankenbett zurückgezogen hatte und Trenzen durch seine Verletzung geschwächt war, hoffte sie, Entscheidungen im Regentschaftsrat durchsetzen zu können, die ihren Einfluss im Schloss und in der Reichsgrafschaft wieder erhöhten.

Klara waren derlei politische Winkelzüge fremd. Zudem meldete sich Hilde, die durch die lauten Stimmen geweckt worden war, zur Unzeit und machte Henrietta Augusta auf sich aufmerksam. Diese drehte sich um und betrachtete das in der Wiege liegende Kind mit gekrauster Nase.

»Was hat das hier zu suchen?«, fragte sie mit einer Schärfe, die Hilde nicht unbeantwortet ließ.

Sofort stürzte Ilse zur Wiege, hob die Kleine heraus und versuchte, sie zu beruhigen.

»Es war mein Wunsch!«, beantwortete Friedrich die Frage seiner Großmutter. »Mir war es hier zu ruhig.«

»Was es jetzt wegen dieses Schreihalses gewiss nicht mehr ist«, erklärte seine Großmutter verärgert.

Unterdessen nahm Klara Ilse die Kleine ab und wies zur Tür. »Mit Erlaubnis Eurer Erlaucht will ich mich jetzt zurückziehen und meine Tochter füttern.«

»Sie soll aber gleich wiederkommen!«, drängte der Junge.

»Das werde ich«, versprach Klara und brachte Hilde weg, bevor deren Geschrei die Reichsgräfin noch mehr erzürnen konnte.

8.

J n den nächsten Tagen war es auf Schloss Friedrichsthal ungewohnt still. Anna Sybilla blieb in ihrem Schlafzimmer und lag die meiste Zeit im Bett. Lediglich ihr Haushofmeister hatte die Erlaubnis, ohne Ankündigung bei ihr vorzusprechen. Die anderen Mitglieder ihres Hofstaats durften nur bei ihr erscheinen, wenn sie sie rufen ließ. Der Machtkampf zwischen Geraldina von Trenzen und Juliana von Ziegenweida war jedoch fürs Erste entschieden. Da es jener gelungen war, Fürst Johann Ernst von Sachsen-Saalfeld als den wahrscheinlichen Anstifter des Giftanschlags auf Friedrich hinzustellen, wurde es Fräulein Juliana untersagt, vor deren Herrin oder deren Sohn zu erscheinen. Auch bekam sie Arrest und durfte ihre Zimmer nicht mehr verlassen.

Frau von Trenzens Pläne gediehen dennoch nicht, und die Verletzung ihres Ehemanns erwies sich als hartnäckiger, als dieser erwartet hatte. Zwar konnte Klara verhindern, dass die Wunde eiterte. Doch sie entzündete sich und heilte schlecht. Im Gegensatz zu Anna Sybilla war Heinrich von Trenzen daher wirklich bettlägerig und zudem ein äußerst reizbarer Patient.

Als er Klara an diesem Tag beim Verbandswechsel wieder übel beschimpfte, packte diese ihre Sachen, deutete einen Knicks an und ging zur Tür.

»Was soll das?«, rief Trenzen verdattert.

»Da Euch die Art nicht zusagt, wie ich Eure Wunde versorge, überlasse ich dieses Amt Leuten, die Euch mehr behagen«, antwortete Klara kühl.

Trenzen schluckte. Nach Stratmanns Tod gab es im Schloss außer Klara niemanden mehr, der sich auf die Versorgung von Verletzungen verstand. Im Marktort der Reichsgrafschaft lebte zwar ein Bader, doch der verdiente sein Geld zumeist damit, das Vieh der Bauern zu heilen und sich um die Blessuren der Knechte zu kümmern. Da der Mann zudem als äußerst grob verschrien war, wollte Trenzen sich auf keinen Fall in dessen Hände begeben.

»Sie hat meine Wunde zu verbinden!«, rief er zornig.

»Ich bin als Pflegerin für Seine Erlaucht ins Schloss gekommen, nicht aber, um hier die Stelle eines Chirurgen und Medicus zu übernehmen«, antwortete Klara verärgert.

Sie hatte alles getan, damit die Wunde sich nicht noch schlimmer entzündete, und sah auch schon eine gewisse Besserung. Als Dank für ihre Mühen jedoch nur Beleidigungen und böse Worte zu hören, war ihr zu viel.

»Sie kann mich nicht einfach hier mit entblößter Wunde liegen lassen! Will Sie Ihre Durchlaucht erzürnen?«

Trenzen starrte auf seinen Arm, der um die Verletzung herum etwas angeschwollen war und sich rot verfärbt hatte. Plötzlich bekam er es mit der Angst zu tun, der Arm könnte abgenommen werden müssen. Das würde Klara Just gewiss nicht übernehmen, sondern darauf dringen, dass der Bader geholt wurde. Selbst bei einem ausgebildeten Chirurgen war eine solche Operation lebensgefährlich, doch bis man einen solchen aus einer der Städte in der Nachbarschaft holen konnte, würden Tage vergehen.

»Verbinde Sie mich jetzt! Oder will Sie mich hier sterben lassen?«, stöhnte er.

Klara schwankte zwischen Zorn und Pflichtgefühl. Gleichzeitig spürte sie Verachtung für diesen Mann. Er war wehleidiger als jede Frau, die sie kannte, verfügte jedoch über ein ebenso böses Mundwerk wie Waldemar Frahm, den sie von allen Beamten des Rudolstädter Fürsten am meisten verabscheute. Schließlich siegte ihre Gutmütigkeit, und sie kehrte ins Zimmer zurück.

»Ich mache Euch aber darauf aufmerksam, dass ich beim nächsten Schimpfwort gehe und mich nicht mehr um Euch kümmere«, sagte sie und benetzte ein Leinentuch mit der scharfen Essenz, die laut Aussage der Ärzte in Königsee und Rudolstadt gegen Entzündungen in offenen Wunden half. Es brannte wie Feuer, doch das gönnte Klara dem Mann.

Trenzen glaubte, es nicht mehr aushalten zu können, und jammerte und schrie. »Was tut Sie da? Es ist, als würde Sie mir ein glühendes Eisen in den Arm bohren!«

»Sollte die Wunde nicht besser heilen, ist es gut möglich, dass ich genau das tun muss«, antwortete Klara boshaft. »Oder wollt Ihr lieber den Bader aus dem Marktort holen lassen?«

»Schlimmer als Sie kann der auch nicht sein«, keuchte Trenzen.

»Dann kann ich ja, wenn ich fertig bin, die weitere Behandlung dem Bader überlassen«, sagte Klara und lächelte boshaft, als sie Trenzens entsetzte Miene wahrnahm.

»Unterstehe Sie sich! Es ist Ihre Pflicht, mir zu helfen! Der Bader hat genug mit seinen Bauern und Ochsen zu tun!«

Klara bestrich die Wunde mit einer Heilsalbe, die Tobias zusammengestellt hatte, deckte die Verletzung mit einem sauberen Tuch ab und verband den Arm. Als sie fertig war, nahm sie ihre Sachen und wandte sich zur Tür.

»Will Sie mich allein lassen?«, beschwerte sich Trenzen. »In Kürze wird mein Mahl gebracht, und ich brauche jemanden, der mir dabei hilft, es einzunehmen.«

»Ich empfehle Euch, Euch an Eure Gemahlin zu wenden oder einen Lakaien damit zu beauftragen. Mir wurde die Obsorge über Seine Erlaucht anvertraut, und ich vernachlässige diese Pflicht bereits dadurch, indem ich zu Euch komme und den Verband wechsle.«

Bei den letzten Worten knickste Klara und ging. Sie musste sich das Lachen verkneifen. Geraldina von Trenzen war keine Frau, die am Bett eines Mannes sitzen und diesem das Fleisch in mundgerechte Stücke schneiden würde. Sie würde diese Aufgabe einem der Domestiken überlassen, und ob dieser sie gut erledigte, bezweifelte sie.

9.

Als Klara in Friedrichs Gemächer zurückkehrte, fand sie dort neben Ilse, die Hilde auf dem Schoß hielt, Manfred und Gabi auch Kornelius von Zander vor, der Friedrich einen einfachen lateinischen Text vortrug. Als der alte Herr Klara sah, hielt er inne.

»Ich hoffe, du kommst mit der guten Nachricht, dass mit Herrn von Trenzens Ableben in Kürze zu rechnen sei!«, begrüßte er sie.

Klara musste lachen. »Ich muss Euch enttäuschen. Herr von Trenzen ist ein Hypochonder sondergleichen und wird seine Verletzung überleben.«

»Das ist bedauerlich«, meinte Zander seufzend und klappte das Buch zu. »Ich glaube, Seine Erlaucht haben vor dem Mahl genug gelernt. Ich werde mich jetzt zurückziehen, selbst speisen und dann eine Stunde ruhen. Danach stehe ich Seiner Erlaucht wieder zur Verfügung.«

Er verbeugte sich vor Friedrich, nickte Klara lächelnd zu und trat zur Tür. Manfred öffnete ihm und sah ihm nach.

»Herr von Zander ist ein sehr kluger Mann«, sagte er anerkennend.

»Und vor allem so höflich! Er hat uns alle gegrüßt, während andere wie Herr und Frau von Trenzen Leute unseres Standes wie Luft ansehen«, warf Gabi ein.

»Nicht ganz wie Luft, denn sonst würden sie versuchen, durch uns hindurchzugehen«, gab Klara lächelnd zurück und deutete dann vor Friedrich einen Knicks an. »Erlauben Euer Erlaucht, dass ich mich für kurze Zeit mit meiner Tochter zurückziehe?«

»Selbstverständlich! Ich würde nur gerne sehen, dass Sie wieder hier ist, wenn Gabi und Manfred das Mahl bringen.«

»Das wird der Fall sein.« Klara nickte lächelnd und nahm Ilse das Kind ab. Für Augenblicke sah es so aus, als wolle diese Hilde nicht loslassen, gab aber dann nach.

Kaum hatte Klara den Raum verlassen, zupfte Gabi ihre Freundin am Ärmel. »Du solltest Frau Klara nicht verärgern! Nur ihretwegen musst du nicht in der Küche die Böden scheuern und die Abfälle wegtragen, sondern wurdest zur Kindsmagd bestellt.«

Ilse verzog das Gesicht. »Ich tue doch alles für Hildchen!«

»Vielleicht ein wenig zu viel«, warf Manfred ein. »Man hat fast den Eindruck, als würdest du Hilde als dein Kind ansehen und es der eigentlichen Mutter nicht mehr gönnen.«

»Das ist doch nicht wahr!«, stieß Ilse erregt aus und wandte sich ab.

Manfred schüttelte den Kopf und sah dann Gabi auffordernd an. »Du solltest dich jetzt um das Mahl für Seine Erlaucht kümmern. Ich komme nach, wenn die Turmuhr die volle Stunde geschlagen hat.«

Da Klara darauf bestand, dass Friedrich nur leichte Speisen erhielt, die Gabi nicht lange kochen oder braten musste, reichte dieser eine Stunde, um alles zuzubereiten. Sie musste jedoch jeden Handgriff selbst übernehmen, weil die alte Reichsgräfin nicht wollte, dass auch nur eine der Küchenmägde oder Küchenjungen mit dem Inhalt der Töpfe und Tiegel in Berührung kam. Da es ihr nicht immer leichtfiel, zog Gabi eine Schnute.

»Ich könnte wirklich jemanden brauchen, der mir hilft.«

Manfred überlegte kurz und wies auf Ilse. »Du wirst mit Gabi in die Küche gehen und sie unterstützen! In der Zeit kann Frau Klara selbst auf ihre Tochter achtgeben.«

»Und warum hilfst du Gabi nicht?«, fragte Ilse rebellisch.

»Weil ich Seine Erlaucht bedienen muss und dafür mehr Kraft nötig ist, als du aufbringen kannst.«

Manfred ärgerte sich zunehmend über die junge Frau, die einfach nicht einsehen wollte, dass sie nicht mehr die Zofe der Reichsgrafenmutter war, sondern wieder zu den einfachen Mägden im Schloss zählte.

Schließlich gab Ilse nach und folgte Gabi nach draußen. Manfred drehte sich unterdessen zu Friedrich um. »Haben Euer Erlaucht Befehle für mich?«

»Mische mir das Getränk, das Klara für mich für angebracht hält. Nimm genau vier Teile Wasser und einen Teil roten Weines!«

»Wie Euer Erlaucht belieben.« Manfred machte sich an die Arbeit und sah danach zufrieden zu, wie Friedrich ohne Zögern das Glas leerte.

In den letzten Monaten war der Junge zumeist im Bett geblieben. Langsam aber wurde er zu unruhig dazu. Er stand nun auf, setzte sich in einen Sessel und befahl Manfred, ihm das Buch zu reichen, aus dem Zander ihm vorgelesen hatte.

Kurz darauf kam Klara mit der satten, frisch gewickelten Hilde herein. Als sie sah, wie ernsthaft Friedrich das Buch studierte, setzte sie sich auf einen Stuhl und wiegte ihre Tochter auf den Armen, damit diese den Jungen nicht störte.

10.

Die ruhigen Tage auf Schloss Friedrichsthal bedeuteten jedoch nicht, dass die Bewohner von der Außenwelt abgeschlossen waren. Boten kamen und gingen und brachten neben ihren Pflichten auch die Nachricht von dem Giftanschlag auf

Friedrich in die umliegenden Länder. Schon nach kurzer Zeit erschien ein Freiherr im Auftrag des Fürsten Johann Ernst von Sachsen-Saalfeld, um die tiefe Betrübnis seines Herrn über diese ruchlose Tat zu übermitteln.

»Es fehlte nur noch, dass er uns seinen Leibarzt angeboten hätte, um Seiner Erlaucht beizustehen«, meinte von Zander, als er Klara vom Erscheinen des Emissärs berichtete.

»Glaubt Ihr, der Fürst wäre die treibende Kraft hinter dem Arzt gewesen?«, fragte Klara nachdenklich.

Zander schüttelte lächelnd den Kopf. »Er selbst gewiss nicht! Aber für einige Mitglieder seines Hofstaats will ich nicht die Hand ins Feuer legen. Schwarzburg-Friedrichsthal ist zwar nur ein kleines Ländchen. Käme es jedoch zu Sachsen-Saalfeld, würde dessen Bedeutung steigen und demjenigen, der dies zustande brächte, die besondere Gunst seines Fürsten einbringen. Aber nur«, Zander hob den rechten Zeigefinger, »wenn dadurch kein Schatten auf das Wappenschild seines Herrn fällt. Aus diesem Grund dürfte Seine Erlaucht vorerst vor Attacken aus dieser Richtung verschont bleiben.«

»Es wäre zu wünschen! Es bereitet mir zugegebenermaßen Magenschmerzen, dass ich möglicherweise einen weiteren Anschlag aus dem Hinterhalt befürchten muss.«

»Leider ist ein solcher Anschlag nicht auszuschließen. Nachdem die Gerüchte den Fürsten von Sachsen-Saalfeld beschuldigen, könnte ein anderer die Gelegenheit ergreifen, diese Tat auszuführen und ihm in die Schuhe zu schieben. Herr von Trenzen liegt zwar noch malade im Bett, doch seine Gemahlin ist rühriger denn je.«

Zander hatte das Gespräch nicht vergessen, bei dem Henrietta Augusta Geraldina von Trenzen belauscht hatte. Trotz allen Forschens hatte er nicht herausfinden können, wer damals ins Schloss gekommen war.

»Auf jeden Fall müssen wir uns vorsehen«, setzte er hinzu.

»Das müssen wir! Aber mir passt es nicht, dass Manfred Friedrichs Speisen vorkosten muss«, wandte Klara ein.

»Dem Diener wird es auch nicht gefallen.« Zander schnaubte kurz und legte dann seine Hand um Klaras Schulter. »Kannst du nicht dafür sorgen, dass Trenzen länger bettlägerig bleibt?«

Am liebsten hätte er Klara gebeten, dafür zu sorgen, dass sein Konkurrent um die Macht in der Reichsgrafschaft sein Schmerzenslager gar nicht mehr verlassen konnte. Da er sie mittlerweile jedoch gut genug kannte, wusste er, dass sie dies niemals tun würde.

»Ich glaube, dafür sorgt er schon selbst«, spottete Klara, die jeden Tag einmal zu Trenzen gerufen wurde, um ihn zu verbinden. »Seine Wunde ist mittlerweile auf dem besten Weg zu heilen, doch stellt er sich an, als läge er immer noch schwerkrank darnieder.«

»Das kann sich schnell ändern! Sobald Ihre Durchlaucht das Bett verlässt, wird auch Herr von Trenzen wieder in der Öffentlichkeit erscheinen.«

Zander atmete tief durch und erklärte, er müsse jetzt wieder zu Seiner Erlaucht, um mit dessen Unterricht fortzufahren.

Klara nahm die Gelegenheit wahr, um Hilde zu holen, sie in ihrer Kammer zu stillen und neu zu wickeln. Während sie der Kleinen die Brust gab, dankte sie in Gedanken Gabi und Manfred, die dafür sorgten, dass Ilse nun auch mitarbeiten musste und sich nicht mehr ausschließlich um Hilde kümmern konnte. Da Friedrichs Gesundheitszustand immer besser wurde, hatte sie die Auswahl der Speisen, die für ihn bekömmlich waren, um einige andere ergänzt. Für Gabi bedeutete dies in der Küche mehr Arbeit, und so war Ilse befohlen worden, ihr zu helfen.

Zwar musste Klara sich mehr um Hilde kümmern, doch sie genoss die ruhigen Momente, in denen sie mit ihrer Tochter allein sein konnte. Diese Zeit gab ihr die Kraft zurück, die Trennung von ihrer Familie zu überstehen und den Pflichten nachzukommen, die man ihr hier aufgelastet hatte. Neben Friedrichs Pflege und der Versorgung von Trenzens Wunde wurde sie nun auch immer wieder zu Anna Sybilla gerufen, um dieser Elixiere einzugeben und sie mit Salben und Tinkturen einzureiben.

Klara hätte Stein und Bein geschworen, dass Friedrichs Mutter nicht das Geringste fehlte. Die Dame tat jedoch, als wäre sie schwer erkrankt, um jeder Verantwortung aus dem Weg zu gehen. Mit einem gewissen Spott dachte Klara daran, dass sie Tobias angesichts des großen Heilmittelverbrauchs bald wieder würde auffordern dürfen, zu kommen und Nachschub zu bringen.

11.

Wenige Tage später kam Klara gerade vom Verbandswechsel bei Trenzen, als sie auf dem Vorplatz Hufschläge und Räderrollen vernahm. Neugierig trat sie an ein Fenster und spähte nach draußen. Zwei Kutschen fuhren vor. Die erste trug ein Wappen auf dem Schlag, das sie in der beginnenden Abenddämmerung nicht erkennen konnte, und die zweite wirkte etwas schlichter. Zwei Reiter trabten auf ihren Pferden voran, und vier weitere folgten hinter den Kutschen.

Gäste waren auf Schloss Friedrichsthal selten, und so versammelten sich Lakaien und Mägde um Klara.

»Wer kann das sein?«, fragte ein Zimmermädchen.

»Auf jeden Fall ein Herr von Stand«, erklärte einer der Diener.

»Das sehe ich selbst! Bauern und selbst Bürger fahren selten in einer so vornehmen Kutsche mit Wappen und Vorreitern«, antwortete ein Zimmermädchen schnippisch.

»Ich konnte das Wappen nicht erkennen«, sagte Klara.

In dem Augenblick traten zwei Diener mit Fackeln auf die Kutschen zu, und sie sahen das Wappen aufglühen.

»Gold und grün? Das muss einer der Wettiner sein, Sachsen-Coburg oder Sachsen-Meiningen zum Beispiel«, gab ein Diener zum Besten.

»Ich würde sagen, Sachsen-Hildburghausen! Wenn das nicht Prinz Christian höchstpersönlich ist, will ich einen Besen fressen«, rief ein anderer Diener aufgeregt.

»Ich glaube, das bleibt dir erspart. Es ist Prinz Christian! Ich habe ihn vor drei Jahren bei der Beisetzung unseres Reichsgrafen gesehen und erkenne ihn wieder.«

»Allerdings trug er damals andere Kleider«, warf das Zimmermädchen keck ein.

Da Christian von Sachsen-Hildburghausen eben ausgestiegen und in den Schein der Fackeln getreten war, konnten ihn alle betrachten. Der Prinz aus dem Geschlecht der Wettiner war mittelgroß und schlank. Seine Kleidung bestand aus einem engsitzenden, grünen Rock, einer Weste aus besticktem Brokat und Strümpfen, die bis über die Knie reichten und seine Hosen aus dunklem Samt teilweise verdeckten. Auf dem Kopf trug er eine von einem Dreispitz gekrönte Perücke.

»Ein wahrer Herr!«, kommentierte Klara seine Erscheinung und setzte für sich »und ein sehr eitler« hinzu. Sie hatte genug gesehen und kehrte in Friedrichs Gemächer zurück.

Unterdessen stieg Prinz Christian die Freitreppe hoch und betrat das Schloss. Anna Sybillas Haushofmeister eilte auf ihn zu und verbeugte sich. »Ich heiße Euer Durchlaucht im Namen Ihrer Durchlaucht und Unseres erlauchtigsten Herrn Reichsgrafen willkommen!«

»Ich habe Gerüchte vernommen, die mich mit großer Sorge erfüllen«, antwortete Prinz Christian. »Daher habe ich mich auf den Weg gemacht, um Ihrer Durchlaucht Anna Sybilla, Ihrer

Erlaucht Henrietta Augusta und Seiner Erlaucht Friedrich mit all meinen Kräften beizustehen.«

Bei der gemeinsamen Nennung der beiden Rivalinnen Anna Sybilla und Henrietta Augusta machte der Haushofmeister kurz ein Gesicht, als stünde er vor dem Zahnreißer, der bereits die Zange in der Hand hielt. Er hatte sich jedoch rasch wieder in der Gewalt und verneigte sich erneut.

»Euer Durchlaucht wollen sich gewiss von der anstrengenden Reise erholen. Ich habe bereits Anweisung gegeben, die Gastgemächer vorzubereiten. Bis dies geschehen ist, bitte ich Eure Durchlaucht, in der Bibliothek Platz zu nehmen.«

»Mein Gefolge muss ebenfalls untergebracht werden«, forderte Prinz Christian.

»Ihnen wird ein Quartier im Vorwerk angewiesen werden«, erklärte der Haushofmeister und ging voran, um den hohen Gast in die Bibliothek zu führen.

Prinz Christians Kammerdiener, der in der zweiten Kutsche gesessen hatte, folgte ihnen, während die Gehilfen des Kutschers mehrere Reisetruhen ausluden, die deutlich anzeigten, dass der hohe Herr nicht nur zu einer kurzen Visite erschienen war.

Siebter Teil

···

Prinz Christian

1.

Prinz Christians Erscheinen wirkte wie ein Weckruf auf das ganze Schloss. Die Domestiken, die in den letzten Monaten zunehmend nachlässig geworden waren, arbeiteten nun mit vollem Einsatz, um die unbenutzten Festräume wieder präsentabel zu machen. In der Küche wurden nach einem Gespräch des Haushofmeisters mit dem Kammerdiener des hohen Herrn die Lieblingsspeisen von Prinz Christian zubereitet. Am meisten aber betraf die Veränderung Ihre Durchlaucht Anna Sybilla.

»Gestern sah es so aus, als würde die Dame noch Wochen in ihrem Bett liegen bleiben, doch nun piesackt sie ihre neue Zofe und hat ihre Kammerfrau nach Weimar geschickt, um Tuche zu besorgen und eine Schneiderin zu holen, weil sie in ihren unmodern gewordenen Kleidern vom letzten Jahr nur wenige Male mit Prinz Christian zusammentreffen will«, erklärte Gabi, die für Anna Sybillas schiere Wunderheilung nur Spott übrig hatte.

»Solange wir unsere Ruhe haben, soll es mir recht sein«, antwortete Klara und wies auf ein Leintuch, das ein kleines Loch aufwies.

»Die Waschmägde arbeiten auch immer nachlässiger. Ihnen hätte dieses Tuch auffallen müssen. Es muss geflickt werden und kann danach nur noch für die Betten nachrangiger Gäste oder der Dienerschaft gebraucht werden.«

»Die Vorräte an guter Leinwand für Seine Erlaucht sind im

Lauf der Zeit immer geringer geworden. Fast hat man den Eindruck, als nähmen einige der Bediensteten an, er würde sie nicht mehr lange benötigen.«

Gabi klang aufgebracht, denn obwohl es Friedrich sichtbar besserging, liefen immer noch Gerüchte herum, die ein baldiges Ableben des jungen Reichsgrafen vorhersagten.

»Kümmere dich darum! Oder noch besser – Ilse soll es tun«, befahl Klara.

Sie rümpfte bei dem Namen ihrer Helferin die Nase, denn ihr passte die junge Dienerin immer weniger. Seit sie sich nicht mehr nur um Hilde kümmern durfte, kehrte Ilse heraus, dass sie sich als etwas Besseres ansah, weil sie Anna Sybillas Zofe gewesen war. Mittlerweile überließ sie Gabi alle schwereren Arbeiten und behandelte sie beinahe wie eine Magd.

»Das müsst Ihr ihr sagen!«, wandte Gabi ein. »Wenn ich es tue, gibt sie mir höchstens eine schnippische Antwort.«

Auch sie ärgerte sich über Ilse. Immerhin hatte sie ihr geholfen, den schmutzigen Arbeiten in der Küche zu entkommen, und erhielt nun wenig Dank dafür.

Klara musterte die Tücher, die sie ausgesucht hatten, und nickte Gabi zu. »Ich glaube, das müsste reichen. Bringen wir das Bettzeug in das Schlafzimmer. Wenn der Junge frühstückt, können Ilse und du die Betten neu beziehen.«

»Das heißt, ich muss es tun, weil Ilse sich drücken wird«, murmelte Gabi bitter.

Klara hörte es dennoch und beschloss, einige deutliche Worte mit Ilse zu sprechen. Nun aber nahm sie einen Teil der Wäsche, während Gabi den Rest packte, und kehrte in Friedrichs Gemächer zurück.

Der Junge saß an einem Tisch im Salon und hatte einen Stapel Papier vor sich und dazu Feder und Tinte. Eifrig schrieb er den Text ab, den Kornelius von Zander ihm zurechtgelegt hatte.

Der alte Herr sah ihm zu und nickte zufrieden. Als Klara und Gabi eintraten, hob er den Kopf.

»Ihr beide seid ja sehr fleißig«, lobte er sie.

»Danke, gnädiger Herr!« Gabi strahlte, denn im Gegensatz zu Heinrich von Trenzen hatte Zander stets ein freundliches Wort für die Dienerschaft übrig.

»Wer ist für die Ausstattung der Gemächer Seiner Erlaucht zuständig?«, fragte Klara, da sie die fehlende Leinwand umgehend ersetzt sehen wollte.

»Wenn ich über die Hierarchie im Schloss noch richtig informiert bin, müsste es der Haushofmeister Ihrer Durchlaucht sein. Gibt es Beschwerden?«, wollte Zander wissen.

»Der Vorrat an Bettzeug wird nicht mehr richtig nachgefüllt. Zudem ist von den Hosen, Hemden und der übrigen Kleidung Seiner Erlaucht fast alles zu klein. Dies sind Dinge, um die ich mich wirklich nicht kümmern müsste!«, antwortete Klara verärgert.

»Das stimmt wohl! Du bist als Pflegerin Seiner Erlaucht hier und nicht als Kammermagd. Ich werde mit dem Haushofmeister sprechen. Sollte er seine Aufgaben auch weiterhin nicht zu deiner Zufriedenheit erfüllen, werde ich Ihre Erlaucht bitten, einen eigenen Haushofmeister für ihren Enkel zu benennen«, erklärte Zander nicht weniger verärgert als Klara.

Diese sah sich in den anderen Räumen um und kehrte dann zu Zander zurück. »Wo ist Ilse? Sie soll Gabi helfen, das Bett Seiner Erlaucht zu überziehen.«

»Sie wurde vom Haushofmeister Ihrer Durchlaucht geholt. Diese ist auch mit ihrer neuen Zofe unzufrieden und hat nach Ilse gerufen«, berichtete Friedrich, der das Abschreiben des Textes unterbrochen hatte.

»Und wer soll uns nun zur Hand gehen?«, fragte Klara.

Zander hob mit einer bedauernden Geste die Hand. »Es kann dauern, bis man jemanden schickt. Das ganze Schloss ist wegen

Prinz Christians Erscheinen aus dem Häuschen. Dinge, die gestern noch gut genug waren, sind es heute beileibe nicht mehr.«

»Mich ärgert es, dass wir wegen dieses Herrn mehr Arbeit haben. Wer soll Gabi beim Kochen helfen? Ich bin bereit, es zu tun …«

»Das wirst du nicht!«, unterbrach von Zander Klara. »Du bist die Pflegerin und Erzieherin Seiner Erlaucht und nimmst damit im Ranggefüge der Domestiken eine hohe Stellung ein. Ich werde dich von nun an höflicher ansprechen, damit dies im Schloss auch bemerkt wird. Du solltest hier fordern können und nicht bitten müssen!«

»Dann werde ich das auch tun!« Mit ein paar Schritten war Klara beim Klingelzug und betätigte ihn heftig.

»So ist es gut«, lobte Zander.

Seine Miene wurde düster, als sich minutenlang niemand sehen ließ. Schließlich trat er selbst zum Klingelzug und zerrte daran. Auch diesmal kam niemand.

»Kann der Klingelzug defekt sein?«, fragte er verwundert und zog noch einmal heftig.

Endlich wurde die Tür aufgerissen, und einer der Lakaien platzte herein. »Was ist denn los?«, fragte er nicht gerade freundlich.

»Wie es aussieht, ist hier im Schloss einiges in Unordnung geraten, da auf das Läuten der Klingel hin keiner erscheint«, antwortete von Zander eisig.

»Seine Erlaucht haben eigene Domestiken«, versuchte der Lakai, sich herauszureden.

»Seine Erlaucht sind der Reichsgraf und damit die höchstrangige Person in diesem Schloss! Wenn von seinen Gemächern aus die Klingel betätigt wird, hat umgehend ein Diener zu erscheinen!«, schalt ihn Zander. »Außerdem«, fuhr er fort, »wurde vorhin eine Dienerin von hier weggeholt, und es ist kein Ersatz erschienen. Damit kann für Seine Erlaucht kein Mahl zubereitet werden. Man wird in der Küche wohl einiges ändern müssen, um den entsprechenden Domestiken ihre Renitenz auszutreiben!«

Hätte Klara dies gesagt, hätte der Lakai nur ein Schulterzucken oder gar eine freche Bemerkung für sie übriggehabt. Kornelius von Zander war jedoch ein Edelmann und zudem Mitglied des Regentschaftsrates. Sein Wort wog schwer, und wenn er darauf bestand, einen missliebigen Bediensteten aus dem Schloss entfernen zu lassen, würde dies geschehen. Der Lakai schrumpfte sichtlich und holte die bisher unterbliebenen Verbeugungen vor Friedrich und vor Zander nach.

»Ich werde dem Herrn Haushofmeister von Eurer Beschwerde berichten, gnädiger Herr«, sagte er und zog sich unter weiteren Verbeugungen zurück.

»Wird es etwas helfen?«, fragte Gabi mit wenig Zuversicht.

»Aber gewiss!«, rief Manfred. Er kannte die internen Verflechtungen im Schloss besser als sie. Auch wenn Anna Sybilla ihr Schlafzimmer wieder verlassen hatte, so hatte sie durch ihre Bettlägerigkeit etliches an Einfluss an ihre Schwiegermutter verloren.

2.

Manfred sollte recht behalten, denn nur kurze Zeit später kam ein Mädchen von vielleicht zehn Jahren herein.

»Der Haushofmeister hat gesagt, ich soll hier als Hilfsmagd arbeiten«, sagte die Kleine und knickste schüchtern.

Gabi hätte sich eine kräftigere Helferin gewünscht als die kleine Gusti, lächelte aber trotzdem freundlich. »Du wirst mir beim

Kochen zureichen und dich ansonsten um Hildchen kümmern. Frau Klara wird dir zeigen, wie man die Windeln wechselt.«

»Außerdem bin ich auch noch da«, meldete sich Manfred zu Wort. »Du und Gabi, ihr müsst jetzt in die Küche. Was Seine Erlaucht heute zu essen bekommt, wird euch Frau Klara sagen. Sie ist die Pflegerin und Erzieherin Seiner Erlaucht und hat in allem, was diesen betrifft, das letzte Wort.«

Die Kleine nickte. »Ich werde alles tun, was ihr mir anschafft.«

»Dann ist es gut.« Klara nickte Gusti kurz zu, während Gabi diese am Ärmel fasste.

»Komm mit! Jetzt werden wir das Mittagsmahl für Seine Erlaucht zubereiten. Es wird ihm munden, das verspreche ich dir.«

Als die beiden den Raum verließen, sah Zander hinter ihnen her. »So mag ich es! Gabi ist eine treue Seele und wird nie den Mut verlieren. Euer Erlaucht sollten sie später belohnen, und ebenso unseren Manfred, der klaglos alle Befehle befolgt, die Euer Erlaucht erteilen.«

»Nicht alle!«, wandte Manfred ein. »Sollte Seine Erlaucht mir befehlen, vom Dach des Schlosses zu springen, werde ich dies verweigern.«

Friedrich musste lachen. »Als wenn ich je einen solchen Unsinn befehlen würde!«

»Natürlich werden Euer Erlaucht einen solchen Befehl nie erteilen«, erklärte Zander lächelnd.

Manfreds Miene blieb unbewegt, doch er erinnerte sich durchaus an einige unsinnige Befehle des Jungen. Die lagen allerdings schon etliche Tage zurück. Seitdem war nichts mehr vorgefallen, und das schrieb er Klara zu, die nicht nur Friedrichs Gesundheit verbessert, sondern diesen auch dazu gebracht hatte, über sein Verhalten nachzudenken.

»Er kann mir Wasser mit Wein mischen, denn ich habe Durst«, erklärte der Junge.

Sofort machte Manfred sich ans Werk und reichte ihm wenig später das volle Glas. Friedrich nahm es entgegen und führte es zum Mund.

Da hob Zander mahnend die Hand. »Euer Erlaucht mögen verzeihen, doch ein Dankeswort erfreut den, der es empfängt, und schändet niemals den, der es gibt, mag er auch der Kaiser selbst sein und der andere ein Bäuerlein, der diesem einen Trunk Wasser aus der Quelle reicht.«

Friedrich wirkte für einen Augenblick verwirrt, dann sah er Manfred an. »Ich danke Ihm! Er hat den Trunk sehr gut gemischt.«

»Euer Erlaucht sind zu gütig!« Manfred verbeugte sich und stellte sich wieder mit dem Rücken zur Wand, um auf weitere Befehle zu warten.

Dafür trat Klara auf Friedrich und Zander zu. »Ich finde, dass Seiner Erlaucht Befinden gut genug ist, um das Schloss verlassen zu können. Er sollte nicht nur auf der Terrasse sitzen, sondern auch durch den Park schlendern. Für später würde ich Spaziergänge im Wald anraten. Diese kräftigen die Lungen und den Leib.«

Kornelius von Zander rieb sich kurz mit der Hand über die Stirn und überlegte. »Im Park mag dies angehen, doch Spaziergänge im Wald wird Seiner Erlaucht Großmutter nicht gestatten. Es besteht die Gefahr, dass ein Meuchelmörder versuchen könnte, Seine Erlaucht zu töten. Außerdem soll es dort Räuber geben. Der Park wird durch die Schlosswachen geschützt. Im Forst ist dies nicht gegeben.«

Klara war froh, wenigstens einen kleinen Erfolg errungen zu haben. Friedrich musste an die frische Luft kommen, um nachhaltig gesund zu werden. Zwar glaubte sie nicht, dass er je so herumtollen würde wie ihr Martin und andere Jungen, doch sie wollte ihm mit der Zeit längere Spaziergänge zumuten. Die Gefahr für ihn würde hoffentlich einmal so weit gebannt sein, dass er auch durch den Wald wandern konnte. Zudem sollte er regelmäßig ausreiten, und sie war bereit, mit ihm Ball zu spielen, damit er wieder zu Kräften kam.

Nun aber galt es für sie, sich um Hilde zu kümmern. Ilse war fort, und sie vermisste die junge Frau doch ein wenig. Ob sie Gusti das Kind anvertrauen konnte, musste sich erst erweisen.

3.

Noch bevor der Tag zu Ende war, erschien Henrietta Augustas Kammerfrau und blickte sich forschend um. »Hier muss rasch aufgeräumt werden«, sagte sie und wies auf ein benutztes Glas, das noch auf einer Fensterbank stand. Sonst wirkte sie ihrer Miene nach zufrieden.

»Seine Erlaucht sollten Seine besten Kleider anziehen«, fuhr sie fort.

»Die ihm bedauerlicherweise nicht mehr passen, da er ein ganzes Stück größer ist als zu der Zeit, da sie ihm angemessen wurden«, gab Klara kühl zurück.

Friedrichs Großmutter mochte viel an dessen Gesundheit liegen, doch an so wichtige Dinge wie Bekleidung und dergleichen hatte auch sie nicht gedacht.

»Dann suche Sie das Beste heraus, was Seiner Erlaucht noch passt«, erklärte die Kammerfrau.

Auch wenn Differt im Ranggefüge der Schlossbediensteten einen sehr hohen Rang einnahm, war Klara nicht bereit, sich von ihr wie eine Magd behandeln zu lassen.

»Sie soll mitkommen und die Sachen selbst aussuchen!«, antwortete sie und versuchte dabei, noch überheblicher zu klingen als ihr Gegenüber.

Differts Gesicht färbte sich vor Ärger rot. »Wie kann Sie es wagen, mich wie Ihresgleichen anzusprechen? Ich bin eine Dame von Adel«, stieß sie hervor.

»Sie gehört zur Hofhaltung Ihrer Erlaucht, der Reichsgräfin Henrietta Augusta. Ich hingegen leite die Hofhaltung Seiner Exzellenz, des Reichsgrafen Friedrich IV. In dieser Stellung bin ich Ihr übergeordnet.«

Klara hatte sich bisher aus den kleinlichen Rangkämpfen im Schloss herausgehalten, aber allmählich war ihr klargeworden, dass sie sich diesen stellen musste, wenn sie sich auf Dauer durchsetzen wollte.

Differt hatte an ihren Worten zu schlucken, sagte sich dann aber, dass ihre Herrin alles tat, damit ihr Enkel gesund aufwachsen konnte. Ihre eigene Stellung hing nicht zuletzt davon ab, wie es Friedrich erging. Nur solange der Knabe lebte, besaß ihre Herrin Einfluss im Schloss. Starb Friedrich, würde Henrietta Augusta gezwungen sein, in den Witwensitz umzuziehen, der in einem Vorwerk beim Marktort eingerichtet worden war. Das Personal, das jetzt noch die alte Dame umsorgte, würde radikal gekürzt und sie selbst zu einer besseren Kammerzofe herabgestuft werden. Aus diesem Grund rang sie ihren Groll nieder und versuchte zu lächeln.

»Ihr habt recht, Frau Just! Das Wohlergehen Seiner Erlaucht steht über allem. Ich bin gerne bereit, Euch zu helfen, das richtige Gewand für ihn auszusuchen.«

Damit, so sagte sich Differt, vergab sie sich nichts und zeigte ihre Ergebenheit gegenüber dem kleinen Reichsgrafen.

»Ich danke Euch!« Auch Klara war bewusst, dass ein Streit nichts brachte, und sie führte die Kammerfrau in den Raum, in dem die Kleidung des Jungen fein säuberlich aufbewahrt wurde.

Angesichts der Tatsache, dass Klara und Gabi bereits über drei Viertel dessen, was für Friedrich genäht worden war, als zu klein ausgesondert hatten, trat ein schuldbewusster Ausdruck auf Differts Gesicht.

»Hier wurde in den letzten Monaten wohl zu viel versäumt. Man muss die frühere Pflegerin Rudolfa Ludovicius schelten, die dem Anschein nach der Garderobe Seiner Erlaucht nicht die Aufmerksamkeit gewidmet hat, die nötig gewesen wäre«, sagte sie, denn sie war froh, jemand anderem die Schuld daran geben zu können. Dem Willen ihrer Herrin nach hätte sie sich nämlich selbst um all diese Dinge kümmern sollen.

»Ich habe dem Haushofmeister Ihrer Durchlaucht mehrmals mitteilen lassen, dass Seine Erlaucht neu eingekleidet werden muss, wurde aber mit den Worten abgespeist, dass dies wohl noch nicht nötig wäre.«

Differt schüttelte empört den Kopf. »Der Mann ist unfähig, drängt sich aber überall vor! Ihr solltet solche Angelegenheiten besser mit mir besprechen. Immerhin sind wir Verbündete im Streben nach dem Wohlergehen Seiner Erlaucht.«

»Das sind wir!«, antwortete Klara, die von dem Freundschaftsangebot der sonst so hochmütigen Frau überrascht wurde. Doch wenn es half, Friedrich ein normales Leben zu verschaffen, war sie gerne bereit, mit ihr zusammenzuarbeiten.

Während sie eine passende graue Kniehose, ein mit Spitzen verziertes Hemd, eine bestickte blaue Weste und einen Rock für Friedrich aussuchten, berichtete die Kammerfrau von all den Fehlern und Nachlässigkeiten, die sich die Dienerschaft und der Hofstaat Anna Sybillas im Allgemeinen und deren Haushofmeister im Besonderen hatten zuschulden kommen lassen.

Auch wenn Klara einen Teil der Erzählung ins Reich der Fabeln verwies, erfuhr sie doch mehr über die Umgebung der Reichsgrafenmutter als während der gesamten Zeit, die sie bereits hier im Schloss verbracht hatte. Manfred und Gabi zählten, seit sie ihr halfen, zu Henrietta Augustas Bediensteten und waren für Anna Sybillas Getreue Außenseiter geworden, denen man nicht alles mitteilen durfte. Differt hingegen hatte ihre Quellen, die für ein paar Taler bereit waren, Interna aus dem inneren Kreis um Ihre Durchlaucht zu verraten.

»Behaltet das aber bitte für Euch!«, sagte sie, als sie ihren Bericht beendet hatte.

»Das ist selbstverständlich«, erwiderte Klara lächelnd. »Doch wüsste ich gerne, weshalb Seine Erlaucht sich heute so nobel kleiden soll.«

»Seine Durchlaucht, Prinz Christian, hat angekündigt, Seiner Erlaucht gegen Abend seine Aufwartung machen zu wollen. Ihr müsst aufmerksam sein und den Herrn scharf im Auge behalten. Es heißt, Prinz Christian wolle um Ihre Durchlaucht werben, um nach einem möglichen Ableben Seiner Erlaucht der neue Reichsgraf von Schwarzburg-Friedrichsthal zu werden. Sollte er Seiner Erlaucht eine Nascherei oder dergleichen mitbringen, so müsst Ihr diese sofort beseitigen. Seiner Erlaucht darf nichts über die Lippen kommen, das von fremder Hand angefertigt worden ist.«

Auch wenn Klara Henrietta Augustas Sorgen verstand, so hielt sie diese Haltung doch für übertrieben. Sie stellte aber rasch fest, dass mit der Kammerfrau in der Hinsicht nicht zu reden war. Die Dame fürchtete ebenfalls um das Leben des Knaben und hätte diesen am liebsten von allen anderen Menschen ferngehalten.

4.

Christian von Sachsen-Hildburghausen erschien Punkt sechs Uhr abends in Friedrichs Gemächern. Für Klara bot er einen angenehmen Anblick, denn er war nicht zu groß, aber auch nicht zu klein, hatte dunkelblonde Haare, einen freundlichen Gesichtsausdruck und Manieren, die es ihm nicht verboten, dem Lakaien, der ihm die Tür geöffnet hatte, dankbar zuzunicken. Seine gelben Kniehosen und sein grüner Rock waren eine Reminiszenz an die wettinischen Farben, ebenso die mit dem Wappen von Sachsen-Hildburghausen geschmückte Ziernadel in seinem Halstuch.

Er verbeugte sich vor dem Knaben, der zum ersten Mal, seit Klara ihn kannte, vollständig angekleidet war. »Ich freue mich sehr, Euer Erlaucht gesund vor mir zu sehen! Die Gerüchte, die Hildburghausen in letzter Zeit erreicht haben, waren leider Gottes nicht angenehm. So sollen Euer Erlaucht erkrankt gewesen sein. Es war sogar von einem Giftanschlag die Rede.«

»Ich danke Eurer Durchlaucht für Euren Besuch«, antwortete Friedrich und deutete auf einen voluminösen Sessel, den Manfred noch hatte besorgen müssen. »Wollt Ihr Euch nicht setzen und eine kleine Erfrischung zu Euch nehmen?«

»Mit dem größten Vergnügen.« Christian trat zum Sessel und wollte warten, bis Friedrich sich als Hausherr gesetzt hatte. Dieser blieb jedoch höflich stehen, um dem Gast den Vorrang zu lassen. Nach ein paar Sekunden begann Christian leise zu lachen.

»Euer Erlaucht sollten sich ruhig setzen.«

»Nach Euch, Euer Durchlaucht«, antwortete Friedrich.

»Höflichkeit ist eine Zier, Euer Erlaucht! Gelegentlich erweist sie sich aber auch als Hemmschuh. Wenn Euer Erlaucht erlauben, sollten wir uns zugleich setzen. Wenn Ihr das Zeichen dazu geben wollt?« Christian sah den Jungen auffordernd an.

Dieser atmete kurz durch und nickte dann. »So sei es! Setzen wir uns jetzt!«

Beide nahmen Platz, während Manfred ein Glas Weißwein für den Gast und mit etwas Rotwein angefärbtes Wasser für

Friedrich auf das kleine, im orientalischen Stil gefertigte Tischchen stellte, das sich zwischen den beiden Sesseln befand.

Christian nippte am Wein und begann dann ein Gespräch. Seine Stimme klang angenehm, und er behandelte Friedrich wie einen gleichaltrigen Freund und nicht wie ein Kind. Der Junge hörte zwar meistens zu, gab aber einige durchaus kluge Antworten.

Klara bemerkte, dass ihm Christians Besuch guttat, und sagte sich, dass sie unbedingt mehr gegen die Langeweile tun musste, unter der Friedrich in der Abgeschiedenheit seiner Gemächer litt. Seit Kornelius von Zander den Unterricht übernommen hatte, war es besser geworden. Nun aber ging es darum, den Umkreis, in dem der Junge sich bewegte, zu erweitern, auch wenn seine Großmutter dies in ihrer übergroßen Sorge am liebsten verhindern würde.

Sie trat einen Schritt vor und knickste vor beiden. »Verzeiht, aber wäre es nicht angebracht, bei dem schönen Wetter einen kleinen Spaziergang durch den Park zu unternehmen?«

Christian streckte den Kopf, um hinauszusehen, und nickte. »Der Park ist wunderschön, und die Sonne scheint immer noch warm. Wenn Euer Erlaucht einverstanden sind, würde ich mich gerne ein wenig dort ergehen.«

»Ich würde mich freuen.« Friedrich stand so geschmeidig auf wie selten und trat zur Terrassentür.

Dort stand bereits Manfred und öffnete. Während Christian und Friedrich auf die Terrasse hinaustraten und dem mit feinem Kies bestreuten Weg folgten, wandte Manfred sich an Klara.

»Das wird Euch einen harschen Tadel Ihrer Erlaucht eintragen. Für diese ist Prinz Christian einer der möglichen Anstifter für den Giftmordversuch des Arztes. Einige behaupten sogar, er wäre gekommen, um sein Werk selbst zu Ende zu bringen.«

»Das halte ich für unwahrscheinlich«, antwortete Klara, sandte Friedrich und Christian jedoch einen besorgten Blick nach. Letzterer zeigte jedoch nicht die geringsten Anzeichen, die Hände um den Hals des Knaben zu legen und diesen zu erwürgen.

Du bist dumm!, schalt Klara sich. Wenn Prinz Christian gekommen wäre, um Friedrich zu beseitigen, würde er es gewiss nicht auf eine solch plumpe Weise tun. Sie trat nun selbst auf die Terrasse, hob die Hand vor die Stirn, damit die Sonne sie nicht blendete, und beobachtete die beiden. Ihr fiel auf, dass Friedrich in den letzten Wochen ein ordentliches Stück gewachsen war. Auch schien er sich seinen Gesten zufolge ausgezeichnet mit Prinz Christian zu verstehen.

Prinz Christian und Friedrich blieben eine gute halbe Stunde im Park und kehrten fröhlich ins Schloss zurück.

»Ihr habt hier eine wunderschöne Anlage!«, lobte Christian noch einmal. »Sie übertrifft sogar den Schlosspark in meiner Heimatstadt Hildburghausen. Allerdings gibt es dort auch eine Orangerie. Ich gebe zu, der Kurfürst von Sachsen würde es nur ein kleines Gewächshaus nennen, doch es wachsen Pfirsichbäume darin, die wundervolle Früchte tragen. Sie müssten in Kürze reif werden. Wenn Euer Erlaucht erlauben, werde ich Euch einige Früchte zukommen lassen!«

Klara schüttelte innerlich den Kopf. Wusste Prinz Christian nicht, wie sehr man ihm hier misstraute? Dem Knaben Früchte zu versprechen, die dieser dem Willen seiner Großmutter zufolge nicht essen durfte, war ungeschickt. Es würde einen harten Kampf kosten, Friedrich diese Pfirsiche auszureden, und die Leidtragende würde in erster Linie sie sein. Das Wohlwollen, das sie für Prinz Christian empfunden hatte, schwand wieder, und sie ärgerte sich nun doch, weil er ihnen seinen Besuch aufgedrängt hatte.

5.

Prinz Christian brachte Unruhe ins Schloss. Da man dem hohen Gast nicht in einem kleinen Salon auftischen konnte, musste der große Speisesaal geöffnet werden. Für Henrietta Augusta und ihre Schwiegertochter hieß dies, zum ersten Mal seit fast drei Jahren wieder gemeinsam die Mahlzeiten einzunehmen. Da Friedrich als offizieller Gastgeber nicht fehlen durfte, fielen mehrere mit Nadelarbeit vertraute Mägde in seine Gemächer ein und überprüften, welche Kleidungsstücke noch so weit ausgelassen werden konnten, dass sie ihm passten. Dabei entschuldigten sie sich immer wieder, weil sie nicht in der Lage waren, innerhalb so kurzer Zeit neue Kleider für ihn zu nähen.

Friedrich musste es über sich ergehen lassen, mit der Elle abgemessen zu werden und bald darauf umgeänderte Hosen, Hemden und Westen anzuprobieren. Allerdings stand das Mundwerk der drei Frauen ihren Nähkünsten in nichts nach, und so redeten sie fast ununterbrochen.

Klara wunderte sich immer wieder darüber, dass diese Näherinnen alle zugleich reden konnten und doch einander verstanden. Von ihnen erfuhr sie, dass Prinz Christian seinen Besuch länger auszudehnen gedachte und bereits den Wunsch geäußert hatte, man möge ihm ein Pferd zur Verfügung stellen, damit er mit Ihrer Durchlaucht und Friedrich ausreiten könne.

»Ich sage euch, der hat seine Absichten auf Ihre Durchlaucht noch lange nicht aufgegeben«, erklärte eine der Näherinnen gerade.

»Nachdem der Giftanschlag misslungen ist, will er nun, dass Seine Erlaucht vom Pferd fällt und sich das Genick bricht. Ich schaudere, wenn ich nur daran denke!«, rief eine andere.

Klara war froh, dass Friedrich sich auf die Terrasse geflüchtet hatte, von der sie ihn von Zeit zu Zeit zurückholen musste, um ein weiteres Kleidungsstück anzuprobieren.

»Wie unverfroren der Prinz ist! Jeder vernünftige Mensch weiß doch, dass sein Ziel das Ableben Seiner Erlaucht ist«, gab die dritte Magd zum Besten.

Ihre Kollegin nickte. »Er will unbedingt die Reichsgrafschaft in die Hand bekommen. Anders als Fürst Johann Ernst von Sachsen-Saalfeld ist Prinz Christian ein nachgeborener Prinz mit einer nur geringen Apanage. Als Gemahl Ihrer Durchlaucht und Nachfolger Seiner Erlaucht könnte er damit rechnen, dass Seine Majestät, Kaiser Karl VI., Schwarzburg-Friedrichsthal zu einem Fürstentum erhebt, das er dann gewiss Sachsen-Friedrichsthal nennen würde.«

»Oh Gott, nur das nicht!«, jammerte die dritte Magd.

Klara fragte sich, wie die drei Frauen zu dieser Meinung gekommen waren. Von selbst waren diese Gerüchte gewiss nicht entstanden. Ihrer Meinung nach musste jemand dahinterstecken, der eine Werbung Prinz Christians um Anna Sybilla verhindern wollte. Zwei Menschen konnte sie ruhigen Gewissens von diesem Verdacht freisprechen, nämlich Herrn und Frau von Trenzen. Beide hatten Friedrichs Mutter immer wieder von den Vorteilen einer Ehe mit dem Prinzen zu überzeugen versucht. Ob es ihnen anhand der herumschwirrenden Gerüchte noch gelingen würde, hielt Klara für unwahrscheinlich.

»Heute Abend beim Mahl muss man sehr auf den Prinzen achtgeben! Nicht dass er Seiner Erlaucht Gift ins Essen oder in sein Getränk träufelt«, setzte eine der Mägde die Unterhaltung fort.

Langsam wurde Klara das Schnäbelwetzen zu viel. »Ihr solltet mehr auf eure Arbeit achten als schwatzen«, tadelte sie die drei, erntete jedoch nur erstaunte Blicke.

»So ist es aber! Jörg hat es erzählt, und der weiß so was«, antwortete eine der drei.

Klara kannte keinen Jörg im Schloss, fand aber, dass man jemandem, der solche Gerüchte in die Welt setzte, genauer auf den Zahn fühlen sollte. Daher ging auch sie nach draußen und gesellte sich zu Friedrich und Kornelius von Zander, der dem Jungen anhand der Flugbilder verschiedener Vögel deren Unterschiede zu erklären versuchte.

»Ist es erlaubt, zu stören?«, fragte Klara.

Zander wandte sich ihr zu. »Ihr stört niemals, mein Kind. Was liegt Euch auf der Seele?«

»Wer ist Jörg?«

»Welcher Jörg?« Zander rieb sich über die Stirn, während er nachdachte.

»Die Mägde nannten diesen Namen. Der Mann soll für etliche der Gerüchte verantwortlich sein, die hier im Schloss über Prinz Christian im Schwange sind«, erklärte Klara.

»Gerüchte! Welche Gerüchte?«, wollte Friedrich wissen.

»Keine angenehmen! Euer Erlaucht sollten sich nicht damit befassen«, erwiderte Zander sofort.

Seine Reaktion bewies Klara, dass der alte Edelmann bereits Bescheid wusste. Er wirkte mit einem Mal sehr ernst und wies nach drinnen. »Wie es aussieht, ist das nächste Kleidungsstück für Eure Erlaucht fertig. Wenn Ihr so gut sein würdet, hineinzugehen und es anzuprobieren!«

Sowohl Klara wie auch Friedrich erkannten die Absicht, ihn wegzuschicken, damit Zander frei reden konnte. Der Junge zögerte ein wenig, sagte sich dann aber, dass Klara und Zander die beiden Menschen im Schloss waren, denen er am meisten vertrauen konnte. Daher nickte er und trat in seine Zimmerflucht.

»Ich wusste nicht, dass die Mägde diese Gerüchte bereits so offen weitertragen«, sagte Zander leise. »Dabei ist es dummes Gerede und so primitiv, dass kein vernünftiger Mensch es glauben kann. Ein Herr wie Prinz Christian würde niemals mit üblen Absichten hierherkommen. Er tat es, um seine Verbundenheit mit Ihrer Durchlaucht und Seiner Erlaucht zu zeigen.«

»Im Schloss erzählt man es anders«, erklärte Klara. »Darum habe ich ja nach diesem Jörg gefragt. Eine der Mägde sagte, dieser hätte es so erzählt.«

»Es gibt mehrere Jörgs hier im Schloss. Einer davon ist der Speisenvorleger Fräulein von Ziegenweidas. Wahrscheinlich plappert er die Gerüchte nach, die diese Dame in die Welt setzt. Da er auch bei ihrer Durchlaucht Anna Sybilla angesehen ist, sehe ich mich leider nicht in der Lage, ihn zu entfernen, so gerne ich es auch täte.«

Zander klang bedrückt, denn er mochte Prinz Christian und nahm an, dass die Gerüchte ausgestreut worden waren, um ihn zu einer überstürzten Abreise zu bewegen.

Klaras Gedanken schlugen unterdessen andere Pfade ein. »Man sollte darauf achten, dass kein Jörg die Gelegenheit findet, die Speisen Seiner Erlaucht zu vergiften.«

»Ihr meint, es könnte ein neuer Anschlag geplant sein?«, rief Zander erschrocken, verstummte dann aber, weil Friedrich zurückkam, und wies mit der Rechten zum Himmel, wo eben ein Raubvogel seine Kreise zog.

»Das ist ein Roter Milan, Euer Erlaucht! Er gilt im Gegensatz zu Adler oder Falke als minderer Raubvogel, auch wenn er größer ist als ein Falke. Man sagt, dass er sich mehr von Aas ernährt und nur selten selbst Wild schlägt. Ein Falkner, den ich vor Jahren kannte, berichtete nach ein paar Bechern Wein, der stolze rote Adler Brandenburgs wäre in den frühen Tagen dieses Landes nur ein schlichter Milan gewesen.«

Mit dieser Bemerkung gelang es Zander, die Aufmerksamkeit des Jungen so auf sich zu lenken, dass dieser sich nicht mehr für die Gerüchte interessierte, von denen Klara vorhin gesprochen hatte.

6.

Zwei Stunden vor dem Bankett erschien Henrietta Augustas Kammerfrau sichtlich erregt bei Klara und fasste nach deren Hand. »Ihre Erlaucht wünscht Euch zu sehen!«

Klara blickte kurz zu Friedrich hin, der unter Zanders Anleitung geometrische Figuren auf Papier zeichnete. »Euer Erlaucht erlauben?«

»Als wenn Sie irgendjemanden fragen würde, wenn Sie etwas vorhat«, antwortete der Junge grinsend.

Klara nahm dies als Zustimmung und folgte Differt. Wenig später betraten sie die Gemächer der alten Reichsgräfin. Diese saß auf ihrem Frisierstuhl und ließ sich von ihrer Zofe die dünnen, weiß gewordenen Haare stutzen. Bei Klaras Anblick versetzte sie der Zofe einen leichten Schlag.

»Sie kann später weitermachen. Jetzt will ich mit der Erzieherin Seiner Erlaucht sprechen!«

»Euer Erlaucht wissen, dass es seine Zeit dauert, bis Euer Erlaucht für das Bankett gekleidet sind«, wandte die Zofe ein.

»Es wird nicht lange dauern, dann kann Sie fortfahren. Hole Sie inzwischen die Perücken, damit ich auswählen kann, welche ich tragen will!« Henrietta Augusta scheuchte ihre Zofe fort und wandte sich Klara zu.

»Das Bankett heute Abend wird nur das erste von mehreren sein, die wir wegen des Besuchs von Prinz Christian zu halten gezwungen sind. Es gilt daher, auf alles achtzugeben, was Seiner Erlaucht vorgesetzt wird. Ihre Helferin Gabi wird die Speisen für Seine Erlaucht zubereiten und keinen anderen an die Töpfe lassen. Der Lakai Manfred wird Seiner Erlaucht vorlegen und verhindern, dass Seiner Erlaucht andere Speisen aufgetischt werden. In den Festsaal bringen werden meine Zofe und mein Reitknecht dieses Essen. Beiden kann ich voll und ganz vertrauen.«

Klara begriff, dass Henrietta Augusta von dem allgemein herrschenden Misstrauen gegen Prinz Christian erfasst worden war und alles tun wollte, um ihren Enkel vor weiteren Anschlägen zu schützen. Dies war auch in ihrem Sinne, doch sie hielt es für falsch, nur auf einen möglichen Attentäter zu schauen.

»Die Anordnungen Eurer Erlaucht sind weise«, sagte sie zögernd. »Nur wird es auf Dauer schwierig sein, Seine Erlaucht nur mit einer begrenzten Zahl an Dienerinnen und Lakaien zu umsorgen.«

»Das ist mir bewusst. Daher wird Herr Zander uns einen zuverlässigen Domestiken überlassen, der Seiner Erlaucht als Reitknecht dienen kann. Wie ist es mit Ihr? Kann Sie reiten?«

Die Frage der alten Reichsgräfin verwirrte Klara. »Nein, das kann ich nicht.«

»Dann wird Sie es lernen«, erklärte Henrietta Augusta von oben herab. »Es ist mein Wille, dass Sie sich stets in der Nähe Seiner Erlaucht aufhalten soll. Dies schließt auch die abendlichen Bankette mit ein. Da Schwarzburg-Friedrichsthal ein kleines Land ist, können dem Prinzen bürgerliche Tischgäste zugemutet werden. Sie wird neben Seiner Erlaucht sitzen und mit Argusaugen über ihn wachen!«

Klara wies auf das eher schlichte Kleid, das sie trug, und schüttelte den Kopf. »Das ist unmöglich, Euer Erlaucht. Ihr könnt keine angestellte Pflegerin an den Herrschaftstisch laden. Wie sähe das aus?«

»Das lasst meine Sorge sein! Sie ist ein wertvolles Mitglied der Hofhaltung und mit der Obsorge für meinen Enkel betraut. Prinz Christian hat dies zu akzeptieren. Was Ihre Garderobe betrifft, so wird Differt sich darum kümmern.«

Ein Hüsteln dieser Frau unterbrach die Reichsgräfin. »Was gibt es?«, fragte sie schroff.

»Wenn Euer Erlaucht Frau Klara zur Tafel ladet, könnt Ihr sie dort nicht wie eine Bedienstete ansprechen. Dies wäre ein Affront sowohl gegen Frau Klara wie auch gegen den Prinzen«, wandte Differt ein.

»Wenn es helfen würde, dass Prinz Christian umgehend das Schloss verlässt, würde ich mehr als einen Affront begehen. Doch wie es aussieht, hegt er die Absicht, länger zu bleiben. Wäre nicht mein Enkel dadurch in Gefahr, würde ich es sogar gerne sehen, wenn er sich um Anna Sybilla bewirbt und diese heiratet, vorausgesetzt, er nimmt sie mit nach Hildburghausen!«, rief Henrietta Augusta mit einer heftigen Handbewegung aus und sah Klara auffordernd an.

»Gehe Sie – oder, wie ich der Höflichkeit geschuldet nun sagen muss: geht Ihr mit meiner Kammerfrau. Sie wird Euch einkleiden. Eine Perücke ist wohl nicht vonnöten?«

»Ich hoffe doch nicht«, rief Klara, die sich nicht vorstellen konnte, ihr eigenes, volles Blondhaar unter einer Matte aus Pferdehaaren oder dergleichen zu verstecken. Sie knickste vor Henrietta Augusta und fand, dass die Sache zunehmend skurrile Züge annahm.

Die Kammerfrau der Reichsgräfin fasste sie am Arm. »Folgt mir, bitte!«

Mit einem Gefühl, das zwischen Belustigung und Sorge schwankte, gehorchte Klara und wurde in eine Kammer geführt, in der mehrere Kleider bereitlagen. Sie selbst wusste nur wenig über die Mode der hohen Damen, fand aber, dass diese Kleider viel zu fein für eine Bürgerliche waren.

»Diese Kleider sind doch gewiss nicht für mich gemacht worden«, sagte sie zu Differt.

»Das stimmt. Ihre Erlaucht hat sie früher getragen und meint, sie könnten Euch passen. Sie sind nicht mehr in Mode, doch dies müssen wir hinnehmen. Immerhin leben wir hier in der Provinz und nicht in den großen Residenzstädten wie Weimar, Rudolstadt oder Coburg.«

Sie hob das erste Kleid hoch und musterte Klara durchdringend. »Euer Teint ist etwas zu kräftig dafür«, meinte sie nachdenklich. »Wir werden viel Puder verwenden müssen, damit Ihr wenigstens eines der Kleider anziehen könnt. Ich glaube, das hier müsste gehen.« Sie zeigte auf die schlichteste der drei zur Auswahl stehenden Roben, die aus einem hellblauen Mieder, einem gleichfarbigen Rock und einem voluminösen Unterrock in Rosenholz bestand. Alle Teile waren aus Seide gefertigt und mit etwas helleren Bändern verziert.

»Dann wollen wir Euch ankleiden.«

Klara zog eine zweifelnde Miene. »Wenn ich das trage, kann ich mein Hildchen nicht stillen. Das muss ich aber vor dem Bankett tun – und auch gleich danach.«

»Das ist nicht gut!«, erwiderte Differt.

Da die hohen Damen ihre Kinder nie selbst stillten, sondern dies einer Amme überließen, waren die Kleider nicht geeignet, die Brüste zu entblößen.

»Wie lange vor dem Bankett müsst Ihr Eure Tochter nähren?«, fragte sie.

»Eine halbe Stunde vielleicht«, antwortete Klara.

»Dann müssen wir uns mit dem Ankleiden beeilen. Am besten, Ihr holt Eure Tochter und gebt ihr hier die Brust. Gusti soll danach auf sie achtgeben. Seine Erlaucht zu bedienen, erlaubt Ihre Erlaucht dem Mädchen noch nicht. Es könnte sein, dass sie zu Euch geschickt wurde, um Ihrer Durchlaucht als Spionin zu dienen oder anderen als Werkzeug.«

Bestand das Leben der hohen Herrschaften nur aus Intrigen und der Angst, vergiftet zu werden?, fragte Klara sich.

Da sie sich in dieser seltsamen Situation befand, musste sie alles tun, um zu verhindern, dass Friedrich wirklich in Gefahr geriet. Mehr denn je wünschte sie sich, Tobias wäre bei ihr. Gemeinsam hatten sie schon etliche Stürme überstanden, und sie hätte sich gefreut, wenn es auch diesmal so wäre.

<h2 style="text-align:center">7.</h2>

Nie hatte Klara sich fremder gefühlt als in dem Augenblick, in dem sie den Festsaal betrat und Anna Sybillas Haushofmeister sie als Klara Just, Ehefrau des sehr ehrenwerten Tobias Just, vorstellte. Die Menge der Unterröcke beengte ihre Schritte, und das Mieder war so straff gebunden, dass sie kaum zu atmen vermochte. Wenn das Bankett zu lange dauerte, bestand sogar Gefahr, dass Milch aus ihren Brüsten gepresst wurde und die entsprechenden Stellen des Mieders nasse Stellen aufwiesen.

Sie knickste beim Eintreten in den Saal und ein zweites Mal in Friedrichs Richtung, der an der Stirnseite der Tafel saß. Dann tat sie es vor den beiden Damen und zuletzt vor Prinz Christian. Dieser hatte sie bereits in Friedrichs Gemächern gesehen, doch falls er sich wunderte, weshalb sie zur Tafel geladen worden war, zeigte er es nicht.

Für Klara war der Platz zu Friedrichs linker Seite bestimmt worden. Einige Mitglieder von Anna Sybillas Hofstaat bedachten sie deshalb mit giftigen Blicken, weil dieser Platz ihrer Meinung nach einem der ihren hätte vorbehalten sein müssen. Henrietta Augusta war es jedoch gelungen, die Anhänger ihrer Schwiegertochter auf deren Seite zu plazieren. Anna Sybilla nahm den Ehrenplatz an der anderen Stirnseite der Tafel ein. Zu ihrer Rechten saß Heinrich von Trenzen, der Klara empört anschaute, weil er weitaus lieber bei Prinz Christian gesessen hätte. So blieb ihm nur Henrietta Augusta als Gegenüber sowie die nun wieder in Gnaden aufgenommene Juliana von Ziegenweida als Tischdame. Schräg gegenüber seiner Gemahlin saß Kornelius von Zander, der neben Klara wohl der Einzige im Saal war, der sein gesamtes Vermögen darauf verwettet hätte, dass Prinz Christian keinen Anschlag auf Friedrich unternehmen wollte.

Es herrschte eine seltsame Stimmung in dieser Tischrunde. Henrietta Augusta erinnerte Klara an eine Glucke, die den Habicht am Himmel sieht und sich aufplustert, um größer und stärker zu erscheinen, um den Feind abschrecken zu können. Im Gegensatz dazu tat Anna Sybilla so, als wäre dies ein fröhliches Fest, und lachte immer wieder über die Bemerkungen ihrer Tischnachbarn. Sie zwang diese damit, ebenfalls gute Laune vorzutäuschen. Dies fiel Heinrich von Trenzen wohl am schwersten. Immer wieder krampfte er die rechte Hand um die Serviette, als wolle er diese erwürgen. Seine Frau Geraldina betätigte ihren Fächer zu oft und zu schnell und verriet dadurch ihre Nervosität, während Prinz Christian sich munter mit Friedrich unterhielt.

Klara fragte sich, weshalb Henrietta Augusta ihren Enkel trotz ihrer Affenliebe einfach Domestiken überlassen hatte, die weder die Fähigkeiten noch die Bereitschaft aufwiesen, sich so um den Jungen zu kümmern, wie es sich gehörte. Nun wunderte es sie nicht mehr, dass er zuletzt ausfallend und teilweise sogar beleidigend geworden war. Sie hoffte allerdings, dass diese Phase endgültig der Vergangenheit angehörte.

Während sie ihren Gedanken nachhing, vergaß Klara nicht ihren Auftrag und achtete genau auf das, was Manfred dem Knaben vorsetzte. Prinz Christian bekam durchaus mit, dass Friedrichs Speisen von einem anderen Tablett genommen wurden als die eigenen, tat aber so, als wäre dies so üblich.

Mit einem Mal schnitt er einen Teil der Forelle, die gerade aufgetragen worden war, in zwei Teile und reichte einen davon

Friedrich. »Ihr habt einen ausgezeichneten Koch, Euer Erlaucht. Ich aß selten eine bessere Fischspeise als diese hier.«

Klara spürte, wie Henrietta Augusta erstarrte. Auch die meisten anderen blickten zu ihnen her. Was tun?, schoss es ihr durch den Kopf. Verbot sie Friedrich, von dem Fisch zu essen, würde sie ihn verärgern und stieß zudem Prinz Christian vor den Kopf.

»Ihr findet die Forelle gut? Dann würde ich auch gerne davon probieren«, sagte sie und zerlegte das Stück, das vor Friedrich lag, noch einmal und legte sich den kleineren Teil auf den Teller.

Friedrich war nicht dumm und begriff durchaus, was Klara vorhatte. Da Manfred ihm die Speisen nicht vorkosten konnte, übernahm sie es.

Im Gegensatz zu den meisten am Tisch hielt Klara die Gefahr, der Fisch könne vergiftet sein, für äußerst gering. Sie aß ihren Part mit Genuss und nickte Friedrich zu. »Ich muss Seiner Durchlaucht zustimmen. Der Fisch schmeckt wundervoll! Wenn Euer Erlaucht sich davon überzeugen wollen?«

»Mit dem größten Vergnügen«, antwortete Friedrich und zwinkerte ihr zu. Danach schnitt er ein Stückchen Forelle ab, führte es zum Mund und begann zu kauen.

»Wirklich deliziös«, lobte er, noch bevor er den Bissen geschluckt hatte.

Klara hüstelte mahnend und deutete auf ihren Mund.

»Ich weiß, man spricht nicht mit vollem Mund, meine Liebe. Doch wenn die Begeisterung einen hinreißt, vergisst man alles um sich herum!« Friedrich lächelte bei diesen Worten, während der Prinz nachsichtig schmunzelte.

»So ist es, Euer Erlaucht! Erlaubt Ihr mir zu sagen, dass Euer Erlaucht Manieren weit über Euer Alter hinaus gediehen sind? Einer meiner Neffen hat Euch ein oder zwei Jahre voraus, benimmt sich aber gelegentlich immer noch wie ein Rüpel.«

»Hie und da tue ich das auch«, gab Friedrich lachend zu.

Das Gespräch behagte ihm, und er bezog Klara im weiteren Verlauf immer wieder mit ein. Langsam löste sich an diesem Teil der Tafel die Spannung, und Klara begann, den Abend zu genießen. Auf der anderen Seite war man weniger zufrieden. Wohl war Henrietta Augusta zu der Überzeugung gelangt, dass ihrem Enkel an diesem Tag wohl noch keine Gefahr drohte. Ihrer Schwiegertochter Anna Sybilla missfiel jedoch die wachsende Vertrautheit, mit der Klara und der Prinz miteinander umgingen, und Heinrich von Trenzen stieß immer wieder leise Flüche aus.

»Was habt Ihr?«, fragte Juliana von Ziegenweida, die diese als Einzige vernahm.

»Der Bengel ist munter wie ein Reh, und das ist nur die Schuld dieses Salbenmacherweibs!« Erst als er ausgesprochen hatte, begriff Trenzen, dass er seine geheimsten Gedanken ausgerechnet seiner Erzfeindin offenbart hatte.

Obwohl Juliana die Entwicklung ebenso wenig gefiel, überlegte sie, ob sie nicht doch einen Vorteil daraus ziehen konnte. Wenn Friedrich starb und es gelänge, Prinz Christian die Schuld daran zu geben, verschaffte ihr dies die Gelegenheit, ihrer Herrin doch noch eine Ehe mit Fürst Johann Ernst von Sachsen-Saalfeld schmackhaft zu machen. Als direkter Nachbar konnte er die Reichsgrafschaft umgehend besetzen und allen anderen, die auf das Erbe Schwarzburg-Friedrichsthals hofften, zuvorkommen.

Nachdem es zunächst so ausgesehen hatte, als wäre sie gescheitert, hielt sie nun wieder die Fäden in der Hand. Sie musste nur dafür sorgen, dass alles so lief, wie sie es benötigte. Danach war ihr der Dank des Fürsten und damit auch der Aufstieg in höhere Ränge gewiss.

8.

Etliche Meilen von Friedrichsthal entfernt ging das Leben in Königsee weiter wie bisher, und die Stimmung unter den Bewohnern war unvermindert schlecht. Der Prozess vor dem Reichskammergericht in Wetzlar zog sich hin, und so mussten sie die hohen Steuern, die Fürst Friedrich Anton zur Aufrechterhaltung seiner Hofhaltung für angemessen erachtete, weiterhin bezahlen. Gewohnt, ihre nicht gerade üppigen Bezüge durch einen gewissen Unterschleif zu verbessern, forderten seine Beamten das Geld mit eiserner Härte ein.

Klaras Ehemann Tobias musste ebenso bluten wie sein Vater und all die anderen Nachbarn. Inzwischen ballte so mancher Untertan die Faust nicht mehr nur in der Hosentasche. Hinter vorgehaltener Hand wurden Drohungen ausgestoßen, und sie betrafen vor allem den Mann, der sich beim Auspressen der Steuerzahler am meisten hervortat.

Als sich die Laboranten von Königsee und andere Bürger an diesem Abend im *Löwen* versammelten, war die Stimmung von Zorn geprägt.

Diesmal war auch Rumold Just mitgekommen und saß neben seinem Sohn am Tisch, während Laborant Hofmann an der Stirnseite von seiner Reise nach Rudolstadt berichtete.

»Ich weiß, ihr alle würdet gerne hören, dass Seine Durchlaucht, der Fürst, die Steuern wieder auf ein Maß senkt, das für uns alle erträglich ist. Leider wurde mir keine Audienz bei dem hohen Herrn gewährt. Ich musste mit Waldemar Frahms Vetter Wilhelm vorliebnehmen, der mir mitten im Wort den Mund verbot und mich anschnauzte, er wisse von seinem Verwandten sehr wohl, dass wir Königseer Aufrührer und Unruhestifter seien, denen der Rücken einmal kräftig gebeugt gehörte. Wir sollen gefälligst unsere Klage beim Reichskammergericht zurückziehen und unsere Steuern bezahlen. Es stände schon in der Bibel, dass man dem Fürsten geben soll, was des Fürsten ist!«

»Da war von einem Kaiser die Rede und nicht von einem Fürsten. Vielleicht sollten wir uns mit unserer Beschwerde an Kaiser Karl VI. wenden, anstatt auf die Herren Juristen in Wetzlar zu hoffen«, rief einer der Versammelten dazwischen.

Ein anderer schlug mit der Faust auf den Tisch. »Wenn wir auf anderem Weg nicht zum Erfolg kommen, wird uns nichts anderes übrigbleiben! So wie jetzt kann es nicht weitergehen. Wir alle – seien es Laboranten, Handwerker oder Händler – arbeiten uns den Buckel krumm, und wenn wir am Ende in unsere Kassen schauen, finden wir nur ein paar lumpige Silberlinge, die kaum zum Leben reichen, weil unser Herr Fürst in Saus und Braus leben will.«

Da mischte sich der Wirt des *Löwen* ein. »Ich bitte euch, unterlasst solch aufrührerische Reden! Frahm und seine Beamten sind sonst noch in der Lage, mir die Wirtschaft zuzusperren.«

»Hört! Hört! So weit ist es in unserem Königsee bereits gekommen«, rief ein weiterer Gast.

»Ich finde, der Wirt hat recht«, schaltete sich Rumold ins Gespräch ein. »Was man denkt, kann man zu Hause sagen und nicht unter einem fremden Dach. Keiner von uns hat etwas davon, wenn Frahm die Tür des *Löwen* zunageln lässt.«

Der Wirt sah ihn erleichtert an. »Hab Dank, Rumold! Ihr alle wisst, wie ich zu der Sache stehe. Aber ich muss an meine Familie denken, genauso wie ihr an die euren.«

»Da seht ihr es! Man darf kein offenes Wort mehr sagen, ohne dass man dafür bestraft oder gar eingesperrt wird, wie es dem Zacharias seinem Vater ergangen ist.«

»Ich habe gehört, dass ihn der Amtmann hat festnehmen lassen, aber nicht, weshalb«, sagte Tobias.

»Der alte Mann hat gesagt, er wünschte sich, der Waldemar

Frahm würde ihm einmal bei Nacht begegnen und er einen Knüppel in der Hand halten. Mehr war es nicht!«

»Auf jeden Fall ist Gewalt die falsche Antwort. Wird es zu arg getrieben, ruft der Fürst andere Fürsten zu Hilfe, und wenn erst einmal preußische oder kaiserliche Soldaten ins Land kommen und sich bei uns einquartieren, tut dies keinem gut«, mahnte Rumold seine Freunde.

Tobias sah, wie Philipp und Hans, zwei Laborantensöhne, zusammenzuckten, dann aber scheinbar gelassen zu ihren Bierkrügen griffen und tranken. Es blieb ihm nicht die Zeit, die Burschen länger im Auge zu behalten, da nun einer der anderen Laboranten das Wort ergriff.

»Daran ist nur der Franzos schuld, der vierzehnte Ludwig, dieser Landräuber! Er regiert absolutistisch und hat gesagt, dass er der Staat ist, und zwar er allein. Jetzt spinnen auch bei uns die Fürsten und wollen so sein wie er. Früher hatten die Bürger noch was zu sagen. Damals gab es eine Ständeversammlung, und wenn die zum Fürsten gesagt hat, so geht es nicht, dann ist es auch nicht so gegangen.«

»Beruhigt euch, Leute! Bei der Schwarza fließt das Wasser auch nicht auf einmal hinab, sondern schön langsam. Der Prozess in Wetzlar dauert halt einmal seine Zeit«, warf der Laborant Hofmann ein.

»Und was ist, wenn wir ihn nicht gewinnen? Wenn die Herren dort zum Fürsten halten?«, fragte einer der ärgeren Schreier.

»Das müssen wir erst einmal abwarten«, erklärte Tobias mit Nachdruck.

»Im Abwarten bist du ja groß. Dein Weib haben sie verschleppt, und keiner weiß, wohin!«, höhnte der andere.

Tobias wollte aufspringen, doch da spürte er die Hand seines Vaters auf der Schulter.

»Lass ihn reden! Du weißt, wie es ist, und das allein zählt.«

Widerwillig nickte Tobias. Er hatte nach seiner Rückkehr aus Friedrichsthal erzählt, dass Klara dort im Auftrag des Fürsten dessen jungen Verwandten pflegte und es ihr gutginge. Doch nur wenige glaubten ihm, denn die meisten nahmen an, es wäre eine Ausrede, um die Strafe seiner Frau zu verbergen. Waldemar Frahm hatte es so unter die Leute gebracht, und sosehr diese den Mann auch hassten, so glaubten sie ihm diese Geschichte.

»Lass uns nach Hause gehen«, sagte er zu seinem Vater.

»Aber doch nicht jetzt schon!«, wandte der Laborantensohn Philipp ein. »Setz dich zu uns, Tobias! Wir wollen Karten spielen. Oder sind wir dir zu gering geworden, seit du deinem Vater als Laborant nachgefolgt bist?«

Tobias kniff verärgert die Lippen zusammen. Ablehnen durfte er nicht, denn sonst beleidigte er nicht nur Philipp und dessen Mitspieler. Daher setzte er sich missmutig zu ihm und Hans, während der vierte Stuhl frei blieb. Alle warteten, dass einer von ihnen aufgefordert wurde, der Vierte in der Runde zu sein.

Da traten drei Männer in die Wirtsstube und wurden von Philipp und Hans fröhlich begrüßt.

»Ihr wollt wohl auch einen Schluck Bier trinken, was? Lasst es euch schmecken«, rief Philipp ihnen zu.

»Der erste Krug geht auf mich!«, versprach Hans.

Bei den Neuankömmlingen handelte es sich um zwei Kätner, die früher als Wanderapotheker gegangen waren, nun aber neben ihrer kleinen Landwirtschaft noch Heurechen und anderes hölzernes Gerät anfertigten und verkauften. Der Dritte war der Amtsdiener Brüser, der als Frahms Handlanger bei den Königseern kaum weniger verhasst war als sein Vorgesetzter. Tobias wunderte sich daher, ihn hier zu sehen. Noch seltsamer fand er, dass Philipp ausgerechnet Brüser zu sich an den Tisch winkte.

»Komm, setz dich her! Oder hast du keine Lust auf ein zünftiges Spiel?«

Der rieb sich nachdenklich über die Nase. »Lust hätte ich schon, aber …«

»Wir spielen billig, wenn du das meinst. Du kennst doch den Spruch unseres Herrn Pastors, die Spielkarten wären das Gebetbuch des Teufels. Da wollen wir nicht so weit sündigen, dass wir Haus und Hof verspielen, so dass unsere Frauen und Kinder hungern müssen.«

»Bei dir gleich gar! Du bist ja noch nicht einmal verheiratet«, spottete Hofmann.

»Ich könnte es ja versuchen!« Der Amtsdiener setzte sich, nahm einen kräftigen Schluck aus seinem Bierkrug und blinzelte listig. »Habt euch wohl wieder die Mäuler über die hohen Steuern zerrissen, was? Ich muss die auch bezahlen, und das nicht zu knapp. Da hilft es mir wenig, dass ich den Rock des Fürsten trage.«

Tobias glaubte ihm sogar. Die Gehälter, die die fürstliche Kasse den Beamten auszahlte, waren in den unteren Rängen gering. Wer da nicht die Gelegenheit fand, den einen oder anderen Groschen unter der Hand einstecken zu können, war genauso arm dran wie jeder andere in Schwarzburg-Rudolstadt. Deshalb passte es ihm auch nicht, dass die Burschen ausgerechnet Brüser zum Mitspielen aufgefordert hatten. Der Amtsdiener war als schlechter Kartenspieler bekannt. Wenn er verlor, wie man erwarten musste, würde er mit Gewissheit Frahm und die anderen Beamten gegen seine Mitspieler aufhetzen. Die Männer im Rock des Fürsten warteten doch nur auf eine Gelegenheit, Strafen aussprechen zu können, von denen ein Teil in die eigenen Taschen wanderte.

Tatsächlich verlor Brüser dreimal hintereinander. Auch wenn es jeweils nur um wenige Groschen ging, schmerzte ihn der Verlust, und er zeigte eine saure Miene. Plötzlich aber wendete sich das Blatt. Der Amtsdiener erhielt ausgezeichnete Karten und holte das Verlorene in einem einzigen Spiel zurück. Danach begann für ihn eine Glückssträhne, die nicht enden wollte. Groschen um Groschen und dann Taler um Taler wanderte zu ihm hin. Er konnte es selbst kaum glauben, während Tobias irritiert die Lider zusammenkniff. Philipp und Hans hätten mehrfach gewinnen können, die Spiele jedoch durch simple Fehler verloren.

Langsam fragte Tobias sich, was das Ganze sollte. Er selbst spielte so, dass er zwar nichts gewann, aber auch nicht viel verlor, während es Philipp und Hans nicht auf ein paar Taler anzukommen schien. Inzwischen hatten sich die meisten Gäste um ihren Tisch versammelt und kommentierten jeden Zug. Irgendwann packte Philipps Vater seinen Hut und knetete ihn voller Wut.

»Die Karte hättest du vorhin ausspielen müssen und nicht zu diesem Zeitpunkt! Jetzt hat der ... Brüser schon wieder gewonnen!«

Der Mann vermied im letzten Moment das Wort Lump, mit dem die Leute hinter der Hand die fürstlichen Beamten bedachten, da der Amtsdiener dies mit Gewissheit seinen Vorgesetzten gemeldet hätte. Lust, zusätzlich zu den Spielverlusten seines Sohnes auch noch Strafe bezahlen zu müssen, hatte er keine.

Obwohl Hans und Philipp Tobias' Einschätzung nach nicht zu viel getrunken hatten, wirkten sie beim Ausspielen der Karten fahrig und machten Fehler, für die sie sich gegenseitig beschimpften. Der Einzige, der den Abend in vollen Zügen genoss, war Brüser. Mittlerweile häuften sich vor ihm die Münzen, und er spielte nun vorsichtiger, um seinen Gewinn nicht zu gefährden.

Irgendwann klopfte der Löwenwirt mit einem Krug auf den Tisch. »Der Zapfhahn ist für heute zu, Leute! Trinkt aus, geht nach Hause und schließt unseren geliebten Fürsten ins Nachtgebet mit ein.«

Ein paar Männer husteten, um nicht lachen zu müssen. Auch Tobias verzog das Gesicht. Immerhin hatte Friedrich Anton ihm die Frau weggeholt, damit sie etliche Meilen entfernt ein fremdes Kind pflegte, während die eigenen zu Hause auf ihre Mutter verzichten mussten.

Tobias spürte, dass er bitter wurde, und schob seinen Krug weg, ohne ihn auszutrinken. »Es ist später geworden, als ich wollte. Hast du eine Laterne für uns? Sonst fallen wir noch über herumstehende Kübel und Schubkarren«, fragte er den Wirt.

»Freilich! Wie viel braucht ihr? Drei kann ich euch geben.«

Rasch fanden sich drei Gruppen zusammen, aufgeteilt nach der Richtung, in die sie zu gehen hatten. Zu denen, die sich um Tobias und dessen Vater scharten, zählten Brüser, Philipp und Hans, obwohl Letzterer mit seinem Vater hätte gehen können.

»Der Philipp und ich wollen noch was ausmachen«, wehrte er die Aufforderung zum Mitkommen ab.

»Bleib aber nicht zu lange fort!«, antwortete sein Vater mürrisch und reichte dem Wirt das Geld für die Zeche.

Auch die anderen zahlten und verließen den *Löwen*. Nach dem Dunst nach Bier und Pfeifenrauch tat die kühle Nachtluft gut. Obwohl Tobias nicht viel getrunken hatte, schmerzte ihm der Kopf. An der frischen Luft ging es langsam besser, und er freute sich darauf, nach Hause zu kommen.

Während Hans mit der Laterne den Weg ausleuchtete, gingen die Männer den schiefen Marktplatz hoch, schlugen einen Bogen um das Rathaus und wollten eben in die Straße einbiegen, in der die Häuser der ersten Zecher standen, als Philipp stehen blieb.

»Habt ihr das auch gehört?«, fragte er.

»Was sollen wir gehört haben?«, brummte einer der älteren Männer, der lieber in sein Bett wollte, als Rätsel zu lösen.

»Da war doch was! Ich habe es auch gehört«, erklärte Hans und wies auf eine kleine Seitengasse. »Wir sollten nachsehen!«

Tobias fragte sich, was das sollte. Er zumindest hatte nichts gehört. Da drang Hans bereits in die Gasse ein.

»Da liegt was!«, rief er.

Nun folgten die anderen ihm doch. Tobias vernahm ein unterdrücktes Stöhnen, das aus einem in einer Ecke liegenden Sack drang.

»Was ist das? Hat da ein Bauer ein Schwein gebracht und einfach hier liegen lassen?«, fragte einer der Männer erstaunt.

Hans beugte sich über den Sack, löste den Strick, mit dem dieser zugebunden war, und leuchtete hinein. »Bei Gott, das ist ein Mensch und keine Sau!«, stieß er hervor.

Sofort eilten die anderen zu ihm und halfen mit, den im Sack steckenden Mann herauszuholen.

Brüser stieß einen Entsetzensruf aus. »Das ist ja der Herr Assessor Frahm! Bei Gott, wie haben sie den zugerichtet!«

Tobias starrte den bei allen verhassten Beamten an und konnte nicht glauben, was er sah. Frahm war gefesselt, und in seinem Mund steckte ein Knebel, so dass er zwar stöhnen, aber nichts sagen konnte. Selbst im schlechten Laternenlicht waren sein aufgeschürftes Gesicht und die Löcher in seinem Rock zu erkennen. Jemand hatte ihm aufgelauert und gründliche Arbeit geleistet.

»Bluten tut er, wie es aussieht, kaum«, fand Rumold, während Tobias dem Verletzten den Knebel abnahm.

»Was ist denn geschehen, Herr Assessor?«, fragte Brüser noch immer ganz erschrocken.

»Schurken ... aufgelauert ... niedergeschlagen! Oh, tut das weh!«, stöhnte Frahm.

»Wir müssen ihn zum Arzt bringen! Philipp, lauf voran und sage Doktor Halbers, dass wir einen Patienten bringen«, forderte Tobias den jungen Mann auf.

»Ohne Laterne tue ich das nicht. Ich will mir wegen dem da kein Bein brechen, indem ich in der Nacht irgendwo drüberfalle.«

Philipp bedachte Frahm mit einem so höhnischen Blick, dass Tobias irritiert die Augen zusammenkniff. Er sagte jedoch nichts, sondern bat andere Männer, ihm zu helfen, den Beamten zum Arzt zu bringen.

Das letzte Stück zu dessen Wohnung lief Philipp dann doch voraus und hämmerte gegen die Tür. »Wir bringen einen Verletzten, der rasch versorgt werden muss!«, rief er laut genug, dass die ganze Nachbarschaft davon wach werden musste.

Es wurden auch sofort mehrere Fenster geöffnet. »Was ist los?«, »Was geht hier vor?«, fragten mehrere Leute gleichzeitig.

Unterdessen öffnete Doktor Halbers die Tür und sah die Männer mit Frahm kommen. Hans leuchtete, damit sie nicht über die Stufen stolperten. Der älteste Sohn des Arztes brachte eine Lampe und sah den Verletzten entgeistert an.

»Das ist doch Herr Frahm! Wie kommt der in diesen Zustand?«

»Das frage ich mich auch«, antwortete Tobias mit einem Seitenblick auf Philipp und dessen Freund.

Er hätte Stein und Bein geschworen, dass die beiden mehr darüber wussten. Diesen Verdacht durfte er jedoch nicht einmal im Geheimen äußern, wenn er nicht wollte, dass die zwei in Teufels Küche kamen.

Nachdem Frahm auf einem Bett lag und feststand, dass er zwar wüst verprügelt worden war, aber keine gebrochenen Knochen aufwies, wandte Rumold sich an die anderen.

»Wir sollten jetzt heimgehen! Es ist spät geworden, und die meisten von uns müssen morgen früh aus den Federn.«

»Recht hast du!«, meinte einer und wandte sich zum Gehen.

Auch Tobias verließ das Haus des Arztes. Hans leuchtete ihnen, doch auf dem Heimweg hörte er diesen und Philipp mehrmals husten und schnaufen, als müssten sie ein Lachen unterdrücken. Dabei, so dachte er, konnte ihnen allen schon morgen jede Fröhlichkeit vergehen.

Tobias schlief in dieser Nacht schlecht, sagte sich am Morgen aber, dass sein Vater, die anderen und er den ganzen Abend im *Löwen* verbracht hatten und nicht verdächtigt werden konnten, Frahm aufgelauert und verprügelt zu haben. Nach der Morgensuppe wollte er in den Keller des Hauses hinabsteigen, um ein neues Rezept für eine spezielle Tinktur auszuprobieren. Da vernahm er vom Markt her das Schellen der Glocke, mit dem der Amtsdiener die Bewohner zusammenrief, um ihnen die neuesten Anweisungen der Obrigkeit zu verkünden.

Es konnte nur einen Grund geben, aus dem Brüser heute läutete, dachte Tobias. Ein Angriff auf einen fürstlichen Beamten war eine schwerwiegende Angelegenheit, und die Obrigkeit würde alles daransetzen, um dieses Vergehen zu ahnden. Und tatsächlich, als er den Marktplatz erreichte, auf dem bereits eine ganze Menge neugierig auf das Rathaus schaute, befand sich dort nicht nur der Amtsdiener, sondern auch zwei Soldaten, die als Landjäger dienten, sowie ein höherer Untergebener des Amtmanns.

»Brüser könnte langsam mit dem Bimmeln aufhören. Sonst klingelt es uns noch lange in den Ohren«, hörte Tobias seinen Vater neben sich sagen. Rumold war zusammen mit Martha zu ihm getreten und sah angespannt zu den Beamten hin.

»Was wird es geben? Eine neue Steuer, damit noch mehr Geld nach Rudolstadt zum Fürsten fließt?«, fragte ein Mann, der nicht mit im *Löwen* gewesen war.

»Ich will es nicht hoffen, denn allmählich weiß ich nicht mehr, wo ich das Geld hernehmen soll«, meinte Tobias, da er nicht als jemand erscheinen wollte, der mehr zu wissen glaubte als die anderen.

Endlich schien der Beamte zu der Überzeugung gekommen zu sein, dass sich alle Königseer bis auf die, die zu alt dafür waren oder noch in den Wiegen lagen, sich versammelt hatten. Auf sein Zeichen hin hörte Brüser auf zu läuten und stellte seine Glocke weg.

»Höret, was ich zu verkünden habe!«, rief er mit weit hallender Stimme. »Ein schreckliches Verbrechen ist gestern Nacht geschehen! Ruchlose Gesellen haben den ehrenwerten Herrn Assessor Waldemar Frahm auf dem Heimweg aufgelauert, ihm mit frecher Hand Gewalt angetan und anschließend gefesselt und geknebelt in einen Sack gesteckt und auf der Straße liegen gelassen!«

»Was? Den Frahm hat es erwischt? Dann war es wenigstens nicht der Falsche«, sagte ein Mann neben Tobias leise.

Tobias hielt den Mund und bemühte sich, in der Menge nicht nach Philipp und Hans zu suchen. Die beiden hatten etwas mit dieser Angelegenheit zu tun, das fühlte er. Er fragte sich nur, wie sie es bewerkstelligt hatten. Immerhin waren beide mit im *Löwen* gewesen.

Der Ausrufer schwieg einen Augenblick und fuhr dann fort: »Folgende Männer haben sich umgehend auf der Wachstube zu melden: Es sind dies der Laborant Hofmann, die Laboranten Just Vater und Sohn, der Laborant Sommer, der Fleischhauer Stein, der …«

Der Mann nannte eine ganze Reihe von Namen, von denen die meisten jedoch am Abend zuvor im *Löwen* gewesen waren.

Als Hofmann seinen Namen hörte, ballte er die Faust. »Die sollen ja nicht versuchen, uns die Sache anzuhängen. Dann rauscht es aber im Gebüsch, das sage ich euch!«

»Hören wir erst einmal an, was uns in der Wachstube aufgetischt wird.« Rumold klopfte seinem Sohn auf die Schulter. »In einem hat Hofmann recht! Wir waren es nicht, und wir werden auch keine Strafe hinnehmen.«

»So ist es recht, Just! Wir haben ein reines Gewissen«, antwortete Sommer und ging los.

Etliche Minuten später standen sie mit den Hüten in der Hand in der Wachstube. Vor ihnen saßen der Richter und sein Schreiber hinter einem Tisch, während sich Landjäger bereithielten, um einzugreifen, falls es nötig sein sollte.

Während der Gerichtsschreiber seinen Gänsekiel zuschnitt, musterte der Richter die anwesenden Männer mit finsteren Blicken. »So weit ist es in Königsee schon gekommen, dass ein Beamter Seiner Durchlaucht, der nur seiner Pflicht folgt, von ruchlosen Halunken überfallen und schwerstens verletzt wird!«, fuhr er sie mit schneidender Stimme an.

»So schlimm hat es aber gestern, als wir ihn gefunden haben, nicht ausgesehen. Unser Doktor hat gesagt, seine Knochen wären noch ganz, und einen Stich oder einen Schuss hätte er auch nicht abbekommen«, rief Philipp, der ebenfalls zu den in die Wachstube bestellten Männern zählte.

Das Gesicht des Richters färbte sich purpurrot. »Mit dem Assessor Frahm wurde die Autorität Unseres durchlauchtigsten Landesfürsten angegriffen, und das wiegt schwerer als ein gebrochener Knochen oder eine Stichverletzung!«

»Ich würde es anders sehen, wenn es meine Knochen und meine Verletzung wären«, murmelte Tobias und brachte seinen Vater damit beinahe zum Lachen.

»Es tut uns ja leid, dass der Frahm so Prügel gekriegt hat. Aber wir haben damit nichts zu schaffen«, erklärte einer der Männer.

»Für Ihn heißt es ›Herr Assessor Frahm‹«, erklärte der Richter und hob drohend die rechte Hand. »Der Herr Assessor sieht das anders. Er ist sich gewiss, dass Tobias Just und andere Subjekte ihm aufgelauert haben.«

»Das ist eine Lüge!«, rief Tobias aufgebracht. »Jeder hier kann bezeugen, dass ich den gestrigen Abend im Gasthaus zum *Löwen* verbracht und diesen erst verlassen habe, als wir auf dem Heimweg den Assessor gefunden haben.«

»So ist es«, stimmte Rumold seinem Sohn zu.

»Da könnt Ihr von uns jeden fragen. Wir haben uns gestern im *Löwen* versammelt, um ein Glas oder zwei auf die Gesundheit Seiner Durchlaucht zu leeren!« Hofmann war ebenso wie den anderen klar, dass Frahm Tobias aus reiner Bosheit beschuldigt hatte.

Der Richter musterte die Männer mit schiefer Miene. Seiner Ansicht nach konnten sie sich abgesprochen haben. Dies würde ihnen aber nichts helfen, dachte er. Einem scharfen Verhör würden sie niemals widerstehen.

»Er will also im Gasthaus zum *Löwen* gewesen sein?«, fragte er Tobias höhnisch.

»So ist es, Euer Ehren! Das können hier alle bezeugen, die dabei waren, ebenso der Wirt und der Schankknecht«, antwortete Tobias.

»Und auch der Amtsdiener Brüser! Der hat nämlich mit uns Karten gespielt und uns dabei einige Taler aus der Tasche gezogen«, rief Philipp dem Richter zu.

»Brüser soll Zeuge gewesen sein?« Zwar hielt der Richter wenig von den geistigen Fähigkeiten des Mannes, der gerade mal gut genug war, an der Pforte zu sitzen und die Glocke zu schwingen, wenn es etwas zu verkünden gab. Eines aber konnte er gewiss sein: Der Mann würde sich niemals mit Tobias Just und den anderen zusammentun, um diese durch eine falsche Aussage vor dem Gesetz zu retten.

»Man soll den Amtsdiener holen!«, befahl er.

Sofort eilte einer der Soldaten los und kehrte wenig später mit Brüser zurück. Der Richter musterte diesen mit jenem durchdringenden Blick, der selbst den verstocktesten Schurken dazu brachte, klein und jämmerlich zu werden.

»Er war gestern im *Löwen*?«, fragte er.

Der Amtsdiener nickte eifrig. »Na freilich! Da haben wir Karten gespielt, der Tobias, der Philipp, der Hans und ich.«

»Mit Tobias meint Er Tobias Just?«, fragte der Richter weiter.

»Na freilich! Der Hans hat mich gefragt, ob ich will, und da habe ich mich dazugesetzt.«

»Wann hat Er das getan?«, schoss der Richter seine nächste Frage ab.

»Na, gleich von Anfang an! Ich wollte nach Feierabend noch ein Bier trinken, und da hab ich sie alle im *Löwen* angetroffen«, berichtete der Pförtner eilfertig.

»Um welche Zeit hat Er seinen Posten verlassen, und wann hat Er den Gasthof zum *Löwen* betreten?« Der Richter hoffte noch, dass der Pförtner eine Zeit nannte, die es Tobias ermöglicht hätte, Frahm aufzulauern.

»Es muss so gegen acht gewesen sein«, antwortete der Pförtner, ohne lange nachzudenken. »Ich habe den Herrn Assessor noch gefragt, ob er mich braucht, doch er sagte, ich könne gehen. Er habe noch eine Stunde zu arbeiten. Bis zum *Löwen* waren es dann nur ein paar Minuten!«

Ohne es zu wissen, zerstörte der Mann damit die Hoffnung des Richters, diesen Fall rasch aufklären zu können.

»Wie es aussieht, ist Er tatsächlich die ganze Zeit im *Löwen* gewesen. Der Assessor hat sich wohl geirrt, als er meinte, er hätte Ihn bei den Schurken gesehen«, sagte der Richter zu Tobias und setzte hinzu, dass die Behörden dieses Verbrechen mit aller Härte ahnden würden.

»Wenn sie die kriegen, die es gemacht haben«, murmelte Philipp spöttisch.

Tobias warf ihm einen forschenden Blick zu, sagte sich dann aber, dass es besser war, wenn er nicht wusste, wie die Tat abgelaufen war. Wichtiger war, dass der Richter ihm seine Unschuld hatte bescheinigen müssen.

Unterdessen wandte der Richter sich an seinen Schreiber. »Notiere Er alle Männer, die zu dem fraglichen Zeitpunkt im

Gasthaus zum *Löwen* waren und daher nicht in Frage kommen, diese Übeltat begangen zu haben. Sie sollen als Zeugen unterschreiben, dass es so war! Doch wie es auch kommen mag: Wir werden die Schurken finden und bestrafen. Hat da nicht einer dem Assessor gedroht?«

»Das war der Vater des Zacharias. Aber der kann es auch nicht gewesen sein, weil man ihn schon letzte Woche nach Schwarzburg geschafft und dort eingesperrt hat«, berichtete Philipp bereitwillig.

»Und der Zacharias war es auch nicht. Der ist nämlich auf seiner Strecke unterwegs und hat die gewiss nicht unterbrochen, um den Herrn Assessor zu verprügeln«, setzte sein Freund Hans hinzu.

Der Richter bedachte die beiden mit zornigem Blick und erklärte, dass die Anwesenden, sobald sie ihre Zeugenaussage unterschrieben hätten, gehen könnten.

10.

Eine Woche später war immer noch ungeklärt, wer Waldemar Frahm überfallen und so übel zugerichtet hatte. Jeder der Verdächtigen hatte für den Zeitraum des Verbrechens Zeugen, die beschworen, ihn an einem anderen Ort als dieser kleinen Gasse gesehen zu haben. Der Nachtwächter hätte berichten können, dass er bei seinem Rundgang eine der aus der Stadt herausführenden Pforten offen vorgefunden hatte, tat es aber nicht, um nicht der Pflichtvergessenheit beschuldigt zu werden. Daher blieb die Sache im Dunklen, und Frahm musste damit leben, dass ihm die Bewohner Königsees bis auf seine engsten Speichellecker und seine Vorgesetzten die Prügel, die er erhalten hatte, von Herzen gönnten.

Ganz wollte die Obrigkeit die aufmüpfigen Königseer allerdings nicht ungeschoren lassen. Daher rief die Glocke des Ausrufers die Bewohner der Stadt erneut zusammen. Tobias, sein Vater und Martha standen vor dem *Löwen*, als der neueste Erlass des Amtmanns verkündet wurde.

»Da die Unholde, die dem Herrn Assessor Frahm körperlichen Schaden zugefügt haben, trotz gründlicher Nachforschung der Behörden nicht ausfindig gemacht werden konnten und keiner der Untertanen Seiner Durchlaucht sich befleißigt gesehen hat, diese dem hohen Gericht anzugeben, ergeht folgender Spruch: Die Bewohner der Stadt haben dieses abscheuliche Verbrechen nicht verhindert, daher werden sie gleichermaßen als schuldig empfunden und zu einem Schmerzensgeld in Höhe von zweihundert Talern verurteilt, zahlbar dem ehrenwerten Herrn Assessor Frahm.«

Etliche begannen zu murren, doch noch war der Amtsdiener nicht fertig.

»Wegen dieses Verbrechens und aufgrund der Tatsache, dass die in dieser Stadt lebenden Untertanen die Behörden bei der Ausforschung dieser Schurken nicht unterstützt haben, hat die Stadt eine Strafe in Höhe von fünfhundert Talern zu bezahlen, die den Untertanen bei der nächsten Steuerschätzung aufgerechnet wird!«

Brüser läutete noch einmal seine Glocke und verschwand im Rathaus, wohl wissend, dass es für ihn besser war, die durch das Urteil aufgebrachte Menge zu meiden.

»So eine Sauerei!«, erklärte der Wirt des *Löwen* außer sich vor Wut. »Ich habe mit dem Ganzen nichts am Hut gehabt und soll jetzt zahlen.«

»Da geht es dir wie den meisten in dieser Stadt«, sagte Tobias. »Bis auf die, die es getan haben, weiß keiner, wer es gewesen ist, aber die hohen Herren lassen uns alle dafür bluten.«

»Ich habe euch immer gewarnt! Erzürnt mir den Fürsten und seine Beamten nicht. Jetzt habt ihr die Strafe dafür erhalten, und ich, der ich ein treuer Untertan Seiner Durchlaucht bin, muss ebenfalls zahlen«, rief der Laborant Lensing klagend.

Er erntete etliche böse Blicke, denn nicht wenige hielten ihn für einen der Zuträger von Waldemar Frahm, die jeden anschwärzten, der auch nur ein falsches Wort sagte.

Rumold umfasste die Schultern seiner Frau und seines Sohnes. »Lasst uns heimgehen, sonst brennt bei der Grete noch das Wasser für die Klöße an. Wenn die dann wenigstens noch schmecken würden! Ich hätte, als Martha und ich unseren Hausstand aufgemacht haben, die Kuni mitnehmen und euch die Grete überlassen sollen. Mein Magen würde es mir danken.«

»Ganz so schlimm ist es nun auch nicht«, wandte Martha ein. »Die Grete ist schon fleißiger geworden und kann auch besser kochen.«

»Aber mit der Kuni kommt sie halt nicht mit«, meinte Rumold mit einem Seufzer und drückte Tobias an sich. »Sieh zu, dass du bald wieder was von Klara hörst! Nach dem, was wir eben erlebt haben, überlege ich mir wirklich, ob wir uns nicht lieber mit den Eingeborenen in den englischen Kolonien in Amerika herumschlagen sollen als mit den Beamten Seiner Durchlaucht Friedrich Anton. Dort können wir wenigstens zurückschießen, was hier leider nicht möglich ist!«

Achter Teil

...

Verwicklungen

1.

Reiten war Klaras Ansicht nach nur dann vernünftig, wenn man rasch von einem Ort zum anderen kommen wollte, zu Fuß dafür zu langsam war und auch keine Postkutsche zum Ziel fuhr. Es wie die hohen Herrschaften zum Vergnügen zu betreiben, entzog sich ihrem Verständnis. Diese Meinung ersparte es ihr aber nicht, selbst im Sattel sitzen zu müssen. An diesem Tag trug sie eines von Henrietta Augustas abgelegten Reitkleidern und musste achtgeben, nicht über die Schleppe zu stolpern, deren Ende sie auf den Rat der Haushofmeisterin hin über den Arm gelegt hatte. Auf ihrem Kopf saß ein Dreispitz, der mit zwei Hutnadeln in den Haaren befestigt war, und an den Händen trug sie leichte Ziegenlederhandschuhe. Während sie mit einer Hand Schleppe und Rock zu bändigen suchte, hielt sie in der anderen die Reitpeitsche – in ihren Augen ein überflüssiges Ding, weil sie beide Hände brauchen würde, um sich in der Mähne der Stute festzuklammern, auf die sie in wenigen Augenblicken steigen sollte.

Henrietta Augustas Reitknecht hatte für den Unterricht das älteste und lahmste Pferd gesattelt, das in den reichsgräflichen Stallungen zu finden war. Für mehr als einen gemächlichen Schritt war das Tier nicht mehr zu gebrauchen. Dazu bäumte es sich weder auf, noch bockte es, so dass es für Klara, die noch nie im Sattel gesessen hatte, als ideales Reittier erschien.

Klara teilte diese Meinung ganz und gar nicht. Die Stute ragte beinahe höher vor ihr auf, als sie selbst groß war, und bleckte beeindruckende Zähne. Sich zu sträuben, half jedoch nichts. Mit wahrer Todesverachtung stieg Klara auf die Trittstufe, neben die der Reitknecht die Stute geführt hatte, setzte einen Fuß in den Steigbügel und wollte sich in den Sattel schwingen. Sie rutschte jedoch sofort wieder ab.

»So wird das nichts!«, knurrte der Reitknecht, überreichte einem Stallbuben die Zügel und trat hinter Klara. »Jetzt noch mal, und diesmal bleibt Ihr im Sattel. Dafür müsst Ihr Euch mit dem linken Fuß im Steigbügel abstützen. Habt Ihr verstanden?«

Klara nickte mit verkniffener Miene und versuchte es erneut. Sie kam halbwegs hoch, spürte, wie der Reitknecht sie am Hintern fasste und nach oben schob. Diesmal stemmte sie sich rechtzeitig ab und kam in den Sattel.

»Und jetzt das rechte Bein um das Horn legen! Das verbessert den Halt. Schaut auch zu, dass Ihr nicht so vor Angst zittert, sonst fallt Ihr noch vom Pferd!«

Klara atmete tief durch und lehnte sich leicht auf die andere Seite. Das war kein guter Gedanke, denn sie begann sofort, dort hinabzurutschen. Rasch richtete sie sich wieder auf und sah den Reitknecht zufrieden nicken.

»War schon auf dem Weg nach drüben, um Euch aufzufangen. Aber wie es aussieht, habt Ihr doch ein wenig Gefühl im Hintern. Ich habe Sachen erlebt, sage ich Euch, die gehen auf keine Kuhhaut.«

Das Lob mochte aufrichtig gewesen sein, doch Klara fühlte sich wie auf brüchigem Eis. Jeden Augenblick, so dachte sie, konnte es zur Katastrophe kommen. Wenn sie sich dabei nur nicht verletzte! Sie hatte von Leuten gehört, die sich beim Sturz vom Pferd das Genick gebrochen hatten – oder zumindest etliche Knochen. Einen Augenblick überlegte sie, ob man sie vielleicht nach Hause ließe, wenn sie sich einen Arm brach. Andererseits war die Gefahr größer, sich ein Bein zu brechen. Damit aber würde sie wochenlang hierbleiben und im Bett liegen müssen.

»Ich werde jetzt die Stute herumführen. Zu Beginn könntet Ihr Euch am Sattel festhalten. An der Mähne solltet Ihr es nicht tun. Wenn Ihr daran reißt, solltet Ihr Euch daran erinnern, wie wenig es Euch gefällt, wenn an Euren Haaren gezerrt wird«, mahnte der Reitknecht.

Klara hatte die Rechte trotz der störenden Reitpeitsche bereits in die Mähne verkrallt, ließ sie nun aber los und klammerte sich am Rand des Sattels fest. Die Mähne wäre ihr viel lieber gewesen, da ihr Griff fester und damit sicherer gewesen wäre. Mit dem linken Fuß abstemmen, das rechte Bein um diesen hornartigen Haken legen, und mit den Händen am Sattel festhalten, rief sie sich ins Gedächtnis, als der Reitknecht die Zügel der Stute fasste und diese gemächlich über den Vorplatz vor den Stallungen führte.

Bei jedem Schritt des Tieres gab es einen Ruck, der Klara ins Schwanken brachte. Sie lernte jedoch rasch, sich aufrecht zu halten, und konnte schließlich sogar die linke Hand vom Sattel lösen. Allerdings brauchte sie den Arm, um die Balance zu halten.

»Hab schon Weiber schlechter zu Pferd sitzen sehen«, meinte der Reitknecht nach einer Weile und führte die Stute wieder zu den Trittstufen, damit Klara absteigen konnte.

»Wenn wir das noch ein paarmal machen, können wir eine andere Stute nehmen und diese leicht traben lassen«, setzte er zufrieden hinzu.

»Traben?« Klara schluckte, denn sie hatte gesehen, dass Reiter beim Trab immer wieder nach oben geschleudert wurden. Wer es gewohnt war, vermochte im Sattel zu bleiben. Sie hingegen würde gewiss schnell herabfallen. Mit dieser trüben Aussicht stieg sie vom Pferd und war froh, als sie wieder auf festem Boden stand.

»Morgen um die gleiche Zeit«, erklärte der Reitknecht und überließ die Stute einem Stalljungen, der sie in den Stall führen und absatteln sollte.

Klara nickte mit wenig Begeisterung und wandte sich dem Schloss zu. Während die Dienerschaft einen eigenen Eingang auf der Rückseite benutzen musste, war es ihr noch einmal ausdrücklich gestattet worden, das Gebäude durch den Haupteingang zu betreten. Der Pförtner öffnete ihr anstandslos, vermied aber eine Verbeugung, da Klara nicht so hoch im Rang stand, dass er dies für angemessen gehalten hätte.

»Hab Dank!« Klara lächelte ihm zu und eilte in den Gebäudetrakt, in dem Friedrichs Gemächer lagen.

2.

Unterwegs traf sie auf Ilse, die eine Besorgung für ihre Herrin machte. Die Bedienstete hatte zunächst angenommen, sie würde, nachdem Anna Sybilla sie wieder in Gnaden als Zofe aufgenommen hatte, Klara im Ranggefüge des Schlosses übertreffen. Da dies nicht der Fall war, knickste sie vor ihr und streckte gleichzeitig den Arm aus, als wolle sie Klara aufhalten.

»Unserem Hildchen geht es doch gut?«, fragte sie besorgt.

Klara blieb stehen und nickte. »Das tut es! Ich muss jetzt gleich zu ihr, denn sie wird Hunger haben.«

»Ich würde sie so gerne noch einmal in den Armen halten!« Im Nachhinein fand Ilse, dass der Dienst als Hildes Kindsmagd leichter gewesen war, als ihre eitle Herrin zufriedenzustellen.

»Das wird sich gewiss machen lassen«, erwiderte Klara und ging weiter.

Ilse blickte sehnsüchtig in die Richtung, in der sie die Kleine wusste, und wischte eine Träne ab. Das Kind zu versorgen, hatte ihr eine ungeahnte Erfüllung gegeben. Nun musste sie wieder damit rechnen, dass ihr Anna Sybilla eine Ohrfeige versetzte, wenn sie für deren Gefühl etwas zu fest an den Haaren zog.

Klara hielt sich nicht mit den Sorgen der Zofe auf, denn sie hatte ihre eigenen, und die erste begegnete ihr bereits, als sie ihre Kammer betrat. Hilde ballte in ihrer Wiege beide Fäuste und schrie, dass es selbst in Friedrichs Salon noch zu hören sein musste. Von Gusti, die sich um den Säugling kümmern sollte, war weit und breit nichts zu sehen.

»Gott sei Dank bist du da! Ich habe versucht, die Kleine zu beruhigen, aber sie hat nur noch lauter geschrien«, berichtete Gabi.

Klara nickte und beugte sich über die Kleine. Gewohnt, auf alles zu achten, begriff sie, dass es nicht nur der Hunger war, der die Kleine quälte. Sie hob das Kind heraus, nahm es mit dem Po nach oben auf den Arm und streichelte mit der anderen Hand sanft den Bauch. Kurz darauf erklang ein unanständiges Geräusch, und das Geschrei verstummte.

»War das alles? Nur ein Fürzel, das nicht herauswollte?«, fragte Gabi verwundert, weil sie Hilde bereits schwerkrank gesehen hatte.

»Da sich Kinder in dem Alter noch nicht so drehen können, passiert das eben. Ich werde ihr trotzdem ein wenig von den Magen- und Darmtropfen geben, die Friedrich so gut geholfen haben. Dann tut sie sich beim nächsten Mal hoffentlich leichter. Jetzt solltest du mir aus diesem Kleid helfen, damit ich Hilde stillen kann. Sonst schreit sie gleich aus einem ganz anderen Grund.«

Noch während sie es sagte, legte Klara das Kind wieder zurück und stellte sich so, dass Gabi ihr das auf dem Rücken geknöpfte Kleid öffnen konnte.

Kaum hatte sie dieses abgestreift, entblößte sie die Brust und begann, Hilde zu stillen. Diese zeigte mit einem zufriedenen

Schmatzen, dass es dafür an der Zeit war, und hörte erst auf, als sich ihr Bauch zu einer kleinen Kugel gewölbt hatte.

»Ich glaube, wir brauchen die Heiltropfen wirklich«, meinte Klara lachend, während sie die Kleine auf den Tisch legte, um die Windeln zu wechseln.

»Das kann ich machen!«, bot Gabi an. »Ihr könnt inzwischen Euer normales Kleid anziehen. Seine Erlaucht sind ein wenig ungeduldig, denn Prinz Christian hat ihn zu einem Spaziergang eingeladen und wird bald hier sein.«

Klara seufzte. Hatte sie sich zu Beginn gewünscht, Friedrich würde ein wenig unternehmungslustiger, so tat er ihrer Meinung nach inzwischen des Guten zu viel. So hatte Prinz Christian angeboten, Friedrich das Fechten zu lehren, ebenso das Schießen mit Pistole und Flinte und einige Dinge mehr, die Friedrichs Großmutter Henrietta Augusta den Angstschweiß auf die Stirn trieben. Die Hauptleidtragende war sie selbst, denn Henrietta Augusta verlangte von ihr, jederzeit auf ihren Enkel achtzugeben, wenn dieser mit Prinz Christian zusammen war. Die alte Dame fürchtete, dieser wolle sich das Vertrauen des Knaben erschleichen, um ihn dann leichter aus dem Weg räumen zu können. Für Klara hieß dies, auch bei den Spaziergängen dabei zu sein und sich notfalls schützend vor Friedrich zu werfen.

Anders als die meisten anderen, die in Prinz Christian einen hinterlistigen Mörder vermuteten, glaubte sie nicht daran, dass er Friedrich Schaden zufügen wollte. Dies befreite sie jedoch nicht davor, den beiden auf Schritt und Tritt folgen zu müssen. Dazu kamen ihre Reitstunden, die Pflege ihrer Tochter, die Überwachung von Friedrichs Mahlzeiten und all die Dinge mehr, die Zeit kosteten, ohne viel zu bringen. Zu Hause, sagte Klara sich, hätte sie mit der Hälfte der Anstrengungen das Doppelte an Arbeit geleistet.

Da Klagen nichts half, zog sie sich an, trank den von Gabi bereitgestellten Becher Milch aus und eilte in Friedrichs Salon.

»Da seid Ihr ja endlich!«, begrüßte er sie.

Seit sie an seiner Tafel teilnehmen durfte, sprach er sie wie eine Dame an. Seinen Dickkopf hingegen hatte er behalten.

»Verzeiht, Euer Erlaucht, doch habe ich heute zum ersten Mal im Sattel gesessen und musste mich danach um Hilde kümmern.«

»Die ist Euch wohl wichtiger als ich?«, fragte der Junge mit einem schiefen Grinsen.

»Zu meinem Bedauern muss ich sagen: für mich ja!«, gab Klara ehrlich zu.

»Das wagt Ihr mir ins Gesicht zu sagen? Ich bin Euer Landesherr!«, rief der Junge, musste sich dabei aber das Lachen verkneifen.

»Halten zu Gnaden, das seid Ihr nicht! Meine Heimat ist die Stadt Königsee, und die zählt zum Fürstentum Schwarzburg-Rudolstadt und nicht zu Schwarzburg-Friedrichsthal«, antwortete Klara mit Nachdruck. Gelegentlich vergaß Friedrich nämlich, dass sie dort eine Familie hatte, die sie bald wiederzusehen hoffte.

»Ja, so mag es sein! Doch im Augenblick untersteht Ihr meiner Herrschaft«, erklärte Friedrich und sah dann an sich herab. »Wie findet Ihr meine neuen Hosen und meinen neuen Rock?« Der Junge klang stolz, da er zum ersten Mal seit Monaten neu eingekleidet worden war. Um ihm eine Freude zu machen, bewunderte Klara die hellblauen Kniehosen, den dunkelblauen Rock sowie die rote Weste und das rüschengeschmückte Hemd ausgiebig.

»Euer Erlaucht sehen sehr gediegen und hoheitsvoll darin aus!«

»Ihre Erlaucht sagt, in dieser Kleidung könnte ich bei jedem Königshof der Welt erscheinen«, erklärte der Junge stolz. »Allerdings werde ich vorher noch sehr viel lernen müssen. Sagt mir, weshalb muss ich auf Französisch parlieren? Die Leute hier können diese Sprache doch gar nicht.«

»Sie wird an allen vornehmen Höfen gesprochen! Euer Erlaucht wollen doch gewiss nicht nur hier im Schloss bleiben.«

»Prinz Christian sagt, ich müsse, wenn ich das richtige Alter erreicht habe, eine Kavalierstour machen. Dabei sollte ich unbedingt nach Dresden, Berlin, Den Haag, Paris, Venedig und Wien reisen, um andere Länder und andere Sitten kennenzulernen und dadurch meinen Horizont zu erweitern.«

Klara sah den Jungen lächelnd an. »Und dafür benötigen Euer Erlaucht exzellente Kenntnisse der französischen Sprache, denn nicht überall wird die verstanden, die wir hier verwenden.«

»Das begreife ich. Aber muss dieses Französische so schwierig sein? Diese Leute schreiben Chaiselongue und sprechen Schäßlong. Wie soll ein vernünftiger Mensch sich da zurechtfinden?«

Friedrich klang mutlos, denn in den letzten zwei Jahren war sein Unterricht häufig ausgefallen, und von dem früher Erlernten hatte er vieles wieder vergessen.

»Mit wachsender Übung werden Euer Erlaucht sich immer besser darin einfinden«, tröstete ihn Klara.

»Glaubt Ihr?«

»Und ob! Ich weiß es doch von mir, wie wenig ich im Alter Eurer Erlaucht wusste und wie viel ich in den Jahren danach noch gelernt habe. Euer Erlaucht werden dies auch bei sich selbst bemerken.«

»Das ist ein ausgezeichneter Ratschlag!« Von Klara und Friedrich unbemerkt, war Prinz Christian eingetreten und deutete eine Verbeugung vor ihr an. Zwar war er über ihren wahren Stand im Schloss im Zweifel. Aber da sie an der reichsgräflichen Tafel sitzen durfte, hielt er sie für jemanden, dem er mehr als nur die nötigste Höflichkeit schuldete.

»Ein ausgezeichneter Rat!«, wiederholte er. »Ich wollte, ich hätte im Alter Seiner Erlaucht einen Erzieher oder eine Erzieherin gehabt, die mir dieses gesagt hätte. So aber dachte ich, ich müsste alles an einem Tag lernen, und war daher oft verzweifelt, wenn mein Lehrer den am Vortag gelernten Stoff abfragte und ich meinen Kopf so leer fand wie eine Kirche um Mitternacht.«

Friedrich musste lachen. »Aber heute seid Ihr der klügste Mann der Welt.«

»Würde ich dem zustimmen, Euer Erlaucht, wäre ich der dümmste! Es gibt so viel Wissen auf der Welt, dass es ein einzelner Mann niemals erlernen, geschweige denn behalten könnte. Es kommt darauf an, dass man das weiß, was man wissen muss. Warum sollte ein Abt, Prälat oder Bischof das Kriegshandwerk erlernen, da es für ihn selbst nicht wichtig ist? Ein Arzt muss nicht wissen, wie man Rosen schneidet, und ein Bauer nicht, was ein Ballen Seide in Venedig oder Mailand kostet. Doch was zu seinem Gewerbe gehört, sollte jeder können, und noch ein wenig darüber hinaus.«

»Und was muss ein Fürst oder Reichsgraf lernen?«, fragte Friedrich.

»Genug vom Krieg, um zu wissen, wem er seine Truppen als Hauptmann oder Generalissimus anvertrauen kann, genug von Handel und Gewerbe, um der Wohlfahrt seines Landes zu dienen, sowie von Recht und Gesetz, um nicht selbst dagegen zu verstoßen und Verstöße seiner Beamten und Untertanen bestrafen zu können. Das Wichtigste jedoch, dem aber nur wenige folgen, ist genug Bescheidenheit, um nicht über seine Einkünfte hinaus Geld auszugeben. Der Gefahr, die Steuern so weit zu erhöhen, bis sie das eigene Volk niederdrücken, erliegen leider zu viele. Ein Bauer, dem man die letzte Kuh aus dem Stall holt, kann keine Milch und keinen Käse mehr auf den Markt bringen, geschweige denn im Frühjahr pflügen, um die Saat auszubringen. Ein Handwerker, der das, was er zu seinem Gewerbe braucht, nicht mehr erwerben kann, vermag auch nichts mehr zu verdienen und kann damit auch keine Steuern mehr zahlen.«

Prinz Christian klang so ernst, dass Klara begriff, er glaubte wirklich an seine Worte. Ihrem eigenen Landesfürsten Friedrich Anton von Schwarzburg-Rudolstadt waren solche Ideale leider fremd. Um seine Hofhaltung prächtiger zu gestalten, forderte dieser immer mehr Steuern, und die Geldgier seiner Beamten und Höflinge tat das Ihrige dazu.

»Im Garten Eden würde es vielleicht so sein, aber nicht hier in diesen Landen«, warf sie zweifelnd ein.

»Aus dem Garten Eden wurde die Menschheit leider vertrieben«, antwortete Prinz Christian mit einem gewissen Bedauern.

»Schuld daran war Eva! Sie hat den Apfel vom Baum der Erkenntnis gepflückt«, trumpfte Friedrich auf.

»Wenn es so war, dann trifft Adam die gleiche Schuld. Er hat schließlich von dem Apfel gegessen«, entgegnete Klara.

»Er war auf jeden Fall nicht stark genug, um der Versuchung zu widerstehen«, gab Prinz Christian zu.

»Damit wären Männer im Grunde jämmerliche Geschöpfe, die ihr eigenes Versagen dem weiblichen Geschlecht anlasten!« Klara stichelte ein wenig, da ihr das offene, freie Gespräch Freude bereitete.

Während sie redeten, hatten sie das Schloss über die Terrasse verlassen und wandelten zwischen den fein säuberlich zugeschnittenen Baum- und Buschreihen dahin, ohne darauf zu achten, dass sie von mehreren Leuten von den Fenstern des Schlosses aus beobachtet wurden.

3.

Henrietta Augusta gefiel die wachsende Vertrautheit ihres Enkels mit Prinz Christian nicht. In ihren Augen war es ein Unding, dass ein Mann seines Alters sich mit einem Knaben wie Friedrich abgab. Der Prinz war knapp über dreißig und galt als ehrgeizig. Andererseits hielt sie ihn mittlerweile nicht mehr für so dumm, dass er ihrem Enkel offen nach dem Leben trachtete. Wenn er die Absicht hatte, diesen durch eine Heirat mit ihrer Schwiegertochter zu beerben, musste der Mord auf eine Weise geschehen, die ihm nicht zur Last gelegt werden konnte.

Doch wie mochte ein solcher Anschlag stattfinden? Solange Prinz Christian hier weilte, schien ihr Gift wenig wahrscheinlich, da der Verdacht sofort auf ihn fallen würde. Ein Schuss aus dem Wald war da schon eher zu befürchten. Auch konnte der Prinz den Jungen zu gefährlichen Dingen verleiten. Ein Reitunfall war leicht herbeigeführt und würde nicht als Attentat erkannt werden.

»Ich wollte, der Prinz würde uns wieder verlassen«, sagte sie seufzend zu ihrer Kammerfrau Differt.

Diese nickte zustimmend. »Es wäre zu begrüßen! Ich gebe allerdings zu bedenken, dass sich Prinz Christian Seiner Erlaucht gegenüber von erstaunlicher Freundlichkeit zeigt.«

»Die gespielt sein kann, um seine wahren Absichten zu verschleiern«, gab Henrietta Augusta düster zurück.

»Wenigstens ist die Pflegerin aufmerksam und achtet genau darauf, was der Knabe tut und was er zu sich nimmt«, erklärte Differt und sah erleichtert, dass ihre Herrin nickte.

»Klara Just ist ein Freigeist, den ich unter anderen Umständen nicht in meiner Umgebung dulden würde«, sagte Henrietta Augusta. »Sie ist jedoch klug und äußerst zuverlässig. Da sie selbst einen Sohn im Alter Seiner Erlaucht hat, ist sie mit den

Krankheiten vertraut, die ein Kind befallen können, und weiß diesen zu begegnen.«

So, als hätte sie Klara bereits zu sehr gelobt, schlug sie mit der Rechten kurz durch die Luft und fuhr fort: »Ob sie allerdings Prinz Christians Schlichen gewachsen ist, muss sich erst erweisen. So ist sie ihm an Kraft unterlegen und wird auch nicht verhindern können, wenn ein Meuchelmörder mit der Flinte auf meinen Enkel anlegt und schießt.«

»Wir sollten auf Gott vertrauen«, rief Differt.

»Und auf die Wachen, die Herr Zander um das Schloss aufgeboten hat!« Allen Sorgen zum Trotz hegte Henrietta Augusta doch die Hoffnung, ihr Enkel könnte gesund aufwachsen und die Linie der Friedriche auf Friedrichsthal fortsetzen.

4.

Auch aus einem anderen Fenster wurden Klara, Prinz Christian und Friedrich beobachtet. Anna Sybilla stand halb vom Vorhang verdeckt und blickte mit wachsendem Ärger hinaus. Hinter ihr war Juliana von Ziegenweida, die nach mehreren Wochen der Ungnade wieder zu ihrem Hofstaat zählte.

»Es wundert mich, dass ein so edler und vornehmer Herr wie Prinz Christian sich derartig mit einem Kind abgibt«, erklärte Anna Sybilla pikiert.

»Ich finde dies ebenfalls seltsam, Euer Durchlaucht«, stimmte Fräulein Juliana ihr zu.

»Er hat mir gestern nur eine kurze Aufwartung gemacht, vorgestern ebenso, und heute ließ er sich noch gar nicht bei mir melden.« Anna Sybilla klang beleidigt. Immerhin war sie als Fürstentochter die höchstrangige Person im Schloss und hatte sich gnädigerweise dazu herabgelassen, Friedrich III. von

Schwarzburg-Friedrichsthal die Hand zu reichen. Die Tatsache, dass dieser Bewerber der Einzige gewesen war, der auf eine Mitgift verzichtet hatte, weil ihr Vater dafür kein Geld hatte aufbringen können, vergaß sie gerne.

»Ich hätte gedacht, Prinz Christian wäre ein Mann von Welt und vertraut mit den Sitten der vornehmen Gesellschaft, doch er zeigt dergleichen nicht«, antwortete Juliana von Ziegenweida gehässig.

Ihr lag daran, den Unmut ihrer Herrin auf diesen Mann zu schüren, um Anna Sybilla doch noch zu einer Heirat mit dem Fürsten von Sachsen-Saalfeld zu bewegen. Nur ein Problem stand diesem im Wege, und das war der kleine Friedrich. Dieser musste sterben, damit sie dem Fürsten neben Anna Sybilla auch die Reichsgrafschaft verschaffen konnte.

Nachdem der Anschlag des Arztes misslungen war, überlegte Fräulein Juliana verzweifelt, wie sie noch ans Ziel gelangen konnte. Sie musste unbedingt verhindern, dass auch nur der Schatten eines Verdachts auf Fürst Johann Ernst fiel. Das war eine Aufgabe, der sie sich kaum gewachsen fühlte. Einem Arzt, der sein Ansehen schwinden sah, den Rat zu erteilen, das Ärgernis aus der Welt zu schaffen, war etwas anderes, als selbst einen Meuchelmord zu begehen.

»Und wie er mit diesem Kräuterweib spricht, so als wäre es seinesgleichen! Dabei ist sie nicht einmal hübsch. Ich hätte niemals zulassen dürfen, dass sie an meiner Tafel Platz nimmt«, giftete Anna Sybilla weiter.

Juliana ahnte längst, dass Anna Sybilla eifersüchtig auf die junge Frau war, die anders, als die Reichsgräfin eben behauptet hatte, durchaus als Schönheit gelten konnte. Mit ihrem lieblichen Gesicht und dem fülligen Blondhaar stellte sie nicht nur Anna Sybilla in den Schatten, sondern konnte in höfischer Kleidung sogar für eine Edeldame gehalten werden. Sie war zwar nicht ganz so zierlich, wie die höfische Mode es forderte, strotzte dafür aber nur so vor Gesundheit und Lebensfreude. Auf einen Herrn wie Prinz Christian, der die eher matt wirkenden Damen der besseren Gesellschaft gewohnt war, übte eine solche Frau gewiss eine starke Anziehungskraft aus.

Im Augenblick spielte dies Juliana sogar in die Karten. Wenn sie Anna Sybillas Zorn auf den Prinzen geschickt schürte, würde sie schon bald wieder den Namen des Fürsten von Sachsen-Saalfeld erwähnen können, ohne dass dieser gleich als landgieriges Ungeheuer bezeichnet wurde.

5.

Mehrere Fenster weiter standen ebenfalls zwei Personen, die den Prinzen und seine Begleiter nicht aus den Augen ließen. Geraldina von Trenzen knetete erregt ihr seidenes Taschentuch, bis es ganz zerknittert war, und blickte ihren Mann verärgert an. »Prinz Christian benimmt sich wie ein Narr!«

»Ich stimme Euch zu, meine Liebe«, antwortete Trenzen. »Als ich hörte, er sei nach Friedrichsthal gekommen, glaubte ich, er täte es mit dem Willen, sich dieses Bengels zu entledigen. Stattdessen scharwenzelt er auf eine Weise um ihn herum, die völlig widersinnig ist. Wenn dem Knaben nun etwas zustößt, wird man sofort ihn verdächtigen. Er hätte zu Hause bleiben und die Angelegenheit mir überlassen sollen.«

»Vielleicht gefiel ihm nicht, wie Ihr bei Eurem ersten Versuch, dieses Hindernis zu beseitigen, versagt habt?«, stichelte Geraldina von Trenzen.

Ihr Mann stieß einen Laut der Empörung aus. »Konnte ich ahnen, dass der Ehemann dieser Person hierherkommen und diesen Narren Stratmann auf frischer Tat ertappen würde?«

»Ein zweites Mal darf es nicht misslingen«, sagte Geraldina von Trenzen scharf. »Habt Ihr endlich mit dem Prinzen über seine weiteren Pläne gesprochen?«

»Bedauerlicherweise war dies noch nicht möglich. Ich habe beinahe das Gefühl, als würde er mir ausweichen. Sobald ich das Gespräch mit ihm suche, geht er dorthin, wo jemand zuhören kann, so dass ich schweigen muss.«

»Er scheint zornig auf Euch zu sein. Vielleicht sollte ich die Angelegenheit in die Hände nehmen?« Geraldina von Trenzen leckte sich sinnlich über die Lippen.

Ihr Mann begriff, dass sie daran dachte, den Prinzen zu verführen und anschließend in der Abgeschiedenheit ihres Schlafgemachs mit ihm zu reden. Zwar zählte Eifersucht nicht zu seinen Charaktereigenschaften, dennoch gefiel es ihm wenig, bei Prinz Christian hinter seiner Frau zurückstehen zu müssen.

»Wenn Tomassini sich nur wieder melden würde! Doch seit er vor einigen Monaten hier war, um mit mir zu verhandeln, habe ich nichts mehr von ihm gehört«, fuhr Geraldina von Trenzen mit hörbarem Groll fort.

»Ich habe nur wenig von diesem Genuesen gehalten«, erklärte ihr Ehemann nicht ganz wahrheitsgemäß. »Er hat uns viel versprochen, doch stehen wir immer noch mit leeren Händen da.«

Geraldina von Trenzen nickte mit verkniffener Miene. Tomassini war ihr Verbindungsmann zu Prinz Christian. Von ihm stammte der Plan, sich des reichsgräflichen Knaben zu entledigen und seinen Herrn durch die Heirat mit Anna Sybilla in den Besitz von Schwarzburg-Friedrichsthal zu bringen. Der Preis, den Tomassini ihnen dafür geboten hatte, war ein gesellschaftlicher und vor allem finanzieller Aufstieg.

»Ich hege eine andere Befürchtung«, sagte Heinrich von Trenzen nachdenklich.

»Welche?«

Trenzen stieß erregt die Luft aus den Lungen. »Der Knabe ist neun! Bis er einmal heiraten kann, werden mindestens noch zehn Jahre vergehen. Für Prinz Christian ist dies genug Zeit, um seine Pläne mit Bedacht zu betreiben. Wenn er jetzt Friedrich um den Bart geht und dessen Mutter für sich gewinnen kann, sind Halbgeschwister zu erwarten, die nach Friedrichs bedauerlichem Ableben Schwarzburg-Friedrichsthal wie selbstverständlich als dessen Erbe übernehmen können. In diesem Fall wäre unsere Abmachung mit Conte Tomassini hinfällig.«

»Damit wären wir um unseren Lohn betrogen!«, rief Geraldina giftig aus.

»Mäßigt Euch, meine Liebe! Ihr werdet zu laut!«

»Welch eine Schlechtigkeit!« Geraldina rang die Hände und wusste doch, dass weder sie noch ihr Gatte auch nur die geringste Möglichkeit besaßen, dem Prinzen den ihnen von Tomassini versprochenen Preis abzuringen.

»Vielleicht sollten wir dem Prinzen drohen, unsere Abmachung mit dem Genueser zu offenbaren«, überlegte sie laut, schüttelte aber den Kopf, noch bevor ihr Ehemann darauf antworten konnte. »Wir würden uns damit selbst des Hochverrats und des versuchten Mordes bezichtigen.« Der Gedanke, dann im selben Kerker eingesperrt zu werden, in dem Stratmann ums Leben gekommen war, erschreckte sie ebenso wie ihren Gemahl.

»Uns muss etwas einfallen!«, stieß sie hervor. »Schickt einen Boten zu Tomassini. Wir müssen uns mit ihm beraten. Wenn der Prinz so vorgeht, wie wir glauben, hintergeht er auch diesen.«

»Was ist, wenn der Genueser ihm zu diesem Schritt geraten hat?«, fragte ihr Mann.

Seine Frau antwortete mit einem französischen Fluch, der selbst den geneigtesten Beichtvater zu einer strengen Buße veranlasst hätte. Dann sah sie ihren Ehemann auffordernd an. »Sprecht mit dem Prinzen! Tomassini hat in seinem Auftrag mit uns verhandelt. Das kann er nicht leugnen. Sagt ihm, dass wir auf der vereinbarten Belohnung bestehen!«

Geraldina war bereit, alles zu wagen, damit ihr Gatte und sie doch noch bekamen, was ihnen zustand, und nicht hinterher als Betrogene dastanden.

6.

Die Spaziergänge mit Friedrich und Prinz Christian sagten Klara mehr zu als der Reitunterricht, zu dem Henrietta Augusta sie verdammt hatte. Des Öfteren gesellte sich auch Kornelius von Zander zu ihnen, um den Unterricht des Jungen in der freien Natur fortzusetzen. Prinz Christian beteiligte sich fröhlich daran, und auch Klara lernte etliches über fremde Länder und Völker, von denen sie sich nicht einmal hatte vorstellen können, dass es sie gab. Einige Namen kannte sie natürlich wie Spanien oder Frankreich – oder ganz exotische wie das Osmanische Reich, Indien und China. Doch hatte sie kaum mehr über diese gewusst, als dass Ingredienzien für ihre Arzneien von dort stammten, die Tobias von Händlern in Leipzig und Erfurt bezog, um die Wirksamkeit der eigenen Heilmittel zu erhöhen.

Einige Bemerkungen, die sie im Bezug darauf machte, erweckten das Interesse der beiden Herren, und sie fragten nach den Tinkturen und Salben, die ihr Ehemann herstellte.

»Man hört allerlei über die Erzeugnisse der Laboranten, Buckelapotheker und Olitätenhändler, wie diese an verschiedenen Orten genannt werden«, warf Zander ein.

»Laboranten und Buckelapotheker sind nicht das Gleiche«, erklärte Klara freundlich. »Zwar gibt es noch einzelne Laboranten, die selbst als Buckelapotheker ihre Strecken abgehen, doch üblich ist dies nicht mehr.«

»Wie geht das Laborieren und Handeln mit diesen Heilmitteln eigentlich vor sich?«, wollte Prinz Christian wissen.

»Soviel ich weiß, sammeln die Laboranten verschiedene Heilkräuter, stampfen diese zu Brei und mischen mit Schweinefett Salben daraus«, meinte Zander.

Klara lachte leise. »In der Vergangenheit mag dies wohl da oder dort so gewesen sein. Heutzutage achtet die Obrigkeit scharf darauf, wie die Heilmittel erzeugt werden, und vor allem, welche Wirkung sie haben. Ein Laborant ist gehalten, genau auf die richtigen Pflanzen und weitere Zutaten zu achten und deren jeweiligen Anteil nicht zu überschreiten. Sonst wird eine Arznei, die doch nützlich sein soll, rasch zu etwas, das schadet. Und das darf nicht sein.«

»Ich habe einmal einen Buckelapotheker erlebt. Er schien mir ein ziemliches Großmaul zu sein, denn er versprach den Leuten das Blaue vom Himmel herab!« Zander genoss das Gespräch mit Klara und wollte sie mit leichten Spitzen dazu bringen, mehr über das Gewerbe ihres Mannes zu berichten.

»Auf jeden Fall sind die Heilmittel sehr gut. Das sieht man an mir«, warf Friedrich ein.

»Das kann ich bestätigen«, ergänzte Zander.

»Nicht alles ist ein Verdienst unserer Heilmittel! Sie helfen nur dann, wenn man so lebt, dass sie auch helfen können«, erklärte Klara. »Bei Seiner Erlaucht spielt die Ernährung eine große Rolle. Die Speisen, die ihm vorgesetzt worden waren, hätten selbst dem Magen eines gesunden, kräftigen Mannes geschadet, umso mehr dem eines Kindes, das weder so fette noch so scharf gewürzte Gerichte vertragen kann. Auch war es ein Unding, Seiner Erlaucht so große Mengen an Wein vorzusetzen. Es grenzt an ein Wunder, dass er dies so lange überlebt hat.«

»Manfred meint, ich wäre zäh wie Stiefelleder«, sagte der Junge grinsend.

»Das sind Euer Erlaucht gewiss!« Zander lächelte und wandte sich wieder an Klara. »Die Arbeit eines Laboranten scheint mir sehr verantwortungsvoll zu sein.«

»Ebenso wie die eines Arztes! Tut man sie schlecht, kann es die Leiden verlängern oder gar dem Kranken das Leben kosten.«

Klara klang ernst, denn ihr Mann war schon einmal verdächtigt worden, mutwillig Gift in seine Heilmittel gemischt zu haben. Deswegen wäre er beinahe auf den Richtplatz gekommen. Mit viel Glück war es ihr gelungen, ihn aus dem Kerker zu befreien und später seine Unschuld zu beweisen.

»Weshalb verwenden die Laboranten überhaupt giftige Dinge, wenn es so gefährlich ist?«, wollte Friedrich wissen.

»Weil ein wenig davon heilend wirkt, während zu viel krank macht oder gar den Tod bringt«, belehrte Zander den Jungen.

»So ist es«, bestätigte Klara. »Im Großen und Ganzen sind die Bestandteile unserer Heilmittel harmlos, helfen aber bei Krankheiten und ähnlicher Pein. Und das ist auch gut so. Die Arzneien der niedergelassenen Apotheker mögen zum Teil stärker und wirksamer sein als unsere Salben und Elixiere, aber sie fordern einen Preis, den sich das einfache Volk nicht leisten kann. Die Kosten für die Heilmittel unserer Buckelapotheker sind weitaus geringer, und diese helfen doch bei vielen Krankheiten.«

»Sogar beim Vieh! Ich kenne einen Herbergswirt, der Gespanne verleiht. Dieser schwört auf die Heiltrünke, die er mit den Mitteln der Wanderapotheker zubereitet. Die Pferde sind kräftiger, fressen besser, und die Stuten tragen gesunde Fohlen aus, hat er mir erklärt. Wenn ich es genau bedenke, konnte man die Richtigkeit dieser Behauptung seinen Tieren ansehen.«

»Laboranten und Buckelapotheker sind damit wichtige Leute«, rief Friedrich munter. »Sie helfen Mensch und Tier gleichermaßen mit ihren Mitteln.«

»Unsere Heilmittel sind schon recht unterschiedlich«, meinte Klara, »doch sie werden nach bester Kunst und mit großer Vorsicht angefertigt. Dafür sorgt schon die Tatsache, dass in Schwarzburg-Rudolstadt nur der Arzneien herstellen und laborieren darf, der vor dem Stadtsyndikus von Rudolstadt eine Prüfung besteht. Auch muss jeder Buckelapotheker sein Wissen beweisen, und er darf nur mit einem Pass des Amtmanns von Königsee auf seine Strecke gehen, mag er nun aus Königsee selbst, aus Meuselbach, Oberweißbach, Mellenbach, Meura oder anderen Orten im Fürstentum Schwarzburg-Rudolstadt stammen.«

»Es kann also nicht jeder, der es will, herumlaborieren und schlechte Erzeugnisse verkaufen?«, fragte Zander.

Klara schüttelte den Kopf. »Gewiss nicht! Mein Mann muss seine Heilmittel mindestens ein Mal im Jahr in Rudolstadt und mehrmals bei unserem Arzt in Königsee vorlegen und prüfen lassen. Es geht auch um das Ansehen unseres Berufsstandes. Schlechte Arzneien bringen nicht nur den, der sie verkauft, sondern alle Buckelapotheker und Laboranten in Verruf. Daher achtet die Obrigkeit sehr genau auf das, was wir tun.«

Friedrich begann das Gespräch zu langweilen. Als er einen Hasen durch den Park laufen sah, zeigte er aufgeregt auf diesen. »Wenn ich jetzt eine Flinte hätte, könnte ich ihn totschießen.«

Prinz Christian warf einen Blick in die Richtung und hob abwehrend die Hand. »Das würde ich Eurer Erlaucht nicht raten. Seht Ihr die beiden Gärtner dort hinten? Wenn Ihr den Hasen verfehlt, könntet Ihr einen von ihnen treffen.«

»Das will ich natürlich nicht«, sagte der Junge kleinlaut.

»Manche hohen Herrschaften sehen es als ihr Recht an, zu jagen und zu schießen, wo sie es wollen. Strecken sie aus Versehen einen Treiber nieder, drücken sie der Witwe gnädigerweise eine Handvoll Taler in die Hand. Dies aber solltet Ihr Euch nicht zum Vorbild nehmen«, mahnte Prinz Christian und zeigte deutlich, wie wenig er von solchen Leuten hielt.

Friedrich nickte beeindruckt. »Das halte ich für schlecht! Man sollte nicht auf Menschen schießen.«

»Einige tun es, weil es ihnen gefällt. Ich habe von einem Grundherrn gehört, der auf fahrendes Volk, das sich auf seine Fluren verirrt, Jagd macht und stolz berichtet, wie viele er davon schon erlegt hat, so als wären es Rehe und Hirsche. Es fehlt nur noch, dass er die Köpfe dieser armen Leute abschneiden, präparieren und an die Wand hängen lässt!« Zander schüttelte sich in der Erinnerung daran und legte Friedrich eine Hand auf die Schulter. »Wir sollten zum Schloss zurückkehren, Euer Erlaucht, und den Unterricht fortsetzen!«

Zwar wäre Friedrich gerne bei Prinz Christian geblieben, sah aber ein, dass seine Pflicht als Reichsgraf es erforderte, fleißig zu lernen, und stimmte zu.

»Ich komme mit. Hilde dürfte bereits zornig sein, weil ich sie habe hungern lassen«, sagte Klara, während Prinz Christian auf eine Bank bei einem kleinen, von Schilf umgebenen Teich wies.

»Ich werde hier noch ein wenig verweilen«, meinte er lächelnd und deutete eine Verbeugung vor Friedrich und Klara an. »Es war ein schöner Spaziergang! Ich hoffe, ihm werden noch viele weitere folgen.«

»Das hoffe ich auch«, sagte Friedrich und machte kehrt.

Seine Würde als Reichsgraf vergessend, trabte er über den Rasen und die gekiesten Wege und war Klara und Herrn von Zander bald ein ganzes Stück voraus.

Prinz Christian setzte sich unterdessen auf die Bank, streckte die Beine aus und hing seinen Gedanken nach. Er sah einen Park vor sich, der etwas kleiner war als dieser, mit herrlichen Rosenspalieren und Blumenrabatten und hübschen, versteckten Ecken, die für ein heimliches Stelldichein wie geschaffen waren.

Damals hatte er die Frau, die er geliebt hatte und noch immer liebte, in den Armen gehalten. Sie hatten ein oder zwei Küsse miteinander getauscht und gehofft, bald vor den Traualtar treten zu können. Ihre Träume hatten jedoch der Wirklichkeit nicht standgehalten. Schon wenige Tage später war seiner Angebeteten mitgeteilt worden, dass Reichsgraf Friedrich III. von Schwarzburg-Friedrichsthal um ihre Hand angehalten hätte und ihr Vater sie ihm gnädig gewähren würde.

Tränen waren keine gute Waffe gegen einen Vater, der seine Tochter gut zu verheiraten gedachte. Als er versucht hatte, Anna Sybillas Schicksal zu wenden, hatte sein Vater ihn auf die Universität in Königsberg geschickt und ihm zwei Begleiter mitgegeben. Deren Aufgabe war es gewesen, zu verhindern, dass er von dort Reißaus nahm und die junge Braut zu einer Eskapade verleitete, die ihrem Ruf und dem ihrer Familie Schaden zufügen konnte.

Seit fast drei Jahren war Anna Sybilla nun Witwe. Er hatte die Trauerzeit abgewartet und danach einen Boten nach Friedrichsthal geschickt, um ihr Grüße zu überbringen und vorzufühlen, ob die alte Zuneigung zu ihm noch vorhanden war.

»Ich hätte selbst kommen sollen«, sagte er traurig.

Sein damaliger Vertrauter, ein genuesischer Edelmann, hatte ihm jedoch mit dem Hinweis auf die schlechte Gesundheit von Anna Sybillas Sohn davon abgeraten und stattdessen vorgeschlagen, den Tod des kleinen Reichsgrafen abzuwarten und danach für die trauernde Mutter die Herrschaft über Schwarzburg-Friedrichsthal zu übernehmen. Da er geglaubt hatte, Friedrich sei tatsächlich todkrank, hatte ihm dieser Vorschlag sogar zugesagt.

Nun schämte er sich dieser Überlegungen. Der Junge war bei weitem nicht so krank gewesen, wie Tomassini es ihm berichtet hatte. Zudem war der angebliche genuesische Edelmann mitnichten ein Conte, wie er behauptet hatte, sondern ein Scharlatan, der reichen Leuten mit der Vorgabe, Gold aus Blei machen zu können, viel Geld aus der Tasche zog. Nachdem Tomassini entlarvt worden war, hatte dieser ihm den Vorschlag gemacht, gegen die Bezahlung einer höheren Summe Friedrich zu ermorden und ihm dadurch den Weg an die Spitze von Schwarzburg-Friedrichsthal zu ebnen.

»Ich hätte den Kerl erschießen und ihm nicht nur eins mit der Reitpeitsche überziehen sollen«, setzte der Prinz sein Selbstgespräch fort.

Tomassini hatte Hildburghausen damals Hals über Kopf verlassen müssen und war seitdem verschwunden. Kurz danach hatte der Prinz von dem fehlgeschlagenen Mordversuch auf Friedrich erfahren, und auch davon, dass einige ihn beschuldigten, der Auftraggeber gewesen zu sein. Die Sorge um den Knaben, aber auch um die Frau, die er liebte, hatte ihn dazu bewogen, hierherzukommen, um über beide wachen zu können. Doch sowohl Friedrichs Großmutter wie auch andere im Schloss begegneten ihm mit Misstrauen, ohne dass er bislang in Erfahrung hatte bringen können, wer ihn in ein so schlechtes Licht gerückt hatte. Selbst Anna Sybilla schien davon erfasst. Dabei hatte er gehofft, mit ihr darüber reden und beratschlagen zu können, wie Friedrich besser beschützt werden konnte. So aber war dies unmöglich.

»Ich kann mich nur auf zwei Menschen verlassen, auf die Frau des Laboranten und Herrn von Zander«, murmelte er, hörte dann Schritte, die sich näherten, und blickte auf.

Die Unruhe hatte Heinrich von Trenzen aus dem Schloss getrieben. Von einem kleinen Labyrinth aus hielt er Friedrich unter Beobachtung und sah, wie die Klara mit Zander und Friedrich wieder zum Schloss zurückkehrte, während Prinz Christian bei dem Teich blieb und sich dort auf die Bank setzte.

Trenzen sah nun die Gelegenheit gekommen, unter vier Augen mit Prinz Christian zu sprechen. Daher eilte er so rasch, wie seine hochhackigen Schuhe es zuließen, in dessen Richtung, um ihn zu erreichen, bevor dieser sich auf den Rückweg machte. Noch etwas außer Atem, trat er auf ihn zu. »Euer Durchlaucht erfreuen sich wohl an diesem schönen Platz?«, begann er das Gespräch.

Prinz Christian nickte. »Der Park ist wunderschön.«

»Euer Durchlaucht wünschen gewiss, Euch hier noch öfter ergehen zu können?«, bohrte Trenzen weiter.

»Das hoffe ich tatsächlich.«

Trenzen fasste Christians Antwort so auf, dass dieser noch immer die Nachfolge Friedrichs anstrebte, und lächelte. »Das wird gewiss möglich sein, Euer Durchlaucht. Der ehrenwerte Conte Tomassini hat mir gegenüber bereits diesbezügliche Wünsche Eurer Durchlaucht erkennen lassen und mich zu seinem Vertrauten erkoren.«

Nun hob Prinz Christian überrascht den Kopf. »Tomassini hat mit Euch gesprochen?«

»Oh ja, wir haben intensiv über die Pläne Eurer Durchlaucht gesprochen. Ich bedauerte, dass unser erster Versuch fehlgeschlagen ist, sonst hätten Euer Durchlaucht eine Sorge weniger! Beim zweiten Mal wird es uns gewiss gelingen.«

Noch während er es sagte, fiel Trenzen ein, dass er den Prinzen dringend auf die Belohnung ansprechen musste, die der Genuese ihm versprochen hatte. Es handelte sich immerhin um die Hälfte der Jahreseinnahmen der Reichsgrafschaft.

»Conte Tomassini ist ein sehr kluger Mann. Ihr habt mit ihm eine gute Wahl getroffen«, erklärte er mit Nachdruck. »Er hat mit Euch gewiss über mich gesprochen und über die Dotation, die ich für meine Dienste erhalten soll.«

Prinz Christian kniff überrascht die Augenbrauen zusammen. Wie es aussah, hatte Tomassini sein eigenes Spiel getrieben, und das reichte bis zu einem Mord. Am liebsten hätte er Trenzen genauso behandelt wie den Genuesen. Die Stimmung im Schloss stand jedoch gegen ihn, so dass man Trenzen alles und ihm nichts glauben würde. Er hielt es daher für klüger, abzuwarten und zu verhindern, dass Friedrich durch Trenzen Schaden nehmen konnte. Aus diesem Grund beschloss er, den Höfling auszuhorchen, um mehr über dessen Pläne zu erfahren und dafür zu sorgen, dass diese nicht zur Ausführung kamen.

»Was ich noch sagen will«, erklärte er mit einem schiefen Lächeln. »Dem Knaben darf vorerst nichts geschehen!«

»Aber was ist dann mit der Belohnung, die Conte Tomassini mir versprochen hat?«, wandte Trenzen ein.

»Nun, ich werde mich großzügig erweisen und Euch nicht schlechter belohnen als ihn«, antwortete Prinz Christian und beschloss, bei diesem Mann seine stärkste Reitpeitsche zur Anwendung zu bringen.

7.

Klara wurde bereits im Vorzimmer von Gabi abgefangen. »Gott sei Dank seid Ihr wieder hier!«, rief das Mädchen. »Die Kleine hat Hunger und lässt sich nur durch einen Honigschnuller beruhigen. Zudem wollen Ihre Erlaucht und Ihre Durchlaucht, dass Ihr sie umgehend aufsucht.«

»Beide Damen wollen mich sehen?«, fragte Klara verwundert.

»Und zwar sofort nach Eurer Rückkehr!«

»Dann müsste ich mich ja verdoppeln, denn ich kann nicht gleichzeitig bei beiden sein. Eine wird daher warten müssen«, sagte Klara kopfschüttelnd.

»Sowohl Ihre Durchlaucht wie auch Ihre Erlaucht werden warten müssen, bis Hilde satt ist. Die Windel habe ich ihr schon gewechselt. Manfred wollte mir helfen, hat aber den Geruch nicht vertragen und ist geflüchtet.« Gabi grinste. Zwar hatte sich ihr Verhältnis zu Manfred gebessert, aber kleine Sticheleien tauschten sie immer noch aus.

»Wo ist Manfred jetzt? Da Seine Erlaucht zurück ist, wird er ihn bedienen müssen«, fragte Klara.

»Der kommt schon«, antwortete Gabi und half ihr, das Kleid aufzuschnüren, um Hilde die Brust geben zu können.

Klara blickte auf ihre Tochter hinunter und dachte nicht zum ersten Mal, dass die vielen Aufgaben, die sie hier im Schloss zu erfüllen hatte, ihr kaum genug Zeit für die Kleine ließen. Zu Hause hatte sie Hilde immer wieder an sich nehmen und herzen können. Hier war dies nahezu unmöglich. Bei dem Gedanken sah sie Bilder von Martin und Lena in sich aufsteigen und fühlte eine tiefe Traurigkeit, jedoch auch Wut, weil sie ihre anderen Kinder nicht um sich haben konnte und auch Tobias missen musste. Wenn sie in den Nächten nicht schlafen konnte, sehnte sie sich nach ihm und wünschte, er läge neben ihr und könnte sie in die Arme nehmen.

Ein Geräusch riss Klara aus ihrer Versunkenheit. Die Kammerfrau der alten Reichsgräfin trat ein. Differt wirkte ungeduldig, sagte aber nichts, als sie bemerkte, dass sie Hilde stillte. Erst als Klara der Kleinen die Brust entzog und sie Gabi reichte, meldete sich die Frau zu Wort. »Ihre Erlaucht will Euch sofort sehen.«

»Das will Ihre Durchlaucht auch«, antwortete Klara. »Ich kann mich aber nicht entzweischneiden, um an zwei Orten gleichzeitig zu sein.«

Über das sonst so ernste Gesicht der Kammerfrau huschte der Anflug eines Lächelns. »Das könnt Ihr freilich nicht! Geht zuerst zu Ihrer Durchlaucht. Bei Ihrer Erlaucht könnte es länger dauern. Versucht aber, Euch zu beeilen«, sagte sie und ging, um ihrer Herrin mitzuteilen, dass Klara erst etwas später zu ihr kommen könne.

Klara sah ihr nach und schüttelte den Kopf. »Wie soll ich mich beeilen, wenn Friedrichs Mutter vielleicht länger mit mir sprechen will?«

»Was die beiden nur wieder haben?«, fragte Gabi verwundert. »Bislang reichte es ihnen doch, wenn sie bei Tisch oder bei ihren Besuchen bei Seiner Erlaucht mit Euch sprechen konnten.«

»Um das zu erfahren, muss ich jetzt wohl zu ihnen gehen.« Klara küsste Hilde und verließ die Kammer.

Vor den Gemächern der jungen Reichsgräfin wurde sie bereits von Ilse erwartet. »Du kommst spät!«, sagte diese und vergaß diesmal, Klara so höflich anzusprechen, wie es die Schlossbediensteten mittlerweile taten.

»Ich vermag nun einmal nicht zu fliegen, und die Kunst, mich durch Zauberei zu versetzen, habe ich auch nicht gelernt!« Klara antwortete schärfer, als sie eigentlich wollte, doch sie wurde mit Anna Sybillas Zofe einfach nicht warm.

»Kommt mit!«, befahl diese und ging ihr voraus.

Zu Klaras Verwunderung wurde sie nicht in die Wohnräume der jungen Reichsgräfin geführt, sondern in deren Schlafgemach. Die Wände waren mit rosa Damast bedeckt. Rosa waren auch der Betthimmel und die Vorhänge des großen Himmelbetts sowie die Polster der sechs Stühle, die sich im Halbrund vor dem Bettfuß gruppierten. Nur zwei davon waren besetzt. Klara erkannte Geraldina von Trenzen und Juliana von Ziegenweida. Beide trugen Roben, deren silberweiße Unterröcke mit blauen Oberröcken harmonierten, und fächelten sich sichtlich angespannt Luft zu. Auf Klara wirkten sie wie zwei Raubtiere, die einander belauerten, um dem Angriff der jeweils anderen zuvorkommen zu können.

Anna Sybilla lag im Bett, wirkte aber nicht leidend, sondern eher neugierig. Da sie die Überdecke bis zu den Knien zurückgeschlagen hatte, konnte Klara ihr mit feinen Spitzen besetztes Nachthemd sehen. Es war aus Seide und so weiß, wie die Kunst der Wäscherinnen es nur erreichen konnte.

»Sie kommt spät!«, tadelte sie.

»Ich bin so früh gekommen, wie es mir möglich war«, antwortete Klara und knickste.

»Bringt den Paravent!«, befahl Ilse zwei Dienerinnen.

Wenig später erschienen diese mit einer Stellwand, die mit höfischen Szenen bemalt war. Als Klara zurücktreten wollte, um ihnen Platz zu machen, wies Anna Sybilla auf eine Stelle neben dem Bett.

»Sie stellt sich hierher!«

»Sehr wohl, Euer Durchlaucht!« Klara gehorchte und sah zu, wie der Paravent aufgestellt wurde. Von den Stühlen im Raum aus war dann nur noch der Betthimmel zu sehen, nicht aber die Person, die im Bett lag. Wie es aussah, hatte Anna Sybilla selbst vor ihren engsten Vertrauten Geheimnisse. Klara fragte sich, weshalb Friedrichs Mutter ihre Hofdamen nicht aus dem Raum schickte, erinnerte sich dann aber daran, dass es hieß, die hohen Herrschaften würden selbst den Leibstuhl noch in Gesellschaft ihres Hofstaats benutzen.

Ilse brachte einen Kerzenständer herbei und stellte ihn auf das kleine Tischchen, das neben dem Bett stand. Danach half sie ihrer Herrin, das Nachthemd so weit hochzuziehen, bis Beine und Hintern entblößt wurden. Kaum war dies geschehen, nahm Ilse den Leuchter und hielt ihn so, dass unterhalb der Taille ein Fleck verhornter Haut zu erkennen war.

Nach Klaras Ansicht hatte sich hier vor einiger Zeit ein Pickel entzündet und diese Hautwucherung verursacht. Frauen einfacherer Stände beachteten solche Stellen nicht einmal, doch als Anna Sybilla leise zu sprechen begann, klang ihre Stimme besorgt.

»Es gibt im Schloss derzeit keinen Arzt, und selbst diesem würde ich mich ungern so zeigen. Du aber bist eine Frau und kannst mir sagen, ob es eine Möglichkeit gibt, dieses Mal zu beseitigen?«

Klara betrachtete die Stelle, die etwa halb so groß war wie ihre Handfläche. »Darf ich sie berühren?«, fragte sie.

»Nur zu«, forderte Anna Sybilla sie auf.

Klara betastete die Hautverdickung und fand, dass diese wohl von gutartiger Natur war. Wahrscheinlich hätte sie selbst sich damit abgefunden, doch Anna Sybilla erklärte ihr im Flüsterton, dass man sie damit für eine Bäuerin halten müsse.

Zuerst begriff Klara nicht, was sie meinte, dann aber musste sie sich ein Lächeln verkneifen. Es gab im Grunde nur drei Menschen, die diese Stelle über dem Hintern zu sehen bekommen würden. Das waren zum einen die Zofe, dann ein Arzt und schließlich ein Gatte. Wie es aussah, dachte die Dame an eine weitere Ehe und wollte diese nicht mit diesem Mal behaftet eingehen.

»Kann Sie das Mal beseitigen?«, fragte Anna Sybilla noch immer leise, aber drängend.

Klara wiegte unschlüssig den Kopf. »Man kann ein wenig tun, doch ob es erfolgreich ist, vermag ich Euch nicht zu versprechen.«

»Versuche Sie es wenigstens!« Anna Sybilla atmete tief durch und drehte sich dann so, dass sie Klara ansehen konnte. »Wird es weh tun?«

»Wenn ich vorsichtig bin, nur ganz wenig!«, gab diese zurück. »Nur benötige ich dafür eine gewisse Salbe, die mein Mann anfertigt. Er wird sie mir schicken müssen.«

»Dann sorge Sie dafür, dass dies rasch geschieht! Sie wird jedoch zu niemandem sagen, was Sie hier gesehen hat, verstanden?«

Klara nickte lächelnd. »Ich werde schweigen. Allerdings benötige ich auch Bimsstein, um die Stelle ein wenig abzuschleifen und zu glätten!«

»Das tut doch gewiss sehr weh?«, fragte Anna Sybilla erschrocken.

»Wie ich schon sagte: Ich werde vorsichtig sein«, versprach Klara und trat einen Schritt zurück.

Anna Sybilla winkte Ilse, ihr wieder das Nachthemd zurechtzuziehen, setzte sich auf und verlangte ihren Morgenrock. Als sie diesen angezogen hatte, befahl sie, den Paravent wieder wegzubringen.

Geraldina von Trenzen und ihre Konkurrentin Juliana hatten die Ohren gespitzt. Als die junge Reichsfürstin sich erhob, um sich in ihr Ankleidezimmer zu begeben, standen sie auf. Während Juliana von Ziegenweida Anna Sybilla sofort folgte, blieb Frau von Trenzen zurück und trat auf Klara zu.

»Ist Ihre Durchlaucht von einer ärgerlichen Krankheit befallen? Sage Sie es mir! Es wird Ihr Schade nicht sein!«, fragte sie, denn sie war bereit, dem Salbenmachersweib ein paar Taler in die Hand zu drücken.

Klara schüttelte ablehnend den Kopf. »Ihre Durchlaucht sind so gesund, wie sie es sich nur wünschen kann.«

Bei den Worten deutete sie einen Knicks an und verschwand.

Nun kann ich Tobias bitten, erneut zu kommen, dachte sie mit klopfendem Herzen, während sie den Gemächern der alten Reichsgräfin zueilte.

8.

Bereits im Vorzimmer wurde Klara von Henrietta Augustas Kammerfrau empfangen.

»Da seid Ihr ja endlich! Ihre Erlaucht ist bereits sehr ungeduldig«, beschwerte sich diese.

»Ich wurde bei Ihrer Durchlaucht ein wenig aufgehalten«, antwortete Klara. Wenige Augenblicke später knickste sie vor Henrietta Augusta, die in einem großen Ohrensessel auf sie gewartet hatte. Die Zimmerflucht der alten Reichsgräfin wirkte düsterer als die ihrer Schwiegertochter, und die zugezogenen Vorhänge ließen nur wenig Licht herein, so dass man in diesen Räumen auch am Tag einen Kerzenleuchter brauchte, um nicht gegen ein Möbelstück zu stoßen.

Das dunkle Kleid der alten Reichsgräfin verschmolz geradezu mit dem ebenfalls dunklen Sesselbezug. Nur ihr bleiches Gesicht stach hervor, und Klara sah ihr an, dass sie etwas quälte.

»Ihr seid doch mit den Heilmitteln Eures Mannes vertraut«, begann Henrietta Augusta das Gespräch.

»Selbstverständlich.«

»Gibt es unter diesen Salben und Säften nicht auch etwas, das den Körper dazu bringt, gewisse Dinge zu erleichtern?«, fragte Henrietta Augusta.

»Hier müsste ich genauer wissen, was Euer Erlaucht damit meinen.«

Die alte Dame sagte nichts, dafür deutete deren Kammerfrau auf den eigenen Bauch.

Es hatte also mit der Verdauung zu tun, fand Klara. Da die alte Reichsgräfin von Erleichterung gesprochen hatte, litt sie vermutlich unter Verstopfung. Anders als Anna Sybilla konnte sie ihr gleich helfen.

»Ich habe etwas im Medizinschrank, das ich von meinem Mann bringen ließ, um es notfalls bei Seiner Erlaucht anwenden zu können. Dies war jedoch nicht erforderlich, so dass ich diese Latwerge für Eure Erlaucht bereiten kann. Wenn Ihr erlaubt, werde ich das Mittel umgehend holen. Ich benötigte zudem einen halben Becher Pflaumenmus.«

»Es wird alles gebracht werden. Übernehmt das!« Henrietta Augustas Befehl galt Differt, die den Raum nach einem Knicks umgehend verließ. Danach musterte die alte Dame Klara durchdringend.

»Es ist manchmal so schlimm, dass ich denke, sterben zu müssen.«

»Ich würde Eurer Erlaucht eine gewisse Zurückhaltung bei einigen Speisen empfehlen.«

»Dieser unfähige Kurpfuscher Stratmann verschrieb mir zuletzt Einläufe. Es war höchst unangenehm. Deshalb habe ich ein Elixier von euch Königseern vorgezogen. Es half mir auch, doch eine der Kammerzofen hat die noch volle Flasche durch ihre Tölpelhaftigkeit zerbrochen, und der Rest, der in der anderen Flasche noch vorhanden war, ist mittlerweile aufgebraucht. Da mich eine Weile nichts anfocht, achtete ich nicht darauf, bis es vor zwei Tagen begann, schlimmer zu werden.«

Klara glaubte der alten Dame gerne, dass die Einläufe unangenehm gewesen sein mussten. Sie kannte jedoch die Wirksamkeit der von ihrem Mann hergestellten Abführmittel und war daher guten Mutes, Henrietta Augusta helfen zu können.

»Wenn Euer Erlaucht erlauben, werde ich die Latwerge holen«, sagte sie und verließ nach einer auffordernden Handbewegung der alten Reichsgräfin den Raum.

Kurze Zeit später kehrte Klara zu Henrietta Augusta zurück und füllte ein bräunliches Pulver aus einem Spanschächtelchen in einen Becher. Die Kammerfrau hatte genug Pflaumenmus besorgt, um eine ganze Kinderschar damit glücklich zu machen, davon tat Klara einen Teil in den Becher und verrührte das Mittel zu einem Brei.

»Ihr macht das geschickt«, lobte die alte Dame, woraufhin Differt die Miene verzog. Es war immer ihre Aufgabe als Kammerfrau gewesen, das Abführmittel ihrer Herrin zu bereiten, und sie hatte diese Aufgabe nach bestem Wissen und Gewissen erfüllt. Nun aber sah sie Klara in der Hoffnung zu, etwas von ihr zu lernen.

»Ihr nehmt mehr Pflaumenmus dafür, als der Buckelapotheker, der uns die Latwerge lieferte, uns geraten hat«, wandte sie ein.

»Mein Mann rät dazu, mehr Pflaumenmus zu nehmen, da das Mittel dadurch rascher wirkt.« Wie genau dies vor sich ging, wusste Klara nicht, doch hatte sich diese Mischung bewährt.

Henrietta Augusta schluckte den Brei mit der Miene eines Menschen, der bereit war, alles zu tun, nur um von seinen Qualen erlöst zu werden. Dann ließ sie sich von Differt einen Becher Wein reichen, um den süßlichen Geschmack wegzuspülen, und musterte Klara anschließend mit einem scharfen Blick.

»Ihr seid bereits mehrmals mit Seiner Erlaucht und Prinz Christian spazieren gegangen.«

Klara nickte. »Ja, denn es wurde von Eurer Erlaucht so gewünscht.«

»Ich wünsche es auch weiterhin«, erklärte Henrietta Augusta. »Mit gefällt jedoch nicht, dass Prinz Christian zunehmend Einfluss auf meinen Enkel erringt.«

»Bislang ist es Seiner Erlaucht nicht zum Schaden ausgeschlagen. Der Prinz unterstützt Herrn von Zander beim Unterricht und sorgt dafür, dass Seine Erlaucht Freude an Spaziergängen gewonnen hat. Diese sind wichtig, um seine Muskeln und Lungen zu kräftigen.« Klara klang mahnend, denn neben der unpassenden Kost hatte zu viel Rücksichtnahme dem Knaben am meisten geschadet.

»Mein Enkel soll sich durchaus im Park ergehen. Nur sollte er es nicht mit dem Prinzen tun«, fuhr die alte Reichsgräfin fort.

»Ich habe bis jetzt kein Anzeichen dafür bemerkt, dass Prinz Christian etwas getan hätte, das dem Wohlergehen Seiner Erlaucht abträglich wäre.«

»Er will sich einschmeicheln, um meine Schwiegertochter ehelichen zu können. Für seine finsteren Pläne bleibt ihm noch genug Zeit. Mein Enkel ist neun Jahre alt. Sollte er in einigen

Jahren sterben, wenn seine Mutter ihm bereits Halbgeschwister geboren hat, so kann der Prinz diese als Erben der Reichsgrafschaft durchsetzen, und aus Schwarzburg-Friedrichsthal wird Sachsen-Friedrichsthal. Es wäre mein Tod!«

Der leidenschaftliche Ausbruch der alten Dame überraschte Klara. Ihrer Ansicht nach hatte Henrietta Augusta sich vollkommen verrannt. Wäre er wirklich so ein Schuft, wie die alte Reichsgräfin annahm, hätte Prinz Christian die Kunst der Verstellung im höchsten Maße beherrschen müssen. Klara empfand ihn als einen freundlichen jungen Mann, dem sehr an Friedrichs Wohlbefinden gelegen war. Dies Henrietta Augusta zu erklären, schien jedoch sinnlos.

Mit einem Mal streckte die alte Dame die rechte Hand aus, fasste Klara bei der Schulter und zog sie näher zu sich heran. »Ihr sagtet einmal, Ihr hättet einen Sohn!«

»Er heißt Martin und …« Klara brach ab und kämpfte mit den Tränen, da die Sehnsucht nach ihren zwei anderen Kindern sie zu übermannen drohte.

»Sagtet Ihr nicht, er wäre neun Jahre alt?«, fragte Henrietta Augusta.

»Martin ist acht.«

»Ein Jahr mehr oder weniger fällt nicht ins Gewicht. Ihr werdet den Jungen holen lassen, damit er die Freundschaft meines Enkels erringt. Dieser wird sich einem anderen Knaben eher anschließen als einem erwachsenen Mann, so kindisch dieser sich auch benehmen mag.«

Der Vorschlag überraschte Klara so sehr, dass sie einige Augenblicke brauchte, um ihre Gedanken zu sammeln. Die Reichsgräfin ließ ihre Schulter los und fasste mit beiden Händen nach ihrer Hand. »Euer Sohn kann gewiss lesen und schreiben und damit dem Unterricht meines Enkels folgen. Einer der Bauernlümmel im Gebiet von Friedrichsthal wäre dazu nicht in der

Lage. Es wäre auch für Euch ein Gewinn, denn Euer Sohn könnte später mit meinem Enkel zusammen die Universität besuchen und mehr werden als ein Quacksalber in einem Walddorf.«

Die Herabwürdigung der Stadt Königsee und des Laborantengewerbes empörte Klara, und so antwortete sie scharf: »Der Vater meines Mannes war bereits Laborant und gewiss kein armer Mann. Auch mein Mann ist es nicht, und auch unser Sohn würde als Laborant nicht am Hungertuch nagen.«

Henrietta Augusta lachte auf. »So gefallt Ihr mir! Immer bereit, für Euch und die Euren einzustehen! Wenn Euer Sohn Euch gleicht, wird er für Friedrich ein Freund und eine Stütze sein, wie dieser sie sich nur wünschen mag.«

Klara begriff, dass es der alten Dame vollkommen ernst damit war, und überlegte verzweifelt, was sie tun sollte. Der Gedanke, eine Kutsche könnte vor ihrem Haus in Königsee auftauchen und rauhe Knechte ihren Sohn packen und mitnehmen, war für sie so erschreckend, dass sie widerwillig zustimmte.

»Wenn es der ausdrückliche Befehl Eurer Erlaucht ist, werde ich meinem Ehemann schreiben, er soll Martin hierherbringen. Allerdings bestehe ich darauf, dass auch meine ältere Tochter mitkommt. Die Kinder sollen zusammen aufwachsen und nicht von fremder Hand getrennt werden.«

»Dann leitet das in die Wege«, antwortete Henrietta Augusta und gab ihr das Zeichen, dass sie sich zurückziehen könne.

9.

Nicht nur der alten Reichsgräfin, sondern auch Juliana von Ziegenweida missfiel Friedrichs wachsende Vertrautheit mit Prinz Christian. Wie Herr und Frau von Trenzen vermutete auch sie, dass der Prinz auf Zeit spielte und sich erst einmal die Stellung des Stiefvaters des Knaben sichern wollte, um diesen im Lauf der Jahre zu beseitigen.

Ihr Auftraggeber, ein hoher Herr im Hofstaat von Fürst Johann Ernst von Sachsen-Saalfeld, hatte ihr einen nach außen hin unverfänglichen Brief geschrieben, jedoch ganz unten einige Zeilen mit unsichtbarer Tinte hinzugesetzt, die einen scharfen Tadel enthielten. Es war Juliana mit Hilfe einer Kerzenflamme gelungen, diesen Absatz lesbar zu machen, und sie starrte nun mit wachsendem Ärger auf den Text. Wenn sie dem Leben in diesem einsamen Schloss entkommen und einen Gemahl mit Rang und Vermögen erringen wollte, musste Friedrich sterben und Prinz Christian als dessen Mörder gelten.

Jemand wie sie, die weder über eine volle Truhe verfügte noch auf Protektion hoffen konnte, musste andere Wege finden, um ans Ziel zu gelangen. Sie hatte schon froh sein müssen, hier in Friedrichsthal als Hofdame unterkommen zu können. Vom Leben erwartete sie jedoch mehr als das und sann darüber nach, wie es ihr gelingen konnte, ihr Schicksal endlich in die Richtung zu wenden, die ihr vorschwebte.

10.

Nur wenige Zimmer von Fräulein Juliana entfernt schmiedeten Heinrich von Trenzen und dessen Ehefrau ebenfalls Pläne.

»Der Prinz tut sich leicht«, sagte Trenzen grimmig. »Er braucht vorerst nur abzuwarten. Kinder sterben schnell, und wenn dieser Bengel in ein paar Jahren in die Ewigkeit eingeht, kann er die Reichsgrafschaft in Besitz nehmen, ohne dass ihn jemand daran hindern kann. Ob wir dann die Belohnung erhalten, von der er gesprochen hat, steht in den Sternen. Ihn dazu zwingen können wir nicht, da er dann mächtig genug ist, uns wegen Beleidigung, ja sogar wegen Staatsverbrechens in den Kerker stecken zu lassen!«

Geraldina von Trenzen schauderte es bei dieser Vorstellung. »Wenn ich nur wüsste, wo Conte Tomassini bleibt!«, antwortete sie seufzend. »Er hat uns Stratmann als Leibarzt des Knaben empfohlen, und hätte der alte Drachen nicht dieses Kräuterweib geholt, wäre der Sieg bereits unser.«

»Mit Wenn und Aber kommen wir nicht weiter!«, blaffte Trenzen seine Frau an.

Da klopfte es an die Tür, und die beiden zuckten erschrocken zusammen.

»Was ist los?«, fragte Geraldina von Trenzen, die sich rascher gefasst hatte als ihr Mann.

Ein Diener trat ein, verbeugte sich und reichte ihr auf einem silbernen Tablett einen Umschlag. »Ein Dorfjunge hat eben diesen Brief gebracht. Er soll Euch persönlich übergeben werden.«

Mit einem gewissen Misstrauen ergriff Geraldina den Umschlag. Es stand nur ihr Name darauf. Wer ihn geschickt hatte, war nicht vermerkt.

»Du kannst gehen!«, sagte sie zu dem Diener.

Dieser wartete noch einen Augenblick, ob die Dame sich dazu herabließ, ihm eine Münze als Trinkgeld für seine Bemühungen zu geben, und zog, als dies nicht geschah, enttäuscht von dannen.

Geraldina von Trenzen starrte den Brief an, als könnten ihre Augen den Umschlag durchdringen und erkennen, was darin stand.

»Was ist? Warum macht Ihr den Brief nicht auf?«, fragte ihr Mann drängend.

Nach einem kurzen Durchatmen erbrach Geraldina das Siegel und öffnete das Schreiben. Die Angst, es könnte von jemandem stammen, der hinter ihre Pläne gekommen war und sie nun erpressen wollte, verflog, als sie die schön geschwungene Handschrift erkannte.

»Die Nachricht kommt von Conte Tomassini!«, rief sie erleichtert.

»Was schreibt er?«, fragte ihr Mann und trat hinter sie, um den Brief über ihre Schulter hinweg lesen zu können. »Er will Euch treffen, aber nicht hier im Schloss, sondern im letzten Pavillon im Park. Weshalb nur Euch und nicht mich?« Aus Trenzen sprach eine gewisse Verärgerung, weil Tomassini, der zuerst ihn ins Vertrauen gezogen hatte, sich schon seit geraumer Zeit öfter mit seiner Ehefrau traf als mit ihm.

»Wie es aussieht, soll es noch heute sein.« Geraldina ging nicht auf den Unmut ihres Mannes ein, sondern blickte auf die schmuckvolle Uhr, die von zwei mit Blattgold überzogenen Greifen gehalten wurde, und fand es unverschämt, dass sie bereits in einer halben Stunde am Treffpunkt sein sollte. Diese Zeit benötigte sie allein dafür, sich für einen Spaziergang im Park umzuziehen.

»Der Conte wird wohl ein wenig warten müssen«, sagte sie spitz und stand auf.

»Ich werde mitkommen«, erklärte ihr Mann.

Geraldina schüttelte lachend den Kopf. »Wie sähe das aus, wenn ich mit meinem Ehemann zu einem so versteckten Platz zum Stelldichein gehe? Da müsstet Ihr schon mein Geliebter sein, sonst verstehen die Leute es nicht.«

»In dieser Einöde werdet Ihr kaum einen Edelmann finden, der dafür in Frage käme, es sei denn, Ihr glaubt, Prinz Christian oder den alten Zander verführen zu können«, erwiderte ihr Mann mit bissigem Spott.

»Und trotzdem wollt Ihr in dieser Einöde bleiben?«, klang es nicht weniger spöttisch zurück.

»Als allein verantwortlicher Verwalter, durch dessen Hände alles Geld geht, das hier im Umlauf ist …«

»Und von dem möglichst viel an Euren Händen kleben bleibt«, unterbrach Geraldina lachend ihren Mann. Wie dieser wusste sie, dass sie an einem höherrangigen Hof keine Rolle spielen würden. Nur hier in diesem abgelegenen Friedrichsthal waren sie angesehen genug, um an einen weiteren Aufstieg denken zu können.

Dafür aber brauchten sie Geld. Also mussten sie unter allen Umständen an die Belohnung für die Beseitigung des kleinen Friedrich kommen.

11.

Der Pavillon lag hinter Sträuchern verborgen und konnte vom Schloss aus nicht eingesehen werden. In früheren Zeiten hatten die Herren von Schwarzburg-Friedrichsthal sich hier mit ihren Mätressen vergnügt, während ihre Gemahlinnen im Schloss nur mit scheelen Augen hatten herüberblicken können. Nun stand das kleine, sechseckige Gebäude aus bemaltem Holz die meiste Zeit unbenutzt. Es war daher ein guter Treffpunkt, doch Geraldina von Trenzen fragte sich dennoch, weshalb der Conte Tomassini sie ausgerechnet hierher bestellt hatte. Die letzten Male hatte er sie noch im Schloss aufgesucht.

Mit dem Vorsatz, ihn zu schelten, weil sie sich seinetwegen so rasch hatte umziehen und den etliche hundert Schritte langen Weg hierher zurücklegen müssen, trat sie auf den Pavillon zu. Dessen Farbe begann zu verblassen, stellte sie fest, als sie die Hand nach der Türklinke ausstreckte und diese niederdrückte. Wie erwartet war der Pavillon unverschlossen. Von ihrer Zofe hatte sie erfahren, dass ein Teil der Dienerschaft ihn extra offen ließ, um sich gelegentlich vor der Arbeit drücken zu können. Liebespaare unter den Domestiken benutzten ihn, um hier ihrer Lust nachzugehen, und das waren beileibe nicht nur Frauen und Männer, sondern auch ein paar Diener, die mehr Gefallen am eigenen Geschlecht als am anderen fanden.

Geraldina wünschte sich, einmal zusehen zu können, wie zwei Männer sich der Liebe hingaben. Sie schob diesen Gedanken von sich und trat ein. Es galt, an Wichtigeres zu denken als an das erregende Gefühl der Lust.

Da die Fensterläden geschlossen waren, wirkte das Innere düster, und sie entdeckte Tomassini nicht auf Anhieb. Erst als sich an einer Stelle etwas regte, wurde sie seiner gewahr.

»Beinahe hättet Ihr mich erschreckt«, sprach sie ihn auf Französisch an und trat auf ihn zu. »Ihr habt lange nichts von Euch hören lassen.«

»Ich war unterwegs und konnte weder herkommen noch schreiben«, antwortete der Genuese ebenfalls auf Französisch, das er weitaus besser beherrschte als die deutsche Sprache.

»Aber nun seid Ihr hier und könnt uns raten, auch wenn Eure letzten Vorschläge nicht den Erfolg gebracht haben, den wir uns von ihnen erhofft hatten«, sagte Geraldina.

»Ich habe bereits von Stratmanns Versagen erfahren!« Ärger schwang in Tomassinis Worten mit.

»Dies ist für uns doppelt unangenehm, weil Prinz Christian dadurch in Verdacht geraten ist. Dafür hat diese Schlange Juliana von Ziegenweida gesorgt! Ein Diener verbreitete das Gerücht unter dem gesamten Gesinde, und deswegen sind dem Prinzen die Hände gebunden. Wenn dem Knaben etwas geschieht, wird man ihn als Ersten verdächtigen! Was können wir dagegen tun?«

Geraldinas größte Sorge war, dass der Prinz tatsächlich für den Auftraggeber des Mordes gehalten würde, wenn Friedrich starb. Dann könnte er mit seiner Bewerbung um Anna Sybilla scheitern, und dies hieß für sie und ihren Mann, auf die ersehnte Belohnung verzichten zu müssen.

Bei der Erwähnung von Prinz Christian verzog der Genuese kurz das Gesicht und langte sich an die rechte Wange. Wie Geraldina, deren Augen sich mittlerweile an das Dämmerlicht gewöhnt hatten, bemerkte, zog sich dort eine mehrere Zoll lange, noch recht frische Narbe entlang.

»Der Prinz ist mir noch etwas schuldig«, murmelte Tomassini in seiner Muttersprache, die Geraldina nicht verstand.

»Was sagt Ihr?«

»Nur, dass ich froh bin, dass Prinz Christian sich höchstpersönlich hierher begeben hat«, antwortete Tomassini.

»Aber was ist, wenn er abwarten will? Dann würde uns die Belohnung entgehen!« Geraldina rang in gekünstelter Verzweiflung die Hände, während um Tomassinis Lippen ein harter Zug trat.

»Der Prinz will nicht warten. Aus diesem Grund bin ich hier, um alles vorzubereiten. Dafür brauche ich Euch, meine Liebe. Berichtet mir alles, was sich seit meinem letzten Erscheinen auf Schloss Friedrichsthal ereignet hat. Gerüchte besagen, dass der Bengel gesund geworden wäre, und man munkelt, er würde bald wieder ausreiten können. Stimmt das?«

»Bedauerlicherweise ist das die Wahrheit«, antwortete Geraldina und begann zu erzählen.

Tomassini rückte näher an sie heran. Sie war um einen Kopf kleiner als er und hübsch genug, um ihn zu reizen, auch wenn er sie nicht für raffiniert genug hielt, um anderenorts eine ebenso bedeutende Rolle spielen zu können wie in Friedrichsthal. Er legte einen Arm um sie, und als sie dies geschehen ließ, wurde er kühner und griff mit der anderen Hand in ihr Dekolleté. Jetzt hätte sie ihn in seine Schranken weisen müssen, atmete jedoch nur schneller und presste ihren Unterleib gegen seine Hüfte.

Das Leben an diesem Ort war langweilig, und die Ehe mit ihrem Mann erfüllte Geraldina schon lange nicht mehr. Zudem war der Genuese ein faszinierender Mann, den zu verführen sie sich schon bei ihrem letzten Zusammentreffen gewünscht hatte. Nun war die Gelegenheit dazu gekommen. Sie ließ es zu, dass er ihre Brüste streichelte, und strich ihrerseits mit der Rechten über jene Stelle seines Körpers, die gerade im Wachsen begriffen war.

»Ihr habt viel zu erzählen! Doch ich finde, wir sollten eine Pause einlegen«, schlug Tomassini vor.

Während er auf die Hofdame gewartet hatte, hatte er sich im Pavillon umgesehen und festgestellt, dass er aus zwei Zimmern bestand und das hintere über ein Bett verfügte, welches ihm nun hochwillkommen war.

Er führte Geraldina dorthin, half ihr, sich so auf den Rücken zu legen, dass sie die Füße noch auf den Boden stützen konnte, und schlug ihr Kleid hoch. Sie trug etliche Röcke übereinander, doch er verfügte über genug Erfahrung. So lag rasch ihr Unterkörper bloß, und er löste die Träger seiner Hose, streifte diese ein Stück über die Hüften und schob sich zwischen die erwartungsvoll gespreizten Beine der Frau.

Geraldina keuchte erschrocken, als der Genuese mit einer heftigen Bewegung in sie eindrang, und wollte ihn zur Ordnung rufen, damit er sanfter mit ihr umging. Dann aber schlug die Leidenschaft wie eine Welle über ihr zusammen, und sie biss sich zuletzt in die Hand, um ihre Lust nicht laut hinauszuschreien.

Geraume Zeit später saß Geraldina von Trenzen neben Tomassini auf dem Bett und genoss es, wie er ihre Brüste streichelte. »Ihr könnt ruhig Eure Hand wieder in mein Dekolleté stecken«, forderte sie ihn auf.

Tomassini gehorchte und spürte, wie ihre Brustwarzen erneut hart wurden. Wie es aussah, war sie zu einem zweiten scharfen Ritt bereit. Auch er spürte, wie seine Erregung wuchs. Zunächst aber war es wichtiger, mehr über das zu erfahren, was hier im Schloss und seiner Umgebung vor sich ging.

»Ihr habt mir etliches über die Bewohner erzählt. Aber was habt Ihr über die Räuber gehört, die in dieser Gegend ihr Unwesen treiben sollen?«, fragte er.

»Die Kerle wagen sich nicht bis in die Reichsgrafschaft, sondern gehen jenseits unserer Grenzen ihrem schändlichen Gewerbe nach«, berichtete Geraldina und fand, dass es einen angenehmeren Zeitvertreib gab, als über solche Schurken zu reden.

Sie beantwortete dennoch die Fragen, die der Genuese ihr stellte, und legte sich danach hin, um ihn dazu zu bringen, wieder das mit ihr zu tun, was ihr besonders gut gefiel.

12.

Tomassini blickte Geraldina von Trenzen nach, als diese beschwingten Schrittes zum Schloss zurückkehrte, und verzog das Gesicht. Was für eine wohlfeile Person, dachte er, aber mit Feuer zwischen den Beinen, wenn sie richtig hergenommen wird. Bei ihrem Mann dürfte sie wie ein schlaffer Sack herumliegen, während dieser in ihr herumstochert. Er hielt weder viel von Trenzen noch von dessen Frau. Für ihn waren sie Werkzeuge, derer er sich bediente und die er nachher als unbrauchbar geworden fortwarf.

Sollen sie ruhig glauben, ich wäre immer noch für Prinz Christian tätig, dachte er. Diesem trug er nicht nur die Narbe auf seiner Wange nach, sondern auch den Lohn, den dieser ihm für seine Bemühungen versagt hatte.

»Für beides wirst du mir bezahlen!«, stieß er voller Hass hervor.

Den Schlag mit der Reitpeitsche nahm er dabei übler als das verlorene Geld. Irgendeinen Narren, der ihm ein paar tausend und noch mehr Taler gab, damit er Blei zu Gold verwandeln sollte, würde er immer finden.

Mit diesem Gedanken verließ auch er den Pavillon, nachdem er sich vergewissert hatte, dass niemand in der Nähe war, und schritt eilig dem Wald zu. Schon nach kurzer Zeit tauchte er in das Meer aus dunklen Baumstämmen und grünen Baumkronen ein und erreichte bald eine aus Holz erbaute Jagdhütte, deren Größe so manches Bauernhaus weit übertraf. Einst war sie von den Friedrichsthaler Reichsgrafen zur Jagd genutzt worden, aber nun wurde sie nicht mehr verwendet. Dennoch wurde sie von den Jagdknechten noch immer in Schuss gehalten. Die Tür der Hütte war versperrt, doch der kleine Anbau am hinteren Ende stand offen. In diesem hatte Tomassini sein Pferd zurückgelassen. Er holte es jetzt heraus und ritt los.

Tomassini hätte sich nun der von Friedrichsthal wegführenden Straße zuwenden können, die Geraldina von Trenzen zufolge vor Räubern sicher war. Stattdessen lenkte er seinen Wallach tiefer in den Wald hinein auf die Stelle zu, an der laut ihrer Auskunft die Räuber hausten.

Es dauerte weniger als zwei Stunden, bis es um ihn herum lebendig wurde. Ein gutes Dutzend abgerissen aussehender Kerle brach zwischen den Büschen hervor und verlegte ihm den Weg. Der Anführer, ein baumlanger Kerl mit schmierigen, blonden Haaren, einem hageren Pferdegesicht und gelben Zähnen grinste ihn herausfordernd an.

»Wie es aussieht, haben Müsjöh sich hierher verirrt und sind gerne bereit, demjenigen seine Börse zu schenken, der ihm den rechten Weg weist!«

Ohne mit der Wimper zu zucken, griff Tomassini unter seinen Rock und brachte eine bestickte Lederbörse zum Vorschein. »Wenn es so ist, sollt ihr mein Geld haben«, erklärte er dabei.

»Müsjöh sind sehr gescheit!«, rief der Räuberhauptmann feixend und streckte die Hand aus.

Tomassini reichte ihm den Beutel und sah zu, wie der Räuber ihn gierig öffnete und hineinschaute. Die Beute schien ihn zufriedenzustellen, denn sein Grinsen verstärkte sich.

»Müsjöh sind wirklich großzügig«, lobte er Tomassini voller Spott.

»Ich könnte noch großzügiger sein«, erklärte der Genuese lockend.

Der Räuber kniff die Augen zusammen. »Wie dieses?«

»Du und deine Bande, ihr erhaltet dreimal so viel für ein paar Schüsse, die ihr für mich abfeuern müsst.«

»Dreimal so viel?«, fragte der Räuber mit offenem Mund und zählte rasch die Taler in der Börse.

»Ich sagte es! Nenn mir einen Ort, wo ich euch treffen kann«, fuhr Tomassini fort.

»Damit Müsjöh uns die Landjäger auf den Hals hetzen?«, rief der Hauptmann, der mit einem Schlag ernst geworden war.

Tomassini schüttelte den Kopf. »Wie käme ich dazu? Nenne die Bedingungen, unter denen ich einen von euch treffen kann. Der Mann darf mich ruhig mit verbundenen Augen zu dir führen.«

Noch einmal überschlug der Räuberhauptmann die Summe in dem Beutel und fand, dass sie, um das Dreifache ergänzt, für ihn und seine Leute ausreichen würde, sich in einen anderen Landstrich absetzen zu können. Es würde auf jeden Fall ertragreicher sein, an anderer Stelle dem Räuberhandwerk nachzugehen als in dieser Gegend, in der sich nicht einmal mehr Fuchs und Hase gute Nacht wünschten.

»Wollen Müsjöh nicht sagen, welche Angelegenheit wir für ihn erledigen sollen?«, fragte er.

»Ich will von euch zwei gut gezielte Schüsse auf Leute, die ihr jetzt noch nicht zu kennen braucht. Wenn ihr dazu bereit seid, kommen wir ins Geschäft.« Tomassini zeigte deutlich, dass er mehr nicht sagen würde.

Der andere dachte kurz nach und nickte. »Blei gegen Gold, so lasse ich es mir gefallen. Wenn Müsjöh in diese Richtung weiterreiten, trefft Ihr auf einen Weg. Folgt diesem nach rechts bis zu einem Dorf. Am anderen Ende liegt die Schenke zum *Grenadier*. Dort ist immer einer von uns zu finden. Er wird Euch ansprechen.«

»Ich danke dir.« Tomassini deutete im Sattel eine Verbeugung an und ritt weiter. Als er weit genug weg war, griff er mit der Linken an seinen Rock und fühlte darunter einen harten Gegenstand. Es waren Goldmünzen, zu Rollen gepackt und mehr als zwanzigmal so viel wert als das, was er eben an die Räuber verloren hatte. Er hatte diese List schon mehrfach angewandt und sich damit ein Vermögen erspart, welches er sonst an solches Gelichter verloren hätte.

»Tedesco stùpido!«, spottete er.

Die Räuber hätten ihn nur durchsuchen müssen, um an seinen Schatz zu gelangen. Doch dafür waren sie viel zu dumm. Das war ihm in Zeiten, als er noch die Berge um Genua durchstreifte, jedenfalls nicht passiert.

Neunter Teil

...

Giftmord

1.

Tobias Just sah seinen Vater an und dann Martha, die stramm auf den siebten Monat ihrer Schwangerschaft zuging und Mühe hatte, ihre Gefühle unter Kontrolle zu halten. Ihr Gesicht wirkte fleckig, und die nassen Wangen zeigten, dass sie geweint hatte.

»Frahm ist eine elende Ratte!«, stieß er leise hervor. »Nur ein Lump wie er verlockt die Magd einer schwangeren Frau mit Versprechungen, ihren Dienst aufzusagen.«

»Er tat es aus Bosheit, weil er uns anders nicht zu schaden vermag. Immerhin wurden die Steuern übers Jahr nicht mehr erhöht, und der Amtmann sieht ihm wegen vieler Beschwerden der Bürger mehr auf die Finger als zuvor. Die Schuld daran gibt er uns und hat deshalb Grete dazu gebracht, uns zu verlassen und in Rudolstadt im Haushalt seines Vetters einzustehen.«

»Sie hat immer geklagt, die Arbeit wäre ihr zu viel, und wollte, dass wir eine zweite Magd einstellen. Dabei ist unser Haus kleiner als das Eure, und es sind noch keine Kinder da, die versorgt werden müssen«, warf Martha ein.

»Wenn nur Klara hier wäre! Dann könnte Liese zu euch kommen und euch helfen. Allein aber kommt Kuni nicht zu Rande, denn sie muss ja zum Teil auch Klaras Pflichten übernehmen.« Tobias seufzte, denn er dachte an seine Frau, die nun schon seit Monaten in der Ferne weilte. Gleichzeitig verfluchte er die Hilflosigkeit, mit der sie Waldemar Frahms Gemeinheiten gegenüberstanden.

»Hier in der Stadt bekommen wir zu dieser Zeit keine neue Magd, und eine aus den umliegenden Dörfern würde niemals die Erlaubnis erhalten, bei uns einzustehen.«

Rumold klang erschöpft. Er hatte sein ganzes Leben gearbeitet und brav Steuern bezahlt, nur um sich jetzt von einem beleidigten Beamten triezen lassen zu müssen.

»Irgendwie werden wir eine Lösung finden. Liese soll den halben Tag bei euch und den anderen halben bei uns arbeiten«, sagte Tobias entschlossen.

»Es ärgert mich, dass Liese und Kuni die Bosheit dieses Lumpen ausbaden müssen«, stieß Martha hervor und brach erneut in Tränen aus.

»Irgendwie war die Tracht Prügel, die Frahm damals erhalten hat, noch zu gering«, rief Rumold grollend.

»Hat man je herausgefunden, wer dahintersteckt?«, wollte Kuni wissen, die sich bisher ebenso wie Liese zurückgehalten hatte.

Tobias schüttelte den Kopf. »Nein! Ich bin zwar sicher, dass einige es wissen. Doch die schweigen – im Gegensatz zu ein paar Landstreichern, die drüben in Breitenbach damit geprahlt haben, einen Rudolstädter Beamtenrock mit dem Prügel geplättet zu haben.«

»Jemand hat das Gerücht gestreut, die beiden Kerle hätten Frahm um eine Gunst gebeten, wären von ihm aber abgewiesen worden. Aus Rache hätten sie ihm dann aufgelauert und ihn verprügelt«, setzte Rumold hinzu.

»Frahm streitet vehement ab, dass es so gewesen wäre, und in dem Fall bin ich sogar bereit, ihm zu glauben.« Tobias hatte die grinsenden Gesichter der beiden Laborantensöhne Philipp und Hans nicht vergessen und hätte Stein und Bein geschworen, dass die beiden die Landstreicher mit ein paar Bechern Wein und einer Handvoll Münzen dazu gebracht hatten, Frahm aufzulauern. Obwohl er ein solches Verhalten nicht guthieß, hielt er den Mund. Wenn jemand die beiden verriet, sollte es ein anderer sein als er.

Unterdessen hatte Kuni ein paar Worte mit ihrer Nichte gewechselt und meldete sich wieder zu Wort. »Die Liese und ich, wir schaffen das schon. Schließlich sind wir nicht in Faulhausen daheim! Keine Sorge, Frau Martha! Es wird schon wieder alles gut.«

»Wenn nur Klara zurückkäme«, klagte Martha, die ihre Freundin schmerzlich vermisste.

»Ihr werdet das nicht umsonst tun, sondern den Lohn, den wir sonst Grete geben müssten, unter euch aufteilen«, erklärte Rumold den beiden Mägden.

»Das muss nicht sein!«, sagte Kuni sofort.

Auch Liese schüttelte den Kopf. Dabei sah sie zum Fenster hinaus und erstarrte.

»Oh Gott, da kommt der Frahm genau auf unser Haus zu!«

»Welche Bosheit mag ihn diesmal antreiben?«, fragte Tobias sich und trat auf den Flur, um den Beamten an der Haustür abzufangen. Kurz drauf klopfte es laut. Als er öffnete, stand der Beamte vor ihm. Frahms Miene wirkte höhnisch und ließ ihn Schlimmes erwarten. Hoffentlich ist Klara nichts geschehen, schoss es ihm durch den Kopf.

»Du sollst deine Kinder nach Friedrichsthal schaffen! In diesem Brief steht alles, was du zu tun hast!« Mit diesen Worten reichte Frahm Tobias den Umschlag.

Als dieser Klaras Handschrift erkannte, erleichterte es ihn mehr, als ihn das freche Auftreten des Beamten erboste. Trotzdem fragte er barsch nach: »Wer ordnet das an?«

»Seine durchlauchtigste Hoheit, Fürst Friedrich Anton von Schwarzburg-Rudolstadt, unser allergnädigster Landesfürst«, erklärte Frahm gestelzt.

Er hätte den Brief auch durch den Amtsdiener Brüser überbringen lassen können, doch er wollte die Verzweiflung des
Mannes sehen. Denn er hielt Tobias für den Anstifter des Über-
falls, der ihm nicht nur starke Schmerzen verursacht, sondern
ihn auch ein Erkleckliches an Reputation gekostet hatte.

Tobias nahm die Nachricht jedoch ruhiger auf, als der Beamte
erwartet hatte. Da der Brief von Klara kam, gab es gewiss eine
Erklärung für die seltsame Forderung, Martin und Lena zu ihr
zu schicken. Er betrachtete noch einmal den Brief, griff dann in
eine Westentasche, in der er ein paar Münzen wusste, und holte
einen Groschen heraus.

»Habt Dank, und an einem Trinkgeld soll es auch nicht fehlen!« Mit diesen Worten drückte er Frahm die Münze in die
Hand, schloss die Tür vor dessen Nase und kehrte in den Salon
zurück.

»Was wollte er?«, fragte sein Vater leise, da er Frahm zutraute, einen seiner Zuträger draußen lauschen zu lassen.

»Er hat einen Brief von Klara gebracht«, antwortete Tobias
und öffnete das Schreiben. Während er las, schwiegen die anderen, doch als er den Kopf hob, fasste sein Vater nach seinem
Arm.

»Was schreibt sie?«

»Sie ist wohlauf, wurde aber von der Reichsgräfin aufgefordert, Martin und Lena nach Friedrichsthal zu holen.«

»Wie kämen wir dazu, unsere beiden Lieblinge herzugeben?
Es ist schlimm genug, dass ich auf meine zweite Enkelin verzichten muss!«, fuhr Rumold auf.

Tobias hob beschwichtigend die Hand. »Errege dich nicht, Vater. Klara schreibt dies gewiss nicht ohne Grund. Zudem kommt
uns diese Forderung gelegen.«

»Gelegen? Bist du von Sinnen?« Rumold starrte seinen Sohn
an, als habe er einen Schwachsinnigen vor sich.

Tobias lächelte. »Klara vermisst unsere beiden Schätze gewiss sehr und wünscht sich wohl, sie eine Zeitlang um sich zu haben. Uns hilft es, weil damit für Kuni und Liese die Arbeit weniger wird, da sie sich nicht auch noch um die Kinder kümmern müssen.«

»Das schon, aber ...«, begann Rumold, wurde aber von seinem Sohn unterbrochen.

»Es wird gewiss alles gut!«

»Wir hätten damals, als du erfahren hast, wo Klara zu finden ist, sie befreien und dieses Land heimlich verlassen sollen. Die Wilden in Amerika können gewiss nicht schlimmer sein als die Fürsten hier und ihre Speichellecker«, stieß Rumold erbittert hervor.

Zwar dachte Tobias das Gleiche wie sein Vater, doch er wusste auch, dass eine solche Entscheidung mit Bedacht getroffen werden musste. Es brachte wenig, Hals über Kopf ein paar Dinge einzupacken und damit zu verschwinden. Auch jenseits des Ozeans wuchsen die gebratenen Tauben nicht an den Bäumen, und derjenige, in dessen Taschen etliche Taler steckten, kam dort mit Gewissheit besser zurecht als ein armer Schlucker, der sich einem Fremden für Lohn und Brot verdingen musste.

Tobias stand auf und nickte, als müsse er einen Entschluss bestätigen. »Klara hat mich aufgefordert, eine gewisse Menge an Latwerge sowie andere Heilmittel zu ihr zu bringen. Darunter soll auch unsere wirksame Sulfursalbe gegen Hautkrankheiten sein. Ich werde ihr die Sachen selbst bringen und die Kinder mitnehmen.«

Sein Vater schüttelte ungehalten den Kopf. »Wenn sie die Kinder in Friedrichsthal haben wollen, sollen sie gefälligst Pferd und Wagen schicken!«

»Ich halte es für besser, wenn ich gehe. Martin ist groß genug, um die Strecke bis Friedrichsthal zu schaffen, und Lena werde ich von Zeit zu Zeit tragen.« Tobias zeigte deutlich, dass er seinen Entschluss nicht mehr umstoßen würde. Dennoch gab sein Vater keine Ruhe.

»Du willst die Kleine tragen, zusätzlich zu dem, was du sonst mitnehmen musst? Das kannst du nicht bewältigen. Lena ist im letzten Jahr ganz schön gewachsen und hat an Gewicht zugelegt.«

»Wenn ich einen Vorschlag machen darf«, mischte sich da Kuni in das Gespräch mit ein. »Wenn Ihr, Herr Just, und Frau Martha wieder zu uns ziehen und das eigene Haus für die Zeit von Herrn Tobias' Abwesenheit verschließen würdet, schaffe ich die Arbeit hier schon allein. Dann kann Liese mit Herrn Tobias ziehen, auf die Kinder achtgeben und die Kleine tragen. Sie könnte vielleicht sogar bei Frau Klara bleiben, denn die Herrin braucht gewiss jemanden, auf den sie sich verlassen kann.«

»Uns fehlt jetzt schon eine Magd!«, widersprach Rumold.

»Eine neue Magd einzustellen, vermag dieser elende Frahm uns vielleicht zu erschweren. Aber er wird nichts dagegen tun können, wenn ich Lieses kleine Schwester zu mir hole. Das Mädchen ist zwar erst zehn, aber schon sehr anstellig und kann mir bei leichteren Arbeiten zur Hand gehen.«

Kuni lächelte, denn wenn es gutging, konnte sie nach Klaras Rückkehr Liese als Magd bei Rumold Just und Martha unterbringen und deren Schwester als Helferin behalten.

Tobias überlegte kurz und nickte. »Dann machen wir es so! Ich breche auf, sobald du mit deiner Schwester gesprochen hast und sie einverstanden ist, das Mädchen unter deine Fittiche zu stecken.«

»Was sie gewiss tun wird!«, erklärte Kuni und hatte damit das letzte Wort.

Der erste gemeinsame Ausritt endete nicht in der Katastrophe, die Klara befürchtet hatte. Weder fiel sie vom Pferd, noch ging die Stute mit ihr durch. Auch Friedrich machte sich passabel. Sein Vater hatte ihn, kaum dass er laufen konnte, bereits in den Sattel gesetzt. Wohl hatte er in den letzten zwei Jahren nicht mehr auf einem Pferd gesessen, erinnerte sich nun aber wieder an das Gelernte und musste von Prinz Christian in seinem Übermut gebremst werden.

»Euer Erlaucht sollten beachten, dass Ihre Erlaucht verboten hat, die Grenzen des Parks zu überschreiten«, mahnte er, als der Junge vorschlug, zum Marktort zu reiten.

»Wieso kann meine Großmutter mir Befehle erteilen, wo ich doch der Reichsgraf bin?«, protestierte Friedrich enttäuscht.

»Wie Euer Erlaucht wissen, stehen Euer Erlaucht noch unter der Vormundschaft Eurer Frau Mutter«, erklärte ihm Klara.

»Ja, meiner Mutter, aber nicht meiner Großmutter!«

»Eure Großmutter spricht für den Regentschaftsrat, und für diesen ist Eure Sicherheit oberstes Gebot.« Prinz Christian klang freundlich, aber fest entschlossen, den Jungen von allem abzuhalten, was bei seiner Mutter und Großmutter Anstoß erregen konnte.

Seufzend sah Friedrich ihn an. »Ihr seid gewiss sehr froh, erwachsen zu sein und nicht mehr unter Vormundschaft zu stehen?«

»Nicht nur als Kind, sondern auch als Erwachsener muss man mit Einschränkungen leben«, erwiderte der Prinz. »Das werdet Ihr im Lauf der Zeit selbst erfahren. So dürft Ihr nur eine Frau aus mindestens gleichrangigem Haus als Gemahlin heimführen, da Kinder mit einer Braut aus niedrigerem Adel oder gar dem Bürgertum das Anrecht auf das Erbe verlieren.«

Ans Heiraten dachte Friedrich mit seinen neun Jahren nicht, und so lachte er über diese Worte. »Müsst Ihr ebenfalls ein Weib nehmen, das man Euch zuführt?«

Klara räusperte sich tadelnd, da dies gewiss kein Thema war, das Mutter und Großmutter des Jungen guthießen. Bevor sie jedoch etwas sagen konnte, hob Prinz Christian beschwichtigend die Hand.

»In gewisser Weise hat Friedrich recht. In adligen Familien heiratet man die Braut, die einem von den Eltern oder anderen Verwandten vorgestellt wird. So schlimm, wie es sich anhört, ist dies jedoch nicht.«

»Ihr meint, wegen der Mätressen?«, fragte der Junge. Zwar wusste er nicht genau, welche Rolle diese spielten, hatte aber gehört, dass es sie gab und manchmal sogar wichtige Personen waren.

»Die stehen auf einem anderen Blatt, das wir heute wirklich nicht beachten sollten«, erwiderte Prinz Christian und vermied so eine direkte Antwort. »Es ist so, dass die Damen, die für Euch, für mich und für andere Mitglieder feudaler Häuser in Frage kommen, dazu erzogen worden sind, Männer wie uns zu heiraten. Sie wissen daher genau, was sie erwartet und wie sie sich zu benehmen haben.«

»Das ist auch gut so, denn eine Frau, die sich nicht zu benehmen weiß, würde ich niemals heiraten«, sagte der Junge ernsthaft.

Klara fand das Gespräch ein wenig seltsam, war aber nicht böse darüber, denn es hinderte den Prinzen und Friedrich daran, schneller zu reiten, so dass sie gut mitkam und ihre Aufgabe als Wächterin des Jungen erfüllen konnte.

3.

Klara und ihre beiden Begleiter waren wieder auf dem Heimweg, als sich ihnen eine Reiterin anschloss. Es handelte sich um Geraldina von Trenzen, die es bisher vorgezogen hatte, in einer Equipage gefahren zu werden, statt selbst im Sattel zu sitzen. Sie trug ein leuchtend blaues Reitkleid mit rötlichen Säumen, die ihre Steigbügel und Füße völlig verbargen, und hatte sich gegen die Sonne mit einem hohen Hut geschützt, dessen Krempe hinten schmal, vorne aber breit war.

»Euer Erlaucht, Euer Durchlaucht«, grüßte sie Friedrich und den Prinzen und neigte leicht den Kopf.

»Frau von Trenzen! Welche Freude, Euch im Sattel anzutreffen«, antwortete Prinz Christian mit einer gewissen Distanz.

Geraldina achtete nicht auf seine ablehnende Haltung, denn sie war immer noch der Meinung, für sie wäre es ein Leichtes, den Prinzen zu verführen. Sie hatte sich schon mehrfach gefragt, wie er als Liebhaber sein würde. War er so wild und leidenschaftlich wie Conte Tomassini oder eher so lahm wie ihr Ehemann, der die ehelichen Pflichten wirklich als solche anzusehen schien? Wären ihre weiblichsten Teile aus Gold, dachte sie, würde ihr Gemahl wohl anders vorgehen, denn sein Bestreben galt mehr der Vermehrung seines Reichtums als der Befriedigung seiner Lust.

»Ich habe zu spät gesehen, dass Seine Erlaucht mit Euch ausgeritten ist, sonst hätte ich mich Euch eher angeschlossen«, sagte sie mit lockender Stimme zu dem Prinzen. »Ihr werdet mir hoffentlich gestatten, Euch bei Eurem nächsten Ausritt zu begleiten?«

Es gab keinen Grund, der dagegensprach, auch wenn es Prinz Christian wenig gefiel, die Dame so nahe bei Friedrich zu wissen. Er nahm sich deshalb vor, genau auf sie zu achten und zu verhindern, dass sie den Jungen zu riskanten Manövern verführte.

»Es wird Seiner Erlaucht und mir eine Ehre sein«, sagte er und lenkte sein Pferd auf die Ställe zu.

Klara und Friedrich folgten ihm, während Geraldina von Trenzen ihre Stute herumzog und in Richtung des verborgenen Pavillons trabte. Tomassini hatte ihr versprochen, dort eine Nachricht für sie zu hinterlassen. Ein wenig hoffte sie, ihn selbst anzutreffen und das erfüllende Schäferstündchen, das sie mit ihm erlebt hatte, wiederholen zu können.

Beim Pavillon wartete jedoch nicht der Genuese auf sie, sondern ein schmieriger Kerl in abgerissenen Kleidern, der sich an den Wachen hatte vorbeischleichen können. Der Mann zog sie mit seinen Blicken förmlich aus und grinste breit. Bei seinem Anblick rümpfte Geraldina von Trenzen die Nase und fasste die Zügel ihrer Stute fester, um notfalls rasch fliehen zu können. Als der Kerl näher kam, hob sie in unbewusster Abwehr die Reitgerte.

»Ich soll der Madame einen Gruß von einem gemeinsamen Freund ausrichten. Sorgt dafür, dass der Schlossbengel und sein Gast in vier Tagen dort hinten am Waldrand vorbeireiten«, sagte er in einem so starken Dialekt, dass Geraldina ihn kaum verstand.

»Wie soll ich das bewerkstelligen?«, fragte sie, als sie es endlich begriffen hatte.

»Madame werden gewiss etwas einfallen«, meinte der Kerl spöttisch und musterte sie erneut mit einem gierigen Blick.

Im Wald waren Frauen selten, und wenn man eine bekam, war sie genauso schmutzig und stank nicht weniger als man selbst. Die Edeldame hingegen wirkte wie eine Verlockung, und es zwickte den Mann, sie vom Pferd zu holen und im Pavillon einmal richtig durchzuziehen. Es würde ihr kaum helfen, um Hilfe zu schreien, denn dafür war das Schloss zu weit entfernt.

Der Gedanke an seinen Hauptmann, der auf das Geld lauerte, welches jener Fremde ihnen versprochen hatte, ernüchterte den Räuber jedoch. Wenn er der Dame Gewalt antat, würde sie ihn und seine Kameraden an die Landreiter der Reichsgrafschaft verraten. Es waren zwar nur wenige Mann, aber gut bewaffnet, und es gab genug Leute, die ihnen helfen würden, ihr Lager aufzuspüren und sie zu fangen.

»Madame haben es gehört! Der Bengel und der Prinz sollen spätestens in vier Tagen dorthin reiten. Und nun Adjö!« Er wandte sich um und ließ Geraldina von Trenzen einfach stehen.

Diese starrte ihm nach und hieb mit ihrer Reitgerte durch die Luft. Wer war sie, dass sie von so einem Lumpen Befehle entgegennehmen musste?, dachte sie höchst verärgert. Sie beruhigte sich jedoch rasch wieder. Wie es aussah, wollte Conte Tomassini die Angelegenheit rasch beenden. Dies hieß aber auch, dass ihr Mann und sie die erhoffte Belohnung bald in Händen halten würden. Dafür war sie sogar bereit, mit einem so üblen Subjekt wie diesem Kerl ein paar Worte zu wechseln.

4.

Während Geraldina von Trenzen überlegte, wie sie Friedrich und Prinz Christian dazu überreden konnte, zu der von dem Räuber genannten Stelle zu reiten, reichten die Pläne ihrer Konkurrentin Juliana von Ziegenweida bereits weiter. Sie hatte sich tagelang den Kopf zerbrochen, wie sie Friedrichs Ableben beschleunigen konnte, ohne zu einem Ergebnis zu gelangen. An diesem Tag aber sah sie Gusti aus der Küche kommen. Das Mädchen trug ein Tablett mit einem Gugelhupf, der nach Klaras Rezept gebacken worden war.

Friedrich mochte diesen Kuchen, während Fräulein Juliana ihn schrecklich fand, da er trocken und nur wenig süß war. Man sollte ihn wenigstens mit ein wenig Wein tränken, dachte sie. Mit einem Mal traf es sie wie ein Blitz. In ihrem Zimmer waren immer noch die beiden Flaschen mit den Giften versteckt, mit denen sie Stratmann getötet hatte. Wenn es ihr gelang, das Zeug auf den Kuchen zu träufeln, würde der Knabe sterben und diese Kräuterfrau als Schuldige gelten, weil Friedrich der Tod durch deren Kuchen ereilt hatte. Da Klara Just von Prinz Christian mit besonderer Gunst bedacht wurde, würde dieser unweigerlich in den Verdacht geraten, diese Tat angestiftet zu haben.

Fräulein Juliana tat so, als wolle sie in den Korridoren des Schlosses lustwandeln, folgte aber unauffällig der Dienerin. Dieser wurde die Tür zu Friedrichs Gemächern geöffnet, doch als sie eintrat, klang Manfreds Stimme auf.

»Seine Erlaucht ist noch nicht von seinem Ausritt zurückgekehrt. Stell den Kuchen derweil in die Kammer, in der Hildchen liegt. Ich werde ihn später holen.«

Juliana von Ziegenweida hatte genug gehört und kehrte in ihr Zimmer zurück. Ein wenig zögerte sie noch, dann holte sie die Giftflaschen heraus, versteckte sie in dem Täschchen in ihrem Rock und trat durch die Terrassentür ins Freie. Ein Blick zeigte ihr zweierlei. Zum einen hielt sich niemand im Park auf, zum anderen stand eine Terrassentür zu Friedrichs Gemächern offen. Um nicht aufzufallen, schlug sie einen Bogen durch den Park und näherte sich wie in Gedanken der einen Terrassentür.

Sie hatte Glück, niemand begegnete ihr, und in dem Zimmer hinter der Terrassentür hielt sich kein Mensch auf. Eine bessere Gelegenheit werde ich nicht finden, dachte Fräulein Juliana und trat ein. In einer der nebenan liegenden Kammern hörte sie jemanden rumoren. Es musste Gabi sein, da sie deren leises Singen vernahm.

»Das wird dir bald vergehen, wenn der alte Drachen nach Schuldigen sucht, die er bestrafen kann«, flüsterte sie boshaft und äugte durch die offene Tür in den Vorraum. Auch dort war niemand.

Nur Augenblicke später huschte Juliana in die Kammer, in der Klara mit ihrer Tochter schlief, und schloss die Tür hinter sich. In der Wiege am anderen Ende der Kammer schlummerte das Kind, und auf einem kleinen Tisch in der Mitte stand der Gugelhupf. Um ganz sicherzugehen, dass ihr Anschlag auch gelang, holte sie beide Flaschen hervor, zog die Stopfen und träufelte das Gift vorsichtig auf den Kuchen. Wenn mehr Leute davon aßen, würde nicht nur der Junge sterben, dachte sie und empfand für einen Augenblick ein eigenartiges Ziehen in ihrem Herzen. Auch wenn sie Stratmann getötet hatte, damit er sie nicht verraten konnte, und nun den kleinen Reichsgrafen beseitigen wollte, so war sie doch nicht zur Mörderin geboren.

Sie kämpfte den Anflug schlechten Gewissens nieder und vollendete ihr Werk. Bislang war alles gutgegangen. Als sie jedoch die Kammer verließ, stand plötzlich Gusti vor ihr.

»Was tut Ihr hier?«, fragte die junge Dienerin erstaunt.

Juliana durchlief der Schreck wie ein Fieber. Wenn Friedrich von dem Kuchen aß und starb, würde Gusti aussagen, sie hier gesehen zu haben. Es gab keine Ausrede, die ihr dann noch helfen konnte. Kurzentschlossen packte sie das Mädchen, zerrte es in die Kammer und stieß es zu Boden.

Da Gusti viel zu verdattert war, um sich zur Wehr setzen zu können, gelang es Fräulein Juliana, sich auf deren Oberkörper zu setzen und die Arme mit ihren Knien auf den Boden zu pressen.

Die junge Dienerin stöhnte vor Schmerz. Schreien konnte sie nicht, weil Juliana ihr mit einer Hand den Mund zuhielt, während sie mit der anderen eine der Flaschen hervorholte. Den

Stopfen musste sie mit den Zähnen herausziehen, und dabei starb sie fast vor Angst, sich selbst zu vergiften. Endlich war es geschafft. Sie zwang Gusti, den Mund zu öffnen, und goss ihr das Gift in den Schlund.

Gusti begriff, dass es um ihr Leben ging, und bäumte sich gegen ihre Peinigerin auf. Sie war kleiner als Fräulein Juliana, durch die Arbeit im Schloss aber recht kräftig. Es gelang ihr, einen Arm freizubekommen und ihrer Angreiferin ins Gesicht zu schlagen. Gleichzeitig versuchte sie, die Flüssigkeit auszuspucken, schluckte aber unwillkürlich und spürte, wie es in ihrem Magen zu brennen begann. Ihre Kraft erlahmte, und Juliana errang wieder die Oberhand.

Als Gusti nur noch zuckte, stand das Edelfräulein auf und sah verächtlich auf die Sterbende herab. »Auch du wirst mich auf meinem Weg nicht aufhalten!«

Ihr war bewusst, dass sie Gusti nicht einfach hier liegen lassen durfte, wenn der Anschlag gegen Friedrich gelingen sollte. Sie sah sich suchend um und überlegte, wo sie die Dienerin verstecken konnte. Hier in diesem Zimmer gab es keine Gelegenheit dazu, und so trat sie angespannt zur Tür. Sie lauschte, ob sie jemanden draußen hörte, und öffnete vorsichtig die Tür. Das Vorzimmer war leer. Aus einer anderen Kammer klang noch immer Gabis Lied. Von Manfred war nichts zu hören und zu sehen.

»Mein Gott, lass mich Glück haben«, betete sie. »Ich hätte doch auf eine bessere Gelegenheit warten sollen!«, schalt sie sich selbst. Nun war es zu spät. Der Kuchen war vergiftet und Gusti so gut wie tot. Entschlossen schleifte sie den schlaffen Körper der jungen Magd aus dem Zimmer und wollte die Tür schließen. Da bäumte sich die Dienerin noch einmal auf und stieß im Reflex mit dem Fuß so gegen die Tür, dass diese laut gegen die Wand schlug. In Julianas Ohren hörte es sich an wie ein Donnerschlag, und sie erstarrte.

Augenblicke später schoss Gabi aus der anderen Kammer, sah die am Boden liegende Gusti und das verzerrte Gesicht der Edeldame und begann kreischend zu schreien.

Die Zugangstür wurde aufgerissen, und die beiden davorstehenden Wachen stürmten herein. »Was ist los?«, fragte einer.

Gabi wies mit zitternder Hand auf Juliana von Ziegenweida. »Sie ist aus Klaras Kammer gekommen und hat Gusti hinter sich hergezogen!«

Fräulein Juliana schossen ein Dutzend Ausreden durch den Kopf, doch sie wusste, dass keine einzige helfen würde. Es war vorbei.

Es schmerzte, so knapp vor dem Sieg zu scheitern. Hätte sie vorhin besser achtgegeben, hätte sie Friedrichs Gemächer ungesehen verlassen und zusehen können, wie der reichsgräfliche Knabe an dem vergifteten Kuchen zugrunde ging. So aber war sie Gusti förmlich in die Arme gelaufen.

Mit Schaudern dachte Juliana daran, was sie erwartete. Die alte Reichsgräfin hatte bereits angedroht, den Scharfrichter aus Erfurt holen zu lassen, um diejenigen, die ihrem Enkel übelwollten, der gerechten Strafe zuzuführen. Sie wollte aber nicht auf der Streckbank geschunden und mit glühenden Zangen gezwickt und ebenso wenig von rüden Knechten geschändet werden, wie es weiblichen Gefangenen erging, deren Todesurteil bereits feststand.

Mit einem Schrei, der nichts Menschliches mehr an sich hatte, ließ sie Gusti los und tat so, als wolle sie an den Wachen vorbei fliehen. Während diese zur Eingangstür zurückwichen, um ihr den Weg zu verlegen, drehte sie sich um, rannte in das Zimmer mit dem Säugling zurück und schlug die Tür zu. Bevor die anderen herankamen, hatte sie den Riegel vorgeschoben.

Die Männer hämmerten mit den Fäusten gegen die Tür, und sie hörte Gabis verzweifelte Erklärung, dass sich Hilde in dem Raum befände. Mit dem Gedanken, dass es dieser Kräuterfrau aus Königsee recht geschähe, wenn das Kind starb, wandte Juliana sich der Wiege zu. Als sie jedoch die schlafende Kleine vor sich sah, stockte ihre Hand. Sie hatte Stratmann und Gusti umgebracht, um vor Verrat sicher zu sein. Es war jedoch etwas anderes, diesem unschuldigen Wesen Gewalt anzutun.

Mit Tränen in den Augen kehrte Fräulein Juliana dem Kind den Rücken zu und trat zum Tisch. Draußen wurde der Lärm stärker, und die Tür erbebte unter harten Schlägen. Mir bleibt nicht mehr viel Zeit, dachte sie und holte ihre Flaschen hervor. Die, mit deren Inhalt sie Gusti getötet hatte, war leer. Auch in der anderen befanden sich nur mehr wenige Tropfen. Verzweifelt brach sie ein Stück von dem vergifteten Gugelhupf ab. Als sie es in den Mund steckte und darauf herumkaute, hätte sie sich einen Schluck Wein gewünscht, um es besser schlucken zu können. So blieb ihr nichts anderes übrig, als es mit Todesverachtung hinunterzuwürgen.

Die Tür gab nach, und sie sah neben den beiden Wachen auch Manfred und mehrere Diener hereinstürmen. »Ihr kommt zu spät!«, rief sie mit einem schrillen Lachen, brach das nächste Stück Kuchen ab und verschlang es, so schnell sie konnte.

Gabi schoss an ihr vorbei zur Wiege und riss Hilde heraus. Als die Kleine, empört über den rauhen Griff, zu greinen begann, atmete Gabi auf, legte sie wieder hin und stellte sich wie eine Henne, die ihr Küken gegen einen Habicht verteidigen will, vor die Wiege.

Unterdessen hatte Manfred Juliana von Ziegenweida gepackt und schleifte sie zur Tür. Sie lachte kurz und begann dann mit kreischender Stimme zu schreien.

»Es ist vorbei! Dabei hätte es so schön sein können.«

»Was, das Morden und Vergiften?«, fragte Manfred bissig.

»Von so etwas versteht ein Mann deines Standes nichts«, spottete Juliana und lachte erneut. Sie verstummte schlagartig und griff sich an den Magen. »Es tut auf einmal so weh!«, jammerte sie.

Manfred überließ sie den Wachen und trat zu Gusti. Deren starres Gesicht sagte ihm alles. Die kleine Dienerin, die gerade einmal das zehnte Jahr vollendet hatte, war tot.

»Der Teufel soll dich holen!«, fuhr er Fräulein Juliana an.

Diese wand sich unterdessen vor Schmerz und begann, grauenhaft zu schreien.

»Bringt sie weg!«, flehte Gabi, die Hilde eben einer genauen Untersuchung unterzog. Wie es aussah, fehlte der Kleinen nichts.

»Dem Himmel sei Dank! Ich hätte Frau Klara nicht mehr unter die Augen treten können«, stieß sie erleichtert aus und wiegte Hilde, damit sie sich beruhigte.

»Was sollen wir mit Fräulein von Ziegenweida tun?«, fragte eine der Leibwachen unsicher.

»Bringt sie in den Keller, in dem auch Stratmann eingesperrt war, und bewacht sie dort«, wies Manfred sie an.

In dem Augenblick wurde die Türe aufgerissen, und Klara stürmte herein. Sie war eben zu Anna Sybilla gerufen worden, weil diese sich unwohl fühlte, und hatte gerade erst erfahren, dass sich in Friedrichs Gemächern etwas Schlimmes ereignet haben musste.

»Was ist geschehen?«, fragte sie besorgt.

Gabi reichte ihr Hilde, die, von den Schmerzensschreien des Edelfräuleins angestachelt, diese zu übertönen versuchte. »Die Ziegenweida wollte wohl den Napfkuchen für Seine Erlaucht vergiften. Dabei muss Gusti sie überrascht haben und wurde von ihr umgebracht. Unserer Süßen ist aber nichts passiert!«

»Bei Gott, Gusti ist tot? Sie war doch selbst noch ein Kind!« Klara wischte sich über die Augen. Betroffen von der Nachricht, legte sie Hilde aufs Bett und zog sie aus. Die Windel war voll und musste gewechselt werden.

»Übernimm du das!«, bat sie Gabi und holte mehrere ihrer Heilmittel, um Hilde ein wenig davon einzuflößen. Es wurde ein Kampf, da die Kleine das teilweise bittere Zeug immer wieder ausspuckte. Schließlich aber war es geschafft. Um ihre Tochter zu beruhigen, bot Klara ihr die Brust und sah erleichtert, wie Hilde nach kurzem Zögern nach der Brustwarze schnappte und hungrig zu saugen begann.

5.

Jn kurzer Folge erschienen Henrietta Augusta, Friedrich, Prinz Christian und Anna Sybilla. Als die alte Reichsgräfin hörte, was geschehen war, wurde ihr Gesicht grau.

»Bei Gott, ist das Leben eines Menschen weniger wert als der Ehrgeiz eines anderen?«, fragte sie und blickte Gabi an. »Du hast Fräulein von Ziegenweida bei ihrem schändlichen Tun überrascht?«

»Eigentlich war es Gusti. Ich habe einen Knall gehört und bin aus der Wäschestube gekommen. Da habe ich das Fräulein gesehen, wie es die arme Gusti aus Klaras Zimmer geschleift hat. Mein Gott, warum musste ausgerechnet Gusti es sein? Sie war ein so liebes Ding! Mit mir wäre Fräulein von Ziegenweida gewiss nicht fertiggeworden.«

»Schon gut«, sagte Henrietta Augusta und legte den Arm um Friedrich. »Möge Gott es geben, dass damit die Gefahr für dein Leben vorüber ist.«

»Warum hat sie das getan?«, fragte der Junge verständnislos. »Sie hatte doch hier ein gutes Leben und musste nie so hart arbeiten, wie Gabi oder Klara es tun müssen.«

»Gusti wird nie mehr arbeiten!« Nachdem Hilde sich beruhigt hatte und nun wieder in ihrer Wiege lag, war Klara zu der Magd getreten. Sie hatte gehofft, ihr vielleicht noch helfen zu können, doch es war zu spät.

»Dafür soll die Ziegenweida hängen!«, rief Friedrich voller Zorn und Trauer.

»Das, Euer Erlaucht, wird wohl nicht mehr möglich sein!«, antwortete Manfred. »Sie hat von dem Kuchen gegessen, den sie vergiftet hat, und war bereits vorhin, als die Wachen sie in den Kerker gebracht haben, halb im Jenseits.«

»Seht nach ihr! Vielleicht könnt Ihr sie am Leben erhalten«, forderte Henrietta Augusta Klara auf.

Klara sah kurz zu ihrer Tochter, die zufrieden glucksend die Fäustchen ballte, und machte sich auf den Weg.

Man hatte Juliana von Ziegenweida in denselben Kellerraum gesperrt wie damals den Arzt Stratmann. Hatte dieser noch mit der Hoffnung leben können, entweder von Heinrich von Trenzen oder Fräulein von Ziegenweida gerettet zu werden, war es diesmal anders. Die junge Frau lag zitternd und mit verzerrter Miene auf der Pritsche, hatte die Zähne fest zusammengebissen und stöhnte vor Schmerz. Sie bekam nicht einmal mehr mit, dass Klara sie berührte.

Diese tastete ihren Körper ab und fand die Bauch- und Leistengegend völlig verkrampft. »Ich will versuchen, sie zum Erbrechen zu bringen. Sieh zu, dass du die Kiefer auseinanderzwängen kannst«, sagte sie zu dem Wächter, der sie begleitet hatte.

Der Mann zog seinen Dolch und suchte nach einer Lücke in Julianas Zahnreihen, um die Klinge als Hebel benützen zu können. Als dies nicht gelang, stemmte er den Ballen der rechten Hand gegen Fräulein Julianas Kinn. Schließlich schüttelte er den Kopf.

»Ich müsste ihr den Kiefer brechen, damit sie den Mund aufmacht.«

Klara schüttelte es bei dem Gedanken, und sie versuchte, der jungen Dame trotzdem ein Brechmittel einzuflößen. Die Flüssigkeit rann jedoch wirkungslos aus deren Mundwinkel heraus.

»Das wird nichts«, meinte der Wächter. »Das Weibsstück ist nicht mehr bei Sinnen. Ich glaube nicht, dass sie den Abend noch erlebt.«

»Ich auch nicht«, sagte Klara, die sich zunehmend hilflos fühlte. Erneut hatte es einen Anschlag gegen Friedrich gegeben, und diesmal war ihre Tochter mit in Gefahr geraten. Dennoch tat sie alles, um Juliana zu helfen. Sie begriff rasch, dass ihre Mittel dafür nicht ausreichten, denn das Gift wütete bereits im Leib der Frau. Juliana hatte Gusti mit einem kräftigen Schluck Gift recht schnell getötet. Die Menge, die sie selbst mit dem Kuchen zu sich genommen hatte, war um einiges geringer. Es reichte zwar aus, um ihr den Tod zu bringen, aber es wurde ein elendes Sterben.

Nach einer Weile wälzte Juliana von Ziegenweida sich so laut schreiend auf der Pritsche, dass Klara es nicht mehr ertragen konnte und ebenso wie der Wächter die Flucht ergriff.

Obwohl nicht zu erwarten war, dass das Edelfräulein noch fliehen konnte, versperrte der Wächter die Tür und deutete zur Treppe. »Ich werde dort bleiben, wenn es genehm ist?«

Da das Geschrei der Sterbenden bis hierher drang, verstand Klara ihn und nickte. »Mach das! Ich werde jetzt den beiden hohen Damen Bericht erstatten und ihnen sagen, dass ich nichts mehr für Fräulein von Ziegenweida tun konnte.«

»Was für ein Luder, unseren Reichsgrafen umbringen zu wollen! Gewiss steckte die Ziegenweida auch hinter dem Anschlag des Arztes. Man hat die beiden mehrmals zusammen gesehen, und sie soll sogar einmal aus seiner Kammer herausgekommen sein, sagt die Hanne«, berichtete der Mann, der erleichtert war, Klara bis zur Treppe folgen zu können.

Dort setzte er sich auf die oberste Stufe und lauschte dem Schreien der Sterbenden, das in gedämpfter Form sogar noch bis hierher drang.

Klara wandte sich Friedrichs Gemächern zu und sah als Erstes nach ihrer Tochter. Die Kleine schlief ruhig. Noch während Klara überlegte, ob sie sich setzen und ein wenig bei Hilde bleiben sollte, wurde die Tür geöffnet, und Gabi kam herein.

»Ihre Durchlaucht und Ihre Erlauchten bitten Euch, zu ihnen zu kommen!«, meldete sie.

Seufzend küsste Klara ihre Tochter auf die Wange und folgte Gabi nach draußen. Diese führte sie in Friedrichs Salon, in dem sich der Junge, seine Mutter, seine Großmutter und Prinz Christian versammelt hatten.

»Wie geht es der Ziegenweida?«, fragte Henrietta Augusta unversöhnlich.

»Sie wird sterben. Es gibt kein Mittel gegen das Gift, daher kann ich ihr nicht mehr helfen.«

»Ein gerechtes Schicksal.« Anna Sybilla klang nicht ganz so rachsüchtig wie ihre Schwiegermutter, doch auch sie trug Juliana von Ziegenweida den Mordversuch an Friedrich nach.

»Seine Durchlaucht, Prinz Christian, hat zusammen mit Manfred die Kammer der Ziegenweida durchsucht und deren Tagebuch gefunden. Vielleicht gibt es uns Auskunft über die Beweggründe dieses Weibes!« Die alte Reichsgräfin sah den Prinzen auffordernd an.

Dieser hob das in rotes Leder gebundene Buch hoch, damit auch Klara es sehen konnte. »Ich habe das Tagebuch bisher nur durchgeblättert, ohne die Einträge zu lesen. Eines ist mir jedoch aufgefallen: Etliche Stellen wurden in einer Geheimschrift verfasst. Fräulein von Ziegenweida wollte anscheinend nicht, dass jemand, der zufällig das Buch entdeckt, diese Texte lesen konnte.«

»Wer kann diese Geheimschrift entziffern?«, fragte Anna Sybilla.

»Ich werde Herrn von Zander bitten, es mit mir zusammen zu versuchen. Er ist ein kluger und erfahrener Mann, und ich habe mich in früheren Jahren mit Geheimschriften befasst. Gemeinsam gelingt es uns vielleicht, das Rätsel dieser Einträge zu lösen.«

Prinz Christian sah Anna Sybilla mit einem sanften Lächeln an. Sie war verwirrt, und er ahnte, dass sie mit dem Leben, das sie führte, nicht zufrieden war. Vielleicht, so überlegte er, gelang es ihm doch, ein wenig der alten Vertrautheit unter der Asche zu finden und neu zu entfachen. Auch wenn sie fülliger geworden war, konnte man sie immer noch als eine schöne Frau bezeichnen. Sie würde ihn glücklich machen, davon war er überzeugt.

»Es ist einfach schrecklich, wie man meinem Sohn nach dem Leben trachtet«, sagte Anna Sybilla seufzend.

»Das ist es fürwahr«, stimmte ihre Schwiegermutter ihr zu. »Doch hoffe ich, dass die Gefahr, nachdem die Ziegenweida entlarvt werden konnte, endlich vorbei ist.«

Prinz Christian kniff kurz die Augenbrauen zusammen und überlegte, ob er von Heinrich von Trenzens Bestrebungen berichten sollte, den Knaben zu beseitigen. Er wollte die Sorgen der beiden Damen jedoch nicht vermehren. Außerdem glaubte er nicht, dass Trenzen nun, da Juliana von Ziegenweida bei einem Mordversuch ihr Leben verloren hatte, noch einen Anschlag wagen würde.

Da jeder seinen Gedanken nachhing, verflachte das Gespräch und wurde erst wieder aufgenommen, als Kornelius von Zander erschien und wissen wollte, was geschehen war. Er hatte Gerüchte erfahren, die nicht so recht zusammenpassen wollten.

Nach einiger Zeit wurde die Tür geöffnet, und Henrietta Augustas Kammerfrau trat ein.

»Die Wache im Kerker hat eben gemeldet, dass Juliana von Ziegenweida vor ihren himmlischen Richter getreten ist.«

»Gott sei ihrer Seele gnädig!«, sagte Prinz Christian, während die beiden Damen schwiegen.

Henrietta Augusta war zu zornig über den Mordversuch an ihrem Enkel, um Mitleid zu zeigen, und Anna Sybilla trug es Fräulein Juliana nach, dass diese sich in ihr Vertrauen geschlichen und es missbraucht hatte. Mit einem verlegenen Blick wandte sie sich Prinz Christian zu. »Ich muss Eure Durchlaucht um Verzeihung für die abweisende Haltung bitten, die ich Euch gegenüber an den Tag gelegt habe. Doch Ihr wurdet von Fräulein von Ziegenweida in übelster Weise verleumdet. Sie hat mir scheinbar unwiderlegbare Beweise genannt, die Euch die Schuld an dem Mordversuch gaben, den der Arzt Stratmann unternommen hat.«

Der Prinz hob beschwichtigend die rechte Hand. »Ich bitte Eure Durchlaucht, Euch nicht das Herz damit zu beschweren. Ich habe Eure Haltung und auch die Eure, hochverehrte Frau Reichsgräfin«, der Prinz neigte den Kopf in Henrietta Augustas Richtung, »voll und ganz verstanden. An Eurer Stelle hätte ich es nicht anders gehalten. Ich versichere Euch jedoch auf Ehre und Gewissen, dass ich Reichsgraf Friedrich niemals nach dem Leben getrachtet habe und es mein höchstes Glück wäre, ihn zu einem stattlichen jungen Herrn aufwachsen zu sehen, der sowohl dem Hause Schwarzburg als auch dem Hause Wettin Ehre macht.«

»Ich werde alles tun, damit es dazu kommt«, erklärte Henrietta Augusta und lächelte Friedrich zu. Danach fand ihr Blick Klara. Ohne diese Frau, dachte sie, wäre der Knabe längst tot, und diejenigen, die dafür verantwortlich wären, hätten für diese

Tat nicht bestraft werden können. Nun aber hoffte sie, dass es ihrem alten Freund Zander und Prinz Christian gelingen würde, Juliana von Ziegenweidas Tagebuch seine Geheimnisse zu entreißen, damit sie endlich erfuhr, wer diese üble Tat in Auftrag gegeben hatte.

6.

Da Juliana von Ziegenweida von eigener Hand gestorben war, wurde ihr ein Grab im Kirchhof des Marktorts verweigert. Nachdem eine Anfrage an einen entfernten Verwandten, ob dieser sich des Leichnams annehmen würde, abschlägig beschieden worden wurde, beschloss Henrietta Augusta, die junge Frau am Waldrand begraben zu lassen. Ein einfaches Holzkreuz kennzeichnete die Stelle, doch die alte Reichsgräfin überlegte, ob sie nicht einen Stein als Mahnmal für alle setzen lassen sollte, Ehrgeiz und Gier nicht über die Menschlichkeit siegen zu lassen.

Anders als ihre Mörderin wurde Gusti feierlich zu Grabe getragen. Henrietta Augusta sah sie als Retterin ihres Enkels an und ließ ihren Eltern eine gewisse Summe zukommen, um ihnen den Verlust der Tochter ein wenig zu erleichtern.

Im Schloss herrschte eine eigenartige Stimmung. Die einen waren wegen Gustis Tod bedrückt, denn das Mädchen war allgemein beliebt gewesen. Jene hingegen, die bis dato Juliana von Ziegenweidas Nähe und Gunst gesucht hatten, erklärten nun wortreich, dass sie diese Frau eigentlich schon immer gehasst hätten.

Klara bemerkte rasch, dass sie von vielen als diejenige betrachtet wurde, die Friedrich gerettet hatte. Ihre Versuche, dieses Verdienst Gabi und auch Gusti zuzuschreiben, fruchteten zwar bei den beiden Reichsgräfinnen, Prinz Christian und Herrn von Zander. Das Gesinde hingegen gab nichts darauf. Die Mägde und Diener wussten um ihre Kenntnisse um Kräuter und Arzneien. Zudem hieß es, sie besäße den alles durchdringenden Blick und habe dadurch das Gift entdeckt, mit dem Friedrich zu Tode hätte kommen sollen.

Als sie an diesem Morgen mit Gabi und Manfred zusammensaß, schüttelte sie nachdenklich den Kopf. »Mit gefällt nicht, wie die Leute über mich reden! Es ist fast, als würden sie mich für eine Hexe halten, und das ist nicht gut.«

»Man hält Euch gewiss nicht für eine Hexe, sondern für eine sehr weise Frau mit besonderen Fähigkeiten«, widersprach Gabi.

»Wo ist da der Unterschied?«, fragte Klara. »Die Leute vergessen, dass nicht ich es war, die gesehen hat, wie Stratmann das Gift in den Krug Seiner Erlaucht getan hat, sondern mein Mann. Auch wurde Juliana von Ziegenweida von Gusti überrascht und nicht von mir.«

»Beides wird aber Euch als Verdienst angerechnet«, erklärte Manfred. »Ich glaube, dass dieses Gerede auch im Sinne Ihrer Erlaucht ist. Diese denkt wohl, wenn jemand von Eurem Ruf in Friedrichsthal weilt, würde niemand mehr es wagen, etwas gegen ihren Enkel zu unternehmen.«

»Dieses Gerede kann mir schaden, wenn ich wieder nach Hause komme.« Klara war verärgert und traurig zugleich. Nun lebte sie bereits seit fünf Monaten in Friedrichsthal, und sie vermisste Tobias, ihre Kinder, Martha und ihren Schwiegervater.

»Das wird es nicht, wenn seine Erlaucht Euch hochlöblichst zu seiner Leibhexe ernennt.« Gabi versuchte, mit dieser Bemerkung Klaras Missstimmung zu vertreiben, doch diese fauchte nur leise und blickte in die Richtung, in der sie Königsee wusste.

»Wenn die Gefahr für Friedrich durch Juliana von Ziegenweidas Tod gebannt ist, bin ich doch hier nicht mehr vonnöten.

Ihr beide wisst gut genug, wie Friedrich betreut werden muss. Die Mutter und die Großmutter des Jungen sind auch klüger geworden und werden nichts mehr tun, was ihm schaden kann. Ich will wieder heim zu den Meinen!«

»Dabei hat Ihre Erlaucht Euch doch aufgefordert, Eure Kinder zu Euch bringen zu lassen«, erinnerte Manfred sie an den Brief, den sie vor etlichen Tagen geschrieben hatte.

»Wäre Tobias dazu bereit, müssten Martin und Lena längst hier sein. Er hat nicht einmal die Heilmittel gebracht, um die ich ihn gebeten habe.«

Während Klara enttäuscht klang, rechnete Manfred aus, wie lange ein Brief nach Königsee benötigte und welche Zeit man für den Weg hierher brauchte. Das Ergebnis verriet ihm, dass Tobias sowohl die Kinder wie auch die Salben und Tinkturen bald bringen würde.

Gabi wechselte das Thema. »Ihr solltet Euch für den heutigen Ausritt vorbereiten, Frau Klara. Seine Erlaucht will wieder zurück sein, bevor es zu warm wird.«

»Ich glaube nicht, dass es sehr warm wird. Immerhin haben wir bald Herbst«, sagte Klara, stand aber auf, um sich umzuziehen.

»Herr und Frau von Trenzen wollen ebenfalls mitkommen«, warf Manfred ein.

»Frau von Trenzen vielleicht! Herr von Trenzen muss heute dem Regentschaftsrat Rede und Antwort stehen. Man macht ihm die hohen Steuern und damit die Unruhe unter den Bewohnern der Reichsgrafschaft zum Vorwurf.«

»Ich wünschte, bei uns in Schwarzburg-Rudolstadt wäre dies auch möglich! Hilfst du mir beim Ankleiden?«

Klara wurmte es, dass sie das Reitkleid, das ihr zur Verfügung gestellt worden war, nicht allein anziehen konnte. Dabei war sie wahrlich keine Frau, die eine Zofe benötigte. Erneut sehnte sie sich zurück in ihr Haus, das nicht weit vom Königseer Rathaus stand. Doch ihre Heimat würde sie, wenn nicht ein Wunder geschah, so schnell nicht wiedersehen.

Gabi folgte ihr, wusste aber noch mehr zu berichten. »Heute müsst Ihr allein mit Seiner Erlaucht und Frau von Trenzen ausreiten, da Prinz Christian aufgefordert worden ist, der Sitzung des Regentschaftsrates beizuwohnen. Es ist möglich, dass Ihre Durchlaucht, Ihre Erlaucht und Herr von Zander beschließen, Heinrich von Trenzen aus dem Regentschaftsrat auszuschließen und dafür Prinz Christian hinzuzurufen.«

Seit das Bauernpaar bis zu Friedrich durchgedrungen war und diesem seine Not geklagt hatte, hatte Klara nichts Neues über die Lage in Schwarzburg-Friedrichsthal gehört. Sie sagte sich aber, dass die beiden Damen und Zander Heinrich von Trenzen zu viel Macht überlassen hatten, die er nicht zum Wohle der Menschen und im Sinne einer geordneten Regierung eingesetzt hatte. Es war jedoch nicht ihre Sache, sich darüber Gedanken zu machen. Herren, die dazu in der Lage waren, setzten sich nun gerne einmal über die allgemeine Wohlfahrt hinweg. Das tat auch ihr eigener Landesherr Friedrich Anton. Um als Fürst etwas zu gelten, gab er Summen aus, die zu Zeiten seiner Vorväter noch undenkbar gewesen wären.

7.

Obwohl es im Zimmer kühl war, begann Heinrich von Trenzen zu schwitzen, denn die Fragen, die Kornelius von Zander ihm stellte, heizten ihm gewaltig ein.

»Nachdem erste Klagen an mein Ohr gedrungen sind, habe ich mich im Marktort und in der Reichsgrafschaft umgehört und dabei erfahren, dass die Steuern in den letzten beiden Jahren um beinahe das Doppelte gestiegen sind – und dies, obwohl keine zusätzlichen Ausgaben im Schloss anstanden!«, erklärte Zander eben mit eisiger Stimme.

»Eine gewisse Erhöhung hätte ich zugestanden, doch eine Verdoppelung ist zu viel«, erklärte Henrietta Augusta empört.

»Nennt uns den Grund für die hohen Steuern!«, forderte deren Schwiegertochter.

Trenzen überlegte verzweifelt, was er antworten sollte. Im festen Glauben, dass Friedrich bald sterben würde, hatte er bereits kurz nach dem Tod von Friedrichs Vater damit begonnen, in die eigene Tasche zu wirtschaften. Nun begriff er, dass er zu voreilig gewesen war und ihm rasch eine Ausrede einfallen musste, wenn er nicht wollte, dass man ihn aus dem Regentschaftsrat verstieß.

»Nun, ich tat es wegen Seiner Erlaucht«, brachte er mühsam hervor.

»Für meinen Enkel? Und weshalb?«, fragte Henrietta Augusta ungläubig.

»Obwohl der Zustand Seiner Erlaucht besorgniserregend war, hoffte ich auf seine Genesung und wollte genug Geld ansammeln, damit er in späteren Jahren so auf Kavalierstour gehen könnte, wie es einem souveränen Herrscher im Heiligen Römischen Reich angemessen ist.«

Trenzen hoffte, die in ihren Enkel vernarrte alte Reichsgräfin würde diesen Grund gelten lassen. Wenn sie es tat, würde auch ihre Schwiegertochter es akzeptieren.

»Weshalb wurden die über die normalen Steuern hinaus eingenommenen Summen nicht explizit in den Büchern eingetragen?«, fragte Kornelius von Zander mit sichtlichem Misstrauen.

»Weil sie, wie ich sagte, nicht für die Hofhaltung, sondern allein für den Zweck einer lehrreichen Reise Seiner Erlaucht zu den wichtigsten Hauptstädten Europas gedacht waren«, log Trenzen.

Wie es aussah, würde er den größten Teil des unterschlagenen Geldes zurückgeben müssen. Dies ärgerte ihn und bestärkte seinen Entschluss, Friedrichs Tod so rasch wie möglich herbeizuführen. Vielleicht geschah es bereits an diesem Tag, dachte er. Wenn es seiner Frau gelang, den Knaben an jene bewusste Stelle am Waldrand zu locken, würde ein gezielter Schuss diesem Problem ein Ende bereiten.

»Ihr hättet sie trotzdem in den Akten vermerken müssen«, erwiderte Kornelius von Zander mit ernster Miene.

Er sah bereits die Gelegenheit gekommen, seinen Konkurrenten aus dem Regentschaftsrat zu verdrängen, und wollte sie nutzen. Es bedarf nur noch eines kleinen Anstoßes dazu, sagte er sich und sah Prinz Christian auffordernd an. Wenn dieser sich gegen Trenzen aussprach, würde es auch Anna Sybilla tun. Henrietta Augusta war auf jeden Fall auf seiner Seite, denn sie hatte Heinrich von Trenzen noch nie vertraut.

Die alte Reichsgräfin musterte ebenfalls den Prinzen. Aus Gesprächen mit ihm wusste sie, dass er in merkantilen Dingen beschlagen war und zudem unehrliche Menschen verachtete. Nur ein Satz von ihm, und ihre Schwiegertochter würde ihre Hand von ihrem Günstling abziehen.

Doch Prinz Christian schwieg zunächst. Er hätte den beiden Damen und von Zander am liebsten geraten, Heinrich von Trenzen nicht nur als Mitglied des Regentschaftsrates abzusetzen, sondern ihn auch gleich einzusperren, um zu verhindern, dass er mit dem ergaunerten Geld das Weite suchte. Dagegen sprach jedoch ein sehr wichtiger Punkt. Er wusste nicht, wie weit die Verschwörung ging, die sein einstiger Höfling Tomassini angezettelt hatte. Auch wenn Trenzen wohl nicht in das ganze Ausmaß dieser Aktionen eingeweiht war, so konnte dieser ihm wertvolle Informationen liefern. Wenn er sich nun offen gegen Trenzen stellte, würde dieser ihn als Feind ansehen und seine Pläne heimlich weiterbetreiben. Daher hielt er es für klüger, so zu tun, als glaubte er ihm, um sein Vertrauen zu gewinnen. Nur so würde er sich in die Lage versetzen können, einen weiteren Anschlag auf Friedrich zu verhindern.

»Nun ...«, begann er zögernd, »die Steuern sind gewiss sehr hoch, doch habe ich mir sagen lassen, dass sie anderswo noch höher sind. Auch vertraue ich Herrn von Trenzens Ehrenwort, dass die eingenommene Summe für die Ausbildung und die Kavaliersreise Seiner Erlaucht verwendet werden soll.«

Während von Zander glaubte, nicht richtig zu hören, atmete Trenzen auf.

»Genauso ist es!«, rief er. »Ich schwöre bei meiner ewigen Seligkeit, dass jeder Groschen, der auf diese Weise eingenommen worden ist, zum Wohle Seiner Erlaucht verwendet werden sollte. Es mag sein, dass ich die Steuern in meinem Eifer etwas hoch ansetzen ließ, doch sobald ein gewisser Grundstock geschaffen worden ist, kann die nächste Steuerschätzung niedriger angesetzt werden.«

»Das ist das Wort eines wahren Edelmanns!«, rief Prinz Christian scheinbar begeistert, während von Zander sich fragte, ob er sich in der Einschätzung von dessen Charakter so sehr geirrt haben konnte.

»Prinz Christian spricht mir aus der Seele«, erklärte Anna Sybilla, da sie nach Juliana von Ziegenweida mit Geraldina von Trenzen nicht auch noch ihre zweite Vertraute verlieren wollte. Das aber würde unweigerlich geschehen, wenn sie deren Mann in Unehren entließ.

Kornelius von Zander ballte in hilflosem Zorn die Fäuste. Solange Friedrichs Mutter sich für Trenzen aussprach, war es unmöglich, diesen zu stürzen. Dabei hatte er geplant, Prinz Christian an dessen Stelle in den Regentschaftsrat wählen zu lassen. Das hatte dieser durch eigene Dummheit verhindert. Nun blieb ihm nur noch eines, um nicht als Verlierer dazustehen.

»Ich stelle den Antrag, die Steuerlisten genau zu prüfen und Herrn von Trenzen auf jede unklare Eintragung anzusprechen. Auch soll das auf diese Weise eingenommene Geld in Verwahrung Ihrer Erlaucht gegeben werden.« Zander sah Anna Sybilla auffordernd an. Wenn sie kein dummes Huhn war, musste sie wenigstens diesem Antrag zustimmen.

Henrietta Augusta stellte sich sofort auf seine Seite. »Das ist auch mein Wunsch. Herr von Trenzen mag aus lauteren Gründen gehandelt haben, doch ist seine Führung der Rechnungsbücher nicht so, wie ich sie gerne sehen würde.«

Sie machte kaum Hehl daraus, dass sie Trenzen bis zum Äußersten misstraute. Ihre Schwiegertochter hingegen hoffte, sie würde sich irren. Trenzen hatte sich nach dem Tod ihres Gemahls bereit erklärt, das Land für sie und ihren Sohn zu verwalten, und sie hatte bislang nicht darüber klagen müssen.

»Wir sollten dieses Thema bei der nächsten Sitzung des Regentschaftsrates noch einmal auf die Tagesordnung setzen und Herrn von Trenzen bitten, uns die ganze Angelegenheit von Grund auf zu erläutern«, sagte sie schwächlich und fächelte sich mit der Rechten Luft zu. »Ich fühle eine leichte Beklemmung und wünsche, mich zurückzuziehen!«

Damit war die Sitzung des Regentschaftsrates beendet.

Trenzen atmete auf, wusste aber auch, dass rasches Handeln vonnöten war, wenn er nicht in Teufels Küche gelangen wollte. Am besten wäre es wirklich, wenn der Knabe noch am gleichen Tag sterben würde, dachte er, während er sich vor Anna Sybilla verbeugte und ihr schmeichlerisch für ihr Vertrauen dankte.

»Enttäuscht mich nicht!«, antwortete sie nur und verließ den Raum.

8.

In der Zeit, in der Heinrich von Trenzen um seinen Verbleib im Regentschaftsrat kämpfte, ritt seine Frau mit Klara und Friedrich aus. Sie war keine gute Reiterin und überließ es daher Klara, den Übermut des Knaben zu zügeln. Dieser äugte immer wieder zum Wald hinüber und sprach Klara schließlich an. »Ich wünsche, dorthin zu reiten!«

Zu jeder anderen Gelegenheit wäre dies Geraldina von Trenzen recht gewesen. Der schmierige Bursche, über den Conte Tomassini Kontakt zu ihr hielt, hatte ihr jedoch eingeschärft, Prinz Christian müsse unbedingt dabei sein. Warum es so sein sollte, leuchtete ihr zwar nicht ein, aber sie nahm an, dieser wollte einen symbolischen Kampf mit den Räubern ausfechten und die Kerle scheinbar vertreiben. Dem reichsgräflichen Kind würde dies zwar nicht mehr helfen, doch Prinz Christian danach als Held gelten, dem die Hand Anna Sybillas und die Herrschaft über Schwarzburg-Friedrichsthal sicher war. Da es an diesem Tag nicht zu dem gewünschten Zwischenfall kommen würde, bemühte Geraldina von Trenzen sich, an Friedrichs Seite zu gelangen.

»Von einem so weiten Ritt würde ich heute abraten, Euer Erlaucht. Wie Ihr wisst, soll es Räuber im Wald geben. Ihr allein könnt zwei schwache Frauen wie … die Laborantin Just und mich nicht beschützen.«

Es gelang Frau von Trenzen im letzten Moment, die verächtliche Bemerkung »das Kräuterweib« zu vermeiden. Da Friedrich an dieser Frau hing, hätte er es ihr gewiss übelgenommen.

»Wartet wenigstens, bis Prinz Christian uns wieder begleiten kann. Unter eurer beider Schutz fühle ich mich sicher«, setzte sie hinzu und atmete auf, als Friedrich nickte.

Auch Klara war erleichtert, den Wald meiden zu können. Es hieß zwar, die Räuber würden ein Stück jenseits der Grenzen auf Opfer lauern, weil dort eine Handelsstraße verlief und sie auf dieser Seite nur wenig Beute machen konnten. Zudem mussten sie die Landreiter der Reichsgrafschaft fürchten, die mit solchem Gelichter wenig Federlesens machten.

Dies erklärte Friedrich ihr auch und erzählte dann so munter von den Räubern, als hätte er die Absicht, selbst einer zu werden. Geraldina von Trenzen hörte schweigend zu, während Klara die eine oder andere Sache klarstellte, die sie anders gehört hatte. Er lauschte ihr aufmerksam und nannte sie eine kluge Frau, die sich allein dadurch sehr von den zumeist strohdummen Weibern unterscheide. Es war nicht ersichtlich, ob er Geraldina von Trenzen damit meinte, aber der Blick, mit dem er die Hofdame streifte, wirkte verräterisch.

Auch Klara betrachtete Geraldina von Trenzen unwillkürlich genauer. Deren Gesicht wirkte verkniffen, entspannte sich aber sofort, sobald sie merkte, dass jemand sie musterte. »Wir sollten zurückreiten!«, schlug sie vor, da an diesem Tag nichts passieren würde, was sie und ihren Mann weiterbrachte.

Klara wäre es recht gewesen, doch Friedrich schnaubte enttäuscht. »Lasst uns wenigstens bis zum Marktort reiten«, drängte er.

Bis dorthin war es eine halbe Meile, und das Dorf lag weit genug vom Wald entfernt, so dass Räuber sie dort nicht bedrohen konnten. Daher stimmte Klara zu. »Also gut, aber wir reiten nur im leichten Trab. Sollte es schneller werden, habe ich Angst, vom Pferd zu fallen.«

»Das wollen wir freilich nicht«, erwiderte Friedrich augenzwinkernd.

Er hatte längst bemerkt, dass Klara trotz der kurzen Zeit, in der sie reiten gelernt hatte, bereits besser zu Pferd saß als Geraldina von Trenzen. Das Beste an der Hofdame war noch das elegante Reitkleid, das sie sich aus Erfurt hatte kommen lassen.

»Auf dem Standbild eines Rosses würde Frau von Trenzen eine bessere Figur abgeben als auf einem lebendigen Pferd«, raunte er Klara zu und ließ seinen kleinrahmigen Wallach antraben.

Schon bald ritten sie über Felder und Wiesen. Die Bauern, die dort arbeiteten, sahen beim Anblick der kleinen Reiterschar verwundert auf. Als sie Friedrich erkannten, brachen die Ersten in Hochrufe aus.

Der Junge winkte ihnen leutselig zu und freute sich sichtlich über den Jubel. Da erkannte er den Bauern, der sich gemeinsam mit seiner Frau bei ihm über die hohen Steuern beschwert hatte, und hielt vor diesem an.

»Wie geht es Ihm?«, fragte er.

Der Bauer verbeugte sich linkisch und blickte zu ihm auf. »Die Steuern sind immer noch so hoch, und wer sie nicht bezahlen kann, soll Frondienste für das Schloss leisten.«

»Das gefällt mir nicht!«, rief Friedrich an Klara gewandt. »Dies werde ich auch den Mitgliedern des Regentschaftsrates sagen. Ich will, dass meine Untertanen glücklich und zufrieden leben können.«

»Habt Dank, Euer Erlaucht!« Der Bauer verbeugte sich erneut, während Geraldina von Trenzen verächtlich die Lippen kräuselte.

Dieses Bauerngesindel wird niemals zufrieden sein, selbst wenn es, statt Steuern zahlen zu müssen, selbst Geld erhalten würde, dachte sie und nahm sich vor, mit ihrem Mann darüber zu sprechen. Ihrer Ansicht nach war es am besten, wenn er die Steuern noch einmal erhöhte und mit dem Geld eine ganze Kompanie Landreiter aufstellte, die in der Lage war, jede Unruhe in dem kleinen Land rasch niederzuschlagen.

Klara indessen begriff, wie gut es war, dass Friedrich sich den Bewohnern seiner Reichsgrafschaft zeigte. So sahen alle, dass er gesund war, und konnten beruhigter in die Zukunft sehen. Noch während sie darüber nachsann, blieb Geraldina von Trenzen ein wenig zurück. Da die Leute wussten, dass ihr Mann im Schloss die Regentschaft führte, machten sie ihrem Unmut durch einige bissige Bemerkungen Luft, allerdings nur vorsichtig, damit Friedrich es nicht hören konnte.

Der junge Reichsgraf winkte den Bauern noch einmal zu und wollte eben sein Pferd wenden, als er Wanderer die Straße heraufkommen sah. Da diese nicht in den Ort hineingingen, sondern weiter in Richtung Schloss marschierten, wartete er auf sie, um sie sich näher anzuschauen. Es handelte sich um einen Mann, der ein hölzernes Gestell auf dem Rücken trug, eine junge Frau und zwei Kinder.

Klara entdeckte sie nun ebenfalls und konnte es kaum glauben. »Tobias! Martin! Lena, mein Liebling! Und Liese! Wo kommt ihr denn her?«, rief sie und trabte auf sie zu.

Tobias blieb stehen, musterte sie und begann zu lachen. »Bei Gott, kaum ist man ein paar Tage fort, sitzt du auch schon auf einem Pferd und reitest wie eine Dame. Aber um deine Frage zu beantworten: Du hast uns doch gebeten zu kommen. Hier sind wir. Liese hat uns begleitet, weil der Weg von Königsee hierher für Lena doch ein wenig zu lang geworden wäre. So konnte Liese sie immer wieder ein Stück weit tragen.«

»Ich musste nicht getragen werden«, berichtete Martin stolz.

»Er ist wirklich tapfer marschiert«, lobte Tobias seinen Sohn.

Unterdessen war auch Friedrich herangekommen und betrachtete die Neuankömmlinge aufmerksam. Tobias kannte er bereits und rechnete es ihm hoch an, dass dieser den Arzt Stratmann daran gehindert hatte, sein Getränk zu vergiften. Sein größtes Interesse aber galt dem Jungen an dessen Seite.

Martin streckte eben die Hand nach dem Bein seiner Mutter aus, sah dann aber Friedrich hoch zu Ross und wandte sich diesem zu. »Du hast ein schönes Pferd«, sagte er lächelnd.

»Das heißt ›Euer Erlaucht haben ein schönes Pferd‹«, erklärte Klara ihrem Sohn tadelnd.

Friedrich hatte Martin ebenfalls zurechtweisen wollen, doch als er dessen betretene Miene sah, grinste er. »Im Allgemeinen heißt es so, aber guten Freunden erlasse ich es gerne. Du darfst daher ruhig du zu mir sagen.«

»Aber Euer Erlaucht! Das geht doch nicht!«, wandte Geraldina von Trenzen schockiert ein. »Ihr seid ein Reichsgraf des Heiligen Römischen Reiches, und das da ist der Sohn eines Kräuterweibs!«

Diesmal hatte sie nicht achtgegeben und die herabwürdigende Bemerkung gemacht.

Klara kniff verärgert die Lippen zusammen, und Tobias durchbohrte die Frau förmlich mit Blicken, während Martin Friedrich fragend ansah.

»Wer ist die Frau? Hat sie etwas zu sagen?«

Geraldina von Trenzen hob bereits die Reitgerte, um den Jungen zu züchtigen. Da bemerkte sie, wie Klara die ihre fester umklammerte und ganz so aussah, als würde sie jeden Schlag, der ihren Sohn traf, mit einem eigenen Hieb beantworten. Mit dem Gedanken, dass sie, wenn Friedrich tot war und ihr Mann im Schloss endgültig das Sagen hatte, Klara so demütigen konnte, wie es ihr gefiel, kitzelte sie ihre Stute leicht mit dem Sporn und ritt rasch davon.

»Hoffentlich fällt sie nicht vom Pferd«, sagte Friedrich spöttisch und meinte das Gegenteil.

Er wandte sich wieder Martin zu. »Du bist zu Fuß von Königsee hierhergegangen? Das muss ja eine gewaltige Reise gewesen sein.«

»Es waren nicht ganz zehn Meilen, und die haben wir an zwei Tagen zurückgelegt«, erklärte Tobias lächelnd.

»Papa sagt, eine Kutsche wäre kaum schneller gewesen als wir«, meldete Lena stolz.

Nun betrachtete Friedrich das Mädchen und staunte. Im Schloss hatte er immer nur erwachsene Frauen und junge Mägde ab etwa zehn Jahren gesehen, aber nie ein weibliches Kind. Zwar befanden sich mehrere Mädchen auf den Feldern, durch die der Weg führte, welche kaum älter als Lena sein konnten. Irgendwie aber gefiel ihm der kecke Blondschopf besser als die Bauernkinder.

»Ich verleihe dir ebenfalls das Privileg, mich mit Du ansprechen zu können«, erklärte er großzügig.

»Euer Erlaucht! Das geht wirklich nicht«, protestierte Klara.

Friedrich lachte jedoch nur. »Weshalb sollte das nicht gehen? Ich bin der Reichsgraf und kann tun, was ich will. Wollt Ihr etwa ebenso uneinsichtig wie Frau von Trenzen sein und so rasch zum Schloss zurückreiten, dass Ihr Gefahr lauft, aus dem Sattel zu stürzen?«

»Frau von Trenzen hat das Schloss fast erreicht und sitzt immer noch auf ihrem Pferd«, erklärte Klara streng.

»Dann soll sie Gott in aller Demut dafür danken. Aber so, wie sie auf dem Sattel herumgeplumpst ist, wird ihr der Hintern ganz schön weh tun. Und das vergönne ich ihr!« Friedrich lachte noch einmal, wurde dann aber ernst.

»Wir sollten nun ebenfalls zurückreiten. Euer Ehemann und Eure Kinder haben einen langen Weg hinter sich und freuen sich gewiss, die Beine ausruhen und eine Mahlzeit zu sich nehmen zu können.«

»Ich habe den Weg auch zurückgelegt«, sagte Liese und reichte Klara Lena hoch.

Klara schlang einen Arm um die Kleine und setzte sie kurzerhand vor sich auf den Pferderücken. Während Lena vor Freude jauchzte, zog Martin ein betrübtes Gesicht.

Als Friedrich dies sah, klopfte er ihm vom Sattel aus auf die Schulter. »Du wirst auch bald auf einem Pferd sitzen. Ich lehre dich reiten!«

»Habt Dank, Euer Erlaucht!«, antwortete Martin mit einer Verbeugung.

Friedrich funkelte ihn strafend an. »Ich sagte doch, du kannst du zu mir sagen.«

»Ja, aber Mama will das nicht, und wenn ich etwas tue, was sie nicht will, zieht sie mir den Hosenboden stramm«, antwortete Martin.

Damit machte er deutlich, dass für ihn seine Mutter eine höhere Instanz war als selbst der Kaiser des Heiligen Römischen Reiches Deutscher Nation.

Zehnter Teil

...

Ein hinterhältiger Plan

1.

Kornelius von Zander musterte Prinz Christian mit einem vorwurfsvollen Blick. »Ich verstehe Euch nicht«, sagte er. »Ihr wisst genau wie ich, dass Trenzen ein Betrüger ist, und doch habt Ihr ihn vor den beiden Damen verteidigt und dafür gesorgt, dass er noch immer dem Regentschaftsrat angehört. Dabei könnt Ihr anhand der Klagen der Leute selbst ersehen, wie viel Schindluder er mit diesem Amt bereits getrieben hat.«

»Es erschien mir besser, den Wolf nicht zu warnen, um ihn besser überwachen zu können«, antwortete Prinz Christian leise.

»Warnen? Überwachen?« Zander hob den Kopf. »Ihr misstraut Trenzen und lasst ihn dennoch gewähren? Und das nur, um herauszufinden, was er vorhat?«

»So ist es!«, antwortete der Prinz. »Ich befürchte, dass Trenzen dem kleinen Reichsgrafen noch immer nach dem Leben trachtet. Zu meinem Bedauern muss ich gestehen, dass ich daran nicht ganz unschuldig bin.«

»Ihr habt … Das kann ich nicht glauben«, entfuhr es Zander.

Prinz Christian sah den alten Herrn traurig an. »Ich schwöre, dass ich persönlich nie die Absicht hatte, Friedrich Schaden zuzufügen. Allerdings bin ich leichtgläubig auf die Gerüchte hereingefallen, er wäre schwächlich und würde bald sterben. Mein damaliger Sekretär, seinen Papieren nach ein verarmter Graf aus Genua, bestärkte mich darin und nahm Kontakt zu Herrn von Trenzen auf, angeblich, damit dieser mich seiner Herrin empfehle. In Wahrheit schmiedete Tomassini zusammen mit Trenzen ein Komplott, um Friedrich, dessen natürliches Ableben auf sich warten ließ, auf schnellere Weise zu seinen Ahnen zu schicken. Als ich davon erfuhr, habe ich Tomassini, der sich als höchst zweifelhaftes Subjekt herausgestellt hatte, umgehend aus meinen Diensten entlassen.«

»Aber Ihr braucht Trenzen doch nur zu sagen, dass Ihr Friedrichs Tod nicht wünscht«, wandte Zander ein.

»Das habe ich ja versucht! Allerdings hat Tomassini Trenzen eine hohe Belohnung versprochen, die er nur erhalten kann, wenn der Junge stirbt und ich dessen Nachfolger als Reichsgraf werde. Diese Belohnung will Trenzen nicht verlieren und hält das, was ich dagegen sage, für eine List, damit der Verdacht an Friedrichs Tod nicht auf mich fallen soll.« Christian klang verärgert, aber auch besorgt. Noch aber war er mit seinem Bericht nicht am Ende.

»Es war ein Fehler von mir, Tomassini in Freiheit zu lassen. Ich fürchte, dass der Genuese noch immer Kontakt zu Trenzen hält, damit dieser den Knaben umbringen lässt, auch wenn es uns sinnlos erscheinen mag. Auf jeden Fall will ich herausfinden, auf welche Weise dies geschehen soll, um es verhindern zu können.«

Zander nickte nachdenklich. »Auch wenn ich das für nicht ungefährlich halte, habt Ihr richtig gehandelt! Selbst wenn wir Trenzen einsperren lassen, ist die Gefahr nicht gebannt, da sein Plan bereits in Ausführung begriffen sein kann.«

»So sehe ich es auch. Ich befürchte, dass Tomassini einen anderen Narren sucht, der Friedrich töten soll.«

Zander musterte den Prinzen traurig. »Dabei hatte ich gehofft, mit Juliana von Ziegenweidas Tod wäre Friedrich endlich sicher.«

»Bedauerlicherweise ist er das nicht. Deshalb will ich auch nicht, dass Friedrich noch einmal ohne meine Begleitung ausreitet. Ich trage immer eine geladene Pistole bei mir und habe auch die Pferdeburschen, die mit uns kommen, angewiesen, sich zu bewaffnen.«

Christian hoffte, dass diese Maßnahmen ausreichen würden, zumal er jene Stellen, die er für gefährlich hielt, meiden wollte. Mit Fräulein von Ziegenweidas Erwähnung hatte er Zander jedoch auf andere Gedanken gebracht.

»Es ist mir gelungen, die Geheimschrift zu enträtseln, die Juliana von Ziegenweida für die verfänglicheren Teile ihres Tagesbuchs verwendet hat. Die ältesten Eintragungen stammen noch aus Altenburg und sind intimer Natur. Sie beschreibt darin, wie sie zum ersten Mal verführt worden ist und welche Gefühle sie dabei erlebte.« Zander schwieg einen Augenblick mit verächtlicher Miene, um dann fortzufahren.

»Vor etwa einem Jahr lernte sie während einer Reise nach Erfurt einen Höfling des Fürsten von Sachsen-Saalfeld kennen. Es kam zu einer Affäre, die ausführlich beschrieben wird, und zu langen Gesprächen, die darin mündeten, dass dieser Höfling seinem Fürsten eine Heirat mit Anna Sybilla ans Herz legen wolle, sobald deren Sohn tot war und er die Reichsgrafschaft seinem Land angliedern könnte. Da Friedrich durch die aufopfernde Pflege unserer Wanderapothekerin jedoch gesund zu werden drohte, beschloss Fräulein von Ziegenweida, Friedrich durch den Arzt töten zu lassen. Übrigens gab sie Stratmann, als dieser im Kerker saß, Gift ein, damit er sie nicht verraten konnte.«

»Es heißt doch, Trenzen habe Stratmann erschossen, weil dieser ihn angegriffen hätte. Wie konnte der Mann das tun, wenn er vergiftet worden ist?«, wunderte Prinz Christian sich.

»Das ist ein Rätsel, das es noch zu lösen gilt«, sagte Zander und blickte durch das Fenster ins Freie.

»Unser kleiner Reichsgraf ist dabei, dem Sohn der Wanderapothekerin Reitunterricht zu geben. Wer hätte das vor einem halben Jahr gedacht?«

»Ihr nennt Frau Klara sehr despektierlich Wanderapothekerin. Dabei ist sie eine sehr wichtige und wertvolle Person«, erklärte der Prinz tadelnd.

Zander lachte leise. »Das ist alles andere als despektierlich, Euer Durchlaucht, sondern drückt hohe Anerkennung aus. Es mag gut zehn Jahre her sein, da schulterte ein junges Mädchen das Reff ihres Vaters, der als Buckelapotheker durch die Lande gezogen und unterwegs ermordet worden war. Es gelang diesem Mädchen, ihrer Mutter und ihren Geschwistern Brot und Heimat zu erhalten. Darüber hinaus entlarvte sie den Mörder ihres Vaters und führte ihn seiner gerechten Bestrafung zu. Wenig später heiratete sie den Laborantensohn Tobias Just und rettete diesen ein paar Jahre später aus einem Kerker, in den er fälschlicherweise geworfen worden war und in dem er dem Henkerbeil entgegensah. Auch in dieser Sache gelang es ihr, den wahren Schuldigen zu entlarven und dafür zu sorgen, dass Herr von Tengenreuth wieder das Vermögen erhielt, um das Betrüger ihn gebracht hatten. Aus Dank haben Tengenreuth und seine zweite Gemahlin Klara Justs Tochter Magdalena aus der Taufe gehoben.«

»Das ist ein wahrer Roman!«, rief Prinz Christian erstaunt.

»Eher zwei«, antwortete Zander lächelnd. »Versteht Ihr jetzt, weshalb Ihre Erlaucht unbedingt wollte, dass Klara Just die Obsorge über ihren Enkel übernimmt?«

»Euer Bericht setzt mich in Erstaunen. Ich hielt die Frau zwar für eine gute Heilerin, doch dass sie selbst Mördern und ähnlichem Gelichter gewachsen sein soll, hätte ich nicht erwartet! Es beruhigt mich ein wenig.«

»Mich auch«, stimmte Zander dem Prinzen zu. »Trotzdem dürfen wir in unserer Wachsamkeit nicht nachlassen.«

»Das werde ich gewiss nicht!«, versprach Prinz Christian und sah durch das Fenster zu, wie Friedrich dem nur wenig jüngeren Martin zeigte, wie er die Zügel führen sollte.

um ersten Mal seit Monaten war die Familie wieder um Klara versammelt. Nicht ganz, dachte sie mit einem Anflug von Wehmut. Ihr Schwiegervater und dessen zweite Frau, ihre Freundin Martha, fehlten. Doch wenigstens waren Tobias, Martin und die kleine Lena bei ihr. Alle drei standen um die Wiege, in der Hilde lag, und wunderten sich, wie die Kleine in den letzten Monaten gewachsen war.

»Sie kann doch bald mit mir spielen?«, fragte Lena.

»Das wird noch ein wenig dauern«, meinte Tobias lächelnd. »Hilde muss erst einmal laufen lernen, dann sprechen und …«

»Dauert das noch lange?«, wollte Lena wissen.

»Du sollst deinen Vater nicht unterbrechen!«, tadelte Klara sie.

»Bei diesem Christfest noch nicht, doch beim nächsten wirst du mit Hildchen spielen können«, beantwortete Tobias die Frage seiner Tochter.

»Aber nur, wenn du brav bist«, schränkte Klara ein, da Tobias ihr zu nachsichtig mit den Kindern war.

»Ich werde brav sein«, versprach die Kleine, die um nichts in der Welt riskieren wollte, nicht mit Hilde spielen zu dürfen.

»Ich werde es mir merken«, sagte Klara und strich ihr über den blonden Schopf. »Ich habe euch alle lieb!«

»Wir dich auch, Mama!« Auch wenn seine Freunde in Königsee es für unmännlich hielten, so umarmte Martin seine Mutter und war glücklich, wieder bei ihr sein zu dürfen.

»Wann kommst du wieder nach Hause?«, fragte er.

Klaras Gesicht nahm einen betrübten Ausdruck an. »Das weiß ich nicht.«

»Du und Lena, ihr werdet jetzt erst einmal hier bei eurer Mutter bleiben«, erklärte Tobias, der bald wieder nach Königsee zurückkehren musste.

»Ein wenig würde ich schon gerne hierbleiben wollen«, gab Martin zu. »Friedrich will mir nämlich nicht nur das Reiten beibringen, sondern auch das Schießen mit Flinte und Pistole.«

Tobias hob besorgt den Kopf. »Seid ihr dafür nicht noch zu jung?«

»Hab keine Sorge! Es ist immer jemand dabei, der auf die beiden achtgibt«, beteuerte Klara. »Wenn du es wünschst, werde ich es selbst tun.«

»Das wäre mir lieb«, antwortete Tobias ein wenig zweifelnd. »Es sind halt doch noch Kinder.«

»Du solltest Friedrich nicht mit einem üblichen Zollstock messen. Er ist zu Ernsthaftigkeit erzogen worden und wird nichts Unbesonnenes tun.« Klara hatte den Jungen lange genug erlebt, um davon überzeugt zu sein.

Nun beruhigte sich auch ihr Mann und nahm Hilde auf den Arm. Martin hingegen zog am Ärmel seiner Mutter.

»Friedrich ist von sehr edler Abkunft, nicht wahr? Ich habe die Gesichter der Stallknechte gesehen, als ich ihn mit seinem Namen angesprochen habe, während sie nur ein ›Euer Erlaucht‹ nach dem anderen herausgebracht haben.«

»Friedrich ist seit dem Tod seines Vaters der Reichsgraf von Schwarzburg-Friedrichsthal.«

»Also so etwas wie unser Fürst Friedrich Anton?«, fragte Martin.

»Schwarzburg-Friedrichsthal ist um einiges kleiner als Schwarzburg-Rudolstadt und nur eine Reichsgrafschaft, kein Fürstentum. Doch im Grunde hast du recht. Friedrich wird einmal genauso über seine Untertanen herrschen wie Friedrich Anton in Rudolstadt. Ich hoffe allerdings, er tut es besser als unser Fürst.«

Klara hatte ihren Zwist mit Waldemar Frahm nicht vergessen und freute sich daher diebisch, dass dieser vor etlichen Wochen eine kräftige Abreibung erhalten hatte. Allerdings kannte sie seine Rachsucht und durfte schon aus diesem Grund nichts tun, was Henrietta Augusta verärgern konnte. Wenn diese sich bei Fürst Friedrich Anton über sie beschwerte, würde dieser Frahm freie Hand lassen, ihre Familie noch mehr zu bedrängen.

»Ich wünschte, wir könnten irgendwohin ziehen, wo wir in Frieden leben dürfen«, seufzte sie.

»Ich habe mit Vater über Amerika gesprochen. Wenn es zu schlimm wird, müssen wir überlegen, ob wir nicht besser dorthin auswandern sollen.«

Tobias hing an seiner Heimat, und sie hatten bisher in Königsee auch ein gutes Leben gehabt. Ein Mann wie Waldemar Frahm konnte einem jedoch die Hölle auf Erden bereiten.

Er legte einen Arm um Klara. »Was meinst du? Können wir heute Nacht ein wenig unter uns sein?«

»Gabi hat versprochen, sich um Martin und Lena zu kümmern, und Hildchen ist noch zu klein, um uns stören zu können.« Klara hatte nicht weniger Sehnsucht nach einer zärtlichen Stunde im Bett als er und war Gabi dankbar, weil diese es ihr ermöglichen wollte.

»Es wird gewiss schön«, sagte sie lächelnd und blickte zu der von Engeln flankierten Standuhr. Ein paar Stunden würden sie noch warten müssen, doch spätestens, wenn Friedrich zu Bett gegangen war, hatten Tobias und sie Zeit füreinander.

3.

Die nächsten Tage verliefen friedlich, denn Henrietta Augusta und ihre Schwiegertochter glaubten nach Juliana von Ziegenweidas Tod die Gefahr für Friedrich gebannt. Zwar wusste Prinz Christian es besser, doch er wollte die beiden Damen nicht beunruhigen.

Nachdem Juliana von Ziegenweidas Tagebuch zur Gänze ent-schlüsselt war, hatte Prinz Christian ein geharnischtes Schrei-ben an seinen entfernten Verwandten Johann Ernst, den Fürs-ten von Sachsen-Saalfeld, verfasst und durch einen reitenden Boten überbringen lassen. In seiner Antwort hatte der Fürst sich entsetzt über die Mordanschläge gegen Friedrich gezeigt und geschworen, er hätte sie niemals erlaubt, wenn er davon in Kenntnis gesetzt worden wäre.

»Kann man ihm glauben?«, fragte Henrietta Augusta, nach-dem Prinz Christian ihr das Schreiben des Fürsten vorgelesen hatte.

»Fürst Johann Ernst hätte Friedrichsthal gewiss gerne seinem Land zugeschlagen, doch ich glaube, ihn gut genug zu kennen, um zu wissen, dass er einen Anschlag auf Friedrich niemals in Erwägung gezogen hätte. Der Mord an einem von Gott erwähl-ten Fürsten oder Reichsgrafen ist ein Sakrileg.«

»Welches trotzdem gelegentlich vorkommt«, unterbrach Zander den Prinzen. »In diesem Fall aber stimme ich Seiner Durchlaucht zu. Fürst Johann Ernst ist zu sehr auf seinen Ruf bedacht, als dass er sich eines solchen Verbrechens schuldig ma-chen würde. Er wurde von Fräulein von Ziegenweidas Vertrau-ten davon überzeugt, wie schlecht Friedrichs Gesundheitszu-stand sei, und wollte nicht gegen einen seiner Nachbarn ins Hintertreffen geraten. Als Friedrich jedoch gesund zu werden drohte, drängte dieser Höfling Fräulein Juliana, für das Ableben des Knaben zu sorgen.«

»Im Grunde entspricht es der gleichen Situation, in der auch ich mich befunden habe«, gab Prinz Christian mit einem schmerzlichen Lächeln zu. »Ich wollte aus alter Verbundenheit um Anna Sybilla werben, wurde aber von meinem damaligen Intendanten Tomassini getäuscht. Als ich dies begriff, habe ich den Mann umgehend aus meinen Diensten verjagt. Was den

Höfling aus Sachsen-Saalfeld betrifft, so hat der Fürst ihn festnehmen lassen, und der Mann darf nun in Festungshaft darüber nachdenken, dass man mit der Ehre und dem Ansehen seines Herrn nicht spielen sollte.«

Prinz Christian klang zuletzt scharf, denn die Anschläge auf Friedrich hatten auch seinem Ansehen geschadet.

Beide Damen musterten ihn durchdringend. Anna Sybilla atmete schneller, weil sie herausgehört hatte, dass er aus seiner Zuneigung zu ihr, die in ihrer Jugendzeit entflammt war, um sie werben wollte. Auch wenn ihn nicht der Vorzug auszeichnete, ein souveräner Herrscher zu sein, glaubte sie doch, an seiner Seite glücklich zu werden. Ihre Schwiegermutter mochte das Witwenleben schätzen, doch diese war alt genug, um nachts nicht mehr durch die Sehnsucht nach intimer Zweisamkeit gequält zu werden. Sie aber hatte die dreißig noch nicht überschritten und wünschte sich auch, an einem etwas belebteren Ort als dem doch sehr beschaulichen Friedrichsthal leben zu können.

Henrietta Augusta hielt es ebenfalls für besser, wenn ihre Schwiegertochter wieder in den Stand der Ehe eintreten und Friedrichsthal verlassen würde. Ihre für dieses kleine Land zu prachtvolle Hofhaltung strapazierte die Einkünfte der Reichsgrafschaft. Nach einer Heirat hatte Anna Sybilla nur noch den Anspruch auf eine gewisse Apanage, die einen vernünftigen Rahmen nicht überschreiten durfte.

»Ich hoffe, ihr gönnt uns oft die Gunst eures Besuchs«, sprach die alte Dame das Paar an, als wäre die Ehe bereits beschlossene Sache.

Anna Sybilla warf dem Prinzen einen kurzen Blick zu, sah diesen nicken und lächelte. »Es wird mir eine Freude sein.«

Insgeheim aber war sie überzeugt, dass zwei Wochen am Stück und das höchstens zweimal im Jahr genügen würden. Sie freute sich darauf, die Residenzen in Weimar, Dresden und Berlin aufzusuchen. Auch wenn König Friedrich Wilhelm von Preußen als Geizhals verschrien war, konnte er Gäste nicht hungern oder schlecht wohnen lassen. Dresden hingegen bedeutete Glanz und eine prachtvolle Hofhaltung. Immerhin war Kurfürst Friedrich August auch König von Polen und wusste im Gegensatz zu seinem Berliner Vetter diesem Rang auch das entsprechende Gepränge zu verleihen.

Zander hüstelte, um die Aufmerksamkeit auf sich zu lenken. »Verzeiht, doch ein alter Mann braucht seine Ruhe. Wenn ihr erlaubt, werde ich mich nun zurückziehen und meine Augen ein wenig ausruhen.«

»Das ist ein ausgezeichneter Gedanke, dem ich mich anschließen werde!« Auch Henrietta Augusta wollte in ihre Gemächer zurückkehren.

»Was habt Ihr vor?«, fragte Anna Sybilla den Prinzen in der Hoffnung, er würde sie zu einem Spaziergang einladen.

Christian begriff, was sie von ihm erwartete, seufzte jedoch nach einem Blick auf seine Taschenuhr entsagungsvoll. »Ich habe Friedrich versprochen, ihm in einer halben Stunde die neuen Pistolen vorzuführen, die ich letztens erstanden habe. Es erscheint mir für sein weiteres Leben wichtig, mit solchen Waffen vertraut zu sein.«

Henrietta Augusta hatte bereits Bedenken äußern wollen, behielt diese jetzt aber für sich. »Gebt gut acht und lasst den Knaben nicht aus den Augen!«, mahnte sie den Prinzen.

Dieser nickte mit ernster Miene. »Seid unbesorgt! Ich werde Friedrich hüten wie meinen Augapfel.«

Prinz Christian trat einen Schritt auf sie zu und verneigte sich. »Wenn Euer Durchlaucht die Güte hätten, mich am Nachmittag, wenn die Sonne weniger heiß vom Himmel brennt, auf einen Spaziergang durch den Park zu begleiten, würde ich mich glücklich schätzen.«

»Im Augenblick ist es wirklich etwas zu heiß«, antwortete Anna Sybilla zufrieden, weil Prinz Christian ihr nun doch die Aufmerksamkeit widmete, die sie von einem Brautwerber erwartete.

4.

Auf dem Schießplatz wartete nicht nur Friedrich auf Prinz Christian: Klara sah es als ihre Aufgabe an, ihn auch an dieser Stelle zu bewachen. Tobias war mitgekommen, weil er so viel Zeit wie möglich mit ihr verbringen wollte, und Martin hatte Friedrich auf dessen Wunsch hin begleitet. Im Hintergrund wartete Manfred darauf, Getränke und kleine Leckerbissen zu servieren, und der Leibjäger des verstorbenen Reichsgrafen und jetziger Jagdaufseher wollte es nicht allein Prinz Christian überlassen, den jungen Herrn im Umgang mit Schusswaffen zu schulen. Er wachte mit Argusaugen darüber, wie Prinz Christians Kammerdiener den Kasten mit den beiden neuen Pistolen öffnete.

»Ist es erlaubt?«, fragte er und nahm eine Pistole heraus. Es handelte sich um eine elegante Waffe mit achtkantigem Lauf und einem exzellenten Steinschloss, welches so gestaltet war, dass die Pistole selbst bei Regenwetter nicht versagte.

»Meinen Glückwunsch, Euer Durchlaucht! Der Büchsenmacher hat ausgezeichnete Arbeit geleistet. Wenn Ihr erlaubt, würde ich die Pistole gerne erproben«, sagte er achtungsvoll.

»Lasst mich bitte den ersten Schuss damit tun. Ich habe die Waffen bis jetzt noch nicht benutzt«, antwortete Prinz Christian freundlich und begann, die zweite Pistole zu laden.

Friedrich und Martin sahen gespannt zu, wie er erst Pulver und dann die Kugel in den Lauf füllte, die Ladung kurz zusammenpresste und etwas feines Pulver auf die Zündplatte rieseln ließ.

»Ich bitte alle, hinter mich zurückzutreten«, forderte er schließlich die anderen auf.

Tobias gehorchte sofort und zog den widerstrebenden Martin mit sich, während Klara Friedrich bedeutete, es ebenfalls zu tun. Einen Augenblick lang sah es so aus, als wollte der Junge nicht gehorchen, kam aber dann doch mit ihr. Auch der ehemalige Leibjäger trat zurück, während Prinz Christian die Waffe anschlug und auf die zwanzig Schritt entfernte Scheibe zielte, auf die ein Hirsch gemalt war, der ihnen den Kopf zuwandte.

Der Schuss krachte, und die Kugel schlug in das linke Ohr des Hirsches ein. Martin lachte unwillkürlich, verstummte aber sofort aus Angst, den hohen Herrn erzürnt zu haben.

Prinz Christian achtete nicht auf ihn, sondern lud die Waffe neu. »Wie es aussieht, zieht sie leicht nach links. Ich werde jetzt schauen, ob ich mit dem zweiten Schuss besser treffe.«

»Dessen bin ich gewiss«, meinte der Leibjäger und richtete sein Augenmerk auf die Scheibe.

Diesmal traf die Kugel den Kopf des Hirsches in Höhe der Augen. Prinz Christian reichte dem Leibjäger zufrieden die Waffe und nahm die zweite Pistole zur Hand. Schon der erste Probeschuss traf genau dort, wo er es beabsichtigte.

»Diese Waffe ist vollkommen! Die andere werde ich dem Büchsenmacher zurückgeben, damit er die Lage des Laufs leicht ändert. Sie soll genauso gut treffen wie diese hier«, erklärte er und übergab beide Pistolen seinem Kammerdiener.

Friedrich und Martin versuchten, ihre Enttäuschung zu verbergen, hatten die beiden Jungen doch insgeheim gehofft, auch einmal schießen zu dürfen.

Mit mahnender Miene hob Prinz Christian die Hand. »Ihr solltet euch stets vor Augen halten, dass eine Pistole und auch eine Flinte keine Spielzeuge sind! Eine Kugel, die einmal abgeschossen worden ist, holt keiner mehr zurück. Wer nicht achtgibt, kann sich selbst und andere verletzen oder gar töten!«

Die beiden Jungen senkten entsagungsvoll den Kopf. Doch da sprach Prinz Christian bereits weiter. »Um ein Unglück mit Pistolen oder Flinten zu vermeiden, ist es das Beste, jemanden so zu schulen, dass er keinen Fehler mehr begeht. Dies will ich jedoch nicht mit diesen Pistolen tun, da sie für eure Hände noch zu groß sind, sondern mit einer anderen Waffe.«

Auf Prinz Christians Wink brachte sein Kammerdiener einen anderen Kasten. Als er diesen öffnete, lagen eine etwas kleinere Pistole, ein Pulverhorn und einige etwa kirschkerngroße Bleikugeln darin.

»Ich zeige euch nun, wie man lädt, und zwar erst einmal ohne Pulver und Kugeln«, begann der Prinz seinen Unterricht und nahm die Pistole zur Hand.

»Das Erste, was ihr euch merken müsst, ist, beim Laden den Lauf weder auf euch selbst noch auf jemand anderen zu richten. Eine Pistole ist ein gefährliches Ding, und wenn sie aus Versehen losgeht, schießt man sich leicht den Ladestock durch die Stirn. Damit wollt ihr gewiss nicht herumlaufen?«, sagte er lächelnd.

»Aber dann ist man doch tot und kann nicht mehr herumlaufen«, rief Friedrich aus.

Prinz Christian nickte. »So ist es! Also haltet die Pistole so, dass der Lauf schräg von euch weg nach oben zeigt. Nehmt dann das Pulverhorn. Seht ihr diese Kappe hier?« Er wies auf den Verschluss an der schmalen Seite des Pulverhorns.

Friedrich nickte.

»Das ist euer Maß. Nehmt niemals mehr Pulver, als in diese Kappe hineingeht. Es besteht sonst die Gefahr, dass der Lauf birst und ihr euch verletzt. Anschließend stopft ihr den Pfropfen hinein und danach die Kugel. Diese müsst ihr mit dem Ladestock so festpressen, dass sie unter keinen Umständen herausfällt, auch wenn ihr die Pistole nach unten haltet. Ist die Kugel zu klein, umwickelt man sie mit Papier und gibt sie dann in den Lauf. Habt ihr verstanden?«

Friedrich und Martin nickten im Gleichklang.

»Ich zeige es euch noch einmal, dann macht ihr es mir nach.« Prinz Christian tat es und reichte dann Friedrich die Pistole. Dieser äugte nach Pulver und Kugeln, wagte jedoch nicht, gegen die Anweisung seines Lehrers zu verstoßen.

»Vorsicht, Euer Erlaucht! Ihr haltet den Lauf zu sehr auf Euch zu«, warnte der Leibjäger.

Sofort richtete Friedrich den Lauf wieder weg und übte weiter. Nach ihm kam Martin an die Reihe. Hatten die Jungen zuerst geglaubt, es würde ohne Pulver und Blei langweilig werden, so waren sie nun abwechselnd mit großer Begeisterung dabei, die Waffe mit Luft zu laden.

Prinz Christian sah ihnen zu und nickte zufrieden. »So ist es gut! Erinnert euch immer daran, was ihr jetzt lernt. Doch nun soll jeder von euch einen Schuss abfeuern dürfen. Ich zeige euch, wie ihr die Pistole mit Pulver laden müsst. Danach kann jeder von euch es versuchen.«

»Auch ich?«, fragte Tobias. Er hatte in jungen Jahren mehrmals in Königsee das Freischießen gewonnen, in letzter Zeit aber keine Flinte mehr in der Hand gehalten.

»Ihr könnt mittun! Seid aber den beiden Knaben ein Vorbild«, erwiderte der Prinz und lud die Waffe.

Auf seinen Befehl hin trugen zwei Knechte die Zielscheibe bis auf zehn Schritte heran. Bei der Pistole, die er für die Jungen ausgesucht hatte, war die Ladung geringer, und die Kugel würde nicht so weit fliegen. Er selbst traute sich zwar zu, das Ziel auch auf die doppelte Entfernung zu treffen, wollte aber, dass die beiden Knaben es ebenfalls taten. Nachdem er geladen hatte, stellte er sich in Positur, streckte den Arm mit der Waffe aus, zielte und schoss.

»Voll getroffen!«, rief Friedrich begeistert und wollte die Pistole an sich nehmen.

Der Prinz hielt ihn auf. »Bevor Ihr Pulver hineingebt, prüft nach, ob noch Reste des Stopfens im Lauf sind. Diese sind sehr heiß und können das Pulver in den Augenblick entzünden, in dem es in den Lauf gelangt.«

»Aber wir dürfen doch nicht in den Lauf hineinsehen!«, wandte Friedrich ein.

»Natürlich nicht.« Prinz Christian klopfte gegen den Lauf und blies Schmauch und Pulverreste von der Zündplatte. Nachdem er die Waffe noch kurz geschüttelt hatte, reichte er sie an Friedrich weiter.

Dieser versuchte, sich an alles zu erinnern, was der Prinz ihm erklärt hatte, und lud die Waffe, ohne dass ein Tadel fiel. Als er sie anlegen wollte, korrigierte Christian seinen Stand und zeigte ihm, wie er die Waffe halten sollte.

»Ihr müsst den Rückstoß beachten! Liegt die Pistole Euch zu leicht in der Hand, reißt der Abschuss den Lauf hoch, und Ihr trefft nur die Wolken, während die Zielscheibe heil bleibt«, erklärte er und trat zurück, damit der Junge schießen konnte. Danach widmete er sich Martin.

Unterdessen schoss Friedrich und jubelte, als er die Nase des Hirsches traf. Prinz Christian bedachte ihn mit einem anerkennenden Lächeln.

»Ihr werdet gewiss einmal ein guter Schütze werden.«

»Jetzt will ich es versuchen!« Martin fieberte danach, es Friedrich gleichzutun. Er trat vor, legte an und rief sich ins Gedächtnis, was ihn Prinz Christian gelehrt hatte. Als er abdrückte, ruckte die Waffe in seiner Hand, und er glaubte schon, sich blamiert zu haben.

Da legte Prinz Christian ihm die Hand auf die Schulter. »Solltest du auf die linke Geweihstange gezielt haben, war es ein ausgezeichneter Schuss. Galt er dem Kopf des Hirsches, so war er sehr gut. Nur wenige von denen, die zum ersten Mal eine Pistole in der Hand halten, treffen überhaupt die Scheibe.«

Martins Augen leuchteten, und er grinste Friedrich fröhlich zu. Beide gaben noch je zwei weitere Schüsse ab, die nicht schlechter waren als die ersten.

Nachdem auch Tobias gezeigt hatte, dass er das Schießen nicht verlernt hatte, kehrten alle hochzufrieden ins Schloss zurück.

Nach der Schießübung blieb Prinz Christian gerade noch die Zeit, sich für den geplanten Spaziergang mit Anna Sybilla umzuziehen. Die Übungspistole hatte er in die Obhut des ehemaligen Leibjägers gegeben und diesem eingeschärft, sie nicht ohne seine Erlaubnis den Jungen auszuliefern. Der Mann versprach es und räumte den Waffenkasten weg. Zunächst waren Friedrich und Martin enttäuscht, doch als sie später unter der Aufsicht des Stallmeisters ihre Reitkünste verbesserten, war dies längst vergessen.

5.

Zwölf Jahre sind eine lange Zeit und geeignet, die Leidenschaft der Jugend einem gelasseneren Gemüt weichen zu lassen. Während er an Anna Sybillas Seite den Park durchschritt, begriff Prinz Christian, dass es nicht so einfach war, dort weiterzumachen, wo sie damals getrennt worden waren. Anna Sybilla war kein junges Mädchen mehr, sondern eine erwachsene Frau und Mutter, die keine heißen Liebesschwüre erwartete, sondern Zuneigung und Verständnis.

Christian wusste nicht, ob er die Tatsache, dass sie beide sich verändert hatten, bedauern sollte. In den letzten Monaten hatte er sich etliche Sätze ausgedacht, um Anna Sybilla seine niemals versiegte Liebe zu gestehen. Nun aber erschienen ihm die Worte so schal und schwülstig, dass er zunächst stumm neben ihr herging.

»Ihr seid recht schweigsam, mein Herr«, sagte Anna Sybilla schließlich verwundert.

»Oh, ich dachte über den Überschwang der Jugend nach, und darüber, ob die Glut der Liebe die Zeit der Trennung überdauern kann«, antwortete Christian aus seinen Gedanken herausgerissen.

»Und? Kann sie überdauern?«, fragte Anna Sybilla ein wenig gekränkt.

»Ein Mann wie ich, der das dreißigste Jahr bereits überschritten hat, liebt anders als ein Jüngling in der ersten Wallung der Gefühle, aber gewiss nicht weniger tief und vor allem weitaus beständiger.« Prinz Christian deutete vor seiner Begleiterin eine Verbeugung an. »Seht es bitte als Zeichen der Tiefe meiner Liebe zu Euch an, dass ich mir nie ein Weib genommen und seit dem Tod Eures Gemahls jeden Tag gebetet habe, Gott möge es fügen und uns wieder zusammenführen.«

»Ihr streut glühende Kohlen auf mein Haupt, denn ich war verheiratet und meinem Gemahl eine treuergebene Ehefrau, während Ihr Euch Eurer Verzweiflung hingegeben habt«, antwortete Anna Sybilla mit einem seelenvollen Seufzen.

»Beschwert Euch nicht damit!«, flehte Christian sie an. »Es war Eure Pflicht, Eurem Vater zu gehorchen, diese Ehe einzugehen und dem Reichsgrafen Friedrich III. eine gute Gattin zu sein. Dies ehrt Euch mehr, als wenn Ihr Euch dagegen gesträubt hättet.«

Vor zwölf Jahren hatte Christian noch anders gesprochen und über den mangelnden Willen seiner Geliebten geklagt, sich gegen ihren Vater durchzusetzen. Die Zeit hatte ihn anders denken gelehrt. Auch war ihm eine Frau, die sich lächelnd seinem Willen beugte, lieber als eine, die aus jedem Zwist eine Staatsaffäre machte.

»Ihr nehmt es mir also nicht übel?« Anna Sybilla klang ein wenig kokett, denn ihr hatte es durchaus gefallen, verheiratet gewesen zu sein.

»Wie sollte ich es Euch übelnehmen? Ihr seid Eurem Gemahl eine treue Gattin gewesen und werdet es auch mir sein«, sagte Prinz Christian lächelnd.

Die beiden setzten ihr Gespräch fort und überboten sich dabei mit Artigkeiten. Auf einmal sah Christian jemanden aus der Richtung des versteckten Pavillons kommen und blickte genauer hin.

»Frau von Trenzen wandelt allein im Park, und das an einer so delikaten Stelle?«, fragte er verwundert.

Der Pavillon war für heimliche Liebesabenteuer wie geschaffen. Zwar bezweifelte er längst, dass sie ihrem Mann treu war, doch wusste er keinen Herrn im Schloss, von dem anzunehmen war, Geraldina von Trenzen würde ihm die Gunst eines heimliches Stelldicheins gewähren.

Die junge Frau hatte das Paar noch nicht entdeckt, hörte nun aber Schritte und zuckte zusammen. Eben hatte sie Tomassini getroffen und dessen Drängen noch im Ohr, endlich den kleinen Reichsgrafen und Prinz Christian an den Waldrand zu locken. Im ersten Augenblick glaubte sie, Christian wäre ihr gefolgt, um selbst mit dem Genuesen sprechen zu können. Dann aber erinnerte sie sich daran, dass Tomassini den Pavillon gleichzeitig mit ihr verlassen hatte. Seinen Worten zufolge wollte er sich wieder mit den Räubern treffen, die den Tod Friedrichs herbeiführen sollten, und dann nach Hildburghausen zurückkehren.

Als Anna Sybilla und der Prinz mehrere Schritte vor ihr stehen blieben, knickste sie und wies mit einer weit ausgreifenden Bewegung auf den Park. »Es ist um diese Zeit sehr angenehm, spazieren zu gehen!«

»Das ist es in der Tat.« Prinz Christian lächelte sanft, während er überlegte, was die Frau vorhatte. Noch immer befürchtete er, dass Heinrich von Trenzen versuchen könnte, Friedrich umzubringen, um ihn an dessen Stelle zu setzen und die von Tomassini versprochene Belohnung zu erhalten. Ob dies tatsächlich seinem Willen entsprach oder nicht, war für die Trenzens unerheblich, da er nur als Friedrichs Nachfolger und Reichsgraf über die Mittel verfügte, sie so zu belohnen, wie sie es sich erhofften.

»Ihr seid allein unterwegs?«, fragte er mit einem gewissen Misstrauen.

»Ich wollte mich ein wenig im Park ergehen und fand niemanden, der mich begleitet hätte«, log Geraldina von Trenzen. »Nach Fräulein von Ziegenweidas Tod und dem des Hofarztes Stratmann ist der Hofstaat Ihrer Durchlaucht arg geschrumpft.«

Es war als Ausrede gedacht. Anna Sybilla empfand es jedoch als Stich gegen sich und zog verärgert die Augenbrauen zusammen. »Schwarzburg-Friedrichsthal ist ein kleines Land und der Hofstaat daher nicht groß. Ich gedenke ihn auch nicht mehr zu ergänzen, sondern werde ihn in Kürze bis auf wenige Personen auflösen.«

Geraldina von Trenzen begriff deutlich, dass sie und ihr Mann zu jenen zählten, die Anna Sybilla für überflüssig hielt, und musste das, was ihr über die Lippen wollte, schlucken, um sich die Dame nicht sofort zum Feind zu machen.

»Spazieren gehen ist recht und schön, doch ein Ausritt ist mir lieber«, sagte sie stattdessen und sah Prinz Christian auffordernd an. »Reichsgraf Friedrich und Ihr werdet mir morgen

Vormittag doch gewiss die Ehre geben, mich zu Pferd zu begleiten?«

»Das werden wir«, antwortete Prinz Christian, da er die Gefahr für Friedrich für geringer erachtete, solange Geraldina von Trenzen bei ihnen war, als wenn er mit dem Knaben allein ausgeritten wäre.

»Ich werde mich Euch und meinem Sohn anschließen«, erklärte Anna Sybilla eifrig. Sie kannte ihre Hofdame gut genug, um zu wissen, dass diese versuchen würde, Prinz Christian zu bezirzen.

Prinz Christian überlegte kurz und nickte. »Es wäre mir eine große Freude«, sagte er und erntete ein seelenvolles Lächeln von Anna Sybilla.

Die Reichsgräfin war in ihrer Jugend eine gute Reiterin gewesen und hatte sich in den ersten Jahren in Friedrichsthal mindestens zweimal in der Woche ihre Stute satteln lassen. In letzter Zeit hatte sie es nicht mehr getan, stellte aber in diesem Augenblick fest, wie sehr sie die Ritte vermisste.

»Ist zehn Uhr genehm?«, fragte sie den Prinzen.

»Wir alle werden bereit sein«, antwortete er und wies auf Klara, die zusammen mit Friedrich und ihrer Familie näher am Schloss spazieren ging. »Wir werden eine recht stattliche Kavalkade bilden, denn uns werden gewiss auch Frau Klara und ihr Sohn begleiten. Vielleicht sollten wir Tobias Just ebenfalls ein Pferd anbieten und auch Herrn von Trenzen fragen, ob er mitreiten möchte.«

Anna Sybilla ahnte, dass er hoffte, Klara und deren Familie würden sich so wie jetzt um Friedrich kümmern und Trenzen sich um seine Frau, so dass sie nebeneinanderreiten konnten. Sie lachte fröhlich auf. »Sorgt für alles, mein Herr, denn unsere Gäste sollen auch ihr Vergnügen finden!«

6.

Tobias trug Hilde auf dem Arm, auf die er so lange hatte verzichten müssen, und betrachtete den Park mit wehmütigem Blick.

»Es ist so schön hier. Ich wünschte jedoch, ich könnte euch alle heim nach Königsee nehmen, und das trotz einer Fratze wie Waldemar Frahm!«

»Ich wünschte, Frahm würde in die Schwarzburger Unterherrschaft geschickt, damit wir endlich unsere Ruhe vor ihm haben«, sagte Klara seufzend. »Ich habe mir ja schon überlegt, ob es eine Möglichkeit gibt, uns hier in Friedrichsthal anzusiedeln, da mir dieses Amerika doch ein wenig arg entfernt scheint.«

»Hier könnte ich kein Laborant mehr sein, da dieses Recht nur für die Rudolstädter Herrschaft gilt«, wandte Tobias ein.

»Das ist leider wahr.« Klara klang traurig, denn hier würde ihr Mann nur ein Schlossbediensteter wie Manfred sein und nicht wie in Königsee ein geachteter Laborant. Sie lachte bitter und schüttelte den Kopf. »Es gibt überall einen Pferdefuß!«

Da Lena an ihrem Kleid zupfte und aufgehoben werden wollte, verscheuchte sie diesen Gedanken und strich ihrer Tochter übers Haar. »Wir sollten nicht traurig sein, sondern uns freuen, weil wir an einem so schönen Tag zusammen sein können. Wer weiß, wann das wieder der Fall sein wird.«

»Gibt es denn keine Möglichkeit, die Reichsgräfinnen davon zu überzeugen, dich gehen zu lassen?«, fragte Tobias.

Klara hob Lena auf und drückte sie an sich. »Ich hoffe, sie werden es tun, wenn Friedrich keine Gefahr mehr droht und seine Gesundheit endgültig wiederhergestellt ist. Vielleicht ist es im Herbst schon so weit, vielleicht aber auch erst im Frühling.«

»Dann müsste ich das Christfest ohne dich und die Kinder feiern«, rief Tobias entsetzt. »Eher trotze ich Schnee und Eis und wandere hierher, als allein in der Stube zu sitzen und mich nach euch zu sehnen!«

»Du darfst Martha und deinen Vater nicht vergessen. Zu Weihnachten ist das Kind da. Es gäbe in Königsee ein schlechtes Bild ab, wenn du nicht mit ihnen zusammen am Christfest in die Kirche gehst.«

Klaras Mahnung verfing, denn Tobias begriff, dass es andere Verpflichtungen gab, die er über seiner eigenen Lage nicht vergessen durfte. »Man würde glauben, ich wäre gekränkt, weil meinem Vater noch ein Kind geboren worden ist. Meine Verwandten von Mutterseite her würden dies verbreiten und schlecht über Martha reden. Auch wenn es mir schier das Herz zerreißt – ich kann Vater und sie nicht im Stich lassen.«

»Das darfst du einfach nicht!«, erwiderte Klara, obwohl der Gedanke, Weihnachten ohne ihn feiern zu müssen, wie eine Wunde schmerzte.

Von Klara und Tobias unbemerkt, standen Henrietta Augusta und Kornelius von Zander an einem der Parkfenster des Schlosses und beobachteten sie.

»Fühlt Ihr nicht manchmal eine gewisse Schuld, weil Ihr diese Familie einfach auseinandergerissen habt, damit Klara Just Euch dienen muss?«, fragte Zander nachdenklich.

Das Bild des Paares und der Kinder, die sich eng an Vater und Mutter schmiegten, blieb nicht ohne Wirkung auf die alte Dame. »Ich halte es immer noch für richtig, die Wanderapothekerin zu mir geholt zu haben. Keine andere hätte erreicht, was dieser Frau gelungen ist«, sagte sie dennoch.

»Sie hat Friedrich gerettet! Er wäre sonst unter der Pflege, die der Arzt Stratmann und seine Betreuerin Rudolfa Ludovicius ihm angedeihen ließen, zugrunde gegangen. Das gebe ich gerne zu und danke Gott dem Herrn, dass er das nicht zugelassen hat. Doch nun ist der Knabe gesund und munter, und es wäre tatsächlich an der Zeit, Klara Just zu belohnen und sie nach Hause zu entlassen«, schlug Zander vor.

»Noch ist die Gesundheit meines Enkels nicht so gefestigt, dass ich ihn unbesorgt anderen Händen anvertrauen könnte«, widersprach Henrietta Augusta. Doch auch sie wusste, dass sie Klara nicht für alle Zeit hierbehalten konnte. »Lasst sie noch ein paar Wochen bei uns bleiben und Gabi anlernen. Diese Dienerin hat sich als äußerst zuverlässig erwiesen, ebenso wie Manfred. Er soll der Kammerdiener meines Enkels werden.«

»Das ist ein sehr guter Gedanke«, lobte Zander sie. Der Diener und die junge Magd hatten Klara in jeder Situation unterstützt und zudem den letzten Mordanschlag auf Friedrich vereitelt.

»Sagt es aber ihr und ihrem Mann, damit er nicht ohne Hoffnung von hier weggehen muss«, drängte er Henrietta Augusta und fragte sie dann, ob sie ihm die Ehre einer Schachpartie erweisen würde.

»Ja, aber nur, wenn Ihr mich gewinnen lasst«, antwortete sie mit einem so entspannten Lächeln, wie er es seit dem Tod ihres Sohnes bei ihr nicht mehr gesehen hatte.

7.

Der Reitertrupp, der am nächsten Morgen aufbrach, war noch größer, als Prinz Christian es vorhergesagt hatte. Im letzten Augenblick hatten nämlich auch Henrietta Augusta und Kornelius von Zander beschlossen, mit auszureiten. Die Stallknechte hatten einiges zu tun, bis alle Pferde gesattelt waren. Für Tobias, der zwar das eine oder andere Mal im Sattel gesessen war, aber nie richtig reiten gelernt hatte, war ein ruhiger Wallach ausgesucht worden und für Martin eine kleine Stute, die allerdings so übermütig war, dass ein Reitknecht in seiner Nähe blieb, um jederzeit eingreifen zu können.

Anna Sybilla und Prinz Christian ritten ihre Lieblingspferde, ebenso Friedrich, der heute lieber traben als im Schritt den Park durchmessen wollte. Im Gegensatz zu ihnen kümmerte es Heinrich von Trenzen wenig, auf welches Pferd er stieg, denn er hielt die Zügel so kurz, dass das Tier ständig die Kandare spürte.

Henrietta Augustas und Zanders Alter war es geschuldet, dass die Schar zunächst langsam ritt und sich schon bald in mehrere Gruppen aufspaltete. Klaras Familie blieb zusammen. Bei ihnen war auch Friedrich, der vom Sattel aus ein Gespräch mit Martin führte. Unweit von ihnen ritten Henrietta Augusta und Zander, die Friedrich nicht aus den Augen ließen. Anna Sybilla und Prinz Christian schlugen dagegen ein schnelleres Tempo ein, bei dem zunächst nur Heinrich von Trenzen mithalten konnte, während dessen Ehefrau nicht wusste, ob sie ihm folgen oder bei den anderen bleiben sollte.

»Sollen sie ruhig traben oder gar galoppieren. Wir reiten so, wie es uns gefällt«, sagte Henrietta Augusta zu Zander. Dieser blickte hinter Anna Sybilla und dem Prinzen her und stieß ein leises Lachen aus.

»Es wäre wirklich von Vorteil, wenn aus Eurer Schwiegertochter und Prinz Christian ein Paar würde. Die beiden würden gewiss in einer Stadt leben wollen, sei es Hildburghausen, Altenburg oder gar Dresden, und wir könnten gemütlich in Friedrichsthal bleiben.«

»Noch lieber wäre es mir, sie würden Trenzen und seine Frau mitnehmen. Ich mochte den Mann noch nie, doch mittlerweile ist er mir direkt widerwärtig geworden. Ich verstehe nicht, warum Prinz Christian immer noch auf seiner Seite steht.« Henrietta Augusta klang verärgert, denn sie hatte Trenzen bereits gestürzt gesehen.

»Wir sollten ein wenig schneller werden. Sogar die Gruppe um Friedrich ist uns bereits ein gutes Stück voraus«, sagte Zander und trieb seinen Wallach zu einem gemächlichen Trab, so dass sie langsam aufholten, während Anna Sybilla und Prinz Christian ihre Rosse zügelten, um auf den Rest der Gruppe zu warten.

Heinrich von Trenzen schloss zu den beiden auf, hielt aber zwei Pferdelängen Abstand. Dabei äugte er mehrmals zu der Stelle am Waldrand hinüber, zu der sie laut Tomassinis Angaben Friedrich und Prinz Christian bringen sollten. Es war noch ein längeres Wegstück bis dorthin, und der Weg, den Prinz Christian eben einschlug, führte nicht in diese Richtung.

Während Heinrich von Trenzen noch überlegte, wie er die Gruppe dazu bewegen konnte, doch auf die wartenden Räuber zuzureiten, schloss seine Frau zu ihnen auf.

»Ich freue mich auf einen schönen Galopp. Wollen wir nicht die anderen hier zurücklassen und Richtung Wald reiten?«, fragte sie.

»Den Wald sollten wir meiden«, antwortete Prinz Christian ablehnend.

»Ich will ja auch nicht bis zum Wald, sondern nur bis zu jener Eiche!« Sie wies auf einen Baum, der gut zweihundert Schritte vom Wald entfernt seine Äste in den Himmel reckte. »Auf der anderen Seite liegt der Marktort, und dort behindern uns die Bewohner«, setzte sie hinzu. Obwohl es an diesem Tag etwas kühler war, schwitzte Geraldina von Trenzen. Tomassini hatte nämlich gedroht, Prinz Christian zu raten, ihr und ihrem Mann die versprochene Belohnung vorzuenthalten, wenn sie sich nicht endlich als nützlich erwiesen. Das hieß, sie mussten Friedrich und den Prinzen unbedingt an die genannte Stelle locken.

»Was halten Euer Erlaucht von einem Wettrennen?«, fragte sie Friedrich, als die Gruppe um Klara näher gekommen war.

»Ich glaube nicht, dass ich ein Wettrennen mitmachen will, und mein Sohn wird es auch nicht tun«, erklärte Klara mit scharfer Stimme.

»Das müsst ihr auch nicht.« Friedrich wusste, dass Geraldina von Trenzen schlechter ritt als er, und hoffte, sowohl sie wie auch seine Mutter hinter sich lassen zu können.

»Ihr bleibt zurück, während wir anderen einen Galopp anschlagen«, sagte er zu seiner Großmutter, Klara und deren Familie.

Martin sah ganz so aus, als wollte er trotz seiner geringen Reiterfahrung ebenfalls mit um die Wette galoppieren. Da griff Klara zu und fasste seine Stute am Zügel.

»Du bleibst bei mir, verstanden?«

Ihr Sohn nickte unglücklich. »Ja, Mama!«

»Ich will nicht, dass du dir das Genick brichst! Später, wenn du im Sattel geübter bist, magst du mit den anderen mitgaloppieren.«

Noch während der Junge mit ihrer Entscheidung haderte, bockte Geraldina von Trenzens Stute, und die Dame hatte Mühe, im Sattel zu bleiben.

»Siehst du jetzt, was ich meine?«, fragte Klara ihren Sohn.

Martin sah beklommen zu, wie ein Reitknecht eingreifen musste, um Geraldinas Stute zu bändigen. Die Frau blieb wenigstens im Sattel, was ihm wohl kaum gelungen wäre. »Du hast recht, Mama!«, sagte er. »Dafür müsste ich weitaus besser reiten können.«

»Ich freue mich, dass du es einsiehst. Denke immer daran: Reite so, wie du es verantworten kannst. Mögen andere sich die Hälse brechen, der deine ist zu schade dazu.«

Über diese Bemerkung seiner Mutter musste Martin nun doch lachen. Inzwischen brachten Anna Sybilla, Prinz Christian und Friedrich ihre Pferde in Stellung, um so schnell wie möglich losreiten zu können.

Auch Geraldina von Trenzen gesellte sich hinzu, obwohl sie eben beinahe abgeworfen worden wäre. Ihr Ehemann folgte ihr mit verkniffener Miene. Heinrich von Trenzen hatte erkannt, was seine Frau plante, fragte sich aber, wie diese es schaffen wollte, den Knaben und den Prinzen bis an den Waldrand zu locken.

Inzwischen wies Christian auf die Eiche, die Geraldina von Trenzen angesprochen hatte. »Das ist unser Ziel. Es soll niemandem einfallen, weiter zu reiten. Habt ihr verstanden?«

»Selbstverständlich, mein gestrenger Herr!«, antwortete Anna Sybilla mit leichtem Spott.

Insgeheim aber bewunderte sie den Prinzen. Er würde ihr das Leben gewiss so angenehm wie möglich gestalten und gleichzeitig dafür sorgen, dass sie sich nicht langweilte, wie es hier in Friedrichsthal doch oft der Fall war.

»Habt Ihr es ebenfalls verstanden, Euer Erlaucht?«, fragte Prinz Christian Friedrich.

Der Junge nickte. »Bis zu diesem Baum und nicht weiter!«

»Wir wissen nicht, was sich in den Wäldern herumtreibt. Jenseits der Grenzen soll es Räuber geben. Für diese wären unsere Pferde, der Schmuck der Damen und auch meine Börse eine willkommene Beute.«

»Ihr seid kein Kavalier, Euer Durchlaucht, sonst hättet Ihr die Damen vor den Pferden genannt«, beschwerte Geraldina sich mit einem missglückten Lachen.

»Auf meinem Pferd sitzend kann ich vor Räubern fliehen, zu Fuß mit einer Dame am Arm allerdings nicht«, antwortete Prinz Christian angespannt.

Irgendetwas war im Schwange, das fühlte er, doch es war zu spät, das Wettreiten abzubrechen. Während er sich noch einmal nach Henrietta Augusta und jenen umsah, die ihnen im gemütlichen Schritt folgen würden, tastete er nach der Pistole unter seinem Rock. Sie war geladen, und es lag auch bereits Pulver auf der Zündpfanne. Er musste die Waffe nur noch spannen und schießen. Da auch die beiden Reitknechte bewaffnet waren, glaubte er sich gegen jede Gefahr gewappnet.

»Nun denn!«, rief er. »Ihre Erlaucht soll das Zeichen geben. Ich erwähne noch einmal, dass keiner über jenen Baum hinausreiten darf.«

Geraldina von Trenzen fasste den genannten Baum ins Auge und musterte anschließend den Waldrand. Für einen kurzen Moment glaubte sie dort jemanden zu sehen, doch als sie genauer hinschaute, war die Gestalt verschwunden. Sie warten darauf, dass ich ihnen Friedrich vor die Flinte bringe, schoss es ihr durch den Kopf.

In ihrer Anspannung übersah sie das Zeichen, das Henrietta Augusta gab, und drückte ihrer Stute erst den Sporn in die Seite, als Anna Sybilla, Prinz Christian und Friedrich bereits auf die Eiche zugaloppierten. Es war rasch zu erkennen, dass Prinz Christian der beste Reiter war, doch auch Anna Sybilla überraschte die anderen. Friedrichs Pferd trug den leichtesten Reiter, hatte aber, da es kleiner war als die anderen Tiere, den Nachteil kürzerer Beine und konnte mit den beiden Vollblütern nicht mithalten. Es gelang dem Jungen jedoch, Heinrich von Trenzen zu überholen. Ein ganzes Stück dahinter trieb Geraldina ihre Stute in den Galopp und starrte dabei mehr auf den Waldrand als auf den als Ziel genannten Baum.

Kurz bevor Prinz Christian diesen erreichte, zügelte er seinen Hengst und ließ Anna Sybilla den Vortritt. Deren Stute schoss an ihm vorbei und passierte den Baum. Die Dame lenkte ihre Stute in einem Bogen um diesen herum und hielt sie neben Christians Hengst an.

»Ihr wolltet mich gewinnen lassen!«, tadelte sie ihn kokett.

»Um Gottes willen, nein!«, log er. »Mein Pferd bockte leicht, und so blieb mir nichts anderes übrig, als es wieder unter Kontrolle zu bringen.«

»Ihr seid ein schlechter Lügner! Das gefällt mir, denn dadurch werdet Ihr mir ein umso besserer Ehemann sein.« Inzwischen schloss ihr Sohn zu ihnen auf, und sie applaudierte ihm.

»Ihr reitet ausgezeichnet, Euer Erlaucht! Wer hätte gedacht, dass ich das noch erleben darf?« Sie schämte sich ein wenig, weil sie ihren Sohn nach Stratmanns Diagnose bereits aufgegeben hatte. Nun aber war er wieder gesund, und dies hatte sie allein Klara Just zu verdanken.

Ein schriller Schrei riss Anna Sybilla aus ihren Gedanken. Geraldina galoppierte heran, schwankte aber im Sattel und passierte die Eiche, ohne ihre Stute anzuhalten.

»Das Biest geht durch!«, kreischte sie in scheinbar höchster Not.

»Zieht fester am Zügel!«, schrie Prinz Christian ihr nach.

Statt seinen Rat zu befolgen, ritt sie einfach weiter.

»Verflucht! So gerät sie in den Wald. Wenn sie gegen einen Ast stößt, kann es ihr das Genick brechen«, rief Prinz Christian besorgt und spornte seinen Hengst an, um ihr zu folgen.

Heinrich von Trenzen erkannte die Absicht seiner Frau und gratulierte ihr in Gedanken. »Meine Gemahlin! Wir müssen sie retten, Euer Erlaucht!«, rief er und versetzte Friedrichs kleinem Wallach einen Klaps auf die Kruppe. Sofort trabte dessen Pferd an. Heinrich von Trenzen folgte ihm, bereit, das Tier notfalls bis zum Waldrand zu treiben.

Da Anna Sybilla nicht allein bleiben wollte, ließ sie ihrer Stute die Zügel. Einer der beiden Reitknechte galoppierte hinter der Gruppe her.

Nur Klara begriff, dass Frau von Trenzens Pferd nicht wirklich durchging, und sah entsetzt, dass die anderen ihr blindlings nachritten.

»Das gefällt mir nicht! Kommt mit!«, rief sie und trabte an.

8.

Tomassini hatte gesehen, wie die kleine Reitergruppe auf den Wald zugaloppierte, und sich bereits die Hände gerieben. Als Prinz Christian jedoch bei der Eiche anhielt, fluchte er leise.

»Schaut euch Madame Trenzen an. Die wackelt im Sattel, dass es eine Freude ist«, spottete neben ihm der Hauptmann der Räuber.

Verwundert blickte Tomassini hin und sah, wie Geraldina von Trenzen an den anderen vorbeigaloppierte und dabei gellend schrie. Augenblicke später trieb Prinz Christian seinen Hengst an, um ihr zu folgen. Kurz darauf ritten auch Friedrich, Heinrich von Trenzen und Anna Sybilla auf den Wald zu.

»Frau von Trenzen ist wirklich ein durchtriebenes Ding!«, stieß Tomassini hervor.

Er hatte begriffen, dass sie das Durchgehen ihres Pferdes nur vortäuschte, um die anderen zu ihm zu locken. Ein Stück dahinter ritt einer der beiden Reitknechte, holte aber rasch auf. Da der Mann Frau von Trenzens Worten zufolge bewaffnet sein sollte, zeigte Tomassini auf ihn.

»Sobald der Bursche nahe genug ist, schießt ihn vom Pferd«, wies er die Räuber an.

»Und die anderen?«, fragte der Räuberhauptmann.

»Die kommen später dran. Den Prinzen aber überlasst mir! Den werde ich höchstpersönlich zur Hölle schicken!« Mit einem spöttischen Grinsen zog Tomassini seine Pistole hervor. Er hatte sie einst von Prinz Christian erhalten, und nun würde er ihn damit erschießen.

Mittlerweile hatte Geraldina von Trenzen den Waldsaum erreicht und lenkte ihre Stute zwischen den mächtigen Stämmen hindurch. Kurz darauf sah sie Tomassini und die Räuber vor sich.

Der Genuese deutete eine Verbeugung an. »Meine Hochachtung, Madame! Ihr seid wirklich brauchbar.«

… und zwar in doppelter Hinsicht, dachte er. Sie war nicht nur durchtrieben, sondern auch eine feurige Geliebte. Fast wünschte er sich, sie mit sich nehmen und mit ihr gemeinsam dem Glück nachjagen zu können. Nun aber richtete er sein Augenmerk auf den Prinzen, der eben den Waldrand erreichte. Dieser ritt jedoch nicht weiter, sondern spähte aufmerksam hinein.

»Frau von Trenzen, wo seid Ihr?«, rief er laut.

»Gebt Antwort und tut so, als wärt Ihr abgeworfen worden und verletzt«, flüsterte Tomassini Geraldina zu.

»Hilfe!«, rief diese mit schwacher Stimme. »Zu Hilfe, ich bin aus dem Sattel gestürzt und kann mich nicht mehr erheben!«

Besorgt lenkte Prinz Christian seinen Hengst auf sie zu und blickte kurz darauf in Tomassinis Pistole. Frau von Trenzen lag mitnichten am Boden, sondern saß auf ihrem Pferd und zwinkerte ihm zu.

»Dies ist die beste Gelegenheit, den Bengel loszuwerden, ohne dass man Euch auch nur den geringsten Vorwurf machen kann«, sagte sie munter.

Sie begriff jedoch selbst, dass sie bei der ganzen Sache eine andere Figur machen musste, und rutschte aus dem Sattel. Noch während sie malerisch zu Boden sank und die Ohnmächtige spielte, stieß Prinz Christian einen Warnruf aus. »Bleibt zurück! Es ist eine Falle!«

Es war jedoch zu spät. Friedrich wollte zwar anhalten, doch Trenzen entriss ihm den Zügel und zog sein Pferd hinter sich her. Anna Sybilla, die nur Augenblicke später den Wald erreichte, wurde ebenso wie ihr Sohn von den Räubern mit vorgehaltenen Waffen empfangen.

»Was soll das?«, fragte sie verärgert.

»Wie Euer Durchlaucht vielleicht bemerken, ist dies ein Raubüberfall. Dürfte ich Eure Durchlaucht bitten, Euren Schmuck abzulegen? Ihr werdet den Weg zum Schloss gewiss ohne auch ihn antreten können!«

Die Stimme des Räuberhauptmanns triefte vor Hohn. Jahrelang hatten die Landreiter aus Friedrichsthal seine Bande aus dieser Gegend ferngehalten. Endlich sah er die Gelegenheit vor sich, hier fette Beute zu machen.

Tomassini war mehr an Rache denn an Geld gelegen und hatte daher den Räubern das Eigentum der Überfallenen versprochen. Nun befürchtete er, dass sich die Angelegenheit dadurch in die Länge zog.

»Macht rasch!«, fuhr er die Räuber an. »Wenn wir zu lange trödeln, werden die Landreiter alarmiert, und die bleiben diesmal gewiss nicht an der Grenze stehen.«

Der Hauptmann trat mit ausgestreckter Hand auf Anna Sybilla zu. »Gebt den Schmuck her!«, schnauzte er sie an.

Als Prinz Christian sah, wie der Räuber die Frau bedrohte, die er liebte, ließ er den rechten Steigbügel fahren und versetzte dem Hauptmann einen gewaltigen Fußtritt. Der Mann flog gegen den nächsten Baumstamm, krachte mit dem Kopf voraus dagegen und blieb benommen liegen.

Zwei, drei Räuber wollten auf den Prinzen losgehen. Da hallte Tomassinis Stimme auf: »Ich sagte, der Kerl gehört mir!«

Die Männer blieben stehen und nahmen sich stattdessen Trenzen vor. Dieser sah sich als Verbündeter der Räuber und protestierte, als sie ihn vom Pferd zerrten und seiner Börse entledigten.

Tomassini sah keinen Grund, ihn zu schonen. »Seid froh, dass ich Euch nur Euer Geld abnehme und nicht auch noch Euer Leben. Immerhin ist der Anschlag auf Friedrich durch Eure Dummheit misslungen!«

Trenzen winkte ihm verzweifelt, zu schweigen, da Anna Sybilla und Friedrich alles mithören konnten. Seine Frau hingegen gab vor, aus ihrer vermeintlichen Ohnmacht zu erwachen, und schrie Tomassini an. »Was wollt Ihr wirklich, wenn es Euch nicht um Friedrich geht?«

Der Genuese lächelte verächtlich. »Ich werde den Prinzen erschießen.« Noch während er es sagte, krachte ein Schuss, und als er sich umdrehte, sah er, wie der Reitknecht, der eben den Waldrand erreicht hatte, aus dem Sattel fiel.

»Ihr habt gesagt, wenn er nahe genug ist, sollen wir ihn abknallen«, sagte der Schütze stolz.

Er war einer von zwei Räubern, die über eine Flinte verfügten. Im Gürtel des Hauptmanns steckte eine Pistole, und zwei weitere Räuber besaßen ebenfalls solche Waffen. Der Rest der Bande war nur mit Messern und Knüppeln bewaffnet. Ein Trupp gut ausgerüsteter Landreiter hätte mit ihnen fertigwerden können. Bis diese jedoch eintreffen konnten, glaubten sie, längst über alle Berge zu sein.

Tomassini bemerkte, dass die Gruppe um Klara bereits ziemlich nahe gekommen war. Allerdings zögerten sie, in den Wald einzudringen.

»Schießt, wenn sie näher kommen!«, befahl er den Räubern und wurde im nächsten Augenblick von Geraldina überrascht.

Voller Wut, von dem Genuesen belogen und betrogen worden zu sein, stürzte sie sich auf ihn und fuhr ihm mit ihren scharfen Fingernägeln durchs Gesicht. »Der Teufel soll dich holen, du Schuft! Deine Hoden sollen verfaulen und dein Penis anschwellen, bis er platzt! Du elender Hund, du …«, schrie sie wie von Sinnen.

Tomassini versetzte ihr einen harten Schlag. Sie nahm ihn jedoch, ohne mit der Wimper zu zucken, hin und versuchte, ihm die Augen auszukratzen. Ohne nachzudenken, presste er die

Mündung seiner Pistole gegen ihren Leib und drückte ab. Der Schuss hallte durch den Wald und wurde vom Echo zurückgeworfen.

Während Geraldina von Trenzen langsam zu Boden sank, sah sie Tomassini mit einem letzten, hasserfüllten Blick an. »Ich werde dem Teufel sagen, dass du darauf wartest, von ihm geholt zu werden«, sagte sie noch.

Dann war es vorbei.

Heinrich von Trenzen starrte auf seine tote Frau und fühlte trotz seines Schreckens eine gewisse Erleichterung. Geraldina war ihm mit der Zeit zu fordernd geworden, und nun war er frei. Ja, vogelfrei!, hallte es in seinen Gedanken. Der verfluchte Genuese hatte offen erklärt, dass er den Anschlag auf Friedrich unternommen hatte. Wenn er nicht in den Ruf eines Verräters und Mörders kommen wollte, mussten der Knabe und dessen Mutter sterben.

»Bringt sie um!«, forderte er Tomassini auf und zeigte auf Anna Sybilla und deren Sohn.

»Wage es ja nicht!«, rief Prinz Christian voller Wut und wollte auf ihn losgehen. Zwei Schurken richteten ihre Spieße auf ihn, und ein weiterer entriss ihm die Zügel.

Unterdessen musterte der Genuese Trenzen mit einem verächtlichen Blick. »Euer Weib ist Euch kein einziges Wort wert?«

Erschrocken fragte Trenzen sich, ob Tomassini auch ihn töten wollte. Dieser lud seine Waffe neu, beugte sich zu dem noch immer benommenen Räuberhauptmann nieder und zog dessen Pistole aus dem Gürtel.

»Hier! Tu es selbst!« Mit diesen Worten streckte er Trenzen die Waffe hin.

Trenzen griff zu und legte die Waffe auf Anna Sybilla an. Sein Finger war jedoch wie gelähmt. Zwar hatte er den Arzt Stratmann niedergeschossen, aber es war etwas anderes, eine

Frau und ein Kind zu töten. Drück ab!, schoss es ihm durch den Kopf. Es geht um deine Sicherheit. Wenn die beiden am Leben bleiben, werden sie dich immer beschuldigen, ein Verräter und Mörder zu sein.

Während Trenzen mit seinem Gewissen rang, riskierte Prinz Christian alles und stieß seinem Pferd den Sporn hart in die Weichen. Der Hengst bäumte sich auf, riss zwei der Kerle um und prallte hart gegen Trenzen. Dieser stolperte und ließ die Pistole fallen.

Tomassini lachte auf. »Der edle Ritter! Stets bereit, sich für die Dame, die er verehrt, zu opfern. Ich glaube, ich sollte die Reichsgräfin den Räubern überlassen. Die haben gewiss nichts dagegen, ein hübsches Weibsbild unter sich zu spüren.«

»Wage es ja nicht!«, rief Prinz Christian voller Wut und Verzweiflung.

»Ihr habt hier gar nichts zu fordern. Mit Euch ist es nämlich aus!« Tomassini winkte mehrere Räuber heran. »Haltet ihn so fest, dass er nicht noch einmal zutreten kann!«

Drei Kerle packten den Prinzen, entwanden ihm seine Waffe und rissen ihn aus dem Sattel. Sie pressten ihn mit dem Rücken gegen einen Baum.

Unterdessen hob der Genuese die Pistole und legte auf Christian an. »Gleich könnt Ihr mit den Engelein singen!«, spottete er, besann sich dann anders und richtete die Waffe auf Anna Sybilla. »Bevor ich Euch eine Kugel in den Kopf jage, werde ich sie erschießen!«

»Du verfluchter Hund!« Christian stemmte sich gegen die Hände, die ihn festhielten, kam aber nicht gegen die drei Schurken an.

»Es ist mir lieber, erschossen zu werden, als einem Rudel stinkender Böcke zur Stillung ihrer Lust zu dienen«, sagte Anna Sybilla unter Tränen und glitt aus dem Sattel.

»Für die stinkenden Böcke sollten wir das Weib wirklich auf den Rücken legen«, brüllte der Räuberhauptmann, der endlich wieder auf die Beine gekommen war.

Weder er noch Tomassini hatten zuletzt auf die Gruppe um Klara geachtet, da diese außerhalb des Waldes angehalten hatte. Die Schüsse und laute Stimmen verrieten Klara und den Ihren, dass etwas Schreckliches im Gange war.

»Was sollen wir machen? Fliehen und die Landreiter rufen?«, fragte Tobias mit einer Miene, die zeigte, wie wenig es ihm passte, dies tun zu müssen.

Der zweite Pferdeknecht zog seine Pistole. »Es geht um Seine Erlaucht und seine Frau Mutter. Ich muss alles versuchen, um sie zu retten.«

»Warte!« Tobias stieg ab, reichte Klara den Zügel und eilte zu dem niedergeschossenen Reitknecht, um dessen Pistole zu holen.

»Jetzt sind wir schon zu zweit!«, meinte er mit einem verkrampften Grinsen, als er zurückkam.

»Ihr meint zu dritt!« Zander, der zusammen mit Henrietta Augusta zu ihnen aufgeschlossen hatte, zog unter seinem Rock eine kleine Pistole hervor.

Klara beugte sich zu Martin hin. »Reite so rasch zum Schloss, wie du kannst, und berichte, dass wir überfallen worden sind und Hilfe brauchen!«

»Das solltest du übernehmen«, riet Tobias, der sie außer Gefahr sehen wollte.

Klara schüttelte mit wilder Entschlossenheit den Kopf. »Es geht um Friedrich! Ich bin geholt worden, um ihn zu schützen. Ist Euch das Leben Eures Enkels das Eure wert?« Der letzte Satz galt Henrietta Augusta, die mit eisiger Miene nickte.

»Mehr als das!«

»Dann vorwärts!« Klara stieß einen gellenden Schrei aus und trieb die Stute an. Wenige Augenblicke später drang sie in den

Wald ein. Ein quer stehender Ast zwang sie zu einem tiefen Bückling. Das war ihr Glück, denn im selben Moment feuerten die Räuber ihre Flinten und Pistolen ab, verfehlten sie jedoch.

Einer der Schurken tauchte vor Klara auf, hielt aber nur die nutzlos gewordene Pistole in der Hand. Bevor er sie fallen lassen und sein Messer ziehen konnte, traf ihn Klaras mit Sporen versehener Stiefel im Gesicht und riss eine hässliche Wunde.

»Bleibt immer in Bewegung!«, rief die alte Reichsgräfin Klara zu.

Zwischen den Bäumen war dies leichter gesagt als getan. Klara riss die Stute herum, sah die Kerle, die Prinz Christian festhielten, rammte zwei davon mit dem Bug des Pferdes und sah sie stürzen. Den Dritten schlug der Prinz mit einem Faustschlag nieder. Noch während er dessen Messer packte, ertönte ein Schuss, und dann noch einer.

Die hatten Tobias und der Pferdeknecht abgegeben. Außer Tomassini standen ihnen ein gutes Dutzend Räuber gegenüber. Nicht alle bewiesen Mut, denn einige wandten sich zur Flucht.

Prinz Christian eilte zu Friedrich, versetzte dessen Pferd einen Schlag und sah erleichtert, dass es losrannte und den Wald hinter sich ließ. Danach stach er mit dem Messer nach einem der Schurken, versetzte einem anderen einen Schlag mit dem Knauf und kämpfte sich zu Anna Sybilla durch.

»Haltet Euch hinter mir!«, rief er ihr zu und schob sich zwischen sie und Heinrich von Trenzen, der die Pistole des Räuberhauptmanns wieder aufgehoben hatte.

»Wenn Ihr jetzt an unserer Seite kämpft, könnt Ihr Eure Ehre retten!«, forderte Christian ihn auf.

»Schieß den Prinzen nieder!«, schrie Tomassini, der seine Pistole abgeschossen hatte und sie gerade neu lud.

Heinrich von Trenzen zitterte. Wenn er Christian tötete, würden die Räuber die Oberhand behalten. Doch was war, wenn nur ein Einziger der Überfallenen entkam? Henrietta Augusta hatte ein schnelles Pferd, und ihr Wort besaß Gewicht. Einen Herzschlag lang oder zwei überlegte er, sie zu töten und den Räubern den Rest zu überlassen. Da sah er, wie einer der Schufte hinter Prinz Christian und Anna Sybilla auftauchte und das Messer hob, um beide niederzustechen. In dem Augenblick handelte seine Hand wie von selbst. Der Lauf der Pistole rückte auf den Kerl zu, und ehe er sich besann, hatte er abgedrückt.

Der Räuber stürzte zu Boden.

Fast im gleichen Augenblick klang eine helle Knabenstimme auf.

»Vorwärts! Macht sie nieder!« Das war Martin.

Auf dem Weg zum Schloss war er auf mehrere Gärtner getroffen und hatte diese aufgefordert, ihrem Reichsgrafen beizustehen. Jetzt drangen die Männer mit Hacken und Beilen in den Wald ein und fielen über die überraschten Räuber her.

Tomassini sah sich erschrocken um. In dem Moment stürmte Prinz Christian auf ihn los. Beide prallten zusammen und stürzten. Noch im Fallen schoss Tomassini, konnte aber nicht sagen, ob er getroffen hatte, denn Christian packte ihn an der Kehle und drückte mit aller Kraft zu.

Als die Räuber den Genuesen am Boden liegen sahen und vom Schloss und den umliegenden Feldern immer mehr Knechte herbeieilten, hatten sie genug. Ihr Anführer dachte an das Geld, welches sie von Prinz Christian und Trenzen erbeutet hatten, und fand, dass es reichte, um diese Gegend verlassen zu können.

»Los, kommt mit! Wir hauen ab!«, rief er seinen Kumpanen zu und rannte los.

Vier Männer konnten ihm folgen, der Rest wurde von den Knechten eingeholt, niedergeschlagen und gefangen genommen. Zuletzt waren nur noch Prinz Christian und Tomassini in ein erbittertes Ringen verstrickt. Keiner der Umstehenden wagte einzugreifen, um den Prinzen nicht zu behindern. Da wies Klara erschrocken auf dessen Oberschenkel.

»Er ist verletzt und wird nicht mehr lange durchhalten!«

Tatsächlich wurde Prinz Christians Griff schwächer, und Tomassini gewann langsam die Oberhand. Als er zu seinem Dolch griff, trat Tobias hart gegen seinen Arm, und die Klinge flog durch die Luft. Augenblicke später zerrte Tobias den Genuesen hoch und stieß ihn zwei Knechten in die Arme.

»Fesselt ihn und bringt ihn zum Schloss!«, befahl er, während Klara zu Prinz Christian eilte.

»Setzt Euch rasch hin, ich muss Euch verbinden! Ihr verblutet!«

»Oh nein!«, rief Anna Sybilla erschrocken und fasste nach seiner Hand.

»Noch bin ich nicht tot«, antwortete der Prinz störrisch, ließ es dann aber zu, dass Klara ihm ein Tuch straff um den Oberschenkel band. Mit der eigentlichen Behandlung der Wunde musste sie warten, bis sie wieder im Schloss waren. Bis dorthin aber war die ärgste Gefahr gebannt.

9.

Klara befahl, Prinz Christian vorsichtig zum Schloss zu tragen. Dort ließ sie sich die Arzttasche des getöteten Stratmann bringen und suchte eine entsprechende Zange heraus. Nachdem sie deren Spitze über eine Kerzenflamme gehalten hatte, fuhr sie damit in den Wundkanal hinein, um die Kugel herauszuholen.

Halb wahnsinnig vor Schmerz, bäumte sich der Prinz auf und musste von Tobias und Manfred festgehalten werden. Wenig später spürte Klara einen leichten Widerstand und spreizte die Zange, so weit es ging, um das Geschoss zu fassen. Schließlich war es geschafft, und sie zeigte dem stöhnenden Prinzen den verformten Bleiklumpen. »Ihr hattet Glück. Die Kugel ist gegen den Oberschenkelknochen geprallt, ohne diesen zu zerschmettern. Ich werde die Verletzung reinigen und mit unserem Wundelixier ausspülen, dann müsst Ihr Gott und der Natur freien Lauf lassen.«

»Ist die Verletzung schlimm?«, fragte Prinz Christian aus Angst, sein Bein zu verlieren.

Klara schüttelte den Kopf. »Wenn alles gut heilt, werdet Ihr in zwei Wochen bereits wieder am Stock humpeln können. Allerdings solltet Ihr noch etwas länger Ruhe halten, damit die Wunde gut heilen kann.«

»Dafür werde ich sorgen!«, rief Anna Sybilla und nahm die Hand des Prinzen zärtlich in die ihre. »Ihr seid so tapfer.«

Christian verzog das Gesicht zu einer schmerzhaften Grimasse. »Was ich tat, geschah aus purer Verzweiflung, meine Liebe. Wahren Mut hingegen haben Ihre Erlaucht Henrietta Augusta und Frau Klara gezeigt, die unbewaffnet in den Wald eingedrungen sind und die Räuber niedergeritten haben. Ebenso sind Herr von Zander, Herr Just und der Reitknecht zu loben, die sich, ohne zu zögern, einem an Zahl mehrfach überlegenen Feind gestellt haben. Hätten sie das nicht gewagt, wären wir alle tot!«

Anna Sybilla schauderte, und sie lächelte Klara dankbar zu. »Ihr habt wirklich sehr viel Mut bewiesen!«

»Den wird Seine Durchlaucht jetzt auch beweisen müssen, denn es wird ein wenig brennen«, sagte Klara und ließ sich von Tobias die Flasche mit der Wundessenz reichen.

Unterdessen schüttelte Zander den Kopf. »So mutig war ich auch wieder nicht. Ich bin zwar mit in den Wald hineingeritten, habe aber nicht einmal meine Pistole abgefeuert!«

»Jedoch gleich zwei Schurken damit in Schach gehalten«, antwortete Prinz Christian und sah ihn daraufhin fragend an. »Was ist mit den gefangenen Räubern geschehen?«

»Tomassini wurde in den Kerker gesperrt. Über Trenzen wurde Zimmerarrest verhängt, und mit den vier Räubern, die in unsere Hände fielen, haben die Knechte wenig Federlesens gemacht und sie an den Ästen jener Eiche aufgehängt, die eigentlich das Ziel eures Wettreitens sein sollte.«

»Wie geht es Friedrich?«, fragte Prinz Christian.

In dem Augenblick goss Klara ihm die scharfe Flüssigkeit auf die Wunde, und er stieß einen gellenden Schrei aus. Als der Schmerz endlich nachließ, sah er Klara mit Tränen in den Augen an.

»Sollte ich je in die Verlegenheit geraten, einen Foltermeister zu benötigen, werde ich mich an Euch erinnern!«

»Solange Ihr Euch noch erinnern könnt, ist es ja gut«, antwortete Klara lächelnd und begann, die Wunde zu verbinden.

Elfter Teil

...

Wieder zurück

1.

Einige Meilen von Friedrichsthal entfernt in Königsee bedachte Kuni Martha mit tadelndem Blick. »Ich sagte doch, dass ich diese Arbeit selbst machen werde! Für Euch ist sie viel zu schwer.«

»Aber ich kann nicht einfach nur herumsitzen und dir zusehen«, wandte Martha rebellisch ein.

Obwohl die Schwangerschaft sie schwerfällig gemacht hatte, mochte sie die Hände nicht in den Schoß legen. Sie war gewohnt, zuzupacken, und ihr reichte das wenige nicht, das Kuni ihr noch zu tun erlaubte.

»Ihr wollt doch ein gesundes Kind zur Welt bringen!«, fuhr Kuni fort. »Also befolgt gefälligst meinen Rat und schont Euch. Nicht, dass das Kleine vor der Zeit und schwächlich ans Tageslicht kommt.«

Der Hinweis auf das Kind, das Martha unter dem Herzen trug, war die beste Waffe, um sie von übermäßiger Arbeit abzuhalten. Kuni wusste aber, dass sie sie trotzdem beschäftigen musste, und wies auf einen Korb Wolle. »Hier wäre etwas für Euch. Setzt Euch ans Fenster und strickt Herrn Rumold ein Paar Handschuhe, Socken oder eine Mütze. Die braucht er im Winter gewiss!«

Stricken war eine Kunst, die Martha erst sehr spät erlernt hatte und nicht besonders mochte. Um ihres Kindes willen war sie jedoch dazu bereit. »Also gut, ich werde stricken«, sagte sie und blickte zum Fenster hinaus. »Wenn doch nur Klara wiederkäme!«

»Das wird sie schon noch«, versuchte Kuni, sie zu trösten.

»Ich meine: noch vor meiner Niederkunft.« Martha wischte ein paar Tränen ab und seufzte.

Kuni schüttelte verärgert den Kopf. »Es ist wirklich zum Haareausraufen! Auch Tobias und die Kinder sind jetzt schon ein paar Wochen weg, ohne dass eine Nachricht von ihnen gekommen wäre. Die Arbeit wächst Herrn Rumold über den Kopf, und dieser Frahm wird immer unverschämter.«

»Kaum redest du von dem Kerl, schon taucht er auf.« Rumold war in die Küche getreten und sah durch das Fenster den fürstlichen Beamten näher kommen.

»Der will tatsächlich zu uns«, brummte er und trat auf den Flur, um den Mann an der Tür abzufangen.

Als es klopfte, öffnete er. Frahm stand mit einem breiten Grinsen draußen und musterte ihn wie eine Katze die Maus, mit der sie noch ein wenig spielen will, bevor sie sie frisst.

»Sein Sohn hat sich wohl noch nicht wieder eingefunden?«, fragte Frahm scheinbar freundlich.

»Ich sagte doch bereits vor einigen Tagen, dass Tobias nach Friedrichsthal gegangen ist, um die Kinder zu Klara zu bringen«, erklärte Rumold mit knirschender Stimme.

»Ich glaube eher, dass Sein Sohn sich mitsamt seiner Familie der Herrschaft unseres gütigen Landesherrn Fürst Friedrich Anton entzogen und sich anderenorts niedergelassen hat. In diesem Fall besagt das Gesetz, dass sein Hab und Gut in den Besitz des Fürsten übergeht!«

Frahm klang gierig, denn sollte das schmucke Haus von Tobias unter den Hammer kommen, würde für ihn ein hübsches Sümmchen abfallen.

Rumold erkannte die Absicht des Beamten und kämpfte nur mit Mühe seinen Zorn nieder. »Meine Schwiegertochter Klara weilt auf Befehl unseres erlauchtesten Landesfürsten in der

Reichsgrafschaft Schwarzburg-Friedrichsthal. Dies wird eine Anfrage beim fürstlichen Hof zu Rudolstadt gewiss bestätigen. Was meinen Sohn betrifft, so hat dieser auf Anweisung der Reichsgräfin Henrietta Augusta Heilmittel nach Friedrichsthal gebracht, und meine Enkelkinder sind, wie Ihr in Rudolstadt ebenfalls bestätigt finden werdet, auf Befehl der Reichsgräfin dorthin gereist.«

Waldemar Frahm hatte diese Erklärung schon mehrmals von Rumold Just gehört und hätte es dabei bewenden lassen können. Er hasste Tobias jedoch und wollte ihm schaden. Um keine Beschwerde des Laboranten beim Fürsten in Rudolstadt zu riskieren, änderte er nun seine Taktik. »Ich will Ihm mal glauben! Dennoch besteht die Tatsache, dass Sein Sohn sich mit einem gefüllten Reff auf Wanderschaft begeben hat, und das ohne gestempelten Pass, der ihn als Buckelapotheker ausweist. Damit hat Tobias Just gegen die Gesetze unseres allergnädigsten Fürsten verstoßen und muss fünfhundert Taler Strafe zahlen.«

»Das ist eine bodenlose Frechheit!«, fuhr Rumold auf. »Mein Sohn brachte diese Mittel auf Anweisung der Reichsgräfin dorthin, nicht aus eigenem Antrieb.«

»Tobias Just hätte, bevor er aufgebrochen ist, die Erlaubnis dafür einholen müssen! Da er dies nicht getan hat, muss er Strafe zahlen. Weigert er sich, oder kann er die Summe nicht aufbringen, wird sein Haus beschlagnahmt und zugunsten der fürstlichen Zivilliste versteigert.«

Damit, so sagte Frahm sich, saß die Familie Just in der Falle. Verstöße gegen die fürstlichen Anordnungen und Gesetze wurden mit fester Hand verfolgt und bestraft. Der Fürst brauchte stets Geld und hatte seine Beamten angehalten, es unter allen Umständen einzuziehen. Daher konnte er sich in dieser Sache sicher fühlen und vielleicht sogar auf eine Beförderung hoffen. Der Amtmann von Königsee war viel zu nachsichtig mit den

Einwohnern der Stadt. Wenn er dessen Posten erhielt, würden hier andere Zeiten anbrechen.

Während Frahm sich seinen Zukunftsträumen hingab, überlegte Rumold, auf welche Weise er den Kerl umbringen sollte. Erwürgen oder erstechen? Vielleicht sollte er Frahm packen und ihm an der nächsten Hauswand den Schädel einrennen. Aber das half ihm nicht weiter. Man würde ihn als Mörder verhaften und hinrichten, und das zu einer Zeit, in der seine junge Frau mit ihrem ersten Kind niederkam.

»Ihr werdet gefälligst warten müssen, bis mein Sohn wieder zurück ist und für sich selbst einstehen kann«, sagte er grimmig und schlug Frahm die Tür vor der Nase zu.

Seine Stimmung war so schlecht, dass er sich in seine Kammer zurückzog, die Schnapsflasche aus dem Schrank holte und sich ein Glas des scharfen Getränks einschenkte. Doch auch das war keine Lösung, sagte er sich. Er hatte gesehen, wie es Männern ergangen war, die dem Alkohol zugesprochen hatten, und wollte das nicht am eigenen Leib erleben.

»Tobias muss zurückkommen! Verdammt, wo bleibt der Bengel nur so lange?«, schimpfte er und stellte die Schnapsflasche zurück in den Schrank.

2.

Unter Klaras Fittichen hatte Friedrich sich zu einem gesunden Knaben entwickelt, der sich auch wie ein solcher benahm und nicht mehr wie eine zu klein geratene Version eines Reichsfürsten. Auch bestand keine Gefahr mehr für sein Leben, denn die Urheber der Mordanschläge waren gefasst worden. Tomassini, der eine so unselige Rolle gespielt hatte, saß im Kerker, Juliana von Ziegenweida hatte bereits mit dem Tod für ihre Mordversuche und den Mord an Gusti gebüßt, und Johann Ernst von Sachsen-Saalfelds Höfling, der Fräulein Juliana zu ihren Taten angestachelt hatte, war festgesetzt und zu Festungshaft verurteilt worden. Der Einzige, der auf Gnade hoffen konnte, war Heinrich von Trenzen, der sich in der entscheidenden Phase auf die richtige Seite gestellt hatte. Henrietta Augusta schwankte noch, ob sie ihn mit einer gewissen Geldsumme versehen außer Landes schicken oder hierbehalten und mit einer Aufgabe betrauen sollte, bei der er keinen Schaden anrichten konnte.

Auch sonst konnte man auf Schloss Friedrichsthal zufrieden sein. Prinz Christians Verletzung heilte gut, die Räuber hatten in weiser Erkenntnis, dass man sie von nun an erbarmungslos jagen würde, die Gegend verlassen, und Klaras Kinder gediehen. Allerdings nahm Klara mit einer gewissen Sorge wahr, wie Martin und Lena verwöhnt wurden. Die beiden mussten nur in die Küche gehen und wurden mit Leckerbissen überhäuft.

Dort musste Gabi schon längst nicht mehr am Herd stehen und für Friedrich kochen. Nach der Drohung, sich im Falle der Weigerung einen anderen Dienstherrn suchen zu müssen, hatte der Küchenmeister nachgegeben und kochte nun für die Kinder extra. Da Friedrich erklärte, es schmecke ihm, söhnte sich der Mann mit der Forderung aus und vollbrachte bald wahre Wunderwerke.

An diesem Tag war es ein Grießbrei, den er mit Blaubeersaft eingefärbt hatte, so dass er wie ein Teich erschien, auf dem ein wunderschöner Trauerschwan aus Mürbeteig und Schokolade schwamm.

»Ich hoffe, Seine Erlaucht sind damit zufrieden«, sagte er zu Gabi, die das Abholen der Speisen überwachte.

Diese betrachtete lachend den Schwan. »Wenn er das nicht wäre, würde es mich wundern. So etwas Schönes habe ich noch nie von Euch gesehen!«

Ihr Lob ließ den Küchenmeister ein Stück wachsen. Immerhin war Gabi nicht mehr irgendeine Dienstmagd, sondern aus Dank für ihre Treue über sämtliche weibliche Domestiken des Schlosses gestellt worden. Manfred steckte in einer neuen Livree und kommandierte als Kammerdiener des kleinen Reichsgrafen die übrigen Lakaien.

Für Klara gab es daher nicht mehr viel zu tun. Sie verbrachte viel Zeit mit ihren Kindern, ritt mit Anna Sybilla, Friedrich, Tobias und Martin aus und führte ein Leben, das ihr von Tag zu Tag unwirklicher vorkam.

Als sie an diesem Abend neben Tobias im Bett lag, schüttelte sie seufzend den Kopf. Sofort beugte ihr Mann sich zu ihr hinüber. »Bedrückt dich etwas?«

»Nein! Oder doch: Ich bin nun schon lange in Friedrichsthal geblieben. Ich will wieder nach Hause und so leben, wie wir es gewohnt sind. Wir sind nicht geschaffen für einen Hofstaat wie diesen, sondern einfache Leute, die von ihrer Hände Arbeit leben. Auch würde ich gerne bei Martha sein. Es kann nicht mehr lange dauern, bis sie niederkommt.«

Ihre Worte stießen etwas in Tobias an. Es hatte ihm gefallen, mit Prinz Christian und Herrn von Zander von Gleich zu Gleich zu reden, mit beiden Reichsgräfinnen im Park spazieren zu gehen oder mit Klara, Friedrich und Martin auszureiten. Nun aber begriff er, dass ihn dies auf Dauer nicht zufriedenstellen würde. Zwar konnte er hier im Schloss jeden Posten für sich fordern, doch er war mit Leib und Seele Laborant. Mittlerweile würden die Kräuterbündel, die seine Schwiegermutter und andere Sammlerinnen in sein Haus brachten, den Speicher füllen. Dazu hatte er etliche exotische Wirkstoffe in Leipzig bestellt, um seine Heilmittel noch wirksamer zu machen. Dies alles konnte er nicht aufgeben, nur um sich hier ein gemütliches Leben zu machen.

»Du hast recht«, sagte er leise. »Ich vermisse unsere Heimat ebenfalls. Zwar gibt es dort mit Frahm eine Schlange im Paradies, die uns gewiss Ärger machen wird, weil ich so lange weggeblieben bin. Wenn Ihre Erlaucht uns jedoch ein Schreiben mitgibt, dass wir im Auftrag unseres Fürsten gehandelt haben, kann auch er uns nichts anhaben.«

Für Klara war Frahm beinahe ein Grund, für immer in Friedrichsthal zu bleiben. Dann aber schüttelte sie den Kopf. Tobias und sie hatten sich bislang gegen alle Widerstände durchgesetzt und würden es auch diesmal tun.

»Ich werde mit Ihrer Erlaucht sprechen. Nun, da ihr Enkel gesund ist und man im Schloss auf seine Bedürfnisse Rücksicht nimmt, kann sie mich aus ihren Diensten entlassen.«

Sie kuschelte sich enger an Tobias und spürte, wie ihre Sehnsucht nach ihm immer stärker wurde.

»Wenn wir noch etwas tun wollen, sollten wir nicht lange säumen, denn wenn Hildchen aufwacht und ihre Milch fordert, bleibt uns keine Zeit mehr für anderes.«

»Hilde soll brav schlafen und uns nicht stören«, antwortete Tobias und schob die Hand unter Klaras Nachthemd.

»Ich habe zwei Brüste«, mahnte sie ihn lächelnd.

»Ich will keine benachteiligen«, erwiderte Tobias schmeichelnd und wechselte auf die linke Seite über.

Beider Verlangen wuchs, und er streifte sein Nachthemd ab, während Klara das ihre raffte. Tobias schob sich fordernd zwischen ihre Beine und fand sie für ihn bereit.

Einige Zeit später saß Klara auf der Bettkante und gab Hilde die Brust, während die brennenden Kerzen ihren Schatten über Tobias warfen.

»Ich will nach Hause!«, wiederholte sie sehnsüchtig.

»Gebe Gott, dass die Reichsgräfin einsichtig ist und dich nicht für ewig festhalten will.« Tobias atmete tief durch und stellte sich vor, wie es sein würde, wenn er mit seinen Destillatoren zusammen im Keller die Heilmittel fertigte und Klara die angelieferten Pflanzen sortierte und zum Trocknen auf dem Dachboden aufhängte. Viel mehr als seine Arbeit und seine Familie verlangte er nicht vom Leben, dachte er, höchstens noch, dass Fürst Friedrich Anton den unsäglichen Waldemar Frahm irgendwohin versetzte, wo er ihnen keinen Ärger mehr bereiten konnte.

3.

Am nächsten Morgen hatte Tobias einen Entschluss gefasst. Er küsste Klara und hielt dann ihre Hände fest. »Ich werde in drei Tagen nach Hause aufbrechen, sonst wächst mir die Arbeit über den Kopf. Wir haben viel Geld für das Privilegium bezahlt, unsere Buckelapotheker auf ihre Strecken schicken zu können. Dafür brauchen diese genug Heilmittel, und die muss ich in den nächsten Monaten herstellen.«

Klara nickte seufzend. »Es muss wohl sein! Ich habe heute Ihre Erlaucht gebeten, mich mit dir gehen zu lassen, doch die Angst um ihren Enkel ist immer noch groß, und sie hat mich gebeten, noch eine Weile zu bleiben. Ich wage nicht, ihr diesen Wunsch auszuschlagen.«

Am liebsten hätte sie Tobias gebeten, ebenfalls so lange in Friedrichsthal zu bleiben, wie sie es tun musste. Doch er durfte nicht nur an sie, sondern musste auch an die Männer denken, die für ihn die Heilmittel austrugen. Die Buckelapotheker waren darauf angewiesen, im Frühjahr ihre Reffs füllen zu können.

»Ich bete, dass ich bald nachkommen kann«, sagte sie leise und hielt ihn ein paar Augenblicke lang fest.

»Ich liebe dich, Tobias!«

»Ich liebe dich auch!« Tobias wischte sich über die Augen, die feucht schimmerten, und strich Klara sanft übers Haar. »Ich werde dafür beten, dass du bald nachkommst.«

»Und jetzt sollten wir uns für den Tag zurechtmachen und uns der Welt stellen. Oh, ich glaube, vorher muss ich Hilde stillen. Sie sieht schon ganz hungrig aus.«

Während Klara ihre Tochter aus der Wiege holte und ihre Brüste entblößte, musste Tobias lachen. »Ich würde eher sagen, dass die Welt uns so stellt, als wären wir ein Wild, das von der Zeit gehetzt wird.«

»Mit Hildes Magen als Jägerin?« Klara musste nun auch lachen und war glücklich über die Augenblicke zweisamer Geborgenheit, die es zwischen ihr und Tobias gab.

Lange blieben sie nicht allein. Draußen wurde es laut, und Martin platzte herein, gefolgt von Lena. Diese maß Hilde, die von Klara auf dem Arm gehalten wurde, mit einem neugierigen Blick und schmiegte sich dann an ihre Mutter.

»Friedrich will, dass wir heute zum Marktort reiten und dort mit den Bewohnern sprechen. Es sollen ja die Steuern gesenkt werden, und das will er seinen Untertanen selbst verkünden«, rief Martin und zupfte am Rock seiner Mutter. »Komm! Sonst frühstücken wir noch, wenn Friedrich aufbrechen will.«

Da Klara wusste, dass der Tagesablauf in einem adligen Haus anders war als bei ihresgleichen, lachte sie nur. »Das wird nicht geschehen, mein Schatz! Du wirst längst mit dem Frühstück fertig sein, wenn Friedrich die Pferde vorführen lässt.«

»Wir sollten uns trotzdem zu Tisch setzen. Wer wird uns vorlegen? Doch nicht wieder Manfred? Bei der Würde, die der Mann ausstrahlt, fühle ich mich ganz klein.« Tobias lachte bei diesen Worten, denn er mochte Manfred, der trotz seines höheren Rangs noch immer darauf bestand, nicht nur Friedrich zu dessen Tischzeiten, sondern auch ihnen die Speisen persönlich aufzutischen.

»Liese wird uns bedienen und sich dann zu uns setzen, so wie wir es von zu Hause gewohnt sind«, antwortete Klara, und behielt, als sie hinausging, Hilde auf dem Arm, während sie Lena an der Hand führte.

4.

Zu Martins Erleichterung waren sie mit dem Frühstück fertig, als ein Diener meldete, dass Seine Erlaucht, Reichsgraf Friedrich, zum Ausritt bereit sei. Der Junge sprang auf und eilte los. Sofort rannte Lena hinter ihm her.

Klara wollte sie daran hindern, schaffte es aber nicht mehr und schimpfte. »So ein kleines Biest!«

Ihr Mann lachte. »Lass sie doch! Die Stallknechte geben schon acht, dass sie nicht unter die Hufe gerät. Spätestens, wenn die beiden Jungen losgeritten sind, kommt sie zurück.«

Klara nickte und sah durch das Fenster der kleinen Kavalkade zu, die sich um Friedrich sammelte. Zum ersten Mal seit Wochen würde sie nicht mitreiten. Auch Tobias blieb im Schloss, denn sie wollten mit der alten Reichsgräfin sprechen. Da deren Schwiegertochter Prinz Christian heiraten und in Zukunft in Hildburghausen leben würde, war Henrietta Augusta wieder diejenige, die hier im Schloss das Sagen hatte. Klara hoffte, sie würde ihr die Erlaubnis geben, in den nächsten Wochen nach Hause zurückkehren zu dürfen. Die Aufgabe, deretwegen man sie geholt hatte, hatte sie erfüllt.

»Sieh dir dieses kleine Biest an!«

Tobias' Ausruf riss Klara aus ihren Gedanken, und sie blickte erneut zum Fenster hinaus. Eben ritten Friedrich und Martin draußen vorbei. Vor Friedrich saß Lena im Sattel und winkte ihren Eltern fröhlich zu.

»Ich fürchte, ihr habt dem Mädchen während meiner Abwesenheit etwas zu viel durchgehen lassen. Wie es aussieht, gehört ihr der Hintern strammgezogen!«

»Wenn sie den ganzen Weg mitreitet, wird dies heute Abend nicht mehr nötig sein«, sagte Tobias, der sich noch gut an die Folgen erinnerte, als er das erste Mal im Sattel gesessen hatte.

»Hoffentlich wird es nicht zu schlimm«, antwortete Klara und richtete sich darauf ein, den wundgerittenen Hintern ihrer Tochter nach deren Rückkehr mit Heilsalbe behandeln zu müssen.

Nun aber galt es, Henrietta Augusta aufzusuchen. Sie wurden von Differt am Eingang der Gemächer der Dame empfangen und auf die Terrasse geführt. Dort saßen Henrietta Augusta und Herr von Zander auf bequemen Stühlen. Zwei weitere Stühle wurden herbeigebracht.

»Setzt euch!«, forderte Henrietta Augusta die beiden auf.

Klara und Tobias nahmen Platz und erhielten je ein Glas leichten Rotweins gereicht. Obwohl sie entschlossen waren, ihren Abschied anzusprechen, fühlten sie sich unsicher. Schließlich fasste Tobias sich ein Herz.

»Ich muss Eurer Erlaucht mitteilen, dass ich in drei Tagen nach Hause zurückkehren muss. Es ist viel Arbeit zu leisten, damit meine Buckelapotheker im nächsten Jahr losziehen können. Sie würden sonst die entsprechenden Privilegien verlieren.«

Über Henrietta Augustas Gesicht huschte ein Schatten, doch hatte sie sich rasch in der Gewalt. »Ich habe befürchtet, dass Ihr dies sagt. Ihr seid ein guter Mann, Just, und ich wünschte, ich könnte Euch hierbehalten. Mein Vetter Friedrich Anton würde mir jedoch böse sein, würde ich ihn seines besten Laboranten berauben. Geht daher mit Glück! Um eines aber bitte ich Euch! Lasst Klara und die Kinder noch ein paar Wochen hier. Friedrich hat sich doch gerade erst mit Martin angefreundet und will ihn gewiss nicht gleich wieder scheiden sehen.«

»Ein paar Wochen kann ich noch bleiben, Euer Erlaucht. In der zweiten Hälfte des Oktobers muss ich jedoch nach Hause. Meine Freundin Martha kommt dann mit ihrem ersten Kind nieder, und ich will ihr beistehen.«

»Ihr habt ein großes Herz, Frau Klara, denn Ihr habt Euch meines Enkels angenommen, obwohl man Euch zu meinem großen Bedauern mit Gewalt Eurem Heim entrissen hat. Ich werde an Fürst Friedrich Anton schreiben und ihm erklären, dass Euch damit großes Unrecht widerfahren ist und ich bei Euch in ein schlechtes Licht geraten bin. Eine weniger fürsorgliche Frau hätte ihren Unmut an Friedrich ausgelassen, so dass er auch durch die unglaubliche Dummheit der Rudolstädter Beamten hätte sterben können.«

Zuerst hatte Klara die Reichsgräfin unterbrechen wollen und ihr erklären, dass sie sich nicht zuletzt auch deshalb um den Jungen gekümmert hatte, weil man ihr ansonsten in Rudolstadt Ärger bereitet hätte. Als Henrietta Augusta jedoch weitersprach, nickte sie. Die Großmutter eines freien Reichsgrafen und Verwandten des eigenen Fürsten zu verärgern, konnte sich niemand in Fürst Friedrich Antons Umfeld erlauben, auch nicht ein Waldemar Frahm.

»Ich danke Eurer Erlaucht für Euer Verständnis und bitte Euch, es auch unserem Amtmann mitzuteilen, dass Ihr mit mir zufrieden gewesen seid«, antwortete sie daher.

»Ich bin mehr als nur zufrieden mit Euch!«, rief Henrietta Augusta. »Ihr habt Euer Leben eingesetzt, um meinen Enkel zu retten. Ebenso hat dies Euer Ehemann getan, den ich Fürst Friedrich Anton ebenfalls wärmstens empfehlen will. Ihr werdet hoffentlich mir und meinem Enkel die Freude machen, uns immer wieder zu besuchen. Was Euren Sohn betrifft, so würde ich ihn gerne mit Friedrich zusammen erziehen lassen und die beiden später gemeinsam auf die Universität schicken. Martin hat mit seinen acht Jahren bereits einen klugen Kopf auf den Schultern und wird Friedrich der Freund sein, den dieser so dringend braucht.«

Henrietta Augusta hatte dies schon früher einmal angedeutet. Aus dem ersten Gefühl heraus wollte Klara diesen Vorschlag trotzdem ablehnen. Martin war ihr Sohn und sollte in ihrem Haus aufwachsen. Neben sich hörte sie, wie Tobias sich angespannt räusperte, und fühlte förmlich seine Gedanken. Sie würden ihrem Sohn niemals so eine ausgezeichnete Bildung verschaffen können, wie sie Henrietta Augusta ihm ermöglichen wollte.

»Wir können Martin hier besuchen, und er kann in den Ferien zu uns kommen, damit er nicht verlernt, woher er stammt«, sagte Tobias leise.

»Ihr seid ein kluger Mann, Just«, lobte Zander ihn.

»Aber er ist unser einziger Sohn! Wer soll dir nachfolgen, wenn er es nicht tut?«, wandte Klara ein.

»Wir sind noch jung genug, um weitere Söhne zu haben«, erklärte Tobias lächelnd. »Und wenn nicht, so haben wir Töchter, von denen uns eine einen rechtschaffenen Schwiegersohn ins Haus bringen kann. Außerdem kann immer noch Martha dafür sorgen, dass es auch nach mir einen Just als Laboranten in Königsee geben wird.«

Klara fühlte, dass die Entscheidung gefallen war. Es schmerzte ihr Mutterherz, den Sohn hergeben zu müssen, doch die Freude überwog, dass Martin die Gelegenheit erhielt, einmal höher aufzusteigen, als es ihm in die Wiege gelegt worden war.

»Dann soll es so sein«, sagte sie, und das erleichterte Lächeln Henrietta Augustas linderte den Abschiedsschmerz, der in ihr aufzusteigen drohte.

*L*enas Hinterteil war durch den Ausritt weniger beansprucht worden, als Klara befürchtet hatte. Zwar musste sie ein paar Stellen einreiben, doch die Begeisterung des Mädchens für das Reiten minderte es nicht.

Nachdem Lena versorgt war, gesellten Mutter und Tochter sich wieder zum Rest der Familie. An Tobias' ernster Miene erkannte Klara, dass er Martin von dem Vorschlag der Reichsgräfin berichtet hatte.

»Muss ich wirklich von euch weg? Könnt ihr nicht auch hierbleiben?«, fragte der Junge mit Tränen in den Augen.

»Ich habe zu Hause meine Heilmittel zu fertigen«, antwortete Tobias mit einem gezwungenen Lächeln.

»Und ich und die Mädchen müssen auch dort sein. Wer soll sich sonst um die gesammelten Heilpflanzen kümmern, damit sie nicht verderben, bevor sie verarbeitet werden? Oder Kuni sagen, was sie kochen soll, wenn nicht ich?« Auch Klara lächelte, schloss dann aber ihren Sohn so heftig in die Arme, als müsse sie ihn bereits in den nächsten Minuten hergeben.

»Wir werden einige Male im Jahr hierherkommen, und du wirst uns auch zu Hause besuchen«, erklärte Tobias und sah sich plötzlich Lena gegenüber. Die Kleine stemmte die Fäuste in die Hüften und sah ihn herausfordernd an.

»Ich will auch hierbleiben! Hier gibt es Pferde, auf denen ich reiten kann.«

Klara fasste sie am Kragen und zog sie zu sich herum. »Ich hoffe, du willst nicht bocken. Du weißt, dass ich das nicht mag! Außerdem werden du und ich nicht sofort nach Königsee zurückkehren, sondern noch ein paar Wochen hierbleiben. Ansonsten gilt, was dein Vater Martin erklärt hat: Wir werden Friedrichsthal mehrmals im Jahr besuchen, und dann wirst du deiner so überraschend erwachten Leidenschaft für Pferde nachgehen können. Den Rest der Zeit aber bleibst du bei uns zu Hause und wirst das lernen, was die Tochter eines Laboranten wissen muss.«

Klara klang strenger, als sie eigentlich gewollt hatte. Es fiel ihr schwer genug, auf Martin verzichten zu müssen, und sie wollte nicht auch noch Ärger mit ihrer älteren Tochter haben.

So jung Lena noch war, so begriff sie doch, dass es Grenzen gab, die sie nicht überschreiten durfte. Zwar schniefte sie ein wenig, tröstete sich aber damit, dass Friedrich ihr versprochen hatte, sie auch am nächsten Tag vor sich auf sein Pferd zu setzen. Außerdem vermisste sie ihren Großvater, Martha, Kuni und ebenso ihre Lieblingspuppe, die sie zu Hause hatte zurücklassen müssen.

Daher gab sie nach und nickte. »Wir kommen aber oft hierher, nicht wahr?«

»Wir kommen, sooft es uns möglich ist«, antwortete ihr Vater und nahm sie auf den Schoß. »Du bist doch unser großes Mädchen. Was täten wir ohne dich, da Martin hier zurückbleiben wird?«

Lena schmiegte sich an ihn, dann an Klara und fand, dass es bei Papa und Mama doch am schönsten war.

6.

Drei Tage später brach Tobias auf. Er hielt den Abschied kurz, um den Trennungsschmerz nicht zu vergrößern. Anders als bei seinem ersten Besuch in Friedrichsthal begleitete Klara ihn nicht, weil Martin und Lena sonst hinter ihnen hergelaufen wären und sich nur unter Jammern und vielen Tränen von ihrem Vater getrennt hätten.

Die beiden weinten dennoch, und es kostete ihre Mutter und Liese einiges an Mühe, die Kinder zu beruhigen. Selbst der Gedanke an das Pferd, auf dem sie an diesem Tag noch würde sitzen dürfen, half Lena kaum. Für Martin war es ebenfalls schwer, denn er würde seinen Vater erst in einigen Monaten wiedersehen. Wie schlimm diese Zeit werden konnte, hatte er während der Abwesenheit seiner Mutter erlebt. Da waren auch viele Tränen geflossen.

»Wenn du, Lena und Hilde gehen, bin ich ganz allein«, sagte Martin traurig.

»Hilde kann noch nicht gehen! Die muss getragen werden«, erklärte seine Schwester.

»Gabi und Manfred haben versprochen, auf dich achtzugeben, und dann ist da auch noch Friedrich. Er freut sich sehr, einen Freund wie dich zu haben«, versuchte Klara, ihren Sohn zu trösten.

Martin nickte und schluckte tapfer seine Tränen.

Unterdessen schritt Tobias rasch aus. Henrietta Augusta hatte ihm sowohl einen Wagen wie auch ein Pferd angeboten, doch er wollte allein mit seinen Gedanken sein und wusste auch nicht, wie er ein Reitpferd hätte zurückschicken können. Zu Hause gab es zwar einen kleinen Stall für das Schwein, das Kuni mit den Küchenabfällen mästete, aber da hinein hätte ein Pferd niemals gepasst.

So ist es besser, dachte er, als er der Heimat entgegenstrebte. Das war seine Welt, nicht die der Höflinge und Lakaien in ihren Schlössern.

Dieser Gedanke beherrschte ihn den gesamten Weg über. Erst, als er sich Königsee näherte, erinnerte er sich wieder an die Probleme und Schwierigkeiten, die dort auf ihn warteten. »Ich werde mich nicht unterkriegen lassen«, schwor er sich, als er die Stadt betrat und wenig später das Rathaus passierte, um zwei

Straßen weiter in jene Straße einzubiegen, die zu seinem Haus und dem benachbarten seines Vaters führte.

Tobias wollte gerade anklopfen, da wurde die Tür aufgerissen, und Martha schaute heraus. Sie hatte ihn durch das Fenster kommen sehen und war ihm entgegengeeilt.

»Tobias, endlich! Hast du Klara mitgebracht?«, rief sie.

»Klara wird in ein paar Wochen nachkommen. Sie will es auf jeden Fall früh genug tun, um dir in deiner schweren Stunde beistehen zu können«, antwortete Tobias.

»Martha, mit wem redest du?«, klang da die Stimme seines Vaters aus dem Keller heraus.

»Tobias ist da!«, meldete Martha.

Nur wenige Augenblicke später stürmte Rumold wie ein junger Mann die Treppe hoch, starrte seinen Sohn kurz an und schloss ihn in die Arme. »Da bist du ja endlich wieder! Musstest du so lange ausbleiben? Wo sind Klara und die Kinder?«, fragte er und blickte über Tobias' Schulter hinweg nach draußen.

»Bis Klara, Lena und Hilde zurückkommen, wird es noch einige Wochen dauern. Aber sie werden kommen! Martin hingegen wird auf Schloss Friedrichsthal bleiben. Die Reichsgräfin will ihn zusammen mit ihrem Enkel erziehen und später sogar studieren lassen.«

Tobias umarmte seinen Vater nun selbst und schloss auch Martha und Kuni, die neugierig hinzugekommen war, in die Arme.

»Wie es aussieht, scheint es dir gutzugehen!«, sagte Rumold bärbeißig. »Es wird dir leider vergehen, wenn du hörst, was hier geschehen ist.«

»Was ist passiert?«

»Frahm will dich um dein Haus bringen! Er verlangt fünfhundert Taler Strafe, weil du angeblich ohne Erlaubnis als Buckelapotheker ausgezogen bist.« Dann erst begriff Rumold Just, was sein Sohn gesagt hatte.

»Was ist mit Martin? Du willst ihn in Friedrichsthal lassen? Er ist mein Enkel und hat hier zu sein!«

»Er wird in den Ferien nach Hause kommen, und wir werden ihn öfter besuchen. Als sein Großvater solltest du uns begleiten. Aber nun zu Frahm! Ich habe mich wohl verhört?« Tobias sah seinen Vater fragend an, doch der verzog ärgerlich das Gesicht.

»Leider ist es die Wahrheit. Frahm tut alles, um dir zu schaden. Ich glaube, selbst wenn die wahren Anstifter, die ihn verprügeln ließen, sich melden würden, würde er dir immer noch Knüppel zwischen die Beine werfen.«

»Wenn der Kerl so weitermacht, nehme ich doch noch das Angebot der Reichsgräfin Henrietta Augusta an und siedle nach Friedrichsthal über«, stieß Tobias zornerfüllt hervor.

»Dann hätte ich niemanden mehr«, antwortete sein Vater erschrocken.

»Deshalb werde ich vorerst auch bleiben. Doch vorher muss ich Frahm den Giftzahn ziehen.« Tobias wollte schon kehrtmachen und zum Gerichtsgebäude gehen, da hielt ihn sein Vater fest.

»Jetzt setz dich erst einmal, trink einen Schluck und berichte, wie es Klara geht. Kommt sie wirklich bald zurück?«

»Die Reichsgräfin hat es versprochen«, sagte Tobias. »Sie ist eine erstaunliche Frau und äußerst durchsetzungsfähig, aber auch bereit, zu lernen. Klara hat ihr gezeigt, wie falsch es war, Friedrich wie einen Erwachsenen zu behandeln. Immerhin ist er erst neun Jahre alt und sehr sensibel. Sein Arzt hätte ihn beinahe mit Hirschbraten und Ungarnwein umgebracht.«

Rumold hörte aufmerksam zu und schenkte ihm einen Becher Schlehenwein ein. »Wie ich sehe, hast du einiges zu berichten. Daher kann Frahm ruhig warten!«

»Aber nicht zu lange! Bevor der Tag sich neigt, werde ich mit ihm sprechen«, antwortete Tobias.

»Halte dich zurück!«, mahnte ihn sein Vater. »Der Kerl ist imstande, dir eine Strafe wegen Beleidigung eines Beamten Seiner Durchlaucht aufzudrücken. Hans musste letztens zehn Taler bezahlen, weil er einen Witz über Frahm gemacht hat. Mir würde jeder Kreuzer leidtun, der in seine Taschen wandert.«

»Mir auch«, antwortete Tobias lächelnd und trank einen Schluck von dem Schlehenwein.

Auf Schloss Friedrichsthal hatte er köstliche Ungarnweine kosten dürfen, doch dieser Trunk schmeckte ihm besser, denn er war wieder zu Hause.

7.

Waldemar Frahm ließ sich einen Krug Bier munden, den ihm der Amtsdiener Brüser vom *Löwen* geholt hatte, als es an die Tür klopfte.

»Was ist?«, fragte er streng.

Die Tür wurde geöffnet, und der Amtsdiener steckte den Kopf herein. »Just ist gekommen und will mit Euch reden, Herr Assessor«, meldete er.

»Er soll reinkommen!« Frahm trank noch einen Schluck und äugte zur Tür. Statt Rumold Just, wie er es erwartet hatte, trat Tobias ein.

»Ich wünsche Euch einen schönen guten Tag, Herr Assessor!« Tobias' freundlicher Gruß brachte Frahm zum Grinsen. Wie es aussah, wollte er gut Wetter machen, um den Verlust seines Hauses zu verhindern.

»Auch Ihm einen guten Tag, Just«, antwortete er und sah Tobias herausfordernd an. »Er will wohl Seine Strafe bezahlen?«

Tobias schüttelte lächelnd den Kopf. »Gewiss nicht, Herr Assessor. Ich habe den Gang nach Friedrichsthal auf Anweisung

Ihrer Erlaucht, Reichsgräfin Henrietta Augusta, und mit Einverständnis der Hofkammer in Rudolstadt unternommen. Die Steuern für die Heilmittel, die ich nach Friedrichsthal gebracht habe, habe ich bereits bezahlt. Zu mehr bin ich nicht verpflichtet.«

»Das werden wir ja sehen!«, rief Frahm erbost. »Ich habe diesen Akt bereits nach Rudolstadt weitergeleitet. Dort wird man wissen, wie man mit Ihm zu verfahren hat!«

»Ich werde mich notfalls an Seine Durchlaucht wenden«, drohte Tobias.

Frahm winkte ab. Gewohnt, dass Friedrich Anton seinen Beamten bei der Durchsetzung der Gesetze freie Hand ließ, glaubte er nicht, dass der Fürst sich ausgerechnet in diese Angelegenheit einmischen würde. »Tue Er, was Er nicht lassen kann! Wenn Er das nächste Mal durch diese Tür kommt, hat Er entweder die fünfhundert Taler Strafe bei sich, oder Sein Haus wird konfisziert!«, erklärte Frahm und wies zur Tür.

Tobias schüttelte innerlich den Kopf. Zwar wusste er, dass Frahm dickfellig war, doch in dieser Sache hätte selbst der größte Narr einsehen müssen, dass er dabei war, sich ins eigene Fleisch zu schneiden. Um Frahms willkürlichen Forderungen ein für alle Mal einen Riegel vorzuschieben, beschloss er, einen Brief an Klara zu schreiben und diesen selbst nach Rudolstadt zu tragen, damit ihn ein Kurier des Fürsten nach Friedrichsthal bringen konnte. Wenn Reichsgräfin Henrietta Augusta ein paar entsprechende Zeilen schrieb, würde dies Frahm wieder auf die Größe zurechtstutzen, die ihm zukam.

»Ich wünsche Euch noch einen schönen Tag, Herr Assessor«, verabschiedete er sich mit einem gewissen Spott und verließ den Raum.

Frahm starrte ihm nach und ärgerte sich, weil Tobias weder Angst noch Zorn gezeigt hatte. Dann aber schüttelte er den

Kopf. Tobias Just war ein schlichter Laborant, dessen Weib zurzeit Magddienste bei der Reichsgräfin von Schwarzburg-Friedrichsthal leistete. Justs Glaube, die hohe Dame könnte sich herablassen, etwas zu seinen Gunsten zu tun, besaß den gleichen Wert, wie eine Eichel im Wald aufzuheben und zu hoffen, diese würde sich über Nacht in einen Goldklumpen verwandeln.

8.

Als Klara vor etlichen Monaten nach Friedrichsthal verschleppt worden war, hätte sie niemals gedacht, dass ihr der Abschied von diesem Ort einmal so schwerfallen würde. Friedrich bemühte sich wacker, nicht zu weinen, als sie ihn umarmte. Bei Martin liefen hingegen die Tränen wie Bäche, und er wünschte sich, seine Mutter würde ihn doch mitnehmen. Dann aber wurde ihm klar, dass Friedrich noch trauriger sein würde, und der war ihm in den letzten Wochen zum Freund geworden. Außerdem hatte seine Mutter versprochen, sie werde in ein paar Monaten wiederkommen und seine Schwestern mitbringen.

Gabi und Manfred hatten sich bereits von Klara verabschiedet. Die beiden wollten Henrietta Augusta um die Erlaubnis bitten, heiraten zu dürfen. Da sie mittlerweile einen hohen Rang unter den Bediensteten einnahmen, würde diese es ihnen wahrscheinlich sogar gewähren.

Klara freute sich für die beiden, denn sie hatten stets auf ihrer Seite gestanden. Andere hatten dies nicht immer getan, doch auch diese kamen zu ihr, um Abschied zu nehmen. Darunter war Ilse, die kleinlaut auf sie zutrat.

»Verzeiht mir, wenn ich nicht immer so war, wie ich hätte sein sollen«, sagte sie leise.

Als Antwort schloss Klara sie in die Arme. »Es ist schon gut!«
Ilse blickte auf den Korb, in dem Hilde während der Reise liegen würde. »Darf ich sie noch einmal in den Armen halten?«, fragte sie.

Lächelnd nahm Klara die Kleine aus dem Korb und reichte sie ihr. Mit einem wehmütigen Blick sah Ilse Hilde an, küsste sie und legte sie in den Korb zurück. »Viel Glück!«, sagte sie, drehte sich um und lief fort, um die Tränen zu verbergen, die ihr in die Augen stiegen.

»Sie ist eigentlich nicht schlecht«, sagte Gabi. »Aber sie ist in die Kleine vernarrt und hätte sie am liebsten ganz für sich behalten. Da dies nicht ging, ist sie halt ein wenig störrisch geworden.«

»Ich trage ihr nichts nach«, antwortete Klara und sah sich Kornelius von Zander gegenüber.

»Auf Wiedersehen!«, sagte dieser. »Vergesst nicht, im nächsten Sommer werde ich mit Seiner Erlaucht nach Königsee kommen und dort mit Eurer Unterstützung die Pflanzen sammeln, die Euer Ehemann zu so guten Heilmitteln verarbeitet. Es wird gewiss ein lehrreiches Herbarium werden. Vielleicht werde ich sogar Stiche davon anfertigen und diese als Buch drucken lassen. Erlaubt Ihr mir, es Euch zu widmen?«

»Ich würde mich freuen!« Klara umarmte den alten Herrn, knickste dann vor Prinz Christian, der nur noch leicht hinkte.

»Lebt wohl, Euer Durchlaucht!«

»Sagen wir lieber ›Auf Wiedersehen!‹, denn ich hoffe doch sehr, dass es dazu kommt«, sagte er lächelnd und legte seine Hand auf Anna Sybillas Arm.

»Immerhin verdanken wir es Euch, dass Friedrich zu einem gesunden Knaben geworden ist und Ihre Durchlaucht und ich in den heiligen Stand der Ehe treten können. Da auch wir Friedrichsthal immer wieder besuchen werden, wird sich gewiss eine Gelegenheit geben, uns zu treffen.«

»Es wäre mir eine Freude!« Klara knickste nun auch vor Anna Sybilla, die ihr freundlich zuwinkte, und danach vor Friedrichs Großmutter.

»Euer Erlaucht, es war mir eine Ehre, Euch dienen zu können!«

»Ihr seid ein Segen für uns!«, antwortete die alte Dame und umarmte sie.

Dann wischte sie sich kurz über die Augen und rang sich ein Lächeln ab. »Grüßt meinen Vetter Friedrich Anton und übergebt ihm dies!«

Sie reichte Klara einen dicken Umschlag, der mehrfach gesiegelt war, und trat zurück.

Klara blickte noch einmal zu ihrem Sohn und winkte. »Sei brav, Martin, und lerne fleißig, um dich der Ehre, die Ihre Erlaucht dir erweist, würdig zu zeigen.«

»Das wird er gewiss! Martin ist ein kluger Bursche, was bei einer solchen Mutter auch kein Wunder ist!« Zander zwinkerte Klara zu und legte beiden Knaben je eine Hand auf die Schultern.

Klara atmete tief durch, nahm den Korb mit Hilde an sich und forderte Lena auf, mitzukommen. Ihre Tochter zögerte, eilte noch einmal zu Friedrich und fasste nach dessen Händen. »Wenn wir wiederkommen, darf ich dann wieder mit auf deinem Pferd reiten?«, fragte sie.

»Eine gewisse Zeit mag das noch gehen, aber dann solltest du dein eigenes Pferd erhalten«, sagte Zander zu ihr, während Friedrich sich die Tränen aus den Augen wischte. Er hatte sowohl Klara wie auch Lena liebgewonnen, und es tat weh, sie scheiden zu sehen.

Nachdem Klara sich auch von Henrietta Augustas Kammerfrau Differt verabschiedet hatte, hob sie den Korb mit Hilde auf und ging auf die Kutsche zu. Liese wartete bereits auf sie. Während diese einstieg, wandte Klara sich noch einmal um.

»Komm jetzt, Lena!«

Da das Mädchen zögerte, hob Manfred es auf und brachte es zu Klara. Diese nahm ihre Tochter entgegen und stellte sie in die Kutsche. Danach winkte sie noch einmal, stieg selbst ein und sah zu, wie Manfred den Schlag schloss.

»Bis zum nächsten Mal!«, sagte er, und seine sonst so unbewegte Miene zeigte den Anflug eines Lächelns.

»Bis zum nächsten Mal!«, antwortete Klara und setzte sich in die weichen Sitzpolster. Henrietta Augusta hatte ihr die eigene Reisekutsche zur Verfügung gestellt und für sechs Reiter gesorgt, die für ihren Schutz da sein sollten. Ihr erstes Ziel würde Schloss Heidecksburg in Rudolstadt sein, und danach ging es nach Königsee und endlich nach Hause.

9.

Der Empfang auf der Heidecksburg unterschied sich gewaltig von dem, den Klara bei ihrer vermeintlichen Verhaftung erlebt hatte. Kaum war die Kutsche in den Schlosshof eingefahren, eilten Diener herbei, um den Schlag zu öffnen und die Stufen auszuklappen. Der Untergebene des Haushofmeisters, der sie empfing, verbeugte sich vor ihr wie vor einer Dame von Stand und führte sie in eine Zimmerflucht, die für eine weitaus größere Anzahl an Gästen Raum geboten hätte als für sie, Liese, Lena und Hilde.

»Das ist ja noch feudaler als in Friedrichsthal!«, rief Liese staunend.

Klaras Miene wurde ernst. Für diese übertriebene Pracht hatte bereits Fürst Ludwig Friedrich die Steuern erhöht. Sein Sohn Friedrich Anton forderte noch mehr Geld von seinen Untertanen, so dass viele, die bislang noch halbwegs gut hatten leben können, zu verarmen drohten. Andere, die ohnehin schon gedarbt hatten, schwebten nun in Gefahr, die Heimat zu verlieren und als Vagabunden durch die Lande ziehen zu müssen.

Daran musste sie auch denken, als sie wenig später vom Fürsten in Privataudienz empfangen wurde. Um den hohen Herrn nicht zu verärgern, ließ sie sich nichts anmerken und versank in einem tiefen Knicks.

Friedrich Anton musterte sie durchdringend durch sein Lorgnon. »Sie kenne ich doch! Hat Sie nicht meinem Vater und später mir Privilegien abgetrotzt?«

»Ich habe sowohl Seine Durchlaucht Ludwig Friedrich wie auch Eure Durchlaucht um eine Gunst gebeten«, antwortete Klara beherrscht.

»Sie hat sich als sehr durchsetzungsfähig erwiesen«, erwiderte der Fürst, der sich gut an ihr Auftreten erinnerte.

»Ich habe nach Meinung Ihrer Erlaucht Henrietta Augusta auch diesmal nicht versagt!« Diese leichte Spitze konnte Klara sich nicht verkneifen.

Der Fürst war groß, wuchtig gebaut und hatte ein breitflächiges, gutmütig wirkendes Gesicht, das sich nun zu einem herzhaften Lachen verzog. »Sie weiß sich zur Wehr zu setzen! Wie ich hörte, hat Sie mehrere Anschläge auf den jungen Reichsgrafen verhindert. Sie soll dabei sehr mutig gewesen sein und unbewaffnet Räuber angegriffen haben.«

Aus seinen Worten schloss Klara, dass Henrietta Augusta bereits einen ausführlichen Bericht nach Rudolstadt geschickt hatte. Dies erleichterte sie, weil sie selbst ihre Abenteuer in Friedrichsthal weniger herausgestellt hätte, um nicht als prahlerisch zu gelten.

»Sie hat verhindert, dass Schwarzburg-Friedrichsthal an Sachsen-Saalfeld oder Sachsen-Hildburghausen gefallen ist. Dies ist Ihr hoch anzurechnen!«, lobte Friedrich Anton.

Klara zog den Umschlag heraus, den Henrietta Augusta ihr mitgegeben hatte. Der Kammerherr des Fürsten nahm diesen entgegen und erbrach auf einen Wink seines Herrn die Siegel. Mehrere Briefe kamen zum Vorschein. Er reichte Friedrich Anton den ersten, den dieser aufmerksam las.

»Ihre Erlaucht schreibt, Sie habe ihr sehr gut gedient und sei höchsten Lobes würdig. Dies erfreut uns! Allerdings schreibt Ihre Erlaucht Henrietta Augusta auch, dass Sie sich über einen Unserer Beamten zu beschweren habe?« Es klang fordernd, und Klara wusste, dass sie nun das Wort ergreifen musste, wenn Tobias und sie in Zukunft vor Waldemar Frahms Nachstellungen sicher sein wollten.

Sie knickste und sah den Fürsten offen an. »Der Herr Assessor Frahm hat in meinem Wirken und dem meines Ehemanns einen Verstoß gegen das Gesetz gesehen und eine Strafe verhängt, die uns in den Ruin treiben wird!«

»Wir werden Befehl geben, dass dies zu unterbleiben hat!«, rief der Fürst zornig.

»Dafür bin ich Eurer Durchlaucht überaus dankbar, denn sonst würden wir unsere Heimat verlieren und uns anderenorts eine neue Bleibe suchen müssen«, sagte Klara, der ein Stein vom Herzen fiel.

Über das Gesicht des Fürsten huschte ein Schatten. »Das wollen Wir auf keinen Fall! In Königsee und den anderen Orten Unserer Oberherrschaft soll es mehr Laboranten und Buckelapotheker geben und nicht weniger! Dies müssen Unsere Beamten einsehen und Klugheit walten lassen.«

Da nach Klaras Dafürhalten für die Bestallung Waldemar Frahms nicht dessen Klugheit, sondern die Protektion seines Vetters den Ausschlag gegeben hatte, musste sie ihre Zunge im Zaum halten, um keine boshafte Bemerkung von sich zu geben.

Unterdessen las der Fürst das nächste Schreiben und nickte ihr danach leutselig zu. »Unsere Base schreibt Ihr eine hübsche Belohnung zu und fordert Uns auf, für Ihre weitere Wohlfahrt zu sorgen. Dies wird geschehen. Die Heilung des kleinen Reichsgrafen ist ein Ruhmesblatt für Unsere Laboranten und ihre Heilmittel und wird diese in allen Landen noch besser bekannt machen. Daher werden Unsere Beamten schon bald weitere Privilegien ausstellen können.«

Und dafür gut an den fälligen Gebühren verdienen, schoss es Klara durch den Kopf. Doch solange die Laboranten und deren Buckelapotheker ihren Lebensunterhalt verdienen konnten, würden sie es hinnehmen. Wichtig war nur, dass die Steuern und Abgaben in einem erträglichen Rahmen blieben. Ohne diesen elenden Frahm, dachte sie, hätten wir in Königsee trotzdem ein gutes Leben. Den Fürsten zu bitten, diesen Beamten abzulösen, wagte sie jedoch nicht.

Wenig später war die Audienz zu Ende, und Klara wurde wieder in ihre Räume geführt. Dort hatte Liese sich inzwischen um Hilde und Lena gekümmert und damit begonnen, den Säugling mit ein wenig Brei zu füttern.

»Ich hatte Angst, Hildchen würde sonst unruhig werden und schreien«, sagte sie etwas beklommen zu Klara.

»Schon gut. Hat sie brav gegessen?«

Lena schüttelte den Kopf. »Hilde hat alles wieder ausgespuckt!«

»Alles nicht«, rückte Liese die Tatsachen gerade. »Ihr solltet sie jetzt stillen, sonst wird sie doch noch böse.«

»Du wirst doch kein Zornickel werden?«, sagte Klara zu ihrer Jüngsten.

Die Kleine sah, wie die Mutter ihre Brüste entblößte, und lachte.

10

Klara sah den Fürsten bei der abendlichen Tafel wieder. Als Bürgerliche wurde ihr ein Platz weit von Seiner Durchlaucht entfernt zugewiesen. Auch dessen Gemahlin Sophie Wilhelmine saß nicht nahe genug, um das Wort an sie richten zu können. Dafür wurde groß aufgetischt, und Friedrich Anton lobte mehrfach seinen Küchenmeister. Klara hätte sich ein bescheideneres Mahl gewünscht als diese mit ausgesuchten Delikatessen bestückte Tafel, zumal die Gaumenfreuden für viel Geld von weit her geholt werden mussten.

Noch während sie nachsann, um wie viel der Fürst die Steuern senken könnte, wenn er nur die Hälfte des Geldes für sein leibliches Wohl und das seiner Gäste ausgeben würde, kam die Rede auf sie.

»… ist Frau Just eine Zierde Unseres Fürstentums! Schon Unser durchlauchtigster Vater nannte sie ein beherztes Mädchen. Nun ist sie Frau und Mutter, doch beherzt ist sie immer noch. Wir wünschten, Wir hätten mehr Untertanen wie sie, die bereit sind, für Uns und Unsere Verwandten mit blanker Faust gegen mit Flinten und Pistolen bewaffnete Feinde anzureiten.«

Die Gäste wandten die Köpfe Klara zu. Einige kannte sie vom Sehen. Nicht alle Anwesenden waren von Adel, denn so groß und bedeutend war der Hof von Schwarzburg-Rudolstadt nicht, um eine große Zahl fremder Edelleute anzulocken. Unter ihnen erkannte Klara Wilhelm Frahm, Waldemar Frahms Vetter und Gönner. Sie hatte ihn als kleinen Beamten kennengelernt, doch mittlerweile war er aufgestiegen und hatte ein Anrecht auf einen Platz an der Tafel des Fürsten. Frahm durchbohrte sie förmlich mit seinen Blicken, wirkte dabei aber nachdenklich und fast ein wenig verärgert. Daher hoffte Klara, dass er seinen Einfluss auf den Fürsten nicht ausnützte, um ihr und Tobias zu schaden.

Der Beamte sagte jedoch nichts, sondern lauschte aufmerksam dem Bericht, den der Fürst über Klaras Aufenthalt auf Schloss Friedrichsthal gab. Es klang so, als wäre die Zeit dort für Klara ein einziges, wildes Abenteuer mit Kämpfen gegen Meuchelmörder und andere Schurken gewesen, in dem sie sich oft genug mit blanker Waffe hatte durchsetzen müssen.

Es war Klara peinlich, im Mittelpunkt solch einer Räuberpistole zu stehen, daher hätte sie Friedrich Anton am liebsten unterbrochen, um dessen ausufernde Schilderung geradezurücken. Dem Fürsten schienen seine eigenen Erzählungen jedoch zu gefallen, denn er applaudierte sich zuletzt eifrig selbst und winkte danach einen Lakaien zu sich.

Der Mann brachte auf einem Samtkissen ein kleines, mit Samt überzogenes Kästchen herbei. Friedrich Anton nahm es an sich und bedeutete Klara, aufzustehen und vor ihn zu treten. Mit einer gewissen Beklemmung gehorchte sie und versank vor ihrem Fürsten in ihren tiefsten Knicks.

»Mutige Taten sollen nicht ohne gerechten Lohn bleiben«, erklärte Friedrich Anton mit einem anerkennenden Lächeln. »Nehme Sie das als Dank für Ihre Treue und Tapferkeit, die Sie dem Hause Schwarzburg erwiesen hat!«

Er öffnete das Kästchen, und Klara sah ein Halsband vor sich, das gewiss mehr wert war als die gesamte Steuer, die ihr Mann und ihr Schwiegervater in einem Dutzend Jahre bezahlt hatten.

»Euer Durchlaucht sind zu großzügig!«, rief sie überwältigt.

»Bleibe Sie weiterhin so mutig und treu, wie Sie jetzt ist«, sagte der Fürst noch, dann durfte sie wieder zu ihrem Stuhl zurückkehren. Ein Lakai nahm ihr das Kästchen ab und brachte es weg. Einen Augenblick überlegte Klara, ob der Fürst nur ein Schauspiel veranstaltet und das wertvolle Schmuckstück wieder in seine eigenen Truhen wandern würde.

Als sie jedoch nach dem Bankett in ihr Zimmer zurückkehrte, lag das Kästchen geöffnet auf einer Samtunterlage auf dem Tisch, und sie konnte das Halsband erneut bewundern.

»Das hat ein Diener gebracht«, erklärte Liese, während Lena bettelte, das schöne Ding einmal umlegen zu dürfen.

Klara überlegte kurz, nahm die Halskette und schmückte ihre Tochter damit. »Werde aber nicht eitel!«, mahnte sie. »Du wirst es auch nur dieses eine Mal tragen, denn es ist viel zu wertvoll für ein Kind. Wir werden es zu Hause gut verstecken müssen, damit Diebe und Räuber es uns nicht wegnehmen.«

Beeindruckt blickte Lena in den Spiegel, den Liese ihr hinhielt, und fragte dann: »Was sind das für rote Steine, Mama?«

»Ich halte sie für Rubine. Das sind sehr wertvolle Edelsteine. Komm, leg das Halsband wieder ab!«, forderte Klara ihre Tochter auf.

Lena ließ es geschehen, wies dann aber auf Hilde. »Sie soll das Halsband auch einmal tragen, damit sie nicht benachteiligt wird.«

Zufrieden, weil Lena auch an die Schwester dachte, nickte Klara und legte der Kleinen die Kette auf die Brust. Dabei fragte sie sich, was Tobias wohl dazu sagen würde.

11.

Sie war wieder in Königsee. In den letzten Monaten hatte Klara mehr als ein Mal gezweifelt, ob sie ihre Heimat je wiedersehen würde. Nun freute sie sich an den verdatterten Gesichtern der Torwachen, die die stattliche Kutsche angehalten und sie darin erkannt hatten. Abgeholt worden war sie damals wie eine Verbrecherin, nun kam sie wie eine feine Dame zurück, mit vier gut aufeinander abgestimmten Pferden vor dem Wagen, einem Kutscher, dessen Gehilfen, einem Lakaien in Livree, der hinten auf dem Wagenkasten stand, und sechs bewaffneten Reitern als Leibgarde.

Damit erregte sie einiges an Aufsehen. Gassenjungen rannten hinter der Kutsche her. Frauen und Männer schauten aus ihren Fenstern, und als sie betont langsam am Rathaus vorbeifuhren, beobachtete sie amüsiert den Amtsdiener, der schier nicht glauben konnte, was seine Augen ihm zeigten.

»Einen schönen guten Tag, Herr Brüser«, grüßte sie freundlich.

Der Mann blieb noch einen Augenblick stehen, dann rannte er um das Rathaus herum und schoss so eilig auf das Amtsgericht zu, dass er beinahe gegen die Tür geprallt wäre.

»Jetzt wird Frahm gleich wissen, dass ich wieder hier bin«, meinte Klara spöttisch zu Liese.

»Ob er es weiterhin wagen wird, so anmaßend aufzutreten? Seit er damals verprügelt worden ist, ist es mit ihm noch schlimmer geworden. Anstatt ihn zu zügeln, lässt ihm der Herr Amtmann alles durchgehen.«

Liese war in Sorge, denn Waldemar Frahms Schatten hing wie eine düstere Wolke über Königsee.

»Hast du in Rudolstadt in Erfahrung bringen können, wer ihn damals geschlagen hat?«, fragte Klara, während die Kutsche weiterfuhr.

»Laut der Magd, mit der ich gesprochen habe, sollen es zwei Landstreicher gewesen sein, die es für ein paar Krüge Bier und eine Handvoll Taler getan haben. Doch wer sie dazu angestiftet hat, weiß man nicht«, antwortete Liese. »Es wurde auch niemand denunziert. Selbst der größte Geizhals in der Stadt soll klaglos seinen Anteil an der Strafe bezahlt haben, anstatt jemanden zu beschuldigen.«

»Er wäre seines Lebens hier nicht mehr froh geworden!« Diesmal wirkte Klaras Lächeln boshaft. Keiner in Königsee, au-

ßer vielleicht Frahms engsten Freunden, hätte gewagt, die Anstifter dieser Tat zu verraten.

Unterdessen bog die Karosse in die Straße ein, in der sie
wohnten, und der Kutscher fragte, vor welchem Haus er stehen
bleiben sollte. Klara nannte es ihm und stieg aus, sobald das
Fahrzeug stand. Die Tür wurde aufgerissen, und Kuni schaute
heraus. Als sie erkannte, wer in der Kutsche saß, rief sie mit
lauter Stimme: »Frau Klara ist wieder da!«

»Was? Wirklich?« Augenblicke später wurde Kuni beiseite-
geschoben, und Tobias stürmte heraus. Er umarmte Klara und
hielt sie dabei so fest, als hätte er Angst, sie gleich wieder zu
verlieren.

»Endlich!«, flüsterte er und musterte dann die Kutsche. »Wenigstens durftest du fahren, während ich zu Fuß gehen musste.«

»Die Reichsgräfin hatte dir sowohl einen Wagen wie auch ein
Pferd angeboten«, erinnerte Klara ihn lächelnd und wandte sich
an den Kutscher. »Ihr könnt im *Löwen* unterkommen. Biegt
dort vorne nach rechts ab und dann gleich noch einmal, dann
seid ihr am Marktplatz und damit vor dem Eingang des Gast-
hofs. Sagt dem Wirt, dass ich euch geschickt habe und eure
Schlafplätze, euer Essen, das Futter für die Pferde und auch der
eine oder andere Krug Bier von mir beglichen werden.«

»Das ist nicht nötig, Frau Klara. Ihre Erlaucht hat uns mit genug Reisegeld ausgestattet«, antwortete der Anführer ihrer Eskorte und winkte dem Kutscher, weiterzufahren, da dessen Hel-
fer und der Lakai Klaras Gepäck abgeladen hatten. Lena und Liese
standen noch neben der Kutsche, und die Magd hielt Hildes Korb
in den Händen, als hätte sie Angst, das Kind zu verlieren.

»Jetzt bist du wieder zu Hause, meine Kleine«, sagte Klara
und kitzelte Hilde am Kinn, bis diese lachte. Sie dachte daran,
dass dieses Kind mehr als zwei Drittel seines bisherigen Lebens
auf Schloss Friedrichsthal verbracht hatte.

Während die Nachbarn sie staunend betrachteten, aber niemand den Mut fasste, näher zu kommen, erschien Martha und schlang weinend die Arme um Klara. »Endlich bist du zu Hause!«

»Ja, das bin ich!« Klara löste sich vorsichtig aus Marthas Armen und musterte diese besorgt. »Hast du dich etwa beim Essen nicht zurückgehalten?«, fragte sie, da ihr die schwangere Freundin arg unförmig erschien.

»Habe ich schon, aber ich bin immer dicker geworden. Eines der gehässigen Weiber aus Frahms Umkreis hat schon behauptet, man müsse mir wohl den Bauch aufschneiden, damit ein so großes Kind ans Tageslicht kommen kann.«

Martha brach in Tränen aus. In Gedanken verfluchte Klara die Frau, die diese unmögliche Bemerkung gemacht hatte. Nun führte sie ihre Freundin ins Haus, trank einen Schluck Schlehenwein und forderte dann Martha auf, mit ihr in ihre Kammer zu kommen. »Du bist bei unserer Hebamme gewiss in besten Händen, trotzdem will ich selbst nach dir schauen.«

Martha wies auf Hilde, die in ihrem Korb ein wenig unruhig wurde. »Solltest du nicht besser vorher Hilde stillen?«

»Die Kleine kann noch ein wenig warten. Sollte es länger dauern, kann Liese ihr ein wenig in Milch eingeweichtes Brot geben. Sie muss sich allmählich daran gewöhnen, dass sie nicht nur von mir allein genährt wird.«

Klara strich kurz über Hildes Gesichtchen und schob dann Martha vor sich her in die Kammer.

»Zieh dich aus, damit ich sehen kann, wie weit du bist«, forderte sie ihre Freundin auf.

Martha gehorchte und wies zweifelnd auf ihren voluminösen Bauch. »Hast du so etwas schon mal gesehen?«, fragte sie bang.

»Es ist eine Eigenart schwangerer Frauen zu glauben, bei ihnen wäre alles schlimmer als bei allen anderen«, antwortete

Klara, obwohl ihr der Umfang der Freundin tatsächlich Sorgen bereitete. Eines aber begriff sie rasch. Lange würde es bis zur Geburt des Kindes nicht mehr dauern.

12.

Einige Tage vergingen, ohne dass Klara auch nur das Geringste von Frahm hörte. Sie hatte jedoch Wichtigeres zu tun, als an den Beamten zu denken. Marthas schwere Stunde nahte, und diese verging fast vor Angst, weil sie fürchtete, das Kind nicht gesund zur Welt bringen zu können. Zudem musste Klara ihren Schwiegervater beruhigen, der von dem gehässigen Gerede über seine Frau ebenfalls geängstigt worden war und sich anklagte, weil er sie geschwängert hatte.

»Jetzt stell dich nicht so an!«, tadelte sie Rumold, als dieser es zu arg trieb. »Martha ist nicht die erste Frau, die ein Kind bekommt, und wird nicht die letzte sein. Wir sollten auf Gott vertrauen, dass er uns auch in dieser Stunde nicht im Stich lässt. Dann wird alles gut.«

»Wollen wir es hoffen«, antwortete Rumold wenig überzeugt.

Klara hatte jedoch keine Zeit, sich um ihn zu kümmern, denn Kuni kam herein und meldete, dass die Wehen begonnen hätten.

»Die Hebamme meint, es könnte länger dauern, weil es Frau Marthas erstes Kind ist. Ihr solltet dabei sein und die Gebärende beruhigen. Sie selbst schafft das nicht!«

»Ich komme.« Klara stand auf, wandte sich dann aber noch einmal an ihren Schwiegervater. »Du gehst jetzt in den *Löwen*, trinkst einen Krug Bier und bleibst so lange dort, bis du gerufen wirst. Tobias soll dir Gesellschaft leisten.«

»Das werde ich gerne tun.« Tobias fasste seinen zögernden Vater bei den Schultern und schob ihn zur Türe hinaus, während Klara sich in die Kammer begab, in der Martha darauf wartete, ihr Kind zur Welt zu bringen.

»Es kann schlimm werden!«, raunte die Hebamme Klara zu. »Ich habe schon einmal erlebt, dass das Kind zu groß war, um geboren werden zu können. Wir haben beide verloren.« Sie klang bedrückt, denn zu dem persönlichen Mitgefühl mit der Schwangeren kam die Sorge um ihren Ruf, der durch den Tod von Mutter und Kind bei der Niederkunft leiden würde.

Klara setzte sich neben Martha, wischte ihr den Schweiß vom Gesicht und streichelte ihre Wange. »Du wirst sehen, es wird alles gut. Vertrau mir!«

Sie wusste, dass Hoffnung eine Macht war, die vieles zu bewegen vermochte. Wenn ihre Freundin guten Mutes war, würde die Geburt auf jeden Fall besser verlaufen, als wenn sie am Verzweifeln wäre.

Ihre beschwörenden Worte verfehlten ihre Wirkung nicht, und Martha lächelte trotz einer weiteren Wehe. »Du hast das schon dreimal durchgemacht und weißt daher, wie es ist.«

»Ich hatte bei Hilde auch einen ziemlich dicken Bauch, aber das kam von dem vielen Fruchtwasser. Die Kleine selbst war sogar ein wenig zarter gebaut als Lena.«

Auch damit wollte Klara ihrer Freundin Mut machen. Während diese nach ihrer rechten Hand griff und diese festhielt, zog die Hebamme eine zweifelnde Miene. Ihre Erfahrungen hatten gezeigt, dass bei einem solchen Umfang, wie Martha ihn aufwies, meist auch ein besonders großes Kind im Bauch der Frau herangewachsen war.

Den Bedenken der Hebamme zum Trotz kamen die Wehen immer schneller. Die Fruchtblase platzte, doch es kam weitaus weniger Fruchtwasser aus Marthas Leib, als Klara erwartet hatte. Plötzlich bäumte sich ihre Freundin mit einem Schrei auf, und im nächsten Moment bekam Klara das Köpfchen des Kindes zu fassen. Augenblicke später hielt sie es in der Hand und kniff verwundert die Augen zusammen. Der Säugling war recht zierlich und viel kleiner, als sie angenommen hatte. Aber er war voll ausgebildet.

Auch die Hebamme schüttelte den Kopf. »Das kann eigentlich nicht sein, es sei denn, es steckt ein weiteres Kind im Leib!« Noch während sie es sagte, griff sie zu und fing den Zwilling des Kleinen auf.

»Da macht man sich so große Sorgen, und dann geht es leichter als gedacht!«, meinte sie erleichtert und nabelte die beiden kleinen Jungen ab.

Klara betrachtete die beiden und lachte. »Da wird dein Mann zufrieden sein, Martha. Selbst wenn ich keinen Sohn mehr zur Welt bringen sollte, wird es auch in Zukunft einen Just als Laboranten in Königsee geben.«

»Ist es schon vorbei?«, fragte ihre Freundin verdattert.

»Ich denke schon! Oder willst du noch ein Drittes haben?«, fragte Klara feixend.

»Das wäre dann doch etwas zu viel«, fand Martha und drehte sich so, dass sie ihre Kinder betrachten konnte.

»Sie sind so schön!«, flüsterte sie ergriffen.

Schön hätte Klara die beiden rotgesichtigen und verrunzelten Wesen nicht genannt, doch wusste sie selbst, dass Kinder nach einer Geburt immer ein wenig Zeit brauchten, um sich zu erholen. Wichtig war jetzt vor allem, dass ihre Freundin genug Milch hatte, um die beiden neuen Erdenbürger satt zu bekommen.

»Wir sollten nach deinem Mann schicken lassen, damit er erfährt, dass er in den nächsten Monaten doppeltes Kindergeschrei wird ertragen müssen«, sagte die Hebamme lächelnd.

Martha bedachte sie mit einem vorwurfsvollen Blick. »Meine Lieblinge schreien nicht.«

»Das tun sie alle!« Die Hebamme winkte lachend ab und machte sich daran, Martha zu versorgen, während Klara sich um die beiden Kleinen kümmerte. Sie wurden gewaschen, gewickelt und gemeinsam in die Wiege gelegt, in der schon Tobias und noch früher dessen Vater gelegen hatten.

Obwohl sie so winzig waren, tasteten die beiden umher, fanden schließlich die Hand des anderen und hielten sie fest. Der bis dorthin leicht mürrische Ausdruck auf den kleinen Gesichtern verlor sich, und Klara meinte sogar, ein Lächeln darauf zu sehen.

»Ich sage Kuni, sie soll dir einen Kräuteraufguss machen, damit die Milch einschießt«, sagte sie und streichelte Marthas Wange. »Wie ich dir schon sagte: Es ist alles gutgegangen!«

»Das ist es fürwahr!«, stimmte die Hebamme ihr zu. »Die beiden Burschen sind auch kräftig genug, um die nächsten Monate zu überstehen. Ist erst einmal der Winter vorbei, sehe ich keine Gefahr mehr für sie.«

»Wir werden sie den Winter über hüten wie unsere Augäpfel«, versprach Klara und wollte eben in die Küche gehen, damit Kuni die Kräuter aufgoss.

Da kam diese schon mit einem dampfenden Becher herbei. »Ich hatte schon alles vorbereitet«, erklärte die Köchin lachend. »Immerhin gilt es jetzt in diesem Haus ein Mäulchen mehr zu stopfen.«

»Zwei Mäulchen«, korrigierte Klara sie lachend.

»Wir sollten auch gleich damit anfangen!« Die Hebamme griff dabei an Marthas Brüste und prüfte, ob diese zum Stillen der Kleinen bereit waren.

m nächsten Sonntag konnte der Pastor von der Kanzel verkünden, dass sich die Zahl der Schäfchen in seiner Herde um die Brüder Lukas und Markus Just erhöht hätte. War dies bereits eine Neuigkeit, die den Leuten einiges zu klatschen gab, so stellte Klaras Rückkehr nach Königsee eine Sensation dar. Auch wenn die Königseer Waldemar Frahm wenig Liebe entgegenbrachten, so hatten sie doch seinen Verleumdungen geglaubt, Klara wäre wegen ungebührlicher Äußerungen über den Fürsten in einem abgelegenen Ort arretiert worden, und Tobias hätte sie bisher nur zweimal besuchen dürfen.

Nun aber saß Klara in der Kirche und sah weder so bleich aus wie jemand, der lange Monate im Kerker hatte ausharren müssen, noch war sie durch karge Kost abgemagert. Stattdessen wirkte sie so gesund und munter, wie man sie aus ihren besten Tagen kannte.

Klara grüßte die Nachbarn freundlich. Mit ein paar von ihnen hatte sie bereits gesprochen, aber nicht allzu viel über ihren Aufenthalt auf Schloss Friedrichsthal berichtet. Sie wusste, dass die Gerüchteküche schier überkochte. Die wenigen Verbündeten, die noch zu Waldemar Frahm hielten, hetzten gegen sie und Tobias und stachelten auch die Verwandten von Tobias' Mutter auf, die sich mit Rumold Justs zweiter Heirat niemals abgefunden hatten. Doch allen blieb die Luft weg, als nach dem Gottesdienst der Amtmann persönlich auf Klara und Tobias zutrat und diese freundlich grüßte.

Auch der Pastor kam hinzu und sprach ein paar Worte mit den beiden, bevor er sich Rumold zuwandte. »Ihr habt gut daran getan, für zwei neue Untertanen unseres durchlauchtigsten Fürsten zu sorgen. Mögen es wackere Laboranten werden!«

»Das hoffe ich doch sehr, Herr Pastor«, antwortete Rumold und legte den Arm um Marthas Schulter. »So alt bin ich noch nicht, um meine beiden Söhne nicht noch anlernen zu können, und ich fühle mich auch rüstig genug, um noch für ein Geschwisterchen sorgen zu können.«

»Aber nur eines, und nicht gleich wieder zwei auf einmal!«, platzte Martha heraus, die für die Taufe ihrer Söhne das Wochenbett verlassen hatte.

Der Pastor lächelte sanft. »Dies gibt Gott! Man muss seine Gaben mit frohem Herzen entgegennehmen.«

»So ist es«, stimmte Tobias dem Pfarrer zu und wies mit dem Kinn in Richtung des *Löwen*. »Was ist, Vater? Fühlst du dich noch jung genug, um mit mir einen Krug Bier zu trinken, bevor es nach Hause zum Essen geht?«

»Hört euch den Lümmel an!«, rief Rumold lachend. »Den trinke ich noch jedes Mal unter den Tisch.«

Einige seiner Freunde fielen in sein Lachen ein, und der Laborant Hofmann fasste Vater und Sohn Just unter. »Wir wollen auf die Zwillinge trinken und darauf, dass sich die gewünschte Schwester bald zu ihnen gesellen wird. Und dann erzählt uns, wie es Klara in Schwarzburg-Friedrichsthal ergangen ist. Sie soll dort ja wahre Wunderdinge vollbracht haben!«

»So wild war es nun auch nicht. Aber wie ich euch Männer kenne, habe ich, wenn ihr erst einmal ins Reden gekommen seid, wohl auch noch dem kleinen Reichsgrafen das Leben gerettet«, wandte Klara ein und musste sich das Lachen verkneifen.

»Aber das hast du doch!«, rief Tobias. »Ich war selbst dabei.«

»Das müsst Ihr unbedingt erzählen!«, sagte der Amtmann und schloss sich der Gruppe an, die dem *Löwen* zustrebte. Seine Ehefrau trat unteressen mit der Frau des Pastors zusammen auf Klara zu. »Dürfen wir heute Nachmittag zu Euch kommen? Ihr habt ja so viel Neues zu berichten. Auch ist der Kuchen, den Eure Kuni backt, hier in Königsee unübertroffen.«

»Es wird mir eine Freude sein«, antwortete Klara und musste sich ein weiteres Mal das Lachen verkneifen.

Bevor man sie nach Schloss Friedrichsthal verschleppt hatte, waren ihr die beiden Damen und deren Freundinnen im weiten Bogen aus dem Weg gegangen. Da fiel ihr etwas ein.

»Ich habe den Herrn Assessor Frahm heute nicht in der Kirche gesehen.«

»Oh, das könnt Ihr noch nicht wissen! Auch mein Gatte hat es erst heute Morgen erfahren. Herr Wilhelm Frahm, ein am Hofe in Rudolstadt wohlgelittener Herr, hat seinem Vetter aufs dringlichste ans Herz gelegt, sich um die Stelle des Hofbibliothekars in Weimar zu bewerben. Ich wusste gar nicht, dass man dort eine Bibliothek besitzt. Laut den Worten meines Gemahls wird Herr Frahm bereits morgen in die Postkutsche steigen und Schwarzburg-Rudolstadt verlassen. Ich muss sagen, ich bin nicht unfroh darüber. Immerhin hat Herr Frahm doch einige ehrbare Bürger dieser Stadt gegen sich aufgebracht.«

Vor einigen Monaten war Waldemar Frahm noch der erkorene Liebling der Frau des Amtmanns gewesen. Daran schien diese sich nicht mehr erinnern zu wollen. Klara war jedoch nicht nachtragend.

»Ich erwarte Euch und Eure Freundinnen heute Nachmittag«, sagte sie, neigte den Kopf und ging, von Martha gefolgt, in Richtung ihres Heims. Unterwegs schüttelte Martha ein ums andere Mal den Kopf.

»Ich kann es nicht glauben! Frahm muss weg?«

»Jeder Krug geht so lange zum Brunnen, bis er bricht«, antwortete Klara lächelnd. »Frahms Krug hat sehr lange gebraucht, bis er zerbrochen ist. Doch jetzt haben wir ihn nicht mehr zu fürchten und werden in Ruhe leben können.«

»Und wie lange, glaubst du, werden wir das?«, fragte Martha.

»Am liebsten bis ans Ende unseres Lebens!«, antwortete Klara lachend. »Aber sagen wir, zwanzig Jahre sollten es mindestens sein.«

Historischer Überblick

Der Versuch Kaiser Karls V., den Protestantismus in Deutschland auszurotten und dem katholischen Glauben zum Sieg zu verhelfen, führte zum Krieg gegen einen Teil der protestantischen Fürsten. Infolge dieser Kriege verlor der in Thüringen ansässige ernestinische Zweig der Wettiner die sächsische Kurwürde an die in Sachsen beheimatete albertinische Linie der Dynastie.

Während die Kurfürstentümer durch kaiserliches Gesetz nicht unter mehreren Erben aufgeteilt werden durften, konnten die Thüringer Wettiner dies nach dem Verlust der Kurwürde ungehemmt tun. Im Lauf weniger Generationen entstanden dadurch Fürstentümer wie Sachsen-Altenburg, Sachsen-Coburg, Sachsen-Eisenach, Sachsen-Eisenberg, Sachsen-Gotha, Sachsen-Hildburghausen, Sachsen-Lauenburg, Sachsen-Meiningen, Sachsen-Römhild, Sachsen-Saalfeld und Sachsen-Weimar, die durch Erbschaft nach dem Aussterben einzelner Linien immer wieder zu neuen Fürstentümern vereinigt wurden, um schon eine Generation später erneut geteilt zu werden.

Außer den wettinischen Fürstentümern, die aufgrund der Abkunft ihrer Herrscher von den Kurfürsten von Sachsen stets den Begriff »Sachsen« vor den eigentlichen Landesnamen trugen, gab es in Thüringen noch die Reichsgrafen und späteren Fürsten von Schwarzburg, die zur Zeit dieses Romans die Linien Schwarzburg-Rudolstadt und Schwarzburg-Sondershausen bildeten, sowie die ebenfalls in mehrere Linien aufgespaltenen Reichsgrafen von Reuß.

Die Heimat der Buckelapotheker und Laboranten bildeten die sogenannten Oberherrschaften der beiden Schwarzburger Fürstentümer um die Städte Königsee in Schwarzburg-Rudolstadt und Breitenbach (heute Großbreitenbach) in Schwarzburg-Sondershausen. Die Landschaft im Thüringer Schiefergebirge war karg, und die Bewohner konnten dem Boden gerade das Nötigste abringen. Um das Los ihrer Untertanen zu verbessern und dadurch höhere Steuereinnahmen zu erzielen, siedelten die jeweiligen Landesfürsten Gewerbe an. Es entstanden Glashütten und hier und dort auch kleine Bergwerke, aber damit kam man kaum auf einen grünen Zweig.

Nun wachsen im Thüringer Schiefergebirge mehr als fünfzig Heilpflanzenarten, die bereits seit Jahrhunderten gesammelt und zu medizinischen Zwecken verwendet wurden. Schon vor dem Dreißigjährigen Krieg wurden diese Pflanzen und daraus hergestellte einfache Heilmittel im weiten Umkreis verkauft. Nach dem Ende dieses Krieges gelangte dieses Wandergewerbe zu neuer Blüte. Der gelernte Apotheker Johann Matthias Mylius weitete die Erzeugung dieser Heilmittel aufgrund seiner Erfahrungen aus und gilt noch heute als Begründer des Laborantenwesens, obwohl es bereits vor seiner Zeit bestand. Allerdings war er der Erste, der seine Buckelapotheker im großen Stil auf die Reise schickte.

Innerhalb kurzer Zeit wurden die Erzeugung dieser Heilmittel und der Handel damit zum Haupterwerbszweig in dieser Gegend von Thüringen. Nicht nur die Laboranten als Erzeuger der Heilmittel, die Destillateure, die ihnen dabei halfen, und die wandernden Arzneiverkäufer profitierten davon, sondern auch Kräutersammlerinnen und die Glashütten, die die Flaschen für flüssige Heilmittel herstellten. Dazu kamen die Spanschachtelmacher, die in Heimarbeit kleine und größere Schachteln für feste oder pulverförmige Heilmittel herstellten, Harzscharrer und andere Berufsgruppen, die alle dem Heilmittelgewerbe zuarbeiteten.

Nun war es keineswegs so, dass jeder, der es wollte, diese Heilmittel auch erzeugen und verkaufen durfte, denn dazu bedurfte es obrigkeitlicher Privilegien. Nur die Laboranten, denen die Erlaubnis dazu erteilt worden war, konnten Heilmittel herstellen, und sie durften diese auch nur in jenen Gegenden vertreiben, in denen dies gestattet wurde.

Um zu verhindern, dass schlechte Produkte angefertigt wurden und auf den Markt kamen, mussten die Laboranten ihre Heilmittel immer wieder überprüfen lassen. Die beiden Schwarzburger Fürstentümer wollten den Ruf ihrer Heilmittel nicht durch unwirksames Zeug beschädigen. Wer es dennoch versuchte, wurde hart bestraft. Die Buckelapotheker benötigten zudem einen jährlich ausgestellten Pass, auf dem die Gebiete verzeichnet waren, die sie bereisen durften, und mussten einen Eid leisten, die ihnen anvertrauten Heilmittel nicht zu verfälschen.

Der Erfolg der Thüringer Heilmittel rief natürlich Neider auf den Plan. Waren die von traditionellen Apothekern erzeugten Arzneien zunächst noch für das einfache Volk zu teuer, so dass sie zur Erhaltung ihrer Gesundheit auf die weitaus billigeren Thüringer Heilmittel zurückgriffen, änderte sich dies im Lauf der Zeit. Die Apotheker in den einzelnen Ländern sahen die wandernden Buckelapotheker daher zunehmend als unerwünschte Konkurrenz an und taten alles, um sie in Verruf zu bringen. Die Menschen aber, die den Thüringer Heilmitteln vertrauten, kauften diese weiterhin. Erst die industrielle Produktion von Arzneien bereitete dem Laborantengewerbe im Thüringer Schiefergebirge ein Ende. Einige der von Laboranten gegründeten Heilmittelhersteller existieren jedoch bis heute und fertigen ihre Produkte noch immer nach den alten Rezepten an.

Zwei Entwicklungen lasteten in jener Zeit auf den Menschen: auf der einen Seite die überbordende Bürokratie, die der Obrigkeit zunehmend Macht über die Untertanen verschaffte, und dazu der absolutistische Anspruch der Herrscher, die sich über dem Gesetz stehend sahen und mit ihren Untertanen verfuhren, wie es ihnen beliebte. Altüberlieferte Rechte der Untertanen wurden, da diese oft nicht schriftlich fixiert, sondern nur mündlich überliefert waren, abgeschafft oder durch neue, rigide Gesetze ersetzt. Vorbild für viele Fürsten des Heiligen Römischen Reiches Deutscher Nation war König Ludwig XIV. von Frankreich, der sie durch seine Prachtentfaltung blendete und in ihnen den Wunsch erweckte, es ihm gleichtun zu können.

Pracht zu entfalten kostete jedoch Geld, das die Untertanen durch immer höhere Steuern aufzubringen hatten. Im Fürstentum Schwarzburg-Rudolstadt hatte bereits Fürst Ludwig Friedrich die Steuern erhöht. Unter seinem Sohn und Nachfolger Friedrich Anton stiegen die Abgaben so sehr, dass die Bewohner des Fürstentums vor dem Reichskammergericht in Wetzlar Klage erhoben. Später ging die Klage sogar bis zu Kaiser Karl VI. in Wien. Das Anliegen der Bürger Schwarzburg-Rudolstadts wurde zwar als unberechtigt abgelehnt, doch Fürst Friedrich Anton musste wegen der schlechten Stimmung im Volk die »Aufrührer« begnadigen und seine Beamten in teilweise scharfer Form dazu auffordern, ihre Aufgaben zum Besten der Bewohner seines Landes auszuüben.

Iny und Elmar Lorentz

Personen

Königsee

Just, Klara – die Wanderapothekerin
Just, Tobias – Klaras Ehemann
Just, Martin – Klaras und Tobias' achtjähriger Sohn
Just, Magdalena – Klaras und Tobias' fünfjährige Tochter
Just, Hilde – Klaras und Tobias' zwei Monate alte Tochter
Kuni – Köchin und Magd bei Klara und Tobias
Liese – Kunis Nichte, Magd bei Klara und Tobias
Just, Rumold – Tobias' Vater
Just, Martha – Rumold Justs Ehefrau
Grete – Magd bei Martha und Rumold Just
Frahm, Wilhelm – Beamter in Rudolstadt
Frahm, Waldemar – Wilhelm Frahms Bruder
Brüser – Amtsdiener
Klaus – Buckelapotheker
Zacharias – Buckelapotheker
Hofmann – Laborant aus Königsee
Lensing – Laborant aus Königsee
Philipp, Hans – Laborantensöhne

Friedrichsthal

Friedrich IV. – Reichsgraf von Schwarzburg-Friedrichsthal
Anna Sybilla – Mutter Friedrichs IV.
Henrietta Augusta – Großmutter Friedrichs IV.

Geraldina von Trenzen – Hofdame Anna Sybillas

Heinrich von Trenzen – Mitglied des Regentschaftsrates

Juliana von Ziegenweida – Hofdame Anna Sybillas

Kornelius von Zander – Mitglied des Regentschaftsrates

Differt – Henrietta Augustas Kammerfrau

Gabi – Dienerin auf Schloss Friedrichsthal

Ilse – Anna Sybillas Zofe

Gusti – Dienerin auf Schloss Friedrichsthal

Rudolfa Ludovicius – Pflegerin Friedrichs IV.

Manfred – Diener auf Schloss Friedrichsthal

Stratmann – Leibarzt Anna Sybillas

Christian von Sachsen-Hildburghausen – hochadeliger Gast in Friedrichsthal

Tomassini – italienischer Graf

Historische Persönlichkeiten

Friedrich Anton – Fürst von Schwarzburg-Rudolstadt

Johann Ernst – Fürst von Sachsen-Saalfeld

Glossar

Apanage – Zuwendung für nichtregierende Mitglieder einer Fürsten- oder Herrscherfamilie, um diesen einen standesgemäßen Lebenswandel zu ermöglichen

Assessor – Beamter unteren bis mittleren Grades

Buckelapotheker – Hausierer, die Heilmittel verkaufen

Geheimrat – hoher Beamter

Küchlein – Küken

Laborant – Heilmittelhersteller

Landstörzer – Aufrührer, Rebellen

Reff – Traggestell der Wanderapotheker

Sachsen-Altenburg – wettinisches Fürstentum in Thüringen

Sachsen-Hildburghausen – wettinisches Fürstentum in Thüringen

Sachsen-Saalfeld – wettinisches Fürstentum in Thüringen

Tutor – Lehrer

Wettiner – sächsisch-thüringisches Fürstengeschlecht

Zivilliste – Geldsumme, die einem regierenden Fürsten oder einem anderen Herrscher für persönliche Ausgaben zur Verfügung steht

Die Geschichte der Wanderapothekerin Klara
geht weiter!

INY LORENTZ

Die Liebe der Wanderapothekerin

ROMAN

Thüringen im 18. Jahrhundert: Die schwangere Klara führt mit ihrem Ehemann Tobias und dem gemeinsamen Sohn ein beschauliches Leben in Königsee. Wie aus heiterem Himmel wird ein Wanderapotheker ihres Schwiegervaters unter dem Verdacht verhaftet, den Rübenheimer Bürgermeister mit einer vergifteten Arznei ermordet zu haben. Als Tobias nach Rübenheim reist, um dem Beschuldigten beizustehen, wird er als vermeintlicher Erzeuger dieser Arznei ebenfalls verhaftet. Klara muss nun nicht nur das Geschäft am Laufen halten, sondern auch die Intrige um die Ermordung des Bürgermeisters aufdecken, wenn sie Tobias retten will. Denn es ist kein Zufall, dass der Verdacht auf den Ehemann der ehemaligen Wanderapothekerin gefallen ist. Die Familie hat, ohne es zu ahnen, Feinde, die nichts unversucht lassen, sie zu vernichten.

Wenn Schicksale sich kreuzen ...

RENEE MILAN

Die Leihmutter

ROMAN

Nie hätte Daniela geglaubt, zu so etwas fähig zu sein! Als sie
nach einer Gefängnisstrafe buchstäblich vor dem Nichts steht,
erscheint ihr das Angebot der Industriellenwitwe Lisbeth Sie-
bert als einziger Ausweg: Lisbeth sucht eine Leihmutter, die das
Kind ihres im Sterben liegenden Sohnes austrägt. Daniela ahnt
nicht, dass sie mitten in die erbitterten Erbstreitigkeiten um ein
Firmenimperium gerät, die sie selbst in Gefahr bringen. Auch
gelingt es ihr bald nicht mehr, das kleine Wesen in ihrem Bauch
als das Kind einer anderen anzusehen. Doch auch Lisbeth be-
greift im Lauf der Zeit, dass Daniela mehr ist als ein nützliches
Werkzeug.

Sie wurde verraten und verkauft.
Nun holt sie sich ihr Leben zurück!

INY LORENTZ

Tage des Sturms

ROMAN

Als uneheliche Tochter des Schlossherrn hat die junge Magd
Resa von ihrer Herrin Rodegard nicht viel Gutes zu erwarten.
Da diese auch noch der Heiratsaussicht ihrer Tochter im Weg
ist, lässt sie das Mädchen in ein Berliner Bordell verschleppen.
Als Prostituierte gebrandmarkt, gehört Resa zum Abschaum
der Gesellschaft. Doch während der blutigen Barrikadenkämpfe
der Märzrevolution steht plötzlich ein verletzter junger Mann
vor den verriegelten Toren des Bordells und bittet Resa um Hilfe. Ist Friedrich für Resa die Chance, sich ihr Leben zurückzuho-
len und Rache an Rodegard zu nehmen?